ハヤカワ・ミステリ

IAN RANKIN

最後の音楽

EXIT MUSIC

イアン・ランキン
延原泰子訳

TOKYO HAYAKAWA BOOKS

A HAYAKAWA
POCKET MYSTERY BOOK

EXIT MUSIC

by

IAN RANKIN

Translated by

YASUKO NOBUHARA

First published 2010 in Japan by

HAYAKAWA PUBLISHING, INC.

This book is published in Japan by

arrangement with

CURTIS BROWN LIMITED

through THE ENGLISH AGENCY (JAPAN) LTD.

装幀／水戸部 功

目次

戦いの前線は決して
遠いかなたにあるのではない。そして
どんな防護壁も夜の闇は阻めない。

ノーマン・マケイグ〝ホテル・ルーム、十三階〟

警官がノックする音は聞き違えようがない、と父はよく言っていた。まことにそのとおりで、ペンキ塗りのドアを叩く音は、それを聞く者の胸にわき起こる罪悪感に舌なめずりする、きわめて公的な要求である。

アンドリュウ・オヘイガン『ビー・ニア・ミー』

最後の音楽

おもな登場人物

ジョン・リーバス…………………エジンバラ警察犯罪捜査部の警部

シボーン・クラーク……………同部長刑事

フィリダ・ホズ
コリン・ティベット…………同刑事

トッド・グッドイア……………同巡査

レイ・ダフ…………………………同科学捜査技官

ジェイムズ・マクレイ…………同主任警部

デレク・スター……………………同警部

ジェイムズ・コービン…………ロウジアン＆ボーダーズ警察本部長

カラム・ストーン…………………スコットランド犯罪および麻薬取締本部（ＳＣＤ）の警部

アレクサンドル・トドロフ……事件の被害者。ロシアの詩人

ナンシー・シヴライト…………事件の第一発見者。17歳の少女

エディ・ジェントリー…………ナンシーのルームメイト

ロジャー・アンダースン………事件の通報者

スカーレット・コルウェル……エジンバラ大学のロシア学部教授

アビゲイル・トーマス…………〈スコティッシュ・ポエトリー・ライブラリー〉の司書

チャールズ・リオダン…………録音技師

ミーガン・マクファーレン……スコットランド議会議員

ロディ・リトル……………………ミーガンの秘書

ジム・ベイクウェル……………スコットランド議会経済発展担当大臣

スチュアート・ジャニ…………ファースト・オルバナック銀行の銀行員

キャス・ミルズ……………………駐車場管理会社の社員

ジョウ・ウィルズ
ゲイリー・ウォルシュ………駐車場の警備員

モリス・ジェラルド・カファティ………通称ビッグ・ジェル。エジンバラを仕切る黒幕

ソル・グッドイア…………………トッドの兄。麻薬密売人

セルゲイ・アンドロポフ………ロシアから来た財界の大物

ニコライ・スタホフ……………ロシア領事館員

メイリー・ヘンダーソン………新聞記者

第一日

二〇〇六年十一月十五日　水曜日

1

少女は一回、たった一回だけ悲鳴を上げたが、それでじゅうぶんだった。その声で中年夫婦がレイバーン・ワインド坂へ上がる入り口に駆けつけたとき、少女は地面に膝をつき、両手で顔を覆い、肩を震わせてすすり泣いていた。夫は死体を一瞬凝視したあと、妻の視線を遮ろうとしたが、妻はすでに顔を背《そむ》けていた。夫は携帯電話を取りだして、警察に連絡した。十分後にパトカーが到着した。それまでの間、夫は立ち去ろうとする少女の背中をさすってやりながら、ここに留まっていなさい、と静かに言い聞かせていた。妻は夜の冷え込みが強いにもかかわらず、歩道際に座り込んでいる。十一月のエジンバラは、霜が降りるほどでもないが、それでも寒気が募ってきている。このキングズ・ステイブルズ・ロードを通る車はそれほど多くない。進入禁止の標識があって、車はグラスマーケットからロウジアン・ロードへ抜けることができないからだ。夜になると、片側には駐車場ビル、片側には城の岩山と墓地があるだけの淋しい場所となる。街灯も何やら薄暗い感じなので、歩行者は用心しながら通り抜ける。その中年夫婦は、市内の子供病院への寄付金集めに開かれた、セント・カスバート教会でのクリスマスキャロル・コンサートからの帰り道だった。妻の買い求めた柊《ひいらぎ》のリースが、死体脇の地面に転がっていた。夫は思わずにはいられなかった。ほんの一分ほど早いか遅いかだったら、悲鳴を聞くこともなく、今頃は車の後部座席にリースを積み、ＦＭラジオのクラシックでも聴きながら自宅に向かっているはずだったのに。

「帰りたい」十代の少女は泣きじゃくりながら訴えた。立ち上がった少女の膝が擦れて痛そうだ。スカートが短すぎるじゃないか、と夫は思った。それにそのデニム・ジャケットではさぞ寒かろう。見覚えがある顔のようにも思った。ほんの一瞬、コートを貸してやろうか、という考えが脳裏をよぎった。しかしそうは言わないで、ここにいなければいけないよ、とまた少女に念を押した。ふいに二人の顔が青く染まった。回転灯を瞬《またた》かせながらパトカーが近づいてくる。

「ほら、来たよ」夫は言い、慰めるかのように少女の肩に手を回したが、妻の視線を感じてその手をはずした。

パトカーは停止したあとも回転灯とエンジンを切らなかった。制服警官が帽子をかぶらないまま、車から出てきた。一人は大きな黒い懐中電灯を持っている。レイバーン・ワインドは勾配のきつい坂道で、そこを登っていくと、その昔、王室の馬車や馬を収納していた馬屋を改造した、一階がガレージになっているアパートが並んでいる。路面が凍ったときは、滑って危ない。

「足を滑らせて頭を打ったんじゃないかな」夫が意見を述べた。「あるいは道路で眠り込んでいたか、酒でも飲み過ぎたか……」

「ご意見をありがとう」警官の一人が心にもない言葉を言った。もう一人が懐中電灯を点灯したので、中年男は、地面に血が流れていることや、動かない体の手や衣服が血まみれなことに気づいた。顔と髪にも血がこびりついている。

「さもなくば、誰かに何度もこっぴどく殴られたんだな」最初の警官が言った。「もちろん、チーズのおろし金の上で何回も滑ったって場合も考えられるけど」

若い同僚が顔をしかめた。しゃがんで死体を近々と照らしていたのだが、その言葉で立ち上がった。「あのリースは誰のもの？」とたずねる。

「家内のだ」夫は答えたが、あとになってから、なぜ「自分のだ」と言わなかったのだろうかと考え込んだ。

「ジャック・パランスだ」ジョン・リーバス警部が言った。

「さっきから言ってるけど、そんな人知らないわ」

「映画スターだよ」

「出演した映画の題名を言ってみて」

「《スコッツマン》紙に追悼記事が載ってる」

「だったら、彼の出演した映画の中で、わたしがどの映画を見てるか、知ってるはずでしょ」シボーン・クラーク部長刑事が車を降り、ドアをばたんと閉めた。

「たくさんの西部劇で悪役を演じていたんだ」リーバスが言い張った。

シボーンは警官の一人に身分証を示し、若いほうの警官が差し出した懐中電灯を受け取った。現場鑑識班はもうじき到着する。パトカーの青い回転灯に吸い寄せられて、野次馬が集まり始めた。リーバスとシボーンは、容疑者のいない未解決事件について、あれこれと仮説を検討しながらゲイフィールド・スクエア署で残業をしていたところだった。それでこの呼び出しがちょうどよい休憩となったのだった。二人はリーバスのぽんこつサーブ九〇〇でここへやって来た。リーバスは今、そのトランクからポリエチレン製のオーヴァーシューズとラテックス手袋を取りだした。しかしトランクの蓋を閉めるのに手こずり、何回もやかましい音を立てた。

「この車、そろそろ売りに出さなきゃならんな」リーバスがつぶやいた。

「買う人がいるかしら？」シボーンは手袋をはめながら言った。リーバスが答えないでいると、言い添えた。

「ちらっと見えたのは軽登山靴？」

「車と同じぐらい年代物だ」リーバスが言い捨て、死体へ歩み寄った。二人は黙り込み、死体や周囲の様子を観察した。

「これは殺しだな」リーバスがようやく意見を述べた。若い警官へ向き直る。「きみの名前は？」

「グッドイアです……トッド・グッドイア」

「トッド？」

「お袋の旧姓なんで」グッドイアが説明を補った。

「ジャック・パランスって名前を聞いたことがあるか、トッド？」

「《シェーン》に出てましたよね？」

「巡査にしておくには惜しい男だな」

グッドイアの同僚が小声で笑った。「トッドにちょっとでも語らせる機会を与えたら最後、容疑者じゃなくておれたちのほうが音を上げちまいますよ」

「どういうこと？」シボーンがたずねた。

グッドイアよりも少なくとも十五は年上で、腹回りも三倍はありそうな同僚巡査が顎で彼を示した。「トッドはおれじゃあ物足りないんで。こいつ、犯罪捜査部を目指しているんです」

グッドイアはその言葉を無視した。手帳を手にしている。「聞き取りをしましょうか？」リーバスは歩道に目を向けた。歩道端に中年夫婦が手を取り合って座っている。十代の少女は腕を体に巻き付け、震えながら壁にもたれている。その向こうにいる野次馬は、注意されたことを忘れてまたもやにじり寄ってきた。

「きみが最優先ですべきことはな」とリーバスが教えた。「現場を確保できるようにあいつらを寄せつけないことだ。まもなく医者が来る」

「もう脈がありませんよ」グッドイアが言った。「確認したんです」

リーバスは彼を睨みつけた。

「だから怒られるって言っただろうが」グッドイアの同僚がまた低い笑い声を立てた。

「現場が汚染されるわ」シボーンが手袋をはめた手と

オーヴァーシューズを示しながら教えた。グッドイアは恥じた顔になった。

「医者が死亡を確認しなければならない」リーバスが言い添えた。「それまで、きみはあの野次馬どもに立ち去るよう言い聞かせるんだ」

「おれたちはな、名誉ある用心棒なんだよ」年配の巡査がグッドイアに言い、二人はその場を離れた。

「というわけで、ここはＶＩＰ専用となったわ」シボーンが小声で言い、再び死体を見つめた。「比較的よい服装をしているから、ホームレスではなさそう」

「身元がわかるものを探してみるか？」

シボーンは二歩ほど前に出て、死体のそばにしゃがみ、ズボンと上着のポケットを上から手袋の手で押さえてみた。「何も感じない」

「同情すらも？」

シボーンはリーバスを見上げた。「退職記念の金時計を手に入れるとき、あなたのその固い鎧《よろい》もはずれるのかしら？」

リーバスは「アイタタ」と声に出さないで言った。最近ちょくちょく残業するのは、自分の引退まであと十日間しかなく、未解決事件の手がかりに決着をつけたいからなのだ。

「路上強盗のつもりが殺してしまった？」シボーンが静かな夜の中でつぶやいた。

リーバスは肩をすくめ、不同意を示した。シボーンに懐中電灯で死体を照らしてくれと頼んだ。黒革のジャケット、もともとは青色だったらしい柄《がら》入りのオープンシャツ、黒革のベルトをつけた色あせたジーンズ、黒いスエード靴。見たところ、男の顔には皺があり、髪にも白髪が交じっている。五十代前半か？　身長は百七十五センチほど。装身具、腕時計はなし。これで自分が死体を扱うのは何体目となる……？　警察官生活三十数年間に、三十体か四十体。あと十日ほど遅ければ、この男はほかの者の担当となっていたはずだし……その可能性は今でもある。この数週間、彼はシボーンの緊張を感じていた。彼女の気持ちの一部は、というより大部分は、リーバスが去ることを望んでいるのだ。それ以外に独り立ちする方法はない。まるでリーバスの思いがわかったかのように、シボーンがまじまじと見ていた。リーバスはこすからい笑みを浮かべて見せた。

「おれはまだ死んでいないぞ」リーバスがつぶやいたとき、近づいてきた現場鑑識班のヴァンがゆるゆると進んで停止した。

当番の警察医が当然ながら死亡を宣告した。現場鑑識班がレイバーン・ワインドの坂上と坂下に立ち入り禁止の警察テープを張り巡らした。ライトが設置され、ビニールシートが立ち上げられたので、見物人はもうシートの中で動く人影しか見えなくなった。リーバスとシボーンは鑑識班と同じく、使い捨ての白いフード付きオーヴァーオールを着用していた。撮影班が今到着し、死体保管所のヴァンも待機している。どこから持ってきたのか、プラスチックカップに入った紅茶が配られ、カップからほんのりと湯気が立ちのぼっていた。遠くからよそへ向かうパトカーのサイレンが聞こえてくる。近くのプリンシズ・ストリートからは酔っぱらいの叫び声がする。教会墓地からフクロウの鳴き声すら聞こえたような気がした。十代の少女と中年夫婦の初回の事情聴取はすでに済んでおり、リーバスは二人の巡査に挟まれながら、そのメモに目を通している。年配の巡査はビル・ダイソンという名前だとわかった。

「聞いたんですが」とダイソンが言った。「ついに退職の日を迎えるんだとか」

「来週の週末だ」リーバスが肯定した。「あんただってそんなに先の話じゃないだろ」

「七カ月ちょっと先。退職後はタクシー運転手の仕事が待ってるんで。おれのいないあと、トッドがどうやって仕事をこなすのやら」

「平常心を失わないように心がけます」グッドイアがのんびりと言った。

「それだけはおまえの得意技だよな」ダイソンが答え、リーバスはメモに目を落とした。死体を見つけた少女の名前は、ナンシー・シヴライト。十七歳で、友達の家から帰宅する途中だった。友達の家はグレイト・スチュアート・ストリートにあり、ナンシーはカウゲートを入った先のブレア・ストリートに住んでいる。義務教育を終えたが、まだ仕事が見つからず、そのうち専門学校に入って歯科助手の勉強をしたいと思っている。グッドイアが事情聴取をおこない、リーバスはその几帳面な文字と詳細な記述に感心した。ダイソンの手帳に目を移すと、希望から絶望へ変化したも同然だった——象形文字を殴り書きしたかのようにめちゃくちゃ。ビル・ダイソンはあと七カ月過ぎるのがさぞや待ち遠しいことだろう。中年夫婦の名前はロジャーとエリザベス・アンダースンといい、市の南端にあるフログストン・ロード・ウエストに住んでいることが判読できた。電話番号は書いてあるが、年齢や職業については何もない。その代わり、〝通りすがり〟とか〝通報〟の文字が読み取れた。リーバスは何も論評せずに手帳二つを返した。三人はのちほど再び事情聴取を受ける。リーバスは腕時計を見ながら、監察医はいつ頃来るんだろう、と思った。それまで何もすることがない。

「あの人たちに帰ってもよいと伝えろ」

「女の子はまだ気が動転してるんですよ」グッドイアが言った。「家まで送り届けたほうがいいのでは？」

リーバスはうなずいて、ダイソンのほうを見た。

「あの二人はどうだ？」

「車をグラスマーケットに停めているんだそうで」

「そこで深夜に買い物をしていた？」

ダイソンはかぶりを振った。「セント・カスバート教会のクリスマスキャロル・コンサートに行ってたんです」

「そのことをちゃんと書き留めていてくれたら、おれがたずねなくても済んだところだ」巡査の目を凝視すると、ダイソンの思いが読み取れるようだった。〝そんなこと、どうでもいいだろ？〟幸い、古手の巡査はそれを口にしないだけの分別を持っていた……相手の古手捜査員の耳に届かなくなるまでは。

リーバスは現場鑑識班のヴァンの横で、主任に質問をしているシボーンのほうへ歩み寄った。主任はトーマス・バンクスという男で、親しい者にはタムと呼ばれている。タムは挨拶の印にうなずき、リーバスの引退パーティの招待名簿に自分の名前が入っているか、とたずねた。

「なんでまた、皆が寄ってたかっておれの死亡を見たがるんだ？」

「本部のお偉方が、復活してこないように、杭と木槌を手にやって来たとしても、驚くんじゃないぞ」とタムが言い、シボーンにウインクした。「シボーンの話だと、あんたは最後の勤務が土曜日になるように仕組んだらしいな。あんたが長い散歩に出るときに、おれたちが家でテレビを見てるようにしたんだろ？」

「たまたまそういうことになったんだ、タム」リーバスが答えた。「紅茶はないのか？」

「さっきは紅茶を馬鹿にしてたじゃないか」タムがたしなめた。

「それは三十分も前の話だ」

「チャンスは二度とないんだよ」

「今訊いていたところなんです」シボーンが口を挟んだ。「タムの班から何か教えてもらえることはないかって」

「そうせかすなって言われたんだろ」

「ま、そんなとこ」タムが肯定しながら、携帯電話のメッセージを読んだ。「ヘイマーケットのパブで刺傷事件発生」と教える。

「忙しい夜ね」シボーンが言い、リーバスに向き直った。「当番医が言うには、被害者はぼこぼこに殴られ、そのうえ蹴りつけられて死亡したんだろう、と。検死解剖で打撲による内出血が見つかるほうに賭けてもいいって」

「おれはそんな賭けには乗らないね」リーバスが言った。

「おれもだ」タムは鼻の付け根をもみながら言い、リーバスのほうを向いた。「あの若い巡査、誰だか知ってるか？」パトカーを顎で示す。トッド・グッドイアがナンシー・シヴライトを後部座席へ導き、運転席のビル・ダイソンはハンドルを指でいらだたしげに叩いている。

「初めて見る顔だな」リーバスが言った。

「あいつの祖父《じい》さんなら知ってるんじゃないか……」

タムはその先を言わず、リーバスに考えさせた。すぐに答えが出た。

「まさか、ハリー・グッドイア？」

タムがうなずき、シボーンがハリー・グッドイアって誰なのとたずねた。

「昔の話だ」リーバスが教えた。

それだけでは、毎度のことだが、シボーンにはさっぱりわからなかった。

2

リーバスがシボーンを車で自宅へ送っていく間に、彼女の携帯電話が鳴った。

そこでUターンをして、市の死体保管所があるカウゲートへ向かった。荷下ろし場に無印の白いヴァンが停まっている。リーバスはその横に車を停め、先頭に立って歩いていった。夜勤はたった二人だけだった。一人は四十代で、リーバスは元受刑者のような印象を受けた。オーヴァーオールの首元から色あせた青い刺《いれ》青《ずみ》が喉の半ばまで覗いている。少しして、それがヘビの模様らしい、とリーバスは気づいた。もう一人はずっと若く、眼鏡をかけた痩せぎすの男だ。

「きみが詩人なんだな」リーバスが察した。

「こいつをバイロン卿（十九世紀のイギリスの詩人）って、おれたち呼んでる」年長の男がしゃがれ声で答えた。

「それで死体が誰だかわかったんです」若い係員がリーバスに言った。「ぼく、昨日、彼の朗読会に行ってきたばかりで……」腕時計に目をやる。「一昨日ですね」と言い直し、リーバスに十二時を過ぎていることを思い出させた。「これと同じ服装をしていました」

「顔だけではわかりにくいものね」シボーンが調子に乗って言い添えた。

若い係員がうなずいた。「それでも……髪やジャケット、ベルトで……」

「で、なんて名前なんだ？」リーバスがたずねた。

「トドロフ。アレクサンドル・トドロフ。ロシア人なんです。ぼく、詰所に彼の詩集を一冊置いてるんです。サインしてくれたものを」

「ちょっとばっかし値打ちが出るんじゃないか」と年長の係員が急に関心を寄せた。

「取ってきてくれるか？」リーバスが頼んだ。若い係員はうなずき、せかせかと横をすり抜けて廊下へ向かった。リーバスはずらりと並んだ冷蔵ボックスの扉を見た。「どれに入っている？」

「三番」係員がその扉を拳《こぶし》で叩いた。ラベルはついているが、名前はまだ書き込まれていない。「バイロン卿の言うことは間違ってないと思うよ。あいつ、頭がいいから」

「あの男、いつからここに勤めてるんだ？」

「二カ月ほどになるね。ほんとはクリス・シンプソンって名前だ」

シボーンにはたずねたいことがあった。「検死はいつ始まるの？」

「監察医がここにやって来たら、ただちに」

リーバスはそこにあった《イーヴニング・ニューズ》紙を取り上げた。「〈ハーツ〉ファンはがっかりだな」と係員が言った。「プレスリーは主将としての統率力を失ってるし、コーチときたら選手の世話をするだけだ」

「シボーンにとっては嬉しい話だ」リーバスが答えた。新聞を掲げ、シボーンにも第一面が読めるようにしてやった。「十代のシーク教徒少年がピルリグ・パークで襲われ、髪をむりやり刈り取られた」

「わたしたちの受け持ち区域じゃなくてよかった」シボーンが言った。足音がしたので三人は一斉に振り返ったが、薄い単行本を手にクリス・シンプソンが戻ってきただけだった。リーバスが受け取り、後ろのカバーを見た。にこりともしない著者の顔がこちらを見つめている。リーバスがそれをシボーンに見せると、シボーンが肩をすくめた。

「革ジャケットは同じ物のようだな」リーバスが言った。「でも首にチェーンのようなものを着けている」

「朗読会のときにも着けていましたよ」シンプソンが証言した。

「今夜運んできた男は？」

「チェーンはなかった——さっと見た限りでは。盗られたのかもしれません……そのう、強盗に」

「あるいはその詩人ではないのかもしれん。トドロフはいつエジンバラに来たんだ？」

「何らかの奨学金で来ているんです。ロシアを離れて久しいようで——自らを亡命者と呼んでいます」

リーバスは詩集を繰った。タイトルは『アスターポヴォ・ブルース』だ。英文で書かれており、〝ラスコーリニコフ〟や〝レオニード〟、〝精神的グーラグ〟などの文字が見える。「詩集の題名はどういう意味なんだ？」シンプソンにたずねた。

「トルストイが死んだ場所なんです」

年長の係員が嬉しそうに笑った。「こいつ、頭がいいって言っただろ」

リーバスが本をシボーンに渡すと、彼女は表紙をめくってタイトルページを出した。トドロフは献辞を書いていた。〝親愛なるクリス、信じ続けてください、私が信じているように、そして信じていないように〟

「どういう意味？」シボーンがたずねた。

「詩人になりたいってぼく言ったんです。すると彼は、だったらもう詩人になってるって教えてくれました。これはきっと、自分は詩を信じているけど、ロシアを信じていないという意味だと思います」若いシンプソンは頬を染めた。

「どこで会ったんだ」リーバスがたずねた。

「〈スコティッシュ・ポエトリー・ライブラリー〉——キャノンゲートの近くです」

「彼には連れがいたのか？　奥さんとか、出版社の者とかが？」

シンプソンはよくわからないと答えた。「彼は有名なんですよ。ノーベル賞の噂もあったし」

シボーンは詩集を閉じた。「ロシア領事館に問い合わせられるわ」と提案する。リーバスはゆっくりとうなずいた。車の近づいてくる音がした。

「監察医のどっちかが来たんだ」年長の係員が言った。

「解剖室の準備をしよう、バイロン卿」

　シンプソンが詩集に手を伸ばしたが、シボーンは詩集を振って拒んだ。

「少しの間、借りていてもいいかしら？　ネットオークションには出品しないから」

　シンプソンは気が進まない様子だったが、仕事にかかろうと同僚から促された。シボーンはコートのポケットに詩集を忍ばせることで、取引を認めさせた。リーバスが玄関ドアのほうを見ていると、ドアが大きく引き開けられて、腫《は》れぼったい目のゲーツ教授が現れた。二歩ほど遅れてドクター・カートも入ってきた——二人はしょっちゅう組んで働いているので、リーバスはワン・セットのように思うことがしばしばだった。仕事外では別の、独立した生活を送っているとは想像できない。

「ああ、ジョン」ゲーツ教授が室内温度と同じぐらい冷えた手を差し伸べた。「夜になって冷え込んできた。クラーク部長刑事もいるんだね——さぞかし師匠の影響から逃れられる日を楽しみにしてることだろう」

　シボーンはその言葉に引っかかったが、言い返さなかった——自分はリーバスの影響力からとっくに抜け出ているつもりだ、と主張したってしかたがない。リーバス自身もその言葉に肯定の笑みを浮かべ、次は顔色の悪いカートと握手を交わした。十一カ月前に癌《がん》の疑いが持ち上がり、それ以後、煙草をやめたにもかかわらず、どことなく活気が失われたままである。

「元気かい、ジョン？」カートがたずねた。リーバスはそれは自分がたずねるべき質問だと感じたが、とりあえずうなずいて肯定した。

「二番扉だと思う」ゲーツが同僚を振り返って言った。「賭けに乗るか？」

「実際は三番なんです」シボーンが教えた。「ロシアの詩人ではないかと考えています」

「トドロフじゃないよな？」カートが片眉を上げてたずねた。シボーンが詩集を見せると、眉がさらに上がった。

「詩が好きだとは知らなかったな」リーバスが言った。

「外交問題となる事件を扱ってるってことか？」ゲーツがからかった。「傘の先端に毒が塗ってあるかどうか、調べるべきかね？」

「凶暴な路上強盗に襲われたようなんです」リーバスが説明した。「顔から皮膚が剥がれ落ちる毒でも検出されたら、話は別ですがね」

「壊死性筋膜炎」カートがつぶやいた。

「化膿レンサ球菌から引き起こされる」ゲーツが付け加えた。「そんな症例を見たことはないが」リーバスの耳には、本気でがっかりしているように聞こえた。

打撲による内出血。警察医の賭けは的中していた。


リーバスは居間に座って、電灯を点けようともせず、煙草を吸っていた。職場やパブでの喫煙を禁止した政府は、今や家庭からも煙草を追放しようとしている。どうやってそれを施行するのだろうか。ＣＤプレーヤーでジョン・ハイアットのアルバムを音量を絞って流していた。曲は《リフト・アップ・エヴリ・ストーン》。警察にいた間、自分のやったことはただ、石を一つずつ片端から持ち上げることだけであった。ハイアットの場合はその石を使って壁を積み上げているのだが、自分は石の下を覗き込んでは、逃げまどうちっぽけな黒い生き物を探したのだった。この歌詞は詩なのだろうか。ロシア人の詩人はリーバスがそれにかぶせた即興イメージをどう考えたことだろう。先ほどロシア領事館に電話をしてみたのだが、応答はなく、留守録のメッセージすら流れなかったので、今日の仕事はそれまでにしたのだった。シボーンは検死解剖の間居眠りをして、ゲーツにいらだたしい思いをさせた。

それはリーバスが悪い。最近シボーンにずっと残業をさせ、自分が今なお気になっている、ありとあらゆる迷宮入りの古い事件に関心を持たせようとしていたのだ。そうすれば、自分が忘れ去られないのでは、と願い……

　リーバスはシボーンを送り届け、静まりかえった夜明けの街路をマーチモントまで戻って、車をいつもの駐車スペースに停め、三階のフラットに帰ったのだった。居間には張り出し窓があり、そこに愛用の椅子を据えている。ぜったい寝室へ行くと自分に言い聞かせているものの、まんいちに備えてソファの裏に掛け布団が用意してある。ウイスキー瓶もそばに置いていた――先週末に買い求め、まだ何杯分か残っている〈ハイランド・パーク〉の十八年物。酒と煙草とちょっとした夜の音楽。以前ならそれでじゅうぶん心の安らぎを得られたが、仕事を離れたらそれで気力を保てるだろうか。自分にはほかに何がある？

　イングランドで大学講師と同棲している娘が一人。

　イタリアへ越した元妻。

　パブ。

　タクシーの運転手をしている自分や、弁護士に雇われて証人の予備尋問をしている自分など想像できない。ほかの連中のように、マルベリャやフロリダ、ブルガリアに移住して、第二の人生を歩む姿も想像できない。中には年金を不動産に投資し、複数のフラットを学生に賃貸する者もいる――知り合いの主任警視はそうやって財を蓄えたが、リーバスは面倒事はまっぴらだった。きっと自分なら学生がカーペットに煙草の焼けこげを作ったとか、食器を洗っていないとか文句ばかり言うにちがいない。

　スポーツ？　そんなものはしない。

　趣味や暇つぶし？　それなら今やっている。

「今夜はいささか気持ちが滅入ってるじゃないか、ジョン？」声に出して自分に問いかけた。スコットランドを憂い、不平不満を述べることなら誰にも負けないだろうと思うと、思わず笑い声がもれた。だが少なくとも自分は再び袋のジッパーを閉められて三番の引き出しに収められたのではない。検死のとき、彼は殴りだしたら歯止めのきかないタイプの犯罪人を次々と思い浮かべてみたのだった。たいていの者は刑務所にいるか、病院で鎮静剤を打たれている。ゲーツも言っていた――「これは怒りのなせる業《わざ》だ」

「一人の怒りではないかもしれないな」とカートが言い添えたのだった。

たしかに、襲撃したのは複数の人間かもしれない。被害者は頭蓋骨が砕けるほどの力で後頭部を強打されていた。ハンマー、鉄パイプ、野球のバット――もしくはそれに類した物で。それが最初の一撃だったのだろうと思っている。被害者はおそらく殴り倒され、加害者に反撃できるような状態ではなかったであろう。ではなぜ顔面を執拗に殴り続けたのか？　ゲーツが考えたように、普通の強盗ならそこまではしない。ポケットの中身を抜き取ってすぐに逃げたはずだ。指輪が一つはずされていた。左手の手首に筋が入っているので、腕時計を着けていたと思われる。首の後ろにかすかなへこみがあるから、ネックチェーンも奪われたのかもしれなかった。

「現場に遺留品はなかったのか？」カートがチェストカッターに手を伸ばしながら、言ったのだった。

リーバスはかぶりを振った。

もしも被害者が何らかの抵抗を試みたとしたら……何か気に障ることを言い過ぎたのかもしれない。あるいは人種差別的な偏見があり、被害者の発音で出身がばれたのでは？

「死亡者はたっぷりと食事を取っているな」ゲーツは胃を切り開きながら、しばらくしてそう評したのだった。「エビのカレー、そしてわたしの考えが正しければ、ラガービールでそれを流し込んでいる。どうだ、ドクター・カート、ブランディかウイスキーの臭いがしないか？」

「たしかにするな」

そんなふうにして検死は進行した。シボーン・クラークは睡魔と戦い、隣に座ったリーバスは監察医の仕事ぶりを見つめていた。

拳に擦り傷はなく、爪の間に皮膚の断片も挟まっていない——被害者の防御行為を示すものは何もない。衣服はチェーンストアの製品で、科捜研に回される。血を洗い流すと、その顔は詩集の写真と酷似してきた。シボーンがしばし居眠りをしている隙に、リーバスはそのポケットから詩集を取りだし、見返しのページにトドロフの略歴を見つけた。一九六〇年、モスクワのジダーノフ地区に生まれ、元文学部講師であり、さまざまな賞や奨学金を取り、詩集を六冊と子供のための詩集を一冊刊行していた。

そして今、窓辺の椅子に座っているリーバスは、キングズ・ステイブルズ・ロードの近くに、たしかインド料理店があったのを思い起こした。明日電話帳で調べてみよう。

「いやいや、ジョン。もう明日になってるぞ」と独りごちた。

帰路に終夜営業のガソリンスタンドで、今日の記事をもう一度見るために《イーヴニング・ニューズ》紙を買った。マーミオン事件の公判が刑事裁判所で引き続きおこなわれている——グレイスマウント地区のパブで銃撃があり、一人死亡、一人は瀕死の重傷という事件だ。シーク教徒の少年は打撲傷やこぶを作ったぐらいでなんとか逃げたが、髪の毛は宗教上聖なるものなので、襲った者はその知識があったのではないかと思われている。

そしてジャック・パランスが亡くなった。実生活でどんな人物だったのかは知らないが、映画ではいつも非情な男を演じていた。リーバスは〈ハイランド・パーク〉をもう一杯注ぎ、乾杯の印にグラスを挙げた。
「非情な男たちに」ウイスキーを一気に呷《あお》った。

シボーン・クラークは電話帳に列挙されたレストランの最後まで目を通した。可能性のありそうなレストラン名数軒には下線を施したが、実はインド料理店のすべてに可能性がある——エジンバラは小さな市なので、どこへでも簡単に行けるからだ。だがまずは現場にいちばん近いところから始め、だんだん範囲を広げていこう。ラップトップを開けて、トドロフを検索にかけてみた——何千もの項目が出てきた。ウィキペディアにすら出ていた。項目の一部はロシア語で書かれていた。アメリカからのエントリーもいくつかあって、さまざまな大学の授業予定表にトドロフの名前があった。『アスターポヴォ・ブルース』の書評も載っていたので、彼の詩はロシアの過去の文学者を取り上げており、さらに母国についての政治批判をテーマにしているのを知った——とはいえ、この十年間、彼が母なるロシアに実際に住んでいたわけではないが。自分を亡命者と称しているのももっともで、グラスノスチ後のロシアに対する彼の批判はロシア当局の大いなる怒りと嘲笑を招いたのだった。あるインタビューで、自分を反体制者と思っているのか、とたずねられ、彼は「建設的な反体制者」だと答えている。

シボーンはなまぬるいコーヒーをまた口に含んだ。これはあんたの事件なのよ、と自分に言い聞かせる。リーバスはまもなく警察を離れる。それについてはあまり考えないようにした。長年二人は組んで働いてきたので、お互いに頭の中が読み取れるほど親しくなっている。リーバスがいなくなれば淋しいだろうが、リーバスのいない未来を考え始めなければならなかった。そりゃあ、一杯飲んだり、たまには食事を一緒にすることもあるだろう。リーバスに噂話やちょっとした情報を教えたりするかもしれない。そしてリーバスは彼が押しつけようとした、あのいくつかの未解決事件についてうるさくたずねるのではないだろうか……

部屋のテレビのBBCニュース24を消音で流している。二回ほど問い合わせの電話をかけて、詩人が行方不明だという届け出がまだ出ていないことを確かめた。ほかにやることがないので、しばらくしてテレビとコンピュータの電源を切り、バスルームへ行った。電球が切れていたので、暗い中で服を脱いで、歯を磨いた。気がついたら歯ブラシを水でなく、湯の蛇口でゆすいでいた。ベッド脇の明かりをつけ、それにピンクのスカーフをかぶせると、枕を整え、ベッドに座って膝を立て、そこへ『アスターポヴォ・ブルース』を載せた。四十数頁しかない本だが、クリス・シンプソンはそれに十ポンド支払っていた。

〃信じ続けてください、私が信じているように、そして信じていないように……〃

最初の詩はこんな言葉で終わっていた。

〃国が血と涙を、涙と血を流しているとき、
男は目をそらした、
証言しなくてもすむように〃

タイトルページへ戻ってみると、この詩集はトドロフ自身が〃スカーレット・コルウェルの助力を得て〃ロシア語から翻訳したものだとわかった。シボーンは後ろにもたれて二番目の詩を読み始めた。三番目の詩の四節まで読んだところで、眠りに落ちた。

第二日

二〇〇六年十一月十六日　木曜日

3

〈スコティッシュ・ポエトリー・ライブラリー〉はキャノンゲートから派生するたくさんの路地やアーチ天井付きの小道の一つにある。リーバスとシボーンは見つけそこねて、議事堂とホリールード宮殿まで出てしまった。今度はもっと車の速度を緩めて坂を登ってみたが、まだ見つけられなかった。

「それに駐車する場所もない」シボーンがこぼした。今朝はシボーンの車で来ているので、クライトン・クローズの表示を見つけるのはリーバスに任せていた。

「後ろのあそこだと思う」リーバスは後ろを振り向いて言った。「歩道脇に車を停めて、見てみよう」

シボーンはハザード・ランプをつけたまま車をロックし、通り過ぎる車に擦られないようにサイドミラーを引っ込めた。「もし違反切符を切られたら、払ってくださいよ」とリーバスに念を押した。

「警察の捜査なんだ。そう主張しよう」

〈スコティッシュ・ポエトリー・ライブラリー〉はアパート群の中に巧みに紛れ込んでいた。カウンターに受付の女性が座っていて、入ってきたリーバスらを満面の笑みで迎えた。警察手帳を見せたとたん、笑顔が消えた。

「一昨日の朗読会のことなんだが――アレクサンドル・トドロフの」

「はいはい」女性司書が答えた。「とってもよかったんですよ。彼の詩集をここで少しばかり販売しております」

「トドロフはエジンバラへ一人で来たんですか？　家

族とか、そういう人は……？」

女性は鋭い目つきになり、胸元のカーディガンを摑んだ。「何かあったんですか？」

シボーンがそれに答えた。「昨夜、襲われたんです」

「まあ」司書が息を飲んだ。「それで彼は……？」

「助からなかった」リーバスが答えた。「親族に知らせなければならないので。少なくとも身元確認ができる人を見つけなければ」

「アレクサンドルはペンクラブと大学に招待されてエジンバラへ来たんです。ここへ来て二カ月ほどになります……」司書の声が震え、体も震えていた。

「ペンクラブ？」

「文筆家のクラブなんです……人権に関して積極的な」

「ではどこに滞在していたんですか？」

「大学がバクルー・プレイスにフラットを用意したんです」

「家族は？　奥さんとか……？」

司書はかぶりを振った。「奥さんは亡くなったと思います。子供はいなかったんじゃないかしら――今となっては、それが幸いだったのかも」

リーバスはしばし考えた。「では朗読会を誰が企画したんですか？　大学、それとも領事館？」

「スカーレット・コルウェルです」

「翻訳者？」シボーンが言い、肯定のうなずきが返った。

「スカーレットは大学のロシア学部で働いています」

司書が机に置かれた紙片を繰り始めた。「どこかに彼女の電話番号を書いたんだけど……なんて恐ろしい。気が動転してしまって」

「朗読会では何も起こらなかった？」リーバスはさりげなくたずねた。

「何も、って？」リーバスに言葉を補うつもりがないのを見て、司書はかぶりを振った。「とても順調に進行しましたよ。暗喩もリズムもすばらしくて……彼がロシア語で暗唱したときですら、それにこめられた情熱を感じられたわ」しばらく追想に耽《ふけ》っていた。やがてため息をついた。「アレクサンドルはそのあと、嬉しそうに著書にサインをして」

「まるで、いつもはそうじゃないような言い方ね」シボーンが指摘した。

「アレクサンドル・トドロフは詩人だったんです。大物の詩人だった」それで説明がついたかのような言い方だった。「ああ、あったわ」紙切れを取りだしたが、手放したくない様子だった。そこでシボーンはその番号を携帯電話に打ち込み、司書に手間をかけた礼を述べた。

　リーバスは周囲を見回していた。「どこで朗読会をやったんですか？」

「上の階で。七十人以上の人が集まりました」

「撮影をした人はいないでしょうね？」

「撮影？」

「記録として」

「なぜそんなことをお訊きになるの？」

　リーバスは答える代わりに肩をすくめた。

「録音はしましたけど」司書が言った。「音楽スタジオから来た方が」

　シボーンがノートを構えた。「名前は？」

「アビゲイル・トーマス」司書は自分の勘違いに気づいた。「あら、わたしの名前じゃなくて、録音者の名前ね？　チャーリー何とかだったわ……」アビゲイル・トーマスは目を固く閉じ、やがて大きく見開いた。「チャールズ・リオダン。リースにスタジオを持ってるんです」

「ありがとう」リーバスが言った。「連絡を取るべき相手を誰か考えつきませんかね？」

「ペンクラブね」

「その夜、領事館から誰か来ませんでしたか？」

「来なかったと思うわ」

「ほう？」

「アレクサンドルはロシアの現状に対する批判をはっきりと口に出していたから。数週間前、〈クエスチョン・タイム〉の討論会に出演したんですよ」

「テレビ番組ね？」シボーンがたずねた。「ときどき見るわ」

「じゃあ、かなり上手に英語をしゃべれるんだな」リーバスが推測した。

「その気になったら」司書が苦笑いを浮かべた。「もし相手の意見が気に入らなかったら、英語の能力が急に落ちるみたいで」

「なかなかの人物だったようだな」リーバスは認めざるをえなかった。階段近くのテーブルに、トドロフの著書が小さな山となって展示されていた。「これは売るため？」とたずねた。

「そうなんです。一冊お求めになります？」

「サインしてあるのかな？」司書がうなずくのを見た。

「だったら、六冊もらおう」上着のポケットを探って財布を取りだす間に、司書が席から立ち上がって、本を取りにいった。シボーンの視線を感じたリーバスは何か聞き取れないことをつぶやいた。

「ネットで販売」というような言葉を。


車には違反切符こそなかったが、そこをすりぬけようとする車列の運転者たちから次々と睨みつけられた。リーバスは本の入った袋を後部座席に投げ込んだ。

「おれたちが行くことを知らせるべきかな？」

「そのほうがいいでしょうね」シボーンが同意し、携帯電話のキーを押して耳に当てた。「ねえ、そもそもネット販売のやり方を知っているんですか？」

「これから憶えればいいさ」リーバスが答え、言い添えた。「トドロフのフラットで会うと伝えてくれ。まんいち、彼がそこで意識不明になって倒れていて、死体保管所にいるのはよく似た別人だった、なんてことがないように」拳を口に当ててあくびを噛み殺した。

「全然寝ていないんですか？」シボーンがたずねた。

「きみと同じぐらいだよ」

　シボーンの電話は大学の交換台とつながった。スカーレット・コルウェルと話したいと告げると、本人が出た。

「ミズ・コルウェル？」しばらく間が空く。「あ、すみません、ドクター・コルウェル」シボーンはリーバスに向かって目を剝いて見せた。

「おれの痛風を治せるか訊いてみてくれ」リーバスが小声で言った。シボーンはリーバスの肩を叩きながら、ドクター・スカーレット・コルウェルに悪い知らせを伝えた。

　二分後、二人はバクルー・プレイスへ向かった。そこにはジョージ朝様式六階建ての建物があり、それに面して近代的だがはるかに醜悪な大学の建物群があった。高層の学舎の一つは、エジンバラ市民の悪評がとりわけ高かった。そのそびえたつ建物は、おそらく市民の敵意を感じてか、自壊し始め、ときおり外装材の塊が上から落ちてくる。

「ここで勉強したことはないんだろ？」シボーンの車が敷石の上をがたがた進む間に、リーバスがたずねた。

「ええ」シボーンが答え、駐車区域へハンドルを切った。「あなたは？」

　リーバスがふんといなした。「おれは恐竜みたいなもんだ。青銅器時代には、大学の免状や角帽を持ってなくっても刑事になれたんだよ」

「恐竜って青銅器時代には絶滅してたんじゃないですか？」

「大学に行ってないんで、そういうことにはうといんだ。ここでコーヒーを飲めそうかな？」

「フラットで、ってことですか？」シボーンはうなずくリーバスを見つめた。「死んだ人の家でコーヒーを飲むの？」

「もっと最低なところでも飲んだことがある」

「あのね、その言葉を信じるわ」シボーンが車を降り、リーバスも続いた。「あそこにいるのが彼女のようです」

　コルウェルは石段の最上段に立ち、すでに玄関のドアの鍵を開けていた。軽く手を振ったので、リーバスとシボーンはうなずいた――シボーンは礼儀として、リーバスはスカーレット・コルウェルが美人だったからである。赤褐色の長い髪が波打ち、瞳は黒く、体型は美しい曲線を描いている。ぴったりした緑色のミニスカート、黒いタイツ、臑《すね》までの長さの茶色いブーツをはいている。フードのついたコートはウエストまでの長さしかない。風で目にかぶさった髪の毛を払いのける仕草を見たとき、リーバスはキャドバリー・フレイク・チョコレートのセクシーきわまりない広告を連想した。マスカラがにじんでいる。知らせを聞いたあと少し涙を流した証拠なのだろうが、紹介を受ける間、彼女は気丈に振る舞っていた。

　コルウェルは先に立って最上階の五階まで階段を上がり、そこで別の鍵を取りだしてアレクサンドル・トドロフのフラットのドアを解錠した。一階下で休んで息を整えたリーバスはドアが開いたときにちょうど着いた。中は狭かった。狭く短い廊下の先が居間で、横に小さなキッチンが付いている。窮屈そうなシャワールームにトイレの個室、メドウズを見渡せる寝室が一つ。建物のひさし部分にあるので、天井が急角度で斜めになっている。トドロフがベッドでいきなり身を起こして座ったとき、頭を打ったことがあるのではなかろうか、とリーバスは思った。ここについ最近まで住んでいた者がいなくなったせいなのか、このフラットにはたんに無人というだけではない、究極の孤独が漂っていた。

「今回のことについてはとても残念でした」三人が居間に立っているときにシボーンが悔やみを言った。リーバスは周囲を見回した。書き損じの紙を丸めて捨ててあるゴミ箱、くたびれたソファの横に転がったコニャックの空き瓶。壁にはエジンバラのバス路線図が貼られ、その真下には電動式タイプライターを載せた折りたたみテーブルがある。コンピュータやテレビやステレオの類《たぐい》は見当たらず、アンテナの折れたポータブルラジオがあるのみだ。本が散乱していた。英語やロシア語で書かれた本で、ほかの言語のものも数冊交じっている。ソファのアームにはギリシャ語の辞書。飾り棚らしきところには空のラガービール缶がいくつか。期日の過ぎた先月のパーティへの招待状が何枚かマントルピースの上に置いてある。彼らはさっき入り口の床に置かれた電話機のそばを通ってきた。トドロフは携帯電話を持っていたんですか、とリーバスはたずねた。コルウェルがかぶりを振ると、髪の毛がしなやかに揺れたので、リーバスは同じ仕草が返るような質問をもう一つしてみたくなった。シボーンが咳払いをしたので、思いとどまった。

「コンピュータも持ってなかったんですね？」やっぱりリーバスはたずねた。

「わたしのオフィスにあるコンピュータを使ってください、って申し上げたんですが、アレクサンドルはテクノロジーとやらを信用しないタイプだったので」

「彼とは親しかったのですか？」

「わたしは彼の翻訳を担当してました。奨学金制度が発表になったとき、わたし、彼のために猛運動したんですよ」

「では、エジンバラへ来る前、トドロフはどこに住んでいたのです？」

「一時期はパリに……その前はケルンで……スタンフォード、メルボルン、オタワにも……」笑みを浮かべて見せた。「パスポートのスタンプの数を自慢してい

「怒りっぽいとか？」

「別にそんなことはありません」

「でも討論が好きだと言ったでしょう」

「談論を楽しむってことです」コルウェルが言い直した。

「最後に彼と会ったのは？」

「〈スコティッシュ・ポエトリー・ライブラリー〉で。彼は朗読会のあとパブへ向かいました。でもわたしは家に帰りたかったので——クリスマスの休みまでに採点しなければならないレポートがあったんです」

「ではパブへは誰と行ったんですか？」

「聴衆の中に地元の詩人が何人かいましたから。ロン・バトリン、アンドリュウ・グレグ……アビゲイル・トーマスも行ったんじゃないかしら、飲み物の支払いをするためだけにしろ。アレクサンドルはお金にうとかったんです」

　リーバスとシボーンは顔を見合わせた。司書にもうたわ」

「そう言えば」シボーンが口を挟んだ。「彼のポケットは空っぽだったのですが——ふだん、どんな物を携帯しているかご存じでしょうか？」

「筆記用具……現金を少々ぐらいかしら……」

「クレジットカードは？」

「キャッシュカードを持ってました。ファースト・オルバナック銀行に口座を持ってると思います。この部屋のどこかに取引明細書があるんじゃないかしら」コルウェルが見回した。「強盗に襲われたっておっしゃいましたね？」

「襲われたのは確かです」

「彼はどんな人物だったんですか、ドクター・コルウェル？」リーバスが口を挟んだ。「道路で誰かに襲われたら、立ち向かって撃退するでしょうかね？」

「ええ、そう思いますわ。頑健な体をしてましたから。おいしいワインや討論が好きでした」

一度話を訊かなければならない。リーバスは軽く咳払いをして間を置いてから、次の質問に移った。「死体の確認をお願いできますかね、ドクター・コルウェル？」

スカーレット・コルウェルはさっと青ざめた。

「あなたがいちばん親しい人だったようですから」リーバスが主張した。「身内の方でも見つかれば、いいのですがね」

しかしコルウェルはすでに心を決めていた。「いいですよ。やりましょう」

「では今からお連れします」シボーンが言った。「もし差し支えなかったら」

コルウェルは宙を見つめたままゆっくりとうなずいた。リーバスがシボーンに注意を促した。「署に連絡するんだ。ホズとティベットをここへ来させて室内を調べさせよう。パスポートやキャッシュカード、ノートを探すんだ……もしここにないなら、誰かが盗んで持ってるか、それを捨てたかだな」

「鍵束もね」シボーンが言い添えた。

「そのとおり」リーバスは再び室内を見回した。「この部屋が荒らされたのかどうか、よくわからない――あなたにはわかりますか、ドクター・コルウェル？」

コルウェルはかぶりを振り、片目にかぶさった一筋の髪を払った。「いつもこんな感じでしたから」

「では鑑識班の必要はない」リーバスがシボーンに言った。「ホズとティベットだけで事足りる」シボーンはうなずきながら携帯電話を取りだした。その間にリーバスはコルウェルの言葉を聞き逃した。

「一時間後に個人指導の授業があるんです」コルウェルが繰り返した。

「じゅうぶん間に合うように帰れますよ」リーバスはいいかげんな気持ちで請け合った。シボーンに手を差し出した。「鍵を」

「え？」

「きみはここに残ってホズとティベットを待ってろ。おれはドクター・コルウェルを車に乗せて死体保管所まで行く」

シボーンはしばらく睨んでいたが、諦《あきら》めた。

「あとで、どっちか一人にカウゲートまで送ってもらえ」リーバスは慰めるつもりで言った。

4

監察医が施した処置を隠すために死体の大部分は布に包まれていたにもかかわらず、身元確認はすぐに終わった。コルウェルはほんの少しの間リーバスの肩に頭を預け、一滴の涙をこぼした。リーバスが清潔なハンカチを持ち合わせていないことを悔やんでいる間に、コルウェルは自分のショルダーバッグからハンカチを出して涙をぬぐい、鼻をかんだ。ゲーツ教授も、四、五年前にはぴったりと体に合っていたであろう三つ揃いの背広姿で、その場にいた。頭を垂れ、両手を前に組んだ姿勢で、しかるべき敬意を示している。

「アレクサンドルです」コルウェルがやっとつぶやいた。

「確かなんですね」リーバスはやはり念を押さざるをえなかった。

「間違いありません」

「では」ゲーツが口を挟んだ。「書類を書く前に、ドクター・コルウェルにお茶でも差し上げてはどうかな？」

「書類は二枚だけなんです」リーバスが穏やかに説明した。コルウェルがゆっくりとうなずいたので、三人は監察医の個室へ向かった。そこは自然光が入らない閉塞感のある小部屋で、横のシャワーブースから湿った臭いが漂ってくる。勤務交代になっていて、紅茶を運んできた係員はリーバスの知らない男だった。ゲーツがその男をケヴィンと呼びかけ、出て行く際にドアを閉めてくれと注意したあと、机上のフォルダーを開いた。

「ところで」とゲーツが言った。「ミスター・トドロフはなんらかの形で車マニアだったんですかね？」

「彼はエンジンとトランクの区別もつかなかったと思います」コルウェルがほのかに微笑した。「以前、電気スタンドの電球を取り替えてくれ、ってわたしに頼んだぐらいですもの」

ゲーツは笑みを返し、リーバスに向き直った。「科学捜査班が、車の修理工として働いていたんじゃないか、ってたずねてほしいと言ってる。ジャケットの端とズボンの膝にオイルが付着していた」

リーバスは現場を思い返してみた。「地面にオイルが付着していたのかもしれない」

「キングズ・ステイブルズ・ロードだったな」ゲーツ教授が言った。「昔の馬屋の多くがガレージになってるところだ」

リーバスはうなずき、コルウェルのほうを見て、様子を窺《うかが》った。

「だいじょうぶよ。もう泣いたりしません」コルウェルが言った。

「誰がそう言ってたんですか？」リーバスはゲーツ教授にたずねた。

「レイ・ダフ」

「レイは能なしではない」リーバスが言った。それどころか、レイ・ダフは科捜研で最も優秀な技官だと十二分に承知していた。

「今、現場でレイはオイルの有無を調べているんじゃないか？」ゲーツが問いかけた。

リーバスはうなずいて、紅茶のカップを口につけた。

「被害者がアレクサンドルに間違いないと知ったわけですけど」とコルウェルがしばしの沈黙の中で口を開いた。「このことを黙っていたほうがいいんですか？マスコミに隠しておきたいとか？」

ゲーツが鼻を鳴らした。「ドクター・コルウェル、マスコミに隠すなんて不可能ですよ。ロウジアン&ボーダーズ警察はザル同然なんです――この建物もそうですがね」ドアのほうへ頭を向けた。「そうだろ、ケヴィン？」と大声で問いかける。廊下を遠ざかる足音が聞こえてきた。ゲーツは満足げな笑みを浮かべて、鳴り始めた電話器を取り上げた。

リーバスは受付で待っているシボーンからにちがいないと思った……

コルウェルを大学まで送り届けたあと、リーバスはシボーンに昼食を奢《おご》った。そう誘ったとき、シボーンはまじまじとリーバスを見てから、どっか悪いの、とたずねた。リーバスがかぶりを振ると、だったら何か頼みがあるのね、と言った。

「引退したら、なかなかこんなチャンスはないだろ」リーバスが説明した。

二人はウエスト・ニコルソン・ストリートにある二階のビストロへ入った。今日のお勧め料理は鹿肉のパイだった。付け合わせはフライドポテトとエンドウ豆で、リーバスは皿全体にHPブラウンソースを瓶の四分の一ほどもかけた。それでも店を出るときまで、デューカーズ・エールを半パイントだけに抑え、一本の煙草を四回吸うだけで我慢した。パイをほおばりながら、リーバスはレイ・ダフの質問についてシボーンに語り、トドロフのフラットで何も不審な点はなかったかとたずねた。

「コリン青年はフィリダに気があるんじゃないかしら?」シボーンは物思いに耽った顔になった。フィリダ・ホズ刑事とコリン・ティベット刑事はリーバスやシボーンと同じく、ゲイフィールド・スクエア署の犯罪捜査部室に籍を置いている。最近まで四人はデレク・スター警部の底意地の悪い監視の下で働いていたが、現在スターは自分の当然の権利とみなしている昇進を求めて、フェティス・アヴェニューにある警察本部へ出向している。噂では、リーバスが夕日のかなたへ消え去ったあと、シボーンが彼の跡を継いで警部へ昇進するだろうと言われている。それはシボーンが耳を傾けまいとしている噂だった。

「どうしてそんなことを言う?」リーバスはグラスを挙げ、すでに中身がほとんどないことに気づいた。

「二人はとてもうまが合ってるようなんで」

リーバスはシボーンを見つめ、傷ついた顔をして見せた。「おれたちはそうじゃない、とでも?」

「わたしたちはだいじょうぶ」シボーンが笑顔で答えた。「でもあの二人は何回か、デートしてるようなんです——人に知られたくはないんでしょうけど」

「あいつら、今頃死人のベッドでいちゃいちゃしてるってことか」

シボーンは鼻に皺を寄せてその表現に報いた。少し間を置いて言葉を続けた。「どう対応しようかと思って」

「おれがいなくなって、きみが責任者となったときにか?」リーバスはフォークを置いて、睨みつけた。

「未解決な事柄のすべてを整理したいと言っていたの

は、あなたでしょう」シボーンが文句を言った。

「そりゃそうだが、自分が身の上相談のおばちゃんだと思ったことはないぞ」グラスを再び挙げたが、すでに飲み干してしまっていた。

「コーヒーでももらいましょうか？」取りなすかのような口調でシボーンが言う。リーバスはかぶりを振り、ポケットをぽんぽんと叩いた。

「煙草をまともに吸いたい」煙草のパックを見つけて立ち上がった。「きみがコーヒーを飲んでる間、おれは外にいる」

「今日の午後はどうします？」

リーバスは考えた。「手分けしてやればはかどるだろう――きみは司書にもう一度会ってくれ。おれはキングズ・ステイブルズ・ロードへ行ってみる」

「いいわ」全然よくはないことを隠そうともしないで、シボーンが返事した。リーバスは何か言葉を探すかのように、少しの間動かなかったが、やがてシボーンへ挨拶代わりに煙草を振ってから、ドアへ向かった。

「ランチ、ごちそうさま」シボーンはリーバスが聞こえない距離まで離れたとたんに言った。

リーバスは二人が五分と経たないうちにいがみ合う理由がわかっているように思った。自分は戦場を離れるし、シボーンは昇進か否かの転換期に差しかかっている。二人は長い間一緒に働いてきた――同じぐらい長い間、友人としても付き合ってきた。今が難しいときであるのも無理はない。

二人にはベッドをともにした時期もあっただろう、と誰しもが想像しているが、二人ともそんな関係は避けてきた。いったんそんな関係に陥ったあと、どうやって仕事のパートナーとして働くのだ？ それは二者択一を迫られることとなるし、二人とも仕事に打ち込んでいたので、その邪魔になるものは何であれ要らなかったのだ。シボーンに一つだけ約束させたことがあり、それは最後の週に不意打ちのお別れパーティをしないということである。ゲイフィールド署の上司がパーティをしようとすら申し出てくれたが、かぶりを振って断ったのだった。

「きみは犯罪捜査部でいちばん長く勤めた警官だよ」マクレイ主任警部が言い張った。

「だったら、おれに長年我慢してくれた連中こそ、褒《ほう》美《び》に値しますよ」リーバスが言い返した。

レイバーン・ワインドの坂下にはまだ警察テープが張られていたが、市民の一人が青白のストライプ・テープをかいくぐって入っていた。その男はエジンバラに自分の入れない場所があるということが受け入れられないのかもしれない。犯罪現場を乱しているとレイ・ダフに注意されたときに、そいつが手を振り回しているのを見て、リーバスはそう推測した。悲しげにかぶりを振っているダフのほうへリーバスは歩み寄った。

「きみはここにいるだろうってゲーツが言ってたもんで」リーバスが言った。ダフが目を剝いた。

「今度はあんたが現場を踏み荒らしている」

リーバスは唇を歪めてその非難に答えた。ダフは〈B&Q〉日曜大工店で買い求めた、赤いプラスチックの古びた七つ道具箱の横にしゃがんでいる。その無数にある引き出しはアコーディオンふうに伸びて開くのだが、ダフはそれを閉じているところだった。

「あんたは足を上に載っけてるんじゃないかと思ってたのに」ダフが言った。

「暖炉の前で休んでるってことか」

ダフが笑った。「そう」

「何かわかったか？」

ダフは道具箱をかちりと閉め、それを持って立ち上がった。「小道のてっぺんまで歩いていって、途中にあるガレージのすべてを調べましたよ。もし被害者が坂の上で襲われたのなら、路面に血痕が残っているだろうから」ダフは片足をぽんと踏んで強調した。

「それで？」

「血痕がほかの場所にもあった」ダフはついてくるようにとリーバスに身振りで示し、小道からキングズ・ステイブルズ・ロード沿いに左へ曲がった。「これ、見えますか？」

リーバスは路面に目を凝らし、濡れた部分が細く伸びているのに気づいた。とぎれとぎれに続いている。血液は色が抜けかけているが、それでも見間違えようはなかった。「なぜ昨夜は気づかなかったんだろう？」

ダフは肩をすくめた。歩道際に停めてある彼の車のドアを開けて、七つ道具箱をしまった。

「血痕をどこまでたどった？」リーバスがたずねた。

「あんたがここへ来たとき、やり始めたところだったんで」

「じゃあ、今やろう」

二人は歩き始め、間隔を置いて現れる血痕を目で追った。「ＳＣＲＵに入るんですか？」ダフがたずねた。

「おれが必要とされてるだろうか？」ＳＣＲＵとは重大犯罪見直し班の略である。引退した刑事三名から成る班で、未解決事件の調査をするのが仕事である。

「先週、ぼくたちがどんな成果を挙げたか聞いてますか？」ダフが言った。「汗ばんだ指紋からＤＮＡが検出できたんです。それは迷宮入り事件などで役に立つ技術なんです。ＤＮＡブーストというソフトウエアを使えば、混じり合った複数のＤＮＡすら解析できる」

「きみの言ってることすら、おれは解析できないんだな」

ダフが嬉しげに笑った。「世の中は変化してるんですよ。普通の人にはついて行けないぐらい早く」

「おれにがらくたを抱え込めと言うのか？」

ダフは黙って肩をすくめた。百メートルほど歩いた二人は、今は駐車場ビルの出口に立っている。二つの遮断機があり、どちらの出口を通ってもよい。支払いを済ませたチケットをスロットに入れると遮断機が上がる。

「被害者の身元確認は済んだんですか?」ダフは再び血痕を見つけようとして見回しながらたずねた。

「ロシア人の詩人だった」

「車を運転していた?」

「電球すら替えられない男だったんだ」

「駐車場ってのは……オイルが少しこぼれていても不思議はない」

リーバスは遮断機の横にインターフォンが設置されているのに気づいた。ボタンを押してみた。数秒後、スピーカーからひび割れた声が聞こえた。

「何だね?」

「ちょっと教えてもらいたいことが……」

「道を教えろってか? あのな、おやじさん、ここは駐車場なんだ。ここは車を停めるだけのところだ」リーバスはほんの一瞬で状況がわかった。

「おれの姿が見えるんだな」あんのじょう、片隅の高所に出口へ向けられた防犯カメラが設置されていた。リーバスは手を振った。

「車のことで、何か問題でも?」声がたずねた。

「警察だ」リーバスが答えた。「話がある」

「何の話だ?」

「あんたはどこにいる?」

「もう一階上だ」声がやっと白状した。「おれの衝突事故と関係あるのか?」

「それは状況次第だな——人身事故で相手が死んだとか?」

「まさか、ありえねえ」

「だったらだいじょうぶだろうよ。今そっちへ行く」

リーバスは遮断機から離れて、駐車しているBMWの腹を四つんばいになって覗いているレイ・ダフのほうへ歩み寄った。

「こいつの新型に興味があるわけじゃないけどね」後ろへ来たリーバスに気づいてダフが言った。

「何か見つかったか？」

「この下に血が……そうとう多量だ。ぼくの考えでは、ここが血痕の行き止まりです」

リーバスは車の周囲を歩いた。ダッシュボードにチケットがあり、その朝の十一時に駐車場へ入ったことを示していた。

「隣の車だけど」ダフが言った。「その下に何かあるかな？」

リーバスは大きなレクサスを一周してみたが何も見えなかった。自分も四つんばいになってみるしかない。短い紐かワイヤーが見えた。車の下の地面へ手を伸ばし、指先でほじくってやっと引き出した。やっこらせとばかりに立ち上がり、それを指でつまんでぶらさげてみた。

飾りのない銀のネックチェーン。

「レイ」リーバスが言った。「きみの道具を取ってくるんだ」

5

シボーンは司書のところへまた行くほどでもないと判断して、ホズとティベットが家宅捜索を始めるのを見守りつつ、トドロフのフラットから電話をかけた。〈スコティッシュ・ポエトリー・ライブラリー〉の番号を押し終わらないうちに、ホズがトドロフのパスポートをひらひらと振りながら寝室から出てきた。

「マットレスの下の片隅にありました」ホズが言った。「一番に探したところに」

シボーンはうなずき、静かなところを求めて廊下へ出た。

「ミズ・トーマス？」と電話に言う。「クラーク部長刑事です。こんなに早くまたおたずねしたいことができて申し訳ありませんが……」

三分後、シボーンは名前を二つ手に入れて居間へ戻ってきた。アビゲイル・トーマスは朗読会のあと、トドロフとパブへ同行したが、彼女はその一軒だけで帰宅した。しかし詩人はパブを四、五軒はしごしないと気が済まない男だった。

「ミスター・リオダンとご一緒だから安心だと思っていたんです」トーマスがシボーンに言った。

「録音の技術者ですね？」

「そう」

「ほかに連れは？　詩人たちは誰もいなかった？」

「わたしたち三人だけでした。それに今言ったように、わたしは早く別れたので……」

その間にコリン・ティベットは机の引き出しやキッチンの戸棚を点検し終え、今はソファを傾けてその下にゴミ以外のものがないかと調べている。シボーンは床から本を一冊取り上げた。これも『アスターポヴォ・ブルース』だ。家でほんの数分ほど割いて、トルストイ伯爵について調べたので、一切の財産を捨てた彼のライフスタイルに従うことを拒絶した妻を避けてトルストイが家出し、アスターポヴォ駅の待避線で死亡したことを知っている。その知識が詩集の最後の詩、〝コーデックス・コーダ〟の理解に役立ち、〝冷たい、清められた死〟というリフレーンに納得がいった。トドロフは詩集のどの詩についてもまだ完成したとは思っていなかったようだ——すべての詩に鉛筆書きで修正が施されている。シボーンはゴミ箱から捨てられた紙を一枚取りだし、皺を伸ばしてみた。

〝都会の見えない騒音
狂気の叫びで満たされた大気が
充満するさまはまるで〟

紙の残りは句読点の殴り書きで埋められていた。机の上にはフォルダーがあったが中は空っぽだった。数独の本も一冊、すべてやり終えてある。たくさんのペンと鉛筆、説明書がついたままの未使用の花文字教材セット。シボーンは壁に貼ったエジンバラのバス路線図の前に行き、キングズ・ステイブルズ・ロードからバクルー・プレイスまでを指でたどってみた。行き方は十通りもあった。トドロフはパブ巡りをしていたのか、あるいは少し迷ったとも考えられる。自宅へ向かっていたと想定する理由はない。もしかしたらフラットを出てジョージ・スクエアを横断し、キャンドルメーカー・ロウへ向かい、そのきつい下り坂をぶらぶらと歩いてグラスマーケットに着いたのではなかろうか。そこにはパブがたくさんあるし、キングズ・ステイブルズ・ロードはそこから右手へ入った小道だ……携帯が鳴った。かけてきた名前はリーバス。

「フィリダがパスポートを見つけたわ」シボーンが告げた。

「おれも彼のネックチェーンを見つけた。駐車場ビルの床に落ちていた」

「では彼はそこで殺され、小道に遺棄されたんですね？」

「点々と続く血痕から考えてそうだな」

「あるいは彼がそこまでよろめきながら歩いてきて、ついに倒れたか」

「その可能性もある」リーバスは譲歩したようだった。「でもな、そもそもなぜ駐車場にいたんだ？　今、彼のフラットにいるのか？」

「ここを出ようとしているところ」

「その前に車のキーや運転免許証を捜索リストに加えてくれ。それからトドロフが車を使えたのかどうか、スカーレット・コルウェルにたずねてみてくれ。きっと否定の答えが返ってくるだろうが、それでも念のため……」

「駐車場ビルに放置された車はないんですか？」

「いい考えだね、シボーン。誰かに調べさせよう。あとでまた電話する」電話が切れ、シボーンは微笑を浮かべた。こんなに張り切っているリーバスの声を聞いたのは実に数ヵ月ぶりだ。この仕事が終わったとき、リーバスはどうするのだろう、とまたしても思った。

その答え。おそらく自分につきまとう――毎日電話してきては、仕事の内容のすべてを知りたがるにちがいない。

シボーンがドクター・コルウェルに電話をかけると、彼女の携帯電話につながった。コルウェルが携帯の電源を切るのを忘れていたからだ。

「すみません」シボーンが謝った。「授業の真っ最中ですか？」

「学生は帰らせたんです」

「お気持ちはわかります。今日は仕事を休んだらどうでしょう。たいへんな一日だったんですから」

「そして何をするの？　わたしの彼はロンドンにいるので、フラットに帰ってもひとりぼっちなんですよ」

「お友達に電話なさったら」シボーンは顔を上げ、部屋に入ってくるホズを見た。今回ホズは肩をすくめるばかりなので、手帳もキャッシュカードも見つからなかったらしい。ティベットも収穫がなく、椅子に座り込んで眉根を寄せ、『アスターポヴォ・ブルース』の中の一編を読んでいる。「それはともかく、わたしが電話したのは、アレクサンドルが車を持っていたかどうかをおたずねしたかったからなんですが」

「持っていなかったわ」

「運転はできたんですか？」

「さあね。でも彼の運転する車になんか、ぜったい乗りたくなかったでしょうね」

シボーンは路線図を見てうなずいた――トドロフがバスを使っていたからこそあるのだ。「お邪魔しました」

「アビゲイル・トーマスに会いましたか？」コルウェ

ルが突然たずねた。

「トドロフとパブへ行ったそうですよ」

「そうでしょうとも」

「でも一軒だけ付き合ったとか」

「へえ、そうなの？」

「彼女の言葉を信じないような言い方ですね、ドクター・コルウェル」

「アビゲイルはアレクサンドルの詩を読んだだけで真っ赤になるんだから……薄暗いパブで隅の席に彼と並んで座ったりしたら、どうなるかと思って」

「とにかく、ありがとう……」しかしシボーンは切れた電話に話していた。携帯電話を見つめるうちに、二人の視線に気づいた。ホズとティベットだ。

「ここではもう何も見つからないと思います」ホズが呼びかけ、相棒のティベットも同意の声をもらした。ティベットはホズよりも少しだけ背が低く、頭の回転はそうとう遅いが、意見を述べるのはホズに任せるだけの分別があった。

「署に戻る？」シボーンが言うと、二人は勢い込んでうなずいた。「わかったわ」シボーンが同意した。「でもその前にもう一度だけ調べてみて——今回は車のキーもしくは死亡者が何らかの形で駐車場を必要とするようなものがあるかどうかを」そう言い終え、シボーンはティベットの持っていた詩集を取り上げ、場所を交代して椅子にゆったりと座り、〝コーデックス・コーダ〟に何か見逃したものがないかと目を通し始めた。


現場鑑識班はBMWを押して動かそうとしたが、うまくいかなかった。そこでジャッキアップするか、車を持ち上げるために支柱を差し込もうかと相談していた。そこ以外の駐車場スペースはざわざわと人が動いていて、白いオーヴァーオールを着た警官が一列に並んでしゃがみこみ、地面に何かさらなる手がかりはないかとしらみつぶしに調べている。トッド・グッドイアもその一人で、リーバスに会釈した。写真やビデオが撮影され、別の一班は外にいて駐車場から小道までを担当している。現場鑑識班は夜の間に血痕の連なりを見つけなかった手抜かりに、恥じた顔を見せないようにしていた。レイ・ダフが後ろを向くたびに、彼らはじろっとダフを睨んだ。

そういう状況の中で、BMWの所有者がブリーフケースと買い物袋を手にひょっこりと戻ってきた。トッド・グッドイアは、作業を中断して所有者の女性に簡単な聞き取り調査をするよう命じられた。

「簡単にしろよ」一刻も早く車の下の証拠集めに部下をかからせたくて、タム・バンクスが念を押した。

リーバスは駐車場の警備員と並んで立っていた。警備員はほかの階の見回りから戻ったばかりだった。ジョウ・ウィルズという男で、その制服はほかの人間の寸法に合わせて作られたように見えた。車が放置されたものかどうか見分けるのは難しい、とウィルズはついさっき説明したのだった。

「ここは二十四時間営業なのか？」リーバスはそのときたずねた。

ウィルズはかぶりを振った。「午後十一時に閉める」

「そのとき車が残っているかどうか、確認しないんだな？」

ウィルズは大げさに肩をすくめた。ここの仕事に満足していないのだ、とリーバスは察した。

そして今、ウィルズはどの車が昨日から預けっぱなしになっているのかはわからないと答えた。

「二週間に一回、ナンバープレートをチェックするけどな」

「すると、たとえば盗難車がここに置かれていても、十四日経たないとあんたに怪しまれないってことか？」

「そういう決まりなんで」ウィルズはアルコール依存症のように見えた。白髪交じりの無精髭、長らく洗っていないような髪、血走った目。詰所には休憩用の紅茶やコーヒーに足すために、酒瓶が隠されているにちがいない。

「勤務時間はどうなってる？」

「七時から三時までと、三時から十一時までの二交代。おれは朝の勤務のほうがいいんでね。週五日働き、二日休む。週末はたいていおれたちとは別の者が担当する」

リーバスは腕時計を見た。交代時間まであと二十分。

「交代の者がもうすぐ勤務につくな――昨夜ここにいたのと同じ男か？」

ウィルズがうなずいた。「ゲイリーってやつだ」

「昨日からその男とは話をしていないんだね？」

ウィルズは肩をすくめた。「ゲイリーに関して知ってるのはだな、シャンドンに住んでいて、ハーツ・サッカーチームのファンで、美人《ストーター》のかみさんがいるってことぐらいだ」

「そりゃいいな」リーバスがつぶやいた。「監視カメラを見に行こう」

「なんでだ？」リーバスを見返したウィルズの目は生気がなかった。

「テープに何か映ってないか見る」ウィルズの表情から、どんな返事がくるか予想がついた。おうむ返しに一言たずねるだけ。

「テープ……？」

いずれにしろ、二人は出口へのスロープを上がっていった。ウィルズが常駐しているのは、汚れきった窓ガラスのついた詰所で、ラジオが鳴っていた。ちらちらする白黒画面のモニターが五台並び、六台目は消えている。

「これは最上階だ。機械の調子が悪くて」ウィルズが説明した。

リーバスはそれ以外の五台を見つめた。映像はぼんやりとしていて、ナンバープレートのどれ一つとして読み取れない。一階下の人影も不鮮明だった。「こんなもの役に立つのか？」リーバスは言わずにおれなかった。

「ボス連中は客に安心感を与えると思ってるらしい」

「そんなことあるものか、死体保管所の死人がそのよい証拠だ」リーバスは画面から顔を背けた。

「以前、カメラの一つはあの地点へ向けられていたんだが」ウィルズが言った。「でも設置場所がいろいろと変わるもんでね……」

「録画もしていないんだろうな？」

「一カ月前に機械が盗られてしまった」ウィルズがモニターテレビの下部にある埃まみれの空洞を顎で示した。「あんまり気にならなかったね。ボス連中が気にするのは、金を払わないで出て行く場合だけだ。その点については装置がしっかりしてるんで、そんなことはめったに起こらない」ウィルズは何かを思いついた。「最上階から歩道まで階段がついてるんだよ。去年、客の一人がそこで襲われた」

「ほう？」

「そのとき、階段下にも監視カメラをつけるべきだとおれ言ったんだが、そうはならなかった」

「少なくともあんたは提案したんだ」

「なぜ気にしたんだかね……いずれここをクビになるのに。おれたちの代わりに、バイクに乗った男一人に各階の駐車場を巡回させるってんだから」

リーバスは狭苦しい詰所を見回した。ケトルとマグ、手あかのついたペイパーバックと雑誌、それにラジオ——そのすべてがモニターに向かい合った作業台に載っている。きっと警備員は勤務時間の大半を画面に背を向けて過ごしているのだろう。それがどうした？最低賃金だし、上司は遠い存在だし、不安定な仕事だ。一日にブザーが鳴るのは一、二回、チケットを紛失したとか、小銭がないとか。CDのラックがあり、なんとなく名前に聞き覚えのあるバンドのCDが入っていた。カイザー・チーフス、レーザーライト、キラーズ、ストロークス、ホワイト・ストライプス……。

「CDプレーヤーはないな」リーバスが言った。

「これはゲイリーのものなんだ」ウィルズが説明した。

「小型のプレーヤーをいつも持ってくる」

「ヘッドフォンと？」リーバスが推測すると、ウィルズがうなずいた。「そりゃいいな」とつぶやく。「あんたは去年もここで働いていたんだね？」

「来月で三年になるよ」

「ゲイリーは？」

「八カ月、たぶん九カ月目になるかな。あいつの勤務時間に働いてみたんだが、よくなかったな。午後や夜は自由でいたいから」

「飲むためだな？」リーバスが冗談めかして言った。ウィルズの表情がこわばったのでリーバスはつついてみることにした。「何かごたごたを起こしたことは？」

「どういう意味だ？」

「警察との」

ウィルズは頭を掻いてごまかした。「ずっと以前に」とようやく口を開く。「上司は知ってる」

「喧嘩だね？」

「泥棒だ」ウィルズが訂正した。「だが二十年も前の話だ」

「あんたの車は？　ぶつけたとか言ったな？」

しかしウィルズは窓の外へ目を向けた。「ゲイリーが来た」詰所の前で薄色の車が停まり、降りてきた運転者がドアをロックした。

詰所のドアが勢いよく開いた。「下で何やってやがるんだ、ジョウ？」ゲイリーという警備員はまだ制服をきちんと着ていなかった。上着はサンドイッチの箱と一緒にレジ袋に入っているのだろう。ウィルズより数歳ほど若く、ずっと痩せていて十五センチほども背が高い。作業台へ新聞二紙をぽんと置いたものの、詰所には入れなかった——リーバスが入っているので余地がないのだ。ゲイリーはコートを脱ごうとしていた。下は糊のきいた白いワイシャツでネクタイは着けていない——おそらくクリップ式のネクタイをポケットに忍ばせているのだろう。

「リーバス警部だ」リーバスが名乗った。「昨夜、ある男がこっぴどく殴られた」

「一階でだ」ウィルズが言い添えた。

「死んだのか？」来たばかりのゲイリーが目を丸くしてたずねた。ウィルズは喉を切る仕草に擬音を添えた。

「なんてこった。死に神は知ってるのか？」

ウィルズはかぶりを振り、リーバスに説明しなければならないと感じた。「ボスの一人をそう呼んでるんだよ。おれたちはその女しか会ったことはない。先の尖ったフードの付いた長い黒コートをいつも着てるんでね」

それで死に神、というあだ名なのだ。リーバスはなるほどとうなずいて見せた。「供述書が必要となる」ゲイリーに告げた。ウィルズは急にそわそわと帰り支度を始め、手回り品を集めて自分のレジ袋に詰め込んだ。

「たまたまおまえの当番のときだったんだ、ゲイリー」ウィルズは舌打ちをして戒めた。「きっと死に神の機嫌が悪くなるぞ」

「とんでもないことが起きたもんだ」ゲイリーは詰所から体を出し、ウィルズが出やすいようにしてやった。リーバスも酸素不足を感じて外へ出た。

「もう一度話を聞かせてもらうから」去りゆくウィルズにリーバスは声をかけた。ウィルズは振り返りもせず、手だけ振った。リーバスはゲイリーに顔を向けた。ひょろ長い、という形容がぴったりな男で、のっぽなのが申し訳ないかのようになで肩である。面長で顎が角張り、頬骨が出ていて、くしゃくしゃの黒い髪をしている。リーバスはもうちょっとで言いそうになった。こんな将来性のない職場に見切りを付けて、バンドのメンバーになってステージに立ったほうがいいんじゃないか、と。しかし、ゲイリーはそんなふうに考えていないのだろう。でもハンサムなので、〝美人のかみさんがいる〟のもわかる。とはいえジョウ・ウィルズの考える美人の基準を知らないが……

それから二十分間話を訊いてみたが、新情報は何も出なかった。フルネームはゲイリー・ウォルシュ。シャンドンのメゾネット形式の長屋に住み、勤務期間は九カ月、その前はタクシー運転手をやってみたが、深夜勤務が性に合わなかった。昨夜、いつもと変わったことを見なかったし聞かなかった。

「十一時に何があった？」リーバスがたずねた。

「駐車場を閉めたね。入り口と出口に金属シャッターを下ろすんだ」

「誰も出入りできなくなるんだね？」ウォルシュがうなずく。「閉じ込められた者がいないように確認したんだな？」またうなずく。「一階に車が残っていなかったか？」

「憶えているかぎりでは、なかった」

「あんたはいつも詰所の横に車を停めるんだな？」

「そう」

「だが帰るとき、あんたの車は一階出口から出るんだろ？」ウォルシュがうなずく。「でも何も見なかった？」

「何の音も聞こえなかった」

「床に血が流れていたはずなんだが」

肩をすくめる。

「音楽が好きなんだね」

「好きだよ」

「椅子にゆったりと座り、足を上に載せ、ヘッドフォンをつけて、目を閉じている……それでよく警備員がつとまるな」

リーバスは睨みつけるウォルシュを無視して、モニター画面を再び見つめた。一階の画面は二つ。一つは出口の遮断機に、もう一つは奥の隅へ向かって固定されている。携帯電話のカメラだってもっとはっきりと写るだろう。

「役に立てなくてすまないな」ウォルシュは気持ちのこもらない口調で言った。「殺されたのは誰なんだい?」

「トドロフというロシアの詩人だ」

ウォルシュは少し考え込んだ。「おれ、詩なんて読まないんで」

「じゃあ、仲間に入れ」リーバスは言った。「そんなやつは大勢いる……」

6

CRスタジオはコンスティテューション・ストリートを入ったところにあるロフトハウスの最上階にあった。握手を交わしたチャールズ・リオダンの手は、ぽっちゃりとして湿っており、こすっても取れないようなぬめりがシボーンの手のひらに残った。右手には複数の指輪をはめていたが左指にはなく、手首にごつい金の腕時計がだらりと巻き付いている。リオダンの藤色のワイシャツの脇の下に汗がしみ通っていた。袖をめくった腕には、もじゃもじゃの黒い体毛が密生している。彼はいかにも忙しげに振る舞い、せかせかと動いていた。ドアの蔭に受付女性の座っている机があり、コントロール・パネルの前には技師らしき男がいて、音波と思われる画面を見つめながらあれこれとボタンを押していた。

「音の王国だよ」リオダンが誇らしげに言った。

「すごいですね」シボーンは心ならずも褒めた。窓ガラスの向こうに二つのブースが見えるが、中に人はいない。「でもバンド演奏にはちょっと狭そうね」

「シンガーソングライターなんかにはぴったりなんだ」リオダンが言った。「ヴォーカルとギター伴奏――そんな演奏にね。しかし実際はせりふの吹き込みに使う――ラジオのコマーシャル、オーディオ・ブック、テレビの当てレコなどに……」

かなり特化された、音の王国だわ、とシボーンはひそかに思った。どこか話のできる部屋はありませんか、とたずねたが、リオダンは両手を広げただけだった。

特化された、ちっぽけな王国。

「では」とシボーンが話し始めた。「先ほど電話で話しましたが――」

「いやあ！」リオダンがいきなり大声を出した。「彼が死んだなんて信じられないよ！」

受付女性も技師もまばたき一つしなかった。リオダンは電話を切ったとたんに、二人にそのことを告げたにちがいなかった。

「ミスター・トドロフが死亡する直前の行動を確認しようとしているんです」シボーンは圧力をかけるために手帳を開いた。「一昨夜、あなたは彼と一緒に飲んだそうですね」

「それよりもあとでまた会ってるんだよ、きみ」リオダンは自慢げな口調を抑えられなかった。かけていたサングラスをはずしたので、黒いまつげに縁取られた大きな目が見つめている。「カレーを奢ったんだ」

「それは昨夜？」シボーンはうなずくリオダンを見た。

「どこで？」

「ウエスト・メイトランド・ストリート。まずはヘイマーケット駅近くでビールを二杯ほど飲んだ。昨日、彼はグラスゴーへ行ったものでね」

「なぜ行ったのかわかりますか？」

「グラスゴーがどんなとこか見たかったそうだ。二つの都市の違いを知ろうとしていた。そうすればスコットランドという国柄がもしかしたら理解できるのではないか、と――わかるわけないよな！　わたしはここで人生の大半を過ごしているが、それでもさっぱりわからんのだから」リオダンはゆっくりとかぶりを振った。「アレクサンドルは説明してくれたんだが――わたしたちスコットランド人についての彼の説を――でも右の耳から左の耳へ抜けてしまったなあ」

　シボーンは受付女性と技師が目を見交わしているのに気づき、二人はその話をすでに聞いているのだろうと察した。

「では、ミスター・トドロフは昨日グラスゴーにいたんですね」シボーンは確認した。「いつ彼と会ったんですか？」

「八時頃。安い切符を買うために、通勤ラッシュの時間が過ぎるのを待ってたんだ。電車を降りてきたアレクサンドルと落ち合い、パブを二軒ほど回った。それが彼のその日最初の一杯じゃあなかったな」

「酔ってたんですか？」

「ぺらぺらしゃべってた。あいつはね、酒が入るとますますインテリになるんだ。困るんだよな、一緒に飲んでると、頭がこんがらがってくる」

「カレー屋のあとどうしました？」

「何も。わたしは家に帰らなきゃならなかったし、彼のほうはますます喉が渇いたと言ってた。おそらく〈マザーズ〉へ行ったんじゃないか」

「クイーンズフェリー・ストリートの？」

「ああ、でもカレドニアン・ホテルに行った可能性もあるな」

　彼はプリンシズ・ストリートの西端でトドロフと別れた。そこはキングズ・ステイブルズ・ロードとは目と鼻の先だ。

「それは何時頃？」

「十時頃だと思う」

「〈スコティッシュ・ポエトリー・ライブラリー〉の話では、あなたは一昨日の夜、トドロフの朗読会の録音をしたそうですね」

「そう。たくさんの詩人を録音している」

「チャーリーはさまざまなことをやってますよ」技師が言い添えた。リオダンがあやふやな笑い声を上げた。

「わたしのささやかな企画のことを言ってるんだよ……エジンバラを音で表そうとしていてね。詩の朗読からパブの話し声、街路の雑踏、夜明けのウオーター・オブ・リース川、サッカーの群衆、プリンシズ・ストリートを行き交う車、ポートベロの浜辺、ハーミテージを主人とともに散歩する犬……そんな音を数百時間も録音した」

「数千時間ですよ」技師が言った。

シボーンは話をそらされないように気をつけた。

「ミスター・トドロフとは以前からの知り合いなんですか？」

「カフェで彼の朗読を録音したことがある」

「どこの？」

リオダンは肩をすくめた。「〈ワード・パワー〉という本屋の催しだった」

シボーンはその本屋を見た憶えがあった。それも今日の午後、リーバスと昼食を取ったビストロの向かい側にあったのだ。トドロフの詩の一行を思い出した――〝何もつながらない〟――またしてもトドロフの考えは間違っていると思った。

「それはいつだったんですか？」

「三週間前。その夜も一杯飲んだ」

シボーンは手帳をペンでこつこつと叩いた。「カレー屋の領収書を持ってますか？」

「たぶん」リオダンはポケットを探り、財布を取りだした。

「財布を見たのは今年初めてだな」技師が言い、受付女性の笑みを引き出した。受付女性はペンを歯で嚙んでもてあそんでいる。シボーンは、雇い主が知ってるかどうかは別として、二人はできていると決めつけた。

リオダンは領収書の束を抜き取った。

「それで思い出した」リオダンがつぶやく。「会計士に領収書を渡さないと……ああ、これこれ」一枚をシボーンに渡す。「何に必要なのか、訊いてもいいかな？」

「領収書を受け取った時間がわかるんです。九時四十八分――だいたい、おっしゃったとおりですね」シボーンは領収書を手帳の裏表紙に挟んだ。

「まだたずねていない質問が一つあるよ」リオダンがいたずらっぽく言った。「なぜわたしが彼と会ったのか？」

「わかったわ……じゃあ、なぜ？」

「アレクサンドルは自分の朗読のコピーを欲しがったからだ。うまくいったと思ったらしい」

シボーンはトドロフのフラットを思い返した。「どんな形でもらいたいか言いましたか？」

「CDに焼いたよ」

「彼はCDプレーヤーを持っていなかったんですよ」

リオダンは肩をすくめた。「誰でもたいてい持ってるものだのに」

たしかにそうだが、CDも見つからなかった。ほかの物とともに盗られたのか……

「わたしにもコピーをもらえますか？」シボーンが頼んだ。

「それが何かの役に立つのかな？」

「わからないけど、彼の声を、なんて言うか、たっぷりと聞いてみたいんです」

「原盤は自宅のスタジオにある。明日までに焼いておこう」

「わたしはゲイフィールド・スクエア署に勤務しています——誰かに届けてもらうわけには？」

「若い者にやらせよう」リオダンが技師と受付女性をじっと見ながら同意した。

「ご協力感謝します」シボーンが言った。


この三月に禁煙法が施行されたとき、リーバスは〈オックスフォード・バー〉のようなパブが壊滅的な打撃を受けるだろうと予想した——つまりは、オーソドックスな要望に応えている伝統的なパブの類だ。エール、煙草、競馬のテレビ中継、市内の馬券業者への直通電話を備えていること。しかし行きつけのパブのほとんどは、売り上げが減ったとはいえ、生き残った。相変わらず、しぶとく残った少人数の喫煙者は店の外に集まって、おしゃべりやゴシップに花を咲かせていた。今宵、話題はいつものように変化に富んでいた。誰かが最近開店したタパス・バーについて意見を開陳し、横の女性はイケアのいちばん混んでいない時間帯はいつなの、とたずねた。パイプ愛好者はスコットランドの完全独立を主張し、隣にいたイングランドふう発音の男から、イングランドは喜んで別れるとも、とからかわれた——「別居手当なんて言うなよ！」

「北海油田さえ別居手当としてもらえればいい」パイプ愛好者が言った。

「すでに底を突きかけてる。二十年後にはまた憐《あわ》れみを乞う立場に逆戻りだよ」

「二十年後にはノルウェーみたいになってるさ」

「もしくはアルバニアみたいにな」

「それより」と別の喫煙者が口を出した。「労働党が下院でスコットランド議席の数を減らしたら、イングランドでは二度と政権を取れないだろう」

「言えてる」イングランド男が言った。

「開店直後、それとも閉店間際？」女性がたずねた。

「イカとトマトを混ぜるの」その横の女性が言った。

「食べてみて、おいしいわよ……」

リーバスは煙草を消して、店内へ入った。カウンターで釣り銭とともに皆の分の酒の用意ができていた。コリン・ティベットが奥の部屋から手伝うために出てきた。

「ネクタイをはずしたらどうだ」リーバスがからかった。「仕事場じゃないんだから」

ティベットは微笑したが何も答えなかった。リーバスは釣り銭をしまい、グラス二つを取り上げた。その一つはフィリダ・ホズが注文したエール。彼女がエール好きとは頼もしい。ティベットはオレンジジュース、シボーンはいつでも白ワイン。いちばん奥のテーブルに彼らグループは陣取っている。シボーンは手帳を取りだした。ホズは新たに来たエールのグラスを持ち上げ、リーバスに無言で乾杯した。リーバスは自分の席に戻った。

「注文してから思ったより長くかかっちまった」リーバスは言い訳した。

「でも急いで一服したんでしょ」シボーンがたしなめた。リーバスはその言葉を無視した。

「で、現状はどうなってる?」リーバスは話題を変えた。

そう、彼らはトドロフが死亡する直前の二、三時間の行動を洗った。紛失している物が次第に増えている――死者から奪われたと思われる物。駐車場ビルという、新しい現場が見つかった。

コリン・ティベットが発言した。「きわめて残忍な強盗事件という以外に、別の見方ができるような何かがありますかね?」

「ないわね」シボーンは答えたものの、リーバスと視線を交えて、同意の印のゆっくりとしたまばたきを得た。どこかしっくりとこない。シボーンもそう感じていた。どこかしっくりとこない。テーブルに置いていたリーバスの携帯電話が震えだし、横のパイントグラスの表面にさざ波が立った。リーバスは電話を取って、強い電波を求めてか、ざわめきを逃れてか、そこを離れた。奥の部屋はほかにも客がいた。片隅にはまごついた表情の観光客三人組がいて、壁に飾られているさまざまな工芸画やポスターに必要以上の強い興味を寄せていた。別のテーブルにはサラリーマンが二人、頭を寄せひそひそと何か論じ合っている。テレビはクイズ番組を映していた。

「おれたちも四人組として出よう」ティベットが言った。ホズが、なんのこと、とたずねた。「本部がクリスマスの一週間前に、パブのクイズ大会を企画しているんだ」ティベットが説明した。

「そのときには、三人のチームになってるわ」シボーンが教えた。

「昇進の話が出たんですか?」ホズがたずねた。シボーンは黙って首を横に振った。「じらされてるのね」ホズがナイフを傾けながら言い添えた。リーバスが戻ってきた。

「またまた妙なことになったぞ」リーバスはそう言いながら席に着いた。「ハウデンホール科捜研から知らせてきた。わがロシア詩人は当日のうちに射精したという証拠が出た。下着が汚れていたらしい」

「グラスゴーで運のいいことがあったんじゃないかな」シボーンが推測した。

「かもな」リーバスが相づちを打った。

「相手はその録音技術者?」ホズが意見を出した。

「トドロフには以前奥さんがいたから、それはないわ」シボーンが言った。

「でも詩人ってのは予測がつかないからな」リーバスが付け加えた。「カレーを食べたあとだった可能性もある」

「トドロフが襲われるまでの、いつとでも言えるわ」シボーンとリーバスはまたも視線を交えた。

ティベットはもじもじと腰を動かした。「あるいは、そうじゃなくて……あれ」頰を赤らめ、咳払いをする。

「何なの？」シボーンがたずねた。

「あれ」ティベットが繰り返した。

「コリンは自慰のことを言ってるのよ」ホズが口を挟んだ。ティベットは見るからに救われた表情になった。

「ジョン？」バーテンが声をかけた。リーバスは振り向いた。「これ、見たいだろうと思って」新聞を掲げている。《イーヴニング・ニューズ》紙の最終版だ。見出しは〝詩人の死〟とあり、その下に太い活字で〝勇気を持ってニエットと拒否した孤高の人〟と書いてある。新聞社が保管しているアレクサンドル・トドロフの写真が出ていた。トドロフがプリンシズ・ストリート・ガーデンズに立ち、エジンバラ城が背後にそびえている。首にタータンチェックのマフラーを巻いている。おそらくスコットランドに着いた最初の日に撮られたものだろう。それから余命たった二ヵ月だった男。

「袋が破れてもろもろが流れ出した」リーバスが新聞を受け取りながら言った。そしてテーブルを見回して問いかけた。「それ、隠喩になるか？」

第三日

二〇〇六年十一月十七日　金曜日

7

ゲイフィールド・スクエア署の犯罪捜査部室は異臭がした。真夏にはそんな臭いがよくするのだが、今年はいつまでも臭いが残っていた。数日、もしくは数週間経てば消えるだろうが、そのうちある朝、またじわじわと戻ってくる。毎年不満の声が上がり、スコットランド警察連合会はストライキを仄《ほの》めかす。そこで床がめくられ、下水が調べられ、ネズミなどの罠が仕掛けられたが、原因不明のままだった。

「死人のような臭いだ」古手の警官たちはそうつぶやいた。リーバスは彼らが何を言いたいのかわかっていた。ときおり六〇年代に建てられた二戸一棟の家の安楽椅子で腐乱死体が見つかったり、リースの波止場から水死体が引き揚げられたりする。死体保管所にはそんな死体のための特別室があり、係員はその床にラジオを置き、いつでもスイッチを押せるようにしていた。

「悪臭が少しは紛れるんでね」

ゲイフィールド・スクエア署では、窓という窓を全開することでしのぐ。そして室温がたちまち急降下するのだ。ジェイムズ・マクレイ主任警部の個室は犯罪捜査部とはガラスのドアで隔てられているのだが、そこは冷蔵庫のようだった。今朝、マクレイ主任警部は予感が冴え、ブラックホールの自宅から電気ストーブを持ってきたのだった。ブラックホールは市内でいちばんの富裕層が住む地域だとリーバスはどこかで読んだ記憶がある。ちょっと信じられなかった——小さな平屋建てばかりが続く区域なのだ。バーントンやニュータウン辺りの住居だったら数百万ポンドもするのに。

いや、だからこそ、そこの住民は小さな平屋建て地区の住民ほど金を持っていないのかもしれない。

　マクレイは電気ストーブのコードを差し込んでスイッチを入れたが、自分の机のほうへ向けたままなので、温もりはそっちにしか届かなかった。フィリダ・ホズはストーブににじり寄っていたので、マクレイの膝に座っているも同然な姿勢となった。マクレイは不快そうな表情でそんなホズを見つめていた。

「では」マクレイ主任警部が怒りに満ちた祈りを捧げるかのように手を組み合わせて、大声を発した。「捜査の進行状況を」しかしリーバスが口を開く前に、マクレイは異常に気づいた。「コリン、ドアを閉めてくれんか？　なけなしの温もりを逃したくはない」

「ここは狭いもんで」コリン・ティベットが言った。彼は戸口に立っており、その言葉は事実だった。マクレイ、リーバス、シボーン、ホズが入っているので、主任警部の部屋にはもう余地がなかった。

「じゃあ、自分の机に戻れ」マクレイが答えた。「フィリダがきみの分も報告してくれるだろう」

　しかしティベットはそれを望まなかった。もしもシボーンが警部に昇進したら、部長刑事の席が空くので、ホズとはその席を争うライバルとなり、かつパートナーとなる。腹をへこませて何とかドアを閉めた。

「捜査の進行状況を」マクレイが繰り返した。ところがあいにく電話が鳴り始めたので、唸《うな》りながら受話器を持ち上げた。リーバスは上司の血圧を案じた。自分の血圧も自慢できるものではないが、マクレイは高血圧症特有のどすぐろい顔色をしており、二年ほどリーバスよりも若いにもかかわらず、禿頭に近い。リーバスの主治医が最近の健康診断の際に心ならずも認めた。

「これまで運がよかったんだよ、ジョン。だけどな、運はいつか尽きるもんだ」

　マクレイは数回唸り声を発しただけで、受話器を置いた。リーバスを見つめた。「受付にロシア領事館から誰かが来ている」

「いつ来るんだろうかと思ってたんですよ」リーバスが言った。「それに関しては、シボーンとおれでやりますよ。その間フィリダとコリンが詳しく報告します――昨夜、おれたち仲間内で話し合いをやったもんで」

マクレイがうなずいて了承したので、リーバスはシボーンのほうを向いた。

「取調室を使いましょうか？」シボーンがたずねた。

「おれもそう思ってた」二人は主任警部の部屋を出て犯罪捜査部室を通り抜けた。壁のボード板はまだ空白だ。今日の午後には犯罪現場の写真や名前のリスト、やるべき捜査、時間割表が貼られることだろう。殺人事件の中には、一時的に別の場所に捜査本部が設けられて、そこを拠点にする場合もある。しかし今回、そんな必要はない。駐車場ビルの出口に情報提供を求めるポスターが貼られ、ホズやティベットや制服警官らが車のフロントガラスにチラシを挟むことになるだろう。だがこの寒くて広い部室が基地となる。シボーンは振り返ってマクレイの部屋を見ている。ホズとティベットはどちらが上司によい情報を提供できるかで、競い合っているようだった。

「誰が見ても部長刑事の席を争っているようにしか見えん。どっちに賭ける？」リーバスが言った。

「フィリダのほうが経験が長いわ」シボーンが答えた。「彼女のほうが優位に立ってると思う。コリンが部長刑事になったら、彼女、辞めるんじゃないかな」

リーバスはうなずいて同意した。「どの取調室だ？」

「第三がいいですね」

「どうして？」

「机はねっとりと汚れていて、傷だらけだし、壁には落書きが……何かをやらかしたときに入るような部屋だから」

リーバスは微笑した。何もやましいことがない者ですら、第三取調室に入るのは心乱れる経験である。

「ぴったりだな」

領事館員はニコライ・スタホフという名前だった。控えめな笑みを浮かべてそう名乗った。少年ぽい顔立ちで、つるっと光る肌と分け目をつけた薄茶色の髪が、さらに若々しさを添えた。しかし実のところ、身長百八十センチのがっしりした体格の男で、黒いウールのベルト付き七分丈コートを、襟を立てて着ていた。片方のポケットから黒革の手袋がのぞいている――正確にはミトンだ、とリーバスは気づいた。指に分かれているはずの部分が滑らかに丸まっている。お袋に着せてもらったのか、とたずねたいような気がした。しかし無言でスタホフと握手した。

「ミスター・トドロフのこと、お悔やみ申し上げます」シボーンはロシア人のほうへ手を差し出しながら言った。握手に添えて軽く一礼を返された。

「わたしどもの領事は犯人の逮捕と起訴のために、あらゆる努力が払われるという確約を頂きたいと望んでおります」

リーバスはおもおもしくうなずいた。「取調室のほうが落ち着けるのではないかと思って……」

二人は若いロシア領事館員を伴って廊下を歩き、三番目のドアで立ち止まった。鍵はかかっていなかった。リーバスはドアを開け、シボーンとスタホフに手振りで中を示した。そのあとドアのパネルを滑らせて、〝空室〟から〝使用中〟の表示に変えた。

「座ってください」リーバスが言った。スタホフは室内を見回しながら腰を下ろした。両手を机に置こうとして思いとどまり、膝に置いた。シボーンが向かいの席に着き、リーバスは腕組みをして壁にもたれた。

「では、アレクサンドル・トドロフに関して話してもらえますか？」リーバスがたずねた。

「警部、わたしは確認のため、そして外交儀礼上、ここに参ったのです。ご承知のとおり、わたしは外交官であるゆえに、あなたの質問に対し、答える義務は一切ありません」

「外交特権をお持ちだからですね」リーバスが認めた。

「ただ、あなたはできうるかぎり、こちらの捜査に助力を惜しまないだろうと思った次第です。あなたのお国の方が、それも著名人が、殺害されたのですからね」気分を害した口調を装った。

「ああ、ああ、もちろん、おっしゃるとおりです」スタホフは二人に同時に答えようとして、しきりに顔を動かした。

「そうですか」シボーンが言った。「ではトドロフがどれほど大きなトゲとなっていたか、教えていただけますか?」

「トゲ?」その問いがスタホフの英語の理解能力が低いためかどうかは判断しかねた。

「どれほどあなたがたにとって都合の悪い状況だったんですか」シボーンが質問を言い直した。「エジンバラに著名な反政府主義者が住んでいるってことが?」

「まったく問題ありませんでしたよ」

「彼を歓迎したんですね?」シボーンは推測する振りをした。「領事館でパーティでも開いたんですか?トドロフはノーベル賞の噂があったんですから……それはたいへん喜ばしいことだったんでしょうね?」

「現在のロシアでは、ノーベル賞はそれほど重大視されていませんのでね」

「ミスター・トドロフは最近二回ほど朗読会をしたのですが……行かれましたか?」

「先約があったもので」

「では領事館から誰かが出席されたとか――」

スタホフは質問を遮る必要を感じた。「こんなことが捜査とどんな関係があるのやらさっぱりわかりませんね。と言うか、こんな質問は何らかの煙幕なんじゃないですか。アレクサンドル・トドロフがエジンバラにいることをわたしたちが好ましく思おうが思うまいが、それは関係ないことです。彼はあなたがたの市で、あなたがたの国で殺されたんです。エジンバラには民族や宗教に関するトラブルがないとは言わせませんよ。ポーランド人労働者が襲撃された例もある。相手方のサッカーチームのシャツを着ているだけで、袋だたきを誘発するんです」

リーバスはシボーンのほうを見た。「煙幕か……」

「わたしは事実を述べているんです」スタホフの声が震えを帯び、彼は気持ちを落ち着かせようと努力していた。「わが国の領事館としては、捜査の進展をそのつど知らせてもらいたい。そうすることで、捜査が厳正かつ的確におこなわれていると、モスクワに報告できますし、モスクワ側からもそちらの政府に満足の意を伝えることができます」

リーバスとシボーンはその提案を考慮している様子だった。リーバスは腕組みを解き、ポケットに手を入れ、穏やかに切り出した。

「ミスター・トドロフが怨恨《えんこん》を持つ人物に襲われた、という可能性はつねに存在します。その人物はエジンバラに住むロシア人の一人かもしれない。領事館はこの地に住んで働いている自国民のリストをお持ちだと思いますが？」

「わたしとしては、警部、アレクサンドル・トドロフはここで都市犯罪に巻き込まれた被害者の一人にすぎないと思っております」

「この段階で、何であれ考慮の外に置くのは愚の骨頂です」

「それにリストがあれば便利ですし」シボーンが力をこめて言った。

スタホフは二人の警官を交互に見た。リーバスは彼がすぐにも決断するよう願った。第三取調室を選んで失敗だった点が一つあって、それはここが凍えるほど寒いことである。スタホフのコートは暖かそうだが、シボーンは今にも震え出すにちがいない。吐く息が白くならないのが不思議なぐらいだ。

「何とかしてみましょう」スタホフがついに言った。

「その代わり――捜査の進展はそのつど教えてもらえますね？」

「電話番号を教えてください」シボーンが言った。若い領事館員はそれを合意とみなしたようだった。

　リーバスはそうではないことを知っていた。

　受付にシボーン・クラーク宛の小包が置いてあった。リーバスは煙草を吸うためと、ついでにスタホフが運転手付きの車で来たのか確認するために外へ出て行った。シボーンがクッション封筒を開けてみると、CDが入っていた。CDには、黒く太いペンで〝リオダン〟とのみ書かれてある。トドロフの名前ではなく自分の名前を書いたところに、チャールズ・リオダンの人間性が出ていた。シボーンはCDを持って上の階へ行ったが、それをかけるプレーヤーがなかった。そこで駐車場へ向かい、中に入ってくるリーバスとすれちがった。

「黒い大型ベンツが待ってたよ」リーバスが教えた。「サングラスに手袋の男が運転していた。どこへ行くんだ？」

　シボーンが話をすると、リーバスは一緒に聞いてもいいと言い、「ただし、最後まで付き合いきれないかもしれない」と付け加えた。それでも結局、二人はシボーンの車内で、エンジンをかけてヒーターをつけたまま、たっぷり一時間十五分間も座り続けたのだった。リオダンはすべてを録音していた。聴衆のざわめきから、アビゲイル・トーマスの紹介の言葉、トドロフの三十分間の朗読、そのあとの質疑応答。質問の多くは政治問題を避けていた。拍手が止み、聴衆が席を立っている気配だが、リオダンのマイクはまだ雑談を拾っていた。

「リオダンは異常なほど念入りだわ」シボーンが評した。

「そのとおりだな」リーバスが同意した。最後に聞き取れたのは、ロシア語のつぶやきだった。「おそらく」とリーバスが当てずっぽうで言った。「〝ありがたや、フルシチョフ。やっと終わった〟と言ったんだろう」

「フルシチョフって誰ですか？」シボーンがたずねた。「ジャック・パランスの友達？」

朗読そのものは魅力的だった。詩人の声は朗々と響いたかと思うと、荒々しくなり、やがて悲しみに満ち、ついで圧倒するような大声となった。一部の詩は英語で、一部はロシア語で読み上げられたが、多くの詩は両方の言語で語られた――たいていはまずロシア語で、続いて英語で。

「スコットランドふうな発音だわね？」シボーンが聞いている途中でたずねた。

「イングランド出身者にはそう聞こえるかもな」リーバスが言い返した。そう、彼女はまたしてもその罠に引っかかった――シボーンの〝南部〟訛《なま》りは、二人が出会ったその日からリーバスのよいからかい材料となったのだ。今回、シボーンはリーバスの挑戦に乗らなかった。

「この詩は」とまた別の箇所で口を挟んだ。「〝ラスコーリニコフ〟って題ですね。その名前、本に出てきた憶えがあるわ。ラスコーリニコフは『罪と罰』の登場人物ですね」

「おれはその小説をおそらくきみが生まれる前に読んだな」

「ドストエフスキーを読んだことがあるんですか？」

「そんなことでおれが嘘をつくと思うか？」

「じゃあ、どんな内容なんです？」

「罪悪感について書かれている。おれの考えでは、ロシア小説の中で最高峰の一つだな」

「ほかに何冊ほど読んだんですか？」

「言うほどの数ではない」

そして今、CDのスイッチを切ったシボーンのほうへ、リーバスはくるりと向き直った。「きみは朗読を聞いたし、トドロフの本も読んだ——彼の殺害の動機となりそうな何かに気づいたかな？」

「いいえ、何も」シボーンがしぶしぶ認めた。「何を考えてるのかわかりますよ——マクレイ主任警部は路上強盗が結果的に殺人となったケースとして扱うだろう、ってことね」

「領事館もそう処理してもらいたがってるしな」

シボーンは考え込みながらうなずいた。「では、彼は誰と寝たんですか？」しばらくして問いかける。

「それって何か関係があるのか？」

「それは判明したあとでないとわからない。いちばん可能性が高いのはスカーレット・コルウェルね」

「彼女が美人だからか？」リーバスは納得していない声だった。

「彼女がほかの男のものだなんて考えたくもないんでしょう？」シボーンがからかった。

「〈スコティッシュ・ポエトリー・ライブラリー〉のミス・トーマスはどうだろう？」しかし今度はシボーンがふんと鼻を鳴らして否定した。

「彼女が恋のライバルだなんて思えない」

「ドクター・コルウェルはそう考えてないようだったぞ」

「それはミス・トーマスというより、ドクター・コルウェルという人間を示しているんじゃないかしら」

「コリンの言うことにも一理あるかもしれない」リーバスがさらに考えを進めた。「精力的な詩人がグラスゴーで女を買ったとも考えられる」リーバスはシボーンの表情に気づいた。「すまん。〝性的労働者〟と言うべきだった——いや、おれが最後に教えられたときから、また表現が替わったんだっけ？」

「好きに言ってればいいわ。また叱ってあげるから」シボーンは少しの間黙ってリーバスを見つめていた。

「あなたが『罪と罰』を読むなんて変な感じ」深呼吸をした。「ハリー・グッドイアに関して調べてみました」

「そうだろうと思った」リーバスはフロントガラスに目を向け、目の前の殺風景な駐車場を見た。シボーンは彼が窓を開けて煙草を吸いたいのだろうと察した。しかし窓の外には、舗装した地面のわずか上を漂いながら、あの悪臭が待ちかまえている。

「八〇年代の半ば、グッドイアはローズ・ストリートでパブを経営していました。あなたは部長刑事だった。彼を刑務所へ送ったんでしょ」

「店内で麻薬取引をしていたんだ」

「そして服役中に死亡したんですね？　入所してわずか一、二年後に……心臓麻痺か何かで。トッド・グッドイアはまだおむつが取れて間もない年頃だった」シボーンはリーバスが何か付け加えるかと思って少し待ち、また話を続けた。「トッドには兄がいたんです、知ってました？　ソルという名前で、警察のレーダーに何回か引っかかってます。そうは言っても、ダルキスに住んでいるので、E地区警察の担当ですが。どんな罪かわかりますか？」

「麻薬か？」

「では彼を知ってるんですね？」

リーバスはかぶりを振った。「推測だよ」

「じゃあ、トッド・グッドイアが警察に勤めているのも知らなかった？」

「信じてもらえないだろうが、おれは二十年も前にムショにぶちこんだ悪党の孫の動静についてまで知らないよ」

「ソルを麻薬所持だけで捕まえたんじゃないんです――麻薬売買でも起訴しようとしたんですが。証拠不充分というのが裁判所の決定だった」

リーバスはシボーンのほうを向いた。「どうやってそれを調べたんだ？」

「今朝、あなたより早く署に出勤したんです。コンピュータの前に五分間座り、ダルキス警察に電話一本かけただけなんですよ。当時の噂では、ソル・グッドイアはビッグ・ジェル・カファティの手先として麻薬売買をやっていたんだとか」

シボーンはその言葉が彼の胸に突き刺さるのを見て取った。カファティは未解決事項なのだ――それも大きな。その名前はリーバスのやるべきことの一番目に挙がっている。カファティは現役を退《しりぞ》いた悪党であるように装っているが、リーバスもシボーンもそれに騙されてはいない。

カファティは今もエジンバラを意のままに操っている。

そしてシボーンのリストでも自分が第一位なのを知っている。

「この事実が何かにつながるのか？」リーバスはフロントガラスに視線を戻してたずねた。

「そういうわけでもないけど」シボーンはCDを取りだした。ラジオが鳴りだした。〈フォース・ワン〉局のディスクジョッキーがまくし立てている。スイッチを切った。リーバスは何かに気づいた。

「あそこに監視カメラがあるなんて知らなかったな」

リーバスは建物の二階と三階の間の角を見ていた。カメラは駐車場へ向けられている。

「車が荒らされる被害を防ぐためなんでしょう。それで思い出した――トドロフが殺された夜の市内の監視カメラの映像を見るってのは、どうでしょうかね？　プリンシズ・ストリートの西端には監視カメラが設置されているはずだけど。ロウジアン・ロードにもあるかもね。もし誰かが彼を尾行していたとしたら……」

シボーンは最後まで言わなかった。

「それも一つの案だね」リーバスが認めた。

「干し草の山で針を探すみたいなもんね」シボーンが言い添えた。リーバスの沈黙はそれを肯定しているようだった。シボーンはシートに頭をもたせかけ、二人とも急いで署内へ入る気はなかった。「この国は世界でいちばん監視カメラが普及しているって、新聞で読んだ憶えがあるわ。アメリカ全土の監視カメラの数よりも、ロンドン市内に設置された数のほうが多い……そんなことありえる？」

「それで犯罪が減ったなんて聞いたことがないけれど」リーバスは鋭い目つきになった。「あの音はなんだ？」

　シボーンは上の階の窓からティベットが身振りで何か伝えているのを見た。「呼んでるみたいよ」

「犯人が罪悪感に耐えかねて自首してきたのかもしれんぞ」

「そうかもね」シボーンは一瞬たりともそんな可能性を信じなかった。

8

「ここへは来たことがあるのか？」リーバスは金属探知器を通ったあと、小銭をポケットへ戻しながらたずねた。

「ここができた直後に見学ツアーに参加したんです」シボーンが答えた。

　天井はさまざまな形が彫り込まれている。それが十字軍ふうの十字架のつもりなのかどうかリーバスにはよくわからなかった。エントランス・ホールはざわめいていた。見学ツアーのためにテーブルがいくつも設置され、身分証バッジやグループ名を記したプラカードが置かれている。見学者を受付へ誘導するためのスタッフがあちこちで待機している。ホールの奥では制服姿の学童の一団が座り込んで早めの昼食を食べていた。

「おれは初めてなんだ」リーバスはシボーンに言った。「四億ポンドの建物ってどんなものだろうか、ってかねがね思っていた……」

スコットランド議事堂の建設計画が報道された瞬間から、世論は二分したのだった。大胆で前衛的だと思う者もいれば、その奇矯さとべらぼうな建設費を疑問視する者もいた。設計者も、この建築プランを採用した者も、このプロジェクトの完成を待たずして亡くなった。しかし今はそれが完成して機能しており、リーバスはテレビのニュースで議場が映るたびに、なかなかいいじゃないかと心ならずも認めた。

受付の女性に、ミーガン・マクファーレンに会いに来たと告げると、受付女性は通行証を二枚印刷してくれた。議員の部屋に電話がかけられ、会う約束のあることがわかると、別のスタッフが歩み出て、ご案内しますと告げた。その男性は背が高く、機敏な足取りで先頭に立ったが、受付女性と同じく、六十五歳以下には見えなかった。二人はそのあとに従って廊下を歩き、エレベーターに乗り、さらに廊下を歩いた。

「コンクリートと木がたくさん使ってあるな」リーバスが評した。

「それにガラスも」シボーンが付け加えた。

「もちろん、特製の、値段の張るやつだろうな」リーバスが推測した。

案内人は何も答えず、さらに角を曲がり、待ち受けている若い男のところまで連れてきた。

「ありがとう、サンディ」若い男が言った。「ここから先はわたしがやる」

戻っていく案内人にシボーンが感謝の言葉をかけると、短い唸り声が返った。たんに息を切らしていただけなのだろう。

「ロディ・リドルです」若い男が二人に告げた。「ミーガンの下で働いています」

「で、ミーガンというのは？」リーバスがたずねた。リドルは冗談なのだろうかと推し量るかのようにまじまじとリーバスを見た。「上司からは、ここへ来てそういう名前の人と会え、と言われただけなもんでね。その人が上司に電話をしたらしい」とリーバスが説明した。

「電話をかけたのはわたしです」そのこともまた自分が達成した困難な仕事の一つであるかのような響きを添えてリドルが言った。

「そりゃあよかった」リーバスが褒めた。その見下した言い方にリドルはむっとしたようだった。まだ二十代前半のリドルは、政治の世界で自分がすでに順調に滑り出していると考えているようだった。リーバスをじろじろと見てから、無視してもよいと決めた。

「ミーガンが事情を説明いたします」リドルはそう言うなり、くるりと向きを変え廊下の突き当たりまで導いた。

　議員のための個室は、議員の机とスタッフの机がほどよく配置されていた。あの悪名高い〝思考の壺〟をリーバスは初めて実際に見た――それは屈曲した形の窓にクッション付きのシートをくっつけた壁のくぼみである。そこは議員が青空を見ながらすばらしいアイディアを思いつくために作られた場所なのだ。そこにミーガン・マクファーレンはいた。彼女は立ち上がって二人を迎えた。

「電話のあとすぐに来てくださったんですね」マクファーレンが言った。「捜査で忙しいでしょうから、お時間は長く取りません」小柄でほっそりとした議員は、身だしなみに一分の隙も、髪に一筋の乱れもなく、適度な薄化粧をしていた。半月型の眼鏡を大きくずらしてかけているので、二人を眼鏡越しに見つめている。

「ミーガン・マクファーレンです」と名乗って、相手の自己紹介を待った。リドルは自分の机に戻り、コンピュータのメッセージに目を凝らしている。リーバスとシボーンは名乗り、議員は座る場所を探したものの、もっとよい考えを思いついた。

「下へ行ってコーヒーでも飲みましょう。ロディ、あなたの分を買ってきましょうか？」

「いや、ミーガン、けっこうです。一日に一杯がわたしにはちょうどいいので」

「たしかにね――今日はこのあと議場に出なくてもいいのね？」マクファーレンはリドルがうなずくのを見てから、シボーンに視線を向けた。「利尿作用があるでしょ、議場で抗議して立ち上がってる最中に、急に効き目が出たら困るので……」

　来た道を戻り、さらに立派な階段を降りながらマクファーレンは、スコットランド民族党は五月の選挙に大いに期待してるんですよ、と誇らしげに言った。

「最近の世論調査では、我が党は労働党に五ポイントの差をつけています。ブレアは不人気だし、ゴードン・ブラウンもだめ。イラク戦争や、労働党への献金と引き替えに名誉称号を与えたあのスキャンダルで――その調査を始めたのはわたしたちの党の仲間なんですよ。労働党はパニック状態だわ。なにしろロンドン警視庁が〝重大かつ貴重な資料を見つけた〟と発表したもんだから」満足げな笑みをもらした。「スキャンダルは与党に付きものなんですよ」

「ではあなたがたは抗議票を掻き集めようとしてるんですね？」

　マクファーレンはそんな言葉に答える必要はないと思ったようだった。

「もし五月の選挙で買ったら、独立を問う住民選挙をおこなうんですか？」リーバスが続けてたずねた。

「もちろんよ」

「するとおれたちはいきなりケルトのトラになる？」

「労働党は五十年間もスコットランド人の期待を裏切り続けたんですよ、警部。そろそろ変化するときです」

カウンターで並びながら、マクファーレンはここは〝ご馳走〟すると、きっぱりと言った。リーバスはエスプレッソをシボーンはカプチーノの小を頼んだ。マクファーレンはブラック・コーヒーを注文し、それに砂糖を三袋分入れた。近くにテーブルがあったので、空いたテーブルを選んで、放置してあるナイフやフォークを脇に押しやった。

「どんな用件なのかまだ皆目《かいもく》摑めないんですがね」リーバスはカップを持ち上げながら言った。「単刀直入に言っていただけるとありがたい。先ほどおっしゃったように、殺人事件を抱えているもんですから」

「もちろんです」マクファーレンが同意した。考えをまとめるかのように、少しの間黙っていた。「わたしについて、どの程度ご存じ？」質問で始める。

リーバスとシボーンは目を見合わせた。「あなたに会うように命じられるまで、二人ともあなたのことは全然知りませんでした」リーバスが白状した。

マクファーレンは傷ついた表情をごまかすために、コーヒーを吹いて冷まし、一口飲んだ。

「わたしはスコットランド民族党議員なんです」

「それは察していました」

「ということは、この国を思う気持ちが強いんです。この新しい世紀でスコットランドが繁栄するとしたら——イギリス連邦の外で繁栄するとしたら——それには新規の企業、戦略、投資が不可欠です」指でその三つを数え上げた。「だからわたしはURC、つまり都市再開発委員会のメンバーとして積極的に働いているのです。扱うのは都市に限るわけではありませんけど。実際、その点を明確にするために、委員会の名前を変えようと提案したんですよ」

「お話し中を申し訳ありませんけど」シボーンはリーバスの苛立ちを見て口を挟んだ。「それがわたしたちにどう関係しているのか、たずねてもいいですか？」

マクファーレンは視線を落として、詫びるように微笑した。「つい夢中になると、話が止まらなくなってしまって」

ちらっとシボーンを見たリーバスの視線は、彼の思いのすべてを物語っていた。

「この不幸な事件が起きて」マクファーレンが言った。「ロシアの詩人のことですが……」

「それが何か?」リーバスが促した。

「現在、スコットランドに実業家の一団が来訪しておられるんです――たいへんな成功を収めた方々で、その全員がロシア人です。石油、天然ガス、鉄鋼やその他の産業を代表する実業家たちなんですよ。そして未来へ目を向けておられる――スコットランドの未来へですよ、警部。この数年間かかってわれわれが営々と築き上げた両国間のつながりや関係を、何であれ損なうことがあってはならないんです。この国が外国人を歓迎しないとか、異なる文化や人種を受け入れないなどと思われては困るんです。あのシーク教徒の若者の身に起こったことを考えると……」

「では今回の件が人種差別による襲撃なのか、とたずねておられるんですね?」シボーンが察した。

「あるグループがその懸念を表明しました」マクファーレンが打ち明けた。リーバスのほうへ視線を向けたが、リーバスはまたしても天井を見上げていた。天井のへこんだ部分は舟をイメージしていると聞いているが、まだ納得がいかない。マクファーレンに目を戻すと、心配そうな顔が何らかの保証を求めていた。

「どんな可能性も除外するわけにはいきません」リーバスは彼女の希望に添わないことにした。「人種的なものが動機だったかもしれない。ロシア領事館も今朝そんなことを言っておられた――東ヨーロッパからの移民労働者が襲われたケースがあった、と。だからその線は当然ながら捜査の対象となります」

マクファーレンはリーバスが意図したとおり、愕然とした表情になった。シボーンは持ち上げたカップで笑みを隠した。リーバスはもっと楽しもうと決めた。

「その実業家のうちの誰かが、最近トドロフと会ったということは？　もしそうなら、その人たちに話を訊きたいんで」

　折よく誰かが入ってきたので、マクファーレンは答えずに済んだ。リーバスやシボーンと同じく、その人物も来訪者用のバッジをつけていた。

「ミーガン」とその男がのんびりした口調で言った。「受付であなたの姿を見かけたもんで。お邪魔じゃないでしょうね？」

「全然」マクファーレンの顔には助かったという思いがありありと浮かんでいた。「あなたのコーヒーを買ってくるわ、スチュアート」リーバスとシボーンに向き直る。「こちらはファースト・オルバナック銀行のスチュアート・ジャニ。スチュアート、こちらはトドロフ事件を担当している刑事さん」ジャニは握手をしてから椅子を引き寄せた。

「お二人ともうちの預金者なんでしょうね」微笑しながらジャニが言った。

「おれの資産状況では」とリーバスが言った。「お宅と競合してる銀行を利用していて正解なんじゃないかな」

　ジャニは顔をしかめて見せた。腕にかけていたトレンチコートを今は畳んで膝に載せている。「いやなニュースでしたね、あの殺人事件は」ジャニがそう言っている間に、マクファーレンはカウンターの列に加わった。

「いやなニュースだ」リーバスが繰り返した。

「ミズ・マクファーレンの今の言葉から察するに」シボーンが言い添えた。「その件についてあなたがたは話し合ったようですね」

「今朝たまたまその話が出ましてね」ジャニはブロンドの髪を掻き上げながら肯定した。そばかすの浮いたピンク色の肌を見て、リーバスはゴルファー、コリン・モンゴメリーを若くしたような顔だと思った。瞳はネクタイと同じ、深い青色だ。ジャニは少し補足が要ると感じたようだった。「電話で話したんですよ」

「あなたはロシア人実業家の一行と何かつながりがあるんですか？」リーバスがたずねると、ジャニがうなずいた。

「ＦＡＢは上得意になりそうな客に渋い顔を向けはしませんよ、警部」

ＦＡＢ。ファースト・オルバナック銀行の通称だ。愛称だが、その奥にはスコットランドで最も強大な経営者たちと、最大の利益を生んでいる会社がひそんでいる。テレビのコマーシャルではＦＡＢがまるで温かい家族のように示され、ミニ・メロドラマ仕立てで流れているが、新築されたばかりの本部は、抗議の声をよそに緑地帯に造られており、そこはまるで小さな都市のようである。ショッピング・アーケードやカフェまで備わっていて、従業員は施設内の美容院に行ったり、夕食の材料を買ったりできる。ジムで汗も流せるし、会社が所有する九ホールのゴルフコースを回ることもできる。

「では、あなたの赤字を何とかする者を探しておられるようなら……」ジャニが名刺を差し出した。マクファーレンはそれを見て笑い声を上げ、ブラック・コーヒーを彼に渡した。興味深い、とリーバスは思った。ジャニは彼女と同じくブラックで飲むのだ。しかし、大事な客と同席したときには、その客が注文したのと同じものを選ぶにちがいない。タリアランの警察学校は一、二年前、それに関する授業をおこなったことがある。共感的事情聴取のテクニック。証人なり容疑者なりに尋問するとき、共通点を見つけるようにする。たとえ嘘をついてでも。リーバスはそれを試してみたことはまだないが、ジャニのような人間は生まれつきそれができるのだろう。

「スチュアートってほんとに油断も隙もないわね」マクファーレンが言った。「商売の売り込みをするな、ってかねがね言ってるのに。モラルに反するわ」そう言いながらも笑顔なので、ジャニは低い笑い声を上げ、二枚の名刺をリーバスとシボーンのほうへさらに押しやった。

「ミスター・ジャニはあなたがたがアレクサンドル・トドロフのことを話し合っていたと教えてくれたんですが」シボーンが切り出した。

ミーガン・マクファーレンはおもおもしくうなずいた。「スチュアートは都市再開発委員会で顧問の役割を果たしているんです」

「FABはスコットランド民族党寄りではないと思ってたが、ミスター・ジャニ」リーバスが言った。

「完全に中立なんです」ジャニが力をこめて言った。

「都市再開発委員会は十二名のメンバーから成り、五つの政党の代表者の集まりなんです、警部」

「今日はそのうちの何人と電話で話したんだね？」

「今のところ、ミーガンだけ」ジャニが認めた。「でもまあ、まだ昼食時間にはなっていないことだし」腕時計を確かめる仕草をする。

「スチュアートは委員会でスリー・アイのコンサルタントなんです」マクファーレンが言った。「つまり国内投資推進《インワード・インヴェストメント・イニシアティヴズ》の頭文字ですが」

リーバスはその言葉に耳を貸さなかった。「ミズ・マクファーレンがここへ寄ってくれと頼んだんですね、ミスター・ジャニ？」ジャニが議員の顔を見たので、リーバスは答えを知った。マクファーレンに向き直った。「実業家の名前は？」

マクファーレンはまばたきをした。「なんて？」

「アレクサンドル・トドロフの事件をひどく気にしていたのは誰なんですか？」

「どうしてそんなことをおたずねになるの？」

「訊いてはいけないんですか？」リーバスはわざとら

しく眉を吊り上げて見せた。

「警部に追いつめられましたね、ミーガン」ジャニがにやりとした。そのお返しに彼女から睨みつけられたが、マクファーレンがリーバスに向き直ったときには、そんな表情は消えていた。

「セルゲイ・アンドロポフです」マクファーレンが言った。

「アンドロポフっていう名前のロシアの書記長がいたわね」シボーンがつぶやいた。

「親類ではありません」ジャニが教え、コーヒーを飲んだ。「本部ではこの男をスヴェンガーリ（抗しがたい力で人を操る人物について言う）って呼んでるんですよ」

「なぜなんですか？」シボーンは興味が湧いたようだった。

「巧妙に立ち回って数々の企業を乗っ取り、自分の会社を世界規模に押し上げ、役員会をいつも牛耳《ぎゅうじ》り、さまざまな策略を駆使し、駆け引きにたけ……」ジャニは一日中でも語れそうだった。「そのあだ名は、愛称として用いられてると思いますよ」

「とにかく、彼はきみを虜《とりこ》にしたようだな」リーバスが言った。「ファースト・オルバナック銀行はその大物実業家たちとぜひとも取引したいのだろうね」

「すでにそうなっています」

リーバスはジャニの笑みを消すことにした。「いや、アレクサンドル・トドロフもなぜかきみの銀行を使っていた。だのに彼はああいうことになってしまったんだな」

「リーバス警部の言い分ももっともなんです」シボーンが口を挟んだ。「ミスター・トドロフの口座状況や最近の出入金についての明細を取り寄せてもらえませんでしょうか？」

「規則があって……」

「それはわかります。でもそこから犯人を見つける手がかりを得られるかもしれず、そうすればお宅の顧客の不安を取り除けるんじゃないですか」

ジャニは口を突き出して考えていた。「遺言執行人がいるんですか？」

「知っているかぎりではいません」

「どの支店に口座があったんです？」

シボーンは両手を広げ、肩をすくめて、願いをこめた笑みを添えた。

「何とかやってみましょう」

「感謝します」リーバスが言った。「おれたちはゲイフィールド・スクエア署に所属してるんです」周囲をわざとらしく見回した。「こんなに立派な建物じゃないが、ま、納税者を破産させてはいないし……」

9

スコットランド議事堂から市議会へは車ですぐの距離だった。リーバスは受付の係員に、市長と午後二時に面会の約束があるんだが、いささか早く着きすぎてしまったので、市議会前に車を停めておいてもいいだろうか、と頼んだ。構わないという返事をもらったリーバスは笑顔になって、待っている間にグレアム・マクラウドにちょっと挨拶したいんだが、と言った。通行証が発行され、保安検査を受けたあと、二人は中に入った。エレベーターを待っている間に、シボーンがリーバスのほうを向いた。

「マクファーレンとジャニをうまくあしらってましたね」

「おれに質問を任せてくれてたから、そう思ってるんだろうとわかってたよ」

「お世辞を撤回するのはもう間に合わない？」しかし二人ともにやにやしていた。「わたしたちがいんちきの口実を使って駐車スペースを確保したことに、いつ気づかれるかしらね？」

「市長秘書に確認するかどうかによるね」エレベーターが着いたので乗り込み、地上階からさらに二階下がると、待っている男がいた。リーバスはシボーンにグレアム・マクラウドだと紹介し、そのあとマクラウドはＣＭＦ室へ、ＣＭＦとはモニター集中センターの略称です、と説明しながら二人を導いた。リーバスはここへ来たことがあるが、シボーンは初めてだったので、目を丸くした。そこには三段になったモニター画面が何十台も並び、コンピュータを前にしたスタッフが机についている。

マクラウドは来訪者が感心すると嬉しいらしく、誘いの水を向けなくてもとうとうと説明し始めた。

「十年前から市は監視カメラの設置を始めました」と語りだした。「最初は市の中心部に十台あまりあっただけなんですが、今や百三十台以上にもなり、さらに多くが間もなく設置されることになっています。ビルストンにある警察コントロール・センターと直結しており、この密閉された小部屋でのわれわれの監視が、なんと年間約千二百件もの逮捕に結びついているのです」

室内はたしかに暑かった。モニターからの放熱によるもので、シボーンはコートを脱いだ。

「ここは年中無休でやっています」マクラウドが話し続けた。「容疑者を追跡しながら、警察にその現在地を伝えるんです」モニターには番号が打たれており、マクラウドはその一つを指さした。「あれはグラスマーケットです。ここにいるジェニーが」と机に向かっている女性のことを言った。「手元にあるちっぽけなキーパッドを操作すると、カメラの方向を移動させたり、車を停めている者なり店舗やパブから出てきた者なりにズームしたりすることができます」

　ジェニーが実際にやって見せると、シボーンがゆっくりとうなずいた。

「とても鮮明な画像ですね」シボーンが言った。「そしてカラーなんだわ――白黒画面だと思ってました。キングズ・ステイブルズ・ロードにはカメラを設置していないんでしょうね？」

　マクラウドは低い笑い声を立てた。「何が目当てなのかちゃんとわかってましたよ」業務日誌に手を伸ばし、二頁ほど前へ繰った。「あの夜はマーティンが当直でした。警察車輛と救急車を見ています」マクラウドはその部分の記述を指で追った。「録画を遡《さかのぼ》って確認もしていますが、これと言って何も見つからなかった」

「だからと言って何もなかったとは言い切れませんね」

「もちろんです」

「シボーンが言うには」とリーバスが口を挟んだ。「イギリスの監視カメラの設置数はほかのどの国よりも多いんだとか」

「全世界にある監視カメラの二割がありますよ、国民数十人に一台の割合で」

「じゃあ、ずいぶん多いんだな」リーバスがつぶやいた。

「録画はすべて保存してあるんですか？」シボーンがたずねた。

「できるかぎりのことはしています。ハード・ディスクやビデオに入れて残していますが、ただ、決まりを守らなければならないので……」

「グレアムが言いたいのはね」とリーバスはシボーンに説明を補った。「おれたちに無条件で渡すわけにはいかないってこと。一九九七年のデータ保護法により」

マクラウドがうなずいた。「九八年です、実際は。ここにあるものはお渡しできますが、まずはいくつかの関門を通らないことには」

「だからこそ、今はグレアムが頼りなんだ」リーバスはマクラウドのほうを向いた。「録画をしらみつぶしに見たんだろう、しらみつぶしってのを、デジタル用語ではどう表現するのか知らないが？」

マクラウドが微笑しながらうなずいた。「ジェニーが手伝ってくれました。さまざまなメディアに被害者の写真が載っていたので。シャンドイック・プレイスで被害者らしき姿を見つけました。連れはなく、歩いていました。十時を少し回った時間です。次に被害者の姿が映ったのは、三十分後のロウジアン・ロードでです。でもお察しのとおり、キングズ・ステイブルズ・ロードには監視カメラが設置されていません」

「何者かが尾行しているような気配は？」リーバスがたずねた。

マクラウドはかぶりを振った。「ジェニーもそれは感じなかった」

シボーンは再び画面を注視した。「これじゃあ、もう数年もすれば、わたし、仕事をクビになるわ」

マクラウドが笑った。「それはどうかな。監視は危ないバランスで成り立っているんです。プライバシーの侵害がつねに問われるし、市民権を主張する人たちは何から何まで反対しますからね」

「やれやれ」リーバスがつぶやいた。

「カメラがあなたの住まいの窓に向けられていてもいいんですか？」マクラウドがからかった。

シボーンは考えていた。「チャールズ・リオダンは九時四十八分にカレー屋の勘定を済ませた。トドロフはその店を出て、シャンドイック・プレイスを通って市の中心部へ向かった。ロウジアン・ロードまでたった四百メートルほどなのに、どうして三十分もかかったのかしら？」

「どこかで一杯飲んだのでは？」リーバスが推測した。

「リオダンは〈マザーズ〉かカレドニアン・ホテルじゃないかと言ってました。どこへ寄ったにしろ、トドロフは十時四十分にはロウジアン・ロードを歩いているので、その五分後に駐車場の前に来ていたってことになる」シボーンはリーバスがうなずいて同意するのを待った。

「十一時には駐車場のシャッターが降りる」リーバスが付け加えた。「襲撃はすばやくおこなわれたようだ」そしてマクラウドへ言う。「そのあとはどうなった、グレアム？」

マクラウドは答えを用意していた。「遺体を発見した通行人が十一時十二分に通報してきました。その前後十分間のグラスマーケットとロウジアン・ロードの録画を見ましたよ」肩をすくめる。「パブを出入りする客、会社の飲み会の連中、深夜の買い物客ばかりで……金槌をぶらさげて一目散に逃げていく、恐ろしい形相の路上強盗なんて見なかったな」

「その部分をおれたちが見たら役に立つだろう」リーバスがきっぱりと言った。「あんたたちの知らない顔を見分けられるかもしれん」

「たしかに」

「だが関門をくぐれと言うんだな？」

マクラウドは腕を組んだ。その姿勢が答えを示していた。

二人は玄関ホールへ向かった。リーバスが煙草のパックを開けたとき、美々しい制服を着た係員が行く手を遮った。一瞬の間を置いて、リーバスは、役職を示す金のメダルを首にかけた女性市長も横にいるのに気づいた。市長は笑顔ではなかった。

「面会の約束があるんですって？」市長がたずねた。

「あなたがた以外の誰もそのことを知らないようだけ

ど」

「言い間違えたもんで」リーバスが謝った。

「じゃあ、駐車スペースを確保するための方便だけではないってこと？」

「もちろん違いますよ」

市長はリーバスを睨んだ。「まあ、いいわ、もう帰るんだったら——あの駐車スペースはもっと重要な用件の来訪者のために必要だから」

リーバスは自分が煙草を握りしめるのに気づいた。

「殺人事件の捜査よりも緊急を要するものがありますかね？」

市長は悟った。「ロシア人の詩人ね？　あの事件は早急に解決しなければ」

「ヴォルガの富豪たちの心を安んじるため？」リーバスは察してそう答え、少し考えたあとでさらにたずねた。「市議会は彼らにどの程度関わっているんですか？　ミーガン・マクファーレンによると、都市再開発委員会が接触しているんだとか」

市長がうなずいた。「市議会も力を入れているわ」

「じゃあ、金持ちをこぞって大歓迎しているわけですね？　おれの市民税が有効に使われているなんて嬉しいことだ」

市長は一歩詰め寄り、強い眼差しで睨みつけた。口を開いて早口の説明を始めようとしたときに、随行員が咳払いをした。窓の向こうに、建物の正面にあるアーチをじりじりと通り抜けようとしている長くて黒い車が見えた。市長は何も言わず、リーバスに背を向けて行ってしまった。五秒ほど間を空けてから、リーバスもそこを出た。シボーンがそのあとに続いた。

「お友達を作れてけっこうなこと」シボーンが言った。

「おれはあと一週間で退職するんだ。どうなろうが気にすることはない」

歩道を少し歩いたところで立ち止まり、リーバスは煙草に火を点けた。

「今朝の新聞を読みましたか？」シボーンがたずねた。

「昨夜、アンディ・カーが〝今年の政治家〟の代表として選ばれたんですよ」

「そいつは誰なんだ？」

「禁煙条例を導入した人」

リーバスは鼻であしらった。たたずんでいる市長の前で、公用車らしき車が停まるのを通行人たちが見守っていた。お仕着せ姿の随行員が歩み出て後部ドアを開けた。色つきガラスの窓なので、車内は見えなかったが、車から降りてきた男を見て、リーバスはロシア人だと直感した。たっぷりしたコート、黒い手袋、笑みのない彫りの深い顔。四十歳ぐらいか、きちんと整髪された短い髪はこめかみに白いものが交じっている。市長と握手を交わし、市長の質問に答えながらも、冷ややかな灰色の目が、リーバスとシボーンを含め、周囲の状況を観察していた。リーバスは煙を肺の奥まで吸い込み、一行が再び建物内へ消えるのを見つめた。

「ロシア領事館はタクシー業を始めたようだな」リーバスは黒いメルセデスを見ながら言った。

「スタホフが乗っていたのと同じ車？」シボーンが察した。

「たぶん」

「運転手に見覚えは？」

「よくわからん」

別の係員が現れ、その運転手が駐車できるように、リーバスの車を動かせと身振りで告げている。リーバスはあと一分だけと、指を一本立てた。シボーンがまだ来訪者用のバッジを着けているのに気づいた。

「それを返したほうがいい」リーバスは言った。「これを持っててくれ」吸いさしの煙草を突きだしたが、シボーンが嫌がったので、手近な窓枠に煙草を載せた。「風で吹き飛ばされないように見ててくれ」と注意し、彼女のバッジを受け取り自分のバッジもはずした。

「返さなくてもいいと思いますよ」シボーンが言った。

リーバスはにやりとして受付へ向かった。

「これを返却したほうがいいと思って」リーバスは受付の女性に告げた。「リサイクルできるだろ？　それぞれが小さな貢献をしなくてはな」笑顔のまま言ったので、受付の女性も笑みを返した。

「ところで」リーバスは机に身をもたせながら言い添えた。「市長と歩いていたあの男――名前をど忘れしてしまったんだが？」

「大物実業家らしいわ」女性が答えた。そう、来訪者名簿が二人の目の前にあり、名前を記入するようになっている。そこには万年筆らしい青インキの太い筆跡で、いちばん新しい名前が記入されていた。女性はその名前を口にした。

「セルゲイ・アンドロポフ」

「どこへ行くの？」シボーンがたずねた。

「パブ」

「どのパブ？」

「〈マザーズ〉だ、もちろん」

しかしシボーンが車を走らせてジョンストン・テラスまで来ると、リーバスは回り道をするようにと命じ、何回か左折したあとグラスマーケットのはずれからキングズ・ステイブルズ・ロードへ入った。駐車場ビルの前で車を停めると、ホズとティベットの働いているる姿が見えた。シボーンはクラクションを鳴らしてエンジンを切った。ティベットが振り向いて手を振った。車のフロントガラスに〈事件発生、情報提供を求む〉と書かれたチラシを挟んでいるところだった。ホズのほうは出口の遮断機近くの歩道に、サンドイッチ型の立て看板を設置している。チラシの大型版で、文章も同じだ。トドロフの不鮮明な写真が添えてある。〝十一月十五日水曜日の午後十一時頃、この駐車場内で男性が襲われて死亡しました。何かを見た方はいませんか？　その夜この駐車場に車を停めていた人を知りませんか？　特捜本部に通報をお願いします……〟電話番号は警察の交換台だった。

「いいんじゃないか」リーバスが言った。「犯罪捜査部には現在誰も詰めている者がいないんだから」

「マクレイ主任警部も同じようなことを言ってました」ホズが自分のした作業を眺めながら同意した。「あと何人捜査員が必要なのかたずねていましたよ」

「おれのチームは少人数できちんとまとまっているのがいい」リーバスが答えた。

「ハーツのファンの意見とは大違いだな」ティベットが小声で言った。

「じゃあ、サッカーはヒブズがひいきなんだな、コリン。シボーンと同じか？」

「リヴィングストンです」ティベットが思い込みを正した。

「ハーツのオーナーはロシア人だったな？」

シボーンがそれに答えた。「いえ、リトアニア人ですよ」

ホズがその話題を遮り、これからどこへ行くんですかとリーバスとシボーンにたずねた。

「パブよ」シボーンが答えた。

「いいわね」

「仕事で行くのよ」

「じゃあ、コリンとわたしはこのあと、何をしたらいいんですか？」ホズはリーバスを見つめた。

「基地へ戻る」リーバスが命じた。「電話がじゃんじゃんかかってくるのを待つんだ」

「それから」シボーンはふいに思い出して言った。「BBCに電話してほしいんだけど。〈クエスチョン・タイム〉に出演したトドロフのビデオをこちらへ送ってもらえるかどうか訊いて。彼が実際のところ、どれほどの活動家なのか知りたいので」

「昨夜のニュースでその一部を流してました」コリン・ティベットが言った。「事件についてまとめた資料が一つあり、トドロフに関してBBCが持ってるのはそれだけみたいなんです」

「教えてくれてありがとう」シボーンが言った。「じゃあ、あなたがBBCに連絡してくれる？」

ティベットは肩をすくめて引き受ける仕草をした。

シボーンは彼の手にあるチラシの束に注意を向けた。さまざまな色の紙にプリントされているが、その多くは毒々しいピンク色だった。

「急いでくれって頼んだもので」ティベットが言い訳した。「この紙を使おうって言われたんです」

「行こうか」リーバスがシボーンに声をかけて車へ向かいかけたが、ホズには考えがあった。

「目撃者たちの事情聴取の続きをやるべきだと思うんですけど」と呼びかける。「わたしとコリンがやります」

リーバスは五秒間ほど考慮するようなふりをしてから、その申し出を却下した。

車に乗り込むと、リーバスはロウジアン・ロードへ直進できないことを意味する、進入禁止の標識を見つめた。

「やってみますか？」シボーンがたずねた。

「きみに任せる」

シボーンは下唇を嚙みしめたあげく、車を方向転換させた。十分後車はロウジアン・ロードを走っており、キングズ・ステイブルズ・ロードへ入るもう片方の曲がり角を通りすぎた。「やってみるべきだったな」リーバスがつぶやいた。さらに二分後、バスおよびタクシーのみクイーンズフェリー・ストリートへ左折可、とある標識を無視したあと、シボーンは〈マザーズ〉の前の黄色い駐車禁止ライン上に車を停めた。前方の白いヴァンも同じように曲がっていたし、後ろのステーションワゴンもシボーンの車に続いた。

「交通違反の常態化だな」リーバスが評した。

「エジンバラにはうんざりだわ」シボーンが怒った顔

で言った。「こんな交通ルールをいったい誰が決めたの？」

「きみは一杯飲んだほうがいい」リーバスが言った。〈マザーズ〉に入った回数は少ないが、そのパブが気に入っている。昔ながらのパブで、椅子が少ししかなく、たいていそこには難しい顔をした男たちが座っている。今は午後の早い時間で、テレビには〈スカイ・スポーツ〉が流れていた。シボーンはチラシを――ピンク色のを避けて黄色い紙のチラシを――何枚か持ってきており、テーブルを回ってそれを渡した。リーバスはその一枚をバーテンの目の前に掲げた。

「二日前の夜」とリーバスは告げた。「十時頃か、もう少し経った頃」

「おれの勤務時間じゃなかった」バーテンが答えた。

「じゃあ、誰だった？」

「テリー」

「そのテリーはどこにいる？」

「たぶん、自分のねぐらに」

「彼は今夜も当番なのか？」バーテンがうなずくと、リーバスはチラシを押しつけた。「テリーに電話するように言ってくれ。この男に酒を売ったかどうかは関係なく。もし電話をしてこなかったら、それはあんたのせいだからな」

　バーテンはわずかに口の端を歪めただけだった。シボーンがリーバスの横に立った。「隅にいる男があなたの知り合いのようなんです」リーバスはそちらを見てうなずき、テーブルへ歩み寄った。シボーンもそれに従った。

「元気か、ビッグ？」リーバスは挨拶の声をかけた。

　男は一人で飲んでいた。エールの〈ヘヴィ〉を半パイントとウイスキーのシングルを前に、横の椅子の桟に片足をかけ、片手で胸を掻きながら、くつろいでいる様子だった。色あせたデニムのシャツの胸がはだけている。リーバスはこの男と七、八年は会っていない。

ポディーンという名前だと言っていた――ビッグ・ポディーン。元海軍兵で、元用心棒。皺の深い大きな顔がめり込んだようになり、肉厚の唇から見える口内は歯がほとんど抜け落ちているので、今は年相応に見える。

「まあまあだよ、ミスター・リーバス」握手はなく、軽い会釈とたまに視線を合わせるだけだ。

「ここが行きつけの店なんだな？」リーバスがたずねた。

「まあな、そうとも言える」

「海岸近くに住んでると思ってた」

「それは何年も前の話だ。人は移動するし、変化する」テーブルに煙草の袋があり、ライターと煙草の巻き紙が添えてあった。ポディーンは袋を取り上げ、もてあそんだ。

「何か情報はないか？」

ポディーンは頬をふくらませ、息を吐いた。「二日前の夜、おれはここにいたが、そいつは来なかった」チラシを顎で示す。「でもそいつは知ってるぜ。閉店間際に、ここへちょくちょく来てたからな。夜中に徘徊するタイプだね、おれに言わせりゃ」

「おまえみたいにか、ビッグ？」

「あんたもそうだよ。思い出したね」

「最近はパイプと室内履きの生活だよ、ビッグ」リーバスは言った。「ココアを飲んで十時には寝床に入る」

「なぜだかそうは思えんね。こないだ誰と出会ったと思う。われらが友人カファティだ。あいつをけっきょくムショに放り込めなかったのはなぜなんだ？」

「二回ほど放り込んだぞ、ビッグ」

ポディーンは鼻に皺を寄せた。「ときたまほんの数年間だけな。だが、いつも捜査を免れたように見えるじゃないか」ポディーンはリーバスと目を合わせた。

「噂じゃあ、あんたは引退するとか。ヘビーウエイト級選手として悪くない結果を残したがね、ミスター・リーバス。でもあんたについて言われてるんだな……」

「何と？」

「あんたにはノックアウトするだけのパンチ力がないって」ポディーンはウイスキーのグラスを挙げた。「それはともかく、晩年に乾杯だ。ここであんたにちょくちょく会えるようになるかもな。だがね、この街のパブでは、背中を壁につけておくことだ。あちこちで恨みを買ってるからな、ミスター・リーバス。警察を離れたら最後……」ポディーンは大げさに肩をすくめた。

「おれを激励してくれてありがたいよ、ビッグ」リーバスはチラシへちらっと目を向けた。「この男と話をしたことは？」ポディーンはしかめ面をして、かぶりを振った。「ここで話を訊いたほうがいい人間がいるか？」

「そいつはいつもカウンターの前に立ってた。なるべくドアの近くにいたね。酒が好きなんで、人は好きじゃなかった」少し黙ってから言う。「カファティについてたずねなかったな」

「よし、カファティが何か？」

「よろしくと伝えておけ、って言ってたよ」

リーバスは相手をまじまじと見た。「それだけか？」

「そう」

「その天地を揺るがすような重大な会話はどこでなされた？」

「おかしなことに、この道路の向こうだ。カレドニアン・ホテルから出てくるカファティとばったり出会ったんだ」

そこは二人の次の目的地だった。ピンク色の壮大なホテルにはドアが二つある。その一つは玄関ロビーへのドアで、ドアマンが付いている。もう一つは直接バーへ通じ、宿泊客もぶらりと入ってきた者も利用できる。リーバスは喉が渇いているから、と言い訳してエールの一パイントを頼んだ。シボーンはトマトジュースにしておくと言った。

「道路の向こうのほうが安かったわ」シボーンがつぶやいた。

「だから、きみが払うんだぞ」しかし勘定書が来ると、五ポンド札をそれに載せ、釣り銭を期待した。

「〈マザーズ〉にいたあなたのお友達が言ったこと、あれは正しかったわね？」シボーンが切り出した。「夜に外出するとき、わたし、いつも店内で人の出入りには注意を払ってるわ。もしかして知ってる顔がいないかと思って」

　リーバスがうなずいた。「おれたちがムショに放り込んだ人数からして、当然そのうちの何割かは世間に舞い戻っている。だから上品な酒場へ通うようにすることだな」

「たとえば、ここみたいな？」シボーンが周囲を見た。「トドロフはここへ何しにきたんでしょうね？」

　リーバスは考えてみた。「よくわからん」と認める。「もしかしたら、別種のムードを求めたのか」

「ムード？」シボーンがにやにやしながらおうむ返しに言った。

「きみの言葉遣いが移ったんだよ」

「そうじゃないわ」

「じゃあ、ティベットだ。いずれにしろ、それがどうした？　完璧にお上品な言葉だろ」

「あなたの口から出ると、何だかそぐわない」

「六〇年代におれがどんな言葉遣いをしていたことか」

「六〇年代なんて、まだ生まれてもいないわ」

「いちいち、それを言うことはない」リーバスはグラスの半分を飲み干してから、チラシを手にバーテンに合図した。バーテンはスキンヘッドの痩せた小男だった。タータンチェックのヴェストにネクタイ姿のバーテンは、トドロフの写真を見るやいなや、光る頭を振りながらさかんにうなずいた。

「最近、何回か来ましたよ」

「一昨日の夜も来ていた？」シボーンがたずねた。

「たぶん」バーテンは眉根を寄せて考え込んでいた。人が一心に考えるときは、説得力のある嘘を考えつこうとする場合もありうる、とリーバスは知っていた。バーテンのヴェストのバッジには、フレディとしか記されていない。

「十時ちょっと過ぎぐらいだ」リーバスがつついた。

「すでに何杯か飲んでいた」

フレディが再びうなずき始めた。「コニャックの大を注文しましたよ」

「それ一杯だけ？」

「そうだと思います」

「彼と何か話をしたのか？」

フレディはかぶりを振った。「でも今はこの人が誰だか知ってます。テレビで見たんで。恐ろしいことが起こったもんだ」

「恐ろしいな」リーバスが相づちを打った。

「彼はカウンターに座っていたの？」シボーンがたずねた。「それともテーブルに？」

「カウンター――かならずカウンターでした。外国人だってわかってたけど、詩人みたいに見えなかった」

「あなたの経験によると、詩人ってどんなふうなものなの？」

「言いたかったのは、しかめ面をして黙って座っているだけだったってことです。でも、何か書きつけてるところは見ましたよ」

「それは最後に来たとき？」

「いや、それより前。ポケットから小さなノートを取りだして。ウエイトレスの誰かがあの男は覆面捜査官か、雑誌の取材記者じゃないかって言ったんですが。そうじゃないだろうってわたしは言ったんですよ」

「最後にここへ来たとき、ノートは見なかったのね？」

「誰かと話をしていましたね」

「誰とだ？」リーバスがたずねた。

フレディは肩をすくめた。「別の客。二人はあなたがたが今いるところあたりに座ってた」リーバスとシボーンは顔を見合わせた。

「どんな話をしていた？」

「立ち聞きはよくないことなんで」

「他人の会話に聞き耳を立てないバーテンなんて珍しい存在だな」

「英語じゃないようでしたね」

「じゃあ、何語だ――ロシア語か？」リーバスは鋭い目つきになった。

「そうかも」フレディは認めたような顔をした。

「ここに監視カメラは？」リーバスが周囲を見回した。

フレディが首を横に振った。

「その客って、男性なの、女性なの？」シボーンが訊いた。

フレディは少し間を置いて「男性」と答えた。

「どんな人？」

また間が空く。「詩人より少し年配で……もっとがっしりした体。夜には照明を落とすし、店は混んでいたから……」詫びるように肩をすくめる。

「とても役に立ったわ」シボーンが安心させた。「二人は長く話し合っていたの？」フレディはまた肩をすくめただけだ。「一緒に帰ったんじゃないのね？」

「詩人は一人で帰りましたよ」フレディはその点についてだけは確信のある声だった。

「ここでコニャックを飲んだら高いんじゃないか」リーバスは室内を見回して言った。

「天井知らずの値段ですね」バーテンが認めた。「でも部屋のつけで飲んでいるときは、気づかないもんです」

「チェックアウト時に請求書が渡されるときまではな」リーバスが肯定した。「でもな、フレディ、そのロシア人は宿泊客ではなかった」効果を狙って間を置く。「だったら誰の〝つけ〟になるんだ？」

バーテンは自分のミスに気づいた様子だった。「いやいや、面倒なことになるのは困るんで……」

「おれと面倒を起こしたくはないだろ」リーバスがきっぱりと言った。「相手の男は宿泊客だったのか？」

フレディは二人の警察官を交互に見た。「そうだと思います」元気をなくした様子で答えた。リーバスとシボーンは視線を交えた。

「商用でモスクワからここへ来る場合」シボーンが穏やかに言った。「代表団か何かの一員として……そんな場合、どのホテルに滞在するかしら？」

その答えを知る方法は一つしかなく、受付でたずねてみたが、スタッフはお役に立てないと返答した。その代わり担当マネージャーを呼んでくれたので、リーバスは同じ質問をした。

「ロシアの実業家がここに泊まっているのかね？」

マネージャーはリーバスの警察手帳をしげしげと見た。それを戻しながら、何か問題でも、とたずねた。

「あんたとこのホテルが殺人事件捜査の妨害を続けるなら、そうなる」とリーバスがゆっくりした口調で言った。

「殺人？」マネージャーはリチャード・ブラウニングと初めに名乗っていた。仕立てのよいチャコール・グレイの背広にチェックのワイシャツ、藤色のネクタイという装いである。リーバスの言葉を繰り返す間に、頬に血が上ってきた。

「一昨日の夜、ある男性がここのバーを出てキングズ・ステイブルズ・ロードまで行ったが、そこで撲殺された。ということは、最後にその男性を見たのは、ここのホテルでカクテルを呷《あお》ってた者ということになる」リーバスはリチャード・ブラウニングのほうへ詰め寄った。「さて、お宅の宿泊者名簿を借りて、宿泊客の全員から事情聴取してもいいんだがね――コンシェルジェの机の横にもう一つ大きなテーブルを据え、公開の場できちんと順番に……」リーバスは間を置いた。「そうしてもよいのだが、それには時間がかかるし、混乱が生じる。あるいは……」また間を取る。「ここに泊まっているロシア人客の身元について教えてくれるだけでもいい」

「それに」とシボーンが付け加えた。「バーの領収書を調べて、一昨夜の十時過ぎに、コニャックの大を支払った人の名前を見つけてくれてもいいわ」

「わたしどものお客様にはプライバシーの権利がありますので」ブラウニングが反論した。

「名前を知りたいだけだ」リーバスが言った。「客がどんなポルノ番組を見ていたかのリストをくれと言ってるんじゃない」

ブラウニングが体をこわばらせた。

「わかった」リーバスが謝った。「ここはそういうホテルではない。でも実際のところ、ロシア人はここに宿泊しているんだろ?」

ブラウニングはかすかにうなずいて認めた。「エジンバラに代表団が来ているのはご存じでしょう?」リーバスは知っていると答えた。「実のところ、そのうちの三、四人がお泊まりになっているだけです。残りの方々は市内の各ホテルに分散して宿泊しておられます――バルモラル、ジョージ、シェラトン、プレストンフィールドなどに……」

「仲が悪いの?」シボーンがたずねた。

「最上級のスイート・ルームの数が足りないからです」ブラウニングが嘲《あざけ》りをこめて言った。

「滞在予定はあと何日ぐらい?」

「数日――グレンイーグルズへの小旅行が計画されて

いるんですが、チェックアウトしてまたチェックインする面倒を避けるために、部屋をキープしておられます」

「そういう選択肢もあるというのはけっこうなことだ」リーバスが言った。「いつ名前をもらえる？」

「まず総支配人に相談しないことには」

「いつだ？」リーバスが繰り返した。

「ほんとにわからないんです」ブラウニングがどもった。シボーンは携帯番号の付いた名刺を渡した。

「早いほどありがたいわ」シボーンが迫った。

「でないと、コンシェルジェの横にテーブルを置く」リーバスが言い添えた。

首を垂れてしきりにうなずいているブラウニングを残して、二人は立ち去った。ドアマンが近づく二人を見て、ドアを開けた。リーバスは毒々しい色のチラシをチップ代わりに渡してやった。空いているタクシー駐車スペースにシボーンの車を停めていたので、そこへ向かおうとしたとき、リムジンが近づいてきて停まった。市議会で見かけたあの黒いメルセデスで、後部座席からあの男が現れた。セルゲイ・アンドロポフ。今回も視線を感じたらしく、一瞬リーバスを見返してからホテルへ入っていった。メルセデスは角を曲がってホテルの駐車場へ消えた。

「スタホフのときと同じ運転手？」シボーンがたずねた。

「今回もよく見えなかったが」リーバスは言った。「でも、中にいるときにたずね損なったことを思い出したよ。カレドニアン・ホテルのような格式高いホテルが、なぜビッグ・ジェル・カファティのようなやつの出入りを許すんだ、ってね」

10

証人たちからの聞き取りは午後六時になるまで待った。帰宅している可能性が高くなるからである。ロジャーとエリザベス・アンダースン夫妻は、市の南端に近い、ペントランド・ヒルズを望む一九三〇年代の一戸建て住宅に住んでいた。玄関ドアへ通じる庭の小道は照明が施されていて、立派な置き石や爪切りで切り揃えたかと思うほど丹念に刈り込んだ広い芝生が観賞できるようになっている。

「奥さんの趣味なのかしら?」シボーンが言った。

「どうかな。妻のほうが野心家で、夫は家庭にいるのかもしれないぞ」

だがドアを開けたロジャー・アンダースンは、ネクタイを緩め、ワイシャツのいちばん上のボタンをはずしただけの背広姿だった。片手に夕刊を持ち、読書用の眼鏡を頭へ押し上げていた。

「ああ、あなたですか」とアンダースンが言った。

「いつ来られるのかと思っていました」中へ引っ込み、二人について来させた。「警察が来たよ」妻に呼びかける。キッチンから現れた妻に、リーバスは笑顔を向けた。

「まだリースを飾ってないんですね」玄関ドアを示しながらリーバスが言った。

「ゴミ箱に捨てて、と家内が言ったものでね」ロジャー・アンダースンがリモコンでテレビを消しながら答えた。

「夕食にしようとしてたとこなんです」妻が文句を言った。

「お時間は取りません」シボーンが請け合った。フォルダーを持ってきている。トッド・グッドイアとビル

・ダイソン巡査が初回の聞き取りをタイプしていた。グッドイアの報告書は完璧で、ダイソンのほうは綴りの間違いが多くて判読しにくい。「実際に死体を発見したのは、あなたがたじゃないんですね？」シボーンがたずねた。
エリザベス・アンダースンは室内へさらに数歩入り、夫の椅子の後ろに立った。ロジャーのほうは二人の警官に椅子を勧めもしないで、自分の椅子へ体を沈めた。しかしリーバスはかえって好都合だった——室内を自由に動いて観察できるからだ。ロジャー・アンダースンはコーヒー・テーブルに新聞紙を置いていて、その横にはクリスタルのタンブラーがあり、匂いから察するに、ジンとトニックを三対一の割合で薄めたもののようだった。

「少女の悲鳴が聞こえたんです」ロジャーが言った。

「なんだろうかと思い、声のするほうへ行きました。少女が襲われでもしたのではないか、と」

「車を停めていたんでしたっけ……」シボーンはメモを調べるそぶりをした。

「グラスマーケットに」ロジャーが答えた。

「なぜそこに？」リーバスが口を挟んだ。

「なぜとは？」

「教会までそうとう歩かなきゃならないと思ったもんで。クリスマス・キャロルを聴きに行ったんでしたね？」

「そうです」

「まだキャロルには季節的に早いんじゃないですか？」

「来週にはクリスマスのイルミネーションが始まりますよ」

「キャロルが終わったのはずいぶん遅い時間だったんですね？」

「終わったあと軽い夕食をしたのでね」ロジャーはそもそも自分が質問の対象になること自体に憤慨してい

る口調だった。

「駐車場ビルへ入れようとは思わなかったんですか?」

「あそこは十一時に閉まります。それまでに帰ってこられるかどうかわからなかったので」

リーバスがうなずいた。「じゃあ駐車場ビルがあるのは知ってたんですね? 営業時間も知っていた?」

「以前に使ったことがあります。何よりも、グラスマーケットだったら六時三十分以後は金がかからないんですよ」

「小銭でもおろそかにはできませんからね」リーバスが同意し、上等の家具が入っている広い室内を見回した。「聞き取り調査によると、あなたの勤めている会社は……?」

「ファースト・オルバナック銀行です」

リーバスは再びうなずき、驚きを隠した。いいかげんなダイソンはロジャー・アンダースンの職業についてメモしていなかったのだ。

「あなたがたは非常に運がよかった、わたしがこんなに早く帰宅してたんですからね」ロジャー・アンダースンが言葉を続けた。「最近は猛烈に忙しくて」

「スチュアート・ジャニという人物をご存じですか?」

「何回も会ってますよ……ちょっと、そんな話が死んだ男と関係あるんですか?」

「おそらく何も関係ないでしょう」リーバスが認めた。「できるだけ全体像を摑みたいと思ってるだけなんで」

「グラスマーケットに駐車したもう一つの理由はね」エリザベス・アンダースンが囁くような小声で言った。「照明が明るいからですよ。それに必ず人の往来があるし。わたしたち、そういうことには注意してるんです」

「そこまで行くのに淋しい道を通らなきゃなりません

ね」シボーンが指摘した。「夜の遅い時間だと、キングズ・ステイブルズ・ロードはひとけがないでしょう」

リーバスはキャビネットに入っている額入り写真を覗き込んだ。「あなたがたの結婚式の写真ですね」

「二十七年前ですわ」エリザベスが言った。

「これはお嬢さん？」訊くまでもなかった。少女の成長の段階を追った数枚の写真。

「デボラよ。来週には大学から帰ってくるわ」

リーバスはゆっくりとうなずいた。最近の写真は歯が抜けた頃や小学校の頃の娘の写真の蔭に隠すように置いてある。「お嬢さんはゴス・ファッションにはまっているようですね」急に髪の毛が真っ黒となり、目を黒く濃く縁取っている。

「もう一度言いますが、警部」ロジャー・アンダースンが遮った。「それが捜査に何の関係があるんでしょうか……」

リーバスは手を振ってその反論をいなした。シボーンは読んでいるふりをしていたメモから目を上げた。

「くだらない質問ですけど」と笑顔でシボーンは言った。「今までにあれこれと思い返してみる時間がありましたね。で、何か付け足すことはありませんか？ほかにも誰かを見たとか、何かを聞いたとか？」

「ありません」ロジャーがきっぱりと言った。

「ありません」妻も同じように言った。少しして言い添えた。「あの人は有名な詩人だったんでしょう？記者が電話をかけてきたわ」

「何も言わないほうがいいですよ」リーバスが助言した。

「どうしてわたしたちのことを知ったのか、それを訊きたいですね」夫は怒った口調だった。「これで終わりですかね？」

「どういう意味だかよくわからないんですが」

「あなたたちは今後も来るんですか。こちらには何も話すことがなくても？」

「実はゲイフィールド・スクエア署に来ていただいて、正式な供述書を作っていただかなくてはならないんです」シボーンが言った。フォルダーから名刺を取りだす。「まずこの番号に電話して、ホズ刑事かティベット刑事に連絡してください」

「そんなことして何になる？」ロジャーがたずねた。

「これは殺人事件なんです」リーバスがぴしゃりと答えた。「男性がこっぴどく殴られて殺され、殺人犯はまだ捕まっていない。犯人を見つけるのが警察の仕事です……そのことでご迷惑をかけるとしたら申し訳ない」

「あんまり申し訳なさそうな声じゃありませんね」ロジャー・アンダースンが不満そうに言った。

「いや、実際のところ、おれの心は痛んでいるんですよ。そう見えないとしたら、お詫びします」リーバスは帰ろうとするかのように向きを変えたが、そこで立ち止まった。「それはそうと、どんな車種なんですかね、明るいところに停めておきたいというあなたの車は？」

「ベントレーだ、コンチネンタルＧＴ」

「ということは、ファースト・オルバナック銀行の郵便仕分け室で働いているんじゃなさそうですね？」

「そこからのスタートではないとは言わないがね、警部。もうこれでごめんこうむってもいいだろうか、レンジの上で夕食が焦げてる音が聞こえるように思うんでね」

エリザベス・アンダースンはあっとばかりに口を覆い、キッチンに駆け込んだ。

「もし焦げてしまっても、またジンを飲んで気分を落ち着けられますよ」リーバスが言った。

ロジャーは反論しないで、二人の警官を追い出すほうが先決と考え、立ち上がった。

「夕食はいかがでした？」シボーンはメモをフォルダ

ーにしまいながら、さりげなくたずねた。「キャロルのあとの夕食のことなんですが」

「ああ、うまかったよ」

「わたし、新しいレストランの情報を集めてるもので」

「もちろんきみが払える範囲だと思う」ロジャー・アンダースンは笑みを浮かべて言ったが、内心ではそう思っていないのが明らかだった。「〈ポンパドール〉という名前だ」

「彼に支払わせますから」シボーンはリーバスを顎で示した。

「それがいい」ロジャーは笑い声を上げた。玄関ドアを閉めるときもまだ低い声で笑い続けていた。

「奥さんが庭仕事を好きなのも無理はない」リーバスがつぶやいた。「あの尊大な野郎からしばらくでも離れられるからな」庭の小道を歩きながら、ポケットの煙草を探った。

「わたしがある興味深い事実を教えたら、〈ポンパドール〉でのディナーをご馳走してくれますか？」シボーンがからかった。

リーバスはライターの火を点けようとしながら、うなずいた。

「コンシェルジェの机にそこのメニューが置いてあったんです」

リーバスは夜の大気へ煙を吐き出した。「なぜなんだ？」

「なぜなら」とシボーンが教えた。「〈ポンパドール〉はカレドニアン・ホテル内のレストランだから」

リーバスはまじまじとシボーンを見たあとで、玄関ドアへ戻り、拳でドアを二回ほど叩いた。ロジャー・アンダースンは嬉しそうではなかったが、リーバスは文句を言う機会を与えなかった。

「襲われる前に」とリーバスは言った。「アレクサンドル・トドロフはカレドニアン・ホテルのバーで飲んでいた」

「それで？」

「あんたはレストランにいた——もしかしてトドロフを見かけたのでは？」

「エリザベスとわたしはバーへは近づかなかった。あそこは大きなホテルなんだよ、警部……」アンダースンはドアを閉めようとした。リーバスはドアに足を挟んで阻もうかと考えた。もう何年もそんな行為をしたことがない。だがほかの質問を考えつかなかったので、ロジャー・アンダースンを無言で見つめているうちに、頑丈な木製ドアが閉じられた。それでもまだしばらくドアを睨み、アンダースンがドアを開けるよう念じた。だがアンダースンは奥へ引っ込んでしまった。リーバスは再び小道へ戻った。

「どう思います？」シボーンがたずねた。

「もう一人の証人に会いにいこう。そのあとで、いちばんよいと思う考えを話すよ」


　ナンシー・シヴライトの住まいはブレア・ストリートにあるアパートメントの四階にあった。道路の反対側には、地下のサウナ店を宣伝するイルミネーションがある。勾配の急な坂道の上方では、パブの前で喫煙者が群れており、ハンター・スクエアからは大声や叫び声がときおり聞こえる。そこにはホームレスがよくたむろしていて、警官に追い払われたりするのだ。

　アパートメントの戸口が薄暗かったので、リーバスはライターの炎でインターフォンの下方を照らし、シボーンがそこにあるさまざまな名前を判読した。賃貸アパートはつねに住人が入れ替わるので、ブザーの横に五つ六つも名前が付いているものもある。訂正を走り書きした紙切れがひらひらとはがれかけていた。シヴライトの名前が何とか読み取れたので、シボーンがブザーを押すと、誰かとたずねる声もなく玄関ドアの鍵がカチッと開いた。階段の周囲はそこそこ明るかったが、ゴミ袋がいくつか置かれ、誰も使わない数年分の電話帳が積み上げられている。

「猫を飼ってる者がいるな」リーバスは臭いを嗅いだ。

「もしくは失禁する者がいるか」シボーンが言った。

石の階段を上がりながら、リーバスは一階上がるごとにドアの名前を調べるかのように立ち止まったが、実は息を整えているだけだった。やっと四階にたどり着いたとき、シボーンはすでに呼び鈴を鳴らしていた。ドアを開けたのは、乱れた髪の、一週間分の黒い無精髭を生やした若者だった。目にアイライナーを引き、赤いバンダナを巻いている。

「ケリーじゃないんだ」若者が言った。

「がっかりさせてごめんなさい」シボーンは警察手帳を掲げた。「ナンシーに会いに来たんです」

「いないよ」若者はたちまち警戒した。

「彼女が死体を見つけた話を聞いた？」

「え？」若者は口をぽかんと開け、そのまま閉じなかった。

「ナンシーの友達なの？」

「ルームメイト」

「彼女はあなたに言わなかったのね？」シボーンは返事を待ったが、答えはなかった。「ま、それはともかく、再確認のために来ただけなのよ。ナンシーが何か悪いことをしたわけじゃなく――」

「だから中へ入れてくれないか」リーバスが口を挟んだ。「マリファナの臭いが鼻をついても無視するようにするから」親しみをこめたつもりの笑みを浮かべた。

「いいよ」若者はドアを少し開けた。ナンシー・シヴライトの顔が寝室のドアから覗いた。

「あら、ナンシー」シボーンは中に入って声をかけた。段ボール箱が散乱していた――リサイクル用品が入った箱、不要品が入った箱、狭い戸棚に入りきらなかったものの箱。「少し確認したいことがあって」

ナンシーは寝室のドアを閉めて廊下に出た。短いタイトスカートに黒いスパッツ、腹部とピアスをはめた臍《へそ》が丸見えの短いシャツを着ている。

「出かけるところなの」ナンシーが言った。

「もう一枚着たほうがいい」リーバスが言った。「寒いぞ」

「時間は取らせないわ」シボーンが請け合った。「どこで話すのがいいの？」

「キッチン」ナンシーが言った。それもそのはず、もう一つの閉じたドア、おそらく居間からは、マリファナの甘い匂いが漂ってきているからだ。単調でエレクトリックな音楽も流れてくる。リーバスには曲名がわからなかったが、《タンジェリン・ドリーム》の曲とどこか似ていた。

キッチンは狭くて散らかっており、住人はテイクアウトの料理を買って暮らしているようだった。窓が少し開けてあったが、流しの悪臭はそれぐらいでは消えていなかった。

「皿洗いの当番をしなかった者がいるようだな」リーバスが言った。

ナンシーはその言葉を無視した。腕を組んで質問を待っている。シボーンは再びフォルダーを開け、トッド・グッドイアの非の打ちどころのない報告書と、名刺を取りだした。

「近日中にゲイフィールド・スクエア署へ来ていただきたいんです」とシボーンは切り出した。「そして正式な署名入りの供述書を作ってください。この刑事のいずれかに連絡するように」名刺を渡す。「それまでに、ちょっと確認したいことがあって。被害者を見つけたとき、あなたはここへ帰宅する途中だったんですね？」

「そうよ」

「あなたは友達の家から、それは、えっと、どこだったかしら……」シボーンは報告書を調べるそぶりをした。ナンシーが助けてくれるのを期待したが、十代のナンシーは思い出せない様子だった。「グレイト・スチュアート・ストリートね」シボーンがナンシーに教えた。ナンシーがうなずいて肯定した。「その友達の名前は、ナンシー？」

「なぜそんなことを知りたいの？」

「警察ってそういうものなのよ。できるだけ詳しく知りたいんです」

「ジルって子よ」

シボーンはそれを書き留めた。「姓は？」

「モーガン」

「何番地に住んでるの？」

「十六番地」

「よく憶えてたわね」シボーンはそれも書き留めた。

「ありがとう」

居間のドアが開いて、女の顔が覗いたが、リーバスの強い視線を浴びてたちまち消えた。

「家主は誰なんだ？」リーバスはナンシーにたずねた。

彼女は肩をすくめた。

「家賃はエディに渡してる」

「エディってのは、さっきドアを開けてくれた男だね？」

ナンシーがうなずくと、リーバスはほんの二歩ほど歩いて玄関へ戻った。段ボール箱の一つに郵便物が積み上げてある。シボーンが次の質問をしている間に、郵便物に目を通し、ある封筒で目を留めた。切手を貼る箇所に料金別納の表示があり、その横に会社名が記してある。ＭＧＣ賃貸不動産会社。封筒を置いてナンシーの答えに耳を澄ませた。

「駐車場に鍵がかかってたかどうかなんて、知らない。そんなこと、どうだっていいじゃない？」

「そうね」シボーンは認めたような口ぶりだった。

「被害者はそこで襲われたと考えられている」リーバスが言い添えた。「そこから彼はきみが倒れているのを発見した場所までよろよろと歩いていったか、もしくはそこまで運ばれたかなんだ」

「わたし、何も見なかったわ！」ナンシーが泣き声を上げた。目に涙が盛り上がり、両腕をさらに強く自分の体に巻き付ける。居間のドアが再び開いて、エディが玄関へ現れた。

「彼女をいじめるんじゃない」

「いじめてはいないよ、エディ」リーバスが言った。若者はリーバスが自分の名前を知っていることに気づき、顔色を変えた。体面上、ほんの少しの間、その場に留まって見せたものの、すぐに引っ込んだ。「なぜエディにこの話をしなかったんだ？」リーバスはナンシーにたずねた。

ナンシーは目をしばたたいて涙をこらえ、ゆっくりとかぶりを振った。「何もかも忘れたかったから」

「無理もないわね」シボーンが同情した。「でも何か思い出したら……」名刺を指さす。

「電話するわ」ナンシーが同意した。

「署にも来るのよ」シボーンが念を押した。「月曜日の何時でもいいから」ナンシーはすっかり気落ちした様子でうなずいた。シボーンは、ほかに質問は、とたずねるようにリーバスをちらっと見た。リーバスはその意向に添うことにした。

「ナンシー」リーバスは穏やかにたずねた。「カレドニアン・ホテルへ行ったことがあるか？」

ナンシーがせせら笑うような声を出した。「ええ、ええ、しょっちゅう行ってるわよ」

「冗談は抜きで」

「どう思う？」

「ノーということだな」リーバスは顎をしゃくってシボーンに帰ろうと合図した。しかし出て行く前に居間のドアを押し開けた。そこは煙っていた。天井の照明はなく、紫色の光を放つ電気スタンドが二台とマントルピースに太い白ロウソクが並べてあるだけだ。コーヒー・テーブルには煙草の紙や小さくちぎった厚紙や刻み煙草が散乱している。エディのほかにソファや床に三人が寝そべっていた。リーバスは彼らに無言でうなずいて見せてから顔を引っ込めた。「きみも何かやるのか？」ナンシーにたずねる。「ヤクを吸うとか？」ナンシーは玄関ドアを開けていた。

「ときどき」ナンシーが認めた。

「嘘をつかないでくれてよかった」リーバスが言った。開けたドアの外に若い女がいた。ケリーにちがいない。ナンシーと年は変わらないようだが、その厚化粧は二十一歳以上しか出入りできない夜の盛り場のどこにでも入れそうだった。

「じゃあね」ナンシーは二人の警察官に言った。ドアが閉まったあと、あれは誰なのとたずねるケリーの声と、家主の従業員よと答えるナンシーの小声が聞こえた。リーバスはふんと鼻を鳴らした。

「家主って誰だと思う？」シボーンが肩をすくめるのを見た。「モリス・ジェラルド・カファティ——MGC賃貸不動産会社だ」

「賃貸アパートをいくつか持ってるって聞いたわ」シボーンが言った。

「この市内のどこの街角を曲がっても、必ずカファティの爪痕が近くに残ってるさ」リーバスは少しの間考え込んだ。

「彼女、嘘をついていたわ」シボーンが断定した。

「訪れた先の友人についてだな？」リーバスもうなずいて肯定した。

「なぜ嘘をついたのかしら？」

「そりゃあ、理由はいくらでもある」

「たとえば、麻薬常習者の友達だからだとか」シボーンは階段を降り始めた。「グレイト・スチュアート・ストリート十六番地に住むジル・モーガンとやらいう女性に連絡を取ってみたほうがいいかしら？」

「きみの考えに任せる」リーバスは振り返ってナンシー・シヴライトのドアを見た。「でも彼女は例外的存在だな」

「どういうこと？」

「彼女以外、この事件に関わる者全員がカレドニアン・ホテルを我が家同然に使ってるようだから」

シボーンが微笑をもらしたとき、背後のドアが開いた。ナンシー・シヴライトが現れ、階段を降りてきた。

「あんたたちにやってもらいたいことがあるの」ナンシーが低い声で言った。

「何だね、ナンシー？」

「あいつを近づけさせないで」

リーバスとシボーンは顔を見合わせた。「あいつって？」シボーンがたずねた。

「奥さんといた男。警察に通報した人……」

「ロジャー・アンダースン？」リーバスは彼女を見据えた。

ナンシーは不安そうにうなずいた。「昨日ここにやって来たの。わたし、出かけていたんだけど、ずっと待っていたみたい。わたしが戻ってきたとき、前に車を停めていた」

「何の用事だったんだ？」

「わたしのことが心配だって。だいじょうぶかどうか確かめに来たって言ってた」ナンシーは階段を戻っていった。「わたし、もうやめたんだから」

「何を？」リーバスが呼びかけたが、ナンシーは答えず、中に入ってドアをそっと閉めた。

「何なのよ」シボーンが小声で言った。「どういうこと？」

「アンダースンにたずねてみることだな。偶然にも、ナンシーは彼の娘と似てるんじゃないかって思ってたところだ」

「どうやってナンシーの住所を知ったのかしら？」

リーバスは肩をすくめた。「それは後回しにしよう」少し迷ったあとでそう述べた。「今夜きみにはもう一つ、小さな仕事が残ってる……」

もう一つの小さな仕事とは、マクレイ主任警部の部屋で主任警部と一人で会わなければならないことだった。マクレイは何かの集まりに出たらしく、ディナージャケットに黒い蝶ネクタイの正装だった。外には彼を自宅へ送り届ける運転手付きの車が待っている。机の前に座りながら、彼は蝶ネクタイとワイシャツの第一ボタンをはずした。ウオータークーラーから取ってきた水のグラスを手に、シボーンが何か言うのを待っている。シボーンはリーバスを呪いながら、咳払いをした。リーバスの言い訳。マクレイはシボーンの話なら聴くだろう。それだけのことだった。

「主任警部」とシボーンは切り出した。「アレクサンドル・トドロフのことなんですが」

「犯人の目星がついたのか？」マクレイは色めきたったが、すぐにシボーンが首を横に振った。

「ちょっとばかり、路上強盗目的の殺人というだけでは片付けられない点があって」

「ほう、そうか？」

「証拠としてはまだほとんど何もないのですが、いろいろと……」いろいろと何だ？　うまく説得できる表現を考えつけなかった。「いろいろと調べなければならない手がかりがあって、その多くはたまたま通りかかって被害にあったのではないことを示しているのです」

マクレイは椅子にもたれた。「リーバスの言いそうなことだな」と言い切る。「きみをここへ来させて自分の意見を押し通そうとしてるんだ」

「わたしと意見を異にするわけではありません」

「彼の影響下から早く離れるほうがいいね」シボーンが明らかに表情を硬くしたので、マクレイは詫びる印に軽く手を振った。「わかるだろ、シボーン。リーバスにはあと何日残っている？　一週間か……そのときどうなる？　彼が辞めるまでに事件は解決しているだろうか？」

「怪しいですね」シボーンが認めた。

「ということは、きみに事件が残される」

「構いませんけど」

マクレイはシボーンを見つめた。「もう数日間それを追ってもいいと思うんだね、その彼の勘を？」

「勘だけじゃありません」シボーンは力をこめて言った。「トドロフはさまざまな人たちと関わりがあり、その人たちを除外していく作業なんです、絞り込むというよりは」

「もしもそれが、いわゆる、見かけ倒しの、張りぼて仮説で、何も出てこなかったらどうする？　これまでジョンの説に乗って失敗したことが多々あるからな」

「彼はこれまでいくつもの事件を解決しました」シボーンが言った。

「きみは人柄を保証するよい証人だな、シボーン」マクレイはうんざりしたような笑みを浮かべた。「彼の地位のほうが高いがね」としばらくして言う。「トドロフの事件はきみが担当してもらいたい。そのほうが滑らかにことが運ぶ。それはリーバス自身も認めることだろう」

シボーンはゆっくりとうなずき、何も言わなかった。

「二、三日かけて――どうなるか様子を見てみよう。ホズとティベットがいるんだね――ほかに誰を使うつもりだ？」

「決まったら報告します」

マクレイはまた考え込んだ。「ロシア大使館がロンドン警視庁に話をした……そしてロンドン警視庁がわが本部長に耳打ちした」ため息をつく。「もしジョン・リーバスがこの事件に近づくのを黙認したなんてことを本部長が知ったら、本部長はかんかんだよ」

「かんかんですか」シボーンが言ったが、マクレイは睨みつけただけだった。

「だからきみが担当する、ジョン・リーバスではなく。

わかったな？」

「はい、主任警部」

「リーバスは近くにひそんでいるんだろ、きみの報告を待って？」

「彼のことはよくご存じですね」

マクレイは小さく手を振って話が終わったことを示した。シボーンは犯罪捜査部室を抜けて一階のロビーへ出た。そこに知っている顔が見えた。トッド・グッドイアだ。彼は勤務が終わったのか、覆面捜査をしているのか知らないが、黒いストレートのジーンズに黒いキルティングのジャンパーという服装だった。シボーンは誰だっけという顔をして見せた。

「トドロフ事件の現場にいた？　グッドイア巡査？」

グッドイアはシボーンが持っているフォルダーを一《いち》瞥《べつ》した。「ぼくの報告書を持ってるんですね？」

「見てのとおりよ……」シボーンは彼がなぜここにいるんだろうかと思いながら、相づちを打った。

「それ、よかったですか？」

「ええ、よかったわ」グッドイアはもっと肯定的な言葉を求めている様子だったが、シボーンは「よかったわ」の一語を繰り返して、どうしてここにいるの、とたずねた。

「あなたを待っていたんです」グッドイアが打ち明けた。「あなたが遅くまで働いてると聞いたもんで」

「ここには二十分前に着いたばかりよ」

グッドイアがうなずいた。「外の車の中にいたんです」シボーンの背後に目を向ける。「リーバス警部と一緒じゃないんですか？」

「ねえ、トッド、何か用なの？」

グッドイアは唇をなめた。「ダイソン巡査から聞いたと思うんですが——ぼく、犯罪捜査部で働きたいんです」

「がんばってね」

「で、あなたは人手が要るんじゃないかと思って

「……」語尾を濁らせた。

「トドロフ事件で、ってこと?」

「勉強できるチャンスなんです。初めての殺人現場なもんで……次はどうなるのか知りたいんですよ」

「次はうまずたゆまず働くのよ。その結果はたいてい徒労だわ」

「いいなあ」グッドイアは笑顔を見せた。「ぼくはいい報告書を書きますよ、クラーク部長刑事。ぼくは見落としをしないたちなんです。もっと役に立てるって気がするんだけどな」

「ごり押しするのね、あなたって?」

「一杯奢るんで、その間にぼくの話を聞いてください」

「人と会う約束があるのよ」

「じゃあ、明日は? コーヒーをご馳走します」

「明日は土曜日よ、それにマクレイ主任警部はまだ捜査費用の請求を申請していないわ」

「ということは、今は残業手当なしですね?」グッドイアは物知り顔にうなずいた。

シボーンは少し考えた。「なぜリーバス警部じゃなくてわたしに頼むの? 彼は警部なのに」

「あなたのほうが話を聞いてくれると思ったからかな」

「わたしのほうが丸め込みやすいってこと?」

「ぼくの言葉どおりの意味です」

シボーンはまた考えてから決断した。「この事件を担当しているのは、実際のところ、わたしなの。では月曜日の朝いちばんに会って、そのコーヒーを飲みましょう。ブロトン・ストリートにわたしがときおり行く店があるから」店の名前と時間を教えた。

「ありがとう、クラーク部長刑事」グッドイアが言った。「後悔はさせませんよ」手を差し出して握手を求めた。

第四日

二〇〇六年十一月二十日　月曜日

11

シボーン・クラークが十分前にカフェに着いたとき、グッドイアはもう来ていた。制服姿だが、金曜日の夜に着ていた黒いジャンパーをその上から着て、首元までジッパーを上げている。

「制服を見られるのが、いやなのね?」シボーンがたずねた。

「まあね、気持ちはわかるでしょう……」

シボーンはよくわかった。巡査の制服を着ていたのはずいぶん以前だが、今でもこの職業を即座には明かしたくないときがある。パーティに行ったときなど、職業を知られたとたんに、周囲の人々から親しみが消えるように思える。夜遊びのときも男たちは興味を失うか、冗談がくどくなる。ベッドのポールにおれの手を手錠でくくりつけるのかい? おれの警棒を見てみろよ。近所に気兼ねしなくていい、おれは物音を立てずにイクからな、お巡りさん……

グッドイアが立ち上がり、何を飲むかたずねた。

「もう作ってくれてるわ」シボーンは言った。いつも注文するカプチーノがすでに用意されているところだったので、グッドイアは黙って代金を支払い、それを運んだ。二人は窓際のテーブルのスツールに座っていた。地下の店だったので、窓から見えるのは道路を行き交う足だけである。北海から雨交じりの風が吹いてくる。誰もが急ぎ足に歩いていた。シボーンはグッドイアが勧める砂糖を断り、緊張しなくていいのよ、と言った。

「就職の面接じゃないんだから」シボーンが言った。

「実は、そうだと思ってました」グッドイアが自信なげに小さく笑うと、少し不揃いの歯が見えた。耳がやや突き出ていて、まつげはきれいな金色だ。レギュラー・コーヒーを飲んでおり、皿にはパン屑が散らばっているのでクロワッサンを食べたらしかった。「週末はどうでした？」

「すばらしかったわよ。ヒブズが六対一で勝ったし、ハーツはレンジャーズに負けたんだから」

「ヒブズのファンなんですね」うなずいて、その情報を頭にしまい込んだ。「見に行ったんですか？」

シボーンはかぶりを振った。「マザウエルでやってたから。しかたないので映画に行ったわ」

「《007カジノ・ロワイヤル》？」

シボーンは首を横に振った。「《ディパーテッド》よ」二人は黙り込み、少ししてシボーンはふと思いついた。「ここでいつから待ってたの？」

「そんなに前じゃないですよ。早起きしたんで、だったら早めに行こうかと……」深呼吸をする。「正直言うと、このカフェがすぐに見つかるかどうかわからなかったので、時間にたっぷり余裕を持たせたんです。用心深いに越したことはないと思って」

「それはよいことね、グッドイア巡査。じゃあ、あなたのことを何か話して」

「どんなことを？」

「何でもいいわ」

「そう、ぼくの祖父についてご存じだと思うんですが……」顔を上げてシボーンを見つめ、シボーンがうなずくのを見た。「たいていの人が知ってるようなんです、ぼくに面と向かって言わなくても」

「お祖父さんが亡くなったとき、あなたはまだ幼かった」

「四歳でした。でも祖父さんとはほとんど会っていない。両親が連れて行ってくれなかったので」

「刑務所へ、ってことね？」今度はグッドイアがうなずいた。

「母親は精神的に参ってしまって……もともと神経の細い人だったし。母親の両親は自分の娘のほうがぼくの父親よりも社会的地位が上だと決め込んでいた。だから父親のおやじが刑務所に入ったとき、それ見たことかという態度だったんです。おまけにぼくの父親は悩みを酒で紛らすたちだった」悲しげな笑みをもらす。

「結婚なんてしないほうがよい人間もいるんですよ」

「でもそうだったら、トッド・グッドイアは存在してないわよ」

「きっと神のみぞ知る理由があったんでしょうね」

「そのことが警察に入ったことと、何か関係があるの?」

「たぶん——でも安直に結びつけないでくれて、ありがたいです。たとえばこんなふうに説明してくれる人が多いんですよ。〝きみは償いをしてるんだ、トッド〟とか、〝グッドイア家の人間は皆同じじゃないってことを示しているんだ〟とか」

「底の浅い考え方ね」シボーンが評した。

「あなたは、クラーク部長刑事? なぜ警官を志したんですか?」

シボーンはちょっと考えてから、事実を言おうと決めた。「わたし、両親に反抗していたんだと思う。親は六〇年代が青春だった、典型的な左翼系リベラルなの」

「それに反抗するには、体制に属するしかなかった?」グッドイアは微笑してうなずき、理解を示した。

「まあ、そんなとこかもね」シボーンが同意し、カップを口に運んだ。「あなたのお兄さんはどういう考え方をしてるの?」

「彼が何回か面倒を起こしたのは知ってますね?」

「警察の記録にその名前が載ってるわね」シボーンが認めた。

「ぼくのことを調べたんですか?」しかしシボーンは

答えなかった。「兄とは付き合いがないんです」グッドイアは一呼吸置いた。「いや、厳密にはそう言えないな——入院してるんで、見舞いに行きました」

「重病ではないんでしょう？」

「パブで馬鹿げた口論になって。ソルはそんなやつなんです」

「あなたとどれぐらい年が離れてるの？」

「二年です。見た目はわかりませんよ——子供の頃、近所の人たちに、ぼくのほうが断然大人びてると言われたもんです。ぼくのほうがおとなしいってことなんだけど——それにぼくが買い物や何やかやをしてたもんだから……」しばらく思い出に耽っている様子だったが、やがて打ち消すように頭を振った。「リーバス警部ですが」と言う。「ビッグ・ジェル・カファティと長い付き合いがあるんでしょう？」

シボーンはいきなり話題が変わって驚いた。「どういう意味かによるわね」用心深く答えた。

「巡査仲間の噂にすぎないんですが。二人は親しいらしい、と」

「お互いに忌み嫌ってるわ」シボーンは自分の声を聞いていた。

「ほんとですか？」

シボーンがうなずいた。「それがどういう結果を生むんだろうか、ってときどき考えるわ……」ほとんど独り言になっていた。この数週間、そんな思いがよく頭をよぎるからだ。「その質問には何か理由があるの？」

「ソルが麻薬売買に手を染めたのは、カファティに誘い込まれたからだと思うんです」

「そう思うだけなの、それとも事実なの？」

「ソルはそんなことぜったいに認めないけど」

「じゃあ、なぜそんなに確信を持って言えるの？」

「警官は勘に頼ったらいけないんですか？」

シボーンはリーバスを思い出して笑みを浮かべた。

「ひんしゅくを買うわね」

「でも勘が働くのを止められないし」グッドイアはマグの底に残ったコーヒーを見つめた。「リーバス警部についての懸念を払拭《ふっしょく》してくれて嬉しいです。カファティの名前を持ちだしても、そんなに驚きませんでしたね」

「あなたが言ったように、わたしは下調べをしたのよ」

グッドイアは微笑してうなずき、もう一杯飲むかとたずねた。

「もうけっこうよ」シボーンは残りを飲み干し、すぐに決断を下した。「あなたはトーフィケン署に所属しているのね？」

「そうです」

「あなたを午前中貸してくれるかな？」グッドイアはクリスマスの日の子供のように顔を輝かした。「トーフィケンに電話するわ」とシボーンが言った。「あなたを数時間貸してもらえないかって頼みましょう」グッドイアの目の前で指を振る。「数時間だけよ。試しにね」

「後悔はさせませんよ」

「金曜日にもあなたそう言ったわね——その言葉を裏切らないように」わたしの事件、わたしのチームだ、とシボーンは考えていた。これがチーム集めの小さな第一歩。警官になったばかりの頃の、遠い昔の自分を想起させる、この生々しい情熱に惹かれたのかもしれない。あるいはのらくらした相棒警官から引き離してやりたい思いがあったのかもしれない。いや、それよりも、リーバスの引退を間近に控え、自分とその他の同僚との間のクッションとして、彼が役に立ちそうだからか……

　利己的なのか、親切心からなのか？　シボーンは自問した。

　一挙両得というのは、ありうるか？

ロジャー・アンダースンは自宅からバックで車を道路へ出しかけたとき、ゲートの前にほかの車が停まっているのに気づいた。ゲートは電動式なので、ボタンを押すとさっと開いたが、道路にサーブがいるので外へ出られなかった。

「何て無神経な……」近所の誰の仕業だろうかと思った。二軒先のアーチボルド家はたえず作業員や訪問客が出入りしている。向かいのグレイスン家は息子二人が大学前の休暇期間中で冬の間帰省している。それに訪問販売員とか、チラシや名刺をドアの隙間に入れて立ち去る業者もいるし……ベントレーのクラクションを鳴らした。その音で妻が食堂の窓へ近づいた。サーブの助手席に人がいるのだろうか？　いや、運転席にいるではないか！　アンダースンはクラクションをさらに二回拳で叩いたあと、シートベルトをはずして車を降り、腹立たしい車へつかつかと歩み寄った。運転席の窓が開き、顔が覗いた。

「ああ、あんたか」この前来た刑事の一人だ……名前は忘れたが警部だとか言っていた。

「リーバス警部」リーバスが思い出させた。「おはようございます」

「いいかね、警部。わたしは今日のうちに、必ず警察署に行くから……」

「いつでもご都合のよいときに。でもその件でここへ来たんじゃないんです」

「ほう？」

「金曜日にお宅へうかがってから、もう一人の目撃者のところに行ったんです――ミス・シヴライトのところへ」

「そうなのか？」

「あなたが会いに来たと彼女が言ったんですよ」

「そのとおり」アンダースンは妻に聞かれていないことを確かめるかのように、ちらっと後ろを振り返った。

「何か理由があったんですか？」

「彼女の様子を確かめたかった……なにしろ、大きなショックを受けたわけだから、そうだろ？」

「あなたのせいでもう一度ショックを受けたようですよ」

アンダースンの頬が紅潮している。「ちょっと行ってみただけで――」

「それは聞きました」リーバスが口を挟んだ。「だが、どうやって彼女の名前と住所を知ったのかと思いましてね。電話帳に載せてはいないんです」

「警官から聞いた」

「クラーク部長刑事から？」リーバスが腑に落ちない顔をした。アンダースンがかぶりを振った。

「事情聴取をされたときだ。と言うか、その直後に。彼女を車で送り届けようかと申し出たんだよ。すると警官が彼女の名前とブレア・ストリートっていう街路名を口にした」

「そこでブレア・ストリートを探し回って彼女の名前がついたブザーを見つけた？」

「何も悪いことをしたわけじゃない」

「だったらその話を奥さんに包み隠さず言ったんでしょうね」

「おいおい……」

だがリーバスはもう車のエンジンをかけていた。

「のちほど署でお会いしましょう……もちろん奥さんとご一緒に」

窓を開けたまま車を発進させ、数分間は開けたままにしておいた。朝のこの時間帯では、市内へ向かう車は遅々として進まないだろう。昨夜は三パイント飲んだだけだのに、まだ頭が重かった。土曜日にテレビを少し見たとき、またしても訃報に接したのだった――サッカー選手のフェレンツ・プスカシュ。ヨーロピアン・カップ・ファイナルがハムデンにやって来たとき、リーバスはまだ十代だった。レアル・マドリード対アイントラハト・フランクフルトの試合で、レアルが七対三で勝ったのだ。それは歴史に残る試合であり、プスカシュは名選手だった。リーバスはプスカシュの祖国、ハンガリーを地図で探し、そこへ行ってみたいと思ったものだった。

ジャック・パランス、そして今度はプスカシュが永遠の眠りについた。ヒーローが消えた。

そこで土曜日の夜は、〈オックスフォード・バー〉で悲しみを紛らわしたが、翌朝にはそのときの会話も何もかも記憶になかった。日曜日は、ランドリーとスーパーマーケットに行き、リトビネンコというロシア人ジャーナリストがロンドンで毒を盛られたというニュースを聞いた。そのニュースが流れたとき、リーバスはがばと体を起こし、テレビの音量を上げたのだった。ゲーツとカートは傘の先端に毒が塗られていたのではないか、と冗談を言ったが、似たようなことが現実に起こったのだ。一説では、スシ屋の食べ物に毒が混ぜられ、それはロシアのマフィアの仕業だったと言われている。リトビネンコは武装した護衛に護られて入院している。リーバスはシボーンに電話をかけないことにしたのだった。それは偶然の一致にすぎない。最近は心が騒ぎ、毎朝いやな気分で目が覚める。これが警官としての最後の週末であり、今日から最後の一週間が始まるのだ。シボーンは金曜日の夜、感じよく振る舞い、マクレイが彼女に捜査の指揮を執るよう命じたと説明したときには、少し気兼ねしているようにすら見えた。

「筋が通ってるね」リーバスはそのとき一言、そう答えて、酒を飲み始めたのだった。マクレイの考えがわかるように思った。〝見かけ倒しの、張りぼて仮説……〟シボーンの話では、マクレイはそんな言い方をしたのだそうだ。しかし引退の日まで、自分は自説を追い続けて過ごす。そのあとシボーンは説得されて第一のルートに戻らされるだろう。路上強盗がはずみで殺人にまで発展したという説。

「筋が通ってる」リーバスは車内で繰り返して言い、渋滞を避けて脇道へ入った。十分後ゲイフィールド・スクエア署に車を停めた。シボーンの車はない。上の階へ行くと、ホズとティベットが一つの机を囲んで座り、鳴らない電話機を見つめていた。

「成果なしだな？」リーバスが察した。

「これまで十一件かかってきました」ホズが目の前の手帳を叩きながら言った。「ある人なんて、事件当夜の九時十五分に駐車場を出たので、何も情報がないのに電話をかけてきて、さんざん無駄話をしたんですよ」顔を上げてリーバスを見る。「その人、山歩きとジョギングが好きなんですって」ホズは横を見ないでもティベットがにやにやしているのを感じ、脇腹を肘でつついた。

「そいつ、三十分も彼女と話してたんです」うめき声を押し殺してティベットが言い添えた。

「ほかには？」リーバスがたずねた。

「名前を名乗らない頭のおかしなやつやら、イタズラ電話やら」ホズが答えた。「一人、もう一度電話をかけてくるのを待ってるんです。その人、道路にたたずんでいた女がいたって言いかけたんですが、何も聞きださないうちに電話が切れてしまって」

「ナンシー・シヴライトを見たんだろう」リーバスが言った。しかしひそかに考えていた。なぜナンシーはたたずんでいたのだろう？「きみたちにやってもらいたいことがある」ホズの手帳に手を伸ばし、白紙のページを見つけた。ナンシーの〝友達〟であるジル・モーガンの住所を書いた。「ここへ行って確認してもらいたい。シヴライトはグレイト・スチュアート・ストリートから帰宅途中だったと言っている。たとえこの住所にその名前の者が住んでいたとしても、その女を少し絞ってみてくれ」

ホズがページを見つめた。「シヴライトが嘘をついてると?」

「思い出すのに苦労していた。でもおそらく友達にすでに知恵をつけているだろうが」

「誰かに嘘をつかれたとき、おれ、たいてい見破れるんですよ」ティベットが言った。

「それはきみが優秀な警官だからだ」リーバスの言葉にティベットは少し胸を張ったが、それを見てホズが笑った。

「今嘘をつかれたところじゃない」ホズが相棒に指摘した。そして立ち上がった。「行きましょう」ティベットはおとなしく従ったが、戸口で立ち止まった。

「電話番をしてくれるんですか?」ティベットがリーバスに訊いた。

「電話が鳴ったら、受話器を取るよ……それでいいかね?」

顔をしかめないようにしているティベットを、ホズが捕まえに戻ってきた。「それはそうと」とリーバスに言う。「退屈になったらテレビを見るといいですよ。シボーンの欲しがってたビデオが届いたので」

リーバスは机にそれがあるのを見た。〈クエスチョン・タイム〉という表題がついている。

「何か学べるんじゃないですか」捨てぜりふのように戸口で発せられたその言葉は、ホズではなくティベットの声だった。リーバスはひそかに感心した。

「きみを一人前に仕立ててやるよ、コリン」とリーバスはつぶやき、テープに手を伸ばした。

12

チャールズ・リオダンはスタジオにいなかった。受付の女性が午前中は自宅にいますと言い、たずねられると、ジョッパの住所を教えた。そこは車で十五分ほどのところで、波一つない灰色のフォースの入り江沿いに走った先だった。ある地点でグッドイアが窓を指で叩いた。

「あそこ、犬猫保護センターですよ。ペットが欲しくて行ったことがあるんです。けっきょく、どれにするか決めかねて……改めてもう一度来ることにしようって自分に言い聞かせた」

「ペットを飼ったことってないわ」シボーンが言った。「自分のことだけで精一杯で」

グッドイアが笑い声を上げた。「ボーイフレンドは？」

「今までに、一人か二人ぐらい」

また笑う。「現在のことをたずねてるんです」

シボーンは前方の道路から目を離してちらっと彼を見た。「ずいぶん押してくるのね、トッド」

「ちょっと緊張してるんです」

「だから質問攻めにするの？」

「いや、そうじゃなくて。ただ……たぶん、興味があるからかな」

「わたしに？」

「誰にでもです」少しして言う。「ぼくたちって、何か目的みたいのがあってここにいるんだと思います。質問しなければ、その目的も何もわからない」

「あなたの目的とやらは、わたしのプライベート・ライフを穿鑿《せんさく》することなの？」

グッドイアは顔を赤らめて咳払いした。「そんな意味で言ったんじゃありません」

「カフェで、あなたは神のみぞ知るって言い方をしてたわね――それってあなたが信心深いことを表明してるわけ？」

「まあ、はっきり言えば、神を信じてますね。別に構わないでしょう？」

「もちろんよ。リーバス警部も以前はそうだったわ。長年にわたって、わたし、そんな彼と何とか付き合ってきた」

「以前？」

「教会へ行ってたという意味で……」しばし考え込んだ。「というのは、いろんな教会へ行ったのよ、毎週別の教会へ」

「何かを求めていたけどなかなか見つからなかったんだ」

「こんな話をしたなんて彼が知ったら、すごく怒るわ」シボーンが注意した。

「でもあなた自身は信仰深くないんですね、クラーク部長刑事？」

「全然だわ」微笑しながらシボーンは答えた。「こんな仕事に就いていれば無理よ」

「そう思うんですね？」

「扱うのは……悪人ばかり、自分を傷つけ他人を傷つけるような」またちらっとグッドイアを見る。「神は自分に似せて人間を造ったんでしょ？」

「そんな話をしだしたら日が暮れてしまいます」

「じゃあ、その代わりにあなたには彼女がいるのってたずねるわ」

グッドイアがうなずいた。「ソニアって子なんです。現場鑑識班で働いています」

「週末には二人でどんなふうに過ごすの――むろん、教会へ行くのは別として？」

「ソニアは土曜日には女友達のパーティへ行くので、あまり会えないんです。ソニアは教会へは行かない

「……」

「お兄さんはどうしてるの？」

「何とかやってる、と思います」

「知らないってことね」

「退院したので」

「殴り合いの喧嘩だったとか、あなた言ってたっけ？」

「ナイフで……」

「お兄さん、それとも相手が持ってたの？」

「相手です。で、ソルは傷口を縫った」

　シボーンは考え込んだ。「あなたのお祖父さんが刑務所に入ったとき、両親は仲が悪くなったって言ってたわね……」

　グッドイアは座席にもたれた。「母は鎮静剤に頼るようになった。父はそのあとすぐ家を出て行き、ますます酒浸りとなった。ぼくが店の外で出くわしても、父はぼくとわからないときすらあったんです」

「幼い子供には辛い経験ね」

「ソルとぼくはスーザンおばさんの家に身を寄せていました。母の姉妹です。決して広くない家だったけど、おばさんは文句一つ言わなかった。で、ぼくはおばさんと日曜日に教会へ行くようになったんです。おばさんはひどく疲れているときなど、信者席で居眠りしてましたよ。飴の入った袋をいつも持っていたんですが、あるときおばさんの膝からそれが滑り落ちて、床を飴がころころと転がっていった」思い出して笑みを浮かべる。「とにかく、それで話は終わり」

「ちょうどいいわ――もうすぐ着くから」車はポートベロ・ハイ・ストリートを走っており、シボーンには初めての経験なのだが、道路工事で通行を阻まれずに済んだ。二分後にはジョッパ・ロードへ曲がり、ヴィクトリア朝様式のテラスハウスが並ぶ街路をゆっくりと進んだ。

「十八番」グッドイアが先に見つけて言った。歩道際に駐車スペースがたくさんある。住人の多くは車で仕事に出かけたのだろうとシボーンは思った。ハンドブレーキを引いてエンジンを切った。グッドイアはすでに玄関への小道を歩いている。

「狂信的な人間なんて、願い下げだわ……」シートベルトをはずしながら、シボーンはつぶやいた。本気で言ったのではない。その言葉を発したとたん、どこでその言葉を――少なくともそんな感情を取り入れたのか悟った。

ジョン・リーバスだ。

ドアが開いたとき、シボーンはグッドイアに追いついた。チャールズ・リオダンは目の前にいる制服警官を見て、驚いたようだった。しかしシボーンの顔に気づき、二人を中へ入れた。

廊下には本棚が並んでいたが、書物はない。その代わりに、旧式の録音テープやカセットテープの箱がぎっしりと入っていた。

「通れるようなら入って」リオダンはそんな言い方をした。以前は居間だったらしい、スタジオへ模様替えされた部屋へ導き入れた。どの壁にも音響をよくするためのバッフルが貼られ、ミキシング・コンソールの周囲にはカセットテープやMD、オープン・リール式のテープレコーダーが山と積まれている。足下をケーブルが這い、埃まみれのマイクロフォンが転がっている。たった一つの窓は異様に分厚いカーテンで覆われていた。

「リオダン邸だ」チャールズ・リオダンが誇らしげに言った。

「結婚されてないんですね？」シボーンがたずねた。

「結婚していたこともあるが、妻は耐えられなかった」

「この装置に？」

リオダンはうなずいた。「わたしは録音するのが好きでね」意味ありげに間を取る。「あらゆることを。

しばらくすると、オードリーがいらつくようになった」ポケットに両手を入れる。「さて、今日はどんなご用なのかな？」

シボーンは部屋の中を見回した。「この会話は録音されてるんですか？」

リオダンは嬉しそうに笑い、答える代わりに細く黒いマイクを指さした。

「スタジオを訪れたあの日も？」

リオダンがうなずいた。「DATにね。最近はデジタルを使うほうが多いが」

「DATはデジタルだと思ってましたが？」グッドイアがたずねた。

「でもテープだからな――直接ハード・ドライヴに録音するっていう意味だ」

「スイッチを切ってもらえませんか？」シボーンが、強い口調で頼んだ。頼んだが実際は要求だった。リオダンが肩をすくめ、ミキシング・コンソールのスイッチを押した。

「アレクサンドルについてもっと訊きたいのかな？」リオダンがたずねた。

「ええ、一つか二つ訊きたいことが」

「CDを受け取ったかね？」

シボーンがうなずいた。「ありがとうございました」

「彼の朗読はすばらしいだろ？」

「たしかに」シボーンが認めた。「でもお訊きしたいのは、彼が亡くなった夜についてなんです」

「それで？」

「カレー屋を出たあと、彼とは別れたとおっしゃいましたね。あなたは帰宅し、ミスター・トドロフは酒を飲みに行ったんですね？」

「そのとおり」

「あなたは〈マザーズ〉かカレドニアン・ホテルのどちらかに行ったんだろう、と付け加えました――なぜその二つの名前を特に挙げたんですか？」

リオダンは肩をすくめた。「帰り道にその二つを通るからだよ」

「ほかにもパブはたくさんあるのに」シボーンが言い返した。

「アレクサンドルがその名前を出したのかもしれない」

「憶えていないんですか？」

「大事なことなのかね？」

「もしかしたら」シボーンはグッドイアへ視線を走らせた。彼は役割を演じていた。胸を反らせ、足を少し開いて立ち、前で手を組み……一言も発しない。警官であることを印象づけている。シボーンはリオダンが突き出た耳や歯並びの悪さやまつげに気づかないだろうと思った……目に入るのはこの場の重大さを認識させる制服だけにちがいない。

リオダンは顎を撫でながら考えていた。「じゃあ、彼が何かの際にその名前を口にしたんだろうな」

「でもあなたがお会いになったあの夜に、ではありませんね？」シボーンはうなずくリオダンを見つめた。「トドロフは誰かと会う約束をしていたのではなかった？」

「どういう意味だね？」

「あなたと別れたあと、トドロフはまっすぐカレドニアン・ホテルのバーへ向かったんです。そこで誰かと話をしていた。それは普通のことなのかなと思いまして」

「アレクサンドルは人が好きなんだよ。酒を奢ってくれて、自分の話を聞いてくれて、身の上話をしてくれるような人が」

「カレドニアン・ホテルがそんなおしゃべりの場だなんて考えたこともありませんでした」

「それは思い違いだね。ホテルのバーはうってつけの場所なんだ。そこで見ず知らずの他人と出会い、二、三十分の間に人生の悩みを打ち明ける。あかの他人に何でも話してしまうなんて、信じられないけどな」

「他人だからこそなんでしょうね」グッドイアが口を挟んだ。

「この巡査はいいこと言うよ」リオダンが言った。

「でもなぜそんなことを知っているんです?」シボーンがたずねた。「カレドニアンみたいな場所でこっそり録音したからなんでしょう?」

「それはしょっちゅうやってる」リオダンが認めた。「電車やバスの中ででも——乗客の鼾《いびき》や独り言、あるいは政府転覆の密談とか。公園のベンチに座ってるホームレスや演説会場での国会議員の言葉。アイススケート場やピクニックでの会話。浮気者が愛人にかける電話」グッドイアに向き直る。「わたしのちょっとした趣味なんだよ」

「それが偏執狂的になるまで高じたのはいつなんですか?」グッドイアが丁寧な口調でたずねた。「奥さんが出て行く前なんでしょうね」

リオダンの顔から笑みが消えた。言い過ぎたことに気づいたグッドイアはシボーンを盗み見た。シボーンはゆっくりかぶりを振っていた。

「ほかに訊きたいことは?」リオダンが冷ややかにたずねた。

「アレクサンドル・トドロフがホテルで飲んでいた相手なんですが、誰なのか見当がつきませんか?」シボーンが食い下がった。

「わからん」リオダンはドアへ向かった。グッドイアは廊下を歩くリオダンのあとに従いながら、シボーンに声を出さないで「すみません」と言った。

車に乗り込んだあと、シボーンは心配要らないとグッドイアに言った。「聞きたいことはほぼ聞きだせたと思うから」

「それでも、話はすべてあなたに任せたらよかった」

「一つ学んだわね」シボーンはエンジンをかけた。

13

「その若いのがなぜここにいるんだ？」リーバスがたずねた。椅子にもたれ足を机に上げて、ビデオのリモコンを片手に握り、テレビ画面を静止状態にしたところだった。

「トーフィケン署から応援に来てもらったんです」シボーンがきっぱりと言った。リーバスは彼女をまじまじと見たが、シボーンは断じて目を合わせなかった。トッド・グッドイアが握手の手を差し伸べた。リーバスはその手を見ただけで無視した。グッドイアは手を下ろし、シボーンが腹立たしげなため息をついた。

「テレビで何かおもしろいものでも見てたんですか」しばらくしてシボーンがたずねた。

「きみが欲しいと言ったあのビデオなんだ」リーバスは新入りの存在をもう忘れたようだった。「ちょっと見てみろ」ビデオの音量を下げてもう一度再生した。並んで席に着いている政治家と専門家たちが賢そうな聴衆からの質問を受けている。二つのグループの間の床には、〝エジンバラ〟と大きな文字が書かれている。

「〈ザ・ハブ〉で撮ったものだ」リーバスが説明した。「そこで催されたジャズ・コンサートに行ったことがあるんで、すぐにどこだかわかった」

「ジャズがお好きなんですか？」グッドイアがたずねたが、無視された。

「誰がいるかわかるか？」リーバスはシボーンにたずねた。

「ミーガン・マクファーレン」

「彼女がこのことに触れなかったとは妙だな」リーバスは考え込んだ。「司会者が紹介する際に、彼女はスコットランド議会で二番目の実力者であり、現在のトップが職を去るときにはその跡を継ぐだろうと述べた。司会者によると、彼女は〝スコットランドが独立した暁《あかつき》には大統領候補となる〟んだそうだ」

「ほかにはどんな人たちがいたんですか？」

「労働党、保守党、自由民主党の代表者」

「それとトドロフね」半円状の机で詩人は司会者の隣に座っていた。緊張していない様子のトドロフは紙に何かいたずら書きをしている。「彼、どんな感じなんですか？」

「おれよりも政治に詳しいね」リーバスが言った。「何事にも自分の意見を持ってるようだ」

腕組みをしたグッドイアは画面に見入っていた。リーバスはシボーンへ再び視線を送り、今回は目を合わせることができた。シボーンは肩をすくめ、軽く睨んでリーバスの口を封じた。リーバスはグッドイアへ向き直った。

「おれがきみの祖父さんをムショに放り込んだのを知ってるね？」

「昔の話です」グッドイアが答えた。

「そうかもしれないが、それが気になるようなら、今のうちに言っといてくれ」

「関係ありません」グッドイアは画面から目を離さなかった。「このマクファーレンって誰なんですか？」

「スコットランド民族党所属のスコットランド議会議員」シボーンが教えた。「捜査でことを荒立ててるなってわたしたちに迫っている人」

「ロシアの富豪たちが訪問中だから？」グッドイアはシボーンがその指摘に感心した表情になったのを見た。「新聞で読んだんです。じゃあ、マクファーレンは彼と会ったのに、被害者を知ってるとは言わなかったんですね？」

「そういうこと」リーバスは新入りに前よりも関心を示した。

「まあ、マクファーレンは政治家ですからね。悪い風評はぜったいに困る。自分が殺人の捜査と結びつくのは、きっとマイナス要因なんでしょう」グッドイアは分析を終え、肩をすくめた。

テレビ番組は終わりかけており、おしゃれな服装の司会者が次週はイングランドのハルからお送りしますと伝えた。リーバスはテープを止め、背筋を伸ばした。

「それはともかく」とリーバスが言った。「きみたち二人、どこへ行ってたんだ？」

「リオダンの家」シボーンが言い、その次第を語り始めた。半分ほど話したところで、ホズとティベットが戻ってきたので、トッド・グッドイアを紹介した。ホズは皆のためにケーキを買ってきており、グッドイアの分がないことを謝った。

「甘いものが好きではないので」グッドイアはかぶりを振って答えた。ティベットは犯罪捜査部へ昇進する直前に、トーフィケン署で数カ月間巡査として勤務したことがあるので、昔の仲間の消息をたずねた。リーバスはキャラメル・ショートブレッドにかぶりつき、シボーンはケトルで湯を沸かした。シボーンはマクレイを探したが、いなかった。

「本部で会議中だ」リーバスが彼の机にマグを置くシボーンに説明した。低い声で言い添える。「マクレイにあいつの話を通したのか？」

「まだです」シボーンはグッドイアがティベットやホズと談笑し、二人の笑いすら誘っているのを見た。

「殺人事件に巡査を加えるのか？」低い声で続ける。「自分のやってることがわかってるんだろうな？」

「マクレイ主任警部がわたしを責任者に命じたんです」

「となると、なんでもかんでもすべての失敗をかぶるんだぞ」

「教えてくれてありがたいわ」

「あいつについてどれぐらい知ってる？」

「若くて仕事熱心なこと、足を引っ張る同僚と長い間組まされて働いていたこと」

「誰かと同じだと言ってるんじゃないだろうね、クラーク部長刑事」リーバスはマグのコーヒーをすすった。

「とんでもないわ、リーバス警部」グッドイアへ再び目を向ける。「彼にお試しの機会を与えているだけよ——二日ほどしたら、トーフィケンに戻すわ。それにマクレイはもう数人、専従を増やすつもりだし……」

リーバスはゆっくりとうなずくと椅子から立ち上がり、ぶらぶらと歩いてグッドイアの肩に手を置いた。

「ナンシー・シヴライトの供述書を取ったのはきみだね？」リーバスが確認すると、グッドイアがうなずいた。「ナンシーが通りがかっただけだと言ったとき、何かを感じなかったか？」

若いグッドイアは下唇を噛みながら考え込んだ。

「言うほどのことは何も」としばらくして答えた。

「どっちなんだ、はっきりしろ」

「では、感じませんでした」

リーバスはうなずき、ホズとティベットのほうを見た。「グレイト・スチュアート・ストリートでどんな情報を得た？」

「ジル・モーガンがそこに住んでおり、彼女はナンシー・シヴライトの友人です」

リーバスはホズを見つめた。「だけど？」

ティベットは取り残されたくなかった。「だけど、ジル・モーガンは誰かに教えられたとおりにしゃべっているような印象を受けました」

リーバスはグッドイアへ向き直った。「ティベット刑事は嘘をつかれているときにはわかる……するとどうなる？」

グッドイアはまた下唇を噛んだ。「ナンシー・シヴライトは友達に口裏を合わせるように頼んだ。なぜならあの夜警察の調べに対して嘘をついたからです」

「きみに対してだ」リーバスが言い直した。「それなのにきみはまったく気づかなかった」そう言い聞かせると、グッドイア巡査のことは忘れたように、ホズとティベットへ目を向けた。「ジル・モーガンはどんな様子だった？」

ホズが答えた。「高級フラットに住んでいて……ルームメイトがいるふうでもありませんでした」

「ドアには彼女の名前だけしかなかった」ティベットが言い添えた。

「モデルの仕事をしてると言ってます。でも今日は仕事がないようで。おれに言わせりゃ、親という銀行のクレジットカードを持ってるんですよ」

「シヴライトとは環境が違うな」リーバスはそう評し、シボーンがうなずくのを待った。「では二人はどうやって知り合ったんだ？」

ホズとティベットは困惑した顔をしていた。リーバスは優等生がついに期待を裏切ったかのように、舌を鳴らして戒めた。

「何かの集まりでたまたま知り合ったんじゃないでしょうか」ティベットが考えなしに発言した。

リーバスが睨みつけた。「レガッタに二人とも招待されたとでも言うのか？」

ホズは同僚の弁護をしなければならないという思いに駆られた。「モーガンはそれほど上流階級じゃありません」

「たとえばの話だよ」リーバスが言い聞かせた。

「モーガンを呼んだほうがよさそうですね」シボーンが提案した。

「きみが決めろ」リーバスが言った。「マクレイに指揮を執れと命じられたのはきみなんだから」

ホズとティベットは初耳だった。グッドイアもその表情から察するに知らなかったようだった。なぜ部長刑事がとつぜん警部の上司になったのだろうかといぶかるようにリーバスを見つめた。沈黙の中で電話が鳴った。近くにいたリーバスが受話器を取った。

「トドロフ事件捜査班のリーバス警部」

「ああ……もしもし」おずおずとした男の声。「先ほど電話した者ですが……」

リーバスはホズと目を見交わした。「女性のことですね？　電話をかけ直していただいてありがたいです」

「ええ、そうなんですが……」

「で、何かおっしゃりたいことがあるんですね、ミスター……？」

「名前を言わなければなりませんか？」

「お望みならいくらでも内密にできますが、名前をいただけると嬉しいですね」

「内密に、ってどういうこと……？」

さっさと言えってことだ！　リーバスは受話器に向かってどなりたかった。しかし穏やかで愛想よい口調を心がけながら、以前教えられた言葉を思い出していた。誠実に勝るものはない。誠実さを装うことができたら、向かうところ敵なしなのだ。

「いいです、わかりました」相手が言った。「名前は――」また言葉がとぎれる。「じゃあ、ジョージと呼んでください」

「ありがとう、ジョージ」

「ジョージ・ガヴァリル」

「ジョージ・ガヴァリル」リーバスは繰り返し、ホズが手帳に名前を書き留めるのを見守った。「で、何をおっしゃりたいんですか、ジョージ？　同僚が女性のことだとか言ってましたが……」

「そう」

「駐車場でチラシを見て、電話しているんですね？」

「駐車場の外の看板を見て」ガヴァリルが訂正した。

「何にも関係ないと思うんですよ。だって、ニュースで見たんですが……ロシア人が路上強盗に殺されたんでしたね？　その女性がやったんだとは思えないし」

「たぶんそのとおりでしょう。それでも情報をできるかぎり集めて、前後関係を明らかにしたいのです」リーバスは天を仰いだ。シボーンは指で円を描いた。電話を切らせないで。

「妻に妙な疑いを持たれたくないもんで」ガヴァリルが言った。

「もちろんです。で、その女性というのは……？」

「ロシア人が殺された夜――」声がふいにとぎれ、リーバスは電話が切れたと思った。だが受話器から呼吸音が聞こえてきた。「キングズ・ステイブルズ・ロードを歩いていたんです……」

「それは何時ですか？」

「十時……十時十五分頃」

「するとその女性がいた？」

「はい」

「そこまで、話はわかりましたよ」リーバスは再び天を仰いだ。

「その女が誘ってきたんです」

今度はリーバスがすぐに反応できなかった。「ということは……？」

「言ったとおりです。女は自分と遊んでいかないかと言ったんです。もっと下品な言い方でしたが」

「それはキングズ・ステイブルズ・ロードだったんですね？」

「はい」

「駐車場ビルの近く？」

「駐車場ビルのまん前でしたね」

「売春婦？」

「そうなんでしょう。声をかけられるなんて、めったとない経験なので――少なくともわたしには」

「それで何と答えたのですか？」

「当然、断りましたよ」

「それは十時から十時十五分頃なんですね？」

「それぐらいの時間だったと思います」

リーバスは肩をすくめて、その情報をどう解釈すべきかわからないでいることをほかの者に示した。その女の外見を詳しく訊きたかったが、それには直接会ってたずねるほうがやりやすい。それにガヴァリルの目を見れば、またしても頭のおかしな通報好きを相手にしているのかどうかが、一発でわかる。

「何とか署にお越し願えないでしょうかね？」リーバスは静かな口調で切り出した。「あなたの情報ははかりしれないほど有益かもしれないのです」

「ほんとに？」ガヴァリルは一瞬元気になったが、一瞬しか続かなかった。「でも妻が……とても無理だ……」

「何か弁解を考えれば、いいんじゃないですか」

「なぜそんなことを言うんです？」ガヴァリルが急に噛みつくように言った。

「ふとそう思っただけで……」しかし電話は切れてしまった。リーバスは小声で罵《ののし》り、受話器を机に戻した。

「映画では、通話先を突き止めるもんだが」

「あの通りやあの近くで、女性が客引きをやるなんて聞いたことがないわ」シボーンが疑わしげに言った。

「ほんとうらしく聞こえた」リーバスは反論する必要を感じた。

「ガヴァリルって本名なんでしょうね？」

「そうだろうよ、賭けてもいい」

「じゃあ、電話帳で調べてみます」シボーンはホズとティベットのほうを見た。「すぐにやってみて」

二人が調べている間、リーバスは受話器をこつこつと叩いて、再び鳴ることを念じ続けた。電話が鳴った瞬間、受話器をさっと取った。

「申し訳ない」とガヴァリルの声がした。「礼儀に欠けることをしてしまった」

「ちょっと用心深かっただけなんだから、そう自分を責めないで」リーバスが慰めた。「また電話してくださるんじゃないかな、と願ってたんですよ。こういう事件ではとっかかりとなるものを必死に探すんです」

「でもその女は路上強盗じゃないし」

「その女が何も見なかったとは言いきれません。被害者は十一時前に襲われたと考えています。もしその女がその辺りにいたとしたら……」

「ええ、おっしゃる意味はわかります」

ホズとティベットは仕事をやり遂げた。リーバスの面前に紙切れがひらひらと振られている。ジョージ・ガヴァリルの電話番号と住所。

「じゃあ、こうしましょう」リーバスが受話器に言った。「こうして話していたら電話代がかさむでしょう。こちらからかけます。番号は二二九でいいですね？」

「ええ、でも電話代など……」語尾が消え、喉が詰まったような音となった。

「では」リーバスは厳しさの加わった声音となった。「こちらからご自宅へうかがっておたずねするか、それともゲイフィールド・スクエア署に出頭していただくかなんですが——どちらがいいですかね？」

叱られた子供さながら、しゅんとした声になったガヴァリルは、三十分後に来ると言った。

しかしガヴァリルが来るまでに、ほかに三人の訪問者があった。まずロジャーとエリザベス・アンダースン夫妻がやって来た。ホズとティベットが夫婦を取調室へ連れて行ったあと、ナンシー・シヴライトが現れた。リーバスは受付の警官に、空いている部屋——第三取調室以外で——へ案内し、紅茶をふるまってやってくれと頼んだ。

「アンダースンと出会うのを避けるためだ」シボーンにそう説明した。

シボーンがうなずいた。「いずれにしろ、アンダースン夫妻と会う必要がありますね、ナンシーの話にどう反応するか見るために」

「もう訊いてみたよ」リーバスが打ち明けた。シボーンは厳しい目つきになったが、何も言わず肩をすくめた。「今朝、たまたまそっち方面へ行ったもんで、ついでにそのこともたずねようと思った」

「なんて言ったんですか？」

「ナンシーのことが心配だったそうだ。名前と住所を聞いて……」リーバスはトッド・グッドイアのほうを向いた。「きみからか？」

「ダイソンだと思います」グッドイアが言った。

「おれもそう思った。とにかくアンダースンに彼女には近づくなと警告しておいた」ちょっと考える振りをしてから、グッドイアと二人でシヴライトの正式な供述書を作りたいだろとシボーンにたずねた。

「トッドの教育の一環として」リーバスが主張した。

「一つ忘れてることがあるわ、ジョン――わたしが決める立場なのよ」

「手伝ってやろうと思ったまでだ」リーバスは無邪気そうに腕を伸ばして見せた。

「ありがとう。でもわたしはガヴァリルが何て言うか、そっちのほうが聞きたい」

「彼はすぐに怯えるたちのように思える。今のところおれを信頼しているが、警官三人を相手にしなきゃならないとなったら……」首を振り始める。「また黙り込んでしまうんじゃないか」

「どうなるかやってみましょう」シボーンはそう答えただけだった。リーバスは肩をすくめ、窓辺へ近づいた。

「待ってる間に」とリーバスが言った。「おれの仮説を聞きたいか？」

「仮説って、何の？」

「なぜ奥さんが知ることにあんなに怯えるのか」

「それは」グッドイアが口を出した。「売春婦の誘いに乗ったと奥さんが思うからです」

だがリーバスは首を横に振った。「その反対だよ、トッド。クラーク部長刑事も当てて見る気はないか？」

「すばらしい洞察力でわたしたちをあっと言わせて」

その手には乗らずシボーンは腕を組んだ。

「キングズ・ステイブルズ・ロードにはほかに何がある？」リーバスがたずねた。

「城の岩山」グッドイアが言った。

「ほかには？」

「教会墓地」シボーンが付け足した。

「そのとおり」リーバスが言った。「墓地の角に古い監視塔がある。それは二百年ほど前、墓泥棒を見張るために建てられた――もう一度それを活用すべきだとおれは思うんだがね。あの墓地は夜になると危険な場所になるから……」終わりまで言わなかった。

「ガヴァリルはゲイなのね」シボーンが推測した。「そして奥さんはそれを知らない？」

リーバスは肩をすくめたが、シボーンが自分と同じ考えに至ったことに満足げだった。

「だから彼は女の誘いに乗るはずはなかったんだ」グッドイアが続け、納得してうなずいていた。

そのとき電話が鳴った。受付からで、ジョージ・ガヴァリルが来たことを知らせた。

彼を捜査部室へ連れてくることはすでに決めていた――取調室よりはほんの少しだけ居心地がよいはずだ。だがまずリーバスは歓迎の握手をしてから、彼を連れて廊下を歩き第二取調室の前で立ち止まると、覗き穴から中を見てほしいと頼んだ。

「若い女性が見えますか？」リーバスが小声でたずねた。

「はい」ガヴァリルも囁くように答えた。

「あの女ですか？」

ガヴァリルがリーバスへ顔を向けた。「いいえ」と言う。リーバスは彼を見つめた。ガヴァリルは百六十五センチほどの身長、骨細な体つき、冴えない顔色、くすんだ茶色い髪の男で、顔に吹き出物が出ていた。四十代前半に見えるが、吹き出物は十代から消えていないのではないか、とリーバスは思った。

「確かですか」リーバスがたずねた。

「確かだと思います。その女はもう少し背が高かったように思う。あんなに若くてほっそりしていなかったです」

リーバスはうなずいて廊下を戻り、階段を上がって捜査部室へ彼を導いた。シボーンが視線を向けたとき、かぶりを振った——人違い。シボーンは唇をかすかに歪め、《イーヴニング・ニューズ》紙の最新版を広げた。リトビネンコという男の写真が掲載されている。病院のベッドで管につながれ、毒物のために毛が抜け落ちている姿。

「偶然だ」リーバスはそう評しただけだった。シボーンはガヴァリルに自己紹介をした。

「来ていただいてほんとにありがたいです」

グッドイアは電話にかかりきりとなっていた。ホットラインにかけてきた者のメモを取っており、見るからにうんざりした様子だった。シボーンはガヴァリルに椅子を示した。

「何か飲み物でも？」シボーンがたずねた。

「それより早くこれを済ませたいんで」

「それでは」とリーバスが口を挟んだ。「ただちに本題へ入りましょう。じゃあ、何があったのかを正確に、あなたご自身の言葉で話してもらいましょうかね？」

「電話で言ったように、わたしはキングズ・ステイブルズ・ロードに十時十五分頃いたんです。すると駐車場の出口付近に女性がたたずんでいるのが見えた。誰かを待っているんだろうと思ったんですが、わたしがそばを通り過ぎようとすると、話しかけてきました」

「女性は何て言ったんですか？」

「やらないかと誘ってきて……」ガヴァリルは唾を大きく飲み込み、喉仏が上下した。

「ファックを？」リーバスが補ってやった。

「まさにその言葉でした」ガヴァリルが同意した。

「値段を何か言いませんでしたか？」

「そうですね……ヒモはいない、とかそんなことを言ったように思います。ヒモなし、後腐れなし。あれをやりたいだけだと言って……」まだ彼はその言葉を口にできなかった。

「それはその場でするってことですか？」リーバスは信じられないような声音だった。

「もしかしたら駐車場内で……」

「女がそう言ったんですか？」

「よく憶えていないんです。すぐにその場を離れました。はっきり言って、少なからずショックを受けたもんで」

「わかります」シボーンが同調した。「何ていやらしい。で、どんな女性だったか話していただけますか？」

「そうだな……はっきりしないんですが。わたしと同じぐらいの背丈で……下の部屋にいた女の子よりも年がいってましたね。でもわたしは年齢の見当をつけるのが下手で。女性の年ってことですが」

「化粧が濃かった？」

「多少の化粧はしてました……香水も。銘柄は当てられないけれど」

「売春婦のように見えましたか、ミスター・ガヴァリル？」リーバスがたずねた。

「テレビで見るようなタイプじゃなかったですね。挑発的な服装ではなかったし。フードのついたコートを着ていました。あの夜は寒かったですからね、ご承知のとおり」

「フードのついたコート？」

「ダッフルコートみたいな……ダッフルコートよりも丈が長めだったか……確信が持てないんですよ」神経質そうな笑い声を立てた。「もっとはっきりしたことが言えたらいいのですがね」

「いや、ちゃんと説明してますよ」リーバスが保証した。

「とてもいいですよ」シボーンが言い添えた。

「率直に言いますとね」ガヴァリルが言葉を続けた。「その場面を思い返してみたときに思ったんですが、その女はちょっと頭がおかしかったんじゃないですかね。以前こんなことがあったんですよ。ブランツフィールド・リンクスの近くの教会の石段で女が寝ていたんです。足を高く上げ、スカートがまくれあがっていてね。それは脱走した女性だったんです、王立エジンバラ病院から……」少し説明が要ると思ったようだった。「そこに入院するのは――」

「精神疾患の患者」シボーンがうなずきながら口を挟んだ。

「それを見たのは、わたしがまだほんの子供だったときですが、今でも憶えています」

「忘れられるようなことじゃない」リーバスが同意を示した。「それ以来女嫌いになったとしても不思議ではないな」リーバスは冗談だと受け取られるように笑い声を上げたが、シボーンが咎《とが》める視線を送った。

「アイリーンは特別な女性なんです、警部」ガヴァリルが言った。

「そうでしょうとも。結婚して長いんですか？」

「十九年――彼女は初めてわたしが愛した女性です」

「初めで終わり？」リーバスがからかった。

「ミスター・ガヴァリル」シボーンが割って入った。「もう一つお願いがあるんですが、やっていただけますか？　似顔絵作成の係官がコンピュータでその女性の顔のモンタージュ合成写真を作るのを手伝ってもらいたいんです。構いませんか？」

「今すぐ？」ガヴァリルが腕時計を見た。

「早いほどいいんです。記憶が消えないうちに。十分か十五分で係の者をここに来させます」実は三十分後だ。

「たずねようと思ってたんですが、ミスター・ガヴァリル」リーバスが口を挟んだ。「どんな仕事をしておられるんです？」

「オークションです」ガヴァリルが答えた。「品物を集めてそれを売ります」

「時間の自由が利きますね」リーバスが言った。「客と一緒だったと、いつでもアイリーンに説明できる」

　シボーンは咳払いをしたが、ガヴァリルはリーバスの言葉の裏を読み取らなかった。「十分後ですね？」とたずねる。

「十分か十五分後」シボーンが安心させた。


　昼食のサンドイッチ。彼らはグッドイアに注文し、リーバスはそれもすべて訓練のうちだと力説した。ロジャーとエリザベス・アンダースン夫妻は帰っていった。ナンシー・シヴライトも帰った。ホズとティベットはその二組から何も新しい情報を引き出せなかった。

　リーバスはコンピュータに映し出された女性の顔を見つめている。ガヴァリルはフードを目深《まぶか》にかぶっていたので、顔の大部分が蔭になっていたと主張した。

「知らない顔ね」シボーンがまたしても言った。ガヴァリルはついさっき、不機嫌そうな顔つきで帰ったばかりだ——似顔絵作成の係官がラップトップ、プリンター、ソフトウエアを駆使してモンタージュ写真を完成させるのにほぼ一時間もかかったからだ。

「特徴がないな」リーバスはシボーンの言葉に応じた。「でも……この女は存在したんだと思う、何者なのかわからんが」

「ガヴァリルの言葉を信じるの？」

「じゃあ、きみは信じないのか？」

「嘘を言ってるようではなかった」グッドイアが口を挟み、急いで付け加えた。「見たところは、ですが」

　リーバスはふんといなし、ロールパン・サンドイッチの残りをゴミ箱に捨て、ワイシャツについたパン屑を払った。

「では」とホズが話を続けた。「手早く意味のないセックスをしようと言って男を駐車場へ誘う女性がいたわけね？」少し考え込む。「シボーンが理解できないのもわかる」

「そんな話、めったに聞かないもの」シボーンが同意した。「男性の意見は違うのかしら？」

リーバスがティベットを見ると、ティベットはグッドイアへ目を移し、三人とも何も答えなかった。

「じゃあ、売春婦ですよ」ティベットが口を開いた。

「性的労働者だ」リーバスが訂正した。

「しかしアンダースン夫妻とナンシー・シヴライトは駐車場の前を通ったが、フードをかぶった女性は見ていません」

「だからと言って、そこにいなかったことにはならないぞ、コリン」リーバスが注意した。

「そういう場合の熟語があるんじゃないですか？」グッドイアが言った。「女が男を陥れるときの……」

「色仕掛け」リーバスが教えた。「では路上強盗の線に戻るのか？　こんな手口はおれにはあまり経験がないが――エジンバラではないね。それともう一つ――科学捜査班からの検査結果によると、トドロフはその日セックスをしていた」

室内を沈黙が支配する中で、各自が絡まった糸をほぐそうとして考え込んでいた。シボーンは机に肘を突き、両手に顔を埋めている。やがて顔を上げた。

「誰の目にも明らかな結論をマクレイ主任警部に報告することに、障害となるものが何かあるかしら？　すなわち被害者は持ち物を奪われ何度も殴打されて死亡したということよ」モンタージュ写真へ顎をしゃくる。

「そして容疑者はこの女性だけ」

「これまでのところはだ」リーバスが注意を促した。「だがマクレイは捜査を数日間続けてよいと言った。だからその時間を有効に使おう」

「ではどこを調べるの？」

リーバスは答えを考えつこうとしたが何も出てこな

かった。シボーンに廊下へ出ようと合図すると、ホズとティベットは仲間はずれにされて気を悪くした顔になった。リーバスは階段の上で立ち止まった。シボーンは腕組みをしながら近づいた。

「どうなんだ」とリーバスがたずねた。「とつぜんグッドイアがこの捜査班に入ってもあの二人はいいのか？」

「どういう意味？」

「彼は刑事じゃない」

シボーンがリーバスをまじまじと見た。「こだわってるのは、あの二人じゃないと思うわ」少しして言葉を続ける。「犯罪捜査部に入った日のことを憶えてる？」

「あまり憶えていないね」

「わたしは昨日のことのように憶えています。回りの皆がわたしのことを〝ひよこ〟呼ばわりして冗談の種にした。わたし、皆が吸血鬼みたいに思えた」シボーンは腕組みを解き、腰に手を当てた。「トッドは犯罪捜査部でそういう思いを味わってみたいのよ」

「何はともあれ、あいつはきみに食らいついてるようだな」

シボーンの笑顔はしかめ面に変わったが、吸血鬼という言葉でリーバスはふと思いついた。「的はずれかもしれないが、駐車場の警備員が上司の一人について話していた。上司の中で駐車場へやってくるのはその女だけなんだ。警備員はその上司を死に神というあだ名で呼んでいた。なぜだかわかるか？」

「じゃあ聞くけど、なぜなの？」シボーンはごまかされまいとした。

リーバスが言った。「彼女がいつもかぶっているフードのせいだ」

14

一時間ほど前、ジョウ・ウィルズと勤務交代をしたゲイリー・ウォルシュは、駐車場の警備員詰所にいた。制服の前をはだけ、ネクタイのないワイシャツ姿のウォルシュは、のんびりとくつろいでいるようだった。

「楽な商売だな」半開きのドアをノックしながら、リーバスがからかった。ウォルシュはテーブルに載せていた足を下ろし、イヤフォンを引き抜いてCDプレーヤーを止めた。「何を聴いてたんだ？」

「《プライマル・スクリーム》」

「もしおれが上司だったらどうする？」

「上司ったって、おれたちが会うのは死に神だけさ」

「そう言ってたな……彼女に殺人事件の話を誰かがしたんだろうね？」

「死に神は記者から聞いたんだよ」

「それで？」リーバスはラジオの横にある新聞を見つめた。午後に出た《イーヴニング・ニューズ》紙で、すでにクロスワードの文字がうまっている。

ウォルシュは肩をすくめた。「血を見たがってたよ」

「そりゃすごいな」

「いい人だよ」

「名前は？」

ウォルシュはリーバスを観察していた。「もう誰かぱくったのかい？」

「まだだ」

「キャスに何を訊きたいんだね？」

「それが名前なんだな——キャスが？」

「キャス・ミルズ」

「こんなふうな女性か？」

ウォルシュはリーバスからフードの女性のモンタージュ写真を受け取り、まばたきもせず見つめたあと、かぶりを振った。

「確かか？」リーバスがたずねた。

「似ても似つかない」ウォルシュが写真を返した。

「これは誰なんだい？」

「トドロフが殺された夜、道路に立っている女性を目撃した者がいる。これは無関係な人間を一人ずつ除外していく作業なんでね」

「だったら、死に神はただちに除外できるね――キャスはその夜来なかったから」

「それはそれとして、彼女の電話番号を知りたい」

ウォルシュはドアの背後のコルクボードを指さした。

「あそこに書いてある」

リーバスは携帯電話の番号を書き留めた。「キャスはどのぐらいの頻度で来るんだ？」

「週二回ぐらいかな――ジョウの勤務時間に一回、おれのときに一回」

「近くの売春婦ともめたことは？」

「そんな女がいるなんて聞いたこともない」

リーバスが手帳を閉じかけたときにブザーが鳴った。ウォルシュがモニター画面の一つを見ている。運転者が車を出て、出口の遮断機の前にいた。

「どうしました？」ウォルシュがマイクに口をつけてたずねた。

「駐車切符を飲み込んだきり、動かねえぞ」

ウォルシュはリーバスにやれやれという表情をして見せた。「しょっちゅうこうなるんだ」ボタンを押すと、遮断機が上がりだし、運転者は礼の一つも言わないで運転席に戻った。

「あの出口を閉鎖しなきゃならんな、修繕が済むまで」ウォルシュがつぶやいた。

「退屈知らずだな？」

ウォルシュはふんと鼻息を立てた。「その女」と立ち上がりながら言う。「事件に関係があると言うんだね？」

「なぜそんなことを訊く？」

ウォルシュは制服のボタンをはめていた。「女の路上強盗なんてあんまり聞いたことないんじゃないか？」

「そうだな」リーバスが認めた。

「あれは強盗だったんだろ？　だって新聞には、襲われた男のポケットが空っぽだったって書いてある」

「そのようだ」リーバスは少し間を置いた。「ここは十一時に閉めるんだね？」

「そうだよ」

「それは死体が見つかった時間とかなり接近している」

「そうかね？」

「でも何も見なかったんだね？」

「見なかった」

「帰るとき車でレイバーン・ワインドの横を通り過ぎたはずだ」

ウォルシュは肩をすくめただけだった。「何も見なかったし、何も聞かなかった。マントを着た女なんて、むろん見ていない。そんなのがいたらおったまげただろうよ、道路の向かいには墓地があるんだから……」

途中で言葉を切り、眉をひそめた。

「どうした？」リーバスがたずねた。

「関係ないと思うんだが——ふと幽霊ツアーってのを思い出したもんで……コスチュームを着け、観光客を怖がらせるんだ……」

「わが謎の女性がそんなおふざけをやっていたとは思われない」だがリーバスはウォルシュの言いたいことがわかった。夜にロイヤル・マイルをうろついているそんな姿を見かけるからだ。吸血鬼などの扮装をしたガイドである。「それにここまでウオーキング・ツアーの一団がやってくるなんて聞いたことがない」

「墓地は安全じゃないし」ウォルシュが相づちを打ちながら詰所を出ようとした。〝故障〟と書かれた光沢のあるプラスチック板を取り上げる。リーバスは先に出た。

「墓地にいるやつらから何か悪さをされたことは？」リーバスがたずねた。

「ジャンキーが二人ほど金をせびりに来たけど……おれに言わせりゃ、昨年階段で人をこっぴどく殴ったのはあいつらだよ」

「あんたの同僚がその話をしていた——その事件は未解決のままなんだな？」

ウォルシュはふんといなし、それでリーバスは察しがついた。「どの署が捜査を担当したか知らないか？」

「おれがここで働き始める前だったんでね」ウォルシュは鋭い目つきになった。「殺されたのが外国人だったからか、それとも有名人だったからか？」

「どういう意味かよくわからん」二人はランプウェイを降りて地上階へ向かった。

「だからそんなに時間をかけて調べてるのかってこと」

「なぜなら被害者が殺されたからだ」リーバスが言い切り、携帯電話を取りだした。

ミーガン・マクファーレンはリースでおこなわれる会議に出かけていた。ロディ・リドルが、議事堂から少し坂を上がったところにある〈スターバックス〉で、十分間だけならマクファーレンも時間が取れるだろうと言ったので、シボーンとトッド・グッドイアはそこで待っていた。グッドイアは紅茶を飲み、シボーンはアメリカンにエスプレッソを特別に足してもらった。その上キャロット・ケーキも二つ、グッドイアが支払おうとしたのを断って、注文した。

「わたしが奢る」シボーンが強く言った。そのあと、もしかしたら経費で落とせるかもしれないと考え、レジでレシートをもらった。二人は窓辺のテーブルに座り、暮れゆくキャノンゲートの通りを見ていた。「議事堂をどうしてこんな変なところに建てたのかしらね」シボーンが言った。

「目に入らなければ、ないも同然」グッドイアが慣用句で応じた。

　シボーンはその言葉に微笑し、犯罪捜査部に来てみてどうだったかとたずねた。グッドイアは考えをまとめてから答えた。

「ぼくを入れてくれて嬉しいです」

「今のところは、よ」シボーンが警告した。

「あなたたちはチームとして機能している――それもいい点ですね。事件そのものについては……」語尾が消えてしまった。

「はっきり言いなさいよ」

「あなたたち全員が――これは非難してるんじゃないですよ――少なからずリーバス警部の影響下にある」

「少なからずってどういうこと？」

「ぼくの言ってる意味はわかるでしょう……リーバス警部は年かさで、経験を積み、長年さまざまな事件に遭遇してきた。だから彼の勘が働くと、あなたたちはそれに従ってしまう」

「事件によってはそうなる場合もあるわ――一石を投じると、波紋が広がっていく」

「でもほんとはそうじゃないでしょう？」グッドイアは椅子をテーブルに引き寄せ、自説を熱く述べ始めた。

「事件って実は直線的なんです。何か犯罪がおこなわれたら、犯罪捜査部の仕事は犯人を見つけることです。たいていの場合、すぐに犯人に結びつくものです。犯人が自責の念に駆られて自首するとか、犯罪の目撃者がいたとか、犯人に前科があり指紋やDNAで身元が判明するとかして」一呼吸置く。「リーバス警部はそういう類の事件を嫌っているように感じます。動機が一目瞭然であるような事件を」

「あなたはリーバス警部をほとんど知らないじゃないの」シボーンが不快そうに言い返した。

グッドイアは言い過ぎたことに気づいた様子だった。「ぼくが言いたいのは、リーバス警部は複雑な事態を好むってことです。そのほうが挑戦しがいがあるから」

「今回の事件は見た目よりも簡単だって、そう言いたいの?」

「偏った考えを持ってはならない、と思うんです」

「忠告、ありがとう」シボーンの声はキャロット・ケーキと同じぐらい冷たかった。グッドイアはマグの底を見つめ、ドアが開いてミーガン・マクファーレンがこちらへ近づいてくるのを見ると、救われたような顔になった。彼女は三キロはありそうなバインダーを抱えており、それを床にどさりと置いた。ロディ・リドルはカウンターへ二人分の注文をしに行っている。

「難題山積でたいへんなのよ」マクファーレンがこぼした。トッド・グッドイアにいぶかしげな笑みを向けたので、シボーンが彼を紹介した。

「あなたを熱烈に応援してるんですよ」グッドイアがマクファーレン議員に言った。「路面電車のあり方についてのあなたの意見はすばらしかった」

「もしかして、同じような意見を持つ友達を数千人ほど持っていない?」マクファーレンは椅子にぐったりと座り、目を天井に向けていた。

「それに、ぼくは一貫して独立を支持してきました」グッドイアがさらに続けた。マクファーレンは彼のほうへ顔を向けてから、シボーンへ言った。

「この人のほうがいいわ」

「リーバス警部と言えば、今回は来られなくて申し訳ないと申しておりました」とシボーンが言った。「でも〈クエスチョン・タイム〉にあなたが出ておられるのを見つけたのは、彼なんです——なぜこの前そのことをおっしゃらなかったのかと思ったんですよ」

「話はそれだけ？」マクファーレンはいらだった声音になった。「犯人を逮捕したのかと思ったのに」

「ミスター・トドロフとお会いになったのは、その一回だけですか？」シボーンがめげずに迫った。

「そうよ」

「ではスタジオで会ったんですね？」

「〈ザ・ハブ〉で」マクファーレンが訂正した。「そう、わたしたちは録音が始まる一時間前に集まることになっていたわ」

「生中継だと思っていました」グッドイアが口を挟んだ。

「そうでもないのよ。もちろんジム・ベイクウェルは労働党の大臣だから、遅めにさっそうと現れた――ディレクターたちはそれが気に入らなかったので、彼の映る時間が短かったんじゃないかと思う」思い出して再び自信たっぷりとなり、彼女のブラック・コーヒーと自分のエスプレッソを手にやって来たロディ・リドルに感謝の手を上げた。リドルは椅子を引きずってきてテーブルに仲間入りし、グッドイアと握手を交わした。

「噂になると思わない、ロディ？」マクファーレンが一つ目の袋砂糖をコーヒーに入れながら言った。「わたしが制服警官といるところを見られたりしたら？」

「その可能性は高いですね」リドルがのんびりと答え、小さなカップを口に運んだ。

「トドロフの話の続きなんですが」シボーンが促した。

「〈クエスチョン・タイム〉について知りたいんですって」マクファーレンが秘書に説明した。「わたしが何か隠してるんじゃないかと思ってる」

「ちょっと気になっただけです」シボーンが口を挟んだ。「なぜそのことについて言うのを思いつかなかったのか、と」

「ねえ、部長刑事、被害者と同席したほかの政治家の誰であれ、自ら思い出話を語りに出頭した人がいましたか？」答えは必要ないようだった。「ないでしょう。政治家たちは皆わたしと同じようなことしか言えないからよ——あのロシア人はワインをがぶ飲みし、サンドイッチを次々とほうばるだけで、わたしたちには全然話しかけなかった、と。彼は政治家という種族を嫌っているような印象を受けましたね」

「番組のあとはどうだったんですか？」

「タクシーが何台も待機していて……彼は別れの挨拶をつぶやき、ワインの瓶を上着の下に隠して立ち去りましたよ」しばし沈黙が続いた。「こんなことが捜査の助けになるなんて、わたしには不可解だわ」

「トドロフと会ったのはその一回きりですか？」

「今そう言ったでしょう？」マクファーレンは確認を求めて秘書を見た。シボーンも秘書を見ることにした。

「あなたはどうなんですか、ミスター・リドル？〈ザ・ハブ〉で彼と話をしましたか？」

「自己紹介をしましたよ——一言で言えば、ぶっきらぼう、でしたね。番組にはたいてい政治家以外の人が加わるんですが、その前に必ず厳しい面接があります。トドロフと会った面接係の女性はあまり乗り気ではなかった——そのメモによると、彼は協力的ではなかった。今でもなぜ彼を出演させたのかよくわかりません」

シボーンはしばらく考え込んだ。チャールズ・リオダンはトドロフがおしゃべり好きだったと言っていたが、パブ〈マザーズ〉の客によると、彼はほとんど何も言葉を発しなかった。マクファーレンとリドルも同じようなことを言っている。トドロフの人格には二面性があったのだろうか？「彼を番組に出させようと考えたのは誰なんですか？」リドルにたずねた。

「プロデューサー、司会者、制作グループの一人……誰でもゲストを推薦できると思いますよ」

「もしかして」グッドイアが口を挟んだ。「今回はモスクワにメッセージを送るという意図があったのでは？」

「そうだと思うわ」マクファーレンが驚きを隠せない声で認めた。

「どういう意味なの？」シボーンがグッドイアにたずねた。

「以前にジャーナリストがロシアで殺されたことがありました。BBCは、表現の自由をそうやすやすとは奪えないってことを知らせたかったんじゃないですか」

「でもけっきょくは誰かが奪った、そうでしょう？」リドルが言い添えた。「でなければ、こうやって話し合っていないはずだから。それにロンドンであのロシア人の身に起こったことを思うと……」

マクファーレンがリドルを睨みつけた。「そういう噂こそ、もみ消さなければならないんです！」

「もちろんです。もちろん」リドルがつぶやきながらすでに空になっているカップを口に当てた。

「では要約しますと」シボーンが沈黙の広がる中で言った。「あなたがた二人は〈クエスチョン・タイム〉の収録の際にミスター・トドロフと会ったが、ほとんど言葉は交わさなかった。それ以前に彼に会ったことはなく、それ以後も会っていない――わたしの報告書にそう書いてもいいんですね？」

「報告書？」マクファーレンはその一語をどなるように言った。

「公開はしません」シボーンが請け合った。一瞬の間を置いて、とどめの一撃を加える。「もちろん、裁判までは、ということですが」

「前にもはっきりと申したとおり、今エジンバラには投資目的の有力な実業家の一団が訪れているんです。その人たちを怯えさせても何ら益はない」

「でも、わたしの意見に賛成なさると思いますよ」シボーンは反撃した。「わが国の警察が何一つ見逃さず徹底した捜査をするってことを、彼らに示す必要があるんじゃないですか？」

　マクファーレンは何か言い返そうとしたが、彼女の携帯電話が鳴り出した。テーブルに背を向けて電話に出た。

「スチュアート、どうなったの？」

　シボーンはスチュアートとは銀行員のスチュアート・ジャニだろうと推測した。

「〈アンドリュウ・フェアリー〉の予約が全員の分、ちゃんと取れたんでしょうね？」マクファーレンは立ち上がり、歩き始めた。出口へ向かいながら、窓の外へ視線を投げつつ電話を続けた。

「グレンイーグルズ・ホテルのレストランなんです」

　リドルが教えた。

「知ってるわ」シボーンが言った。そしてグッドイアのために説明を補った。「わが国の経済の救世主たちが今夜はそこにお泊まりなのよ。すばらしいディナーに、朝食後のゴルフのラウンド付き」リドルに誰がそれを支払うのかとたずねた。「貧乏納税者？」シボーンの言葉にリドルが肩をすくめた。シボーンはグッドイアを振り返った。「これでも、貧しい人は地を継ぐ、と思ってるの、トッド？」

「詩編三十七の十一節」グッドイアが節をつけて言った。今度はシボーンの電話が鳴り始めた。携帯電話を耳に当てた。ジョン・リーバスが捜査の状況を知りたがっている。

「グッドイア巡査から聖書の一節を教わってるところ」とリーバスに言った。「貧しい人は地を継ぐって」

15

リーバスが電話したのは、退屈したからである。しかしシボーンが電話に出た直後に、立体駐車場前の歩道脇に黒いVWゴルフがエンジン音を響かせて停まった。降り立ったのはキャス・ミルズに相違なく、リーバスは電話をすぐさま切った。

「ミス・ミルズ？」女性へ歩み寄った。黄昏とともに北海から身を切るように冷たい突風が吹いてきた。死に神がどんな服装をしているのか、具体的なイメージがわかなかったが、たぶん長いマントでも着ているのだろうと思っていた。ところが実際は、毛皮の縁取りのあるフードがついたパーカーだった。三十代後半、長身の女性で、赤毛をおかっぱにし、黒縁の眼鏡をかけていた。青白い丸顔に塗った赤い口紅が目立つ。リーバスのポケットに入っているモンタージュ写真とは似ても似つかなかった。

「リーバス警部ね？」キャス・ミルズが声をかけ、軽く握手した。黒革の運転用手袋をはめており、握手のあと両手をポケットに突っ込んだ。「この季節が嫌いだわ」そうつぶやいて空を見上げる。「朝起きたときはまだ暗いし、帰宅するときもう暗い」

「定刻の勤務なんですね？」

「でもこういう仕事ではね、いつも何か処理しなきゃならないことが起きるのよ」ミルズは遠いほうの出口に出した〝故障〟の表示を睨みつけた。

「では、あなたは水曜日の夜も遅くまで働いていたんですか？」

ミルズは遮断機からまだ目を離さなかった。「九時には帰っていたと思う。キャニング・ストリートにあるうちの系列の駐車場で問題が起きて——交代の警備員が現れなかったの。そこにいた警備員にぶっ続けでやらせることにして、それでなんとか解決」ゆっくりとミルズはリーバスへ目を向けた。「事件があった夜のことをたずねてるのね」

「そう。おたくの監視カメラが全然役立たずで残念だった……手がかりが摑めたかもしれないのに」

「殺人を想定してカメラを設置したわけじゃないから」

リーバスはその言葉を無視した。「すると、事件の夜の十時頃、ここを通ったなんてことはなかった？」

「誰がそんなことを言ったの？」

「誰も言ってない。ただあなたの外見とうり二つの女性がいて……」それはたしかに言い過ぎだが、リーバスは彼女の反応が見たかった。ミルズは片眉を上げ、腕組みをするだけだった。

「そもそもわたしの外見をどうやって知ったの？」駐車場へ視線を走らせる。「あいつらが告げ口したのね？　いたずら小僧と同じく懲らしめなきゃ」

「いや、彼らが言ったのは、あなたがときおりフードをかぶっているってことだけで。たまたまフードの女性が立っているのを目撃した通行人がいたもんだから……」

「フードをかぶった女性？　冬の夜の十時に？　容疑者を絞り込むってそんな程度のこと？」

ふいにリーバスは仕事を打ち切りたくなった。グラスを前にバーのスツールに座り、何もかも忘れてしまいたい。「ここにいたんじゃなかったら、一言そう言ってください」ため息まじりに告げた。

ミルズは考えていた。「よくわからない」しばらくしてゆっくりと言う。

「どういう意味ですか？」

「わくわくするじゃない、警察の扱う事件で容疑者になるなんて……」

「ありがとう、でも時間の無駄を強いるやつらはほかにもいっぱいいるんでね。悪質な者は起訴する場合もありうる」

ミルズは晴れやかな笑顔になった。「ごめんなさい。今日はとても長い、へとへとに疲れる一日だったの。わたし、からかう相手を間違えたみたい」また遮断機へ目をやる。「ゲイリーに話をしてくるわ、あれをちゃんと報告したか確認しなければ」手袋を少しめくって腕時計を見る。「今日一日の最後の最後まで忙しいんだから……」リーバスへ視線を戻す。「いちおう教えとくけど、このあとのわたしの居所は〈モントペリア〉よ」

「ブランツフィールドのワイン・バーだね？」リーバスは一瞬の間を置いてそれがどこかわかった。

ミルズの笑顔がさらに大きくなった。「あなたはそういう知識があるタイプに見えたわ」

けっきょく、リーバスは三杯も飲んだ――〝三杯目はただ〟という客引き戦術のせいである。ワインを三杯飲んだのではない。酔いが回らないように、輸入物のラガービールの小瓶を三本にした。キャス・ミルズのほうは酒豪で、グラス三杯だけではなく、リオハ・ワインのボトル一本も飲み干した。彼女の車は通りの横に停めてある。近くのフラットに住んでいるので、一晩駐車しておいても問題ないからだ。

「だから酒酔い運転で捕まえようったってそうはいかないわよ」と彼女は人差し指を振った。

「おれも歩いて帰るんで」自分のフラットはマーチモントにあるとリーバスは言った。

ラウドスピーカーの音楽が流れ、会社帰りの客がざわめくワイン・バーの店内へ入ったとき、キャス・ミルズは奥のテーブル席でリーバスを待っていたのだった。

「見つからないように奥に座ってたんだね？」リーバスが察した。

「だって軽い女に思われたくないでしょ？」

会話は主として彼の仕事の話となり、それにおなじみのエジンバラに関するぼやきが入った。交通事情、道路工事、市議会、寒さ。ミルズは自分の人生には取り立てて語る話がないと言った。

「十八歳で結婚し二十歳で離婚。三十四歳で再婚したけど六カ月しか続かなかった。最初の結婚で何も学ばなかったみたいね？」

「でも駐車場の監督をずっとやってたわけじゃないだろう？」

たしかにそうだった。事務関係の職場を転々としたあと、自営のコンサルタント業を始めたが二年半後に経営難に陥り、二度目の亭主に貯金を持ち逃げされた。

「そのあと秘書になったけど、うまくいかなかった……しばらく失業手当をもらい、職業訓練に通っていたら、今の仕事が見つかって」

「おれは職業柄、いろんな人の身の上話を聴くんだが――いつもおもしろい部分を人は隠すんだよな」

「じゃあ、わたしを尋問して」ミルズは両手を大きく広げた。

ようやくリーバスはゲイリー・ウォルシュとジョウ・ウィルズについて少しだけ聞きだした。彼女もウィルズが仕事中に飲んでいるのではないかと疑っているが、まだ現場を押さえていないということだった。

「刑事なんだから、突き止めてちょうだいよ」

「それには私立探偵がいい。あるいはウィルズに知られないように監視カメラをもう数台増やすことだね」

ミルズが笑い、ウエイトレスにおまけの一杯を今ください、と頼んだ。

一時間後、二人は腕時計を見たあと、テーブル越しに笑みを浮かべて見つめ合った。「あなたはどうなの？」ミルズがたずねた。「あなたとやっていける女性を見つけた？」

「いや、もう長年いないね。以前は結婚していて、娘も一人――もう三十代になってる」

「職場での恋は？　プレッシャーの多い仕事だし、チームで働いているとなれば……どんな感じだかわかるわ」

「おれには関係ない」

「そりゃけっこう」ミルズはそうあしらって唇を歪めた。「わたし、一夜かぎりの恋はもうやめたの……ほぼ、ね」歪んだ唇が笑みに変わった。

「今夜は楽しかった」リーバスは唐突な言い方なのを意識しながらそう告げた。

「容疑者と親しくなって、厄介なことになりたくないのね？」

「告げ口する者がいるだろうか？」

「告げ口なんて必要ないわ」ミルズは店内の天井の隅からこちらへ向けられた監視カメラを指さした。二人は声を揃えて笑い、パーカーを着るミルズにリーバスは再びたずねた。「あの夜、きみはあそこにいたのか？　こうなったら正直に言ってくれ……」ミルズはかぶりを振っただけで、それっきり何も言わなかった。

　外へ出るとリーバスは携帯電話の番号を記した名刺を渡した。ほおずりも握手もしない。二人はいわば、傷を負った古強者《ふるつわもの》であり、お互いを尊重し合っている。

リーバスは帰宅途中でフィッシュ＆チップスを買い、小さな紙箱から出してそれを食った。最近では公衆衛生とやらのせいで、新聞紙にくるんで売らない。味も昔とは違うし、鱈《たら》の切り身も小さくなった。北海で魚を乱獲したからだ。そのうち鱈は高級嗜好品となるだろう。あるいは絶滅するかだ。自分の住まいに着くまでに食い終え、えっちらおっちらと三階まで上がった。郵便物は公共料金の請求書を含め、一つもなかった。居間の電灯を点け、音楽を選んでから、シボーンに電話した。

「どうしたの？」シボーンがたずねた。

「次は何をしようかと思って」

「わたしは冷蔵庫へ飲み物の缶を取りに行こうと思ってる」

「それは以前のおれのせりふだったのに」

「時代は変わる（ボブ・ディランの曲名）」

「それもおれの言葉だ！」

シボーンの笑い声が聞こえた。シボーンがキャス・ミルズと会ってどうだったとたずねた。

「これも行き止まり」

「会うのにずいぶん時間がかかったみたいね」

「署に帰ってもしょうがないと思ったんだ」一息して言う。「時間にルーズだと上司に報告するつもりか？」

「疑わしきは罰せずってことにする。今何の音楽をかけてるの？」

「〈リトル・クリミナルズ（小さな犯罪者）〉っていうアルバムだ。そこに《ジョリー・コッパーズ・オン・パレード（陽気なお巡りのオンパレード）》が入ってる」

「じゃあ、警察とあまり仲が良くない人なのね……」

「ランディ・ニューマンの曲だよ。ほかにも気に入ってる曲名があるんだ、《ユウ・キャント・フール・ザ・ファット・マン（太った奴を馬鹿にはできない）》」

「で、ファット・マンって、もしかしたらあなたのこと？」

「その答えは明かさないでおこう」しばらく沈黙を続けたあとで言った。「きみはマクレイと同じ意見になってきたんだな？　路上強盗の線に専念したほうがいいと考えてるんだろ？」

「フィリダとコリンをそっちにかからせてるわ」シボーンが認めた。

「やる気を失ったんだな？」

「いいえ、何も失っちゃいないわ」

「わかった。言い方が悪かった……用心深くやるに越したことはないんだ、シブ。きみを責めてるつもりはない」

「ちょっと考えてみて、ジョン。トドロフはカレドニアン・ホテルから尾行されていたかしら？　監視カメラのあの専門家はそう考えていないでしょ。売春婦が彼を誘った？　そうかもね、その女のヒモが鉛管で襲いかかったのかもしれない。何が起こったにしろ、ロシア詩人は運が悪かったのよ」

「その点は賛成だね」

「議員やロシアの富豪やファースト・オルバナック銀行の役員たちをいらだたせたって、何の益にもならないわ」

「だけどおもしろいじゃないか。おもしろいことがなけりゃ、働いてる意味がない」

「あなたはおもしろいでしょうよ、ジョン……あなたは昔から仕事をおもしろがってるだけだったんだわ」

「だったら、最後の一週間をおれの好きにさせてくれよ」

「わたし、そうしていなかったかしら」

「いや、きみがやってたのは、おれを邪魔者扱いにすることだったんだ。それはトッド・グッドイアの存在が示している――彼はきみの片腕なんだ、きみがおれの片腕だったように。すでに彼の訓練を始めているし、きみはそれを楽しんでもいるにちがいない」

「ちょっと待ってよ……」

「それに彼はある目的の手段として使われてるんじゃないか――彼がそばにいたら、フィリダとコリンのどちらを選ぶかで悩まなくてもすむ」

「そんなすごい洞察力を持ってるんだったら、あなたが出世の階段を上らなかったなんて、不思議な話ね」

「出世の階段と言えば、きみが一段上がるごとに、そこでせっせとごますりをやらなきゃならないんだぞ」

「何てすてきなイメージなんでしょう」

「人生には詩がなけりゃつまらない」リーバスは明日会おうと言った。「おれが必要ならば、の話だが」と言い添え、電話を切った。そこに座ったまま五分間ほどシボーンがもう一度かけてくるのではないかと待ったが、電話は鳴らなかった。ランディ・ニューマンの曲はいささか陽気すぎたので止めた。もっと暗い曲ならいくらでもある——たとえば初期のキング・クリムソンかピーター・ハミル——のだが、静まり返ったフラットの部屋から部屋へとうろうろし、最後に廊下でサーブのキーを掴んだ。

「かまうもんか」自分に言い聞かせる。何もこれが初めてではないし、最後でもないだろう。不都合が出るほど酔ってもいない。フラットに鍵をかけ、階段を降り、夜の外気へ出た。サーブに乗り込んだ。ほんの五分ほど走る間に〈モントペリア〉の前をまた通った。ブランツフィールド・プレイスを右折し、さらにもう一回右折してヴィクトリア朝様式の一戸建てが続く閑静な街路で車を停めた。ここへは何回も来たことがあり、そのたびにこの通りの変化に気づいている。街灯や歩道が新しくなった。三月からは駐車区域が指定される、と知らせる看板が掲げられた。マーチモントではすでにそれが実施されている。だからと言って、停める場所が見つけやすくなったわけではないが。ゴミを満載した一輪車が何回か現れては消えたり、作業員のポーランド訛りが聞こえたこともある。どこかの家で増築がおこなわれ、二邸の庭でガレージが解体された。昼間は出入りがあっても、夜になるとここは静寂が訪れるのだ。どの家にも車を入れるスペースが備わっているけれど、近所からの車がこの街路で一夜を越す。リーバスがいることを気にする者はいなかった。それどころか、あるときなど、犬を散歩させている人がリーバスを近所の住人だと勘違いし、笑顔で会釈して挨拶の声をかけた。すばしこそうな小型犬のほうが警戒し、彼が珍しくかがんで撫でようとすると、そっぽを向いたものだった。

　でもそんなことはめったに起こらない。たいてい彼は車中に留まり、窓を開け、ハンドルに手をかけて煙草を口にくわえている。ラジオをかけているときもある。たとえ家を見張っていなくても、そこに誰が住んでいるかを知っている。裏庭には馬車小屋があって、そこにボディガードが住んでいることも知っている。あるとき、車がガレージへ向かうゲートを半ば通り抜けたところで停まった。ボディガードが運転していたが、音もなく開いたのは後部の窓で、中にいる男が見つめるリーバスと視線をがっちりと交えたのだった。その顔には軽蔑といらだちとが混じり合い、憐憫《れんびん》すらも含まれているようだった――とはいえ、憐憫の情はまがい物だったかもしれない。

　ビッグ・ジェル・カファティが成人してからの人生で、他人に対して憐憫のような感情を持っているはずはなかった。

第五日

二〇〇六年十一月二十一日　火曜日

16

空気が今も煙臭く、焦げた臭いが鼻を突いた。シボーン・クラークはハンカチで鼻と口を覆った。リーバスは朝の一服を足で踏み消した。

「ひでえな」リーバスはそうとしか言えなかった。

トッド・グッドイアがその知らせを最初に聞き、シボーンに電話した。シボーンは現場へ向かう途中で、リーバスにも電話することにしたのだった。彼らはジョッパの道路にたたずみ、そのかたわらでは消防隊員が使ったあとのうねるホースを集めていた。チャールズ・リオダンの家は窓ガラスが溶け、屋根が落ちて外壁だけになっていた。

「もう中へ入ってもいい？」シボーンが消防隊員の一人にたずねた。

「なぜそんなに急ぐんだ？」

「たずねただけよ」

「上司に話してくれ……」

汗を掻いた消防隊員が煤《すす》のついた額をこすっている。もう酸素タンクを下ろし、消防マスクもはずしていた。消防隊員たちは乱闘直後の若者さながら、消火活動中に自分がどんな役割を果たしたかを語り合っていた。近所に住む一人が水とジュースを差し入れた。ほかの住人たちは戸口や庭に立ちつくしており、もっと遠くから来た野次馬はうろついたり小声でしゃべり合ったりしている。現場はD地区の管轄なので、リース犯罪捜査部から来た私服刑事が先ほどシボーンに向かって、ゲイフィールド・スクエア署はこれになぜ関心を持っているのかとたずねたのだった。

「事件の証人だったので」シボーンはそう答えただけだった。それ以上明かす必要はない。私服刑事は不満そうで、今はシボーンから少し離れ、携帯電話を耳に当てている。

「リオダンは中にいたんだろうな？」リーバスがシボーンにたずねた。

シボーンは肩をすくめた。「昨夜、わたしたちどんな話をしたか憶えてる？」

「言い合いになった、あのことだろ？　おれがトドロフの死に関して、深読みしすぎてるって？」

「蒸し返さないで」

リーバスはわざと意地悪く言った。「もちろん、たまたま火事が起こったのかもな。そうだ、スタジオにいて無事だったとわかるかもしれないぞ」

「電話をかけてみたんですが、今に至るまで応答がない」シボーンは歩道脇に停まっているTVRを顎で示した。「二軒先の女性があれは彼の車だと言ってます。昨夜あそこに停めたそうです――独特の騒音なので間違いない、と」TVRのフロントガラスは灰まみれになっていた。消防隊員が二人、角材を慎重にまたいで焼け落ちた家へ向かっている。ほぼ全焼しているが、玄関の棚がいくつか残っているのが見えた。

「火災調査官だが、彼は来るんだろうね？」リーバスがたずねた。

「女性の調査官よ」シボーンが正した。

「何事も進歩したもんだ……」救急隊員たちも来ていたが、今はこれ以上時間を無駄にしたくなくて、腕時計を覗いている。制服ではなく背広姿のトッド・グッドイアが急ぎ足でこちらへやって来た。リーバスに会釈すると自分のメモを繰り始めた。

「一カ月に何冊、そんな手帳を使うんだ？」リーバスはたずねずにはいられなかった。シボーンが彼に強い視線を投げて黙らせた。

「両側の家の住人にたずねました」グッドイアがシボ

ーンに報告した。「ショック状態で、当然ながら。自分の家も爆発するんじゃないかと怯えているんです。家の中に入って家財を少し持ち出したいと言ってるんですが、消防隊が許可しない。リオダンは十一時三十分に帰宅したようです。それ以後彼の姿は見かけられていない」

「家は厳重に防音装置が施されていたから……」

グッドイアが勢い込んでうなずいた。「隣人が何か物音を聞いたとは考えられません。消防隊員の一人は音響のためのバッフルが原因の一部だったのではないかと言ってます――とても燃えやすいですからね」

「リオダンに夜の訪問客はいなかったのね？」シボーンがたずねた。

グッドイアがうなずいた。褒め言葉かよい評価を期待しているかのように、リーバスへちらちらと視線を向けずにはいられなかった。

「制服じゃないんだな」リーバスが言ったのはそれだけだった。

グッドイアは二人を交互に見た。シボーンが咳払いして口を開いた。

「わたしたちと仕事をするんだったら、背広のほうが目立たないと思ったので……」

リーバスは睨みつけようとしたが思いとどまり、シボーンが嘘をついているのを知りながらゆっくりとうなずいた。背広を着たのはグッドイアの考えだのに、シボーンはかばっているのだ。リーバスが返事を考えつく前に、回転灯をつけた赤い車が猛然と近づいてきて、エンジンを響かせながら停止した。

「火災調査官よ」シボーンが教えた。車から現れた女性はしとやかでいながら、てきぱきとした感じで、たちまち消防隊員の尊敬の眼差しを集めた。消防隊員は煙のくすぶる建物の各部分を指さしては、自分たちの意見を口々に述べていた。リースから来た刑事二人は周囲をうろうろしている。

「名乗ったほうがいいかしら？」シボーンがリーバスにたずねた。

「そのうちにな」リーバスが答えた。しかしシボーンは心を決め、群がった人々のほうへつかつかと歩み寄った。リーバスはグッドイアに待てと指示してからそれに続いた。グッドイアは不満そうで、歩道から道路へ飛び降りたり戻ったりを繰り返している。リーバスはこれまで住宅火災には何回となく立ち会い、中には自分が放火の責任を問われたものまである。あのときも死者が出たが……死者の身元を確定しなければならないとき、監察医は苦労するものだ。そう言えば、あるときなどは煙草をくわえたままソファで眠り込んでしまい、危うく自分のフラットが火事になるところだった。繊維のくすぶる刺激的な臭いと有毒な煙でやっと目が覚めたのだ。

人は簡単に死ぬ……

シボーンは火災調査官と握手をしていた。誰もが歓迎しているわけではなかった。消防隊員は犯罪捜査部が手を引いて自分たちに任せてほしいと考えている。当然の反応で、リーバスはその気持ちがわかった。それにもかかわらず、リーバスは目を惹こうとして、また煙草に火を点けた。

「危険じゃないか」消防隊員の一人があんのじょうつぶやいた。目的達成。火災調査官の名前はケイティ・グラスで、これからの作業についてシボーンに教えていた。犠牲者がいるかどうかを確認し、破裂したガス管を塞ぎ、火災原因を調べる。

「コンロにかけたフライドポテトの鍋から漏電に至るまで、ってこと」

シボーンはグラスの説明にいちいちうなずいたあと、捜査中の事件とこの家の持ち主との関わりについて述べた。話しながらもリースの刑事たちが聞き耳を立てているのを意識していた。

「それで疑念を持ってるってことですね」グラスが言

った。「なるほど、でもわたしとしてはつねに先入観なく現場へ入りたいんです——先入観に毒されて何かを見逃しては困りますから」そして消防隊員に付き添われ、リーバスとシボーンに見守られて、庭のゲートへ向かった。

「ポートベロにカフェがあるんだが」リーバスは焼けこげた家へ最後の一瞥をくれながら、言った。「フライドポテトでも食おうか？」

そのあと、彼らはゲイフィールド・スクエア署へ向かい、署で見捨てられたように感じているホズとティベットから、渋い顔の歓迎を受けた。二人は火事の話を聞くと元気が出て、ＨＭＦを後回しにしてもよいかとたずねた。グッドイアがＨＭＦとは何かとたずねた。

「強盗常習犯のファイル」ホズが説明した。

「正式名称じゃないよ」ティベットがファイルの山をぽんと叩きながら言い添えた。

「すべてコンピュータに入ってると思ってました」グッドイアが言った。

「入力する仕事をやりたいか……？」

グッドイアが手を振って断った。シボーンは自分の机に座り、ペンで机の表面をこつこつと叩いた。

「これからどうする、ボス？」リーバスがたずね、せっかくの言葉なのに、睨みつける視線で返された。

「マクレイに話をしなければ」ようやくシボーンはそう言ったものの、マクレイの部屋にひとけがないのは明らかだった。「出勤してきたの？」

ホズが肩をすくめた。「わたしたちが来てからは姿を見ていないわ」

「きみたち、一緒に出勤してきたのか？」リーバスは邪心なげにたずねた。今度はコリン・ティベットが睨みつけた。

「これですべてが変わったわ」シボーンが静かに言った。

「失火でなかったら」リーバスが注意した。

「まずトドロフ、次には彼が最後の夜を過ごした相手が……」そう発言したのはグッドイアだったが、シボーンはうなずいて同意していた。

「すべて偶然だったかもしれないぞ」リーバスが反論した。シボーンが彼を見つめた。

「どうしてなの、ジョン。陰謀だと考えていたのはあなたでしょうが！　関連性が見つかりそうになったとたん、冷や水を浴びせるの！」

「火はそうやって消すだろ？」シボーンの顔に血が上るのを見て、言い過ぎたと思った。「わかった、きみの考えが正しいとしよう。でもまずはマクレイに報告しなければならない。それまでは死体が見つかるかどうか待っていよう。もし見つかったら、ゲーツとカートの検死の結果が出るまで待つ」リーバスは一息入れた。「それがいわゆる手順というやつだ——きみも知ってのとおり」シボーンはその意見が正しいのを認め、肩の力を抜いて机にペンを落とした。ペンが転がって止まった。

「今回ばかりはジョンの考えが正しいわ」シボーンは皆に向かって言った。「口惜《くや》しいけど」微笑し、おじぎをしながら笑みを返すリーバスを見た。

「おれの長い警官人生で、一度ぐらいこんなことがなきゃ」リーバスが言った。「遅いけれど、ないよりましだよな」皆の顔に笑みが浮かび、リーバスはその瞬間感じた。捜査を始めてから数日経つが、今この瞬間、すべてが変わったのだ。

渋面や皮肉な一言があったにしろ、自分たちはほんとうの意味でチームとなった。

マクレイ主任警部が犯罪捜査部室へ入ってきたとき、彼らはそんなムードだった。彼すらも室内の空気が変わったことに気づいた様子だった。シボーンがなるべく簡潔にこれまでの状況を説明した。ホズの机の電話が鳴ったので、市民への呼びかけに応じた通報がまたかかってきたのだろうか、とリーバスは思った。一方通行の道で客を待つ売春婦のことや、リオハ一瓶を飲み干すキャス・ミルズを思った。トドロフは女にもてたし、彼自身も女に惹かれたにちがいない。知らない女がセックスを餌にして彼を非業《ひごう》の死へ導くことができたのだろうか？　まるでル・カレの小説の世界のようだ……

　ホズが電話を切り、リーバスの机へまっすぐやって来た。「死体が見つかりました」その一言で事足りた。

　リーバスはマクレイの部屋のドアをノックし、表情とうなずきでそれを伝えた。シボーンはマクレイに報告を中断してもよいかとたずねた。捜査部室に戻ったシボーンは、ホズに詳しい説明を求めた。

「男性、だと考えられています。居間の天井が落ちた部分の下で見つかりました」

「スタジオですね」グッドイアが口を挟み、彼も録音プロデューサーの家に行ったことを皆に思い出させた。

「消防隊のチームが写真を撮るなどして検証しています」ホズが続けた。「遺体は死体保管所へ向かいました」

　腐乱死体用の部屋に置かれるにちがいない、とリーバスは思った。トッド・グッドイアは焼けこげた死体を見て、どんな反応を示すのだろうか。

「では、行かなければ」シボーンが言った。だがリーバスは首を横に振った。

「トッドを連れて行け。犯罪捜査部での勉強の一つだ……」

　ホズはCRスタジオに電話をかけ、火事を知らせてから、リオダンが今までのところスタジオには現れていないことを確認した。コリン・ティベットの仕事はカレドニアン・ホテルのリチャード・ブラウニングに催促の電話をすることだった。バーの伝票一日分に目を通すのに、そんなに時間がかかるものだろうか？

リーバスに口を慎む気持ちがなかったら、ブラウニングは警察がその依頼を忘れてしまうほうに、いちかばちかで賭けてるんじゃないか、と言うところだった。戸口に顔が現れたとき、手持ちぶさたにしていたのはリーバスだけだった。

「下に人が来ているんですが」と受付の警官が言った。

「ロシア人のリストを渡したいと言ってます……もしかして土曜日に出場するハーツ・ファースト・チームの選手表だったりして？」

しかしリーバスにはちゃんとわかっていた。領事館のニコライ・スタホフがエジンバラに在住するロシア人のリストを持ってきたのだ。この件についても、スタホフが時間をかけている間に、リストの必要性が薄れたかに思える——頼んだときから状況が変わってしまったのだ。それでも暇だったので、リーバスはうなずいてすぐに行くと答えた。

ところが、受付へのドアを開くと、壁のポスターを眺めている男はスタホフではなかった。

銀行員のスチュアート・ジャニ。

「ミスター・ジャニ」リーバスは驚きを隠して手を差し出した。

「警部さんでしたね……？」

「リーバス警部です」

ジャニは名前を忘れたことを詫びるかのようにうなずいた。「手紙を渡しにきただけで」ポケットから封筒を出した。「あなたのようにお偉い方が受け取りに出てくるとは思わなかった」

「こちらも、あなたがロシア領事館の使い走りをするとは思わなかった」

ジャニが苦笑いを浮かべた。「グレンイーグルズ・ホテルでスタホフにたまたま会ったんですよ。ポケットに封筒を持っていて……それを持って行かなきゃならないと聞いたもんで」

「代わりに行ってやろうと申し出たんですね？」

ジャニが肩をすくめた。「たいした手間じゃありません」

「ゴルフはどうでした？」

「わたしはプレーしませんでした。ファースト・オルバナック銀行が説明会を開いていて、そのときたまたまロシア人一行もホテルを訪れたんです」

「たまたまとはね。あなたがロシア人につきまとってるのは、丸わかりなんじゃないですか」

ジャニが頭をのけぞらして笑った。「ビジネスですからね、警部。それに忘れてならないのは、スコットランドの益になるということです」

「たしかに――だからあのスコットランド議会議員とも仲良くしてるんですね。来年の五月にはあの党が勝つと思ってるから？」

「最初にお会いしたとき申し上げたとおり、銀行は中立でなければなりません。とはいえ、スコットランド民族党は強い主張を展開している。独立は遠い未来でしょうが、きっと実現しますよ」

「それは商売にもよい？」

ジャニは肩をすくめた。「法人税の率を下げると公約しています」

リーバスは封がしてある封筒に目を注いだ。「スタホフ同志は何が書いてあるのか言いましたか？」

「この地域に住んでいるロシア国籍を持つ人々。トドロフの事件と関係があるとか言ってましたよ。わたしとしてはどう関係するのやらさっぱりわからないが……」ジャニは、リーバスの説明を待つかのように、途中で口をつぐんだ。しかしリーバスは何も言わずに封筒をポケットにしまった。

「ミスター・トドロフの銀行口座はどうなってますか？」リーバスは質問で返した。「何か進展は？」

「申し上げたとおり、手続きが必要なんです、警部。遺言執行人の手を借りない場合、時間がかかって……」

「で、何か取引が成立したんですか？」

「取引？」ジャニは意味がわからないようだった。

「ロシア人とですよ、刺激しないようにおれが気遣わなければならない連中」

「気遣う、とかいう問題じゃないですよ——彼らに間違った概念を与えたくないだけで」

「スコットランドについてですね？　だが一人の男が殺されたんです、ミスター・ジャニ——その事実を変えることはできない」

受付の横のドアが開いて、マクレイ主任警部が現れた。コートにマフラー姿で、外出しようとしていた。

「火事について何か新事実は？」マクレイ主任警部がリーバスにたずねた。

「ありません」リーバスが答えた。

「検死の結果は？」

「まだです」

「火事があの詩人とやらに関連しているとやはり思うんだな」

「主任警部、こちらはファースト・オルバナック銀行のミスター・ジャニです」

二人は握手を交わした。リーバスはその紹介で上司が察してくれるのを期待したが、念のために、ジャニがトドロフの銀行口座の明細を渡してくれることになっていると告げた。

「ということは、また誰かが亡くなったということですか？」ジャニがたずねた。

「住宅の火災で」マクレイが噛みつくように言った。

「トドロフの友人が」

「なんていうことだ」

リーバスはジャニに手を差し出した。「では」と話を遮る。「届けていただいて、助かりました」

「ええ」ジャニがその言葉を受け入れた。「問題が山盛りですね」

「バイキング料理みたいに」リーバスが微笑した。

リーバスはジャニと握手をした。一瞬、マクレイとジャニは一緒に署を出るかに思われた。リーバスはマクレイがバイキングの中身をこれ以上漏らしては困ると思い、ちょっと話があるので、とマクレイに告げた。ジャニが先に署を出たあとドアが閉まるまで待った。口を開いたのはマクレイのほうだった。

「グッドイアについてどう思う？」

「有能みたいですよ」マクレイは但し書きみたいな言葉を期待していた様子だが、リーバスは肩をすくめたきり、何も付け加えなかった。

「シボーンも同じ意見のようだ」マクレイは少し黙ったあとで付け加えた。「きみが引退したあと、捜査チームも少し変わることだろうな」

「そうですね」

「シボーンは警部に昇進してもよい頃合いだ」

「もう何年も前からその時期は来ています」

マクレイは深くうなずいていた。しばらくしてから「話があるってどんなことだ？」とたずねた。

「それは後回しでいいんです」リーバスが言った。上司が外へ出るのを見送りながら、駐車場で煙草を一服しようかと考えた。しかしそうはしないで、階段を上がって捜査部室へ戻りながら、封筒を破って名前のリストを見た。二十名ほどの名前が列挙してあったが、住所や職業など細かい情報は何一つ付いていない。スタホフは最後に自分の名前を入れるほど、几帳面に記していた——こんな表が捜査の役に立つはずがない、とお笑いぐさのつもりで付け加えたのかもしれない。

ところがリーバスが犯罪捜査部室のドアを押し開けると、ホズとティベットが急いで何かを告げようとして立ち上がった。

「どうした」

ティベットが紙を差し出した。「カレドニアン・ホテルからファックスが届きました。あの夜、泊まり客数人がバーでブランディを買っています」

「その一人がロシア人なのか？」リーバスがたずねた。

「見てください」

リーバスはファックスを受け取り、名前が三つあるのを見た。二つは知らない名前だったが、外国人ふうの名前ではなかった。三番目の名前も外国人名ではなかったが、それを見たとたん、こめかみがずきずきと痛くなった。

ミスター・M・カファティ。

Mはモリスだ。モリス・ジェラルド・カファティ。

「ビッグ・ジェルです」ホズが言わずもがなの補足をした。

17

リーバスには決めることが一つしかなかった。カファティをしょっぴくか、自宅で尋問するか。

「これはわたしが決めるのよ、あなたじゃなくて」シボーン・クラークが注意した。三十分前に死体保管所から戻ってきており、頭痛に苦しんでいるようだった。ティベットが淹れてくれたコーヒーのマグを前に、シボーンはアルミホイルの包装から薬を二錠、手のひらへ押し出した。トッド・グッドイアは死体保管所の駐車場でたった一回だけ嘔吐した。それでもゲイフィールド・スクエア署へ戻る車中で、道路にコールタールを敷く作業現場を通りかかったとき、危ない場面があった。

「臭いがだめなんです」グッドイアが言い訳した。今はまだ顔色が悪く、動揺した表情になっているが、人が聞いていても聞いていなくても、だいじょうぶです、と言い続けた。シボーンは皆を集め、ゲーツとカートから聞いたことを話した。男性、身長百七十五センチ、右手に指輪が二つ、腕に金時計、砕かれた顎。

「落ちてきた屋根の梁に直撃されたのかも」シボーンが考えを巡らした。犠牲者は家具に縛られていなかったし、手首も足首も結わえられていた形跡はない。

「居間の床にうずくまって倒れていた。死因はおそらく、煙を吸ったため。これは初回の検死所見だとゲーツは強調していたけど……」

リーバスが言った。「それでも不審死には間違いない」

ホズが言う。「だったら、わたしたちが扱う」

「身元は？」ティベットがたずねた。

「運がよければ歯科の記録から割れる」

「指輪は？」グッドイアが言った。

「それがリオダンのものだったとしても、それを着けていたのがリオダンだということにはならない」とリーバスが教えた。「十年ほど前、詐欺を働いた男がいて、自分の死を偽装しようとした……」

グッドイアは納得してゆっくりとうなずいた。

そのあと、リーバスはカファティのことを教え、どうするかをたずねたのだった。

シボーンはファックスを持ち、もう片手で頭を抱えていた。「頭痛がだんだんひどくなってきたわ」そして顔を上げてリーバスと目を合わせた。「第三取調室？」

「じゃあ第三取調室。それから暖かい服装をするんだよ」

ところが、カファティは自宅の応接間でくつろいでいるかのように、テーブルから椅子をずらし、足を重ね、両手を頭の後ろで組んで座っていた。

「おう、シボーン」とカファティは取調室へ入ってきた彼女に呼びかけた。「会えて嬉しいよ。彼女、なかなか有能な感じじゃねえか、リーバス？　よくぞここまで鍛え上げたな」

　リーバスはドアを閉め、壁際に立った。シボーンはカファティの向かい側の椅子に腰を下ろした。カファティは大きな丸い禿頭をシボーンに向かって軽く下げて見せたが、両手は下ろさなかった。

「いつおれをしょっぴくのかと思ってた」

「じゃあ、そろそろだと知っていたのね？」シボーンはテーブルに白紙の用紙を置き、ペンのキャップをはずした。

「リーバス警部がほんの数日後には、ゴミとして捨てられるだろ」カファティはリーバスのほうをちらっと見た。「だから、嫌がらせとして、何か口実をでっちあげると思ってたんだよ」

「ところが、運よく口実以上のものが見つかったわ――」

「知ってるか、シボーン」カファティがおっかぶせるように言った。「このジョンが夜になるとおれの家の前に停めた車の中で、おれが眠りにつくまで見張ってることを？　そこまで保護するのは、いくらなんでも警官の任務を超えてるんじゃないか」

　シボーンは話題をそらされまいとした。ペンを机に置いたところ、端まで転がっていきそうになったので、さっと押さえた。「アレクサンドル・トドロフについて話してください」

「何だって？」

「先週の水曜日の夜、十ポンドのコニャックを奢った相手です」

「カレドニアン・ホテルのバーで」リーバスが言い添えた。

「なんだと？　ポーランド野郎か？」

「正しくはロシア人」シボーンが言った。

「おまえは一マイル半ほどのところに自宅がある」リーバスが迫った。「なぜホテルに泊まる必要があったのか、不思議だよ」

「あんたから逃げるためかな？」カファティは推測する芝居をした。「もしくはそれだけの金を出せるからか」

「そしてバーに陣取り、赤の他人に酒を奢るのね」シボーンが付け加えた。

カファティは両手をほどき、自説を強調するかのように人差し指を立てた。「リーバスとおれとの違いはだな――こいつは一晩中バーに腰を据えていても、誰にも酒一杯奢ってやらないってことだ」冷ややかな笑い声を上げる。「おれをここへしょっぴいたのは、たったそれだけのことなのか――貧乏移民に酒を一杯飲ませたからか？」

「あのバーに貧乏移民とやらがどれほど来ると思うんだ？」リーバスがたずねた。

カファティはわざとらしく考え込み、くぼんだ眼を閉じ、しばらくして開けた。それは顔色の悪い大きな顔にはめこまれた黒い小石に見えた。「なるほどな」と譲歩する。「だがそいつは知らない男だったんだ。そいつ何をやった？」

「殺された」リーバスは感情を抑え込んで答えた。

「今のところ、生きている彼を見た最後の人間はおまえなんだ」

「ほんとかよ」カファティは二人の警官を交互に見た。

「あの詩人か？　新聞で読んだやつなんだな？」

「おまえと飲んだ十五分後か二十分後に、彼はキングズ・ステイブルズ・ロードで襲われた。何をネタに仲良くなったんだ？」

カファティはリーバスを無視し、シボーンにだけ目を向けた。「弁護士の同席が必要かな？」

「まだ必要ないわ」シボーンが平静に答えた。カファティがにやりとした。

「なぜこれをリーバスじゃなくてあんたにたずねてるか、わかるか？　リーバスのほうが地位が上なのにだ」そしてリーバスのほうを向く。「あんたはあと何日か経てばゴミとなるだろ、さっき言ったように。しかしこのシボーンはまだ昇進していくじゃないか。あんたたちが事件を扱うんだったら、マクレイのおやじもそこは機転を利かせてシブをチーフにするだろうさ」

「シブと呼んでもいいのは、わたしの友達だけです」

「すまなかった、シボーン」

「あなたはクラーク部長刑事と呼んでください」

カファティは低く口笛を吹き、分厚い太ももをぴしゃりと叩いた。「よくぞここまで鍛え上げたな」と先ほどの言葉を繰り返す。「実に愉快だ」

「カレドニアン・ホテルで何をしていたんですか？」シボーンはカファティの言葉が聞こえなかったかのように、たずねた。

「酒を少しばかり飲んでいた」

「そのあと泊まった？」

「タクシーを見つけるのがたいへんなんでね」

「ではアレクサンドル・トドロフとはどうやって知り合ったんです？」

「バーにいたときに……」

「一人で？」

「あのな、おれは一人になりたかったんだよ——このリーバス警部とは違って、おれは一緒に楽しく飲める友達には事欠かない。あんたと飲んでもきっと楽しかろう、クラーク部長刑事。文句さえ多くなければな」

「トドロフがたまたま隣に座ったんですね？」シボーンが推測した。

「おれはバーの止まり木に座ってた。そいつはそばに立ち、注文しようとしていた。バーテンがカクテルを作っていたもんで、待ってる間にちょっと話をしたんだ。そいつが気に入ったんで、そいつの一杯をおれの伝票につけておけと言った」カファティは大げさに肩をすくめた。「そいつはぐっと空けて、礼を言い、その場を立ち去った」

「彼は返礼の一杯を申し出なかったのか？」リーバスがたずねた。トドロフは古いタイプの人間だろうと思っていたのだ。だったらエチケットとしてそれぐらいは言うはずである。

「それは言ったな」カファティが認めた。「おれがいいからと言って断った」

「監視カメラがおまえの言葉を裏付けるといいんだがな」リーバスがぼそっと言った。

そのとき初めてカファティの仮面が少しはがれかけたが、不安そうな表情はほんの一瞬しか続かなかった。

「だいじょうぶだ」

リーバスがゆっくりとうなずく間に、シボーンは笑みを噛み殺した。カファティを今なお動揺させることができて愉快だった。

「被害者は情け容赦なく殴られた」リーバスが続けた。「考えてみたら、最初からおまえが怪しいと睨むべきだったな」

「あんたは以前から人をはめるのが好きだったよ」カファティはシボーンを見た。これまでシボーンが紙に書いたのは、意味のないいたずら書きだけである。「週に三、四回、この男はぽんこつ車をおれの家の前の道路に停めてる。そんなことは迷惑行為だと文句を言う人もいるんじゃないか。どう思うね、クラーク部長刑事？　おれは接近禁止命令を申請すべきかな？」

「あなたたちは何を話したんですか？」

「またロシア人の話に戻るのか？」カファティはがっかりした声音になった。「おれの憶えているかぎりでは、エジンバラが冷え冷えした街だというようなことを言ってたね。そのとおりだ、とおれは言ったように思う」

「気温よりは人情について言ったのかもしれませんね」

「それについても正しいな。むろん、あんたのことじゃないよ、クラーク部長刑事。あんたは暖かく差し込む一条の光だ。しかしな、ここで生まれたときから暮らしてる者は、陰気な性格になりがちだ。そうだろ、リーバス警部？　おれの友達から聞いたんだが、それはつねに侵略を受けているせいなんだそうだ――もちろん、ひそかな侵略、快い侵略なんだがね、しかも全面的な侵略ではなく、さみだれ式が多い。だが、そのせいでおれたちは……神経過敏で怒りっぽい。その傾向が特に強い者もいるよな」リーバスを狡猾そうな眼差しで見る。

「なぜ部屋を取ったかの説明をおまえはまだしていない」リーバスが言った。

「言ったはずだが」カファティが反論した。

「おれたちをうすばかだとでも思ってるのか」

「いやいや、〝うすばか〟って思うのはいくらなんでもひどすぎる」カファティが低い声で笑った。リーバスは両手をズボンのポケットに突っ込み、ひそかに拳を作った。「なあ」カファティはふいにこの問答に飽きてきたようだった。「おれは知らない男に酒を奢った。誰かがその男を襲った。それで終わりだ」

「誰がなぜやったかがわかるまでは、終わらない」リーバスが言い返した。

「ほかにどんなことを話したんですか？」シボーンがさらにたずねた。

カファティはうんざりしたように目を剝いた。「あの男はエジンバラは寒いと言い、おれはそうだと答えた。あの男はグラスゴーのほうが暖かいと言い、おれはそうかもなと答えた。あの男の酒ができたので、おれたち二人は乾杯と言い合った……よく思い返してみると、あの男何か持ってたね。何だっけな？　ＣＤだったと思う」

そう、チャールズ・リオダンが与えたもの。死者二人がカレーを一緒に食った。リーバスは拳を固めたり緩めたりした。それを繰り返す。カファティは失敗したことすべての象徴的存在だ、とリーバスは気づいた――だいなしにしたチャンス、しくじった捜査、取り逃がした容疑者、迷宮入りの事件、そのすべての。カファティは牡蠣《かき》に入り込んだ砂というより、手近なものすべてに害毒を及ぼす汚染物質なのだ。

　それなのに、こいつを刑務所にぶちこむ方法が、何一つないじゃないか？

　ほんとうに神が天にいて、この最後のかすかなチャンスを差し伸べてくれないことには。

「死体にはＣＤが見当たらなかったわ」シボーンが言っている。

「持っていたぞ」カファティが断言した。「ポケットに入れるのを見た」体の右側を叩いて見せる。

「その夜、バーでほかのロシア人とも会ったのか？」リーバスがたずねた。

「そう言われてみると、妙に訛った英語が聞こえたな――ゲールのやつらだろうと思ったんだが。間もなくそいつらがスコットランド民謡を歌い出した頃、おれは間違いなく部屋へ戻ったね」

「トドロフはその連中の誰かに話しかけていたか？」

「知るわけがない」

「だが一緒にいたんだろ」

　カファティは汚れた机を両手でばんと叩いた。「一緒に一杯飲んだだけだ！」

「おまえの話ではな」また動揺させてやったぞ、この悪党！

「ということは、あなたは彼が死ぬ前に話をした最後の人間ですね」シボーンが繰り返して強調した。

「おれがそいつを尾行したとでも言うのか？　そいつを死ぬまで殴り続けたと？　そうか、じゃあ、あんたらの監視カメラを見てみようじゃないか……バーテンにおれがいつまでバーにいたか訊いてみよう。おれの請求書を見たんだろ——それには時間が記されていただろうが？　おれは十二時を過ぎるまでそこから動かなかった。バーには目撃者が山ほどいる……バーの請求書に署名したときの時間……監視カメラ」カファティは勝ち誇ったように指を三本立てた。第三取調室に沈黙が流れた。リーバスはもたれていた壁から身を起こし、二歩ほど歩いてカファティの椅子の横に来た。

「あのバーで何かが起こったんだろう？」囁くような小声だ。

「あんたみたいに妄想の世界に住んでいられたらいいな、と思うこともある、リーバス。ほんとだよ」

とつぜん、ドアをノックする音がした。シボーンは止めていた息を吐き出して、どうぞと声を張りあげた。トッド・グッドイアがドアからおそるおそる顔を出した。

「何か用か？」リーバスが嚙みつくようにたずねた。

グッドイアはカファティから視線をはずせなかったが、シボーンに伝えることがあった。

「火災調査官が話したいそうです」

「ここに来ているの？」シボーンがたずねた。

「捜査部室に」

「新人だな」グッドイアをじろじろと品定めしながら、カファティがのんびりと言った。「名前はなんて言うんだ？」

「グッドイア巡査」

「制服を着ていない巡査か？」カファティがにやりとした。「犯罪捜査部もよっぽど人材不足だな。こいつはあんたの後任か、リーバス？」

「ご苦労、グッドイア」リーバスは短く答えてうなずき、用が済んだことをグッドイアにわからせた。ところがカファティはすぐに去らせるつもりがなかった。

「グッドイアというやつを昔知っていたが……」

「どのグッドイア？」トッドはたずねることにした。

にやにや顔のカファティが大きな笑い声を上げた。

「たしかにな――ローズ・ストリートでパブをやってたハリーがいたっけな。だがもっと最近のことを思ったんだよ」

「ソロモン・グッドイア」トッドがきっぱりと言った。

「そいつのこと」カファティの目がきらめいた。「ソルと呼ばれてる男」

「ぼくの兄です」

カファティがゆっくりとうなずいた。リーバスはグッドイアに出て行けと身振りで告げたが、若いグッドイアはカファティの視線に絡み取られていた。「ようく考えてみると、ソルにはたしかに弟がいたな……弟のことは口にしたがらなかったが。ということはおまえは一家の変わり種ってことか、グッドイア巡査？」また笑った。

「すぐに行くからと火災調査官に伝えて」シボーンが口を挟んだが、グッドイアは動かなかった。

「トッド？」リーバスがファースト・ネームで呼びかけると、我に返ったようだった。グッドイアがうなずいてドアの蔭に消えた。

「いい若者だ」カファティが考えながら言った。「じゃあ、あの若者はあんたのペット育成計画ってことか、クラーク部長刑事。リーバスが夕焼けのかなたへ消えるとき、あんたがリーバスにしてもらったように育てるんだな」二人とも答えなかったので、カファティは自分が有利な間に話を打ち切ることにした。背筋を伸ばし、腕を両側に伸ばしながら立ち上がった。「もう済んだんだろ？」

「今のところは」シボーンがしぶしぶ言った。

「供述書を作らなくていいのか？」

「紙がもったいない」リーバスが不機嫌に言った。

「今のうちに言えるだけ嫌みを言うことだな」カファティが助言した。長年の仇敵に面と向き合った。「今夜また会うのかな――いつもの時間、いつもの場所で。

車の中で震えているあんたのことを思い出してやるよ。そう言えば、この部屋の暖房を切ったのは、いい考えだった――ホテルのおれの部屋がますます心地よく思えるからな」

「カレドニアン・ホテルと言えば」シボーンが言い添えることにした。「あの夜ずいぶんたくさん酒を注文したんですね――請求書を見ると、十一杯」

「喉が渇いていたか――それとも気前がよかったせいか」カファティはシボーンを見つめた。「おれはもともと気前がよい男なんだよ、シボーン。機嫌のよいときには。だがそれはとっくに知っているよな？」

「わたしはいろいろと知ってるわ、カファティ」

「ああ、そうだろうとも。おれを送ってくれる車中でそれについて語ろうや」

「道路の向かい側にバス停がある」リーバスが言った。

18

「あのバーで何かが起こったんだ」犯罪捜査部室へ戻りながら、リーバスはシボーンにまたしても言った。

「あなたの意見ではね」

「カファティは何か理由があってあのバーにいたんだ。あの男は一ポンドだって無駄遣いしない性格だ。なぜエジンバラの最高級ホテルに部屋を取ったんだろう？」

「彼は教えてくれないでしょうね」

「しかし宿を取った日は、オリガーキーの滞在と時を同じくした」シボーンがいぶかしげに顔を見ると、リーバスは肩をすくめた。「辞書で調べてみてくれ。石油と関係する語だと思って使った」

「権力者の小グループってことね？」シボーンが確認した。

「そうだ」リーバスが同意した。

「それよりね、ジョン、駐車場に女がいたという事実がある……」

「カファティが女をそこへ行かせたのかもしれん。あいつ、以前は娼婦の館を何軒か持っていたからな」

「あるいはその女は何も関係がなかったのかも。ホズとティベットを証人たちのところへ行かせて、モンタージュ写真を見て何か思い出さないか試してみます。でもその前にもっと大事な質問があるわ。つまり、自分一人でビッグ・ジェル・カファティの張り込みをしてるとは、いったいどういうことなの？」

「張り込み、という表現よりは、恨みという語のほうがいいね」シボーンは即座に言い返そうとする気配だったが、リーバスは手を上げて制した。「昨夜はたまたま彼の家の前にいたんだが、カファティは自宅にいたよ」

「それで？」

「カレドニアンに部屋を取っているにもかかわらず、そこにはほとんどいない」二人は犯罪捜査部室のドアに着いた。「ということは、あいつは何か企んでいる」リーバスはドアを開けて中へ入った。

ケイティ・グラス火災調査官がいかにも渋そうな紅茶のマグを供され、うさんくさそうにそれに見入っていた。

「ティベット巡査の紅茶はいつもこうなんです」リーバスがグラスに言った。「タンニンの毒に当たりたいなら、どうぞ」

「やめとくわ」グラスは机の端にマグを置いた。リーバスは自己紹介と握手をした。シボーンは来てくれたことに礼を述べ、何かわかりましたかとたずねた。

「まだ結論を出すのは早いので」グラスが予防線を張った。

「でも……？」リーバスはその先があるのを知って促した。

「出火の原因を見つけたのかもしれません。化学薬品のようなものを詰めた小瓶がいくつか見つかった」

「化学薬品というと？」シボーンはたずね、腕を組んだ。三人とも立っており、背後ではホズとティベットが自分の席から聞き耳を立てている。トッド・グッドイアは窓辺にいて外を見ている。カファティが立ち去るのを見守っているのだろうか、とリーバスは思った。

「分析に回しました」火災調査官が言った。「強いて言うなら、洗剤溶液の一種ではないかと思われます」

「家庭用の洗剤？」

　グラスはかぶりを振った。「瓶が小さすぎる。しかしこの場合、この家の持ち主はテープをたくさん持っていたから……」

「カセット・クリーナーだ」リーバスが断言した。

「カセットデッキのヘッドの汚れを拭くための」

「まさしく」グラスが言った。

「以前、おれもオーディオ用に持っていたんで」

「で、その瓶の少なくとも一つには、口にティッシュを詰めたような形跡がありました。それが溶けたテープ・ケースの山の真ん中にあった」

「居間ですね？」

　グラスがうなずいた。

「じゃあ、故意にやったものだと？」

　それに対してグラスは肩をすくめた。「放火殺人の場合、石油を買ってきて、家の中に撒いたりすることが多い。今回の場合はトイレットペーパーが少しと、可燃性の何かが入った小瓶があっただけなので」

「何を言いたいんだかわかりましたよ」リーバスが言った。「リオダンが目的ではなかったんだ」先回りして言う者を待った。「テープが目的だった」しばらくして解き明かした。

「テープ？」ホズがけげんな表情でたずねた。

「手作りの小さな炉の回りに積み上げてあった」

「どういうことですか？」

「リオダンは誰かが欲しがっている何かを持っていた」

「あるいは他人の手に渡っては困る何かを」シボーンが顎を指でなぞりながら付け加えた。「無傷で残ったテープが少しでもあるのかしら、ケイティ？」

ケイティ・グラスはまた肩をすくめた。「大半のテープは黒こげになってしまっています。カセットテープの一部はもう少しましな状態かな」

「ではカセットの録音がまだ残っているものもある？」

「かもしれませんね」グラスが認めた。「火を免れたものもたくさんあって――どのくらい再生できるものかどうかわかりませんけど。熱や煙や水で損なわれているでしょうから。死者の持っていた録音装置の一部も回収できました――ハード・ディスクに入っている内容をもしかしたら取りだせるかも」グラスは悲観的な口調だった。

リーバスはシボーン・クラークの視線を捕らえた。

「レイ・ダフの専門分野だな」

グッドイアは窓からこちらへ向き直って、会話を理解しようとした。「レイ・ダフって誰なんですか？」

「科学捜査技官よ」シボーンが説明した。しかし目はリーバスに注がれている。「リオダンのスタジオにいた技師はどうかしら？ 役に立つんじゃないかな」

「バックアップを取っていたかもしれない」ティベットが口を挟んだ。

「では」グラスは腕を組んでたずねた。「現物をここへ送りましょうか、それとも科捜研へ、それとも死者のスタジオへ？ いずれにしろD地区の警察にも知らせなければ」

リーバスはちょっと考えてから頬をふくらませ、大きく息を吐いた。「クラーク部長刑事が捜査の担当なんです」

バーテンのフレディがまた勤務についていた。リーバスはカレドニアン・ホテルの前に立ち、煙草を吸いながら、しばらくすいすいと行き交う車の列に見とれていた。タクシーのたまり場にタクシー二台が停まっていて、運転手が雑談を交わしている。ホテルのお仕着せ姿のドアマンが観光客二人に道案内をしている。フレーザーズ・デパートの角にある彫刻を施した時計へ、観光客らしき者がカメラを向けている。エジンバラは観光客を収容する部屋が恒久的に不足しているようだ。つねに新しいホテルの計画が持ち上がり、検討の結果、建設される。この十年間にオープンしたホテル名を即座に五つや六つは言えるし、今後も建設予定が続く。エジンバラはまるで新興都市のような印象を与える。かってないほどの数の人々がここで働きたい、ここを訪れたい、ここでビジネスを始めたいと望んでいる。スコットランド議会がさまざまなビジネス・チャンスをもたらしたのだ。スコットランド独立は壊滅的打撃を与えるという意見もあれば、自治拡大に伴う欠陥を修正しつつ、独立が成長をもたらすという意見もある。目端の利く銀行マン、スチュアート・ジャニが、スコットランド民族党の政治家、ミーガン・マクファーレンに取り入っているのをリーバスは興味深く感じた。しかしロシア人実業団のほうがさらに興味深い。広い国土を持つ、資源豊かなロシア。ロシアの土地にスコットランドを当てはめれば、何十個分ものスコットランドが入ることだろう。だのに、なぜ実業家グループが来訪しているのか？　不思議でならなかった。

煙草を吸い終えると、ホテルに入り、バーのスツールにするりと腰を乗せ、フレディにほどほどに愛想よく「やあ」と挨拶した。一瞬フレディは泊まり客と勘違いした――顔を知っていたからだ。コースターをリーバスの前に置き、何にしますかとたずねた。

「いつもの」リーバスはからかい、バーテンのとまどい顔を楽しんだあと、かぶりを振った。「おれは金曜日に来た警官だよ。だけどここの奢りで飲めるんなら、ウイスキーに水をちょっぴり垂らしたやつがいいね」

若いフレディはためらったが、やがてウイスキー瓶の並んだ棚へ体を向けた。

「モルトだぞ」リーバスが声をかけた。バーに客はいなかった。誰一人いなかった。「今の時間は空《す》いてるな」

「わたしは昼も夜もぶっ続けで働いてるんで——客が少なくても構わないんです」

「おれもだよ。ゆっくりと話し合えるからね」

「話し合える？」

「あのロシア人がここへ来た夜の領収書類を警察が押収したんだ、知ってるだろ？　ロシア人はここに座り、客の一人が彼にコニャックを奢った。客の名前はモリス・ジェラルド・カファティだ」

フレディはリーバスの前にウイスキー・グラスを置き、ガラスの小型水差しに水道水を入れた。リーバスは水をたらたらとモルトに垂らしながら、バーテンに礼を言った。

「ミスター・カファティを知ってるね？」リーバスが迫った。「この前あんたと話したとき、あんたは知らないといわんばかりに振る舞った。トドロフは酒を奢ってくれた客とロシア語で話をしていたようだなどと言って、おれをごまかそうとしたじゃないか。それは知ってたからだろ。あんたを責めはしないよ、フレディ。カファティの逆鱗《げきりん》に触れたら厄介なことになるもんな」一息置いて付け加える。「困ったことに、おれの逆鱗に触れても同じことになるんだな」

「ちょっと頭がこんぐらがっただけで。あの夜は客が多かったんですよ。ジョゼフ・ボナーが五人の客を連れて来ていたし……別のテーブルにはレイディ・ヘレン・ウッドが数人の友人と座っていたし……」

「今は名前を思い出すのになんら支障はなさそうだな、フレディ？」リーバスがにやりとした。「だがおれの関心はカファティにある」

「あのお方なら知ってます」バーテンがついに認めた。

リーバスの笑みが大きくなった。「あいつがここに泊まっているのは、〝あのお方〟という紳士ランクになるからなんだな。市のどこでもそう呼ばれるとはかぎらんよ」

「知ってます、長年の間には犯罪に関わったこともあるのを」

「それは周知の事実だ」リーバスが相づちを打った。「自分からその話を持ち出して、あいつの伝記を買うように勧めたんじゃないか、去年出版されたあの本を」

フレディはおのずと笑みをもらした。「実はその本をくれたんです――サイン入りのを」

「気前のいい男だからな。ここにはしょっちゅう来るんだな？」

「一週間前にチェックインされました。二日後にはお発ちになります」

「おもしろいな」リーバスはグラスの中身を凝視しながら言った。「ロシア人実業家の一行とほぼ同じ日程だとは」

「そうなんですか？」フレディの声の響きはその意味がわかっているようだった。

「改めて言うがね」リーバスは厳しい口調になった。「これは殺人事件の捜査なんだ……それも二件の。詩人がここへ来たとき、彼はその直前にある男と食事をし酒を飲んだ。その男が今や死体で見つかったんだ。きわめて凶悪な事件になりつつあってね、フレディ――それを憶えておくことだな。何も言いたくないなら、おれは構わない。パトカーをここへ寄越してあんたを連行するまでだ。手錠をかけたあんたに、取調室の準備が整うまで、うちの快適きわまりない監房で待っていてもらうことになる……」少し間を置いて、その事実が彼の頭にしみ通るのを待った。「おれはここで愛想よく話そうと心がけている。控えめに発言し、市民を重んじる態度を取ろうとしている。状況によっては、それが一変するかもしれないね」ウイスキーの残りを喉に流し込んだ。

「もう一杯？」バーテンがたずねた。それは彼なりの、協力を示す表現だった。リーバスはかぶりを振った。

「カファティについて聞かせてくれ」答える代わりに言った。

「夜にはたいていここへ来ます。ロシア人実業家については今、言われたとおりです——ロシア人が誰も来ないとわかると、長居はしない。レストランでも同じことのようです——店内を見回して、ロシア人がいなければ、食事をしない」

「もしロシア人がいたらどうなる？」

「近くのテーブルに座ります。ここの場合と同じで。これまでロシア人とは面識がなかったようですが、今では何人かと知り合いになってますね」

「では今は友達となって親しくしゃべってるのか？」

「そうでもなくて——ロシア人は英語があまりできないのでね。でもそれぞれに通訳が付いてるんで——それがたいていはブロンド美人なんですよ……」

リーバスはホテルの前や市議会でアンドロポフを見た日のことを思い返した。美人の付き添いはいなかった。「全員が通訳を必要としてるわけじゃないね」

フレディがうなずいた。「ミスター・アンドロポフは英語を達者にしゃべりますよ」

「ということは、カファティよりも上手にしゃべれるってことだ」

「わたしもそんなふうに感じるときがあります。もう一つ、二人はもともと知り合いだったんじゃないか、という感じもあって……」

「どういうことだ？」

「ここで初めて出会ったとき、二人は紹介を必要としない様子でした。ミスター・アンドロポフがミスター・カファティと握手をした際に、その腕も同時に摑んだので……よくわからないんですが」フレディが肩をすくめた。「知り合いだったような印象を受けたんです」

「アンドロポフについてどんなことを知っている？」リーバスがたずねた。フレディが再び肩をすくめた。

「チップをはずむ客で、あまり飲みませんね――水のボトルを頼み、しかもスコットランドの水がいいと言うんです」

「彼の経歴などに関してたずねてるんだが？」

「何も知りません」

「おれもだ」リーバスが打ち明けた。「では、カファティとアンドロポフは何回ぐらい会った？」

「ここで二回ほど一緒のところを見かけました……もう一人のバーテンはジミーっていうんですが、親しげにしゃべってるのを一回見たと言ってます」

「どんな話をしてるんだろう？」

「見当もつかない」

「おれに隠し事をしないほうがいいぞ、フレディ」

「してませんよ」

「アンドロポフの英語のほうがうまかったと言ったじゃないか」

「でも二人が会話してるのを聞いたわけじゃあないんで」

リーバスは下唇を嚙んでいた。「では、カファティはあんたにどんな話をしたんだ？」

「エジンバラについてですね、たいていは――昔はどうだったとか……すっかり変わってしまったとか……」

「おもしろくもない話だな。ロシア人実業家の話は？」

フレディはかぶりを振った。「人生で最高の瞬間は、自分が闇社会の人間ではないと認められた日だと言ってましたよ」

「あいつが闇じゃないなら、二十ポンドのロレックスだって闇じゃない」

「そういう時計を買えって何回か持ちかけられたことがあるな」バーテンが回想した。「ロシア人実業家について、気がついたんですがね――上等の時計をしている。背広も誂《あつら》えたものだ。でも靴がね、安物なんです。それがわからないところで。靴には気をつけなければいけませんよ」リーバスに説明が要ると感じたようだった。「わたしの女がフット・セラピーをやってるもんで」

「睦言《むつごと》はさぞかし刺激的だろうな」リーバスはつぶやき、がらんとしたバーを見つめながら、ロシア人富豪や通訳で賑《にぎ》やかなさまを想像した。

ビッグ・ジェル・カファティがいるさまも。

「詩人がここへ来た夜なんだが、カファティと一杯飲んだだけで、すぐ帰ったんだね……」

「そうです」

「ではカファティはどうしたんだ？」リーバスはバーの領収書を思い出していた。全部で十一杯。

フレディはちょっと考え込んだ。「しばらく残っていたんじゃないですか……いや、わたしの仕事が終わるまでカウンターにずっといたっけな、いちおうは」

「いちおうは？」

「だってトイレにも行ったでしょうからね。それにアンドロポフのテーブルにも行きましたね。そこにもう一人お客様がいて。政治家だと思いますが」

「思う？」

「テレビで政治家が映ると、音を消すもんでね」

「だが顔を見てわかった？」

「ですから、そのお客様は議会絡みで映っていたように思うんです」

「どのテーブルだった？」バーテンが指さしたので、リーバスはスツールを降りてそちらへ向かった。「アンドロポフはどこにいた？」大声でたずねる。

「もう少し奥へ……はい、そこです」

その席に座ってみると、カウンターは近い部分しか見えなかった。今立ち上がったばかりの、トドロフが座っていたスツールは見えない。リーバスは立ち上がり、フレディのところへ戻った。

「ここには監視カメラが、ほんとにないんだね？」

「そんなもの必要ないですから」

リーバスは少しの間思案した。「頼みがあるんだがね？　次の休憩の際に、コンピュータを手に入れてくれ」

「ビジネス・センターに置いてあります」

「スコットランド議会のホームページにアクセスするんだ。そこには百二十九名の議員の顔が並んでいる……その中にその客がいるか探してくれ」

「休憩時間はたった二十分間なんです」

リーバスはその言葉を無視した。フレディに名刺を渡す。「名前がわかった時点で、すぐに連絡を頼む」

ちょうどいいタイミングでドアが開き、背広姿の二人連れが入ってきた。何かの取引が成立してさまざまな余得が得られたかのように、意気揚々としている。

「〈クリュッグ〉をボトルでくれ！」フレディがほかの客の相手をしているのを無視して、一人がわめいた。フレディがリーバスの目を見たので、リーバスは仕事に戻ってよいという印にうなずいてやった。

「チップをはずみそうもないぞ、あいつらは」リーバスがつぶやいた。

「そうかもしれない」フレディがその言葉を認めた。

「でも少なくとも、代金は支払ってくれるんで……」

19

シボーンは外で電話をかけることにした。リーバスにぼけたのかとなじっているのをグッドイアに聞かれてはまずい。

「すでに警告を受けているんです」囁くような小声で携帯電話へ言った。「彼を連行するどんな根拠があるというんですか?」

「カファティと飲むやつは、怪しい点があるに決まってる」リーバスの声が聞こえた。

聞こえよがしにため息をついた。「もう少し具体的な何かを掴むまでは、ロシア実業家団の周囲百メートル以内には入らないでください」

「きみはいつもおれの楽しみをぶちこわす」

「あなたが大人になったら、理解できるわ」シボーンは電話を切り、犯罪捜査部室へ戻った。トッド・グッドイアが取調室から借りてきたテープデッキのコンセントを差し込んでいた。先ほどケイティ・グラスがリオダンの家から証拠品の入った袋を二つ署へ運んできたからだ。グッドイアが彼女の車のトランクからそれを部屋へ持って上がった。

「プリウスに乗ってましたよ」グッドイアがそう報告した。

袋を開けると、焦げたプラスチックの臭いが室内に充満した。それでもテープの一部や、デジタル・レコーダー二台は無傷だった。グッドイアはカセットテープをデッキに入れ、ドアを開けて入ってくるシボーンを見て、再生ボタンを押した。デッキは音量があまり上がらないので、二人はその両側に体を屈めて耳を澄ました。カチャカチャという音に、遠くのほうで不明瞭な人声が聞こえる。

「パブかカフェみたいですね」グッドイアが評した。ざわめきがもう数分間続いたあと、マイクのすぐ近くで咳が聞こえた。

「たぶん、リオダンね」シボーンが言った。

飽きてきたシボーンはグッドイアに早回しを命じた。同じ場所での、日常的なざわめきの盗み聞き。

「この曲では踊れませんね」グッドイアがしぶしぶ認めた。シボーンはテープを裏返すように命じた。今度は鉄道駅にいるようだった。駅長のホイッスルが鳴り響いたあと、電車の動き出す音がした。マイクはそのあと、駅のコンコースへ向かったようだった。そこでは乗客が行き交い、電車を待ち、発着の掲示板を見上げているのだろう。誰かのくしゃみが聞こえたかと思うと、リオダンの声で「ブレス・ユウ」とくしゃみへの決まり文句がつぶやかれた。連れ合いを話題にしてしゃべっている二人の女の会話が途中から録音されていた。マイクは二人の女がパン屋のキオスクへ向かうのを尾行したようで、どのバゲット・サンドイッチにしようかと話し合っている声がした。買い物が終わると、女たちはまたしても連れ合いの噂話に戻り、別のキオスクでコーヒーを買うために並んでいるようだった。エスプレッソ・マシーンの作動音がし、ふいに駅のラウドスピーカーからの放送で会話が掻き消された。インヴァキシングやダンファームリンの駅名が聞き取れた。

「ウエイヴァリー駅ね」シボーンが言った。

「ヘイマーケット駅かもしれませんよ」グッドイアが疑問の余地を残した。

「ヘイマーケットにはサンドイッチの売店なんてないわ」

「あなたの深い知識には頭を垂れるだけですね」

「たとえわたしが間違ってるときでも、あなたは頭を垂れなくちゃ」

グッドイアは宮廷でのように華やかな手振りを添え

てお辞儀をし、シボーンの笑みを誘った。

「マニアックだわ」シボーンが断じ、グッドイアもうなずいて同意した。

「リオダンの死はトドロフとつながりがあると、ほんとうにそう考えてるんですか？」

「現時点では、偶発的に起こっただけ……でもエジンバラでは殺人がとても少ない——それが数日内に二件続き、しかも二人の被害者は知り合いだった」

「では、無関係だとは考えていないんですね」

「あのね、ジョッパはD地区の管轄で、わたしたちはB地区でしょ。わたしたちが強硬に主張しなければ、リース犯罪捜査部がこれを担当するわ」

「じゃあ、そう主張すべきですね」

「ということは、マクレイ主任警部にこの二つが関係あることを納得させなくては」シボーンはテープを止めてデッキから取りだした。「全部こんなのばっかりだと思う？」

「それを確かめる方法はたった一つ」

「何百時間分もあるわ」

「それはわかりません。火災で大部分が再生不能になってる可能性がある。まずは一人がそれを調べ、難しそうなものは科捜研かリオダンのスタジオの技術者に回せばいい」

「そうだわね」シボーンはグッドイアの意気込みに乗れなかった。巡査だった頃の自分を振り返っていた……考えてみれば、そんなに古い昔ではない。グッドイアに負けず劣らず熱心で、どんな事件ででも自分が小さな功績を挙げられると確信していた——たまには、他人にもわかるほどの功績を。ときおりそんなことが起こったが、手柄は先輩に横取りされた——リーバスにではない。彼と組むより前のことだ。セント・レナーズ署に配属され、チームワークが第一で、自己主張やヒロインは要らないと教えられた。そのうちにリーバスがやってきた。彼の署が焼け落ちたからだ——電線の接触不良で。そう思うとひそかに笑みがこぼれた。

　電線の接触不良。リーバス自身を言いえて妙と思えるときもあるからだ。セント・レナーズ署に彼が持ち込んだのは、チームワークに対する不信感、二十年余に及ぶ、両賭けや、越えてはならない線を越える暴走、ルール破りだ。

　そして私的な復讐が少なくとも一つはある。

　グッドイアが小型デジタル・レコーダーの一つを聴いてみましょうと提案した。スピーカーはついていないが、グッドイアが持っているiPodのヘッドフォンがソケットにちょうど合った。シボーンは小さなイヤピースを耳に押し込みたくなかったので、グッドイアにあなたが聴いてみてと言った。しかし三十秒ほどボタンをあれこれと押して設定を変えてみたあと、グッドイアは投げ出した。

「これは親切な専門家に任せよう」そう言って次のレコーダーを取り上げた。

「たずねようと思ってたんだけど、カファティと会って、どんな印象を受けた？」シボーンが言った。

　グッドイアはどう答えるべきか考えたあとで言った。

「彼を見るだけで、罪にまみれているのがわかる。目にそれが表れています。こちらを見るときや、そこにいるときの目つきに……」

「人を見かけで判断するの？」

「いつもそうするわけじゃない」ヘッドフォンを耳にはめたまま、ボタンをさらにあれこれ押しているうちに、ふいに指を立て、何か聞こえたことを示した。ほんの少し聴いたあと、シボーンと目を合わせた。「信じられないですよ」ヘッドフォンをはずし、それをシボーンに渡した。シボーンはいやいやながらヘッドフォンを両耳に近づけたが、耳に直《じ》かには当てなかった。小さな声だが、言葉に憶えがあった。

「あなたと別れたあと、トドロフはまっすぐカレドニアン・ホテルのバーへ向かったんです。そこで誰かと話をしていた……」

「これ、わたしの声だわ。録音していないって、あの男言ったのに！」

「嘘をついたんです。そういうこともある」

シボーンはグッドイアを睨み、またしばらく聴き入った。そのあとグッドイアに早送りにするよう頼んだ。グッドイアがそうすると、何も聞こえなくなった。

「戻して」シボーンが命じた。

自分は何を期待しているのだろう？　リオダンの最後の瞬間が後世のために残されていることか？　彼を襲った者の声か？　リオダンが墓の中からいくばくかの正義を獲得できることか？

無音が続いた。

「もっと戻してみて」

シボーンとグッドイアが居間にいるリオダンへの質問を終わろうとしているところ。

「わたしたちが録音の最後ね」シボーンが言った。

「ぼくたちが容疑者になるんでしょうかね？」

「今度そんな冗談を言ったら、ウールの制服に逆戻りさせるわよ」シボーンが注意した。

グッドイアは神妙な顔になった。「ウールの制服か。そんな表現は初耳です」

「リーバスの言い方が移ったんだわ」シボーンが白状した。

彼からはたくさんのものをもらった……すべてが役に立つものではないが。

「彼はぼくが好きじゃないみたいです」

「彼は誰も好きじゃないわ」

「でもあなたは別だ」グッドイアが言い返した。

「わたしは我慢できる相手なのよ。好きとかいうのとは別の次元」シボーンはデジタル・レコーダーを見つめた。「わたしたちを録音したなんて信じられないわ」

「ぼくに言わせれば、リオダンが録音しないなんてことは、ほぼありえないんです」

「たしかにね」

グッドイアは透明なプラスチックケースの一つを取り上げて、揺さぶってみた。「ぼくたち、まだまだたくさん聴かなきゃならないな」

シボーンはうなずいてから、手を伸ばして彼の肩を叩いた。「あなたが、まだまだたくさん聴かなきゃならないのよ、トッド」と言い直した。

「訓練の一つですか？」グッドイアが察した。

「訓練の一つよ」シボーンが言った。


「今夜はどうするの？」フィリダ・ホズがたずねた。

彼女が運転しており、助手席にはコリン・ティベットがいる。彼がドアハンドルを握りながら座っているのがホズには気にくわない。まんいち運転をしくじったら、いつでも飛び出せるよう身構えているのではなかろうか。ときおり前方の車めがけて急加速したり、いきなりウインカーを出さずにぎりぎりの瞬間に曲がったりなど、わざと彼の肝を冷やすような行為をしてやった。それは彼女の腕前を信用しない報いである。この前、ティベットがガソリンスタンドに停まっていた車を乗り逃げするような勢いの運転だね、とからかったのだ。

「一杯飲もうか」ティベットが誘った。

「まあ、珍しいお誘いね」

「じゃあ、それはやめて」ティベットがちょっと考えてから言った。「中華はどう？　インド料理は？」

「そんな突拍子もないことを考えつくなんて、どういうつもりなの」

「虫の居所が悪いんだね」

「あら、そうかしら？」ホズがつんとして言い返した。

「ごめん」

これもまた、癇《かん》に障るようになってきた。自説を主張しないで、何かにつけすぐに譲歩するのだ。

　二カ月ほど前まで、ホズには恋人がいて――同棲していた。ティベットのほうは何人かの女をベッドに誘うことに成功し、そのうちの一人が一カ月近く彼にひっついていたこともあった。それが三週間前の泥酔した夜、二人はなぜだか同じベッドに倒れ込んでしまった。目が覚め、お互いの顔が数センチ前にあるのを見たときのショックと狼狽《ろうばい》からまだ二人とも抜け出せないでいる。

　それは過ちだった。

念頭から消す。

二度と口にしてはならない。

なかったことにしよう……

　しかし、どうやって？　起こったことは事実だし、ホズは心ならずも、もう一度そういうことになったらいいのに、とひそかに思っている。そんな自分に対する苛立ちをティベットに転嫁し、ティベットがどうにかしてくれるのを期待している。ところが、彼ときたら、スポンジのごとく何もかも吸収するばかりで、何も発信しない。

「シボーンが今夜おれたち皆に酒を奢ってくれるんじゃないかな」隣に座っているコリン・ティベットが言った。「チームをまとめるために。すぐれたチーフはそうするもんだよ」

「あなたの言う意味は、彼女がジョン・リーバスと二人きりでいるよりは、そうすべきだってことでしょ」

「まあね」

「それよりも、彼女はトッドと二人きりで過ごしたいのかも……」

　ティベットがホズの顔を見た。「本気で言ってるんじゃないだろ？」

「女の考えは謎に満ちているのよ、コリン」

「それはおれも気づいていた。なぜシボーンはあの若者をチームに引っ張りこんだんだろう？」

「彼の魅力にあらがえなかったのかもね」

「まじめに訊いてるんだ」

「主任警部がシボーンに事件担当を命じた。となればシボーンは自分の思い通りに捜査員を集められる。若いトッドが積極的に名乗りを上げたんだわ」

「シボーンは簡単に言い負かされたのかな？」ティベットは額に皺を寄せて考え込んだ。

「だからと言って、あなたを昇進リストに載せてくれって頼み込んでも無理だわね」

「そんなことを考えていたんじゃない」ティベットが断言し、フロントガラスの前方を見つめた。「次を右だね？」

ホズはウインカーを出そうとせず、正面から走ってくるバスをすれすれでよけて右折した。

「そんな危ない真似をしないでほしいな」ティベットが言った。

「わかってる」フィリダ・ホズが薄笑いを浮かべた。

「でもガソリンスタンドの車を乗り逃げしてるんだから……」

二人はシボーンの命により、ナンシー・シヴライトの住まいへ向かっている。頭巾《ずきん》を着けた女についてたずねるのだ。シボーンが〝頭巾〟などという表現を用い、ホズはあとでフードのことかと確認したのだった。

「頭巾とフード、どこが違うの？」シボーンはこの二週間ほど、怒りっぽくなっている。

「ここの左」コリン・ティベットが言った。「もう少し先に停める場所がある」

「あなたが言ってくれなかったら、気づかないところだったわ、ティベット刑事」その言葉にティベットは何の反応も示さなかった。

共同玄関のドアが開いていたので、インターフォンを押す手間を省いた。中に入ると薄暗くひんやりとしていた。壁の白いタイルがひび割れ、落書きで汚れている。上の階からの声がこだまして響いてきた。口論する二人の声のうち、女の声のほうが数倍甲高い。低音の男の声は穏やかで、懇願する口調だ。

「わたしにつきまとわないでよ！　なぜ言うこと聞いてくれないの？」

「その理由はきみもわかってるはずだ」

「うるさいわね！」

二人は階段を上がってくる音に気づかない様子だった。

男の声がする。「なあ、ちょっとでいいから、ちゃんと話をきいてくれ」

コリン・ティベットが口を挟んだ。「どうしたんですか？」警察手帳を開き、自分の名前と——それよりも効き目のある——自分の身分を示した。

「まったく、今度は何なんだ？」男がいらだった。

「こっちも今、同じことを思ってたんですがね」ホズが言った。「ミスター・アンダースンですね？　わたしたちはあなたと奥さんの供述書をいただいたんですよ」

「ああ、そうだったな」アンダースンは恥じらう表情を見せるほどの慎みはあった。すぐ上の階のドアの一つが大きく開いているのにホズは気づいた。そこはナンシー・シヴライトの部屋にちがいない。ホズは痩せこけた下着姿の若い女と目を合わせた。

「あなたの事情聴取もしたわ、ナンシー」

シヴライトがうなずいた。「一石二鳥だったな」コリン・ティベットが言った。

「あなたたちが知り合いだったなんて、知らなかったわ」ホズが言った。

「ちがうわ！」ナンシー・シヴライトがわめいた。

「この人が勝手に何回も押しかけて来るのよ！」

「そんな言い方はないだろ」アンダースンが怒りをこめて言った。ホズはティベットと視線を交わした。どう対処すべきか二人ともわかっている。

「中へ入りましょう」ホズがシヴライトに命じた。

「あなたは下へ降りていただけますか」ティベットがアンダースンに言った。「お訊きしたいことがあるので……」

　シヴライトは憤然として自分のフラットへ戻り、まっすぐ狭いキッチンに入った。ケトルを取り上げて水を入れた。「あの二人がちゃんとやってくれると思ったのに」

　リーバスとシボーンのことだ、とホズは察した。

「どうしてあの人、しょっちゅうやって来るの？」

　シヴライトは耳にかかった乱れ髪を引っ張った。

「なぜなんだろう。わたしがだいじょうぶなのを確かめたいから、って言うの。でもだいじょうぶだって言っても、何度でもやって来るんだから！　わたしがここに一人でいるのを確認するまで外にいるのよ、きっと……」髪の毛をきつくねじって紐のようにした。

「くそっ、あのやろう」挑戦的に言い、水切り台のマグの中からいちばん汚れていなさそうなマグを目で探した。

「正式に訴えてもいいんですよ」ホズが教えた。「迷惑をこうむっていると言って……」

「それで止まると思う？」

「たぶん」ホズはシヴライトと同じく、信じていなかった。シブライトは選んだマグをすすぎ、そこへティーバッグを入れた。早く沸くようにといらだってケトルを叩いている。

「何かのついでに立ち寄ったの？」ようやくシヴライトがたずねた。

　ホズが親しげな笑みでそれに応えた。「そうでもないのよ。新しい情報が出てきたので」

「じゃあ、まだ犯人を捕まえていないのね」

「そう」

「新しい情報って？」

「フードをかぶった女性が、駐車場ビルの出口付近に立っていたんです」ホズはモンタージュ写真を見せた。

「その女性がまだいたのなら、あなたはその横を通ったはずなのよ」

「誰も見なかったわ……そのことはとっくに言ったはずだけど！」

「まあまあ、ナンシー」ホズが穏やかに言った。「落ち着いてちょうだい」

「わたし、冷静よ」

「紅茶を飲むのもいいわね」

「ケトル壊れてるみたい」シヴライトは手のひらをケトルにくっつけた。

「いえ、だいじょうぶよ。沸く音が聞こえる」

　シヴライトは光を反射しているケトルの側面を見つめている。「ときどき、どれぐらい熱くなるまで触ってられるか、競争するの」

「誰と？」

「エディと」悲しげな笑みを浮かべる。「わたしがいつも勝つわ」

「エディって？」

「同居人」ホズを見た。「カップルじゃないのよ」

　玄関のドアのきしむ音がしたので、廊下のほうを見ると、コリン・ティベットが立っていた。

「彼、帰ったよ」ティベットが教えた。

「せいせいだわ」シヴライトがつぶやいた。

「何か言ってた？」ホズがティベットにたずねた。

「フードの女性なんて、自分も妻もぜったい見ていないと断言したよ。幽霊じゃないかと言ってた」

「いえね」ホズが抑揚のない声で言った。「なぜナンシーをこんなに困らせるのか、その理由を言ったの？」

　ティベットは肩をすくめた。「ナンシーが大きなショックを受けたあと、感情を押し殺しているんじゃないかと心配だったから来たんだそうだ。あとあと苦しむことになるから、だって。彼はそういう言い方をしたと思うよ」

シヴライトは片手をまだケトルに当てたまま、ふんと軽蔑した声を上げた。

「なんて紳士らしい」ホズが言った。「だけど、そんな愛情あふれる行為をナンシーが望んでいないってことは……？」

「もう近づかないと約束した」

「どうだかね」シヴライトが嘲った。

「そのケトル、もうすぐ沸騰するぞ」ティベットは彼女が手を当てているのに気づいて、言わずにはいられなかった。その親切はしかめ面とも微笑ともつかない表情で報われた。

「飲みたい人いる？」ナンシー・シヴライトが声をかけた。

20

《イーヴニング・ニューズ》紙の五面の見出しは〝資《ダス》本家《・カピタリスト》〟（カール・マルクスの『資本論』に引っかけて）というものだった。その下に、ミシュランの星付きのエジンバラのレストランで催されたディナー・パーティについての記事がある。ロシア人グループが店を貸し切りにしていた。出席者は十四名で、フォアグラ、ホタテ貝、ロブスター、子牛肉、サーロイン、チーズ、デザートと続く料理に、総計数千ポンドに及ぶシャンパン、バーガンディーの白、年代物のボルドーの赤ワインが添えられ、食後は冷戦前の古いポートワインが供された。締めて六千ポンド。出されたシャンパン〈ロデレール・クリスタル〉は、革命以前にロシア皇帝が愛飲した銘柄である、と記者がわざわざ注釈を入れている。出席者の名前はすべて伏せられていた。リーバスはカファティが招待客の中にもぐりこんだのではなかろうか、と思わずにはいられなかった。見開きの次ページには殺人件数が減少したと書いてあった――去年は十件、一昨年は十二件。

彼らはローズ・ストリートにあるパブで、隅の大きなテーブルを囲んでいた。店が混み始めてきた。チャンピオンズ・リーグ戦でセルティック対マンチェスター・ユナイテッドの試合開始が近いので、客の多くは大画面のテレビに見入っている。リーバスは新聞を畳み、向かい側に座っているグッドイアに投げ返した。フィリダ・ホズの話の最後を聞き逃したのに気づいたリーバスは、アンダースンの言葉を繰り返させた。

〝あとあと苦しむことになるから〟

「おれがあいつを苦しめてやる」リーバスがつぶやいた。「おれが警告しなかったとは言わせないぞ……」

「これまでのところ、謎の女を目撃した者は一人だけ」コリン・ティベットが言った。トッド・グッドイアがもうネクタイをはずしているのに気づき、自分もネクタイを引き抜いている。

「だからと言って、いなかったことにはならない」シボーンが釘を刺した。「無関係だったとしても、その女性が何か見ているかもしれない。トドロフの詩の一節に、証言しなくてもよいように目をそらす、という言葉があるわ」

「どういうことだ？」リーバスがたずねた。

「何か理由があって身を潜めているのかもしれない――関わり合いになりたくない人だっているわ」

「そうね、関わり合いになりたくない何らかの理由がある人も」ホズが同意した。

「ナンシー・シヴライトは何か隠している、というのが今でもわたしたちの意見？」シボーンがたずねた。

「彼女の友達はぜったいに嘘をついてる」ティベット

が言った。

「では彼女の話をもう一度検証してみなければ」

「テープから何かわかったんですか？」ホズがたずねた。シボーンは首を横に振り、グッドイアへ手を振った。

「死んだリオダンは他人の会話を盗み聞きするのが趣味だった、ってことだけ」グッドイアがしかたなく答えた。「そのためにはあえて尾行までした」

「じゃあ、ちょっと変わり者ってことね？」

「そうとも言えるわね」シボーンが認めた。

「神かけて言うがね」とリーバスが口を挟んだ。「きみたちはもっと大局的に物事を見ないといけない――トドロフが死亡する直前に訪れたところ……そこで彼はビッグ・ジェル・カファティと酒を飲み、すぐそばにはロシア人たちがいたじゃないか！」額をこすった。

「一つ、お願いしてもいいですか？」

リーバスはグッドイアを見つめた。「何だ、トッド？」

「みだりに神という言葉を口にしないでください」

「おれをからかってるのか？」

グッドイアはかぶりを振った。「お願いしているだけで……」

「どこの教会に属しているんだ、トッド？」ティベットがたずねた。

「ソクトンホールのセント・フォザッズ教会」

「その地区に住んでいるんだね？」

「そこで育ったんです」グッドイアが訂正した。

「おれも以前は教会に通っていた」ティベットが話し続けた。「十四歳になったとき、行くのをやめた。お袋が癌《がん》で死んだとき、意味を見いだせなくなってね」

「〝神とはつねに癒しの場所、わたしたちがそこを幾たび傷つけようとも〟（ライナー・マリア・リルケの『オルフォイスへのソネット』より）」グッドイアが暗唱して、微笑した。「詩の一節です、トドロフの詩ではないけど。すべて納得できる気がするんです――少なくともぼくには」

「いい加減にしろ」リーバスが言った。「詩に引用にスコットランド教会か。おれはパブへ説教を聞きにきてるんじゃない」

「あなただけじゃありませんよ、そう言うのは」グッドイアが言った。「スコットランド人は自分の頭のよさを隠す人が多いんです。わたしたちは頭のよい人を信用しませんからね」

ティベットがうなずいた。「おれたちは〝皆ジョック・タムソンの子供《ベアルンズ》〟だって、スコットランドの諺《ことわざ》にもあるじゃないですか――つまり皆同じ人間だってこと」

「そして人と違うのは認められない」グッドイアがうなずき返した。

「引退したら、何を失うかわかったでしょ？」シボーンがリーバスへ目を向けながら言った。「知的な会話よ」

「だったら、ちょうどよい潮時に出て行くよ」リーバスが立ち上がった。「きみたちインテリには申し訳ないが、おれはニコチン先生の教えを受けに行くんで……」

　ローズ・ストリートは賑わっていた。〝四人に一人は離婚〟と染め抜いたお揃いのTシャツを着た女だけのグループがパブからパブへとはしごしている。女たちは通りすがりにリーバスへ投げキッスをしたあと、向こうからやって来た青年たちに行く手を阻まれた。彼らは結婚式前夜の独身男の飲み会をやっているらしく、シェービング・クリームや卵や小麦粉を塗りたくられた花婿が交じっていた。仕事帰りに一杯引っかけた会社員がその脇を通り抜ける。家族連れの観光客もいて、何のことかと女たちと男たちの集団を見ている。サッカー試合を見ようと急ぐ男たちもいる。

　後ろのドアが開いてトッド・グッドイアが出てきた。

「きみも吸うとは思わなかった」リーバスが声をかけ

た。

「帰るんです」グッドイアは背広の上着の袖を通した。「テーブルに皆がもう一杯飲めるようにお金を置いてきました」

「誰かと約束があるんだね？」

「彼女と」

「なんて名前だ？」

グッドイアはためらったが、教えないでもすむ理由を何も考えつけなかった。「ソニアです。現場鑑識班で働いてます」

「先週の水曜日、現場にいたのか？」

グッドイアがうなずいた。「短いブロンド、二十代半ばで……」

「思い出せない」リーバスが白状した。グッドイアはそれを侮辱とみなしたい顔付きだったが、気を変えた。

「あなたは以前、教会に通っていたんでしょう？」いきなり言った。

「誰から聞いた？」

「どこかで聞いたんです」

「噂は信じないことだ」

「でも、ほんとだって気がするんですが」

「まあな」リーバスは認め、煙を吐き出した。「ずいぶん以前に、いくつかの教会へ行ってみた。何一つ答えは見つからなかった」

グッドイアがゆっくりとうなずいた。「コリンの意見が、おおかたの人々の体験を代表してるんじゃないですか？　愛している者が死ぬと、神を恨むという。あなたの場合もそうですか？」

「おれには何も起こらなかった」リーバスは感情を交えずに答えながら、女の一団が次のパブを探して歩き出すのを見ていた。男たちの集団も見送っていて、一人二人がついて行こうかと言い合っている。

「すみません」グッドイアが謝った。「穿鑿したようで……」

「いや、いいんだよ」

「職場を離れることは淋しいですか？」

リーバスは天を仰いだ。「またもや、質問だ」空に文句を言った。「おれは心安らかに一服吸いたいだけなのに、テレビの〈クエスチョン・タイム〉になっちまった」

グッドイアは申し訳なさそうな微笑を浮かべた。

「早く帰ったほうがよさそうですね」

「その前に……」

「はい？」

リーバスは煙草の先端を見つめた。「取調室でカファティが……あいつと会ったのはあれが初めてなのか？」グッドイアがうなずいた。「あいつはきみの兄さんを知っていた、それに祖父さんもだ」リーバスは道路の左右を見た。「祖父さんのパブはこの少し先だったな？　店名は忘れちまったが……」

「〈ブリーザーズ〉です」

リーバスがゆっくりとうなずいた。「祖父さんが公判に回されたとき、おれが証言したんだ」

「それは知りませんでした」

「三人で家宅捜索をしたんだが、証言したのはおれだった」

「カファティの場合も証言したんですか？」

「二回ともおれの証言で有罪となった」リーバスは歩道に唾を吐いた。「シボーンの話では、兄さんは喧嘩したそうだな。怪我をしなかったのか？」

「だいじょうぶだと思います」グッドイアは落ち着きをなくしていた。「では、もう失礼します」

「そうしろ。じゃあ、明日」

「お休みなさい」

「お休み」リーバスは歩み去るグッドイアを見送った。悪くないやつだ。まともな警官である。シボーンがあいつを一人前にできるかもしれない……リーバスはハリー・グッドイアをよく憶えていた。そのパブは悪名高かった。スピード、コカイン、大麻などが店内で取引され、ハリー自身もけちな犯罪を繰り返していた。当時、どうやって彼がパブのライセンスを取得したのだろう、と不思議に思ったものだった。きっと金が動き、市議会の誰かがハリーのために働いたのだろう。味方はつねに金で買えるからだ。以前、カファティも多数の市議会議員を勢力下に置いていた。それでいつも人より先んじ、どれほど金を遣ったにせよ、それ以上の見返りがあった。リーバスも買収しようとしたのだが、それは実現しなかった。リーバスがそれまでに教訓を学び取っていたからだ。

「グッドイアの祖父さんが刑務所で死んだのは、おれのせいじゃない……」

煙草を踏み消して中へ入りかけ、立ち止まった。中で何が待っているか？　酒をもう一杯とテーブルを囲んだ若者たち——シボーン、フィリダ、コリンたちが事件を論じ、意見を交換していることだろう。この連中に自分は何を足してやれるだろうか？　彼は煙草をもう一本引き抜いて火を点け、歩き出した。

左へ曲がってフレデリック・ストリートへ、さらに右へ折れてプリンシズ・ストリートへ出た。下からのイルミネーションを浴びたエジンバラ城が、夜空にくっきりとその姿を浮かび上がらせている。プリンシズ・ストリート・ガーデンズでは移動遊園地が設営中で、ザ・マウンドの麓《ふもと》には屋台や露店が集まってきている。さぞやクリスマス前の買い物客を吸い寄せることだろう。かすかに音楽が聞こえるように思った。たぶん戸外スケートリンク場がテスト中なのだ。店舗が立ち並ぶ街路を若者たちの群が、リーバスには目もくれず、すいすいと通り過ぎる。いつからおれは透明人間になったのだろう？　リーバスは自分に問いかけた。ショーウインドーを見ると、ちゃんと太った自分の体が映っている。それなのに、若者たちときたら、おれが目に入らないかのように、賑《にぎ》やかに行き交っている。

幽霊はこんなふうに感じるのだろうか？

　信号で道路を渡り、カレドニアン・ホテルのバーのドアを押し開けた。バーは混んでいた。ジャズが流れ、フレディはシェーカーを振っている。ウエイトレスは笑い声の上がるテーブルへ運ぶために、盆を手に注文の飲み物が揃うのを待っている。客の誰もが裕福そうで自信に満ちていた。隣の友人と話しながらも耳に携帯電話を当てている客もいる。リーバスは自分のスツールに誰かが座っているのを見て、何となく腹立たしかった。というより、空いているスツールは一つもない。バーテンがグラスにカクテルを注ぎ終わるまで待った。ウエイトレスが片手で盆を巧みに捧げ持ちながら歩み去ると、フレディがリーバスを見た。眉根を寄せたその顔は、状況が変わったことを示している。バーはもはや暇ではなく、フレディは相手をしたくないのだ。

「いつものを」とりあえずリーバスはそう言い、付け加えた。「昼も夜もぶっ続けで働いてるってのは、ほんとうだったんだな……」

　ウイスキーが目の前に置かれると、今回は勘定書がついてきた。リーバスはそれで構わないという印に笑みを浮かべた。グラスに水を数滴垂らし、グラスを揺らして混ぜ、その匂いを嗅ぎながら室内を見回した。

「帰りましたよ、気にしておられるんですか」フレディが言った。

「誰が？」

「ロシア人グループ。今日の午後、チェックアウトしたようで。飛行機でモスクワへ戻ったんです」

　リーバスは落胆した表情を隠そうとした。「いやね、例の政治家の名前がわかったんだろうか、と思ってね」

　バーテンがゆっくりとうなずいた。「明日電話するつもりだったんです」ウエイトレスがまた注文を伝えたので、フレディはグラスの準備を始めた。たっぷり注いだ赤ワインを二杯とハウス・シャンパン一杯。リーバスは隣の会話に聞き耳を立てた。アイルランド訛りのビジネスマンが二人、音を消したテレビのサッカー試合に見入っている。何かの不動産取引が不調に終わったらしく、その失望を紛らわせている。

「あいつらに長患《ながわずら》いの死が待っていますように」という言葉を二人は乾杯の音頭にしていた。リーバスがバーを気に入っている理由の一つは、他人の人生を盗み聞く機会があるからだ。それは盗聴行為であって、チャールズ・リオダンと大差ないのではないか？

「あいつらをぎゃふんと言わせる機会さえあれば……」アイルランド人の一人が言っている。フレディは氷入りのバケツにシャンパンの瓶を戻し、リーバスのそばへ戻ってきた。

「経済発展担当大臣でした」フレディが言った。「大臣はスコットランド議会のホームページの最初に載っていたんです。じゃなかったら、もっと時間がかかったかも……」

「なんて名前だ？」

「ジェイムズ・ベイクウェル」

リーバスはなぜ自分がその名前を知っていたんだろうかと思った。

「数週間前、テレビに出てるのを見ましたよ」フレディが言った。「〈クエスチョン・タイム〉だな？」リーバスが推測し、フレディがうなずいた。そう、リーバスもその番組の録画でベイクウェルを見たのだ。ミーガン・マクファーレンとくどくどと論じ合い、アレクサンドル・トドロフが二人の間に座っていた。彼はジムと呼ばれていたっけ……「そのベイクウェルがセルゲイ・アンドロポフとここに来たんだね、詩人が来た夜に？」フレディがさかんにうなずいている。

そしてモリス・ジェラルド・カファティが来た夜でもある。リーバスはカウンターに両手を置いて体を預けた。頭がくらくらしている。フレディはほかの客の注文を取りに行った。リーバスは〈クエスチョン・タイム〉のテープを思い起こした。ジム・ベイクウェルは粗暴さを隠しきっていない新労働党《ニュー・レイバー》の議員だった。イメージ・コンサルタントを雇わなかったのか、それが彼のイメージだったのか。四十代後半、くしゃくしゃの焦げ茶色の髪、金属縁の眼鏡。角張った顎、青い瞳、自嘲的な物言い。国会のぬくぬくとした議席をきっぱりと辞して、スコットランド議会の議員に立候補したため、スコットランドでは尊敬を集めている。それは珍獣のようなものだ。今でも才能ある政治家の多くがロンドンに吸い寄せられているというのに。フレディがお付きの人々の存在を口にしなかったのも、リーバスは興味深く感じた。ベイクウェルが公式にロシア人富豪と会っていたのだったら、必ず秘書官や顧問が後ろに控えているはずだ。経済発展担当大臣が、外国人実業家と深夜に酒を飲み……ビッグ・ジェル・カファティがそこへ押しかけ……さまざまな疑問がリーバスの脳を打ち叩く。まるで頭全体が脈打っているかのようだ。グラスを空け、カウンターに金を置いて、もう帰ることにした。携帯電話がメールの受信を告げる。シボーンがどこへ行ってしまったのかとたずねている。

「今頃いないことに気づいたのか」リーバスはつぶやいた。アイルランド人二人連れの横を通ると、その一人が相手にぐっと頭を近づけていた。

「あいつがクリスマスの朝に死んだらな、それをツリーのお飾りにしてやるぞ……」内緒話を大声でしている。

　ホテルを出るには出口が二つある。バーのドアからか、ホテルの正面玄関からか。リーバスは何となく後者を選んだ。ロビーを歩いていると、回転ドアから男が二人入ってきた。先頭の男に見覚えがある。アンドロポフの車を運転していた運転手。

　もう一人はほかならぬアンドロポフだった。彼はリーバスを見て、どこで見た顔だろうか、と考えている目つきになった。距離が狭まるとリーバスは軽く会釈をした。

「皆さん、帰られたんだと思ってましたよ」馴れ馴れしい口調で話しかける。

「わたしはもう二、三日滞在する」その英語に訛りはなかった。アンドロポフは今もリーバスを特定しようとしていた。

「カファティの友達なんですよ」リーバスは説明するかのように言った。

「ああ、そうか」運転手はリーバスのもう片側で両手を組み、足を開いて立っている。運転手と用心棒の兼任。

「もう二、三日ですか。仕事、それとも遊びで？」

「仕事はわたしにとってすばらしい遊びなんでね」それは何十回も口にしたせりふのように聞こえ、そのたびに相手の笑いか笑みを期待しているらしかった。リーバスはできるかぎり期待に応えてやった。

「今日、ミスター・カファティにお会いになりましたか？」少し間を置いてリーバスがたずねた。

「申し訳ないが、お名前を忘れてしまって……」

「ジョンです」

「カファティとはどういうご関係で……？」

「あなたについても同じ疑問を感じていたんですよ、ミスター・アンドロポフ」リーバスは自分の正体が見破られたと感じた。「有力者やお偉方と親しく酒を酌《く》み交わしたり、各方面の政治家からこびへつらわれているかぎりは、問題ありませんが……カファティのような年季の入った犯罪者と親しくなると、アラームベルが鳴り始めるんでね」

「あんたは市議会にいた男だな」アンドロポフが手袋をはめた指を一本立てて振った。「このホテルの外にもいた」

「おれは警官です、ミスター・アンドロポフ」リーバスは警察手帳を掲げ、アンドロポフがそれを念入りに見た。

「わたしが何か悪いことをしたかな、警部？」

「一週間前、あなたはジム・ベイクウェル、モリス・ジェラルド・カファティと親しく話し合っていた」

「それが何か？」

「そのときバーにはもう一人いた――トドロフという詩人が。その彼がここを出て二十分と歩かないうちに、殺されたんです」

アンドロポフがうなずいた。「悲しむべきことだ。世の中は今、詩人を必要としているというのに、警部。詩人とは、彼ら自身の言葉によると〝非公認の立法者〟（十九世紀の詩人P・B・シェリーの『詩の擁護』より）なんです」

「そっち方面はけっこう競争が多いんじゃないですかね」

アンドロポフはその冗談を無視することにした。

「何人かから教えてもらったんだがね、警察はアレクサンドルの死をたんなる路上強盗として扱わないとか。では、教えてもらえますか、警部、あなたの意見では何があったとおっしゃる？」

「それは警察署で話すのがいちばんなんでね。事情聴取に来ていただけますか、ミスター・アンドロポフ？」

「そんなことをしたって、何も得るところはない、警部」

「それは断ってるんですね」

「わたしの推理を言おう」アンドロポフが一歩近づくと、運転手もそれにならった。「犯罪の蔭に女あり《シェルシェ・ラ・ファム》」

「どういう意味です？」

「フランス語はおわかりにならない？」

「意味ぐらいわかります。何を言おうとしているのかが、よくわからない」

「モスクワでアレクサンドル・トドロフは悪名が高かったんです。不適切な行為を告発されたために教職を去らざるをえなかった。複数の女子学生との不純交際ですよ、それも若ければ若いほうがいいとか。ではわたしはこれで……」アンドロポフはバーへ向かおうとした。

「ギャングの友人とまた仲良くするんですかね？」アンドロポフはそんなリーバスの言葉を無視して立ち去った。しかし運転手は最後にリーバスへ悪意に満ちた一瞥をくれた。その目つきはこう告げていた、今度おまえと暗い横町で出くわしたときには……

　睨み返したリーバスの目には、これまた脅しに満ちたメッセージがこめられていた。おまえはおれのリストに載ってるぞ、おまえもおまえのボスもだ。

　冷たい夜気へ出たリーバスは、歩いて帰宅することにした。心臓が激しく鼓動し、口がからからになり、血液が体を駆けめぐっている。数百メートルほど歩いてみたものの、目に入った最初のタクシーへ手を上げた。

第六日
二〇〇六年十一月二十二日　水曜日

21

音響技師はテリー・グリムという名前で、受付の秘書はヘイゼル・ハーミスンという女性だった。彼らはショック状態にあったが、それも当然だった。

「どうしたらいいんだか」グリムが言った。「そのう……月末には給料がもらえるんでしょうか？　予定している仕事はどうしたらいいんでしょうね？」シボーン・クラークがおもおもしくうなずいた。ミキシング・コンソールの前に座っているグリムは、神経質そうに回転椅子を小刻みに動かしていた。ハーミスンは自分の机の横に立ち、腕組みをしている。「きっとミスター・リオダンはなんらかの方策を講じていますよ……」しかしシボーンは自分の言葉に自信がなかった。トッド・グッドイアは並べられた装置や機械と、その前面を飾る無数のノブ、ダイヤル、スイッチ、操作レバーを食い入るように見ている。昨夜パブでホズは、今日シボーンと同行するのは自分とティベットのどちらだろう、と仄めかしたのだった。グッドイアをチームに入れたのは、そんな選択をしたくないからかもしれない、とシボーンはまたしても思った。

「あなたたちのどちらかが、会社の小切手に署名できるんですか？」シボーンがたずねた。

「チャーリーはわたしたちをそれほど信用していなかったわ」ヘイゼル・ハーミスンが甲高い声で訴えた。

「会社の会計士に話をしてみるべきですね」

「でも休暇中なのよ」

「では会計士事務所のほかの誰かは？」

「一人でやってるところなんです」グリムが言った。

「きっとうまく解決しますよ」シボーンがきっぱりと言い切った。二人の愚痴をじゅうぶん聞いてやったのだ。「ここへわたしたちが来たのは、ミスター・リオダンの録音テープの一部を焼けた家から取りだしたからなんです。残念ながら、大部分は煙の被害をこうむって再生できない。で、もしかしたらコピーを取っていたのではないかと思って」

「倉庫に少しあるかもしれない」グリムが認めた。「バックアップをきちんとやっていないって、社長にいつも注意していたんですが……」シボーンと視線を交えた。「ハード・ディスクは救えなかったんですね？」

「ほとんどは駄目でした。それで、少し持ってきたんですよ、わたしたちよりもあなたがたのほうがうまく再生できるんじゃないかと思って」

グリムが肩をすくめた。「見てみましょう」シボーンは車のキーをグッドイアに渡した。

「袋を持ってきて」電話が鳴り始めた。ハーミスンが受話器を取った。

「CRスタジオです。ご用件は何でしょうか？」ハーミスンが聞いていた。「いえ、申し訳ありませんが。今のところ、新しい仕事はお受けできません。予期しないことが起こったものですから」

シボーンはグリムの視線をまだ捕らえていた。「あなた一人でやれるわ」落ち着いた声でグリムに言った。「あなたたち二人で、ってこと……」と言いながらハーミスンを見る。グリムはうなずいて立ち上がり、机に近づいて受話器を貸せと手真似で命じた。「ちょっとお待ちください」ハーミスンが受話器に言った。「グリムに代わりますので」

「どんなご依頼でしょうか？」テリー・グリムが受話器に呼びかけた。ハーミスンはシボーンのそばへ戻ってきた。再び腕を組んでおり、次なる打撃に備えるかのように身構えている。

「ここへ初めて来たとき、ミスター・リオダンは何でもかんでも録音するってテリーがそれとなく言ってたけれど」シボーンが話しかけた。

　ハースミンがうなずいた。「あるとき、三人で食事に行ったんです。すると注文してないものが運ばれてきて。チャーリーが小さな録音機をポケットから取りだして、従業員に再生して聞かせ、店側が間違ってることを証明したんですよ」ハーミスンは思い出し笑いをしていた。

「わたしもそんなふうにできたらって、思ったことが何度かあるわ」シボーンが言った。

「わたしも。十一時に来るって約束した水道屋や……小切手を郵送したと電話で言った相手や……」

　シボーンも笑みを浮かべた。しかしハーミスンの表情がまた暗くなった。

「テリーを気の毒に思ってるわ。チャーリーに負けないぐらい一所懸命に働いたのに。ほんとのところ、もっと長時間働いてたわ」

「現在、どんな仕事をかかえているの？」

「ラジオのコマーシャル……オーディオ・ブックが二冊ほど……それに議会のプロジェクトの編集」

「どんなプロジェクト？」

「毎年、政治フェスティバルが催されるのをご存じでしょう？」

「いえ、知らないわ」

「やらなきゃならないんですよ——何に関してもフェスティバルがあるんだから。来年に備えて、あるアーティストを総監督に任命したんです。で、そのアーティストがビデオなどを企画していて、何だか知りませんけど、そのプランに音のコラージュを付けたいんだそうです」

「だから、あなたたちは議会で録音を取っていたのね」

「何百時間も」ハーミスンは山のような装置を顎で示

した。そのときグリムが指を鳴らしてハーミスンに合図した。

「助手に代わりますんで」グリムが受話器の相手に言っている。「彼女が日取りを決めます」

ハーミスンが机に置いた予約帳のほうへ急いで向かった。シボーンは彼女が助手と言う言葉に反応して、いそいそと駆け寄ったのだろうと思った。今はもうただの秘書や受付ではない……

グリムはシボーンへ近づきながら、感謝の会釈をした。「助言をありがとうございます」

「ヘイゼルから政治フェスティバルについて聞いていたところなんだけど」

グリムは天を仰いだ。「たいへんなんですよ。アーティストは自分が何を欲しているんだか全然わかっていない。ジュネーブとニューヨークとマドリッドを飛び回っていて……ときおりファックスかメールをもらうだけなんです。討論のサウンドを取ってくれ、ただし必ず白熱した議論でなければならないとか……ある委員会についてはすべての会議の一部始終を取れとか……ガイド付きツアーをいくつかも……来訪者のインタビューも……恐ろしく漠然とした要求を出しておきながら、こっちがその要求に応えていないと言うんです。幸い、彼のメールはすべて残してありますが」

「それにチャーリーは、自分が関わるすべての会議や電話も録音してたんでしょうね？」

「どうしてわかったんです？」

「ヘイゼルが教えてくれたわ」

「ええ、アーティストは大笑いしましたよ。ひそかに自分の言葉が録音されてるのを知ったら、激怒する人も多いのに……」

「想像がつくわ」シボーンが無邪気そうに言った。

「でもアーティストはおもしろがったんです」

「とはいえ、大プロジェクトのようね」

「ほとんど仕上がりました。二時間のコラージュにまとめあげ、アーティストも今の段階では気に入ってくれています。議事堂内で、ビデオ映像に添えて使う予定なんです」グリムは肩をすくめ、それが彼のいわゆるアーティストなる人種への評価を示しているようだった。

「アーティストの名前は？」

「ロディ・デナム」

「スコットランドに住んでいないのね？」

「ニュータウンにフラットを持ってるんですが、そこにはいないみたいです」

インターフォンが鳴り、グッドイアが録音テープやデジタル・レコーダーを持って戻ってきた。

「録音から何を知ろうと言うんです？」グッドイアがポリ袋を床に置いているのを見ながら、グリムがたずねた。

「はっきり言って、わたしにもわからない」シボーンが認めた。顧客との段取りを決めたヘイゼル・ハーミスンが袋を魅入られたように暗い顔で見つめている。またしても腕を組んだが、それぐらいではまったく防御になっていなかった。

「客と会うのは今日にしたのか、それとも明日？」グリムが注意を逸らそうとしてたずねた。

「明日の午後」

「議会でやってた録音なんですが……」シボーンがグリムに質問した。「委員会の一つをずっと録音していたとさっき言いましたね――どの委員会か教えてもらえますか？」

「都市再開発。議論が沸騰して劇的な展開があるような委員会じゃありませんよ」

「見当がつくわ」シボーンはそう答えたが、興味を覚えた。「じゃあ、実際に録音を担当したのは、ミスター・リオダンというよりあなたなんですね？」

「二人でやりました」

「その委員会はミーガン・マクファーレンが委員長だ

ったわね？」

「どうして知ってるんです？」

「わたしは政治に興味があるんですよ。聴いてみたいんだけど？」

「都市再開発委員会のテープ？」グリムはためらっているようだった。「政治に興味があるぐらいじゃあ、すまないですよ……」

シボーンは餌に食いついた。「どういうこと？」

「あなたはマゾです」グリムが言い渡して、ミキシング・コンソールに向き直った。

「ジル・モーガン？」リーバスはインターフォンに問いかけた。グレイト・スチュアート・ストリートにあるドアの前に立っている。行き交う車ががたがたと敷石を通ってクイーン・ストリートやジョージ・ストリートへ向かっている。朝の混み合う時間がまだ終わっていないので、身を屈め、応答を聞き逃さないようにインターフォンに耳をつけて待った。

「何ですか？」眠そうな声が聞こえた。

「起こしたとしたら申し訳ない」リーバスは誠意のない謝罪の言葉を口にした。「警察官なんだが、ミス・シヴライトに関し、少し質問したいことができたもんで」

「冗談でしょ」眠そうで腹立たしげな声。

「そう言わずに、オチを聞いてくれ」

しかしモーガンは聞き逃したようだった。敷石を通るトラックの振動音が邪魔をした。同じ言葉を繰り返さず、リーバスは中へ入りたいと単刀直入に言った。

「服を着なくちゃ」

もう一度頼むと、ブザーが鳴った。ドアを開け、共同玄関へ入り、三階まで階段を上がった。モーガンはドアを半開きにしていてくれたが、リーバスはとりあえずノックした。

「居間で待ってて！」モーガンが寝室らしき方向から

叫んだ。リーバスは居間を覗いた。広い廊下の突き当たりにある。その廊下はダイニング・ホールウエイと呼ばれることが多く、そこにテーブルを置き、客に夕食を供することで、客がほんとうの居間に立ち入らないようにするのだ。いかにもエジンバラふうの流儀である。歓迎するけれども、それには限度があるということ。居間は壁が真っ白で、同じく真っ白な家具とよく調和している。まるで氷室に入ったかのようだった。新しく張り直された床板をしばらく見つめ、雪で視力が利かなくなるのと同じ状態になるのを防いだ。天井が高くて大きな窓が二つある、広い部屋だった。きちんと片づいているので、ジル・モーガンがルームメイトと住んでいるとは思われない。暖炉の上の壁にフラット・スクリーンのテレビが掛けられているだけで、ほかに装飾品は一切ない。新聞の日曜版に紹介されているような部屋だ。撮影用で、住まうためではない部屋。

「待たせてごめんなさいね」部屋へ入ってきた若い女が言った。「あなたを入れたあとで、誰だかわからないことに気づいたの。先日来た警官は身分証を持っていたわ——あなたのも見せてもらえる？」

　リーバスは警察手帳を取りだし、彼女がそれを見ている間に、自分も彼女を観察した。モーガンは小さな女だった——まるで妖精のように小柄だ。百五十センチもないようで、しゃくれた小さな顔に東洋風の目がついていた。茶色の髪をポニーテールに結わえ、腕は棒のように細い。ホズとティベットは彼女がモデルだとか言っていた……リーバスは信じられなかった。モデルは背が高いはずでは？　身分証に納得したモーガンは、白い革張りのアームチェアに体を沈め、横座りになった。

「で、ご用件は、警部？」膝においた両手を握りしめてたずねる。

「同僚から聞いたんだが、モデルをやっておられるとか——仕事は順調なようだね？」広い居間を感心したように見回した。

「わたし、実は、女優へ転向しようとしているの」

「ほう？」リーバスは興味深そうな声を出した。たいていの人ならリーバスの最初の質問に、そんなことあんたに関係ないだろう、という反応を示すところだが、ジル・モーガンはそうではなかった。彼女の中では、自分自身について話すのはごく自然なことなのだ。

「レッスンを受けてるわ」

「おれはあんたが出演した作品を何か見てるかな？」

「きっとまだ見てないわ」得意そうに答える。「でもスクリーンで演じることが決まりかけていて」

「スクリーン？　それはすごいな……」リーバスは向かい側の椅子に腰を下ろした。

「テレビドラマの端役よ……」モーガンはたいしたことないと言わんばかりだったが、それはたんなる謙遜だと取られることを明らかに期待していた。

「いやいや、すばらしいことだ」リーバスは調子を合わせた。「それは警察が疑問に思っていたことを解明する手がかりとなるな」

　モーガンはけげんな顔になった。「え？」

「同僚があんたから話を聞いたときのことなんだがね、あんたがごまかそうとしてるのは明らかだった。今、女優だと言ったんで、嘘をついて逃げ切れると思ったわけがわかったよ」まるで内緒事を打ち明けるかのように身を乗り出した。「でもな、ミス・モーガン、今は殺人事件を二つ捜査しているんでね。ごまかされてそのまま見過ごすわけにはいかない。だからあんたが厄介なことになる前に、嘘だと認めたほうがいいね」

　モーガンの唇と頬がたちまち青ざめた。まぶたが痙攣し、一瞬リーバスは彼女が失神するのでは、と思った。

「何のことだかわからないわ」

「まだレッスン不足のようだな。せりふを言う前に、あんたはもう少し勉強しなければならないね。顔から血の気が引き、声が震え、ヘッドライトを向けられたかのようにまばたきしているじゃないか」リーバスは身を起こして椅子の背にもたれた。ここへ来て五分間しか経っていないけれど、彼女のこれまでの様子を見るだけで、その全人生が読み取れるように思った。裕福な家庭に生まれ、両親から金と愛情を注がれて育ち、自分への自信という技を磨き、甘えた声でごまかしきれないような困難には一度も直面したことがない。

　これまでは。

「ゆっくりと話をしよう」リーバスが口調を和らげた。「順序を追って。ナンシーとはどうやって知り合った？」

「パーティでだったと思うけど」

「思う？」

「友達とパブを何軒か回ってて……最後にパーティへ行ったのよ。ナンシーがパーティの会場にすでに来ていたのか、それともいつのまにかわたしたちにくっついてパブ巡りをしていたのか、よく憶えていないもんだから」

　リーバスはうなずいて理解を示した。「それはいつのことだ？」

「三、四カ月前。エジンバラ・フェスティバルの頃だったわ」

「あんたたちは育ちがずいぶん違うと思うんだが」

「そのとおりよ」

「ではどんな共通点があったんだ？」モーガンはすぐに答えが見つからないようだった。「何かがあって仲がよくなったんだろう？」

「ナンシーといると楽しいの」

「またしても嘘をついてるような気がするのはなぜなんだろう？　声が震えてるからかな、まぶたをぱちぱちさせるからかな？」

　モーガンがすくと立ち上がった。「あなたに何も答える必要なんかないわ！　わたしの母が誰だか知ってるの？」

「いつそれを言うかと思っていた」リーバスが満足そうな笑みを浮かべた。「じゃあ、言ってくれ、おれを驚かせてみろよ」頭の後ろで両手を組んだ。

「母はサー・マイケル・アディスンの妻なのよ」

「ということは、彼はあんたのほんとうの父親じゃないんだね？」

「わたしの父はわたしが十二歳のときに亡くなったわ」

「あんたは父親の姓のままなんだな？」モーガンの頬に血の気が戻ってきた。また座ることにしたが今度は足を床につけていた。リーバスは組んでいた手をほどいて椅子のアームに置いた。「では、サー・マイケル・アディスンって、何者なんだ？」

「ファースト・オルバナック銀行の最高経営責任者《CEO》」

「知り合いになると便利なタイプだな」

「アルコール依存症だったわたしの母を救ってくれたのよ」モーガンがきっぱりと言い、リーバスをまっすぐ見つめた。「わたしたち二人をとても愛してくれてるわ」

「そりゃけっこうだが、キングズ・スティブルズ・ロードで気の毒に命を落とした男には、そんなことは関係なかった。あんたの友達ナンシーが死体を見つけ、どこから帰る途中だったかについて警察に嘘をついた。彼女はあんたの名前とあんたの住所を告げた。ということはあんたが大親友で、事実を言うぐらいなら彼女のために刑務所へ入るのもいとわない仲だって考えていたからだ……」

リーバスは自分の声がいつのまにか大きくなっていることに気づかなかったが、話し終えたとき、一瞬壁から反響音が聞こえた。

「あんたの義理のお父さんがそんなことを望むと思うか、ジル？」やさしい声になって続けた。「母親がそんなことを望むだろうか？」

　ジル・モーガンはうなだれて自分の手の甲を見つめていた。「いいえ」と小声で答える。

「そうだろう」リーバスが相づちを打つ。「では、ナンシーがどこに住んでいるかと今、たずねたら、答えてもらえるか？」

　ジルの膝に涙が一粒落ちた。親指と人差し指で両目を押さえて涙をこらえた。「カウゲートのどこか」

「その言い方からすると、あんたはナンシーをそれほどよく知らないように思えるんだがね。では、あんたたちがいわゆる親友じゃないとしたら、なぜ彼女をかばう？」

　モーガンが何かつぶやいたがリーバスには聞こえなかった。もう一度繰り返してくれと言った。モーガンはリーバスを睨み、今回は間違いなく聞き取れた。

「ナンシーはわたしのドラッグを買ってくれてたの」

　その言葉をしみこませるために間を置く。「わたしたちのドラッグ、って言ったほうがいいかな——半分は彼女用で半分はわたしの。でも大麻をほんのちょっぴりよ、大騒ぎするほどのものではないわ」

「そのため親しくなったのか？」

「それも理由の一つかも」モーガンは嘘をついてもしかたがないと思った。「いえ、それが大きな理由ね」

「パーティで出会ったとき、彼女は麻薬を持っていたんだね？」

「ええ」

「それをくれたのか、それとも売ったのか」

「そんな、国際的な麻薬組織が絡んでるわけでもあるまいし……」

「コカインも売ったんだね？」リーバスが察した。モーガンは自分がしゃべりすぎたことに気づいた。「あんたはナンシーのために嘘をつかねばならなかった。そうしないと、彼女があんたを売るからだな？」

「それがあなたの言う、オチなの？」

「聞こえたとは思わなかったな」

「聞こえたわよ」

「ではあの夜、ナンシー・シヴライトはここに来なかったんだね？」

「夜の十二時にここへわたしの分を持ってくるはずだったの。そのときは面倒に思ったわ、急いでここへ帰ってこなくちゃならないから」

「どこから？」

「わたし、演劇の先生の手伝いをしているの。先生は副業に夜のウォーキング・ツアーをやってるから」

「ということは、幽霊ツアーだね？」

「くだらないのは承知だけど、観光客には人気があるし、おまけにちょっと楽しいし」

「じゃあ、あんたも幽霊に扮するんだね？　暗がりから飛び出して、わっと大声を上げて脅かすんだ」

「いくつか役があるのよ」リーバスの気安い口調に傷ついたようだった。「それに舞台装置を整える間に、次の場所へ衣装を着替えながら大急ぎで走らなきゃならないんだから」

　リーバスは駐車場のゲイリー・ウォルシュが幽霊ツアーについて何か言っていたのを思い出した。「どこでやるんだ？」

「セント・ジャイルズ教会からキャノンゲートまで。毎夜同じルートよ」

「キングズ・ステイブルズ・ロードでやるツアーを知らないかな？」

「知らない」

　リーバスは考えながらうなずいた。「で、あんたは何に扮するんだ？」

　モーガンが当惑した笑い声を上げた。「どうしてそんなに興味があるの？」

「教えてくれ」

　モーガンが口をすぼめた。「そうね」ようやく答える。「わたしはペストが流行したときの医者になる……鷹のくちばしみたいなマスクを着けて。それはね、患者の臭いを嗅がないようにマスクにポプリを詰めていたから」

「なるほど」

「幽霊にもなるわ……怪僧《マッド・モンク》もやる」

「怪僧？ 女性がやるのはたいへんなんじゃないか？」

「わたしは唸ったり、呻《うめ》いたりするだけ」

「それでも男じゃないってばれるだろ」

「フードで顔が隠れるから」そう言って笑顔になった。

「フード？」リーバスがおうむ返しに言った。「ぜひそれを見てみたい」

「コスチュームは劇団のところにあるの。そうすれば誰かが病気で休んだとき、代役を立てられるでしょ」

リーバスは納得したかのようにうなずいた。「ナンシーはあんたが演じてるところを見に来たことがあるのかな？」

「二週間ほど前に来たわ」

「楽しんでたか？」

「そうみたいだった」不安そうに小さく笑う。「わたし何か罠に足を踏み入れてるの？ こんなことが事件とどう関係するんだか、さっぱりわからない」

「関係ないだろうな」リーバスが安心させた。

　モーガンが考える目つきになった。「これからナンシーと会うんでしょう？ わたしがしゃべったのがばれちゃうわ」

「ほかの売人を探さなきゃならないね。でも心配要らない——ほかにもたくさんいるだろうから」リーバスは立ち上がった。モーガンも立ち上がった。つま先立ちしているが、それでも彼の顎の高さまでもない。

「あのう……」彼女は言いよどんだが、やっぱりたずねることにした。「このことを母親に知られるって場合があるかしら？」

「状況次第だね」リーバスは考え込んだ振りをしてか

ら答えた。「殺人犯人を捕まえると……裁判が開かれ……判決の時間が刻々と迫ってくる。そこで弁護側は陪審員の頭に疑念を植え付けようとして、信用の置けない証人を喚問する。弁護人はナンシーの最初の証言が嘘八百であることを示し、そこからすべてが怪しく思えてくる……」モーガンを見下ろした。「それは最悪の場合だよ。そんなことは起こらないかもしれない」

「ということは、起こる可能性もあるんでしょ」

「最初からほんとうのことを言うべきだったんだ、ジル。女優は偽りの世界に生きているんだろうが、現実の世界ではそれを偽証って呼ぶんだよ」

22

「そんな話、いきなりはとても信じられないわ」シボーン・クラークが言った。犯罪捜査部室にチームが集まっている。シボーンは殺人事件のボードの前を行ったり来たりしていた。アレクサンドル・トドロフの生前と死後の写真、検死解剖報告書のコピー、名前や電話番号の類が貼ってあるボードだ。リーバスはハムサラダのサンドイッチを平らげながら、使い捨てカップに入った紅茶を喉に流し込んでいる。ホズとティベットは机に座り、自分たちの耳にしか聞こえない音楽に合わせているかのように、ゆっくりと体を揺らしていた。トッド・グッドイアは五百ミリリットル入りカートンに入ったミルクを少しずつ飲んでいる。

「もう一回繰り返して言おうか?」リーバスが申し出た。「ジル・モーガンの継父はファースト・オルバナック銀行のCEOで、彼女はナンシー・シヴライトから麻薬を買っており、フード付きマントが簡単に手に入る」たいした話ではないかのように肩をすくめた。「ああ、それからシヴライトもマントのことを知っていた」

「シヴライトを呼びつけなければ」シボーンが決断した。「フィリダ、コリン、連行して」

二人は同時にうなずき、椅子から立ち上がった。

「不在だったらどうします?」ティベットがたずねた。

「見つけるのよ」シボーンが命じた。

「わかりました、ボス」ティベットが上着の袖に手を通した。シボーンは彼を睨みつけたが、リーバスはティベットがからかっているのではないことを知っていた。ボスだからボスと呼んだにすぎない。シボーンも気づいたらしく、リーバスにちらっと目を向けた。リーバスはサンドイッチの包み紙を丸めてゴミ箱へ投げたが、一メートルも的をはずした。

「彼女、売人みたいに見えないわ」シボーンがつぶやいた。

「売人じゃないかもな。何でも半分こしてくれる友達なんだろうよ」

「でも代金を請求したら、売人ってことでしょう?」グッドイアが反論した。ゴミ箱へ歩み寄り、リーバスの包み紙を拾い上げて、ちゃんとゴミ箱へ入れた。リーバスはグッドイアが自分のやった動作に気づいてもいないのではなかろうかと感じた。

「ではあの夜、彼女がジル・モーガンのフラットに行かなかったんだとしたら、どこにいたの?」シボーンがたずねた。

「鍋にいろいろ食材をぶちこんでいる間に、もう一つ新事実をやろう。ホテルのバーテンが言うには、トドロフの殺された夜、アンドロポフとカファティがもう一人の男と会っているのを見たんだそうだ。その男というのが、ジム・ベイクウェルというスコットランド議会の労働党の大臣だ」

「彼は〈クエスチョン・タイム〉に出ていたわ」シボーンが言った。リーバスがおもおもしくうなずいた。自分がカレドニアン・ホテルでアンドロポフとやり合った話は伏せておくことにした。

「彼は詩人と話をしたのかしら？」シボーンがたずねた。

「そうは思えない。カファティはカウンターでトドロフに一杯奢り、詩人がそこを立ち去ると、アンドロポフとベイクウェルのテーブルに座った。おれはそのテーブルに座ってみたんだが、そこは死角になっていてアンドロポフにはトドロフが見えなかったと思う」

「たまたま、居合わせた？」グッドイアが自分の考えを口にした。

「犯罪捜査においては、そういう考え方はあまりしないもんだ」リーバスが教えた。

「だったら、何もないところに関連性を見つけかねないってことになりませんか？」

「すべては関連しているんだ、トッド。六次の隔たり、と呼ばれてるとおりだよ。聖書を叩きまくって説教するやつらだってそれには同意するんじゃないか」

「ぼくは聖書を叩いたことなんてありません」

「やってみるといいぞ——怒りを発散させるのにちょうどいい」

「あなたたち、口喧嘩は済んだの」シボーンがたしなめた。「じゃあ、ベイクウェルなる大臣に会ったほうがいいと思う？」リーバスにたずねる。

「この分では、議会の全議員と会うことになりそうです」グッドイアが言い切った。

「どういう意味だ？」リーバスがたずねた。

　そこで今度は二人が今朝のことを語った。ロディ・デナムのプロジェクトや都市再開発委員会の録音について。グッドイアは強調するかのように、DATテープの箱を持ち上げて見せた。

「プレーヤーがあればいいのに」グッドイアが言った。

「ハウデンホール科捜研からもうじき届くわ」シボーンが教えた。

「何十時間も聞き続けるなんて、さぞや楽しいことだろう」グッドイアがつぶやきながら、小さなカセットを目の前の机に一列に置いていった。ドミノ倒しのように、横に立てて並べている。

「犯罪捜査部の魅力が消えかけてるようだな」リーバスがシボーンに言った。

「そうかもね」シボーンが相づちを打ち、机を軽く押したので、カセットが崩れた。

「ミーガン・マクファーレンにもう一度会ったほうがいいな？」それがリーバスの次の質問だった。

「何のために？」

「おそらくリオダンと知り合いだったから。彼女が被害者二人とつながりがあるなんて、妙だな……」

シボーンは納得しない顔のまま、うなずいていた。

「この事件は地雷原みたい」しばらくして呻くように言い、殺人事件のボードに向き直った。チャールズ・リオダンの写真が加わったことにリーバスは初めて気づいた。

「殺人犯は一人？」リーバスがたずねてみた。

「占い板にたずねてみるわ」シボーンがぴしゃりと言い返した。

「子供たちの前でそんなこと言うな」リーバスがからかった。グッドイアは床に落ちていたビスケットの包み紙を見つけ、ゴミ箱に始末した。

「ここには清掃業者が入ってるんだから、トッド」リーバスが注意し、シボーンに言った。「殺人犯は一人、二人？」

「わからないわ」

「当たらずといえども遠からず——正解は〝どっちで

もいい〟だ。この段階で重要なのは、二つの死を関連づけて扱うってことだ」

シボーンがうなずいて同意した。「マクレイは捜査班の人数を増やそうとするわ」

「多ければ多いほどいい」

しかしこちらを見つめるシボーンの目は、自信なさそうだった。これまで大規模の捜査を率いた経験がないのだ。去年のG8サミット会議の際の殺人事件は、新聞で騒がれないようにひそかに処理された。しかし今、関連性のある二つの殺人を捜査中だとマスコミに知れたら、新聞は第一面を組み直し、はなばなしい捜査と迅速な結果を要求するだろう。

「マクレイは警部クラスの指揮を望むにちがいないわ」シボーンが言った。リーバスはグッドイアがこの場にいなければいいのに、と思った——二人だけならきちんとした話し合いができるだろう。リーバスはかぶりを振った。

「自分の主張をすればいい。チームに入れたい者がいるなら、そうマクレイに言うんだ。そうやって自分の好みの者を手に入れるんだ」

「でも必要な人はもう揃ってるし」

「やさしいことを言ってくれるじゃないか？　しかし市民が聞きたいのは、屈強な刑事二十名が悪党の臭いを追って暗黒街をくまなく捜査するという情報だ。ゲイフィールド・スクエア署の一室でたった五人が捜査に当たるんじゃあ、ちょっと印象が違う」

「エニッド・ブライトン（少年少女向けの小説家で"The Famous Five"シリーズがある）の場合は五人で足りたけど」シボーンがかすかな笑みを浮かべた。

「スクービー・ドゥー（アメリカのテレビ・アニメ番組）もね」グッドイアが言い添えた。

「犬も加えての五人よ」シボーンが訂正した。そしてリーバスに言う。「じゃあ、誰から悩ませましょうか——マクレイ、マクファーレン、それともジム・ベイクウェル?」

「ハットトリックを狙え」そのときリーバスの机の電話が鳴り始め、彼は受話器を取った。

「リーバス警部」リーバスは相手に告げ、唇をへの字に曲げながら相手の言葉に唸り声で答えたあと、受話器をがちゃっと置いた。

「お偉方連中が生け贄を要求している」そう説明して立ち上がった。


ロウジアン&ボーダーズ警察の本部長、ジェイムズ・コービンはフェティス・アヴェニューにある警察本部の三階の執務室にいた。コービンは四十代初めで、黒い髪に分け目をつけ、髭を剃ってコロンをつけたばかりのようにつやつやした顔をしていた。本部長と会う人は、右頬にある大きなホクロから視線を逸らすために、その身だしなみをことさらに見つめた。警官たちはひそかに気づいているのだが、テレビでインタビューを受けるとき、本部長は顔の片面が隠れるよう、つねに画面右側に立っている。そのホクロの形がファイフの海岸線とテリアの頭部とのどっちによりよく似ているかについて、さかんに論じ合われることすらあった。本部長のあだ名は最初ズボン・プレスだったが、すぐにもっとわかりやすいモール《ホクロ》・マンに替わってしまった。それはコミックの悪党の名前でもある、とリーバスは思った。彼がコービンと会ったのは、ほんの数回きりだが、これまでのところ親しげに背中に手を置かれたり、祝福の握手を求められたりしたことは一度もない。電話で伝言を聞いたかぎりでは、今回もその前例が破られることはなさそうだった。

「入ってくれ」コービンが自室のドアをわずかに開けて頭を出しながら、厳しい声で命じた。リーバスが廊下に一脚置いてある椅子から立ち上がり、ドアを大きく開けたとき、コービンはすでにありえないほどきちんと片づいた大机の前に座っていた。コービンの向かいに客が座っている。頭の薄くなった大柄な男で、肉の付いた顔は高血圧なのかピンク色に輝いている。男はほんの一瞬立ち上がってリーバスと握手をし、サー・マイケル・アディスンだと名乗った。

「行動が早いですね、あなたの義理の娘は」リーバスが言った。アディスン自身ものろまではなかった。リーバスがジル・モーガンのフラットを出て一時間半と経たないうちに、もうここへ来ている。「友人がいるってのは、いいもんですね？」

「ジルがすべて話してくれた」アディスンが言った。「娘は悪い仲間と関わってしまったが、彼女の母親とわたしがことに当たる」

「母親は知っているんですね？」リーバスは探りを入れた。

「知らなくても済むよう願ってはいるが……」

「また酒浸りになったら困るからですね」リーバスがうなずいた。

　アディスンは言葉を失ったようだった。コービンはその沈黙に割って入った。「なあ、ジョン、そんなことを追及したって、何の益にもならんじゃないか」ファーストネームで呼びかけたのは、この場では誰もが同じ側の人間だというメッセージなのだ。

「そんなこととは？」リーバスはその誘いに乗らなかった。

「わかっているだろうが。若い女性は感情が繊細なんだ……ジルは怖くて事実を言えなかったのかもしれん」

「売人を失うからですね？」リーバスは察するかのごとくに言い、アディスンのほうを向いた。「それはそうと、友人の名前はナンシー・シヴライトなんですが、その女性を知ってますか？」

「会ったことは一度もない」

「でもあなたの銀行の行員の一人は会ってますよ——ロジャー・アンダースンという男が。シヴライトにつきまとっているんですがね」

「ロジャーなら知っている」アディスンが認めた。

「あの詩人の遺体が発見されたとき、彼は現場にいた」

「ナンシー・シヴライトが見つけたんです」リーバスが念を押した。

「そんな話はジルと関係ないだろう？」コービンが口を挟んだ。

「彼女は殺人事件の捜査で嘘をついたんですよ」

「だが今はもう事実を話したんだ」コービンが語気を強めた。「それでいいじゃないか」

「そうはいきません」リーバスはアディスンを見た。「もう一つ名前があるんですが――スチュアート・ジャニという」

「それで？」

「彼もあなたの下で働いています」

「彼は銀行で働いているんであって、わたしの個人的な部下ではない」

「その仕事とは議員らに取り入ったり、怪しげなロシア人を護ることなんです」

「ちょっと待ってくれ」アディスンの肉の付いた顔はピンク色から朱色に転じ、喉についた剃刀負けの跡が赤く際だった。

「今回は何もかもがつながっている、とついさっき同僚たちと話し合っていたんですよ。スコットランドのように小さな地域、エジンバラのように小さな市では、誰が考えたって当然のことでしょう。あなたの銀行はロシア人との大きな取引にこぎつけたい、そうですね？　あなただって忙しいスケジュールをやり繰りして、ロシア人とグレンイーグルズのゴルフ場のコースを回ったんじゃないですか？　そのすべてをスチュアート・ジャニが滞りなくおこなわれるように手配したのでは……？」

「そんな話がわたしの義理の娘とどう関係するのか、

さっぱりわからん」

「娘さんがトドロフの殺害に関わっているとなったら、いささか困ったことになるのでは……あなたがいくら義理だと主張してもです。彼女はあなたに直接結びついている、ファースト・オルバナック銀行のトップに。アンドロポフとその仲間がそれを喜ぶとはとうてい考えられない」

　燃える石炭のような眼となったコービンが、拳で机をばんと叩いた。アディスンはよろよろと立ち上がった。「わたしの間違いだった。娘を護りたいと思った自分が悪かった」

「マイケル」コービンが声をかけたが、何を言えばいいのか思いつかなくて黙り込んだ。

「あなたの義理の娘はあなたの姓を名乗っていませんね」リーバスが言った。「でもあなたの援助は拒まなかったんでしょう？　あの美しいフラット——あれは銀行の所有物件ですね？」

　アディスンはドアの裏側のコート掛けにかけてあるオーバーとマフラーのほうへ向かった。

「良識に訴えたかっただけなんだ」アディスンは独り言のようにつぶやいた。オーバーの片袖に手を通したが、もう片方で手間取っていた。しかし一刻も早くここを出たいらしく、オーバーを床に引きずりながら出て行った。ドアは開いたままだった。コービンとリーバスは向かい合って立っていた。

「うまくいったようです」リーバスが言った。

「おまえはあほうだ、リーバス」

「ジョンと呼ぶのはやめたんですか？　彼がこの仕返しにあなたの住宅ローンの利率を引き上げると思うんですね？」

「彼はよい人間だ——わたしの友人でもある」コービンが嚙みつくように言った。

「そして義理の娘は嘘つきの麻薬常用者です」リーバスが肩をすくめた。「家族は選べないと言いますからね。しかし友人は選べる……ところがファースト・オルバナック銀行の友人は危なっかしい連中が多いようで」

「ファースト・オルバナック銀行はこの国有数の、世界に誇る成功企業の一つなんだぞ！」コービンが再び怒声を発した。

「だからと言って、善人であることとは関係ない」

「きみは自分を正義の味方だと思ってるんだな？」コービンがいらだたしげな笑い声を上げた。「なんと図々しい」

「ほかに何かご用がありますか？　庭に置いたこびとの置物を盗まれたと言って、人手不足の犯罪捜査部に全面的な捜査を訴える住民がいるとか？」

「最後に一つだけ」コービンは椅子に座っていた。一語一語を区切って告げる。「きみは……終わった……人間だ」

「わざわざご指摘いただいて、どうも」

「本気で言ってるんだぞ。退職の日まであと三日なのは知っているが、その三日間を停職処分とする」

リーバスは本部長を凝視した。「それはちょっとばっかし、いじましいやり方ではありませんか？」

「だったら、納得するようにその先を聞かせてやろう」コービンが大きく息を吸った。「きみがゲイフィールド・スクエア署の敷居をまたぎでもしたら、きみと関わった警官全員を降格処分とする。きみはおとなしく自宅へ戻り、退職の日まで暦《こよみ》に印をつけて過ごすんだ。きみはもう現役警官ではないし、今後も二度と警官にはなれない」片手を突き出す。「警察手帳を」

「力ずくででも奪いますか？」

「監房にぶちこまれたいなら、それでもいい。何の問題もなく三日間ぐらい勾留できるだろうよ」手がひらひらと動き、リーバスの協力を求めていた。「今この場にいたいと願う、前任者の本部長を少なくとも三人は思い浮かべることができるね」コービンが嬉しそうな声を出した。

「おれもです。おれたちは男声四重唱団を結成して、目の前に座ってるうすのろ野郎について歌いますよ」

「その暴言こそが停職処分の理由だ」コービンが勝ち誇ったように言った。

　リーバスはまだ突き出ている手を信じられない思いで見た。「おれの警察手帳がお望みなんですね」と静かに言った。「部下に取りに来させてください」くるりと後ろを向いてドアへ向かった。秘書がファイルを胸に抱きしめ、目と口を丸くして立っていた。リーバスはうなずいて、彼女の聞き違えでないことを示し、念のために「うすのろ野郎」と口を動かして見せた。

　駐車場でサーブのロックをはずしたが、ドアのハンドルに手をかけたまま動けなくなり、ぼうっと前を見つめた。しばらく前に悟ったのだ――恐れるべきは裏の社会ではなく表の社会だ、と。カファティがあらゆる面でれっきとした紳士とみなされるようになったのは、表社会のなせるわざなのだ。いくつかの適所に友人がいて、なんらかの取引が成立すれば、それで決まりである。リーバスは自分が内部の人間だと感じたことは一度もなかった。ときたま――軍隊にいた頃や警官になりたての最初の数ヵ月間――組織内の人間になろうと努めた。しかし自分が部外者だと強く感じるようになるにつれ、ゴルフをやったり、内輪の話をしたり、人を陥れたり、握手したり、賄賂《わいろ》を渡したり、便宜を図ったりして、こそこそと立ち回る周囲の者を信用できなくなった。アディスンのような人間がたちまちトップに昇りつめたのも当然である。彼はそういうことができるからそうしたのであり、彼の頭の中ではそれらは完璧に正当な、正しい行為なのだ。とはいえリーバスはコービンをみくびっていたことを認めざるをえない。あんな芸当ができるとは思わなかった。退職の日まで場外へ蹴り出しやがった。

「うすのろ野郎」と声に出して言い、今回はほかならぬ自分を罵った。

　これで終わった。どん詰まり、仕事の終わり。この数週間自分は必死に考えまいとしてきたのだ——どんな仕事であれ、とにかく仕事に没頭してきた。古い未解決事件簿の埃を払い、シボーンをそれに引きずり込もうとした。彼女には目の前に山ほどやるべきことがあり、それは将来も続く状況であるにもかかわらず。こうなれば古い事件簿をすべて自宅に持ち帰り……それを退職記念品としよう。パブへ行く気にならないときに、頭脳を働かせるゲームとなる。ほぼ三十年間、自分はこの職業にすがって生きてきた。その代償はほんの些細なもの、つまりは結婚生活、多くの友情、悲惨な結果に終わったロマンスだけである。今更、自分をまっとうな市民だと感じることは決してあるまい。そうなるにはもう手遅れだし、自分を変えられるはずもない。自分は浮かれ騒ぐ若者たちの目にだけではなく、世間の目にも、透明人間となる。

「ばあか」リーバスはその語を長々と引き延ばして発音した。

　リーバスのスイッチが入ったのは、さりげない傲慢さゆえだった。自分の力を確信しきって座っていたアディスンや、涙交じりの電話一本でことが解決すると考える義理の娘の傲慢さに、我慢ならなかったのだ。そうやって表社会は動くのだ、とリーバスは気づいた。アディスンには小便の跡が残るアパートの階段で殴られて目を覚ました経験がない。義理の娘には麻薬と子供の夕食を稼ぐために街頭で身を売った経験がない。彼らは別世界に住んでいるのだ。だからこそ、ジル・モーガンはナンシー・シヴライトのような女と付き合うことで、ある種の快感を得るにちがいない。

　コービンもヨーロッパで最も影響力のある人物が頼み事をしにやって来たとき、同じ快感を得る。

　カファティも実業家や政治家に酒を奢るとき、同じ快感を得る……そう、カファティ、あいつとはまだ決着をつけていないし、もしコービンの命令に従ったら、このままの状態で終わるだろう。束縛のないカフェティは裏社会と表社会を自由に行き来している。今、署内へ入り、本部長に詫びを入れて従順に振る舞うと誓わなければ、何もできない。

退職目前なんです……最後のチャンスをください……お願いします、本部長……お願いです……

「ま、いいか」リーバスは車のドアを開け、エンジンキーを差し込んだ。

23

「ナンシー、これから録音するけど、いいわね？」

シヴライトの唇が震えた。「弁護士を呼んだほうがいい？」

「弁護士を呼びたいの？」

「わかんない」

シボーンはグッドイアへうなずいて、テープデッキのスイッチを入れるよう合図した。テープ二個をデッキに入れたのはシボーン自身である——一個は警察が保管し、もう一個はシヴライトに渡す。だがためらっているグッドイアを見て、シボーンは彼がこれまでこういう経験をしたことがないのを思い出した。第一取調室は周囲の部屋からの暖気をすべて吸い取ったかのように、空気が淀んで蒸し暑かった。セントラルヒーティングのパイプが蒸気の詰まったような音を出し続けるばかりで、温度を下げることはできない。グッドイアですら上着を脱ぎ、ワイシャツの脇の下に濡れたしみが広がっていた。それなのに二部屋先の第三取調室は、この部屋が暖気をすべて取り込んでいるためか、冷え冷えとしているのだ。

「そことそこ」シボーンがボタンの位置を示した。グッドイアが押すと、赤いランプが点灯し、二つのテープが回り始めた。シボーンがまず名乗り、グッドイアが慌てて自分の椅子をテーブルに引き寄せたために、その摩擦音でシボーンの最後の言葉が掻き消されてしまった。グッドイアが詫びの印に顔をしかめて見せた。シボーンはもう一度自分の身分を明らかにし、シヴライトに名前を告げるよう求め、そのあと録音の場所と時間を言い添えた。録音開始時の必要事項を言い終えたシボーンは、椅子に軽くもたれた。トドロフ事件のファイルが前にあり、検死解剖の写真がいちばん上に載っている。ファイルには白紙のコピー用紙を挟んで分厚く見せかけ、威圧感と願わくば脅威も与えるつもりなのだ。それを見たグッドイアは先ほど感心してうなずいた。検死の写真もシヴライトに事件の重大さを思い起こさせる目的で、殺人事件のボードからはずして持ってきた。若いシヴライトは当然、心乱れた表情になっていた。ホズとティベットは彼女のフラットの戸口でなぜ迎えに来たかの説明を一切せず、ゲイフィールド・スクエア署へ来るまでの車中でも堅く口をつぐんでいた。そのあとシヴライトは第一取調室で四十分近くも放置され、水や紅茶の接待もなかった。そしてシボーンとグッドイアが入ってきたとき、二人は湯気の立つカップを手にしていた――自分は飲みたい気分ではないとグッドイアが主張したにもかかわらず。

「圧力をかけるのよ」シボーンが教えたのだった。

机のファイルの横にはシボーンの携帯電話、その横にはメモ用紙とペンが置いてある。グッドイアも手帳を広げた。

「ではナンシー、被害者を発見した夜、あなたが何をしていたか、ほんとうのところを話してもらえますか？」シボーンが切り出した。

「え？」シヴライトはしばらく口を開けたままだった。

「あなたの友達のフラットへ向かった夜のことです……」シボーンはファイルを見る芝居をした。「そう、ジル・モーガン」シヴライトと目を合わせた。「親友のジルですよ」

「それで？」

「あなたの話では、あなたは彼女のフラットへ行き、そこから帰る途中だったんですね。でもそれは嘘なんでしょう？」

「違うわ」

「じゃあ、誰かが嘘をついてるんです、ナンシー」

「彼女、なんて言ってるの？」尖った声になってきた。

「あなたは彼女のフラットから戻るところだったのではなく、そこへ行くところだった、と聞いています。あなたは死体にけつまずいたとき、クスリを所持していたんですか？」

「クスリって？」

「ジルに分けてあげる分ですよ」

「あの嘘つき女！」

「でもあなたの友達なんでしょう？　少なくともあなたの話を裏付けてくれたじゃないですか」

「あの子、嘘ついてるのよ」シヴライトが繰り返し、険しい目つきになった。

「なぜ彼女は嘘をつくのでしょうね、ナンシー？　なぜ友達なのにそんなことを？」

「本人に訊いてみてよ」

「すでに訊いてみましたよ。実はね、彼女の話は事件のほかのさまざまな事実と符合するんです。駐車場付近で女が目撃されていて……」

「わたし前にも言ったわ、そんな女見ていないって」

「なぜなら、それは自分だから？」

「あんたが見せてくれた写真と、わたし全然似てないじゃない！」

「その女はね、身を売っていたんです。なぜそんなことをする女がいるかは、わかりますね？」

「え？」

「麻薬の金を得るためよ、ナンシー」

「え、何て？」

「あなたはジルに売る麻薬を買うための金が入り用だった」

「ジルは前もって金をくれてたわよ、ばあか！」

　シボーンは答えずに、ナンシーの感情の爆発が収まるのを待った。十代の小娘は顔をくしゃくしゃに歪め、自分が言いすぎたことを悟った。

「実はね……」シヴライトは弁解を始めようとしたが、適当な嘘が出てこなかった。

「ジル・モーガンはあなたに麻薬を買う金を与えた。でもはっきり言わせてもらうと――これは記録のためにも言いますけど――そんな話は信じられない。あなたは大物の売人のようには思えません。もしそうなら、あの夜、現場に留まって警官が来るのを待たず、さっさと逃げたにちがいない。だからきっとあなたはそのとき何も持ってなかったんじゃないかと思うんです。ということはあなたはそこで売人を待っていたのか、それとも麻薬を手に入れに行くところだったのか」

「それで？」

「そのどっちだったの？」

「あとのほう」

「売人に会いに行くところだった？」

　シヴライトが黙ってうなずいた。「ナンシー・シヴライト、うなずく」シボーンがゆっくりと回転するテープに記録するために言った。「じゃあ、あなたは駐車場の外で立っていたのではなかった？」

「さっきからそう言ってるでしょ？」

「確認したかったので」シボーンはファイルの次の頁を見るそぶりをした。「ジル・モーガンは女優になりたい夢を持っていますね」

「そうね」

「何かの役で演じているのを見たことは？」

「ドラマの役についたことは一度もないと思う」

「否定的なのね」

「最初、彼女は新聞に記事を書くと言い、次はテレビ出演で、その次はモデル……」

「移り気なのね」

「好きなように言ったらいいわ」

「でもジルと一緒にいると、楽しかったんじゃない？」

「彼女、すごいパーティによばれるのよ」シヴライトが肯定した。

「でもいつもあなたを連れて行ったわけじゃないわね？」

「いつもではないわ」シヴライトがもじもじと腰を動かした。

「忘れていたわ、あなたたちはどうやって知り合ったんですか？」

「ニュータウンのパーティで……パブで彼女の連れと親しくなって、その男が皆と一緒に来いよと言ってくれたから」

「ジルの父親が誰だか知ってる？」

「金持ちなのはわかってる」

「銀行のＣＥＯなのよ」

「なるほどね」

シボーンは次の紙を見た。リーバスがこの場にいてくれたらと思う。そうすればさまざまな考えを彼にぶつけ、彼にときおり質問を担当してもらい、その間に考えをまとめることができる。トッド・グッドイアは何も発言せず、自信なげで、味のよい木片を見つけたビーバーさながら、ペンを噛んでいる。

「ジル・モーガンが幽霊ツアーで働いていることは知ってるわね？」シボーンがしばらくしてたずねた。

「何か飲み物をもらえない？」

「もうすぐ終わります」

シヴライトはしかめ面をし、すねてだだをこねる寸前の子供のように見えた。シボーンが質問を繰り返した。

「一度、ジルがそれに連れてってくれた」シヴライトが認めた。

「どうだった？」

シヴライトは肩をすくめた。「いいんじゃない。ちょっと退屈だけど」

「怖くなかったの？」その質問に対してふんと軽蔑したような声が返った。シボーンはこれで終わりというように、ファイルをゆっくりと閉じた。だがまだ質問がいくつか残っている。シヴライトが立ち上がろうとするとき、最初の質問をぶつけた。「ジルの着ていたマントを憶えている？」

「マントって？」

「マッド・モンクになるときのマント」

「それが何か？」

「彼女のフラットにそれがあるのを見たことは？」

「ないわ」

「彼女があなたのフラットに来たことは？」

「一度、パーティに来たわ」

シボーンは考えているかのように装い、少し時間を置いた。「あなたを麻薬取引で検挙しようとは思わない。でもあなたの売人の住所を教えてもらいたいわ」

「無理ね」シヴライトがきっぱりと言った。立ち上がろうと今も身構えている。もう帰る気になっており、どんな質問にもすぐに答える気なのだ。シボーンは閉じたファイルを爪で叩いた。

「でも売人をよく知ってるんでしょう？」

「誰がそんなことを？」

「最初に会ったパーティであなたは麻薬を持ってたにちがいない。だからこそすぐに友達になれた」

「それで？」

「名前を教える気はないの？」

「もちろんないわ」

「どうやって売人と知り合ったの？」

「友達を通して」

「ルームメイトのこと？　アイライナーをつけてた人？」

「あんたに関係ないでしょ」

「あなたのフラットへ行ったとき、居間からきつい匂いが漂ってきたわ……」シヴライトは唇を真一文字に結んでいる。「あなた、両親と連絡を取ってるの、ナンシー？」

　その質問はシヴライトの意表を突いた。「父親はわたしが十歳のときに蒸発したもの」

「お母さんは？」

「ウォディバーンに住んでる」

　そこは市内でも健康的な土地とは言えないところだ。

「よく会うの？」

「これって社会福祉委員の聞き取り？」

　シボーンは鷹揚《おうよう》に微笑した。「ミスター・アンダースンからまだ何か迷惑を受けているの？」

「今のところはまだ」

「またやってくると思うのね？」

「あいつ、ようく考えたほうがいいわ」

「不思議なのはね、アンダースンがジルの父親の銀行に勤めているってこと」

「それで？」

「ジルはあなたを銀行のパーティに連れて行ったことはないの？　もしかしてパーティでミスター・アンダースンがあなたと会ったとか？」

「ない」シヴライトが言い切った。シボーンは沈黙が続くままにし、しばらくして椅子にもたれて、テーブルに両手を置いた。

「もう一度、はっきりさせたいのでたずねるけど、あなたは街娼で、彼が客の一人だったってことはない？」シヴライトはシボーンを睨みつけ、何か言い返そうとした。シボーンはその隙を与えなかった。「では、これで終わりです。ここへお越し頂いたことを感謝します」

「断れなかったんだもの」シヴライトが文句を言った。

「事情聴取の終了時刻は……」シボーンは時間を確認し、テープレコーダーに時刻を告げ、スイッチを切ってテープ二個を取りだし、それぞれをポリ袋に入れて封をした。一つをシヴライトに渡した。「ありがとう」と再び礼を言う。シヴライトが袋をさっと取った。

「グッドイア巡査が玄関まで送ります」

「車で送ってもらえるの？」

「わたしたちはタクシー業じゃないのよ」

シヴライトは唇をへの字に曲げ、不快感を示した。グッドイアが彼女をドアへ導くときに、シボーンは頭を振ってあとで二階へ来てとグッドイアに合図した。ドアが閉まると、シボーンは携帯電話を取り上げた。

「全部聞こえましたか？」

「だいたいのところは」リーバスの声が返った。シボーンの耳に煙草を点ける音が聞こえた。

「こんなことをやってたら、わたしたち、莫大な電話料がかかるわ」

「それはどこで事情聴取をやるかによる」リーバスが告げた。「署の外でだったら、おれも同席できる。コービンがいけないと言ったのは、ゲイフィールド署内だけだ」

シボーンはカセットテープを入れたファイルを小脇に抱えた。「わたし、彼女から訊くべきことはすべて訊いたかしら？」

「うまくやったよ。大きな質問を最後まで取っておくのは、よいやり方だ……たずねるのを忘れたんじゃなかろうかと、ふと思ったが……」

「何か抜かしたことは？」

「おれの考えつくかぎりではない」

シボーンは廊下に出た。そこは八度ほど温度が低かったのでほっとした。

「でも一つだけ」リーバスが言い添える。「なぜ両親のことをたずねた？」

「よくわからないけど。たぶん彼女のような例をよく見ているので――母子家庭で、母親は仕事に追われ、親の目が届かない娘は道を踏み外す……」

「おれについてもそんなふうに寛容に考えてくれないかな？」

「貧しいウォディバーンで育ち……それが突然、ニュータウンのセレブなパーティに出入りするようになるなんて」

「そして麻薬を売る」リーバスが言い添えた。シボーンは肩でドアを押し開けて駐車場へ出た。リーバスがサーブの中にいた。携帯電話を耳に当て、もう片手には煙草を持っている。シボーンは携帯電話を閉じて助手席のドアを開け、そこに座ってドアを閉めた。リーバスも携帯電話をポケットに入れた。

「これで全部か？」リーバスはファイルへ手を差し出しながらたずねた。

「疑われないでコピーできるものはすべて」

リーバスは数センチの厚みがある白いままのコピー用紙を取り除いた。「おまえはすべての術を学び取ったな、クワイ・チャン・ケイン」

「ということは、あなたはホー先生？」

「きみが《燃えよ！カンフー》を見ていた年代だとは思わなかったな」

「再放送を見た年代よ」後部座席にファイルを置くリーバスをシボーンは見つめた。「事情聴取の間、あなたが咳をしたり、鼻をすったりしないかと、はらはらしていたわ」

「煙草に火を点けるのも遠慮したよ」シボーンはリーバスを見つめたが、リーバスは視線を避けていた。

「どうして、せめて今回だけでもまともに振る舞わなかったんですか？」しばらくしてシボーンがたずねた。

「コービンのような人間を見ると、ついかっとなってしまうんだ」

「そんな人たちがあなたにはけっこう多いんでしょう」シボーンが小言を言った。

「そうかもな。議事堂でベイクウェルと会うつもりなのか？」シボーンがゆっくりとうなずいた。「おれも招待されてるのかい？」

「それで思い出したんですけど、停職になるって、具体的にはどういうこと？」

「おれの知識によれば、市民は議事堂へ入ることを許されている。だからその男にコーヒーを奢ってやれよ、その間おれは隣のテーブルに座ってる」

「もしくはあなたが家へ帰り、わたしはコービンと会って、考えを変えてもらうよう説得してみるかだわね」

「そんなことありえない」リーバスが言い切った。

「どっちが――あなたが家へ帰ること、それともコービンが考えを変えること？」

「両方とも」

「神よ、わたしに力を与え給え」

「アーメン……神という言葉で思い出したが、事情聴取でトッド青年の声がほとんど聞こえなかったな」

「彼は傍聴するためにいたんです」

「構わないんだよ……おれがいなくて困ったと言っても」

「今、わたしが取りこぼさずにうまくやったって言ったばかりじゃないですか？」

リーバスが肩をすくめた。「ナンシーには隠していることがあるだろ」

「自分だったら売人の名前を聞きだせたって言うんですか？」

「今日中におれが聞きだせるほうに、二十ポンド賭けてもいいぞ」

「まだあなたが事件に関わってるってことが、コービンの耳に入ったら……」

「でもそうはならない、クラーク部長刑事。おれは一般市民だ。だから、コービンもおれには手を出せないだろ？」

「ジョン……」シボーンは戒めようとしたが、何を言っても無駄だと思い、中断した。「何であれわたしに逐一知らせて」そうつぶやいて車のドアを開けて降りた。

「気がついたか？」リーバスが呼びかけた。シボーンは車の中へ顔を入れた。

「何を？」

リーバスは手を振って駐車場全体を示した。「臭いが消えた……これは何かの予兆かもな」車にエンジンをかけながらにんまりとした。シボーンは問いを発しないままその場に取り残された。

よい予兆、それとも悪い予兆？

24

「ナンシーはいるか？」リーバスはドアを開けたシヴライトのルームメイトの若者にたずねた。

「いない」

そのはずだ。なぜならサーブで走っていたときに、リース・ストリートを歩くナンシー・シヴライトを追い越したからだ。ということはたぶん、二十分間ほど時間がある。彼女がまっすぐフラットへ戻ってくるとしてだが。

「エディだったね？」リーバスが言った。「数日前おれはここに来たんだが」

「憶えてる」

「でも姓のほうは知らないんでね」

「ジェントリー」

「ボビー・ジェントリー（アメリカの女性シンガーソングライター）と同じ姓なんだな」

「最近ではそんな名前を知ってるやつは少ないけど」

「おれは年寄りなんでね。彼女のアルバムを二枚持ってる。入ってもいいかな？」ジェントリーはバンダナをはずしていたが、今も濃いアイライナーを描いていた。「ナンシーが三時に来いと言ったんだ」リーバスはしゃあしゃあと嘘をついた。

「しばらく前に、誰かがナンシーに会いに来たけど……」ジェントリーは嫌がっていたが、リーバスの強い視線を浴びて、無駄な抵抗だと悟った。ドアを少しばかり広く開けると、リーバスが軽く会釈をして入った。居間は煙草の饐《す》えた臭いとパチョリ・オイルらしき匂いがこもっている。リーバスがその独特な匂いを嗅いだのは久しぶりだ。彼は窓辺へ歩み寄り、ブレア・ストリートを見下ろした。

「おもしろい話をしてやろう」エディ・ジェントリーに背を向けたままリーバスが話しだした。「この通りの向かいは地下室が迷路のように続いていてね。そこでバンドがよく練習してたものだ。だが所有者が再開発を計画して建築業者に依頼した。作業員らが何マイルも続く地下トンネルの一部を崩していたとき——この世のものとも思えないうめき声が聞こえてきて……」

「隣がマッサージ・パーラーだった」ジェントリーがすかさずオチを言った。

「知ってたんだな」リーバスは窓から向き直り、アルバムのジャケットを見た——CDではなくLPのほうが多い。「〈キャラヴァン〉か。カンタベリー派の最高峰とも言うべきバンドだな……今でも聴いてる者がいるとは思わなかった」ほかにも見覚えのあるジャケットがあった。フェアポート・コンヴェンション（一九六〇年代のブリティッシュ・フォーク・ロック・バンド）、デイヴィ・グレアム（一九六〇年代のギタリスト）、ペンタングル（一九六〇年代のブリティッシュ・フォーク・ロック・バンド）。

「考古学者みたいだな？」リーバスが言った。

「古い曲が好きなもんで」ジェントリーが言い訳をし、部屋の隅を顎で示した。「ギターを弾くんだ」

「そうか」リーバスはスタンドに立てかけた六弦のアコースティック・ギターとその後ろの床に置かれた十二弦のギターを見た。「うまいのかい？」

答える代わりにジェントリーは六弦のギターを取り上げ、ソファに座って足を組み、弾き始めた。右手の爪を長く伸ばして、ピック代わりにしていた。リーバスは曲名を当てられなかったが、そのメロディーに聞き覚えがあった。

「バート・ジャンシュか？」最後のコードが終わったときにリーバスがたずねた。

「ジョン・レンボーン（二人ともフェアポート・コンヴェンションの伝説的ギタリスト）とやったアルバムから」

「長年聴いていなかったな」リーバスが満足げにうな

ずいた。「きみはなかなかの腕じゃないか。それで暮らしていけないとは残念だな？　麻薬を売らなくても済むのに」

「何だって？」

「ナンシーがすべて話してくれた」

「おい、ちょっと待ってくれ」ジェントリーはギターを横に置いて立ち上がった。「今、なんて言った？」

「耳の悪いミュージシャンなのか？」リーバスは感心したような声を出した。

「言葉は聞こえたけど、なぜナンシーがそんなことを言うんだかわからない」

「詩人が殺された夜、ナンシーはきみが紹介した売人から麻薬を買おうとしていた」

「ナンシーがそんなこと言うはずがない」ジェントリーはきっぱりと言ったが、その目はうろたえていた。「ぼくは誰も紹介なんかしていない！」

リーバスはポケットに両手を突っ込んだまま、肩をすくめた。「おれにはわからん。ナンシーはきみが麻薬取引に絡んでると言い、きみはそうではないと言う……ここにきつい臭いが漂ってるのは紛れもない事実だ」

「ナンシーは自分の彼氏から麻薬を手に入れてるんだ」ジェントリーがいきなり大声を出した。すぐに言い直した。「彼氏ですらない男だ……ナンシーが勝手にそう思ってるだけで」

「それは誰なんだ？」

「知らない。ここへ二度ほど来たことがあるけど、ソルって名前だと言ってただけで——ラテン語でそれは太陽という意味なんだそうだ。それほどきらめく知性の持ち主じゃないけど」

リーバスはこんなにおもしろい冗談を聞いたのは久しぶりだと言わんばかりに大笑いしたが、ジェントリーは笑顔にならなかった。

「ナンシーがぼくを巻き込もうとするなんて、信じられない」ジェントリーがつぶやいた。

「彼女は友達も巻き込んだ」リーバスが明かした。

「アリバイに仕立て上げた」リーバスは効果を狙ってしばらく間を置いた。

「アリバイだって？」ジェントリーがおうむ返しに言った。「えっ、ナンシーがあの男を殺したとでも？」

リーバスは肩をすくめただけだった。「どうなんだろう、ナンシーはケープかマントの類を持っているのかな？　修道士が着るようなやつを？」

「いいや」ジェントリーは質問にとまどっていた。

「彼女の友達、ジルに会ったことは？」

「ニュータウンに住んでる金持ちのバカ娘？」ジェントリーは顔をしかめた。

「じゃあ、ジルを知っているんだね？」

「ずいぶん前だけど、パーティに来たことがある」

「彼女もよくおしゃれなパーティを開くらしい。演奏を申し出てもよかったんじゃないかね」

「そんなことするぐらいなら、死んだほうがましだ」

「その意見はおそらく正しいな。おれだってジェイムス・ブラント（《ユア・ビューティフル》で一躍有名になったイングランドのシンガーソングライター）よりはディック・ゴーハン（昼は鉛管工として働いていた社会派のスコットランドを代表するフォークシンガー）を聴きたいと思う」リーバスは大きな音を立てて鼻をすすり、ポケットからハンカチを取りだした。

「そのソルという男だが……住所を知ってるか？」

「わからない」

「それならいい」リーバスはまた窓辺に近づき、ハンカチをしまいながら街路を見下ろした。もうすぐナンシー・シヴライトが戻ってくる。リース・ストリートの坂を上がってノース・ブリッジへ、さらにハンター・スクエアへ……「きみは歌もうまいのか？」

「そこそこは」

「でもバンドは組んでいない」

「うん」

「ファイフへ行くべきだね。おれの友達が言うには、そこではアコースティック音楽が盛んだそうだ」

　ジェントリーがうなずいた。「アンストラザーで演奏したことがあるんだ」

「ファイフのひなびたイースト・ニューク地区が何かの中心地になるなんて不思議だなあ……以前は冬や週末なんて閑散としていたものだ」

　ジェントリーが笑顔になった。「ちょっと待っててください、ね？」居間から出て行ってすぐ戻ってきた。何かをリーバスに差し出している。——透明プラスチックケースに入ったＣＤ。曲名三つを記した白い紙が折り畳んで入っている。「デモ用なんです」ジェントリーが誇らしげに言った。

「すごいな。おれが聴いたあと、返したほうがいいのかな？」

「またＣＤにコピーするんで」ジェントリーがかぶりを振った。

　リーバスは左手でＣＤを軽く叩いた。「嬉しいね、エディ。きみがこれをある種の賄賂とみなしているなら、話は別だが」

　ジェントリーは怯えた顔になった。「いえ、そんなつもりは……」

　リーバスは彼の肩を叩いて、それは冗談だと安心させた。「もう帰るよ。ありがとう」ＣＤを軽く振り、廊下を通ってドアへ向かった。ドアを閉めて階段を降り始めたとき、事情聴取のテープを入れたポリ袋をまだ手に持ったままのナンシー・シヴライトが、階段を上がってきた。リーバスは会釈して微笑も添えたが、何も言わなかった。それでもこちらへ向けられたシヴライトの視線を背中に感じていた。階段を降りきったとき、振り返ってみると、あんのじょう、彼女はその場から動いていなかった。

「彼に言ったよ」リーバスが呼びかけた。

「誰に何を言ったの？」

「ルームメイトのエディに。きみが疑いを着せようとした男だよ……」

リーバスは建物を出て、車のロックをはずした。違法駐車していたのだが、違反切符は貼られていなかった。

「今日はラッキーだな」とつぶやいた。最近になってようやくサーブにCDプレーヤーを取り付けたのだ。ジェントリーのプレゼントをケースからはずして差し込み、曲名を見つめた。

《メグの恥丘》

《苦悩する楽人》

《ウオーカー尊師のブルース》

曲名だけでもう気に入った。音量を小さくしてから、携帯電話を出し、シボーン・クラークにかけた。

「またパブにいるんでしょう」シボーンがいきなり言った。

「というよりブレア・ストリートにいるんだ――きみには二十ポンドの貸しがあるぞ」

「信じられない」

「おれの話を聞けば信じられる」少し間を置いて気を持たせた。「シヴライトはソルという男からヤクを手に入れてる。彼女のルームメイトは太陽をイメージしてそう名乗っていると言ってるが、おれたちはそうじゃないのを知ってるよな？」

「ソル・グッドイア？」

「トッドはそこにいないんだろうな？」

「コーヒーを取りに行ってるわ」

「やさしい男じゃないか？」

「ソル・グッドイア？」まだ信じられないかのように、名前を繰り返す。しばらくして、何の音楽を聴いているの、とたずねた。

「ナンシーの同居人はギターを弾くんだ」

「横に乗ってるんじゃないでしょうね？」

「こうやっている間にもシヴライトに文句を言い立ててると思うよ。彼が自分のデモCDをくれたんだ」

「それはよかったわね。でもあなたが一九七五年以降に作られた曲を聴いたのはいつのことかしらね」

「きみが〈エルボウ〉のアルバムをくれたじゃないか……」

「そうだったわ」無駄話が終わった。「ではトッドの兄をリストに加えなければならないってこと？」

「忙しいのはいいことだ」リーバスが慰めた。「ジム・ベイクウェルと会う時間は決まったのか？」

「まだ連絡がつかなくて」

「マクレイは？」

「彼はチームにあと二十名ほど追加したがってるわ」

「使えるやつらならいいけど……」

「フェティス本部からデレク・スター警部を呼び戻すことすら考えてる」

「となると、きみは副班長に格下げだな」

「あなたの口を閉じる万力が欲しい……」

「おれの意見を聞くべきだったんだよ。いくつか情報を教えてやれたのに。あとでパブで落ち合おうか？」

「今夜は早く休みたいの……ごめんなさい」

「構わんよ。ただし、あの賭けの二十ポンドは忘れないからな」リーバスは電話を切り、音楽のボリュームを少し上げた。ジェントリーはメロディーに合わせてハミングしており、それは録音を意図したものなのかどうか定かではなかった。まだ最初の曲《メグの恥丘》である。メグは実在する女性なのだろうか。透明なプラスチックケースに入った紙を透かし見ると、裏面にも文字があるように思った。曲名を記した紙を取りだして開いてみた。思ったとおり、裏面にはジェントリーが録音をおこなったスタジオ名が書いてあった。


CRスタジオ。

25

リーバスは自分にあてがわれたビデオ・モニターの前に座っている。グレアム・マクラウドが部屋の片隅に彼を座らせ、ビデオテープの山をかたわらに置いたのだ。トドロフが殺された夜に、エジンバラ市内の西端地区を監視カメラが捕らえた映像。

「あんたのせいでくたくただ」先ほどマクラウドが施錠した戸棚からテープを運んで来ながら、こぼしたのだった。

リーバスはモニター集中センターにもう一時間ほども座っていて、ときおり検索ボタンや一時停止ボタンを押していた。シャンドウィック・プレイス、プリンシズ・ストリート、ロウジアン・ロードに監視カメラが設置されているのだ。リーバスはセルゲイ・アンドロポフかその運転手、もしくはカファティの姿を探していた。というか、事件に関連する人物であれば誰でもよい。これまでのところ、目を凝らし続けたにもかかわらず、何も見つかっていない。ホテルにはむろん独自の監視システムがあるにちがいないが、支配人がすんなりと渡してくれそうにはないし、正式な依頼に踏み切るようシボーンを説得できそうもない。

周囲ではそれぞれがのんびりと画面を見つめ続けており、穏やかに時が流れていた。公共物の汚損行為が一件報告され、ジョージ・ストリートを歩く万引き常習犯が追跡されている。カメラを操作するスタッフは昼間のテレビ視聴者さながら受け身だ。もしかしたら、こんな画面からドキュメンタリー番組が作られるのではなかろうか。スタッフがリモコンで遠くのカメラを操作し、何か疑わしいことがあればズームをかけるのを、好ましく見守った。マスコミは警察国家になるのではないかとさかんに警告を発するが、そんな感じはまったくない。それでもここで毎日勤務していれば、鼻をほじったり、尻を掻いたりするところを見られないように、街頭での振る舞いに気をつけるようになるだろう。店舗やレストランでも気をつけるだろう。

　そして自宅でテレビを見ることには関心を失うだろう。

　マクラウドが後ろにやってきた。「収穫は？」

「あんたがこの録画を一回以上見ているのはわかってるよ、グレアム。だがおれが知っていてあんたが知らない顔があるかもしれないんでね」

「けちをつけてるんじゃない」

「おれがあんたの立場だったとしても、同じように感じるだろうな」

「キングズ・ステイブルズ・ロードに監視カメラがなかったのは残念だな」

「夜にあそこを通る人はほとんどいないようだね。キャッスル・テラスへ曲がる歩行者は多いが、キングズ・ステイブルズへは誰も入らない」

「フードをかぶった女もいない？」

「まだ出てこない」

　マクラウドはリーバスの肩を叩き、仕事に戻った。リーバスにはさっぱりわからなかった。なぜ女があんなところにたたずんで客を引くのだろう？　それについてはたった一人の証言しかない。あの男の妄想だったのだろうか？　姿勢を正すと、リーバスの背骨が正しい位置に戻るようだった。休憩したかったが、いったん休むともう続けられないように思える。帰宅したっていいのだ――誰もがそれを望んでいるのだから。

　そのとき電話が鳴り、リーバスはポケットから携帯電話をさっと取りだした。発信人はシボーン。

「どうした？」周囲に聞こえないように、携帯電話を手で囲った。

「ミーガン・マクファーレンがたった今、マクレイ主任警部に電話をかけてきました。あなたがセルゲイ・アンドロポフに対して迷惑行為を働くことに不快感を示していて」少しして言い添える。「それについて説明してもらえる？」

「昨夜、偶然出会った」

「どこで？」

「カレドニアン・ホテル」

「あなたの行きつけのバーってこと？」

「皮肉を言うんじゃない」

「わたしに打ち明ける気はなかったのね？」

「ほんとにたまたま出会ったんだ。どうってことはない」

「あなたにはそうだったのかもしれないけど、アンドロポフはそう思ってないし、ミーガン・マクファーレンも今やそう思ってないわ」

「アンドロポフはロシア人だから、政治家が警察を支配するのは当然だと思っているんだろう……」リーバスは声に出して考えていた。

「マクレイ主任警部があなたに会いたいそうよ」

「おれはゲイフィールド署に立ち入り禁止の身分だと伝えてくれ」

「わたしもそう言ったわ。それでますます怒ってる」

「コービン本部長が悪いんだ、マクレイに相談しないでやったんだから」

「そのようにわたしも言ったわ」

「ジム・ベイクウェルの事務所から何か言ってこなかったか？」

「何も」

「では、今は何をやってる？」

「新しい捜査員のために席を作ってます。トーフィケン署から四名、リース署から二名来たわ」

「知ってるやつがいたか？」

「レイ・レイノルズ」

「あいつは警官のまねごともできないやつだ」リーバ

スはそう言い切り、ついでソル・グッドイアをどうするつもりかとたずねた。

「トッドにどう話をするか決めてからだわ」

「うまくいくといいな」

監視カメラの女性係官がとつぜん、第十カメラでバス乗り場に入る万引き犯を発見した、と同僚に大声で伝えた。シボーンのうめき声は聞き取れるほどだった。

「あなたは市議会にいるんだわ」とシボーンが断定した。

「きみは刑事になれるよ」

「停職中なのよ、あなたは」

「つい忘れてしまうんだよ」

「あの夜のテープを見ているのね？」

「そのとおり」

「現場に誰がいたのかをはっきりさせようとしてるのね？」

「誰がいたと思う？」

「なぜカファティはロシア詩人を殺したかったの？」

「詩が韻を踏まないことに腹が立ったのかもしれない。それはそうと、ちょっと妙な話があるんだが――シヴライトのルームメイトがCDをくれたんだがね。それはリオダンのスタジオで録音されたんだ」

「またしても偶然の一致ね」しかしシボーンはしばらく黙り込んだ。「そのこと、技師に質《ただ》してみるほうがいいかしら？」

「きみには人手がある。どんなにか細い手がかりでも追ってみるべきだな」

「わたし、人を使うのが上手じゃなくて」

「おれもだ。仕事が終わったら寄り道しないで、まっすぐ帰ってるのか？」

「いつもそうよ」

「じゃあ、きみは誘わないでおこう」

「ジョン、一つだけ約束して――カレドニアン・ホテルのバーへはもう行かないで」

「わかった、ボス。また電話する」電話を切ったリーバスはそのまま携帯電話を見つめていた。マクレイ、マクファーレン、アンドロポフ――皆おれにたいそういらだっている。

「よし」そうつぶやき、次のビデオテープに手を伸ばした。

「お兄さんのことをたずねてもいいかしら？」

シボーンは人目を避けてトッド・グッドイアを廊下へ連れ出した。すでに新しく加わった捜査員には仕事をさせている。バイブル――事件に関するあらゆる情報をまとめたもの――を読んでいる者もいれば、リオダンのテープをあてがわれた者もいる。トップクラスの捜査員が集まったとは言い難い。ライバルの捜査班にいちばん腕利きの刑事を貸すようなところはないからだ。グッドイアが所属する署からも刑事も来ていて、グッドイアに気づくと、〝刑事面して〟何やってるんだとなじった。

「ソル？」グッドイアはシボーンに、不思議そうな顔でたずね返した。「ソルが何か？」

「彼は喧嘩したわね、それはいつだった？」

「先週の水曜日の夜」

シボーンがうなずいた。トドロフが襲われた夜だ。

「お兄さんの住所を教えてくれる？」

「どういうことですか？」

「ナンシー・シヴライトの知り合いかもしれないとわかったので」

「まさか、ありえない」トッドが笑いだした。

「冗談なんかじゃないのよ。ソルは彼女にヤクを売っていたらしい。彼がまだその商売をしてるって知ってた？」

「いいえ」グッドイアの首筋が赤く染まった。

「だから住所を知りたい」

「知らないんです。グラスマーケットの近くらしいんだけど……」

「ダルキスに住んでるんじゃなかったの」

「ソルは転々と住居を変えるんで」

「ソルが喧嘩したのをどうやって知ったの？」

「電話してきたんです」

「じゃあ、今も連絡し合ってるのね？」

「ソルはぼくの携帯の番号を知ってるから」

「だったらあなたは彼の番号を知ってるわけね」

グッドイアはかぶりを振った。「兄はしょっちゅう番号を変えるんです」

「その喧嘩だけど……場所はどこだったか知ってる？」

「ヘイマーケットのパブ」

シボーンは一人うなずいた。現場鑑識官のタム・バンクスは、確か、その事件についての知らせを受けていたように思うが？　トドロフの殺害現場でその話をしていた。刺傷事件があったと……「ではいつもは没交渉だけど、ソルは刺されたときに電話してきたってことね？」

グッドイアはその言葉を無視した。「ソルがナンシー・シヴライトを知っていたとしても、それがどうしたと言うんです？」

「調べなきゃならない点がまた一つ、できたってこと」

「そんな細かいことを言い出したら、切りがないですよ」シボーンが疲れたような笑みを浮かべると、グッドイアは肩を落としてため息をついた。「ソルの住所がわかったら、ぼくも同行するんですか？」

「それはありえない。あなたは弟なんだから」

グッドイアは理解した印にうなずいた。

「ウエスト・エンドは刺傷事件を調べたんでしょうね？」シボーンがたずねた。ウエスト・エンドとはトーフィケン・プレイスにある警察署のことだ。グッドイアがまたうなずいた。

「救命救急センターで警官がソルに説明を求めました。ぼくが病院に着いたときには、もうソルは病棟に運ばれていて。経過観察のため、一夜だけ入院したんです」

「ソルは警官に何か話したようなの？」

グッドイアは肩をすくめた。「こう言っただけなんです、酒を飲んでいたら、相手の男が絡んできた。表へ出て言い争っているうちに、自分がやられたんだって」

「相手の男というのは？」

「相手については何も言いませんでした」グッドイアが唇を噛んだ。「もしもソルが関係していたら……〝利害の抵触〟ってことになりますか？　元の署の巡査に逆戻り？」

「それはマクレイ主任警部に訊いてみないとね」

グッドイアはまたうなずいたが、今回は気落ちしていた。「ソルがまだ売人をやってるとは知らなかった」と力をこめて言う。「シヴライトが嘘をついてるのかも……」

シボーンは彼の腕に手を置いて慰める自分の姿を想像した。しかし実際は、黙って横を通り抜け、捜査員でごった返している犯罪捜査部室へ戻った。取調室の椅子が持ち込まれており、その間をすり抜けながら自分の机までたどり着いた。自席にはほかの捜査員が座っていた。その男は謝ったものの、席を立たなかった。リーバスの机は三人の刑事が分け合っている。シボーンは受話器を取り上げて、トーフィケン署を呼び出した。犯罪捜査部のシャグ・デイヴィッドソン警部へとつながった。

「礼を言いたいよ」デイヴィッドソンが含み笑いをもらした。「レイ・レイノルズを引き取ってくれて」シボーンはレイノルズのほうへ視線を向けた。もう九年間も刑事をやっているが、昇進の可能性は皆無である。レイノルズは殺人事件のボードの前に立ち、悪評高いげっぷを出す寸前なのか、胃をさすっていた。

「いいのよ。その代償として頼みがあるから」

「ジョンが追い出されたとか聞いたんだが、どういうことだ?」

「もう噂を聞いたのね……」

「齢を重ねても丸くはならなかった――どっかからの引用だよ」

「ねえ、シャグ、先週の水曜日、ヘイマーケットのパブの前であった喧嘩を憶えている?」

「ソル・グッドイアだろ?」

「そうよ」

「きみはそいつの弟を助手にしてるって聞いた。いいやつらしいな。ソルのことでは困ってるんじゃないか――当然だがね。前科の多いやつだから」

「で、その喧嘩というのは……?」

「ソルの客の一人がな、つけをためていた。そいつはてんから支払う気がなく、ソルを始末しようとしたんだ。おれたちは殺人未遂で送検しようと考えてる」

「トッドの話では、ソルはたった一晩入院しただけだとか」

「脇腹を八針縫ったよ。深く刺したんじゃなくて、浅い傷だった。運がよかったんだ」

「犯人を逮捕したのね?」

「もちろん、正当防衛を主張している。ラリー・フィントリーという男だ――通称、クレイジー・ラリー。おれに言わせりゃ、病院にぶちこむべきやつだね」

「地域社会が見守るべきなのよ、シャグ」

「そうとも、ソル・グッドイアが売るクスリを飲んで、だろ」

「ソルに会いたいんだけど」

「どうしてだ?」

「トドロフ殺人事件で。遺体を発見した若い女はソルのところへ行く途中だったようなので」

「そうかもな」デイヴィッドソンが同意した。「おれが聞いた最近の住所はレイバーン・ワインドだから」

シボーンははっとした。「そこは遺体が見つかった場所だわ」

「知ってる」デイヴィッドソンが笑った。「ソルがほとんど同時刻にヘイマーケットで刺されていなかったら、そのことをきみに一言注意したかもしれないな」

けっきょく、シボーンはフィリダ・ホズを連れて行った。ティベットは極度に不安そうな表情をしていた。シボーンが昇進した暁《あかつき》には誰を部長刑事として後釜に据えるかをすでに決めたのではなかろうか、と疑っているようだった。シボーンは他人の運命を左右するほどの発言権など自分にはほとんどない、もしくはまったくない、と彼に念を押さなかった。ただし、戻ってくるまであなたが責任者となって、とだけ言い、その言葉でティベットは少し元気を取り戻した。

二人はシボーンの車で行った。話題は仕事のことだけに限られており、ときおり気まずい沈黙が訪れた――ホズはリーバスがいなくなった後について知りたかったけれども口には出せず、シボーンのほうはティベットと彼女との仲について何も言い出せなかった。車がようやくレイバーン・ワインドの坂の下に着いたとき、二人ともほっとした。細い道はL字型に続いている。通りからはガレージや貸倉庫ばかりしか見えないが、角を曲がると、昔は馬や馬車を収容していた馬屋で現在はアパートに改造された建物が並んでいた。

「近くの住人は何も物音を聞かなかったんですか？」ホズがたずねた。

「もう一度、聞き込みをやってあのモンタージュ写真を見せてもいいかもね」シボーンが考え込んだ。

「お願いだから、レイ・レイノルズも聞き込み班に加えてもらえますか？」

シボーンは苦笑いをした。「どんな男か、すぐにわかったのね」

「噂を聞いてたんですが。でも予想以上で……」

二人は角を曲がって元馬屋の列へ向かった。シボーンはドアの一つで立ち止まり、手帳に記した住所を確認してからベルを押した。二十秒ほどしてまた押した。

「ちょっと待ってくれ!」中から叫ぶ声が聞こえた。階段を降りる足音がしてドアが開き、ソル・グッドイアが現れた。弟と同じまつげ、耳の形なのでソルに間違いない。

「ソロモン・グッドイアね?」シボーンが確認した。

「何だよ、お巡りが何で来たんだ?」

「よく見抜いたわね。わたしはクラーク部長刑事、そしてホズ刑事」

「逮捕状を持ってるのか?」

「殺人事件について少したずねたいことがあって」

「殺人事件?」

「この通りの下で起こった事件」

「そのとき、おれ、入院してたぞ」

「怪我はどう?」

ソルはシャツを持ち上げ、パンツのすぐ上に貼られた大きな白い絆創こうを示した。「どえらく痛いんだよ」とこぼしたが、すぐに気づいた。「どうして傷のこと知ってるんだ?」

「トーフィケン署のデイヴィッドソン警部が教えてくれたわ。クレイジー・ラリーって通り名もね。あなたに教えとくわ——誰かと喧嘩する前には、必ずあだ名をチェックするべきだってこと」

ソル・グッドイアはふんとせせら笑ったが、まだ中へ入れようとはしなかった。「弟はお巡りなんだ」と言った。

「そうなの?」シボーンは驚いた声を出して見せた。ソルは警官に会えば必ずそのせりふを試すのだろう。

「今はまだ巡査だけど、それも長くはないさ。トッドは出世するタイプの男なんでね。家族の中の変わり種、黒い羊ならぬ白い羊ってとこだよ」軽い笑い声を上げた。これもまた何回も口にしたせりふなのだろう、とシボーンは思った。

「おもしろいわね」ホズが相づちを打ったが、そうは思っていないことを匂わせる口調だった。ソル・グッドイアの笑い声が消えた。

「とにかくな」ソルが小馬鹿にしたように言った。「その夜、おれはここにいなかった。翌日の夕方まで退院させてくれなかったもんでね」

「ナンシーは病院へ見舞いに来てくれたの？」

「ナンシーだと？」

「あなたの女のナンシーよ。彼女はここへ来る途中で、遺体にけつまずいたのよ。あなた、彼女の友達に渡すものを売るつもりだったんでしょう」

「あれはおれの女なんかじゃねえ」ソルが言い切った。一瞬のうちに、すでに知られていることについて嘘をついてもしかたがないと判断したようだった。

「ナンシーはそう思ってるみたいよ」

「そりゃ、誤解だよ」

「じゃあ、彼女とは売人と客というだけの間柄？」

会話の方向が変わったことに傷ついたかのように、ソルはしかめ面をした。「おれはな、刃物で刺された被害者なんだよ。おれは鎮痛剤を飲んでるから、おれが何を言ったにしろ、それが法廷で採用されるなんてことはありえないね」

「頭がいいわね」シボーンが感心した声を出した。「逃げ道を知っているなんて」

「痛い目にあって憶えたんだ」

シボーンがゆっくりとうなずいた。「ビッグ・ジェル・カファティの引き立てで売人の道に入ったって聞いたんだけど――今でも彼と会ってるの？」

「誰のこと言ってるんだかわからねえや」

「変ね、刺し傷で記憶障害になるなんて聞いたことがない……」シボーンは同意を求めるようにホズを見た。

「ぺらぺらしゃべりやがって」ソル・グッドイアが言

った。「だったらよう、賄賂を取るときに、その手を使いな」

いきなりソルはドアをぴしゃりと閉めた。階段を上がる足音が聞こえ、罵《ののし》り文句が次々と吐き出された。ホズが片眉を上げて見せた。

「くそったれ女、レズビアン」ホズが真似た。「自分について新しい知識を得るなんて、けっこうなことだわ」

「そうよね」

「これで兄弟の一人が関係者だとわかったわけだから、片方は事件からはずれなくてはね？」

「それはマクレイ主任警部が決めること」

「トッドがこの捜査に加わってるって、ソルにどうして言わなかったんですか？」

「それは部外秘だからよ」シボーンはホズを見据えた。

「グッドイアをさっさと追い出したいの？」

「自分が巡査だとわきまえている分にはいいけど。捜査部室が満杯になってきたというのに、あの背広姿でとくとくとしてるんだもの」

「何を言いたいの？」

「わたしたちって、努力に努力を重ねてやっと巡査から這い上がってきたのよ、シボーン」

「犯罪捜査部は閉鎖的ってことね？」シボーンはホズに背を向けて歩き始めたが、曲がり角でふいに立ち止まった。そこからつい二十メートルほど先が、アレクサンドル・トドロフの殺害現場である。

「どうしたんですか？」ホズがたずねた。

「ナンシーのことを考えていたの。ナンシーはソルの住居へ向かう途中で死体を見つけた、っていうことになってる。でも、もしかしたらここまで歩いてきたのかもしれない、ソルのドアのベルを何回か鳴らし、ドアを強くノックしたあとで……」

「ソルが喧嘩して刺されたことをつゆ知らず？」

「そのとおり」

「そのとき、トドロフが駐車場からよろめき出てきて……」

シボーンがうなずいた。

「ナンシーが何か見たのではないか、と?」ホズがさらに言った。

「見たか聞いたかしたのでは。曲がり角に隠れでもしたとき、トドロフを襲った者が追いかけてきて最後の一撃を加えた」

「警察にそのことを何も言わなかった理由は……?」

「恐怖から、だと思う」

「恐怖が動機となることは多い」ホズが同意した。

「トドロフの詩にもそんな一節があったわね……?」

「〝男は目をそらした、証言しなくてもすむように〟」

「ナンシーはそんな教訓をソル・グッドイアから学んだのかもしれない」

「そうね」シボーンが相づちを打った。「ありえるわ」

26

リーバスは袋入りのポテトチップスを食べながら、カー・ステレオでエディ・ジェントリーのCDをまた聴いていた。ただし、スピーカーの一つは音が出なくなったので、正確にはステレオとは言えない。でもソロでギターを弾きながら歌う場合は、問題ない。一つ目のポテトチップスの袋はもう空っぽになっており、ポルワースの街角の店で買ったカレー風味の野菜入りサモサも、炭酸抜きの水のボトルを片手に平らげた。それで栄養バランスの取れた食事になったと自分を納得させている。ここはカファティの自宅がある通りの入り口付近で、街灯からなるべく離れたところに車を停めていた。今日ばかりはカファティに自分がいるのを悟られたくないからだ。実は、カファティが自宅にいるのかどうかすら定かではない。敷地内に車が見えるが、そのことは何も告げてはいない。邸宅内から電灯の光がもれているけれど、それは泥棒よけかもしれないのだ。裏手にある元馬車置き場の家に住んでいるボディガードの姿はない。カファティがボディガードを実際に働かせているところを見たことがないので、たぶん必要というより、見栄で雇っているのではないか、とリーバスは思っている。シボーンが二回ほどわざとらしく、そのうち夕食でもいかが、とメールを送ってきた。シボーンは、彼が何をしているのだろうか、と探りを入れているのだ。

　取り立てて理由もなく、ここに二時間ほど車を停めていた。街角の店で十五分間も休憩を取ったので、自分の気づかぬうちにカファティが外出している可能性はじゅうぶんにあった。もしかしたら、今夜に限ってカファティはカレドニアン・ホテルに取ってある部屋を使っているのかもしれない。張り込みとしては落第だが、ではこれが張り込みかと言えば、それも怪しい。帰宅しないための口実に過ぎないのではなかろうか。なぜなら自宅で待っているものと言えば、まだ一度も聴いていないジョニー・キャッシュの〈ライヴ・アット・サンクエンティン〉の復刻盤ぐらいしかない。それを車に持ち込むのをいつも忘れてしまうのだ。スピーカー一つから流れる曲が、どんな音に聞こえるのか知れたものではない。初めて買ったステレオだというのに、スピーカーの一つが一ヵ月後に壊れてしまった。ヴェルヴェット・アンダーグラウンドのアルバムに入っている曲に、インストゥルメントの音はすべて片方から、ヴォーカルはもう片方のスピーカーから流れてくるものがあるが、それを聴くことができない。実はCDプレーヤーを購入するまでにずいぶんと時間がかかったし、今でもレコードのほうが好きだ。シボーンは彼が〝片意地〟を張ってるだけだと評する。

「もしくは、おれは多数派の一人になるのを好まないからだ」そのときリーバスは言い返した。最近、シボーンはMP3を持ち、音楽をダウンロードして購入している。ときおりシボーンに、アルバムのジャケットや歌詞の紙を見せてくれないか、とからかうことにしている。

「きみは全体のイメージを摑んでいない。よいアルバムはな、曲の寄せ集めってことだけじゃない」リーバスはそう言い聞かせた。

「警察の仕事と一緒ね」シボーンは微笑を浮かべた。

そう言おうとしていたところだ、とリーバスはあえて言わなかった……

ポテトチップスを食べ終えたリーバスは、袋を細い紐状に畳んで結び目を作った。なぜそんなことをするのかわからないが、そのほうが気持ちがよい。陸軍にいた頃の兵隊仲間がそうやっていて、リーバスもそれを見習うようになった。それはちょっとした快感となった。それまでは空のパックにマッチを近づけ、燃えたパックがみるみる縮んで、ドールハウスの道具のようなミニチュア版となるのを見つめていたのだ。そんな単純な楽しさは、静かな夜の街路に停めた車の中で、満腹を感じながら音楽を聴いているのと同じ種類のものである。もう一時間ほどこうしていよう。ジェントリーに飽きたら、ザ・フーの〈エンドレス・ワイヤー〉がある。そのタイトルの意味はまだよくわからないが、CDを買ったので、少なくとも歌詞は手元にある。

道路の前方にあるゲートから車が一台、バックで出てきた。それはカファティのゲート、カファティの車に見えた。ボディガードが運転しているらしい。なぜなら後部座席の読書灯が点き、カファティの丸い頭を照らしているからだ。書類か何かを読んでいるようだった。リーバスは動かなかった。車は下り坂をまっすぐこちらへ向かってくる。体を屈めて身を隠し、車のライトが通り過ぎるのを待った。車が右折の点滅を出した。リーバスはエンジンをかけ、何回かハンドルを切り返して方向転換をし、あとを追った。グランヴィル・テラスの交差点で、カファティの車がいきなり加速して二階建てバスを追い越した。リーバスは道路の前方が空くまで待たなければならなかったが、レヴン・ストリートに着くまでカファティはまっすぐ進むしかない。リーバスはバスの後ろを走り、バスが乗客を乗せるためにウインカーを点滅させて路肩へ寄ったときに、バスを追い越した。前方の車とは数百メートルほども離れてしまった。しかし、キングズ・シアター前の信号が近づくと、前方の車のブレーキ灯が点いた。ゆっくりと追いついたとき、リーバスは何か変だと思った。

カファティの車ではない。

真後ろに車を寄せた。赤信号で停まったその前の車も、カファティの車ではなかった。ボディガードがその二台を追い越して、信号が青の間に交差点を通り抜けたとは考えられない。リーバスがバスの後ろにいたのはほんの二分間程度だ。ヴュウフォースの十字路を通ったときも、左右を見てカファティの車がないのを確認したのだ。狭い脇道の一つへさっと曲がったにちがいないが、はて、どの脇道だろうか？　またしてもハンドルを何回か切り返し、警笛を鳴らすタクシーを待たせながら方向転換をして、ギルモア・プレイス沿いに走った。前庭をアスファルトで固めて駐車場にした下宿屋を何軒か通り過ぎたが、そこにカファティのベントレーらしき車はなかった。

「たっぷり二時間も待ったあげくに、最初のハードルで見失ったのか」リーバスはぼやいた。修道院があってゲートが開いていたが、そこにギャングがいるとは考えづらい。左右にある脇道へ次々と目を走らせたが、どこにもそれらしい気配はない。ヴュウフォースの信号まで来ると、また引き返してから今度は左折し、一方通行の狭い道を運河へ向かった。そこは街灯が少なく、夜には車の往来もほとんどない。ということは、自分の車が目立つ。歩道脇に駐車スペースが見えたので、そこへバックで車を入れた。運河には橋がかかっているが、その橋は歩行者と自転車以外は通れない。そちらの方向へ歩いて向かっているときに、ついにベントレーの姿を認めた。車は空き地の横に停まっていた。運河用ボートが二艘、夜の停泊をしており、その一艘の煙突から煙が立ちのぼっている。こちら方面には長い間訪れたことがなかった。新しいアパートがいくつか増えているが、空室が多いような印象を受ける。そのとき、ビジネス・エリートを目当てにした〝管理サービス付きアパート〟と表示してある看板が目に入った。レミントン・リフト・ブリッジは鋳鉄製の橋で、床は板張りである。はしけやプレジャー・ボートが通るときは橋が跳ね上がるらしいが、それ以外のときは両岸から橋が水平に伸びている。橋の中央に男が二人立っていて、その影が満月に近い月の光を受けて水面に映っている。カファティが手振りを添えて話をしていた。カファティの関心は運河の対岸にあるようだった。そこにはファウンテンブリッジから始まり、市の端へ、さらにその先へと延びている歩道がある。以前は危険な場所だったが、今は新しく歩行者用道路に整備され、運河もリーバスの記憶よりも、たいそうきれいになっている。歩行者用道路に面して高い塀があり、その中は不要となった工業用地が広がっている。そこは一年ほど前までビール醸造所だったが、今は建物の多くが解体作業中で、鋼鉄製の醸造用槽も運び出された。昔、エジンバラには三十から四十ものビール醸造所があった。現在は、スレイトフォード・ロード近くにたった一カ所残っているだけではなかろうか。

　相手の男がカファティの言葉を聞き逃すまいとして、こちらへ半ば顔を向けたとき、リーバスはセルゲイ・アンドロポフの特徴ある横顔をはっきりと捕らえた。

カファティの車のドアが開いたが、それは運転手が煙草に火を点けるために出てきたにすぎなかった。最初の音のこだまのように、また一つドアの開く音が聞こえた。リーバスは帰宅する通行人を装うことにして、ポケットに両手を突っ込み、肩をすぼめて歩き始めた。思い切って一回だけ後ろへ視線を走らせてみると、カファティの車の横にもう一台車が見えた。アンドロポフの運転手も煙草を一服することにしたようだった。その間にカファティとロシア人アンドロポフは、今なお熱心に語り合いながら橋を渡りきった。リーバスはマイクロフォンか何かがあればと思った――リオダンのオフィスの技師が貸してくれたことだろう。これでは何も聞こえない。おまけに二人に背を向けて歩いているので、突然向きを変えて後戻りなどしたら、怪しまれるに決まってる。厳重に夜間の戸締まりをした車の修理工場を通り過ぎた。その先にアパートがあった。中に入って階段を上がり、踊り場の窓から外を覗こうかと思った。それはやめて、立ち止まり、煙草に火を点け、電話が鳴ったかのように携帯電話を耳に当てた。また歩きだしたが、足取りを緩め、対岸の二人を意識に入れていた。アンドロポフが口笛を吹いて、運転手らにそこにおれと手真似で命じた。運河は最近完成した水門ドックで行き止まりとなり、運河用ボートがさらに二艘、長年動かした様子もなく係留されていた。その一艘にはたった一つしかない窓に〝売ります〟と書かれた紙が貼ってある。この辺りにも新しい建物ができていた。事務所ビル、レストラン、店外にテーブルを並べたガラス張りのバー。今夜、そのテーブルには常習的な喫煙者だけが座っている。まだ賃貸の広告が出ている建物もあって、どのレストランにも客はあまり入っていない。バーの横にＡＴＭがあったので、それを使うために立ち止まりながら、こちらへ回ってくるはずの二人を盗み見た。

ところが二人の姿はなかった。

そこでバーの窓から中を透かし見ると、二人はちょうどコートを脱いでいた。外にいても音楽の強いリズムが聞こえてくる。テレビ数台も映像を流しており、客は若い学生ふうの男女ばかりだ。入ってきた客に気づいたのは、はずむ足取りで注文を取りに来た笑顔のウエイトレスだけである。リーバスが入るのは無理だ――それほど混んでいないので、客に紛れ込むことはできない。たとえバーに入ったとしても、話を聞けるほど近づけない。カファティは巧みに場所を選んだ。リオダンですら、盗聴は不可能だろう。二人の男は盗聴の恐れなく会話を楽しめる。これからどうすべきか……？　暗がりはたくさんあるので、そこで背中が冷え込むほど待ち続けてもいい。もしくは車まで引き返す。二人もそのうち自分の車に戻らなければならないから。ATMから百ポンド引き出したあと、心を決めた。運河を対岸沿いに引き返し、レミントン・リフト・ブリッジを渡って、鼻歌を歌いながら空き地を通り過ぎた。二人の運転手は雑談に夢中で、そんなリーバスに気づかなかった。カファティの運転手がロシア語を片言でも理解できるはずがないので、たぶんアンドロポフの運転手は英語がかなり堪能なのだろう。

サーブに乗り込むと、リーバスは体を温めるためにエンジンをかけようと思ったものの、アイドリングさせると運転手たちの注意を惹きかねないので、両手を擦り合わせ、オーバーを体に堅く巻き付けてしのいだ。

さらに二十分が経過したとき、動きがあった。アンドロポフとカファティの姿を見ていないのに、二台の車が動きだした。リーバスはそのあとについて、ギルモア・プレイスまで来た。前の車はヴュウフォース交差点で右折し、さらにダンディ・ストリートで右折した。

二分後、二台の車は先ほどのバーの前で停車した。バーの片側は運河に接し、もう片側はファウンテンブリッジに面している。こちら側は車の往来があり、駐車している車も多い。リーバスは古びた協同組合方式の葬儀社の近くに、停める場所を見つけた。大規模な建設工事が進行中で、ある建物などは正面の壁だけを残してすべて取り壊されており、その真後ろに新しい建物がそびえていた。この辺りはすべて生命保険会社や銀行ばかりのように思われ、リーバスはサー・マイケル・アディスンやスチュアート・ジャニ、ロジャー・アンダースンなど、ファースト・オルバナック銀行の男たちを連想した。サイドミラーを見ると、二台の車はエンジンをかけたままで、ライトも消していなかった。もう二年ほども経てば、炭酸ガス排出規制条例か何かに基づいてこいつらを逮捕できるかもしれない。ただし、二年後には自分はもう警察にいないが……

「ビンゴ」アンドロポフとカファティが出てきたのを見て、リーバスはつぶやいた。二人はそれぞれの車に乗り込み、リーバスの横を通ってロウジアン・ロードの方向へ走り去った。再びリーバスはあとをつけた。今回は見失う可能性が低い。キングズ・ステイブルズ・ロードへの入り口へ差し掛かったとき、あの駐車場ビルへ入るのではなかろうかと緊張したが、二人の車はそのまま直進してプリンシズ・ストリートへ曲がり、シャーロット・スクエアを経てクイーン・ストリートへ出た。ヤング・ストリートを通る際、リーバスは〈オックスフォード・バー〉のほうへ視線を投げた。

「今夜はおまえのとこに寄らないよ」甘い口調で言い、投げキッスを送った。

クイーン・ストリートの端まで来ると、二台の車は左へ曲がってリース・ウオークへ入り、ゲイフィールド・スクエアを通り過ぎた。グレイト・ジャンクション・ストリートからノース・ジャンクション・ストリートを走り、とうとうリースの西側にある波止場に着いた。ここでも再開発が進み、港湾地区や工業地区だったところに高層アパートが林立している。

「観光客のルートとは言えないね、アンドロポフ」二台の車が停まるのを見て、リーバスはひとりごちた。

そこにはすでに別の車がハザード・ランプを点けて待っていた。リーバスはそこを通り過ぎた。車を停めることはできない。街路は見通しがいいからだ。最初の角を曲がり、そこで今や達人となった方向転換をおこない、交差点へそっと引き返した。右折のウインカーを点滅させて、三台の車の横を通過した。同じ光景。歩道にカファティとアンドロポフが立ち、カファティはすべてを包み込むかのように両手を大きく広げている。しかし今回はお供がもう二人増えていた。スチュアート・ジャニとニコライ・スタホフだ。領事館員は手袋をはめた手を後ろで組み、コサック帽をかぶっている。銀行員のジャニは考え込んだ表情で腕組みをし、合点するかのようにうなずいていた。

「お仲間が揃ったな」リーバスがつぶやいた。

まだ照明の消えていないガソリンスタンドがあったので、そこへ入り、タンクに無鉛ガソリンを流し込んだ。支払いを済ませるときにチューインガムも買い、ガソリンポンプの横に立ってゆっくりと包装を剝き、そのあと携帯電話のメッセージを確認するそぶりをした。レジ係がリーバスからしつこく目を離さないので、こんな芝居を長く続けられないのは明らかだった。振り返って道路を見たが、よく見えない。カファティが今もその場を仕切っているようだった。車が一台入ってきて、後ろのポンプで停止した。二人の男が出てきた。一人がノズルを引きだしている間、もう一人は二、三回伸びをしてから売店へ向かいかけたが、気が変わったのか、リーバスのほうへ戻ってきた。

「こんばんは」男が言った。リーバスよりはるかに体格のよい、大男。穴のいちばん端で留めたベルトが、今にも弾けそうだ。剃り上げた頭に白髪がちらほら残っている。そのぽっちゃりとした顔は、乳房から引き離されるたびにじれて泣く、太りすぎた赤ん坊を思わせた。リーバスは黙って会釈し、ガムの包装紙をゴミ箱に捨てた。

男はリーバスの車をじろじろと見ていた。「かなりポンコツだな。いくらサーブとはいえ」

リーバスは振り返って男の車を見た。黒塗りのヴォクスホール・ベクトラ。

「少なくとも、車はおれ自身のものだ」

男はその言葉を認めるかのように笑顔でうなずいた。たしかに自分のは社用車だよ、と言わんばかり。「話があるそうだ」ベクトラのほうへ頭を振る。

「へえ、そうか？」リーバスはガムの包みのほうに関心があるように見えた。

「話をしたほうがいいぞ、リーバス警部」男が言葉を足し、最後の一言の効き目を確認して、目をきらめかせた。チューインガムを噛む口がぴたりと止まったのだ。

「おまえは誰なんだ？」

「あの男が教える。おれはガソリン代を支払わなければならん」男が離れた。リーバスはしばしそこを動かなかった。レジ係が興味深そうな顔をしている。ベクトラのそばにいる男はポンプのメーターに見入っていた。リーバスは話をしに行くことにした。

「おれに用があるのか？」

「いいかね、リーバス、ほんとはあんたとなんか関わりたくないんだ」男は中肉中背、茶色い髪で、目の色は茶色とも緑色ともつかず、なんの特徴もない顔だった。どこにでも紛れ込み、印象に残らない、いわば、張り込みにはうってつけの男。

「どうやら犯罪捜査部の人間らしいな。でもおれはあんたを知らないから、市外から来たってことだな」

男はメーターがきっかり三十ポンドを指したところで、握っていたノズルを緩めた。うまくいったことに満足した顔つきで、ノズルを元の位置に戻した。キャップをはめ、ハンカチで手を拭きながら、ようやく目の前の男に注意を向けた。

「あんたはジョン・リーバス警部。エジンバラB地区のゲイフィールド・スクエア署に所属している」

「忘れるといけないから、それをメモさせてくれ」リーバスはポケットから手帳を出すそぶりをした。

「あんたは上層部ともめてる。だから、あんたがもうすぐ引退するというんで、皆が嬉しがってるんだ。フェティス本部では祝いの旗を揚げんばかりだよ」

「おれについていやに詳しいようだな。ところが今のところ、こっちが知ってることと言えば、あんたが馬力の強い、男好みの車に乗ってるってことだけだ……それは警官のうちでもある種のタイプ、つまりは仲間の警官を捜査するのが無上の楽しみという人種を示している」

「おれたちを苦情委員会の者だと思ってるのか？」

「当たってないかもしれんが、苦情委員会なるものがあることは知ってるようだな」

「おれ自身も苦情を受ける立場になったことが二回ほどある」男が打ち明けた。「そうでなかったら、まともな警官とは言えないからな」

「じゃあ、おれもまともな警官だ」リーバスが言い添えた。

「そうなんだよ」男が穏やかに言った。「さあ、車に乗ってくれ。きちんと話をしよう」

「でもおれの車が……」リーバスが振り返ると、赤ん坊みたいな顔の大男がサーブの運転席に身を押し込め、エンジンをかけていた。

「心配いらない」新しい友達が請け合った。「アンディは車に詳しいんだ」男はベクトラの運転席に戻った。リーバスは助手席のほうへ回り、乗り込んだ。大男のアンディの座っていたシートはへこみができていた。リーバスはこの男の身分を示す手がかりを摑もうとして周囲を見回した。

「あんたの考え方はいいね」男が褒めた。「だけど、潜入捜査をするときは、ばれないようにするもんだ」

「じゃあ、おれは落第だな。あんたはたちどころにおれを見破ったんだから」

「そう、落第だね」

「それに引き替え、あんたの相棒のアンディは、たとえおでこに警官ですと刺青してても、そうとは見えないな」

「あいつは用心棒かと思われる場合もあってね」

「用心棒はもう少し洗練されてるよ」

男はリーバスに見えるように携帯電話を持ち上げた。

「あいつがあんたの車を預かってる間に、あんたがそう言ったと伝えようか？」

「それは後回しにしてくれ。それより、あんたは誰なんだ？」

「おれたちはSCD」正式にはSCDEA、スコットランド犯罪及び麻薬取締り本部。「ストーン警部だ」

「で、アンディは？」

「プロサー部長刑事」

「ではストーン警部、用件というのは？」

「カラムと呼んでくれ。では、あんたをジョンと呼んでもいいかな？」

「友達として話し合うってことか、カラム？」

「穏やかに話し合いたいんでね」

　サーブはすでにウインカーを点滅させ、広い道へ出ようとしていた。オーション・ターミナルからさほど遠くないカジノまで来ると、サーブはその駐車場に入った。ストーンもその横に停めた。

「アンディはこの辺りの地理に詳しいようだな」リーバスが言った。

「サッカー場へ通うルートってことでね。アンディはダンファームリンのファンで、ヒブズやハーツとの対戦を見にこっちへ来るんだ」

「それも長く続かないだろうね、あのチームはそうとう苦戦してるからな」

「それは言ってほしくないね」

「憶えておこう……」

　ストーンはリーバスと目を合わすために体の向きを変えた。「率直に話すことにする。それ以外のやり方だと、あんたの癇に障るだけだと思うから。そっちも同じ礼儀で接してくれ」ストーンは一呼吸した。「なぜあんたはカファティとロシア人に強い関心を寄せているんだ？」

「捜査中の事件に関連してる」

「トドロフ殺害か？」

　リーバスがうなずいた。「トドロフはカファティと飲んだのが最後の酒となった。そのときアンドロポフも同じバーにいた」

「二人は何か共謀してると思うのか？」

「どうつながってるのか、よくわからなかった」

「そして今は……？」

「アンドロポフはエジンバラを大々的に買い占めようとしている。カファティを仲介者として」リーバスは推測で言った。

「ありうるな」ストーンが認めた。リーバスは助手席の窓から自分の車へ視線を向けた。プロサーが調子の悪いスピーカーを足で蹴っているように見える。

「アンディの音楽の好みがおれと同じとは思えないな」リーバスが言った。

「あんたがスコットランド民族音楽だけしか聴かないんだったら、問題ないが……」

「そりゃ困ったな」

　ストーンは心の伴わない笑い声を上げた。「ちょっとばっかし、異例なんじゃないか？　たった一人で張り込むってのは？　こっちの犯罪捜査部はそれほど人員不足なのかい？」

「夜勤を好まない者もいるんでね」

「ほんとかね。おれなんか、女房が帰ってきたおれを見てぎょっとするんで、洋服ダンスに牛乳配達員が隠れているんじゃないかって疑ってるんだがね」

「結婚指輪をしていないじゃないか」

「ああ、そうだ。あんたはと言えばな、ジョン、離婚経験者で成人した娘がいる」

「あんたが関心を持ってるのはアンドロポフじゃなくて、おれなんじゃないか」

「アンドロポフなんて知ったことか。モスクワ当局が今にもあいつを何らかの罪で訴追するに決まってる、詐欺だか偽造書類だか贈賄だか知らんが……」

「それについてはアンドロポフはあまり心配していないようだぞ。転勤を考えているからかな?」

「どうだろうね。それはともかく、アンドロポフがここへ何のために来たにしろ、それは公式訪問らしい」

「カファティをお供にしてるのにか?」

「悪党ってのはな、ジョン、やることの九割は完璧に適法な行為なんだよ」

リーバスは考え込んだ。表社会という語が頭の中でこだましている。「じゃあ、あんたが追ってるのはアンドロポフじゃないとしたら……?」

「あんたの友達カファティがターゲットなんだ、ジョン。今回こそ必ず仕留めるぞ。あんたの名前がレーダーに引っかかったのは、長年にわたるあいつとの争いがあったからだ。だがあいつはおれたちが挙げる。この七カ月間、おれたち六名のチームはあいつについて徹底的に調べ上げてきた。電話の盗聴、法的問題専門会計士やその他いろいろの策を講じている。間もなくあいつを刑務所にぶちこんで、不正収入をすべて国庫に返還させるんだ」ストーンは得意そうだったが、その目は冷たく輝くビー玉のようだった。「この計画がぶちこわしになるとすれば、それはたった一つ、誰かがいい加減な仮説と長年にわたって培《つちか》った偏見をもとに、がむしゃらに割り込んでくる場合だね」ストーンは首をゆっくりと振った。「それだけは防ぎたいんだ、ジョン」

「つまりは、口出しするなってことか」

「もしおれがそう言ったら、あんたは正反対のことをするんじゃなかろうかと思ってる。意地を張るためだけにでもな」ストーンが平静な口調で言った。サーブの中では、ドアパネルをいじっているらしく、プロサーの頭が視界から消えていた。

「何の罪でカファティを起訴するつもりだ？」

「麻薬か金の洗浄《マネー・ロンダリング》か……脱税ってのもいいね。さまざまな海外預金についての情報も押さえられてるってことを、あいつはまだ知らない……」

「さっき言った法的問題専門会計士が調べたんだな？」

「そいつらは非常に優秀なんで、名前を出すわけにはいかない――命を狙われかねないんでね」

「わかるよ」リーバスはしばらく考え込んだ。「カファティとアンドロポフをアレクサンドル・トドロフに結びつける何かがあるのか？」

「アンドロポフはモスクワでトドロフを知っていた。それだけだ」

「トドロフを知っていた？」

「若い頃……同じ学校だか大学を出ている」

「ではアンドロポフについていささかの知識があるんだね……じゃあ、教えてくれ、カファティとはどういう関係なんだ？　だってカファティとは世代も世界も違うだろ？」

「自分を考えてみろ、ジョン……あんただって六十歳間近だが、小犬のように元気じゃないか」ストーンがまた笑い声を上げたが、今回は心からの笑い声に聞こえた。「あんたはカファティをムショにぶちこみたい――それははっきりしてるよな。ただな、あんたに引退記念のちょいとしたプレゼントができるとしたら、それはこの仕事をおれたちに任せてくれた場合に、いちばん成功確率が高いんだ。あんたがいくら尾行したからって、カファティを有罪にはできやしない。書類を綿密に追うことでのみ、あいつを破滅させられる。ペーパーカンパニー、消費税の脱税、バーミューダやリトアニアの銀行取引、賄賂、裏金、修正した帳簿などでな」

「だからカファティを尾行してるのか？」

「カファティが弁護士に電話してるのを盗聴したんだ、あんたにしょっぴかれた、と。弁護士は苦情を申し立てようと提案した――迷惑行為だとして。カファティはその提案を聞き入れず、むしろ嬉しいぐらいだ、と言った。それでおれは心配になったんだよ、ジョン。これから攻撃しようとしているときに、無駄弾を撃たれては困るんだ。あんたがカファティの自宅を監視してることはわかってる――見てるんでね。だけどあんたはおれらがいることに気づかなかったんだろ」

「それはあんたらのほうが断然張り込みがうまいからだよ」

「それは間違いない」ストーンはシートにもたれた。その姿勢はプロサーへの合図のようだった。サーブのドアが開いて太った体が現れ、ベクトラの助手席のドアハンドルを強く引いた。

「おれのステレオの調子はどうだ？」リーバスがたずねた。

「新品同様だよ」

リーバスはストーンのほうを向いた。ストーンが名刺を渡した。

「頼むから、張り込みは専門家に任せろ」

「よく考えてみる」リーバスはそう答えただけだった。サーブに乗り込んで、ステレオを試してみた。調子の悪かったスピーカーが正常に作動し、グリルにもドアのパネルにも傷のついた様子はない。これには感心せざるをえなかったが、それでも表情には出さなかった。駐車場をバックで出て、広い道へ車を向けた。選択肢は二つ。左折して市内へ向かうか、右折してカファティとアンドロポフがいたところへ向かうか。左のウィンカーを点滅させて、車の流れが途絶えるのを待った。そして右折した。

しかし三台の車の姿はもうなかった。ちくしょうと小声で罵る。車をこのままゆっくりと走らせ続けようか、それともカレドニアン・ホテルへ行ってみようか。いっそのことカファティの邸宅へ向かい、帰宅したかどうか確認してみようか。

「家に帰れ、ジョン」自分に命じた。

けっきょく家に帰った。キャノンミルズを通り、ニュータウンとオールドタウンを経て、メドウズ沿いに走り、左に折れてマーチモント地区へ入りアーデン・ストリートへ。そこには、彼の労に報いる天からの小さな褒美が待っていた。空いた駐車スペースが一つ。階段二階分も待ち受けている。階段を上がりきったときに、息も絶え絶えなほどには息切れしていなかった。キッチンで水をグラスにくんでごくごくと飲み、さらにグラスに水一インチほどを入れて居間へ持っていった。同量のウイスキーを足し、ジョニー・キャッシュをステレオに突っ込むと、椅子に倒れ込んだ。だが〈マン・イン・ブラック〉はそぐわなかった。ちょっと申し訳なく思いながらもCDを取りだした。そう言えば、キャッシュのルーツはファイフだった。以前、新聞にファイフのフォークランドにある先祖代々の家を訪問しているキャッシュの写真が出ていたっけ。代わりにジョン・マーティンの〈グレイス・アンド・デンジャー〉をかけた。別れの歌のアルバムとして、これは傑作である。沈鬱なその歌声が心に響く。

「くそっ」リーバスははっきりとした声で言った。その一語が今日という一日を言い表している。スコットランド犯罪及び麻薬取締り本部の男たちをどう考えたらいいのかよくわからない。もちろん、自分はカファティを刑務所へぶちこみたい。しかしふいに思った。生死を賭けた戦いで勝つのは、自分でなければならないのだ。だから、たんにカファティを捕まえればいいのではなく、手段や方法も重要なのだ。長年おれはあいつと戦ってきたのに、今や最新技術と眼鏡をかけた会計士が最後の仕上げをしようとしている。死闘も、罵り合いもなく、血も流れない。

死闘があるべきだ。

罵り合いがあるべきだ。

ジョン・マーティンが歌っている。頭のいかれたやつがいる、と。もうすぐ、タイトル曲の《グレイス・アンド・デンジャー》へと進み、その次の次は《ジョニー・トゥー・バッド》となる。残念だな、ジョニー、か。

「おれの人生そのものを歌ってるんだよな」ジョン・リーバスはウイスキー・グラスへつぶやいた。カファティに近づけないなら、おれはどうしたらいいんだ？ストーンとその部下が手を汚さずに手際よくカファティを刑務所へ送ってしまったら？

死闘があるべきだ。

罵り合いがあるべきだ。

血も……

第七日

二〇〇六年十一月二十三日　木曜日

27

リーバスはゲイフィールド・スクエア署の向かい側に車を停めていた。ここからは報道陣の動きがよく見える。据え付けられるテレビカメラもあれば、撤去されるものもある。それはどれだけ早くここに到着したかによるのだ。記者たちは携帯電話を耳に当てながら、歩道をうろつき、立ち聞きの誘惑に陥らないように、ほかのチームとは適度の距離を置いている。カメラマンは陰気な警察署の玄関前をどうやって使える写真にしようかと悩んでいる。背広姿の男たちが三々五々警察署へ入っていく。リーバスはその顔のいくつかに見覚えがあった。たとえばレイ・レイノルズ。知らない顔もあるが、すべて刑事らしい顔つきなので、きっと捜査班の応援要員として呼ばれたのだろう。リーバスは朝食用のロールパンをまたかじり、ゆっくりと噛みしめた。ロールパンを買う際に、コーヒーと新聞とオレンジジュースも追加した。その新聞に目を通しているうちに、病床のリトビネンコの続報に目が留まった——毒を盛られた経緯はまだ謎のままである。トドロフに関する記述はなく、チャールズ・リオダンについてはベタ記事があるのみだ。その末尾に、後ろの頁に追悼記事がある、と記されている。そこを読むと、リオダンは一九八〇年代に、ビッグ・カントリーやディーコン・ブルーをはじめとして、さまざまなロック・グループのツアーに参加していた。〝チャーリーは飛行場の騒音に甘い音をミックスした〟と、あるミュージシャンの言葉が引用されている。それより以前にも、数々のセッションに加わっていて、ナザレスやフランキー・ミラー、サザランド・ブラザーズのアルバムでも演奏している。ということは、リオダンが演奏したアルバムを、たぶんリーバスも持っているはずなのだ。

「知っていたらなあ」リーバスは独り言を言った。

報道陣が押しかけているのを見て、トドロフとリオダンの死が結びついているという情報を誰がもらしたのだろうか、と思った。でも、どうってことはない。遅かれ早かれわかることなのだから。しかしそれを道具として使えなくなった。頼み事をするときに、お返しとしてその情報を都合よく提供できたはずなのに

……


まだ待っている人物は現れない。公用車が近づいてきて停まった。コービン本部長が降りてきて、びしっと決めた制服、ぴかぴかの帽子、黒革の手袋といういでたちで、カメラにポーズを取った。捜査員の士気を鼓舞するためというのは言い訳に過ぎず、きっとマスコミが集まっていることを知らされたからやって来たのだ。発表を求める報道陣ほど、本部長が意気込むものはない。マスコミを巧みにあしらってみせたいのだ。リーバスは携帯電話にシボーンの番号を打ち込んだ。

「お偉方警報」リーバスがシボーンに注意を促した。

「誰が、どこで？」

「コービン本部長だよ、報道陣のカメラの前でポーズしている。あと二分できみのとこへ行くぞ」

「となれば、あなたは近くにいる……」

「心配いらない。コービンにはおれが見えない。捜査はどうなってる？」

「ナンシー・シヴライトにもう一度会うつもり」

「銀行員からまた嫌がらせを受けたのか？」

「わたしの知る限りでは、それはないわ」シボーンが少しして言った。「で、ほかに何をやろうとしてるんですか、この朝の張り込みはさて置いて」

「正直なところ、出勤しないで済むことにせいせいしてるんでね……ネズミ野郎のレイノルズみたいなやつ

らと一緒に働くのはごめんだよ」

「そんなこと言わないで」

「トッド青年が入るのも見たような気がする。きちんとした背広姿で……」

「そうよ」

「彼をはずしたのかと思っていた。兄貴と事件の関わりが明らかになったことだし」

「フィリダもあなたと同じ意見だわ。でもトッドはチャールズ・リオダンが作った二百時間にも及ぶ委員会のテープを熱心に聴いている。それで彼は安全だわ」

「主任警部にその話をちゃんとしてるんだね？」

「それはわたしの役目であって、あなたとは関係ない」

リーバスは舌打ちして戒め、コービンが記者たちに最後に大きく手を振ったあと、署の玄関へ入るのを見た。「本部長、入ったぞ」と携帯電話に囁いた。

「じゃあ、驚いた顔の準備でもするわ」

「嬉しい驚きにしろよ。追従笑いで、追加点を稼げるかもな」

「あなたの停職処分について話してみるつもり」

「成功の見込みなんて、まったくないぞ」

「それでも……」シボーンがはっと息を吸う。「噂をすれば……」電話が切れた。リーバスは携帯電話を閉じ、車のハンドルを指でこつこつと叩いた。

「メイリー、どこにいる？」そうつぶやいた。そのとたん、メイリー・ヘンダーソンがイースト・ロンドン・ストリートの角から現れ、きびきびした足取りで警察署への坂を上がってきた。片手に手帳、片手にペンと小型録音機を持ち、大きな黒い鞄を肩からかけている。リーバスはクラクションを鳴らしたが、彼女は振り向きもしなかった。もう一度鳴らしてみたがやはり効果はなく、これ以上鳴らしてほかの者の注意を惹きたくなかった。諦めて車を降り、ポケットに両手を突っ込んで車の横に立った。ヘンダーソンは仲間の一人と何か話している。それからカメラマンを捕まえ、どんな写真を撮ってるのかとたずねた。リーバスはカメラマンに見覚えがあった。マンゴとかいう名前で、以前メイリーと仕事をしたことがある男だ。ヘンダーソンの携帯電話にメールが届いたらしく、カメラマンと話を続けながらも、それを読み、さらにボタンを押してどこかへ電話している。携帯電話を耳に当てながら、報道陣から離れ、ゲイフィールド・スクエアの中央にある草地へ近づいていった。草地にはワインの空き瓶やファストフードの包装などのゴミが散らかり、ヘンダーソンはそれを見て顔をしかめながら電話をしている。ふと目を上げてリーバスに気づいた。リーバスは笑顔になった。彼女はリーバスの顔を見ながら会話を続けた。やがて電話が終わり、ヘンダーソンが草地を回り込んでやって来た。リーバスは車に戻った。ほかの者に姿を見られてはまずい。メイリー・ヘンダーソンは助手席に乗り込み、膝に鞄を載せた。

「どうしたの？」

「まずは、おはよう、メイリー。新聞業界の景気はどうだね？」

「じり貧ね。フリーペイパーとインターネットに押されて、金を払ってまで新聞を読む人は急激に減ってきてるわ」

「広告収入も同じく減ってるんだな？」

「規模縮小ってことね」ヘンダーソンがため息をついた。

「じゃあ、きみのようなフリーの記者には仕事があまりないんだな？」

「記事ネタはたくさんあるわ、ジョン。ただ編集者がそれに金を払いたがらない。タブロイド紙が何をやってるか気がついた？　読者にニュースや写真を送れって、広告してるんだから……」彼女はシートに頭をもたせかけ、しばらく目を閉じていた。リーバスはふいに強い同情の念を憶えた。長年メイリーとは付き合いがあり、情報や噂を交換してきたのだが、こんなに打ちひしがれた声を聞いたのは初めてだ。

「おれが力を貸せるかもしれん」

「トドロフとリオダンのこと？」察したメイリーが目を開け、向き直った。

「そのとおり」

「なぜ、中にいないでこんなとこにいるの？」メイリーが警察署へ手を向けた。

「少し頼みがあるからだ」

「わたしに何か調べろってこと？」

「おれのことがよくわかってるな、メイリー」

「これまであなたの頼みをたくさん聞いてあげたけど。でもいつも釣り合うだけのお返しをしてもらってない」

「今回はそうはならない」

メイリーがうんざりした笑い声を上げた。「それもいつも聞くせりふだわ」

「わかったよ。じゃあ、引退記念のプレゼントをくれるってのはどうだ」

メイリーがまじまじとリーバスの顔を見た。「もうすぐ退職だってこと、忘れてた」

「すでに退職したも同然だ。コービンから停職処分を受けてるんで」

「なぜそんなことになったの？」

「本部長の友達の悪口を言ったからだ、サー・マイケル・アディスンという男の」

「銀行家ね？」メイリーの声の調子が気分とともに明るくなった。

「そいつとトドロフの間には何か結びつきが、かなり遠いにしろ、あるんだ」

「どれぐらい遠いの？」

「無関係に近いほど」

「でも興味をそそるわ」

「そう感じると思ってた」

「じゃあ、話を聞かせてくれる？」

「わかる範囲で話そう」リーバスが言い直した。

「交換条件は？」

「アンドロポフという男」

「彼はロシアの実業家だわ」

「そのとおり」

「通商使節団としてエジンバラに最近来たわね」

「もう全員帰国したよ。アンドロポフだけが残った」

「それは知らなかったわ」メイリーが唇をすぼめた。

「では、何を知りたいの？」

「彼が何者なのか、どうやって財を成したかについて。彼もまたトドロフとのつながりがある」

「二人ともロシア人だってこと？」

「二人は知り合いだと聞いた。霧に包まれた遠い昔に」

「それで？」

「トドロフが死んだ夜、アンドロポフも、昔のクラスメート、トドロフがいたバーで飲んでいた」

　メイリー・ヘンダーソンは低い口笛を長々ともらした。「誰もこのことを知らないのね？」

　リーバスはうなずいた。「ほかにも情報はいくらでもある」

「もしこの記事を載せたら、あなたの上司は情報源をたちどころに推測するわ」

「情報源はあと二、三日で一市民に戻る」

「じゃあ仕返しはない？」

「ない」

　メイリーは厳しい目つきになった。「まだほかにも記事にできそうな醜聞をたくさん知ってるみたいね」

「それはおれの回顧録のために取っておくよ、メイリー」

　メイリーがまたしてもつくづくと見た。「ゴーストライターが要るんじゃないの」その言葉は冗談には聞こえなかった。

《スコッツマン》紙の本社はホリールード・ロードの麓にあって、BBCと議事堂とに向かい合っている、現代的な建物である。数年前にメイリー・ヘンダーソンはそこの正社員を辞めたが、今も顔が知られており、通行証を持っていた。

「どうやってそれを手に入れたんだ？」リーバスは受付で署名しながらたずねた。メイリーが自慢げに鼻を叩いているそばで、リーバスは来訪者用のバッジを自分の胸に着けた。受付の背後にあるオフィスは広々とした空間の部屋で、たった十人ほどのスタッフがいるだけだった。メイリーに少ない人数だと言うと、メイリーはリーバスの知っている昔とはちがうのよ、と答えた。

「最近では紙面を作るのに、たくさんの人数は要らないの」

「あまり嬉しそうな声じゃないな」

「古い建物のほうが趣があったわ。昔の編集室もね。記事を作り上げようとして誰もが必死に働いていた。編集長は袖をまくり上げ、のべつまくなしに罵っていたし。編集者は煙草の煙をもうもうと吐きながら、原稿に語呂合わせを織りこもうとして……原稿も手作業で切ったり貼ったり。それがすべて……」メイリーは適切な言葉を探した。「効率よくなった」ようやく締めくくった。

「警官だって昔のほうが楽しかった。だけど間違いも多かった」

「あなたの年齢なら、懐古的になっても許される」

「きみはいけないのか？」

　メイリーは黙って肩をすくめ、空いたコンピュータの前に座り、リーバスも椅子を持ってくるようにと手真似で指示した。半月型の眼鏡をかけた無精髭の中年男が通りがかりに挨拶した。

「あら、ゴードン」メイリーが答えた。「パスワードを教えてくれる？」

「コナリー」

メイリーは礼を言い、立ち去る男を見送りながら笑みを浮かべた。「ここにいるうちの半分は、わたしがまだ社員だと思ってるわ」声をひそめて打ち明ける。

「ここへ入るのに便利だな」リーバスは彼女がパスワードを打ち込み、アンドロポフという人名で検索にかけるのを見守った。

「ファースト・ネームは？」

「セルゲイ」

メイリーはまた検索し、最初の検索結果を半減させた。

「ほかの場所でもインターネットに接続できたのに」リーバスが言った。

「これは普通のインターネットじゃないわ。新聞記事のデータベースよ」

「《スコッツマン》紙からの？」

「ありとあらゆる新聞の記事も含まれる」メイリーが画面を指さした。「五百件以上ヒットしたわ」

「多いね」

メイリーが意味ありげに睨んだ。「とても少ないほうよ。これを印刷しましょうか、それとも画面を見る？」

「とりあえず見よう」

メイリーは立ち上がって自分の椅子を脇に退け、リーバスが自分の椅子をコンピュータの前に引き寄せられるようにした。「ちょっと皆のところを回ってくるわ、噂を拾いに」

「何してるって訊かれたら、おれはどう言えばいいんだ？」

メイリーは少し考えた。「自分は経済部の編集者だって言うのよ」

「わかった」

メイリーはリーバスを残して上の階へ行った。リーバスはクリックして読み始めた。最初の数項目はアンドロポフの事業に関する記事だった。ペレストロイカによって国家の産業への支配力が弱まったために、アンドロポフのような男たちが卑金属や鉱山などへ手を出すことができるようになった。アンドロポフは初めは取引を亜鉛、銅、アルミに絞っていたが、やがて石炭や鋼鉄も扱うようになった。ガスとオイルの投機的ビジネスは失敗に終わったものの、ほかの分野では大儲けした。とほうもない巨額の利益を得たためか、不正取引の疑いで当局の捜査が入った。報道記者の見解は二つに割れ、アンドロポフは無実の罪を着せられた犠牲者と言われたり、いかさま師と非難されたりした。

二十分後、リーバスは検索に〝生い立ち〟という語を添えて、範囲を狭めてみた。するとアンドロポフの要約した履歴が出てきた。一九六〇年生まれで、これはアレクサンドル・トドロフと同年であり、出生地はモスクワ郊外のジダーノフ、これもまたトドロフと同じ地域である。

「そうか、そうか」リーバスはひとりごちた。アンドロポフの通った学校名、大学名は記載されていない。若い頃については調べなかったものと見える。次にアンドロポフの項目の中にトドロフの名前が出てこないかと調べてみたが、何もなかった。トドロフの項目は海外のものも含め一万七千もあった。アンドロポフの五百を少ないとメイリーが一蹴したのももっともだ。トドロフの大学での活動について調べてみた。彼の講演のいくつかはダウンロードできるが、女子学生に対する不適切な言動については、何も見つからなかった。アンドロポフは作り話をしたのかもしれない。

「やあ」髭面の男が後ろに来ていた。

「おはよう」リーバスは挨拶を返した。たしかこの男はゴードンという名前だ。そのゴードンが後ろから画面を覗き込んでいた。

「サンディがトドロフ事件を扱っていたと思う」ゴー

ドンが言った。

「そう、それで経歴を付け加えているところなんだ」

「ああ」ゴードンは話の筋が通ったかのようにゆっくりとうなずいた。「では、サンディはまだゲイフィールド・スクエアに張りついてるんだね？」

「知るかぎりでは」リーバスが肯定した。

「警察がまたしても大失敗する確率は？」

「そんな賭けにはおれのシャツすら賭けたくないね」リーバスは冷たく言った。

「まあ、警察にはせいぜいがんばって働いてもらわないと……」ゴードンは笑いながら立ち去った。

「あの野郎」リーバスは聞こえるほどの声で言った。

ゴードンは立ち止まったが、振り返らず、少ししてまた歩み始めた。聞き違えたと思ったのか、口論を避けたのか。リーバスは画面を読む作業を再開し、トドロフからアンドロポフの項目へ再び切り替えたとたん、見覚えのある名前が目に飛び込んだ。ロディ・デナム。


ロシアのニュー・リッチは美術を買うのが好きらしい。競売で落とされる価格は、記録破りの高額である。ピカソやマチスを持っていなければ、富豪にあらずということなのだ。そんな記事をいくつか開いてみた。そこには、モスクワやニューヨーク、ロンドンのオークション会場で撮られた写真も掲載されている。五百万ポンドで競《せ》り落とされたり、一千万ポンドで競り落とされてたりしている。アンドロポフは、現代アート、とくに英国現代アートに関心を持つ人物として、軽く触れられているにすぎない。それゆえに彼はサザビーズやクリスティーズのようなところではなく、賢明にも美術画廊や展覧会で購入している。最近の買い物はアリソン・ワッツの二作品をはじめとして、カラム・インズ、デイヴィッド・マック、ダグラス・ゴードン、ロディ・デナムの作品である。シボーンがデナムについて、議事堂でアート・プロジェクトを企画している人物で、リオダンがそれを手伝っている、と話していた。記事には、〝これらの画家はすべてスコットランド人なので、ミスター・アンドロポフはその方面に特化しようとしているのだろう〟というコメントが添えられていた。リーバスは芸術家の名前を書き留め、また検索を始めた。さらに十五分が経過したとき、メイリー・ヘンダーソンがコーヒー二つを手に戻ってきた。

「ミルク入り、砂糖なし」

「それでいいよ」リーバスは礼の代わりに言った。

「ゴードンになんて言ったの？」メイリーが椅子を横に引き寄せながらたずねた。

「なぜ？」

「あなたに嫌われたと思ってるみたい」

「神経の細い男もいるからな」

「何を言ったんだか知らないけど、あなたを役員と勘違いしたみたい」

「おれにはそんな要素があると前から思ってたんだ……」リーバスは画面から目を離して、ウインクをして見せた。「印刷ボタンをクリックしたら、どこに紙が出てくるんだ？」

「あそこの機械」メイリーが部屋の隅を指した。

「じゃあ、あんな遠いところまで歩いて紙を取りに行かなきゃならんのか？」

「あなたはお偉いんだから、誰かに取りに行かせたら……」

28

記者たちはゲイフィールド・スクエア署から散ってしまった。昼食時に近づいたためか、ほかに事件が起こったためだろう。シボーン・クラークはマクレイ主任警部、コービン本部長との会合に出た。マクレイが熱心に擁護してくれたにもかかわらず、コービンはシボーンに捜査の担当を続けさせることに難色を示した。

「フェティス本部からスター警部を呼び戻そう」コービンが主張した。

「わかりました」マクレイがついに折れた。

その会合が終わった後、マクレイはため息をついて、本部長の考えは正しいのだとシボーンに言い渡した。シボーンは肩をすくめ、マクレイが受話器を取り上げて、デレク・スター警部につないでくれと言うのを見守った。三十分と経たないうちに、整髪した頭に、ワイシャツのカフスボタンをちらつかせながらスターが捜査部室に現れ、〝はっぱ〟なるものをかけるために、捜査員を呼び集めた。

「はっぱ、って、ここは鉱山なの？」ホズがひそひそ声で言い、彼女なりの言い方で、シボーンの味方であることを示した。シボーンは感謝の印に微笑を返した。

マクレイの部屋でごく簡単な打ち合わせを終えただけのスター警部は、二つの死の〝関連性の薄さ〟を強調し、〝この早い段階〟ではそれについてあまり深読みしないように求めた。捜査班を二つに分け、一組はトドロフに、もう一組はリオダンに専念するよう命じた。そのあとシボーン・クラークに向き直った。「きみはリンクする係だ、クラーク部長刑事。ということは、二つの事件に何か関連性が出てくれば、きみが情報をまとめる」部屋を見回しながら、自分の方針を理解してくれたかとたずねた。そこかしこからの肯定のつぶやきは、レイ・レイノルズの長いおくびで掻き消された。

「チリコンカルネを食ったもんで」近くの捜査員が手帳や紙でぱたぱたと扇ぐと、レイノルズは詫びる代わりにそう言った。シボーンの机の電話が鳴り出した。シボーンは受話器を取り、もう片方の耳に指を詰めてスターの演説を遮断した。

「クラーク部長刑事です」シボーンが名乗った。

「リーバス警部、いますか？」

「今ここにはおりませんが、わたしではお役に立ちませんか？」

「スチュアート・ジャニなんですが」

「ああ、ミスター・ジャニ。わたしクラーク部長刑事です。議事堂でお会いしましたね」

「実はですね、クラーク部長刑事、あなたのところのリーバス警部がアレクサンドル・トドロフの銀行取引の明細を知りたいということだったんですが……」

「それがわかったんですね？」

「ずいぶん時間がかかってしまいましたが、規則がいろいろあって……」

シボーンはホズの視線を捕らえた。「今どこにおられるんですか、ミスター・ジャニ？」

「銀行本部」

「同僚二人がそちらへ取りに伺ってもいいでしょうか？」

「構いませんよ。持っていく手間が省ける」ジャニは話しながら鼻をすすった。

「ありがとうございます。あと一時間ぐらいそこにおられますか？」

「いない場合は、秘書に封筒を預けておきますよ」

「お心遣い感謝します」

「捜査はどんな具合ですか？」

「進んでいます」

「それはよかった。今朝の新聞によると、トドロフの事件とあの火災とは関係があると考えておられるようですね」

「新聞記事はすべて正しいとは限りませんよ」

「それにしても、驚きですよね」

「そうかもしれませんね、ミスター・ジャニ。とにかくありがとう」シボーンは受話器を置き、フィリダ・ホズへ向き直った。「あなたとコリンをここから出したげる。ファースト・オルバナック銀行の本部へ行って、スチュアート・ジャニという人からトドロフの銀行取引明細書を受け取ってきて」

「ありがと」ホズが声に出さないで口を動かした。

「あなたたちがいない間に、わたしも出かけるわ。ナンシー・シヴライトはまたわたしを見て、さぞうんざりすることだろうな……」

スターは両手をぽんと打ち合わせ、ミーティングが終わったことを示した。「誰にもくだらない質問がなければ、これで終わりだ」それでも挙手する者がいるかどうか、挑むように部屋を見回した。「ようし、仕事を始めよう！」大声で命じる。

ホズは天を仰ぎ、人を掻き分けてコリン・ティベットが圧倒された様子で立っているところへ行った。シボーン・クラークはトッド・グッドイアがこっそりとそばに来たのに気づいた。

「スター警部はぼくを置いてくれるでしょうか？」小声でたずねる。

「頭を低くして、気づかれないようにすることね」

「どうやったらいいんですか？」

「あなたはあの委員会のテープを次から次へと聴いてるんでしょう？」グッドイアがうなずくのをシボーンは確認した。「それを続けなさい。もしスター警部がおまえは誰だとたずねたら、こんな根気の要る仕事を引き受けるのは自分しかいないので、って答えるのよ」

「あなたが何を見つけようとしてるのか、ぼくにはまだよくわかってないんですが」

「わたしもよ」シボーンが打ち明けた。「でも運がよければ何か見つかる」

「わかりました」グッドイアは少しも納得した声ではなかった。「あなたは二つの捜査をつなぐ役割なんですね？」

「リンク係ってのが、そういうものだとしたらね」

「では、あなたが記者会見をするんですか？」

シボーンはふんと鼻を鳴らした。「デレク・スターは自分以外の者にマスコミの注目が集中するなんて、許すもんですか」

「あの人、刑事というより、セールスマンぽいですね」

「事実そうだからよ。売り込んでるのは自分。困ったことに、それがうまいのよね」

「ねたましくないんですか？」自分の居場所を獲得しようとして動き回る捜査員らの体が二人に当たった。

「スター警部は出世するわ」それ以上は言わなかった。シボーンはバッグを肩にかけた。

「お出かけなんですね」

「そのとおり」

「何かぼくに手伝えることは？」

「あなたはテープを聴かなくては、トッド」

「リーバス警部はどうなったんですか？」

「外回りをしてるわ」シボーンは停職処分の話をなるべく広めないほうがよい、と判断した。

とりわけリーバスが、停職処分にもかかわらず――というより、停職処分を受けたからこそ――まだ事件に食らいついているからだ。


シボーンがインターフォンで名乗ると、ナンシー・シヴライトは不機嫌な声になった。それでもとうとう共同玄関まで降りてきて、ホット・チョコレートを飲みたいと言った。

「この通りを行った先にカフェがあるから」

　カフェに入ると、二人はそれぞれ注文し、革張りの長椅子に向かい合って座った。シヴライトは睡眠不足のような顔をしていた。いつもの裾のほつれたミニスカートに薄いデニムのジャケット姿だが、今日は分厚い黒のタイツをはいて、指のないニットの手袋をはめていた。ホイップ・クリームとマシュマロを追加したホット・チョコレートのマグを両手で包み、少し飲んではもぐもぐと口を動かした。

「ミスター・アンダースンからもう迷惑行為を受けていないのね？」シボーンがたずねた。シヴライトは黙ってうなずいた。シボーンが言葉を続けた。「ソル・グッドイアと会ったのよ。彼が死体の見つかった通りに住んでいることを、あなた、話さなかったわね」

「言う必要ある？」

　シボーンは肩をすくめた。「ソルはあなたを自分の彼女だとは思ってないみたい」

「彼はわたしを護ろうとしてるのよ」シヴライトが言い返した。

「何から？」シボーンの問いに、若い女は答える気がなかった。店内は音楽がけたたましく鳴り響き、しかも真上の天井にスピーカーがある。ビートの利いたダンスミュージックの類で、シボーンは頭痛がしてきた。そこでカウンターへ行って、少し音を小さくしてもらえないかと頼んだ。店員は応じたものの、しぶしぶといった態度で、しかも音量は微妙に下がっただけだった。

「だからここが好きなのよ」シヴライトが言った。

「愛想の悪い店員だから？」

「音楽よ」シヴライトはマグ越しに上目遣いでシボーンを見た。「で、ソルはわたしのことをどう言ってたの？」

「あなたは自分の彼女じゃないってことだけ。でも彼と話しているうちに、ちょっと気にかかったもので……」

「何が？」

「襲われたときのことが」

「あれはパブにいた乱暴者が……」

「ソルが襲われたときのことじゃなくて、詩人のほう。あのときあなたはソルのところへヤクを買いに行くところだった。あなたが死体に出くわしたのは、小道を上っていくところだったのか、それとも下ってくるところだったのかと思って……」

「どっちでもいいじゃない」シヴライトは貧乏揺すりをしており、自分の意志にかかわりなく動くかのように足を見つめている。

「いいえ、そんなことないわ。初めてわたしがあなたのアパートへ行ったときのことを憶えてる？」

シヴライトがうなずいた。

「そのときあなたが言った言葉……というか、その言い方なんだけど。昨日、ソルと話した後でそのことを考えていたのよ」

シヴライトはその餌に食いついた。「何なの？」関心がないふうを装いながらたずねる。

「あなたは言ったわね、〝わたし、何も見なかったわ〟と。そのときあなたは〝見なかった〟という言葉をいやに強調した。ふつうなら、〝何も〟という語に力をこめるはずなのに。だからあなたは、いわゆる、事実をすべて語ってはいないけれど、全部が嘘でもないという術を使ったのかと思ったわけ」

「よくわかんない」シヴライトの膝がピストン運動をしていた。

「おそらくあなたはソルのフラットへ行き、呼び鈴を鳴らして待った。あなたが来るのを待ってるはずだと思ってたから。もうすぐソルが戻ってくるだろうと、しばらくドアの前に立っていたのかもね。たぶん彼の携帯に電話してみたんだろうけど、彼は出なかった」

「だってソルは刺されてたからよ」

シボーンがゆっくりとうなずいた。「で、あなたは彼のフラットの前にいた。すると突然、小道の下のほうから何か物音が聞こえた。角まで出て覗いてみた」

しかしシヴライトは勢いよくかぶりを横に振っていた。

「わかった」シボーンが譲歩した。「あなたは〝何も〟見なかった。でも何かが聞こえたんでしょう?」

シヴライトはしばらくシボーンを見つめたあと、視線をはずし、ホット・チョコレートをすすった。やがて何か言ったが、その言葉は音楽に掻き消された。

「申し訳ないけど、聞こえなかったわ」

「そうよ、と言ったのよ」

「何か聞いたのね?」

「車。乗用車の停まる音がして……」言葉を切り、天井を見上げて考え込んだ。しばらくしてシボーンに視線を戻した。「最初にね、うめき声がした。酔っぱらいがゲロを吐こうとしてるのかと思ったわ。ろれつの回らない感じで何か言ってたから。でもそれはロシア語だったのかもね。だからそんなふうに聞こえたんじゃない?」同意を強く求める眼差しを向けたので、シボーンはうなずいた。

「それで、乗用車は?」シボーンがうながした。

「停まった。ドアが開いて、物音が。鈍い衝撃音よ。それっきりうめき声が止まった」

「乗用車だとどうしてわかったの?」

「ヴァンやトラックの音じゃなかったもの」

「見なかったの?」

「わたしが角まで来たときには、もういなかった。壁際に人がぐったりと倒れていて」

「なぜあなたが悲鳴を上げたのかわかるような気がする。ソルだと思ったのね?」

「最初はね、そう思った。でも近づいてみると、違ったわ」

「なぜ逃げ出さなかったの?」

「あの夫婦がやって来たから。わたしは立ち去ろうとしたんだけど、あの男がそこにいなきゃいけないって。もし逃げたりしたら、怪しまれるじゃない？　あの男がどんな女だったかを警察に告げるわ」

「たしかにね。でもなぜとっさにソルだと思ったの？」

「麻薬の商売には、敵が付きものよ」

「どんな敵？」

「パブの前でソルを刺したようなやつ」

シボーンが考えながらうなずいた。「ほかにも誰か敵がいる？」

シヴライトはシボーンの考えを察した。「詩人は人違いで殺されたって言いたいの？」

「よくわからない」それは筋が通るだろうか？　血痕は駐車場ビルから続いているので、トドロフをそのとき襲った人間はソル・グッドイアでないことを知っていたと思われる。だがとどめの一撃に関しては……同一人物の仕業かもしれないが、必ずしもそうとは限らない。それにシヴライトの意見はまったく正しい。麻薬の売人に敵は付きものなのだ。もしかしたら彼女はそのことをソルに注意して、敵の名前を教えてもらったのかもしれない。それよりも、ソルは名前を明かさず、こっそりと自分一人で復讐の機会を狙っていた可能性が高い。ソルが歪んだ怪我の縫合線を、消し去りたいかのようにこすっている様が目に浮かぶ。ソルと弟のトッドという二人の少年が成長する姿を思い描いた。獄死した祖父と、精神的に壊れた両親。いつの時点で、トッドは兄と縁を切ることにしたのだろう？　ソルはそれゆえに苦しんだのか？

「もう一杯もらえる？」シヴライトが空のマグを挙げてたずねた。

「今度はあなたが払う番よ」

「お金、ないんだもの」

シボーンはため息をついて五ポンド札を渡した。

「わたしにはカプチーノをもう一つ」

29

「捕まえるのが難しい人なんですよ」両手をひらひらさせながら、テレンス・ブラックマンが言った。

ブラックマンは市の西端にあるウイリアム・ストリートで現代美術を扱う画廊を経営している。画廊は白い壁、滑らかな板張りの床で、二部屋ある。ブラックマンは身長がかろうじて百五十センチほどしかなく、痩せているのに少し腹が出ていて、服装は三十歳か四十歳ぐらいも若作りである。茶色のふさふさした髪は染めているようで、もしかしたら高い金をかけて植毛してあるのかもしれなかった。皮膚のたるみや皺を取る美容整形をいろいろとしているらしく、顔に皮膚が張りついていて、表情が乏しい。インターネットの情報によると、彼はロディ・デナムの代理人だった。

「で、彼は今、どこにいるんですか？」リーバスは大量のワイヤーのハンガーがもつれ合っているように見えるオブジェを回り込みながらたずねた。

「メルボルンだと思います。香港かもしれないな」

「彼の作品が今ここに展示してあるんですか？」

「いやいや、作品の購入予約リストがあるぐらいなんでね。購入希望者が何人もいるんですよ。金に糸目をつけない人たちが」

「ロシア人ですね？」

ブラックマンがリーバスを見つめた。「申し訳ないが、警部、どういうご用件でロディとお会いになりたいのですかね？」

「彼は議事堂のプロジェクトを手がけています」

「議事堂は納税者の大きなお荷物となっているな」ブラックマンがため息をついた。

「ロディ・デナムはさまざまな場面での録音を注文しているんですが、それを請け負っていた男が死亡したんです」

「何だって？」

「チャールズ・リオダンという男なんですが」

「死んだのか？」

「残念ながら。火事があって……」

ブラックマンは頰を両手で叩いた。「テープは無事だったんだろうか？」

リーバスが相手を凝視した。「心配していただいてありがたい」

「いや、まあ、ご家族にとってはとても悲しいことだし……その……」

「録音テープは無事だったようです」

ブラックマンは無言で感謝の意を示し、それがロディ・デナムとどう関わるのかとたずねた。

「ミスター・リオダンは殺されたんです。彼が録音してはならないものを録音したのではないか、と思ったもんで」

「議事堂で、ですか?」

「ミスター・デナムが都市再開発委員会を自分のプロジェクトに入れることにしたのには、何か理由があるんですか?」

「さあ、わたしにはわかりませんね」

「だったら、なぜ本人と話をしなければならないか、おわかりですね。携帯の番号をご存じなんでしょう?」

「いつも出るとは限らないんですよ」

「それでも、メッセージを残せる」

「そうですね」ブラックマンは気乗りのしない口調だった。

「では番号を教えてもらえますか」リーバスが迫った。

画廊主はため息をついて、ついてくるようにと手を振り、部屋の奥にあるドアの鍵を開けた。そこは納戸ほどの狭い事務室で、額装していないキャンバスや絵のはまっていない額縁が至る所に置いてあった。ブラックマンの携帯電話は充電中だったが、彼はそれを引き抜き、キーを押してデナムの番号を画面に出した。リーバスはそれを自分の電話に打ち込みながら、デナムの作品はどれぐらいの価格なのかとたずねた。

「大きさや材料、労力によって変わってくるので……」

「おおよそのところで」

「三から五ぐらい……」

「三万ポンド?」リーバスは相手がうなずくのを見た。

「一年にどれぐらいの数の作品をこなすんですか?」

　ブラックマンが顔を歪めた。「申し上げたとおり、予約リストがあるので」

「ではアンドロポフはどの作品を買ったんですか?」

「セルゲイ・アンドロポフは目利きです。わたしはロディの初期の油彩をたまたま購入することができて。おそらく彼がグラスゴー美術学校を卒業した年に描いたものです」ブラックマンは机から絵はがきを取り上げた。それは油彩の複製だった。「〝ホープレス〟というタイトルなんです」

リーバスには、子供が気ままに線を描いた跡のようにしか見えなかった。ホープレス、という一語がまさにその絵にぴったりに思えた。

「ロディのビデオ以前の作品としては、記録的な高値となったんです」ブラックマンが言い添えた。

「あなたはどれぐらい儲《もう》けたんです？」

「歩合なんでね、警部。ではこれで……」

リーバスはまだ終えるつもりはなかった。「おれの税金があなたのポケットに入るなんて嬉しい限りだな」

「議事堂のプロジェクトの手数料のことを言っておられるのなら、ご心配なく。ファースト・オルバナック銀行がすべてを引き受けているので」

「つまり、費用のすべてを？」

ブラックマンは急いでうなずいた。「これで失礼して……」

「気前がいいんだな」

「あの銀行は芸術の大パトロンなんです」

今度はリーバスがうなずいた。「もう二つほど、たずねたいことがあって。アンドロポフがスコットランド美術へ的を絞るようになった理由は何なんでしょうね？」

「好きだからですよ」

「ほかのロシア人富豪についても同じことが言えるんですかね？」

「投資目的で買ってる人も、趣味で買ってる人もいるでしょうよ」

「そしてある者は自分に金があることをひけらかすために？」

ブラックマンは冷たい微笑を浮かべた。「そういう場合もあるでしょうね」

「カリブ海を走るヨットと同じだな——おれのヨットのほうがあんたのより大きいとか。ロンドンの邸宅、自慢の妻に着けさせる宝飾品もしかりだ」

「おっしゃるとおりですよ」

「それでもスコットランドに対する関心の説明にはならない」二人は事務室を出て画廊へ戻っていた。

「古い絆《きずな》があるんです、警部。ロシア人は、たとえばロバート・バーンズを尊敬しています。共産主義の理想の形として見ているんじゃないですかね。どの指導者だったか、たぶんレーニンだと思いますが、ヨーロッパで革命が起こるとしたら、きっとスコットランドから始まるだろう、と言ってます」

「でもすべては変わったんじゃないかな？　今は共産主義者じゃなくて資本家がいる」

「古い絆です」ブラックマンが繰り返した。「彼らはまだ革命を信じているのかもしれないな」彼が淋しそうな微笑を浮かべたので、リーバスはこの男は以前、党員だったのではなかろうか、と思った。むろん、その可能性はある。リーバスはファイフで生まれ育った。そこは労働者ばかりの町で、炭坑が多かった。ファイフからイギリスで最初の、もしかしたら唯一の、共産主義者の国会議員が出た。一九五〇年代、六〇年代には共産主義の町会議員がたくさんいた。リーバスはゼネストを知っている世代ではないが、伯母から話を聞いたことがある。バリケードが作られ、町や村を外界と切り離した——いわば、一方的独立宣言である。ファイフ人民共和国。リーバスは思わず笑みをもらし、テレンス・ブラックマンにうなずいて見せた。

「革命とは独立のことですか？」

「今の状況よりも、まずい結果にはなりようがない……」ブラックマンの携帯電話が鳴りだし、彼はポケットからそれを出してリーバスから離れ、別れの印《しるし》か小さく手を振った。

「時間を取ってもらってすみません」リーバスはつぶ

やき、ドアへ向かった。

外の歩道で、デナムの番号にかけてみた。電話は鳴り続け、とうとうメッセージをお願いしますという自動音声が流れた。メッセージを残し、別の番号にかけた。シボーン・クラークの声がした。

「暇になった時間を楽しんでる？」

「きみのほうこそだ――エスプレッソ・マシーンの音が聞こえてるぞ？」

「署を抜け出したくて。コービンがデレク・スターを呼び戻したのよ」

「予想の範囲内だ」

「たしかにね」シボーンが認めた。「で、ナンシー・シヴライトと今おしゃべりをしてるんだけど。彼女はトドロフが殺された夜、ヤクを買うためにソルの家へ行ったと言ってるわ。ただ、ご承知のとおり、ソルはほかのことで忙しかった。でもナンシーは乗用車が停まり、何者かが降りてきて詩人の後頭部を一撃したのを聞いている」

「ではトドロフは二度襲われたのか？」

「そのようね」

「二回とも同じ人物によって？」

「わかりません。二回目はソルを狙ったつもりだったんじゃないか、とも思えるんですが」

「そういう可能性もあるな」

「疑わしげな声ですね」

「ナンシーはそこにいるのか？」

「トイレに立ったわ」

「じゃあ、とりあえず、こういうのはどうだ。トドロフは駐車場で襲われた。それは事実だよな。彼はよろめきながら、夜の道路へ出て行った。襲った男もしくは女は、あわてず自分の車に乗り込んでトドロフのあとを追い、とどめを刺した」

「では車は駐車場ビルにあったってこと？」

「そうとも限らない。路上に車を停めていたかもしれん。もう一度市議会へ行ってみるのも悪くないんじゃないか？　ビデオを見直すんだ。これまでは歩行者だけに注意を払っていたから……」

「モニター集中センターのあなたの知り合いに、キングズ・ステイブルズ・ロードを通った車すべてのナンバープレートを教えてくれと頼むのね？」シボーンは検討しているようだった。「ただね、スターは何が何でも路上強盗の線に戻ろうとしてるから」

「車のことは彼に言ってないのか？」

「まだよ」

「話す気があるのか？」リーバスはからかった。

「話さないとしたら、そのことは自分の胸に収めておくのね。あなただったらそうするでしょう？　もしわたしが正しくて、スターが間違ってたら、わたしの手柄になるってこと？」

「憶えが早いね」

「考えてみるわ」しかしシボーンが半ばその気になっているのをリーバスは察した。「今、何をしてるんですか？　車の音が聞こえるわ」

「ウインドーショッピングだよ」

「見え透いた嘘を言って」シボーンは少し黙った。

「ナンシーが戻ってくるわ。電話を切らなくては……」

「なあ、スターはお得意の〝救援に駆けつける〟式の演説をやったかい？」

「どう思う？」

「グッドイアがさぞ熱心に聴き入ったことだろう」

「さあ、どうかしら。でもコリンは気に入ったみたい……彼とフィリダをファースト・オルバナック銀行へ行かせました。トドロフの取引明細書の用意ができたとジャニが言ってきたので」

「ずいぶんと時間がかかったじゃないか」

「まあね、ジャニは忙しいんですよ、グレンイーグルズでロシア人とワインを飲んだり、食事をしたりで……」

グラントンの波止場でカファティやアンドロポフとも会わなきゃならないし、とリーバスは言わないでおいた。じゃあな、と電話を切った。そして周囲の小さな店舗を見回した。ブティックが多い。カレドニアン・ホテルはここから歩いて二分のところにあると気づいた。

「寄ってみてもいいんじゃないか？」自分にたずねた。行ってはならない理由は何もない。

受付で、ミスター・アンドロポフの部屋を呼んでくれと頼んだ。しかし電話に誰も出なかった。受付係がメッセージを承りますと言ったが、かぶりを振ってバーのほうへぶらぶらと向かった。バーテンはフレディではなかった。ブロンドの若い女で、東ヨーロッパ系の訛りがあった。女性バーテンの問いに、リーバスは〈ハイランド・パーク〉をもらおうと答えた。バーテンが氷を入れますかとたずねたので、この女は新米か、スコットランドに来たばかりなのだろうと察した。かぶりを振り、どこの出身かとたずねた。

「クラクフ、ポーランドの」

リーバスは黙ってうなずいた。自分の先祖もポーランドから来たが、それ以上は何も知らない。スツールに腰を乗せ、ボウルからナッツをすくい取った。

「どうぞ」女性バーテンがグラスを置いた。

「水も頼む」

「ああ、そうですね」彼女は慌てた口調で答えた。ミスした自分に腹を立てている。水道水を一パイントほども入れた水差しが添えられた。リーバスはグラスに水をほんの数滴加え、手に持ったグラスを回した。

「待ち合わせ？」女性バーテンがたずねた。

「わたしに会いに来たんだと思うよ」リーバスは振り返って声の主を見た。アンドロポフは盲点となる、あのボックス席から立ってきたようだった。アンドロポフは形だけの微笑を浮かべたが、その目は冷ややかだった。

「取り巻きと一緒じゃないんですか？」リーバスがたずねた。

アンドロポフはその言葉を無視した。「水のボトルを」とバーテンに注文する。「今回は氷なしで」

女性バーテンはうなずいて冷蔵庫から瓶を出し、栓を開けてグラスに注いだ。

「で、警部」アンドロポフが言った。「ほんとうに、わたしに会おうとして来られたんですか？」

「たまたまここを通りかかったんですよ。テレンス・ブラックマンの画廊へ行ってたもんで」

「美術が好きなんですか？」アンドロポフは大げさに眉を上げてたずねた。

「ロディ・デナムの大ファンでね。とりわけ幼稚園児にいたずら書きをさせた、あの初期の作品がいい」

「馬鹿にしておられるんでしょう」アンドロポフはグラスを取った。「部屋につけて」とバーテンに命じてからリーバスに「どうぞこちらへ」と招いた。

「同じ席ですね？」リーバスは座りながらたずねた。

「何のことだか、よくわからないが」

「あなたが座っていた席です、アレクサンドル・トドロフがここにいた夜に」

「トドロフがバーにいたことすら、わたしは知らなかった」

「カファティがトドロフに酒を奢ったんです。トドロフが帰ったあと、カファティはここへ来てあなたと飲んだ」リーバスは一呼吸した。「あなたと経済発展担当大臣とで」

「これはこれは」アンドロポフは感心したような口ぶりだった。「ほんとうに驚いたな。あなたは骨身惜しまず働く人ですね」

「でも金では動きませんよ」

「そうだろうとも」アンドロポフは笑みを浮かべた。今回も目が笑っていない。

「で、あなたはジム・ベイクウェルとどんな話をしていたんですか？」

「変だと思われるかもしれないが、実はね、経済発展について語り合っていたんですよ」

「スコットランドに投資を考えているんですか？」

「たいへん厚遇してくれる国なんでね」

「でもここにはあなたが関心を持つような資源は何もありませんよ――ガスも石炭も鋼鉄も」

「いや、ガスも石炭も実際あるんですよ。もちろん石油も」

「ほんの二十年分だけ」

「北海はそうですね。でも西方の海を忘れておられる。大西洋には石油がふんだんにありますよ、警部。そのうち技術が開発されたら、掘削できる。それに代替エネルギーもある――風と波が」

「議会の熱い空気もお忘れなく」リーバスはウイスキーを口に含んで味わった。「あなたがエジンバラの工場跡地に目をつけておられる理由の説明にはなりませんね」

「片時もわたしから目を離さないんだな？」

「職業柄です」

「ミスター・カファティゆえにかな？」

「まあね。どうやって彼と知り合ったんです？」

「ビジネスを通じてですよ、警部。すべて公明正大にやってるのでご心配なく」

「だからこそ、モスクワ当局があなたを陥れようとしてるんですね？」

「政治が絡んでいてね」アンドロポフが苦悩の表情を浮かべた。「それに当然渡すべき賄賂を拒否したもので」

「それであなたは見せしめとなる？」

「物事はなるようにしかならない……」アンドロポフはグラスに唇をつけた。

「ロシアでは富豪が次々と投獄されている。その一人になるのを恐れてはいないんですか？」アンドロポフは黙って肩をすくめた。「この土地でたくさんの友達を作れてよかったですね——労働党議員だけではなく、スコットランド民族党議員も。引っ張りだこってのはさぞや、快いことでしょう」アンドロポフがそれでも答えなかったので、リーバスは話題を変えた。「アレクサンドル・トドロフについて教えてください」

「何を知りたいんです？」

「彼は女子学生と親しくなりすぎたので教職を追われたと言いましたね」

「それで？」

「その件に関しての記録が見つからないんです」

「その件は伏せられたので。でもモスクワではよく知られた話ですよ」

「でもちょっと不思議だな。あなたはその話をしてくれたのに、あなたがた二人が同い年で、同じ地区で育った仲だということは言わなかったとは……」

アンドロポフはリーバスの顔を見た。「またしても、あなたには感心するな」

「どれぐらい親しかったのですか？」

「全然と言ってもいい。わたしはアレクサンドルが忌み嫌うものすべての象徴的存在となった。おそらく彼は〝貪欲〟とか〝非情〟というような語を使うだろうが、わたしは〝自立〟や〝活力〟という言葉が好きです」

「彼は昔ながらの〝共産主義者〟だったんですか？」

「〝ボウルシ〟という言葉を知っているでしょう？　それはロシア語の〝ボルシェヴィキ〟が語源なんです。ボルシェヴィキにはそもそも冷酷な面が大いにあったのだが、今ではボウルシというと、たんに頑固者とか不器用者という意味になっている……アレクサンドルはそういう男だった」

「彼がエジンバラに住んでいるのをご存じでしたか？」

「新聞でそのようなことを読んだ記憶がある」

「彼と会ったことは？」

「ない」

「トドロフがここで飲むようになったとは、不思議だな……」

「そうかな？」アンドロポフは肩をすくめ、水を一口飲んだ。

「このエジンバラにあなたがた二人はいたんですよ、同じ町で育ち、それぞれの分野で成功した二人が。それにもかかわらず、連絡を取ろうと思わなかったんですか？」

「お互いに何も話すことはなかった」アンドロポフが言い切り、たずねた。「もう一杯いかがですか、警部？」

リーバスは自分がウイスキーを飲み干しているのに気づいた。かぶりを振り、ボックス席から立ち上がった。

「あなたが立ち寄ったことを、ミスター・ベイクウェルに必ず伝えておこう」

「なんだったら、カファティにも伝えたらいい」リーバスが言い返した。「おれが何かに食らいついたら、ぜったい放さない男だって、カファティがきっと教えてくれますよ」

「だのに、あなたたち二人はたいへんよく似ている……話ができて楽しかった、警部」

外へ出たリーバスは旋風が吹きすさぶ中で、煙草になんとか火を点けようとした。上着の襟に顔を埋めていると、タクシーが近づいてきた。それでスコットランド議会議員のミーガン・マクファーレンやその秘書ロディ・リドルに見られずにすんだ。二人は前方をまっすぐ見つめたままホテルのロビーへ入っていった。リーバスは煙草の煙を空へ吐き出しながら、自分が来たと二人に話すことも、アンドロポフはためらうのではなかろうか、と思った。

30

ウエスト・エンドの警察署の狭い犯罪捜査部室へシボーン・クラークが入ると、拍手が起こった。机六脚のうち、二脚にしか人が座っていなかったが、その二人とも感謝の意を示したがった。

「レイ・レイノルズをずっと手元に置いていてくれてもいいよ」シャグ・デイヴィッドソンがにやにやしながら言い添え、アダム・ブルースというもう一人の刑事を紹介した。デイヴィッドソンは机に足を載せ、椅子を後ろに傾けている。

「忙しそうで何よりね」シボーンが皮肉を言った。

「ほかの人たちは？」

「クリスマスの買い物をしてるんじゃないか。今年はきみからのプレゼントを期待してもいいかね？」

「レイをプレゼント包装して送り返そうかと思ってたんだけど」

「そりゃひどい。ソル・グッドイアに関して何かいいことは？」

「いいこと、ってのが適切な表現だとは思えないけど」

「げすな野郎だろ？ 弟とあれほど違うのも珍しい。トッドは日曜に教会へ行くのを知ってるかい？」

「そう言ってたわ」

「似ても似つかない兄弟……」デイヴィッドソンはゆっくりと首を横に振った。

「ラリー・フィントリーの話に変えてもいいかしら？」

「あの男がどうした？」

「再勾留されたんですか？」

デイヴィッドソンはふんと鼻を鳴らした。「監房は超満員だ——それぐらいわかってるだろ」

「じゃあ、保釈されたんですね？」

「最近では大量虐殺か人食いでもない限り、簡単に保釈されるさ」

「じゃあ、どこへ行けば会えるんですか？」

「ブランツフィールドの宿泊所にいる」

「宿泊所とは？」

「麻薬依存症者用の。だがこの時間にいるとは思えないね」ディヴィッドソンは腕時計を見た。「ハンター・スクエアかメドウズにいるんじゃないかな」

「わたし、ついさっきまで、ハンター・スクエアのカフェにいたんだけど」

「宿無したちがたむろしていなかったか？」

「何人か、ホームレスの人たちを見ました」シボーンが言い直した。ブルースはコンピュータに張りついているが、その実、マインスイーパーで遊んでいる。

「あの元病院の裏にあるベンチ、あそこにいるときもある」ディヴィッドソンが言葉を続けた。「冷え込むだろうが。グラスマーケットやカウゲートの相談センターも可能性がある……なぜ探してるんだ？」

「ソル・グッドイアの首に賞金でも懸かってるんじゃないか、と思ってるんですけど」

ディヴィッドソンはあきれたような声を上げた。

「あんなちんぴらにそんな値打ちはない」

「それでも……」

「正気な人間だったら、クレイジー・ラリーに殺しをやらせはしない。つまるところ、ソルは金を返せとラリーにしつこく迫っていたんだ。でないとヤクはもう渡せないとソルがたぶん言ったんで、ラリーはついにキレたんだよ」

「そいつは頭の回線がいかれてるんだ」画面のゲームから目をそらさないまま、ブルース刑事が言った。

「クレイジー・ラリーを探してみるのもいいだろう」ディヴィッドソンが言った。「だがラリーから何か聞きだせるなんて思うなよ。それにソル・グッドイアが殺しの標的にされてるとは、おれは思わないね」

「彼には敵がいるにちがいないわ」

「友達もいるぞ」

シボーンはデイヴィッドソンを見据えた。「どういうこと？」

「噂では、ソルはまたビッグ・ジェルに雇われているそうだ。いや、雇われてるってのは、言い過ぎかもしれんが、カファティの黙認のもとに販売してる」

「その証拠は？」

デイヴィッドソンは首を横に振った。「きみと電話で話したあと、あちこちへ電話をしてみて、そういう話を耳にしたんだよ。もう一つ教えようか……」

「何ですか？」

「噂によるとな、きみの捜査の指揮を執るために、フェティスからデレク・スターが呼び戻されたんだとか」横の机でブルースが舌を鳴らし始めた。「かなりこたえたんじゃないか？」デイヴィッドソンが言い添えた。

「デレクと交代するのは当然です。わたしより階級が上なんですから」

「上司連中は、何も気にしなかったようだな、きみとリーバスとやらいう警部の場合は……」

「レイノルズを本気で送り返しますよ」シボーンが脅した。

「デレク・スターの許可が要るんだろ」

シボーンが睨みつけると、デイヴィッドソンが大笑いした。「笑わば笑え、よ」シボーンはそう言い捨て、ドアへ向かった。

車に戻ると、シボーンはゲイフィールド・スクエア署に寄りつかないためには何ができるだろうかと考えた。選択肢は多くない。リーバスは監視カメラの話をしていた。市議会へ寄り道して、それを見たいと頼んでみてもいい。あるいはミーガン・マクファーレンに電話をして、今回はチャールズ・リオダンについてと、彼女の委員会の録音について、たずねたいと申し入れてもよい。それにジム・ベイクウェルがいる——リーバスは彼がセルゲイ・アンドロポフ、ビッグ・ジェル・カファティと飲んだときのことをたずねろ、と言っていた。

カファティか……

彼はエジンバラに大きな影を落としているように思えるが、その存在を知っているエジンバラ市民はごく少ない。リーバスはギャングのカファティを倒すために、その半生を費やしてきた。リーバスが引退したあと、それは自分が引き受けなければならない。自ら望んで引き受けるのではなく、リーバスの執念に負けるからだ。リーバスは彼ができなかったことに決着をつけるよう求めるだろう。二人はたびたび深夜まで署に残ったものだった。リーバスの心を深く悩ませる未解決事件を示された。それをどうしたらいいのだろう、その遺産を？　それは厄介なお荷物のように思える。

シボーンは伯母から遺贈された、白目《ピューター》製の対《つい》になった不格好なロウソク立てを持っている。それを捨てる決心もつかないので、引き出しの奥に詰め込んである——そこはリーバスの古い事件簿をしまういちばんよい場所となりそうだ。

電話が鳴った。番号の前に五五六が付いている。ゲイフィールド・スクエア署からの電話。誰からなのかわかるように思った。

「もしもし？」

あんのじょう、デレク・スターだった。「こっそり逃げ出したね」表面上は平静な口調で非難した。

「ウエスト・エンドへ行く用事があったので」

「何の用事だ？」

「ソル・グッドイアに関して」

一瞬、押し黙った。「教えてくれ」

「トドロフが殺された場所の近くに住んでいるんです。死体を発見したのはソルの友達で」

「それで？」

「少し確認したいことがあったもので」

　スターは彼女が何か隠していることを確信しているにちがいないが、それについて何の手も打てないことをシボーンは知っていた。

「ではいつ本部へ戻ってくるんだね、クラーク部長刑事？」

「もう一カ所寄り道しなくては、市議会へ」

「監視カメラだな？」

「そうです。三十分ほどで戻ります」

「リーバスから何か連絡は？」

「何もありません」

「マクレイ主任警部から彼は停職処分を受けたと聞いた」

「まあ、そんなところですね」

「最後を飾るにふさわしくないね」

「ほかに何かありますか？」

「きみはおれの片腕だ。きみが時間を浪費しているとみなさない限り、それは変わらない」

「どういうことです？」

「リーバスの悪い癖をこれ以上真似てもらいたくない」

　これ以上聞いていられなくて、シボーンは電話を切った。「偉そうに言って」そうつぶやくと、エンジンをかけた。

「昨夜は何をしていたの？」ホズがたずねた。助手席に座っており、隣にはコリン・ティベットがいて、ハンドルを握っている。

「友達と少し飲んだ」ティベットはホズのほうへ視線を向けた。「やきもち焼いてるのかい？」

「あなたと飲み友達に？　もちろんよ、コリン」

「そうだと思った」ティベットがにやにやした。車は市の南東部へ向かっており、前方にはバイパスと緑地帯がある。以前は建築制限区域だったところに、ファースト・オルバナック銀行の新しい本部の建設許可が下りたと知っても、意外に感じる市民は少なかった。アナグマの巣穴が移され、九ホールのゴルフコースが行員専用のレクリエーション施設として購入された。その巨大なガラスの建物は新王立病院から一キロほどのところにあるので、札束を数えていて指を切った行員にはさぞかし便利だろうとホズは思った。もしくは、銀行の敷地内に医療保険会社経営の医務室が完備していたとしても、驚くには当たらない。

「わたしは家にいたわ、ついでに言っとくけど」ホズは前方の信号が赤になり、ティベットが車の速度を緩めて停止するさまを見守った。彼は自動車教習所で習うような停まり方をする——ブレーキを強く踏まないで、ギアを順番に落としていくやり方。たいていの人は運転免許を取ったとたん、そんな面倒な方法を無視するものだが、ティベットは違った。ブリーフにもアイロンをかけるにちがいない。

人格に根ざした欠点が次々と見つかるにもかかわらず、ティベットにまだ気がある自分が腹立たしい。たぶん頼みの綱としてつなぎとめたいのだろう。男を一人確保しておかなければ人生を淋しく感じるような女はきらいだが、どうやら自分はそのタイプのようだった。

「何かテレビでおもしろい番組をやってたかい？」

「男が女性化している、っていうドキュメンタリー」

ティベットはホズが嘘をついているのかどうか見極めようとして、顔を見た。「ほんとよ。水道水にエストロゲンが混じってるから。あなたたちが水道水をがぶ飲みしているうちに、胸が大きくなってくるんだって」

ティベットは一瞬思考を集中させた。「エストロゲンがどうやって水道水に混入するんだ？」

「あからさまに言わなきゃならないの？」ホズはトイ

レの水を流す仕草をした。「それに肉にはいろんな薬が入ってるでしょ。だから男のホルモンのバランスが変わってきてる」

「おれのホルモンのバランスが変わるのはいやだ」

ホズが笑いだした。「それで、合点がいくかも」とからかう。

「何だって？」

「デレク・スターに憧れるようになった理由」ティベットがいやな顔をしたので、ホズはまた笑った。「スターのあの演説を見ているときのあなたの顔ときたら……《グラディエーター》のラッセル・クロウか、《ブレイブハート》のメル・ギブソンを見るかのようにうっとりとして」

「《ブレイブハート》は映画館で見たよ。観客が立ち上がり、拍手したり手を振り回したりしていた。あんな光景を初めて見たよ」

「スコットランド人って、めったに自分に自信を持てないからだわ」

「独立するほうがいいって思うんだね？」

「まあね。ファースト・オルバナック銀行みたいな企業が南へ逃げてしまわないなら」

「去年の収益はどれぐらいだったんだろう？」

「八十億ポンドぐらいだったかしら」

「八億ってこと？」

「八十億」

「そんなはずはない」

「わたしが嘘を言ってるとでも？」ホズはいつのまにコリンが話題を変えてしまったのだろうか、と思った。

「考えさせられるよな？」ティベットが言った。

「何を？」

「どこに真の権力があるのかを」前方の道路から視線をはずして、ホズを見た。「あとでどっかへ行く？」

「あなたと、ってこと？」

ティベットが肩をすくめた。「今夜からクリスマスの催しが始まる。ちょっと覗いてみてもいいし」

「そうね」

「そのあとで食事をしても」

「考えとくわ」

　車はウインカーを出してファースト・オルバナック銀行本部のゲートへ向かった。前方には四階建ての、街路一本分の長さはゆうにある、ガラスと鋼鉄の建物がある。警備員ボックスからガードマンが出てきて、二人の名前と車のナンバーを書き留めた。

「六〇八番の駐車スペースへ」ガードマンが命じた。入り口に近いスペースがたくさん空いているにもかかわらず、ティベットは言われたとおり、六〇八へ向かった。

「気にしないで」ハンドブレーキを引いているティベットにホズは言った。「ここからでもだいじょうぶ、歩けるわ」

　二人は歩いた。スポーツカーや家族向け乗用車、四輪駆動車が並んでいる間を通った。敷地は今も景観を大切にしており、建物のつながった本館の角を覗くと、ハリエニシダの茂みやゴルフコースのフェアウェイが遠くに見えた。正面玄関のドアが音もなく開いて、二人は三階まで吹き抜けになったホールに入った。受付デスクの奥にはショッピング・アーケードがある。薬局、スーパーマーケット、カフェ、新聞販売所。掲示板には託児所、ジム、プールの案内が記されている。エスカレーターが次の階へ導き、その先はガラス張りのエレベーターで上がるようになっている。受付係の女性が満面の笑みで迎えた。

「ファースト・オルバナックへようこそ。ここにご署名いただいて、写真付きの身分証をご呈示ください……」

　二人がそれに従うと、ミスター・ジャニは会議中ですが、秘書がお待ちしております、と受付係が告げた。

「四階です。エレベーターの前におりますので」二人はラミネート加工の通行証を渡され、にこやかな笑みが添えられた。警備員が金属探知器で体を調べ、そのあと二人は鍵や携帯電話、小銭を取り戻した。

「何かトラブルでもありそうなの？」ホズが警備員にたずねた。

「情報漏洩の防止です」警備員がおもおもしく言った。

「それを聞いて安心したわ」

エレベーターで四階へ上がると、黒いパンツスーツの若い女性が待っていた。Ａ４サイズの茶色い封筒が突き出された。ホズが受け取ると、女性は会釈をしてくるりと後ろを向き、果てしないほど長く見える廊下を遠ざかっていった。ティベットに至ってはエレベーターを下りるいとまもなく、ホズがエレベーターに戻ると、ドアが閉まって下降し始めた。建物に入ってから三分と経たないうちに、二人はキツネにつままれたような気分で、もう寒い戸外に出ていた。

「あれは建物じゃない。機械よ」ホズが宣言した。

ティベットは同意の印に口笛を吹き、駐車場を見回した。

「どこに停めたんだっけ？」

「宇宙の果て」ホズは舗装した駐車場を歩き始めた。

助手席に戻ると、ホズは封筒を開けて書類十数枚を取りだした。銀行取引明細書のコピーだ。一枚目に黄色い付箋がついていた。そこには手書きで、トドロフが口座を開設したときの口ぶりでは、ほかに資金を持っている様子であり、モスクワの銀行の口座への振り込みが一回あったと記されていた。付箋にはスチュアート・ジャニと署名してある。

「たっぷりお金を持っていたのね」ホズが言った。

「普通預金に六千ポンド、貯蓄口座に一万八千ポンド」取引の日付を調べた。彼の死に至るまでの間に、大きな入金も出金もないし、死後は金の動きが止まっている。「キャッシュカードを奪った者は、それを使ってないみたいね」

「預金を全部引き出せたのにな。二万四千ポンドだぞ……貧乏な芸術家なんてイメージは過去のことだな」

「最近は屋根裏部屋のアトリエなんて流行らないのよ」ホズが肯定し、携帯電話に番号を打ち込んだ。シボーンが出ると、重要点だけを報告した。「殺された日に百ポンドを引き出しています」

「どこで？」

「ウエイヴァリー駅のATMで」ホズはふいに眉をひそめた。「なぜエジンバラを出たのはウエイヴァリー駅からで、戻ってきたのはヘイマーケット駅だったのかしら？」

「チャールズ・リオダンと会う約束があったのよ。ヘイマーケット駅近くにリオダンの馴染みのカレー屋があったからだと思う」

「でも、彼の行動を確認はできませんよね？」

「そうね」シボーンが認めた。電話の向こうで話し声がするのをホズの耳が捕らえた。それでもゲイフィールド・スクエア署に比べれば、ずっと静かだ。

「どこにいるんですか？」

「市議会よ。監視カメラについてたずねてるところ」

「署に戻るのはいつ頃？」

「たぶん一時間後かな」

「元気のない声ですね。わたしたちのお気に入りの警部から何か連絡は？」

「スターじゃなくてリーバスのことを言ってるんだったら、答えはノーよ」

「銀行のことを話したら」ティベットが言った。「ファースト・オルバナック銀行へ行って楽しかったと言え、ってコリンが」

「豪華でしょ？」

「もっとみすぼらしいリゾート地に泊まったことがあるわ。銀行には何でもあるんですよ、ウオーターシュート以外は」

「スチュアート・ジャニに会ったのね？」

「会議中だったんです。実を言うと、まるきり生産ラインに乗っかったみたい。建物に入って出て、それで終わり」

「株主を保護しなきゃならないのよ。収益が百億になろうという会社にとって、悪評ほど怖いものはないわ」

ホズはコリン・ティベットのほうを見た。「シボーンの話では、去年の収益は百億だって」

「だいたいよ」シボーンが言い添えた。

「だいたい、だって」ホズがティベットに伝えた。

「びっくりだなあ」ティベットが小声で言い、ゆっくりとかぶりを振った。

ホズはティベットを見つめた。キスしてみたい唇。自分より若くて、経験も浅い男。そこを利用できなくもないし、早速今夜から始めて見ようか。

「またあとで」ホズはシボーンに言って電話を切った。

31

ドクター・スカーレット・コルウェルはジョージ・スクエアにある自分の研究室でリーバスを待っていた。研究室は上方の階にあるので、二重ガラスの間に結露がたまっていなかったならば、さぞかし景色も抜群の美しさだったことだろう。

「ひどいでしょう？」コルウェルが謝るように言った。「四十年前に建てられたので、壊すしか仕方がないんですよ」

リーバスはロシア語の教科書が詰まった本棚へ目を向けた。マルクスとレーニンの石膏像がそれぞれブックエンドとして使われている。反対側の壁にはポスターやカードが貼られ、中にはエリツィン大統領がダンスしている写真もあった。コルウェルの机は窓辺に寄せてあるが、部屋の中央へ向けられている。テーブルが二つくっつけて置いてあり、それを八脚の椅子が囲んでいるので、部屋にゆとりはほとんどなかった。床にケトルがあり、コルウェルはそのそばに屈んで、コーヒーの顆粒をスプーンですくってマグ二つに入れた。

「ミルク？」コルウェルがたずねた。

「お願いします」リーバスは彼女の乱れた髪をちらっと見ながら答えた。スカートが引っ張られて、尻の線があらわになっている。

「お砂糖は？」

「ミルクだけで」

ケトルが沸騰したので、コルウェルは湯を注ぎ、カップを渡してから立ち上がった。すると二人は間近で向き合う形となった。コルウェルが狭さを謝り、自分の机に戻った。リーバスはテーブルに尻を乗せて居場所を見つけた。

「時間を作ってくださって、ありがたいです」

コルウェルはコーヒーを吹いて冷ました。「いいのよ。ミスター・リオダンのことを聞いて、びっくりしてしまって」

「〈スコティッシュ・ポエトリー・ライブラリー〉で彼と会ったんですね？」

彼女はうなずき、顔にかかった髪の毛を払いのけた。「〈ワード・パワー〉でも」

今度はリーバスがうなずいた。「それはミスター・トドロフが朗読をした書店ですね？」

コルウェルは壁を指さした。リーバスはアレクサンドル・トドロフがドラマチックに片手を上げ、口を大きく開けている写真を見つけた。

「書店には見えませんね」リーバスが断定した。

「もっと広い会場に移したんです――ニコルソン・ストリートのカフェに。それでも満員だったわ」

「トドロフはのびのびと振る舞ってるようですね？」

リーバスは写真をじっくりと見た。「これはあなたが撮ったんですか？」

「わたしは写真を撮るのがうまくないのよ」コルウェルがまた謝った。

「おれには上手なのか下手なのかさっぱりわからない」リーバスは振り向いて笑みを浮かべた。「チャールズ・リオダンはそのときも録音したんですね？」

「そうです」コルウェルは少し間を置いた。「実はね、お電話頂いたのは、嬉しい偶然と言うか……」

「はあ？」

「警部にお電話しようと思ってたんですよ、頼み事があって」

「何ですか？」

「《ロンドン・レビュー・オブ・ブックス》という雑誌があるんですが。その編集者が《スコッツマン》紙に書いたわたしの追悼文を読んで、アレクサンドルの詩の一つを掲載したいと言うんです」

「なるほど」リーバスはカップを口に運んだ。

「それはロシア語で書かれた新しい詩で、〈スコティッシュ・ポエトリー・ライブラリー〉で彼が朗読したものなんです」コルウェルはつつましやかな笑い声を立てた。「それは、アレクサンドルがあの日、書き上げたものだと思うんです。だから、わたしはそのコピーを持っていないの。と言うか、誰も持っていないでしょう」

「彼のゴミ箱を漁ってみましたか？」

「はい、と答えたら、あさましい女だと思うでしょうね？」

「全然。でも見つからなかったんですね？」

「ええ……それでミスター・リオダンのオフィスにいる親切な人と電話で話をして」

「テリー・グリムのことですね？」

コルウェルがうなずき、髪の毛を掻き上げた。「その方がおっしゃるには、録音したものがあるそうなので」

リーバスはシボーンの車の中で、死んだ男の声に二人して聴き入ったときのことを思い出した。「CDを借りたいんですね？」そう言えば、トドロフが詩のいくつかをロシア語で朗読していた。

「翻訳する間だけ。それがわたしの追悼となるでしょう」

「何の問題もないと思いますよ」

コルウェルは嬉しそうな笑顔となり、もし机がなかったら、手を伸ばして抱擁したかもしれなかった。そうはしないで、警察署でCDを聴かなければならないか、それとも持ち帰ってもいいだろうか、とたずねた。警察署……それはリーバスの立ち入り禁止区域である。

「ここへ持ってきましょう」リーバスが言うと、コルウェルは満面の笑みとなったが、やがて笑顔が消えた。

「締め切りは来週なんです」ふいに現実に戻った。

「だいじょうぶ」リーバスが請け合った。「それよりも、ミスター・トドロフを殺した犯人をまだ逮捕できなくて、申し訳ない」

コルウェルの表情がさらに曇った。「捜査に全力を尽くしておられるのですから」

「信頼していただいてありがたい」リーバスは間を置いた。「なぜここへやって来たかの理由を、まだたずねていないですね」

「そのうち話してくださると思ったので」

「ミスター・トドロフのこれまでの人生を知ろうとしているんです、敵がいるのではないか、と」

「アレクサンドルは国家を敵に回しましたよ、警部」

「たしかにね。しかし、彼は学生と親しくなりすぎたために大学を追われたとかいう話を聞きましてね。実のところ、その話をした者は、おれを煙に巻こうとしたんじゃないかと思ってるんですが」

ところがコルウェルはかぶりを振った。「いえ、ほんとなんですよ――アレクサンドル本人がそう言ってましたもの。もちろん、その非難はでっちあげだけど。当局はどんな手段を使ってでも、彼を追い出したかったのよ」詩人トドロフを思って腹立たしげな口調になった。

「一つたずねたいことがあって……彼はあなたに言い寄るとか、そういうことはなかったですか？」

「わたしにはパートナーがいます」

「お言葉ですが、あなたは美しい女性だ。そしておれの印象では、トドロフは女好きでした。パートナーが忍者の殺し屋でもない限り、パートナーがいるぐらいで、トドロフは引き下がらなかったんじゃないですか」

コルウェルはまたしても晴れやかな笑みを浮かべ、目を伏せてつつましやかな表情を作った。

「まあね。あなたのおっしゃるとおりよ。何杯かお酒が入ると、必ずアレクサンドルの愛の本能が目覚めるように思えたわ」

「美的な表現ですね。それは彼の言葉？」

「わたしの言葉よ、警部」

「でも彼はあなたを友人と思っていたようですね。そうじゃないと、あなたを信頼しないだろうから」

「彼にはほんとうの友達がいたのかしらね。作家ってそんなものじゃないですか――他人をすべて作品のネタとみなすのよ。あとで一部始終を書くだろうとわかってる相手と、ベッドをともにするなんて、いやでしょう？　もっともひそやかな時間をあとで世間が読むことになるなんて？」

「言われるとおりですね」リーバスは咳払いをした。

「でも彼にはあなたの言う……その愛の本能とやらを鎮める方法があったのでしょうね？」

「ええ、彼には女がいましたよ、警部」

「学生？　エジンバラで？」

「それはわからないけど」

「だったら、〈スコティッシュ・ポエトリー・ライブラリー〉のアビゲイル・トーマスはどうですか？　彼女はトドロフに気があるようだとあなたは言ってましたね」

「おそらく報われない恋だったでしょうね」コルウェルは取り合わなかった。少し考えてからたずねた。

「アレクサンドルを殺したのは女性だと本気で考えてるんですか？」

　リーバスは肩をすくめた。トドロフが酒をそうとう飲んだあと、キングズ・ステイブルズ・ロードをふらふらと下ってきて、ふいに現れた女から後腐れのないセックスを持ちかけられている情景を思い浮かべた。知らない女についていったのだろうか？　たぶん。だが知ってる女だった可能性のほうが高い……

「ミスター・トドロフはアンドロポフという男について、何か言ってませんでしたか？」

　コルウェルは考え込みながら、何回かその名前をつぶやいてみたが、やがて断念した。「ごめんなさい、憶えていないわ」

「もうひとつ、これも望み薄なんですが。カファティという名前はどうですか？」

「わたし、何のお役にも立ちませんね？」自己否定するようにかぶりを振る。

「何かを除外することは、何かを含めることにもまして大切な場合もあるんです」リーバスが力づけた。

「シャーロック・ホームズみたいに？　すべての可能なものを消去して――」途中まで言いかけてしかめ面になった。「そのせりふをちゃんと憶えてないけど、もちろんご存じでしょう？」

　リーバスは本を読まない人間と思われたくなくて、うなずいた。毎朝仕事へ行く途中に、リース・ストリートのロータリーでシャーロック・ホームズの銅像の前を通り過ぎる。そこはコナン・ドイルの生家跡を示している、としばらくしてから知ったのだった。

「何でしたっけ?」コルウェルがたずねた。

リーバスは肩をすくめた。「おれも同じで、なぜだか正確には憶えていないんですよ……」

コルウェルは立ち上がり、机を回って出てきた。窮屈そうにして通るときにスカートが脚に張りついた。本棚から書物を取り出した。背表紙には引用句全集と書かれている。彼女はドイルの見出しを見つけ、指でたどって探していた文を見つけた。

「〝すべての不可能を消去したあとに残ったものが、いかに奇妙なことであっても、真実である〟」コルウェルはまたしかめ面をした。「これは記憶とは違うわ。可能なものを消去すると思っていたのに、不可能じゃなくて」

「うーん」リーバスはその声が同意に聞こえるよう願った。空のマグをテーブルに置いた。「では、ドクター・コルウェル、あなたの頼みを聞いたわけなので……」

「代償ね?」コルウェルが本を閉じると、埃が舞い上がった。

「トドロフのフラットの鍵を貸してもらえないかと、思ってまして」

「あなたは運がいいわ。管理サービスの人が鍵を取りに来るはずなんだけど、今まで何の連絡もないの」

「彼の持ち物はどうなるんでしょう?」

「領事館は引き取ると言ってます。ロシアに誰か身内がいるんでしょうね」また机を回り込んで引き出しを開け、鍵を取りだした。

リーバスはそれを受け取って感謝の印にうなずいた。「この一階に校僕がいます。もしわたしがいなかったら、鍵を返すときはその人に預けてください」一息ついて付け加える。「あの録音CDを忘れないでね?」

「任せてください」

「いえね、それが残っている唯一の録音だと、スタジオは確信しているようなので。ミスター・リオダンもお気の毒に――なんて恐ろしい死に方でしょう……」

建物の外に出ると、リーバスはジョージ・スクエアからバクルー・プレイスへ石段を降りていった。学生を何人か見かけた。彼らは何と言うか……勉学に勤《いそ》しむ若者たち、としか表現のしようがない。石段を降りきったところで立ち止まって煙草に火を点けたが、気温が下がってきているので、建物の中で一服することにした。

トドロフの部屋は最初に訪れたときと変わっていなかった。ただし、机の上に、ゴミ箱から出した紙片が皺を伸ばして並べてあった――おそらくコルウェルが幻の詩を探したのだろう。リーバスは『アスターポヴォ・ブルース』が六冊あるのを忘れていた。eBayに登録している者を探してあの六冊をネットで売らなければならない。室内を子細に見ると、詩人の持っていた書物を何冊か持ち去った形跡があった。それもコルウェルか？　あるいはほかの大学関係者か？　先を越されたのだろうか――トドロフの遺品が供給過剰になれば、値段も下がる。携帯電話が鳴っているのに気づいて、ポケットから出した。番号に見覚えはなかったが、海外の国番号が頭に付いている。

「リーバス警部ですが」

「もしもし、ロディ・デナムです。謎めいた電話をもらったもので」教養あるイングランド系スコットランド人を示す、ゆっくりとしたしゃべり方だった。

「謎というほどではないんです、ミスター・デナム。電話をかけてくださって感謝します」

「わたしが夜型人間なので、あなたは運がいい」

「今は真っ昼間なんですが……」

「シンガポールではそうじゃない」

「あなたはメルボルンか香港にいるだろうと、ミスター・ブラックマンが言ってたんですがね」

デナムは喫煙者独特のかすれた笑い声を立てた。

「わたしがどこにいるとしても、不思議ではないってことだな？　すぐ近くの街角を曲がったところにいる場合もある。携帯ってのはすばらしいですな……」

「もし近くの角におられるのなら、直接来られたほうが安上がりですよ」

「だったら、あなたもジェット機に飛び乗ってシンガポールへ来てください」

「おれの二酸化炭素の排出量を減らしたいんですよ」

リーバスは居間の天井へ煙草の煙を吐き出した。

「で、今どこにおられるんですか、警部？」

「バクルー・プレイスに」

「ああ、大学のある区域ですね」

「死んだ男の部屋にたたずんでいる」

「そんな表現を聞いたことがないな」デナムはほどよく感心した声になった。

「その男はあなたとは少し芸術の方向が違うのです――アレクサンドル・トドロフという詩人なので」

「その名前は聞いたことがある」

「一週間前に殺されたんですが、捜査の中であなたの名前が出てきたもんですから」

「詳しく話してください」その声はホテルのベッドでくつろいだ姿勢になったかのように響いた。リーバスもまたソファに座り、膝に片肘をついた。

「あなたは議事堂でプロジェクトを進行中です。あなたの依頼で音の録音をしている者がいて……」

「チャールズ・リオダン？」

「残念ながら、彼も亡くなりました」電話の向こうで低い口笛がした。「自宅が放火されたんです」

「テープは無事なんですか？」

「わかっている限りでは」

デナムはリーバスの口調に気づいた。「冷たいやつだとお思いでしょうな」

「心配いりません。あなたの代理人もいちばんにその質問をしましたよ」

デナムが小声で笑った。「それにしても気の毒に……」

「彼を知ってるのですか？」

「議事堂のプロジェクトで知り合ったんです。感じのよい、有能そうな男だったが……ほとんど話をしたことはないけれど」

「それで、チャールズ・リオダンはアレクサンドル・トドロフの仕事もしていたんです」

「えっ、ということは次はわたしが狙われる番？」

リーバスはそれが冗談なのかどうか、見極められなかった。「そんなふうには考えていません」

「注意を促すために電話をかけてきたのではない？」

「興味深い偶然の一致だと思ったんです」

「ただし、わたしはアレクサンドル・トドロフと会ったこともない」

「そうかもしれませんが、あなたのファンの一人は彼を知っているんですよ——セルゲイ・アンドロポフは」

「その名前なら知ってる……」

「アンドロポフはあなたの作品を収集しています。ロシアの実業家で、トドロフの学校友達です」リーバスの耳にまた口笛が聞こえた。「彼とも一度も会ったことがないのですか？」

「わたしの記憶では、ないね」しばらく沈黙が続いた。「そのアンドロポフという男が詩人を殺したのかね？」

「どんな可能性も除外しないようにしています」

「ロンドンで殺された男のように、アイソトープとやらでやられたんですか？」

「ぼこぼこに殴られたあと、誰かに頭をぶち割られたんです」

「じゃあ、巧妙なやり方とも言えないね？」

「そうなんです。一つ、教えてもらいたいんですが、ミスター・デナム。なぜあなたのプロジェクトに都市再開発委員会を選んだのですか？」

「向こうがわたしを選んだんですよ、警部――こちらがプロジェクトに参加したい人はいないだろうか、とたずねたところ、彼女が名乗りを上げている、と議長から聞いたんです」

「ミーガン・マクファーレン？」

「やる気まんまんでした――わたしにはわかります」

「そうでしょうとも」リーバスはドアベルのような音を聞いた。

「ルームサービスが来たようです」デナムが教えた。

「では、これで質問は終わりとしましょう。電話をくださって感謝します、ミスター・デナム」

「どういたしまして」

「最後にもう一つだけ……」リーバスは間を置いて、デナムの注意を惹きつけた。「ドアを開ける前に、本物のルームサービスかどうか、確認してくださいよ」

リーバスは携帯電話をぴしゃりと閉じ、軽い笑みをもらした。

32

「多くはないはずよ、これに入るぐらいの量なら」シボーン・クラークが言った。彼女は犯罪捜査部室に戻っており、マクレイ主任警部が留守だったので、テリー・グリムをもてなすために主任警部の部屋を借りている。上司の机の前に座り、透明なプラスチックのメモリー・スティックをつまんで、光にかざしていた。

「びっくりしないでくださいよ」グリムが言った。

「そこには約十六時間分が入っています。使えるものがもっと残ってたら、そこにさらに入れたんですがね。残念ながら、火事の熱で、大部分の録音がやられてしまいました」グリムは証拠品袋も持ってきていた。密封されていたが、焦げた臭いがかすかに漂っている。

「何か気づいた点があった？　というより、耳に引っかかった、と言うべきかしらね」

グリムはかぶりを振った。「でも、ひとつ、お土産が……」内ポケットに手を入れてプラスチックケースに入ったＣＤを取りだした。「数週間前、チャールズがほかのイベントでロシア詩人を録音したんです。スタジオでたまたまそれを見つけたので、コピーを作ってきましたよ」ＣＤを渡した。

「ありがとう」シボーンが言った。

「大学の先生がチャールズの録音したあの朗読会のＣＤを欲しがってるんですがね、調べた限りではあなたの持ってる分が唯一現存してる録音なんです」

「コルウェルっていう先生？」

「そうです」グリムは自分の手の甲を見つめた。「チャールズを殺した犯人は絞られてきてるんですか？」

シボーンは広い捜査部室を手で示した。「勝利に酔ってるようには見えないでしょ」

グリムはうなずいたが、視線をシボーンからはずさなかった。「うまく答えをはぐらかすんですね」

「これは動機を見つけなければならない事件なんです。もし何か教えていただけることがあるようなら、たいへんありがたいんですけど」

「わたしもずっと考え続けてるんです。ヘイゼルと二人で話し合ったりもしました。でもわけがわからない」

「では、何か考えつかれたら……」シボーンは立ち上がり、用事が済んだことを示した。ガラスの仕切り越しに捜査部室を見ると、何やらがやがやと騒がしい。トッド・グッドイアがそこから抜けてきた。コン、とノックしてこちらへ入り、ドアを閉めた。

「委員会の録音をじっくりと聴くつもりだったら、場所を移さないことには」グッドイアがこぼした。「あれじゃあ、まるでサル小屋だ」テリー・グリムに気づいて、会釈した。

「議会の録音テープですね？」グリムが察した。「まだえんえんと聴いてるんですか？」

「まだえんえんと聴いてますよ」グッドイアは脇に紙束を挟んでいる。それをシボーンに差し出した。グッドイアは各テープのそれぞれの内容を詳細にタイプしていた。長々と記してある。刑事に成り立ての頃、シボーンもこんなふうに几帳面《きちょうめん》だった……リーバスがはしょることを教えてくれるまでは。

「ありがとう」シボーンが言った。「で、これはあなたに渡すわ……」メモリー・スティックを差し出す。「ミスター・グリムが言うには、ここに十六時間分の録音が入ってる、って」

　グッドイアは大きなため息をついてから、スタジオはどんな様子ですか、とグリムにたずねた。

「何とかがんばってます、ありがとう」

　シボーンはタイプ文書を繰っていた。「ここに書いてある中で、気になった箇所が何かある？」とグッドイアにたずねた。

「何一つありません」

「わたしたちがどんな気持ちだったか考えてみてください」グリムが口を挟んだ。「何日間も議会に詰めて、入れ替わり立ち替わり政治家が長々と演説をぶつのを聴いていたんですよ……」

　自分がそんな立場に立つのを想像したくもないグッドイアは、黙ってかぶりを振った。

「あなたが聴いたのは、いいとこ取りの箇所だったんです」グリムが慰めた。

　いつのまにか犯罪捜査部の騒ぎが収まっていた。

「何の騒ぎだったの？」シボーンがグッドイアにたずねた。

「死体保管所でちょっとしたごたごたがあって」グッドイアはメモリー・スティックを上に放り投げ、それを捕まえながら、軽い口調で説明した。「トドロフの遺体を引き取ろうとする者が来たんです。それでスター警部がね、いちばん速く車を走らせられる者は誰か、って皆にたずねたんですよ」またメモリー・スティックを放り投げて受ける。「レイノルズ刑事がそれは自分だと主張して。誰もが納得したわけじゃないけど……」グッドイアはシボーンが睨みつけているのにしばらく気づかなかったが、はっとして声が小さくなった。「すぐに話すべきだったんですね？」

「そうよ」シボーンは怒りを抑えた声で答えた。そしてテリー・グリムのほうを向いた。「グッドイア巡査が玄関までお送りします。ここまで来てくださってありがとう」

シボーンは急いで階段を降りて駐車場へ向かい、車に乗り込んだ。エンジンをかけて走りだす。スター警部に、なぜ自分には何も言わなかったのか……なぜこの自分に頼まなかったのか、とたずねたかった。こともあろうに子分にその仕事を与えるとは——しかもレイ・レイノルズに！　自分がスター警部の許可を得ないで出かけたからか？　今後は身のほどをわきまえさせるためにか？

デレク・スター警部にはたずねたいことがたくさんある。

リース・ストリートのてっぺんで右折し、すぐに左折してノース・ブリッジへ入った。そのまま走ってトロンで右へ折れ、車の流れを横断してブレア・ストリートへ入り、ナンシー・シヴライトのフラットの前をまた通った。ニュースキャスターたちがロンドンを〝小さな市〟だと思っているなら、エジンバラに来てみるがいい。ゲイフィールド・スクエア署を出て八分と経たないうちに、はや死体保管所の駐車場に着いた。レイノルズの車の横に駐車しながら、所要時間はレイノルズに勝ったのではなかろうか、と思った。死体保管所の無印の白いヴァン二台の間に、古い大きなメルセデス・ベンツが停めてある。シボーンはその横を急ぎ足で通り過ぎ、〝通用口〟と書かれたドアのハンドルを回して中へ入った。廊下に人影はなく、係員の詰所も、ケトルから湯気が出ているにもかかわらず、無人だった。待機エリアを抜けてさらにドアを開け、廊下へ出ると階段を上って次の階へ行った。そこには正面玄関がある。そこは身内の者が死者の身元確認をするために待つ場所であり、そのあとの書類が作成される場所である。いつもはそこで低いすすり泣きや、言葉のない回想、いやな沈黙が続く。しかし今日は違った。

シボーンはニコライ・スタホフだとすぐにわかった。初めて会ったときと同じ長い黒オーバーを着ている。その横にはロシア人らしき人物が立っている。五歳ほど若いが、スタホフと同じぐらい長身で、もっと屈強な体つきをしている。スタホフは英語でデレク・スターに抗議していた。スター警部はまるでつかみ合いに備えるかのように、腕を組み足を開いて立っている。その横にはレイノルズ、後ろには死体保管所の係員四人がいた。

「こちらには権利がある。憲法上の権利……道義的な権利が」スタホフが主張している。

「殺人事件の捜査中なんです」スター警部が説明した。「さらに検査が必要になった場合に備えて、遺体はここに置いておかねばなりません」

スタホフは左をちらっと見て、シボーンに気づいた。「力になってください」スタホフがシボーンに懇願した。彼女はずいと前へ出た。

「どうしたんですか？」

スターはシボーンを睨みつけた。「領事館はミスター・トドロフの遺体を本国へ送りたいのだそうだ」

「アレクサンドルは母国の土に戻さなければならない」スタホフが言い切った。

「その旨《むね》を記した遺言書でもあるのですか？」シボーンがたずねた。

「遺言書があろうとなかろうと、彼の妻はモスクワで埋葬されていることだし――」

「おたずねしようと思っていたのですが」シボーンが遮って言った。スタホフがシボーンに向き合ったので、スターはいらだった顔となった。「奥さんに何があったのですか？」

「癌です」スタホフが教えた。「手術する道もあったのですが、そうすれば流産を覚悟しなければならなかった。それで手術は受けないことにしたんです」スタホフは肩をすくめて見せた。「赤ん坊は死産となり、奥さんは数日後に後を追ったんです」

その話でその場がしんとなった。シボーンはおもおもしくうなずいた。「なぜいきなり急ぐんですか、ミスター・スタホフ？　アレクサンドルは八日前に亡くなったのに……今まで何も言わなかったじゃないですか？」

「わたしたちはただ、彼を母国に帰してやりたいだけなんです、その国際的な名声に敬意を表して」

「ロシアではそれほど名声を得ていなかったんじゃないですか。モスクワではノーベル賞なんて最近は重んじられないと、おっしゃってましたよね？」

「政府は方針を変えることがあるんでね」

「つまりはこういうことですか、クレムリンから命令を受けた、と？」

スタホフの瞳は無表情だった。「身内の者がいないので、国が引き取ることになったのです。わたしには遺体の引き渡しを要請する権限がある」

「だがこちらには引き渡す権限がないので」スターはスタホフと視線を交えるようにシボーンの近くへ回り込みながら、反論した。「あなたは外交官だ。手続きが必要なのはおわかりでしょう」

「具体的には何を言いたい？」

「つまり、法的な判断や命令が下るまで、わたしたちは死体を手放さないということです」シボーンが説明した。

「ひどい話だ」スタホフはオーバーの袖口をしきりに引っ張った。「こんな状況を一般人が知ったらどうなることか」

「新聞に訴えたらいいでしょう」スターが嘲った。

「その結果、どうなるか……」

「手続きを踏んでください」シボーンがスタホフに助言した。「それ以外に手はありません」

スタホフはシボーンと視線を交え、ゆっくりとうなずいてから、くるりと後ろを向いて出口へ歩いていった。運転手がそれに続いた。二人がいなくなると、スターはシボーンの腕をわしづかみにした。

「なぜここに来た？」と小声でなじる。

シボーンは腕をねじって彼の手をはずした。「わたしは自分のいるべきところにいるんです」

「ゲイフィールド署をきみに任せたんだぞ」

「そんな話、一言も聞いてません」

スターはこの言い合いには負けると感じたようだった。周囲の人間をちらっと見回した――レイノルズと死体保管所の係員を。そして表情を和らげた。「話はまたにしよう」

シボーンはこれ以上追及しないことに決めていたが、じっくりと考える振りをして、スターをじらした。

「いいですよ」しばらくして答えた。

スターはうなずいて、係員のほうを向いた。「きみたちは正しい判断をして、電話をくれた。もしあいつらが何かほかの方法を取ろうとしたとき、どうすればいいかわかってるね」

「真夜中に死体を盗みだす気でしょうかね？」一人が推測した。

同僚の一人が低い声で笑った。「そういうことがあったのは、ずいぶん以前のことだよな、デイヴィ」

シボーン・クラークはそれについて何もたずねないことにした。

33

彼らは〈オックスフォード・バー〉の奥の部屋で、テーブルを囲んで座っていた。仲間内だけで話をしたいから、というリーバスの希望が店に伝えられたので、部屋にほかの客はいなかった。それでも彼らは声をひそめて話し合った。リーバスはまず、自分が停職中であること、自分と一緒にいるところを見られたらまずい状況になることを説明した。シボーンはトニック・ウオーターをなめていた――今夜はジン抜きだ。コリン・ティベットは指示を求めてフィリダ・ホズへ目を向けた。

「デレク・スターとリーバス警部のどちらかを選べと言われたら……考えるまでもないわ」ホズが言い切った。

「考えるまでもない」ティベットが繰り返したが、確信のない声だった。

「ぼくにどんな罰を与えることができますか？」トッド・グッドイアも言い添えた。「ウエスト・エンドの巡査に逆戻りさせる？　どうせそうなるんです」エール半パイントのグラスをリーバスに向かって掲げた。

そのあと、それぞれが今日の次第を語ったが、リーバスは適当にはしょって話をした――表向きは謹慎中だからだ。

「ミーガン・マクファーレン、ジム・ベイクウェルとはまだ会っていないんだね？」リーバスがシボーンにたずねた。

「ちょっと忙しかったので」

「しまった」グッドイアが口に含んだエールでむせそうになりながら言った。「それで思い出したんですが――あなたが死体保管所に行ってる間に、ベイクウェルの事務所から電話があって。明日彼との面会の予定が入ってます」

「教えてくれてありがとう、トッド」

グッドイアが目に見えるほどたじろいだ。ホズは署から出られる口実があるなら何であれありがたい、というようなことを言っている。

「捜査部室がぎゅうぎゅう詰めなんだよな」ティベットが同意した。「今日の午後、おれの机の引き出しを開けたら、食いかけのサンドイッチが入ってた」

「銀行でランチをご馳走にならなかったのか？」リーバスがたずねた。

「フォアグラをのせたパンを二つ、それだけよ」ホズが答えた。「ほんと言うと、銀行はとてもおしゃれな超高級の生産ラインみたいだったわ。でもやはり生産ラインには変わりがない」

「収益は百億ポンド」ティベットは今でも信じられない口調だった。

「一部の国のＧＤＰより多い」グッドイアが付け加えた。

「おれたちが独立したら、そのときはスコットランドに留まっていてくれますように」リーバスが言った。「同じぐらいの実力の競争相手と合併したらな、小さな国のスタートとしては悪くないぞ」

シボーンがリーバスを見た。「だからスチュアート・ジャニはミーガン・マクファーレンにへばりついてると思うんですか？」

リーバスは肩をすくめた。「民族主義者はファースト・オルバナック銀行のような企業が外へ本拠を移すことを嫌う。だから銀行は有利な立場に立つんだ」

「ミズ・マクファーレンには大きな影響力がなさそうだけど」

「だが彼女は未来そのものだろ？　銀行は長期的な視野で利益を求める――ときには遠い将来を見越して」

リーバスは考え込んだ。「たぶんそれはファースト・

オルバナック銀行に限らないだろうが……」

リーバスの携帯電話が振動したので、番号を確かめた。リーバスの知らない携帯電話番号から。蓋を開けた。

「もしもし?」

「ストローマン……」カファティがリーバスにつけたあだ名。その由来は長い年月の間に忘れ去られた。リーバスは立ち上がり、部屋を出てカウンター横を通り抜け、石段を二段降りて夜の道路へ出た。

「番号を変えたんだな」リーバスはギャングに言った。

「数週間置きに変えている。だが友達に番号を知られてもかまわん」

「それは嬉しいね」外へ出たついでにリーバスは煙草を吸うことにした。

「煙草は死に至る危険があるぞ」

「いつかは死ぬ身だ」リーバスはカファティの電話を盗聴しているとストーンが言ってたのを思い出した……携帯電話も盗聴しているのか? それもカファティが番号を変える理由の一つかもしれない。

「会いたいんだ」カファティが言った。

「いつ?」

「もちろん、今に決まってる」

「何か理由があるのか?」

「何も言わずに運河に来てくれ」

「運河のどのあたりだ?」

「わかってるだろ」カファティはのんびりと言い、電話を切った。リーバスは携帯電話をしばし見つめてから蓋を閉めた。リーバスは細い道の中央まで来ていた。こんな夜更けなら構わない――車は通らないから。たとえヤング・ストリートにわざわざ入ってくる車がいたとしても、物音でわかる。リーバスは道路の真ん中に立ち、煙草を吸いながらシャーロット・スクエアのほうを見ていた。以前、店の常連が、道路の先でこちらを向いているジョージ朝様式の建物は、スコットランド首席大臣の官邸だと教えてくれた。〈オックスフォード・バー〉の前でときおり煙草を吸っている雑多な人々を、首席大臣はどう思っているのだろうか……

ドアが開いて、コートの袖を通しながらシボーン・クラークが出てきた。半パイントのエール一杯ですっかりいい気分になったトッド・グッドイアも、続いて出てきた。

「カファティからの電話だった」リーバスが教えた。「おれに会いたいんだそうだ。きみたち二人はどこかへ行くのか？」

「彼女に会うんです」グッドイアが答えた。「クリスマスのイルミネーションを見に行こうと思って」

「まだ十一月だぞ」

「今夜六時に点灯されたので」

「わたしは家に帰るつもり」シボーンが言った。

リーバスは戒めるように指を振った。「パブを二人揃って出ちゃだめだぞ――噂が立つ」

「カファティはなぜ会いたいんですか？」シボーンがたずねた。

「何も言わなかった」

「行くつもり？」

「別に構わんだろう」

「どこで会うんですか――照明の明るい場所ででしょうね？」

「運河、ファウンテンブリッジの水門ドックに面した、あのバーの近くで……フィリダとコリンは何をやってる？」

「プリンシズ・ストリート・ガーデンズに行こうかと考え中です」グッドイアが言った。「観覧車やスケートリンクの営業が始まったので」

シボーンはリーバスを凝視している。「援護が要るのでは？」

リーバスの表情を見ただけで、答えは明らかだった。

「では……」グッドイアはオーバーの襟を立てながら、

空模様を見た。「では、明日の朝に？」

「行儀よく振る舞えよ、トッド」リーバスが注意を与え、キャッスル・ストリートへ向かうトッドの後ろ姿を見送った。

「あの男、役に立つんだろ？」リーバスが話を振った。しかしシボーンはごまかされなかった。

「一人でカファティに会いに行ってはいけないわ」

「何もこれが初めてじゃああるまいし」

「でもいつ、それが最後ってことになるかわからないわ」

「まんいち、おれが運河に浮いてたら、少なくとも誰をしょっぴけばいいかわかってるだろ」

「冗談にしてしまわないで！」

リーバスはシボーンの肩に手を置いた。「シボーン、だいじょうぶだよ。だが軟膏にへばりつくハエみたいのがいてね……ＳＣＤがカファティに張りついてるかもしれないんだ」

「何ですって？」

「昨夜、そいつらと言い合いになった」リーバスはシボーンの表情を見て、肩から手をはずし、なだめるように手を挙げた。「あとで説明する。要するに、そいつらはおれに近寄るなと言ってる」

「だったら、そうしたら」

「そのとおりだね」リーバスはストーンの名刺を渡そうとした。「きみにやってもらいたいのは、このストーンという男に電話してリーバス警部から緊急連絡があると伝えてくれ」

「何ですって？」

「〈オックスフォード・バー〉の電話を使うんだ――きみの携帯からだと調べがついてはまずい。きみは匿名で通し、リーバスがガソリンスタンドで会いたいと言ってると伝えてくれ。それだけ言って切るんだ」

「どういうこと、ジョン」シボーンは名刺を見つめていた。

「だいじょうぶ、あと四十八時間経てば、おれはもう迷惑をかけないよ」

「あなたは停職中で、今はまだわたしに迷惑をかけるのよ」

「おれはきみのからまった髪の毛みたいにうっとうしいか？」リーバスがにやにやした。

「調子の悪いヘアアイロンみたいに厄介だわ」シボーンは言い返したが、それでも電話をかけるためにパブへ戻っていった。

「遅かったな」それがカファティの第一声だった。この前と同じく、運河にかかる歩行者用橋に立ち、キャメルの長いオーバーのポケットに両手を突っ込んでいる。

「車はどこに停めたんだ？」リーバスは空き地をちらっと振り返りながらたずねた。

「歩いてきた。十分ぐらいしかかからないんでね」

「用心棒も連れずに？」

「必要ない」カファティが言い切った。

リーバスは新しい煙草に火を点けた。「すると、おれが昨夜、ここにいたのを知ってたんだな？」

「セルゲイの運転手があんたの顔に気づいた」あの夜、ホテルで睨みつけていた男だ。「グラントンの波止場までおれたちを尾行してたのか？」

「ドライブに気持ちのよい夜だったんでね」リーバスはカファティの顔に煙を吹きつけようとしたが、風で遮られた。

「法に触れることは何もしていない。気の済むまで尾行すればいいさ」

「ありがとう。そうするよ」

「セルゲイはスコットランドが好きなんだよ、煎じ詰めればそういうことだ。父親が『宝島』を読んでくれたんだそうだ。おれは彼をクイーン・ストリート・ガーデンズへ連れて行った。そこの池がR・L・スティーヴンソンにあの小説のアイディアを与えたと言われてる」

「おもしろいね」リーバスは鏡のような運河の水を見つめた。ほんの一メートルほどの水深しかないが、それでも溺死した男を何人か知っている。

「セルゲイはここで事業をしたいと考えてるんでね」

「ここに錫《すず》や亜鉛の鉱山がたくさんあるとは知らなかった」

「いや、彼の事業の全部を移すわけじゃないだろう」

「そんなことをしても無駄なんじゃないか。ロシアとの間には逃亡犯引き渡しの協定があるからな」

「それは確かな話か?」カファティがからかうような笑みを浮かべた。「とにかく、政治的亡命者に対する保護は国の方針だろ?」

「おまえの友達がその条件に合うのかね」

カファティは黙って笑みを浮かべた。

「ホテルにいた夜のことだが」リーバスがさらに押した。「おまえとトドロフが話をし、そのあとおまえとアンドロポフ、さらにベイクウェルという大臣が同じテーブルについた……それはどういうことなんだ?」

「もう説明したんじゃなかったか――酒を奢った相手の名前をおれは知らなかった」

「トドロフとアンドロポフの出身地が同じなのを知らなかったのか?」

「知らないね」

リーバスは煙草の灰を空中に飛ばした。「で、経済発展担当大臣と何を話していたんだ?」

「セルゲイにも同じ質問をしたにちがいないね」

「彼はどう答えたと思う?」

「おそらく経済発展について話していたと言ったんだろうな――たまたまそれは事実なんだが」

「おまえは土地を大々的に買いたがっているようだな。アンドロポフが資金を出し、おまえが代理人となっているのか?」

「すべて公明正大にやってる」

「アンドロポフは家主としてのおまえの悪行を知っているのか？　フラットに住人をぎゅうぎゅう詰めに住まわせ、防火対策を無視し、失業手当小切手をだまし取って現金化していることを……」

「藁《わら》をも摑むところまで追いつめられてるのか？　あんたはあそこで溺《おぼ》れてるも同然だ」カファティは運河を指さした。

「おまえはブレア・ストリートにフラットを持ち、ナンシー・シヴライトとエディ・ジェントリーにそれを貸している」考えてみれば、賃貸人は二人だけで、カファティのおんぼろアパートにしては珍しいことである。「ナンシーはソル・グッドイアと親しい。あの男から麻薬を買うほどの仲だ。ヘイマーケットでソルが刺された夜、ナンシーはソルの住まいのある小道の坂下で、トドロフの死体にけつまずいた」リーバスは自分の顔をカファティの顔にぐっと近づけた。「何を言いたいかわかるか？」小声で脅しつける。

「よくわからんな」

「おまけにな、領事館がトドロフの死体を早くロシアへ送還したがってる」

「今言った藁のことなんだがね、リーバス、本数を数え切れなくなっちまったよ」

「それは藁じゃない、カファティ、鎖だよ。その鎖が誰に巻き付いてるのか、わかるか？」

「おいおい、ちょっと待ってくれ。そんな表現を使ってると、あんたまで詩人になっちまうぞ」

「困るのはな、カファティと韻を踏む言葉を見つけようとしても、〝悪人〟とか〝悪党〟ぐらいしか思いつかないんだよな」

　ギャングがにやりと笑い、高価そうな歯科治療の跡を見せた。くんくんと空気を嗅いで、橋の先端まで歩いていった。「ここからそう遠くないところで、おれは育ったんだ。知ってたか？」

「クレイグミラーで育ったんじゃないのか」

「ゴルギに伯父夫婦がいてな、お袋が働いている間、面倒を見てくれたんだ。おやじはおれが生まれる一ヵ月前に蒸発しちまった」リーバスを振り返る。「あんたは市内の生まれじゃないだろ？」

「ファイフだ」

「じゃあ、食肉用の牛舎を憶えてないだろうな。ときたま、雄牛が逃げ出してな。すると警報ベルが鳴り、おれたちガキは射撃の名人が来るまで、家に閉じ込められた。あるとき窓から見ていたんだ。そいつはとてつもなく大きな牛だった。荒い鼻息を立てながら、望むべくもない自由を求めて土を蹴ってた」一息入れる。「最後の瞬間が来るまでだ。射撃の名人が片膝を突き、狙いを定めて、牛の頭を撃ち抜いた。牛の脚が折れ、その目から光が消えた。それからしばらく、おれは自分と重ね合わせて考えていたもんだ――おれこそ束縛されない最後の雄牛だ、と」

「おまえはたしかに雄牛だよ」リーバスが言い返した。

「だけどな」カファティは残念そうにすら見える笑みを浮かべた。「最近はな、それはあんたじゃないか、と思うようになった。あんたは角で突っかかったり、蹴ったり、息巻いたりしてる。おれの商売が合法的だってことに我慢ならないんだ」

「合法的だとおまえが思ってるだけだよ」リーバスは吸い殻を運河に投げた。「なぜここへ呼び出した、カファティ？」

カファティは肩をすくめた。「こうやって差し向かいで話すチャンスもこれからそう多くはないだろう。昨夜あんたが尾行してるってセルゲイから聞いたんで……だったら、こういう機会を作ろうと思ってな」

「嬉しいね」

「スター警部が捜査の指揮を執るために乗り込んできたというニュースを見た。あんたはすでに放牧地へ追い出されたんだろ？　年金がたっぷりあって、よかったじゃないか……」

「すべて汚れていない金だ」

「シボーンには手柄を立てるチャンスが巡ってきたな」

「おまえと対等に戦えるだろう、カファティ」

「それはどうかな」

「おれはリングサイドで見物させてもらうよ」

カファティは高い煉瓦塀へ目を向けた。その先には再開発用の土地が広がっている。「話ができてよかった、リーバス。夕日のかなたへの散歩を楽しんでくれ」

リーバスはそこを動かなかった。「ロンドンのあのロシア人の話を知ってるだろ？　遊び相手にじゅうぶん気をつけることだな、カファティ」

「おれを毒殺するやつなど、いるもんか。セルゲイとおれは考え方が同じなんだ。数年後、スコットランドは独立する――それについては疑いの余地がない。北海油田に三十年分の石油があるし、その上大西洋にはどれほど大量の石油が眠っているかわからん。最悪の場合でも、ロンドンと取引をして、資源の八割か九割はこっちが取れるだろう」カファティはゆっくりと両手を広げた。「そうなったら、おれたちはその金を気ままに遣うんだ――酒、麻薬、賭博にな。各都市に巨大なカジノを造り、利益が積み上がっていくのを眺める……」

「それもまた、おまえの静かな侵略の一つか？」

「ソ連はスコットランドに革命が起こる、と以前から信じていた。だがあんたにはもう関係ないよな？　あんたは現役を去るんだから」カファティは軽く手を振って背を向けた。

リーバスは動かなかったが、これ以上粘ってもしかたがないのを感じていた。それでもためらった。昨夜のカファティは舞台に立つ俳優さながらで、車や運転手といった小道具もあった。今夜のカファティは別人のようで、内省的だった。カファティには多面性がある……さまざまな仮面を用意しているのだ。車で送ろうと誘ってみてもいいが、なぜ自分はそんなことをしたいのだろう？　くるりと後ろを向き、また煙草に火を点けながら車へ戻っていった。雄牛の話が頭に残った。引退後はそんな気持ちになるのだろうか。違和感のある不安な解放感を味わい、しかもその自由は極端に短い。

「家に帰ったらレナード・コーエンの曲を聞いてはならんぞ」とリーバスは自分を戒めた。「今でさえ、憂鬱な気分になってるんだから」

その代わり、ロリー・ギャラガーの曲をかけた。《ビッグ・ガンズ》、《バッド・ペニー》、《キックバック・シティ》、《シナー・ボーイ》。ウイスキーを喉に流し込んだ。多めに入れたのを、同量の水で割って三杯だけ。ロリーのあとはジャッキー・レヴィン、それからペイジ&プラント。シボーンに電話しようかと思ったが、やめた。ジョン・リーバスに関する心配事から少しの間解放してやろう。何も食べていなかったが、空腹ではなかった。

電話が鳴ったとき、たぶん小一時間ほどうたたねをしてしまったようだった。椅子のアームにウイスキーのグラスがまだ載っていて、それを握りしめていた。

「一滴もこぼしていないじゃないか、ジョン」自分を褒め、もう片手で携帯電話を取り上げた。

「やあ、シボーン」番号を見て、言った。「おれがどうしてるかと思って確認の電話か？」

「ジョン……」その声がすべてを物語っていた。何か悪いことが起こったのだ。

「早く言え」椅子から立ち上がりながら命じた。

「カファティが集中治療室にいるの」シボーンはまずそれだけ言った。リーバスは空いている手で髪を掻きむしったあと、空いている手がないことにはっと気づいた。グラスがカーペットに落ち、飛び散ったウイスキーが靴を汚した。

「何があった？」

「それをあなたにたずねようと思ってたわ」シボーンがいきなり言った。「運河で何があったの？」

「話をしただけだ」

「話をした？」

「誓うよ」

「だったら、ずいぶん派手な議論をしたみたいね。カファティは頭蓋が陥没している。それに骨折、打撲傷も……」

リーバスは険しい目つきになった。「運河のそばで見つかったのか？」

「そのとおりよ」

「きみは今そこにいるんだな？」

「シャグ・デイヴィッドソンがわざわざ知らせてくれたので」

「五分でそっちへ行く」

「いいえ、駄目……そうとう飲んでいるでしょう、ジョン。四、五杯飲むと、あなたの声はくぐもるから」

「じゃあ、車を回してくれ」

「ジョン……」

「車を回せってんだ、シボーン！」また髪を掻きむしった。おれははめられた、と思った。

「ジョン、シャグがあなたを来させると思う？　シャグにしてみれば、あなたは容疑者だわ。容疑者を現場に来させたりしたら、どうなる……」

「ああ、そうだな、そのとおりだ」リーバスは腕時計を見た。「カファティと別れて三時間ほどになる。いつ彼は見つかった？」

「二時間半前」

「まずいな」めまいがした。水道水をがぶ飲みしてみようと思い、キッチンへ向かった。「カラム・ストーンをガソリンスタンドへ追っ払ったのか？」

「そうよ」

「しまったな」

「ストーンはここにいるわ。同僚と一緒に」

リーバスは目を固く閉じた。「やつらと話をするな」

「もう遅いわ。わたしがシャグと話しているときに、二人が現れた。ストーンが名乗り、そのあとなんて言ったと思う？」

「こんな感じかな、きみの声は、グラントンのガソリンスタンドへ行けという偽情報をくれた女性の声とそっくりじゃないか」

「まあ、そんなとこだわ」

「事実を隠さず話すしかないよ、シボーン。おれがその電話をかけろと命じた、と」

「あなたはそのとき停職処分中だった――わたしはそれを重々承知の上でやったのよ」

「ああ、なんてこった、すまない、シボーン……」水道の水はまだ流れており、流しがほぼ満水になっている。深さ二十センチはあるだろう。もっと少ない水で溺れ死んだ例を知っている。

34

レミントン・リフト・ブリッジでタクシーから降りると、会員制のナイトクラブの前に立つドアマンさながらに、腕組みをしたシボーンが待っていた。

「ここへ来てはいけないわ」シボーンは固く結んだ唇の隙間からそう繰り返した。

「わかってる」リーバスが答えた。野次馬が大勢いる。夜の外出を終えて帰宅する途中の人々。近くの賃貸アパートの住人。運河に係留したボートの船室から出てきた夫婦すらいる。二人はデッキにたたずみ、湯気の立つマグを手にしていた。

「なぜあなたの髪の毛、濡れているの？」シボーンがたずねた。

「乾かす暇がなかった」リーバスはその情景がすべて見渡せた。近づくまでもない。現場鑑識班は対岸の歩道を懐中電灯で照らしている。係留地点にある電気のコンセントにアーク灯が接続されていた——おそらくボートはここに留まっている間、そこから電気を取るのだろう。黙々と忙しげに働く人々が大勢いた。歩道のある地点に人が集まっている。

「あそこで見つけたんだな？」リーバスの問いにシボーンがうなずいた。「おれが別れ際にあいつを最後に見た地点と言っていい」

「帰宅途中のカップルが体にけつまずいたんです。救急隊員の一人がカファティだと気づいて。ウエスト・エンドの署が駆けつけ、シャグはわたしが知りたいだろうと連絡をくれたんです」

腰まで運河の水に浸かっている現場鑑識班が何人かいた。釣り師がはくような、サスペンダー付きの防水ズボンをはいている。

「あいつらはおれの吸い殻を見つけるだろうな」リーバスはシボーンに言った。「吸い殻が流れていったか、アヒルが食ってくれたかしないかぎり」

「DNAテストをしたら、嬉しいことになるわ」

リーバスはシボーンのほうを向き、腕を強く摑んだ。「ここにいなかった、と言ってるんじゃない。カファティはおれと別れるとき、ぴんぴんしてたと言ってる」

シボーンは目を合わせられなかった。リーバスは手を離した。「そんなふうに考えるな」穏やかに言った。

「わたしが何を考えてるか知らないくせに！」

リーバスは向きを変え、シャグ・デイヴィッドソン警部がウエスト・エンド署の巡査に何か命令しているのを見守った。ストーンとプロサーがすぐその後ろにいて、二人で何か真剣に話し合っている。

「今にもあなたに気づくわ」シボーンが警告した。リーバスはうなずいた。すでに野次馬のほうへ少し戻りかけている。シボーンもあとに続き、野次馬の背後に出た。カファティを尾行したとき、ここにリーバスは車を停めたのだ。頭がずきずきと痛んだ。

「アスピリンを持ってるか」

「いいえ」

「じゃあ、いい。どこでもらえるかわかってるから」

シボーンはその意味を悟った。「冗談でしょ」

「本気も本気だよ」

シボーンはリーバスをまじまじと見てから、運河をちらっと振り返り、心を決めた。「わたしが運転します。車はギルモア・プレイスに停めてあるから」

ウエスタン・ジェネラル病院へ向かう車中で、二人はほとんど言葉を交わさなかった。カファティは王立病院よりそこのほうが近いからだけではなく、頭部の怪我に関する専門医がいるので、そこへ運び込まれたのだ。

「カファティを見たのか？」リーバスは病院の駐車場

に着いたときにたずねた。

シボーンは首を横に振った。「シャグが電話をくれたとき、彼はよい知らせを聞かせたつもりだったんです」

「カファティとの間には長い歴史があることを、シャグは知ってるからな」

「でもすぐに問題が起きたとわかったわ」

「おれがカファティに会いに行ったと言ったんだろ？」

シボーンはかぶりを振った。「誰にもそのことは話していません」

「いや、話すべきだ――それ以外にきみがこの窮境から脱する方法はない。ストーンもそのうち事情を察するにちがいない」

「わたしが逃げたことに気づくまでだいじょうぶ……」シボーンは駐車区域に車を入れてエンジンを切り、リーバスに向き直った。「では、話してください」

リーバスは彼女と視線を交えた。「おれはカファティに指一本触れていない」

「じゃあ、何の話をしたんですか？」

「アンドロポフとベイクウェルの話……シヴライトとソル・グッドイア……」肩をすくめ、雄牛の話は省くことにした。「変だなあ、おれ、あいつに車で送ろうって、言いかけたんだ」

「そう言えばよかったのに」シボーンの口調がわずかに和らいだ。

「おれを信じてくれるってことか？」

「しかたがないでしょ？　これまでの長い年月を考えたら……あなたを信じられないとしたら、今までは何だったの？」

「ありがとう」リーバスは静かに言い、シボーンの手を握りしめた。

「まだスコットランド犯罪及び麻薬取締り本部とのも

め事について、わたしに話してくれてないわ」シボーンは手を引っ込めた。

「あいつらはカファティを監視している。おれが彼を見張ってるのを知って、手を引けと言ってきた」肩をすくめる。「ま、そんなとこだ」

「あなたは猪突猛進タイプだから、正反対のことをしたのね?」

ふいにリーバスの脳裏にイメージが浮かんだ。眉間に弾が貫通して、崩れ落ちる雄牛の姿……そのイメージを振り払った。「怪我がどんな状態なのか見に行こう」

病院内でまず訊かれたのは、「ご家族ですか?」ということだった。

「おれの弟なんです」リーバスが答えた。その言葉が功を奏し、二人は誰もいない深夜の待合室に通された。リーバスは雑誌を取り上げた。繰っても繰っても有名人のゴシップ記事ばかりが続いており、ただし半年ほど古い雑誌なので、その有名人もすでに消えている可能性があった。シボーンに雑誌を差し出したが、彼女は首を振った。

「弟なの?」

リーバスは黙って肩をすくめた。ほんとうの弟は一年半前に亡くなっている。それまでの二十年間、カファティのことは考えても、弟のことはほとんど念頭になかった……おそらく弟と過ごした時間すらカファティと過ごした時間よりも短かっただろう。

自分の家族は選べないが、敵は選べる。

「もし死んだら?」腕組みをしたシボーンがたずねた。足を伸ばしてかかとで重ね、半ば寝そべるように座っている。

「それほどおれは運がよくないよ」リーバスの言葉を聞いて、シボーンはぐっと睨んだ。

「じゃあ、誰の仕業だと思いますか?」

「それを選択問題にできるか？」

「名前を何人、挙げられるの？」

「カファティがロシアの友人を怒らせたかどうかによるね」

「アンドロポフ？」

「まずはそうだ。ＳＣＤはカファティ逮捕の日が近いと考えていた。そうなっては困る連中が大勢いたんじゃないか」そのとき、廊下の奥のスイング・ドアから、伝統的な白衣姿の驚くほど若い医者が現れた。ノートを片手に持ち、ペンを口にくわえ、足早にこちらへやって来る。医者はペンを口からはずして胸ポケットにしまった。

「患者のお兄さんですね？」医者の問いにリーバスはうなずいた。「それでですね、ミスター・カファティ、言うまでもないですが、モリスの頭蓋骨が人並みはずれて強いってわけでもないのでね」

「弟はジェルと呼ばれてます。ビッグ・ジェルとも」リーバスが言った。

若い医者はうなずいてノートに見入った。

「でも命に別状はないんでしょう？」シボーンがたずねた。

「難しい状況ですね。明日の朝、別の脳検査をします。まだ意識はないが、脳の活動はある程度残っています」医者は口を閉じ、さらにどれほど説明したらよいのかを考えているようだった。「頭蓋骨が強打されたとき、脳は自衛のために自動的に活動を停止します。そこまでではなくとも、脳の活動を制限してダメージをはかることもあります。そのあと、脳を再び動かすことが、ときにはうまくいかなくて」

「コンピュータの再起動みたいに？」シボーンがたずねた。医者は同意した顔になった。

「叔父さんの脳に何か障害が残ったかどうかを判断するのは、この段階では早すぎます。今のところ血の塊《かたまり》は見られませんが、明日になれば、もう少し詳しくわかるでしょう」

「わたしの叔父さんじゃありません」シボーンがにこりともせずに言った。リーバスがその腕をなだめるように叩いた。

「頭が混乱しているんですよ」と医者に説明した。シボーンが腕を引っ込めるのを見ながら「では何かで強く殴られたんですか？」とたずねる。

「おそらく二、三回は」医者が同意した。

「後ろから殴られた？」医者は新しい質問が出るたびに、落ち着きのない表情になってきた。

「たしかに、後頭部に打撲を受けていますね」

リーバスはシボーンを見つめた。アレクサンドル・トドロフもまた、後ろから強く殴られて、それが致命傷となったのだ。「面会できますか、先生？」リーバスがたずねた。

「言ったように、今は意識がないのです」

「それでも……」医者は今や不安そうな顔になっている。「会うことに何か問題がありますか？」リーバスが食い下がった。

「あのね、ミスター・カファティがどういう人なのかを教えられたんですよ……エジンバラではある意味、有名人物だそうですね」

「それで？」

医者は乾いた唇をなめた。「まあね、あなたはお兄さんだし……いろいろとたずねましたね。どうか、こんなことをやった者に仕返しなどするつもりはないと、わたしにはっきりおっしゃってください」少し圧力をかけたほうがよいと判断したようだった。「病棟はただでさえ混んでいますんでね」気の弱そうな微笑を添えた。

「一目会いたいだけなんです」リーバスは若い医者の腕を叩いて安心させた。

「じゃあ、何とかしましょう。ここで待っててもらえますか」

リーバスは座ることで同意を示した。二人は医者がスイング・ドアのほうへ歩み去るのを見送った。ところが、ドアが閉まったあと、ドアの円い窓の一つに顔が現れた。

「くそっ」リーバスはシボーンに人が来たことを知らせた――カラム・ストーン警部とアンディ・プロサー部長刑事。「今、あいつらに全部話すんだ、シボーン。きみが言わないなら、おれが言う」シボーンが理解した印にうなずいた。

「これは、これは」ポケットに両手を突っ込んだストーンが悠々と歩いてきた。「どうしてここへ、リーバス警部？」

「あんたと同じ理由だと思う」リーバスは答えて立ち上がった。

「では全員が揃ったわけだ」ストーンがかかとに重心をかけて反っくり返った。「あんたは被害者がまだ生きてるかどうかを確かめに、こちらは数千時間の働きがこれで無駄になってしまったのかを確かめに、ということだな」

「張り込みを解いたとは残念だな」リーバスがつぶやいた。

ストーンの顔が怒りで真っ赤になった。「あんたが会いたいと言ったからじゃないか！」シボーンを指さす。「あんたの彼女を使っておれたちをグラントンに行かせやがって」

「それは否定しない」リーバスが穏やかに言った。

「クラーク部長刑事に電話をかけるよう命じた」

「なぜそんなことをした？」ストーンはリーバスの目を睨みつけている。

「カファティがおれに会いたいと言ってきた。理由は言わなかったが、おれはあんたたちが近くにいてもらいたくなかったんだ」

「なぜだ？」

「なぜならおれがきょろきょろするだろうからだ。あんたがどこに隠れているんだろうかと思ってね。カファティがあんたに気づくんではないかと思った。あいつは感度の鋭いアンテナを持ってるから」

「殴られるのを防ぐほど、鋭いアンテナじゃなかったな」プロサーが言い添えた。

リーバスは反論できなかった。「このクラーク部長刑事に言ったことをあんたたちに言おう。もしおれがカファティを殴るつもりだったら、カファティと会うことを誰かに教えるだろうか？ 誰かがおれをはめようとしたのか、それとも偶然の一致だったかだ」

「偶然の一致？」

リーバスは肩をすくめた。「何者かが彼を襲おうとしていて、たまたま同じ時間に……」

ストーンが相棒のほうを見た。「この話を信じるか、アンディ？」プロサーがゆっくりとかぶりを振る。ストーンはリーバスに向き直った。「アンディは信じないそうだし、おれも信じない。あんたはカファティを独り占めしたかった。おれたちがあいつをかっさらうことに我慢できなかった。退職の日が迫っており、あせっていたんだ。そしてカファティに会いに行き、何かが起こって……あんたは我を忘れた。気づいたら、カファティは意識不明となっており、あんたは厄介事を背負い込んだんだ」

「ただし、そんなことは起こらなかった」

「じゃあ、何が起こった？」

「話をしたあと、おれはその場を立ち去り、帰宅してそのまま家にいた」

「カファティにはどんな緊急の用件があったんだ？」

「たいした話はなかった」

プロサーは信じられないとばかりにふんと声をもらし、ストーンのほうは横を向いて低い笑い声を上げている。「なあ、リーバス、あそこは運河なんかじゃないぞ——あんたに関する限りは」

「じゃあ、何だ？」

「肥だめだ」ストーンが勝ち誇ったように言った。リーバスはシボーンのほうを向いた。

「最近しゃれた表現を聞かなくなったと思ったのに」

「そんなことはないわ」シボーンがリーバスの思ったとおりに答えた。「それって、クサイだけ」

ストーンはシボーンを指さした。「あんたも同罪だからな、クラーク部長刑事！」

「すでに言ったとおり」とリーバスが口を挟んだ。

「おれが全責任を負う——」

「自分の胸に手を置いて考えろ」ストーンが語気鋭く言った。「自分の彼女をかばうなんてことを、今考えてる場合か」

「わたしは恋人ではないわ」シボーンの頬に血が上っていた。

「じゃあ、あんたはこいつの捨て駒だ。いずれにしろ、最悪だな」

「ストーン」リーバスが脅しをこめた暗い声で迫った。

「神かけて誓うが、おれは……」最後まで言わず、両手をぐっと握りしめた。

「これからやるべきことは一つだ、リーバス。供述書を作り、あんたを引き受けるほどせっぱ詰まった弁護士がいるように、神に祈れ」

「カラム」プロサーが同僚に注意を促した。「こいつ、一発殴ろうとしてるぞ……」自分が先に報復したいプロサーは、じりじりと詰め寄っている。そのときスイング・ドアの開閉に気を取られ、四人は一瞬動きを止めた。とまどった顔の看護師が立っていた。リーバスは看護師が何も言わないように念じた。だが看護師はやっぱり口に出した。

「ミスター・カファティ？」ほかの者には見向きもせず、リーバスに向かって言った。「話がお済みのようでしたら、弟さんのところへご案内しましょう……」

第八日

二〇〇六年十一月二十四日　金曜日

35

翌朝目が覚めると、表玄関のブザーがしつこく鳴り続けていた。ベッドで寝返りを打ち、時計を見た——七時にもなっていない。外はまだ暗く、セントラル・ヒーティングのタイマーが作動するのは数分後である。室内は寒く、ドア横にあるインターフォンまで廊下を歩いていくと、足の裏が冷たくなった。

「悪い用件じゃないだろうな」リーバスはしゃがれ声で問いかけた。

「それはどう見るかによるね」その声に聞き覚えがあるが、誰の声かよくわからない。「おい、ジョン」のんびりした口調。「シャグ・デイヴィッドソンだよ」

「早起きだな、シャグ」

「まだ寝てないんでね」

「友達の訪問にしては時間が早過ぎやしないか」

「そうか？　とりあえず、入れてもらいたいんだが？」

　リーバスの指が解錠のボタンの手前で止まった。もし押したら、自分の人生ががらりと転換することになるのではないか、と感じた。それも悪い方向に。とはいえ、押さなければ、よくなるか？

　ボタンを押した。

　シャグ・デイヴィッドソンは善人に属する。人間はたった二つのカテゴリーに分類されると、警察はみなしている。善人と悪人の二つに。デイヴィッドソンは敵が少なく、友が多い。誠実で現実的、人情味があって優しい。しかし今日の彼は厳しい顔つきをしており、睡眠不足はその原因のほんの一部にしかすぎないのだろう。それに巡査も連れていた。リーバスはドアを半開きにして寝室へ戻り、服を着ながらデイヴィッドソンに、よかったら紅茶を淹れてくれ、と大声で言った。しかしデイヴィッドソンと巡査は廊下に立って動かなかったので、リーバスはトイレへ行くためにその横を身を縮めて通らなければならなかった。いつもより念入りに歯を磨き、洗面台の上の鏡に映る自分を見つめた。口をタオルで拭きながらもまだ自分の顔から目を離さなかった。廊下に出ると、「靴」とつぶやいて居間へ入り、椅子の横に靴を見つけた。

「こういうことか？」リーバスは靴ひもに手こずりながらたずねた。「ウエスト・エンド署はおれの傑出した捜査能力を求めているとか？」

「ストーンが、きみとカファティの逢い引きについて話してくれた」デイヴィッドソンがきっぱりと言った。「シボーンは吸い殻の話をした。運河に浮いていたのはそれだけじゃなかったが……」

「ほう？」

「ポリエチレンのオーヴァーシューズの片方も見つけたよ。見たところ、血痕が付着しているようだ」

「現場鑑識班もはくが、おれたちもはく」

　リーバスがしぶしぶうなずいた。「おれのサーブのトランクに入ってる」

「おれもフォルクスワーゲンのグローブボックスに入れてるよ」

「置き場所としていいね、そこは」やっとリーバスは満足いくように靴ひもが結べた。立ち上がってデイヴィッドソンと視線を交えた。「じゃあ、おれは容疑者なのか、シャグ？」

「いくつかの質問に答えてもらうだけで、皆が安堵《あんど》する」

「役に立てて嬉しいよ、デイヴィッドソン警部」

　もう少しだけやることが残っていた。鍵と携帯電話を見つけ、背広の上に着るコートを選ぶ。それで準備が整ってしまった。リーバスはフラットの鍵をかけ、デイヴィッドソンに続いて階段を降り、巡査がしんがりを務めた。

「ロンドンのあの気の毒な男がどうなったか知ってるか？」デイヴィッドソンがたずねた。

「リトビネンコか？」

「ついさっき死亡した。タリウムは除外されたよ、それが何なのかよく知らないが……」

警部二人はパサートの後部座席に座り、巡査が運転をする取り決めになっていたようだった。マーチモントからトーフィケン・プレイスまでは車で十分ほどだ。朝の通勤ラッシュはまだ始まっておらず、メルヴィル・ドライヴは静かだった。メドウズをジョッギングしている者が何人かいて、ヘッドライトがランニングシューズの光るストライプを照らし出す。トルクロスの交差点で信号が青になるのを待ち、一方通行の道路を回ってファウンテンブリッジへ入り、ほどなく運河の水門ドック前にあるワイン・バーを通り過ぎた。あの夜、そのバーの前でカファティとアンドロポフが出てくるのを待ち、そのあと二人をグラントンまで尾行したのだった。リーバスは運河に向けられた監視カメラがあったかどうか思い出そうとした。あったようには思えない。ワイン・バーの前にはあるかもしれない。気づかなかったからといって、ないことにはならない。この近辺をぶらついている自分の姿が映っているとは思わないが、万一ということもある。レミントン・リフト・ブリッジを夜間に渡る者は少ないが、襲撃者は橋を通ったのだ。酒瓶を持った酔っぱらいが集まり、刺激を求めて若者がうろついていた。何かを目撃した者がいるのではないか？　走り去る人影を？　あの最初の夜、車を停めたレミントン・ロード沿いのアパートに住む住人はどうだろう……もしもタイミングよく窓から誰かが覗いていたとしたら……

「おれははめられたんだ、シャグ」リーバスが言う間に、車はロータリーで右折してガードナーズ・クレセントの湾曲した細道を通り抜け、次の信号で左折のウインカーを出してモリソン・ストリートへ入った。一方通行の道路に入ったので、もう二度右折してようやくC地区本部に着いた。

「勲章ものの仕事をしたと考える者は多い——カファティをこっぴどく殴ったやつのことだ」デイヴィッドソンは間を置いて、リーバスをじろりと見た。「言っておくが、おれはその中には含まれない」

「おれはやってない、シャグ」

「じゃあ、問題ないだろ？　おれたちは警官だ。無実の者は必ず嫌疑が晴れるのを知ってるじゃないか……」

　そのあとは沈黙が続き、やがてパトカーは警察署の前に停まった。記者がいないのはありがたかったが、ロビーに入るとデレク・スターがカラム・ストーンと小声で何か話し合っているのが見えた。

「リンチによい日和だな」リーバスが声をかけた。デイヴィッドソンが歩みを止めなかったので、リーバスもあとを追った。

「忘れていた」デイヴィッドソンが言った。「苦情委員会も話があると言ってた」

　苦情委員会、つまりは警察内部の問題を扱う部門……自分たちのゴミを集めるのが何より好きな警官どもだ。

「きみは数日前に停職処分を受けたそうだな。しかしその処分が身にしみていなかった」デイヴィッドソンがさらに言い、取調室のドア前で立ち止まった。「入れ、ジョン」ドアが外へ開かれた。外開きの理由は被疑者が閉じこもるのを防ぐためだ。通常通り、テーブルと椅子、テープレコーダーがあり、さらにはドアの上の壁に取り付けられ、テーブルへ向けられたビデオカメラも備わっている。

「設備はよいな。でも朝食付きか？」

「ベーコン・ロールぐらいなら取り寄せられる」

「ブラウンソースを添えてくれ」リーバスが言った。

「紅茶かコーヒーを付けようか？」

「ミルク・ティがいいね、ギャルソン、砂糖抜きで」

「そのように取りはからおう」デイヴィッドソンが部屋を出てドアを閉めた。リーバスはテーブルの前に座り、腕に頭を埋めた。現場鑑識班がオーヴァーシューズの片方を見つけたとしても、それがどうした？　現場鑑識班の一人が落としたのかもしれないではないか。血痕だって、樹皮や錆びの付着と判明するかもしれない――運河にはその両方がたくさんある。警官と鑑識班はオーヴァーシューズをはくが、ほかに使う者は？　病院の一部で……死体保管所でも……無菌状態を保たなければならない場所だ。サーブのトランクのロックが甘くなっていること、それを修理しようと思っていたことを思い出した。最終的には閉まるのだが、しつこく押しつけねばならず、しかもちょっとしたことで簡単に開いてしまうのだ。カファティはリーバスの車を知っているし、ストーンとプロサーも知っている。アンドロポフの運転手は、あの日市議会の外で車に注意を向けたのだろうか？　いや、そんなことはない。あの日はシボーンの車に乗っていたからだ。しかしカファティとアンドロポフをワイン・バーまで尾行したとき、サーブを歩道脇に停めておいた……ボディガードのどちらかがトランクから何かを盗むには絶好の機会だ。カファティ自身が言っていた。アンドロポフの運転手がリーバスに気づいた、と……血痕のついたオーヴァーシューズ。それがリーバスのものだと判明する可能性はどれぐらいあるだろう？　見当もつかなかった。

「警官として最後の日となるぞ、ジョン」彼は自分に言い聞かせた。「ゆっくり味わえ……」

ドアが開いて使い捨てカップを持った女性巡査が現

れた。

「紅茶?」リーバスは匂いを嗅ぎながらたずねた。

「そうです」女性巡査が答え、すばやく出て行った。

リーバスは一口飲んで、味に満足することにした。次にドアが開くと、三つ目の椅子を持ったシャグ・ディヴィッドソンが入ってきた。

「そんな妙なベーコン・ロール、見たことがないね」

「ベーコン・ロールはすぐに来る」デイヴィッドソンは自分の椅子の横に椅子を置き、自分の席に着いた。ポケットからカセットテープを二つ取りだし、包装を破ってデッキに入れた。

「おれ、弁護士が要るか、シャグ?」

「きみは警官だろ、自分で考えろ」デイヴィッドソンが答えた。そのとき、ドアがまた開いて、カラム・ストーン警部が事件簿を手に、厳しい表情を浮かべて入ってきた。

「権限を譲ったんだな?」リーバスは察し、デイヴィッドソンを見つめた。

「これはＳＣＤが優先する」答えたのはストーンだった。

「おれの署の事件簿も自由に使ってくれていいよ」それに対し、ストーンは薄ら笑いを浮かべただけで、ファイルを開いた。それはページの端が折れ曲がり、コーヒーのしみで汚れていて、カファティに関する新しい見方を求めて何回となく熟読したことを示している。不思議にも、リーバスは自宅にそれと酷似したファイルを持っている……

「では、デイヴィッドソン警部」ストーンは上着とワイシャツの袖口を整えながら心地よい姿勢を取った。

「カセットデッキのスイッチを入れて、始めようか……」

三十分後、ベーコン・ロールが届けられた。ストーンは自分の分が注文されていないことに平然としていられなくて、立ち上がり、部屋の中を歩き始めた。リーバスのは冷えており、ブラウンソースではなくトマト味だったが、さもうまそうにかじりついた。

「これはいける」と言い、すぐに「本物のバターを使ってる」とほめた。その前にデイヴィッドソンは自分の分を半分に割ろうと言ったのだが、ストーンは手を振って断った。「もう一杯、皆で紅茶を飲んだらいいんじゃないか」リーバスが提案し、口の中がねちゃねちゃしているデイヴィッドソンはしかたなく同意した。そこでまた紅茶が運ばれ、二人はベーコン・ロールの残りを紅茶で流し込んだ。リーバスは口の端に付いた粉を上品ぶって払いながら、「第二ラウンドの用意ができた」と宣言した。

カセットデッキのスイッチがまた入り、リーバスは昨夜の出来事でのシボーン・クラークの役割に関して、再び弁護を始めた。

「彼女はあんたが命じたことなら何でもやる女だ」ストーンが粘った。

「クラーク部長刑事は非常に自立した女性だってことを、ここにいるデイヴィッドソン警部が請け合ってくれるだろう……」リーバスは言葉を切り、デイヴィッドソンがうなずくのを待った。「デイヴィッドソン警部がうなずく」録音テープに聞かせるために言い添える。鼻筋を指でこすった。「あのな、つまるところはだ、おれはあんたたちに何も隠し事をしていない。昨夜カファティと会ったことを認める。運河のほとりであいつと会った。だがあいつに危害を加えてはいない」

「SCDの張り込みチームを現場から遠ざけたことも認めるんだな？」

「考えてみれば、馬鹿なことをした」リーバスが認めた。

「それ以外は何もやっていないんだな？」

「そうだ」

ストーンはデイヴィッドソンを見て、またリーバスに目を戻した。「だったら、手続きを進めても構わないってことだな、警部？」

リーバスはストーンをまじまじと見た。「おれを起訴するのか？」

「指紋採取に協力してもらいたい」デイヴィッドソンが説明した。

「それと、ＤＮＡ検査も」ストーンが言い足した。

「容疑者からはずす目的だよ、ジョン」

「もし断ったら？」

「何もしてない男がなぜ断る？」ストーンがたずねた。

またしても薄笑いが浮かんでいた。

36

シボーン・クラークはゲイフィールド・スクエア署の駐車場に停める場所がないことを承知していた――市内の各所から新しく加わった捜査員が車で出勤してくるからだ。彼女のフラットは署から歩いて五分のところにあり、自分の車は歩道脇の住人用駐車スペースに置いてある。だから小型ＣＤプレーヤーを持ち、歩いて仕事場へ向かった。埃まみれになったＣＤプレーヤーをベッドの下から見つけたのだ。バッテリーを替え、ｉＰｏｄのイヤフォンをつけてみるとサイズが合った。途中でブロトン・ストリートの地下のカフェへ寄り、コーヒーを買った。そこでトッド・グッドイアと会ったのは、ずいぶん昔のことのように思える。デレク・スターは新人の存在にまだ気づいていない――犯罪捜査部室には大勢の捜査員がいるので、トッドはもうしばらく気づかれずに済むかもしれない。

　捜査部室に入ると、自分の机に誰かが座っていた。椅子の横の床にショルダーバッグをどさっと置き、それで察してくれることを願った。効き目がなかったので、その警官の耳をつまんだ。電話中の警官が顔を上げたので、どけ、と合図した。警官は不満そうだったが、とりあえず立ち上がり、電話をしながら歩み去った。トッド・グッドイアが都市再開発委員会のさらに厚くなった議事録を持って前に立っていた。

「ここはあまり忙しそうじゃないわね」スターがマクレイと主任警部室で熱心に話し込んでいるほうへ目をやりながら、シボーンが言った。

「取調室を二部屋、借り上げたんです」トッドが説明した。「第一と第二取調室を――第三は寒すぎるらしい」わざと間を置いてからたずねた。「カファティについて聞いてる話、あれはどういうことですか？」

「あなたの彼女が教えたのね？」シボーンはカプチーノを飲んだ。グッドイアがうなずいた。

「彼女、運河の現場に呼ばれたんです」

「あなたのデートが台無しだったわね」

「仕事ですから」グッドイアは一呼吸置いて言った。「あなたも見かけたと言ってましたよ。これからどうするつもりですか？」

　シボーンは最初その意味がわからなかったが、トッドが〈オックスフォード・バー〉の前にいたのを思い出した。彼もリーバスがカファティに会いに行くのを知っていたのだ。

「誰にたずねられたにせよ、あなたは知ってることだけを答えるのよ。とにかく、リーバス警部は捜査チームとすでに話し合いをしたわ」

　グッドイアがふうっと息を吐いた。「警部は容疑者なんですか？」

シボーンはかぶりを振った。しかしマクレイ主任警部の部屋でその可能性が論じられているのは確かだ。グッドイアが去るとすぐ、バッグからCDプレーヤーを取りだし、机の上段の引き出しからCDを出した。〈ワード・パワー〉書店が主催したトドロフの朗読会のCD。イヤフォンを耳に入れ、音量を上げて目を閉じた。

カフェだ。エスプレッソ・マシーンが遠くで音を立てている。チャールズ・リオダンは録音のため、聴衆の前に場所を取っているようだ。トドロフの咳払いが聞こえる。書店の誰かが歓迎と紹介の言葉を述べた。シボーンはそのカフェを知っている。古いオデオン映画劇場の近くにあり、学生で賑わっている。ゆったりした大きなソファがあって、ムード・ミュージックがかかっている。フェアトレード製品かオーガニック食品を注文しないと、場違いに感じるようなカフェだ。詩人のためにアンプが用意された様子はなかった。それでもリオダンのマイクは感度がよかった。彼がマイクの方向を変えたとき、聴衆一人一人の存在が感じられた。咳の音、鼻をすする音。つぶやきと囁き。リオダンは朗読に劣らず、そんな気配にも関心を寄せているようだ。それもそのはず、彼は盗み聞きが心底好きなのだ。

詩人が語り始めると、それは〈スコティッシュ・ポエトリー・ライブラリー〉での朗読会と酷似した内容だった——場をほぐすための冗談も同じ、スコットランド人が自分を受け入れてくれるのを感じるという言葉も同じ。もう少し親密な歓迎をしたいと望む女性を求めて、彼の目が聴衆の間をさまようさまが想像できるほどだった。〈ポエトリー・ライブラリー〉でのスピーチから離れる場面も何回かあり、その一つでは、ロバート・バーンズの詩を読みます、と告げた。それは〝わがスコットランドの名声のすべてに別れを告げる〟という詩だった。トドロフはいくつかの語をスコットランド語ではなく英語で代用したことを詫びたのち、訛りのきつい英語で読んだ。

スコットランドの名声よ、さらば
われらが過去の栄光よ、さらば
スコットランドの人名さえも、さらば
戦の歴史の中で輝いていた名前よ。
今やサーク川はソルウエーの砂地を走り、
トゥイード川は大海へと流れ込んで、
イングランドの領地を示す――
この国にはなんと大勢の悪党がいることか。

　この詩にはさらに二節あって、最後の行は同じ言葉で結ばれる。詩人が朗読し終えたとき、拍手が起こり、二人ほどが歓声を上げた。トドロフは再び『アスターポヴォ・ブルース』からの詩に切り替え、出口で詩集を売っております、と結んだ。拍手喝采が鎮まったあと、リオダンのマイクは室内をなめ、聴衆の反応を拾っていた。

「じゃあ、詩集を買うか？」

「十ポンドなんて、高すぎるぜ……ま、ほとんどの詩は今聞いたしな」

「どこのパブへ行くんだ？」

「たぶん、〈ペア・トリー〉」

「どう思う？」

「いささか気取った詩だね」

「土曜日に会う？」

「子供次第ね」

「雨、降りだしたかな？」

「車に犬を置いてきたの」

　そして携帯電話の鳴る音がし、誰かが出て呼び出し音が止んだ……

　シボーンの耳には、電話に応答する声がロシア人のように聞こえた。ほんの一言、二言返事をしたあとは、くぐもった声となった。トドロフは携帯電話を持っていたのだろうか？　知っている限りでは持っていない。では聴衆の誰かか……？　そうにちがいない、なぜならマイクは一周して、書店から感謝の言葉を受けているトドロフの声を捕らえているからだ。

「あとで詩集の一部にサインしていただけますか……？」書店の女性が頼んでいる。

「もちろんです、喜んで」

「では〈ペア・トリー〉で一杯ご馳走させてください……夕食にお誘いするのは、やっぱり無理なんでしょうか？」

「わたしは誘惑を避けているんですよ。わたしのような高齢の詩人には、よくないことなんでね」そのときトドロフの注意がほかへ向いた。「ああ、ミスター・リオダンですね？　録音はうまくいきましたか？」

「ばっちりですよ、おかげさまで」

死者が二人、話している、とシボーンは思わずにはいられなかった。そのあとマイクのスイッチが切られている。ＣＤプレーヤーのタイマーによると、一時間近く聴いていたことになる。目をやると、マクレイ主任警部の部屋は無人で、スターの姿もない。シボーンはイヤフォンをはずし、携帯電話のメッセージを確認した。メッセージはなかった。リーバスの自宅の電話番号にかけてみたが、出ない。留守番電話になっていた。携帯電話にかけても出ない。引き結んだ唇に携帯電話をこつこつと当てていると、トッド・グッドイアがまた現れた。

「ぼくの彼女がある情報を教えてくれたんです」

「なんて名前の彼女だっけ？」

「ソニア」

「ソニアが何を教えてくれたの？」

「運河を捜索したところ、オーヴァーシューズが見つかったんです。ほら、ポリエチレン製の、くるぶしのところにゴムが入ってるやつ」

「犯罪現場を汚したってことね……」

グッドイアはその意味に気づいた。「違うんです。現場鑑識班が落としたんじゃない。そこに血痕が残っていた。とにかく、血だと思われています」

「ということは、襲った者がはいていた？」グッドイアがうなずいた。現場鑑識班の装備――保護用の上下服、帽子、オーヴァーシューズ、使い捨ての手袋……すべては自分の痕跡を残さないように作られている。しかし、実は両面性の用途があるのではないか？　一つは、捜査員が誤解を招きかねないものを残さないようにする。もう一つ、その装備を身に着けた者は、被害者の血や髪の毛や繊維が付着する心配もなく、ぞんぶんに攻撃できる。上下服を捨てるなり、いっそのこと燃やすなりすれば、加害者は逃げおおせる可能性が一段と高くなる。

「そんなふうに考えないように」シボーンが警告した。リーバスが自分に言ったのと同じ言葉だ。「これはリーバス警部とは関係ないわ」

「そんなこと言ってません」グッドイアはその非難に傷ついたようだった。

「ソニアはほかになんて言ったの？」

グッドイアは答える代わりに肩をすくめた。シボーンが指を鳴らす仕草をすると、グッドイアはその意味に感づいて、後ろを向き、自分の使っていた机がほかの者に占領されているのを見た。抗議するためにグッドイアがそちらへ向かう間に、シボーンはショルダーバッグとコートを取り、階段を降りてゲイフィールド・スクエアへ歩いていった。リーバスが歩道脇に車を停めていた。シボーンは硬い笑みを浮かべて助手席のドアを開け、乗り込んだ。

「電話が通じなかったわ」シボーンが言った。

「電源をまだ入れてなかったんだ」

「聞いた？　鑑識がオーヴァーシューズを見つけたらしいわ」

「シャグがおれをしょっぴいて尋問したよ」リーバスは答えながら携帯電話に自分の暗証番号を入れた。「ストーンも同席していて、えらく嬉しそうだったよ」

「なんて答えたんですか？」

「真実を、真実のすべてを、真実のみを」

「ふざけるのはやめて、ジョン！」

「やばい立場にあるのはおれがいちばんよく知っているはずじゃないか？」リーバスがつぶやいた。「でもな、オーヴァーシューズの出どころがおれの車だとわかると、よけいややこしくなる」

シボーンがリーバスの顔を見つめた。「え？」

「考えてみろ、シボーン。オーヴァーシューズを現場に残した理由はただ一つ、おれの嫌疑をより強固にするためだ。サーブのトランクは何カ月も前からきちんと閉まらなかった。そこには犯罪現場用の装備一式しか入っていない」

「古ぼけたハイキング用の靴も」シボーンが訂正した。

「たしかに」リーバスが肯定した。「もしもハイキング靴が役立つようなら、そっちを盗んだにちがいないさ」

「じゃあ、それは誰なの？　アンドロポフだと今でも考えてるんですか？」

リーバスが両手で顔を撫で下ろすと、くまのできた赤い目と灰色の無精髭が目立った。「それを立証するのは、たいそう難しいだろうな」ようやく答えた。

シボーンはうなずいて同意し、しばらく二人とも黙り込んだ。やがてリーバスがそれ以外のことはどうなってる、とたずねた。

「今朝一番にスターとマクレイが楽しそうにおしゃべりしてたわ」

「おれの名前が話題になったのは間違いないね」

「わたしはトドロフのもう一つの録音を聴くだけで時間が経ってしまって」

「きみが汗だくで仕事をしたとは嬉しいね」

「リオダンのマイクが聴衆の声を拾っていて。ロシア人の声が聞こえたように思うんです」

「そうか？」

「〈ワード・パワー〉書店へひとっ走りして、たずねてみようかと思ってます」

「この車で行くか？」

「ええ」

「じゃあ、先に頼みを聞いてくれるか？　トドロフのもう一つの朗読会のCDが要るんだ」

「なぜ？」リーバスはスカーレット・コルウェルから新作の詩の録音を貸してくれと頼まれたことを説明した。「ではあなたは彼女にまだ信用されてるんですね？」

「早く取ってきてくれ」

シボーンは車のドアを開けたが、そこで動かなくなった。「トドロフが〈ワード・パワー〉書店の主催でやった朗読会なんですが、彼はロバート・バーンズの詩を読んだんです――〝わがスコットランドの名声のすべてに別れを告げる〟という詩を」

リーバスがうなずいた。「その詩を知ってる。イングランドがおれたちを買い取ったことを詠んでるんだ。スコットランドはパナマの植民地事業で破産したんだ。そのときイングランドは二つの国の連合を提唱した」

「それのどこが悪いの？」

「きみがイングランド人だってことをつい、忘れてしまうんだよな……それ以来おれたちは国家ではなくなったんだ、シボーン」

「そして悪党の集まりにすぎなくなった？」

「バーンズの意見ではそうだ」

「トドロフにはスコットランド民族党みたいなとこがあったようね」

「この国を見て、自分の国と比べたのかもしれないな……金地金、鉛、亜鉛、天然ガスを目的に買い取られ、売られる……」

「またしてもアンドロポフ？」

リーバスは肩をすくめた。「CDを取ってこい」シボーンに命じた。

37

書店は狭くて本があふれかえっていた。リーバスは振り向いた拍子に展示物を落とすのではないかとひやひやした。レジの前に座った女性は、『ラビリンス』という題名の本を読みふけっている。彼女はパートタイムで働いていて、トドロフの朗読会へは行かなかったとのことだった。

「彼の詩集だったら何冊か店にありますよ」

リーバスは女店員の指さす方向を見た。「サイン入りの本？」リーバスのよけいな言葉に、シボーンは彼の脇腹をつついてから、その夜、誰かが写真を撮ったのかとたずねた。女店員はうなずいて、〈ワード・パワー〉書店のホームページに載っているとつぶやいた。

シボーンはリーバスを見た。

「それを考えつくべきだったわ」二人はシボーンのフラットへ車で向かった。リーバスは遠い駐車スペースを探すよりは、二重駐車しようと主張した。

「ここへ来たのは久しぶりだな」シボーンのあとをついて狭い廊下を歩きながら、リーバスが言った。彼のフラットとほぼ同じ間取りだが、もっとチマチマしていた。

「悪気があったわけじゃないのよ。わたし、あんまり人を招かないたちだから」シボーンが謝った。

居間に入った。ソファのかたわらのカーペットに、チョコレートの包み紙が散らかり、空のワイングラスが置いてある。ソファには古びた大きなテディベアが座っていた。リーバスはそれを取り上げた。

「シュタイフ製なの。子供のときから持ってるのよ」

「名前をつけてるのか？」

「ええ」

「教えてもらえるかな？」

「だめ」シボーンは窓辺の机へ歩み寄り、そこに置かれたラップトップのスイッチを入れた。背中によいとされるSの字型のスツールが置いてあったが、シボーンは膝を載せる部分に足を置いて座った。彼女はたちまち〈ワード・パワー〉書店のホームページを見つけた。〝最近のイベント〟をクリックし、続いて〝写真〟をクリックして、ゆっくりとスクロールしていった。ほどなく聴衆に紹介されているトドロフの写真が出た。聴衆は床に座ったり、壁際に立ったりしており、その全員が陶酔したような雰囲気を漂わしている。

「ロシア人をどうやって見分ける？」机の端に両手を突いて身を乗り出しながらリーバスはたずねた。「コサック帽子か？　耳に突き刺さったアイスピックか？」

「わたしたち、あのリストをきちんと見なかったんだわ」

「リストとは？」

「スタホフが持ってきたリスト――エジンバラ在住のロシア人名簿。自分の名前まで載せていたのを憶えてる？　彼の運転手も載ってるんじゃないかな」シボーンは画面を指さしている。運転手の顔だけが判別できた。茶色い革のソファに座っており、その前の床には座り込んだり、膝を立てて座ったりしている人たちがいる。撮影した者はプロではない。どの人物も赤目になっていた。「死体保管所でのあの抗議を憶えているでしょ？　スタホフはトドロフの遺体を本国へ送還したがった。この運転手はスタホフと来ていたにちがいないわ」また画面を叩いた。リーバスはさらに屈み込んで見つめた。

「この男はアンドロポフの運転手だ。カレドニアン・ホテルのロビーで睨み合ったことがある」

「じゃあ、二人の主人に仕えているんだわ。だってスタホフが古いメルセデスの後部座席に座り、この男が運転していたから」シボーンは振り向いてリーバスを見上げた。「わたしたちに話をすると思う？」

リーバスは肩をすくめた。「外交特権を主張するんじゃないか」

「あの夜、この運転手はアンドロポフと一緒にバーにいたの？」

「誰も彼のことは言わなかった」

「外の車の中で待っていたのかもね」シボーンは腕時計を見た。

「どうした？」

「ジム・ベイクウェル議員との約束があって」

「どこで会う？」

「議会堂の中で」

「コーヒーを飲みたいと彼に言うんだ――おれは隣のテーブルに座るから」

「ほかに何かすることはないんですか？」

「たとえば？」

「カファティを襲った者の黒幕を見つけるとか」

「すべてにつながりがあるとは思わないのか？」

「何もまだわかっていないわ」

「議事堂のエスプレッソがほんとに飲みたいんだよ」

シボーンは笑顔にならざるをえなかった。「わかったわ。それから、わたし、いつかきっと夕食に招待するから——約束する」

「ちゃんと前もって知らせてくれよ……予定表が真っ黒になりそうなんでね」

「引退って、ある人々にとっては新生活の始まりですものね」

「のらくら暮らすつもりはないんだ」

シボーンはスツールから立ち上がった。手を下ろし、リーバスの前に立って彼の目を見つめた。無言で十五、六秒間が過ぎた。ついにリーバスが笑顔となり、言葉を必要としない長い会話を終えたように感じた。

「さあ、行こう」リーバスが沈黙を破った。


車中でウエスタン・ジェネラル病院へ電話をかけ、カファティの容態を訊いた。

「まだ意識が戻っていない」リーバスはシボーンに電話の内容を伝えた。「今日の午後、別の検査をする予定だ。血栓を防ぐために投薬している」

「花でも送るべきかしら？」

「葬式の花はちょっと早いんじゃないか……」

二人は近道をしてコルトン・ロードを通り、アベイヒルの住宅区域に車を停めた。シボーンが五分間の余裕をくれと言ったので、リーバスにも煙草を吸う時間ができた。周囲は観光客がぞろぞろ歩いており、議事堂に関心を寄せる者も若干はいたが、大半の者は道路の向かい側にあるホリールード宮殿に注意を奪われている。一人、二人が議事堂の窓のいくつかに垂直にはめられた竹を不思議そうに眺めていた。

「おれたちと同じ考えを持つ同志だな」リーバスがつ

ぶやき、煙草を踏み消して、議事堂へ向かった。入り口でポケットを空にして、金属探知器を通る準備をしながら、警備員に竹のことをたずねた。

「どうなんだろうね」警備員が答えた。

「それはこっちが言いたいよ」リーバスが言い返した。金属探知器のゲートを出たところで持ち物を拾い上げ、コーヒーショップへ向かった。シボーンがカウンターで並んでおり、リーバスはすぐ後ろについた。「ベイクウェルはどこにいる?」

「今下りてくるところ。コーヒー好きじゃないようだけど、わたしが好きだからと主張したの」シボーンはカプチーノを注文して、財布を取りだした。

「ついでにおれの分も頼んでくれ。ダブルがいい」

「それもわたしに飲ませようってこと?」

「おれに奢ってくれる最後のエスプレッソになるかもしれんぞ」リーバスが戒めた。

二人は隣り合うテーブルを見つけ、そこに座った。

リーバスは今なお、こだまが返るほど広いこの空間に違和感を覚えている。ここは空港だと告げられたら、信じるかもしれない。何を主張しようとしている建物なのかさっぱりわからない。数年前の新聞記事が頭に残っていた。その記者の説によると、この建物は凝りに凝っていて、実際的な用途にはそぐわず、ほんとうは〝来たるべき独立国用議事堂〟なのだそうだ。設計者がカタルーニャ出身のスペイン人であることを思えば、それもうなずける。

「クラーク部長刑事?」ジム・ベイクウェルが現れてシボーンと握手をした。シボーンは何か飲み物をいかがですか、とたずねた。「そのカップを持ってわたしの部屋に来ませんか」ベイクウェルはそう答えただけだった。

「ええ、でもせっかくここにいるので……」

ベイクウェルはため息をついて座り、眼鏡の位置を正した。ツィードのジャケット、チェックのシャツ、ツィードらしきネクタイを着けている。

「お時間は取らせません」シボーンが言った。「アレクサンドル・トドロフに関して、二つほどおたずねしたいことがあって」

「彼に哀悼の意を表します」ベイクウェルが厳《おごそ》かに言ったが、その間もズボンの皺を直していた。

「〈クエスチョン・タイム〉であなたと同じ壇上にいたんですね？」

「そのとおりです」

「彼の印象をお聞かせ願えませんか？」

ベイクウェルの瞳はミルクがかった青色だ。通りがかった下っ端の公務員に会釈をしてから、質問に答えた。「わたしは遅れて着いたんです、渋滞に引っかかったもので。握手もそこそこにホールへ案内されました。彼はメーキャップを拒否してましたよ、それだけは憶えています」眼鏡をはずし、ハンカチで拭き始めた。「誰に対しても非常にぶっきらぼうでしたが、カメラが回り出すと急に愛想がよくなった」眼鏡をかけ、ハンカチをズボンのポケットにしまった。

「番組が終わったあとは？」

「彼はすぐ帰ったと思います。残っている者はほとんどいませんでしたね。あとは個人的に仲良くしろってことなんでしょう」

「政敵と親しくしろ、ってことですか？」

「そういうことでしょうね」

「ミーガン・マクファーレンについてもそう考えておられるんですね」

「ミーガンはいい人だ……」

「でも家を訪問し合うほどの仲ではない？」

「ま、そうですね」ベイクウェルはうっすらと笑みを添えた。

「ミズ・マクファーレンはスコットランド民族党が五月の選挙で勝つと考えてるようです」

「そんな馬鹿な」

「スコットランドはイラク戦争についてブレア首相へ明確に反対の意志を示すだろうとは思わないんですか？」

「独立したいなんて誰も思っちゃいませんよ」ベイクウェルが憮然として答えた。「トライデント弾道ミサイルだって要らないと思ってますよ」

「五月の選挙では労働党がちゃんと勝ちます。心配は無用です」

シボーンは考え込んでいるように見えた。「最後にお会いになったときはどんなふうでした？」

「意味がよくわからない」

「トドロフは殺された夜、カレドニアン・ホテルで一杯飲んだのです。あなたもその場におられたんでしょう、ミスター・ベイクウェル？」

「わたしがですか？」ベイクウェルは額に皺を寄せ、記憶をたどろうとしているようだった。

「あなたはセルゲイ・アンドロポフという実業家とボックス席におられました」

「あれはその夜だった？」シボーンがゆっくりとうなずくのをベイクウェルは見つめた。「じゃあ、おっしゃるとおりなんでしょう」

「アンドロポフとトドロフは幼なじみなんです」

「それは知らなかったな」

「バーでトドロフを見かけなかったんですか？」

「見ていないね」

「トドロフはモリス・ジェラルド・カファティという地元ギャングに酒を奢ってもらったのです」

「ミスター・カファティはわたしたちのテーブルに加わったが、誰も連れて来なかった」

「カファティと以前にも会ったことがあるのですか？」

「いや」

「でも評判はご存じですね？」

「彼が以前はそのう……ギャング、という表現は強すぎるよ、部長刑事。でも今は行いを改めて立派な人物となった」政治家は一呼吸置いて言い添えた。「そうではないという証拠でもあるなら、ともかく」

「三人で何を話しておられたんですか？」

「貿易……経済情勢」ベイクウェルは肩をすくめた。「取り立てて言うほどのことじゃない」

「カファティがあなたがたの席に加わったとき、彼はアレクサンドル・トドロフについて何か話しませんでしたか？」

「記憶するかぎりでは、何も言わなかったな」

「いつ、バーを出られたんですか？」

ベイクウェルは口を尖らせて考え込んだ。「十一時十五分か……その前後だね」

「アンドロポフとカファティはまだ残っていたんですね？」

「そうだ」

シボーンはちょっと考えてからたずねた。「カファティはアンドロポフとかなり親しい仲のようでしたか？」

「わからない」

「でも初対面ではなかった？」

「ミスター・カファティの会社はミスター・アンドロポフがやっている開発事業計画の代理店になっているんでね」

「なぜカファティの会社を選んだのでしょう？」

ベイクウェルはいらだった笑い声を上げた。「本人に訊いたらいいじゃないか」

「あなたに訊いているんです」

「部長刑事、あなたはかまをかけている。それもあからさまに。信用のおける実業家と会い、今後の事業計画に関する可能性について話し合うことは、経済発展担当大臣であるわたしの仕事の一つなんです」

「ではあなたは顧問団を連れていたんですね？」シボ

ーンは答えを考えるベイクウェルを見守った。「公的な仕事でそこにおられたのなら」シボーンが迫った。「あなたに助言するチームがいたはずですが……？」

「非公式な会合だったんだ」政治家が言い返した。

「お仕事の上ではよくあることなんですか？」ベイクウェルは反撃か退却かを決断しようとしていた。両手を膝に押しつけ、立ち上がろうとした。ところが向こうから近づいてきた女性が、すでに呼びかけていた。

「ジム、どこに隠れていたの？」ミーガン・マクファーレンはシボーンのほうを見て、笑みが消えた。「あら、あなたなの」

「アレクサンドル・トドロフについて尋問を受けていたんですよ」ベイクウェルが言った。「セルゲイ・アンドロポフについても」

マクファーレンはシボーンを睨み、文句を言おうとしたが、シボーンがその隙を与えなかった。「お会いできてちょうどよかったです、ミズ・マクファーレン。チャールズ・リオダンについておたずねしようと思っていたので」

「誰ですって？」

「展示用に、あなたの委員会を録音していた人物です」

「ロディ・デナムのプロジェクトね？」マクファーレンは興味を覚えたようだった。「それが何か？」

「リオダンはアレクサンドル・トドロフと親しかったのですが、今や二人とも死んだのです」

マクファーレンの注意をそらすつもりだったとしても、シボーンは失敗した。マクファーレンはいきなりリーバスを指さした。「なぜあの男があそこに隠れているの？」

ベイクウェルはそちらを振り返ったが、リーバスが誰なのかわからなかった。「何のことだか」とこぼした。

「この人の上司です」マクファーレンが説明した。

「二人だけの話のつもりがそうではなかったようね、ジム」

ベイクウェルの表情は当惑から怒りへと変わった。

「ほんとうですか？」シボーンにたずねる。しかし得意満面のマクファーレンが言葉を続けた。

「おまけに、聞いたところでは、あの男は停職処分中で、引退間近だとか」

「どこからその情報を得たんですか、ミズ・マクファーレン？」リーバスがたずねた。

「昨日あなたの本部長とミーティングがあり、そのときあなたの名前が出たんです」舌を鳴らして戒める。

「本部長がこれを聞いたらどう思うでしょうね？」

「ひどい話だ」吐き捨てるように言い、ベイクウェルがようやく立ち上がった。

「なんだったらジェイムズ・コービンの電話番号を教えるわよ」マクファーレンが携帯電話を振りながら、ベイクウェルに言った。書類やフォルダーを抱えた彼女のアシスタント、ロディ・リドルが近づいてきて、そばに立った。

「ひどい話だ！」ベイクウェルが繰り返して言い、周囲の人々の注意を惹いた。警備員二人はとりわけ関心を抱いたようだった。

「行きましょうか？」シボーンがリーバスに声をかけた。まだエスプレッソが半分残っていたが、リーバスは出口へ大股に向かうシボーンに付き添うのがこの際のマナーだと思った。

38

「次は何をするんだ？」リーバスはゲイフィールド・スクエア署へ送り届ける車中でシボーンにたずねた。

「スタホフの運転手と会おうかしら」

「領事館が許可するだろうか？」

「何かいいアイディアはない？」

リーバスは肩をすくめた。「街頭でいきなり話しかけるほうが簡単かもな」

「英語がわからなかったら、どうするの？」

「わかると思うよ」リーバスは運河のほとりに停めた車の横で、カファティのボディガードとアンドロポフの運転手がしゃべっていた情景を思い出して、断言した。「もし英語がわからなくても、親切な通訳がいるじゃないか」後ろの座席にほうってあるCDを手振りで示した。「おれたちは彼女に恩を売ることになるし」

「じゃあ、街頭で運転手をひっさらって尋問するってこと？」シボーンはリーバスをまじまじと見た。「わたしをもっとトラブルに巻き込みたいの？」

サーブはリージェント・ロードの信号を越え、ロイヤル・テラスに入った。「あとどれぐらいなら受け入れられる？」リーバスがしばらくしてたずねた。

「もうほとんど無理ね」シボーンが答えた。「ベイクウェルは本部長に連絡するかしら？」

「かもな」

「だったら、わたしも停職処分になるわ」

リーバスはシボーンを窺い見た。「楽しいかもしれないぞ？」

「あなたは引退が楽しみになってきてるのよ」

突然ライトを点滅させたパトカーが真後ろに来てい

た。「何だ、今度は？」リーバスは愚痴った。次のロータリーの直前で車を停め、降りた。

パトカーの警官は帽子をかぶると、少しの間かぶり具合を調整した。リーバスの知っている顔ではなかった。

「リーバス警部？」警官が確認した。リーバスはうなずいて認めた。

「あなたを連れてくるようにと言われています」

「どこへ？」

「ウエスト・エンド署」

「シャグ・デイヴィッドソンがどっきりパーティをしてくれるのか？」

「それは知りません」

こいつは知らないだろうが、リーバスは知っていた。何か自分に対する証拠となるものを手に入れており、賭屋はそれが褒美《ほうび》のメダルであることに百万分の一の掛け率をつけるにちがいない。リーバスはシボーンのほうを向いた。彼女は車を出てそのルーフに両手を乗せていた。歩行者が立ち止まって、やり取りを見ている。

「サーブを頼む。ドクター・コルウェルにCDを渡してもらいたい」リーバスが命じた。

「運転手のほうは？」

「それは自分で決めるんだ」

リーバスはパトカーの後部に乗り込んだ。「サイレンと回転灯を頼むぞ。シャグ・デイヴィッドソンを待たせたくないんでね」

しかしトーフィケン・プレイスで待っていたのは、シャグ・デイヴィッドソンではなかった。取調室にあるたった一つのテーブルを前にしてカラム・ストーン警部が座っており、片隅にはプロサー部長刑事がポケットに手を入れた姿勢で立っていた。

「おれにはファンクラブがあるようだな」リーバスがつぶやいてストーン警部の向かい側に着席した。

「ちょっと知らせたいことがあった」ストーンが答えた。「あのオーヴァーシューズに付着していたのはカファティの血だった」

「DNA検査の結果が出るには、もう少し時間がかかるもんだ」

「わかったよ――じゃあ、カファティの血液型だった」

「その先の言葉があるんじゃないか……」

「証拠に使えるような指紋は検出できなかった」ストーンが認めた。

「おれのトランクにあった物だと立証できないってことか?」リーバスはぽんと両手を叩いて腰を浮かした。

「とにかく、教えてくれてありがたい……」

「座れ、リーバス」

リーバスは少し考えてから、腰を落ち着けた。

「カファティはまだ意識が戻らない」ストーンが言った。「その状態がずっと続くとまでは言われていないが、医者はそれも考えに入れている。死ぬまで昏睡状態かもしれないということだ」ストーンは険しい目つきになった。「だからやっぱりあんたの勝ちは揺るがないようだな」

「おれがやったと今でも思ってるのか?」

「あんたがやったことはちゃんとわかってるとも」

「おれがクラーク部長刑事にカファティと会うことを打ち明けたのは、張り込み中のあんたをどかせるよう彼女に電話させるためだった、というのか?」リーバスはおもおもしくうなずくストーンを見守った。

「あんたは血が自分の体に付着しないように犯罪現場用の装具を使ったんだ」プロサーが部屋の隅からとげとげしく言った。「オーヴァーシューズの片方が運河に落ちたが、それを拾いには行けなかったんだ……」

「この話はもう済んでいる!」リーバスがぴしゃりと言い返した。

「必ずもう一度話を聞かせてもらうからな」ストーン

が脅した。「こちらの捜査が完了したら」

「そりゃ楽しみだ」今回、リーバスは立ち上がった。

「用事はそれだけか？」

ストーンは黙ってうなずき、リーバスがドアに近づいたときに、質問を放った。「あんたを連行した警官の話によると、あんたの車の中に女性がいたそうだが――それはクラーク部長刑事だね？」

「違う」

「嘘つき」プロサーが即座に言い返した。

「あんたは今も停職処分中だ、リーバス」ストーンが言った。「彼女を巻き添えにしたいと本気で思ってるのか？」

「おもしろいな。彼女も同じような質問をほんの三十分ほど前にしたばかりだ……」リーバスはドアを押し開け、逃げていった。

シボーン・クラークが訪問したとき、ドクター・スカーレット・コルウェルはコンピュータに向かっていた。シボーンは彼女の化粧がやや濃すぎるのではないか、濃い化粧でなければもっときれいだろうに、と思った。でも髪は、軽く染めているにしろ、艶やかで美しかった。「詩の朗読会のCDをお持ちしました」シボーンが言って、机にそれを置いた。

「まあ、ありがとう」コルウェルがCDを取り上げて見入った。

「ちょっと見ていただきたいものがあるんですが、いいでしょうか？」

「もちろんよ」

「コンピュータを使わなきゃならないんですけど……」コルウェルは机を身振りで示した。シボーンはコルウェルの横をすり抜けてコンピュータの前に座り、〈ワード・パワー〉書店のホームページにアクセスして写真のアイコンをクリックし、カフェの写真を開いた。コルウェルはシボーンの肩越しに覗き込んでいる。

「あの写真なんですが」シボーンは壁に貼られたトドロフのスナップを顎で示した。「そのとき、ほかにも写真を撮っておられませんか？」

「出来が悪かったので削除しちゃったわ。写真を撮るのは得意じゃなくて」

　シボーンはうなずいて、画面に指を押しつけた。

「この人を憶えていますか？」

　コルウェルは運転手の顔を見つめた。「ええ、この人、いたわ」

「でも名前は知らないんですね？」

「知ってるわけないわ」

「トドロフはこの男と言葉を交わしていましたか？」

「さあね。この人、誰なの？」

「ロシア人で……領事館に勤務しています」

　コルウェルはもっと真剣に顔を見た。「そうね、この人、〈スコティッシュ・ポエトリー・ライブラリー〉にも来ていたと思うわ」

　シボーンは振り向いてコルウェルを見た。「確かですか？」

「この男ともう一人……」だがコルウェルはかぶりを振り始めた。「いえ、確信は持てない」

「ゆっくり思い出してください」シボーンが促すと、コルウェルは両手で髪を掻き上げながら考え込んだ。

「やっぱり記憶があいまいだわ」しばらくして言い、手から離れた髪が落ちて顔を縁取った。「二つの朗読会をごっちゃにしているのかもしれない——わかるでしょ？」

「朗読会で見かけたから、もう一つの朗読会にもいたような気がするってことですね？」

「そのとおり……この男の写真、ほかにないの？」

「ないんです」しかしシボーンはキーボードを叩いて、今度はニコライ・スタホフという名前で検索をかけた。何も出てこなかったので、コルウェルに領事館員の外見を説明した。

「思い当たらないわ」コルウェルが謝った。そこでシボーンはアンドロポフの外貌を説明をした。コルウェルがまた肩をすくめただけだったので、シボーンは《イーヴニング・ニューズ》紙のウエブサイトを出した。日付を遡ってロシア人のディナー・パーティの記事を見つけた。画面に出た写真の人物の一人を指で叩く。

「見覚えがあるわ」コルウェルが認めた。

「〈スコティッシュ・ポエトリー・ライブラリー〉で?」

コルウェルは肩をすくめて長いため息をもらした。シボーンは心配しないでください、と言い、携帯電話で〈スコティッシュ・ポエトリー・ライブラリー〉を呼び出した。

「ミズ・トーマス?」電話を取る音にシボーンは呼びかけた。

「今日は出てきておりません」知らない女性の声がした。「何かご用でしょうか?」

「シボーン・クラーク部長刑事という者ですが。アレクサンドル・トドロフの殺人事件を捜査中で、ミズ・トーマスにたずねたいことがあるんです」

「今日は自宅におります……電話番号をご存じですか?」

シボーンは番号をメモし、電話をかけた。電話に出たアビゲイル・トーマスに今すぐインターネットに接続できるかとたずね、指示をして〈ワード・パワー〉書店の写真と新聞記事を見てもらった。

「うーん、そうね」トーマスがようやく答えた。「二人ともいたと思います。前のほうに座ってましたよ、二列目だったかな」

「確かですか?」

「ええ、かなり自信を持って言えるわ」

「念のためにうかがいますが、ミズ・トーマス……その夜、写真を撮った人はほかにいませんでしたか?」

「携帯で写真を撮った人ならいたかもしれないわね」

「〈スコティッシュ・ポエトリー・ライブラリー〉には監視カメラが設置されていないんですね？」

「だってライブラリーですもの」アビゲイル・トーマスが力をこめて言った。

「ひょっとしてと思っただけで……ご協力ありがとうございました」シボーンは電話を切った。

「どうしてそれがそんなに大事なことなんですか？」コルウェルがたずねて、シボーンの思考を破った。

「何でもないことかもしれないけど」シボーンが打ち明けた。「でもトドロフとアンドロポフは同じバーにいたんです、トドロフが殺された夜に」

「新聞記事を読んだ限りでは、アンドロポフは実業家のようですね？」

「二人はモスクワの同じ地区で育ったんです。リーバス警部の話では、二人は知り合いだったとか……」

「まあ」

シボーンは手応えを感じた。「どうかしたんですか？」とたずねた。

「何かの説明になるかも」コルウェルが考え込んだ。

「どういうことですか、ドクター・コルウェル？」

コルウェルはCDを取り上げた。「アレクサンドルの即興詩なんだけど」棚のほうへ歩いていって、その前で屈み込んだ。ポータブルのオーディオセットがあり、彼女はそこへCDを入れて再生ボタンを押した。聴衆が席を見つける音、咳払いをする音が室内に充満した。「半分ほど進んだところ」コルウェルが言い、スキップ・ボタンを押し込んだ。すると録音の最終部分になってしまった。「忘れてたわ。一つしか入れてないものね」冒頭部分へ戻り、今度は早送りボタンを押した。

「最初に聴いたとき」とシボーンが言った。「彼は一部の詩は英語で、一部はロシア語で朗読しているのを知ったんです」

コルウェルがうなずいた。「新しい詩はロシア語だったわ。ああ、これよ」机に戻ると、メモ帳とペンを用意して、耳を傾けながら書き取っていった。しばらくして巻き戻しボタンを押すようにシボーンに命じた。二人は再び聴き入り、シボーンはコルウェルがついていけなくなったように感じると、一時停止ボタンを押した。「ほんとはもっと時間があればいいんだけど」コルウェルが謝った。「詩の翻訳に最適なやり方とはとても言えない……」

「作業中ということにしましょう」シボーンが慰めた。コルウェルは豊かな髪を掻き上げながらまた書き始めた。二十分後、ペンを机に投げた。CDからは、トドロフが次の詩は『アスターポヴォ・ブルース』から一つを読みます、と英語で言う声が聞こえている。

「新作について、トドロフは何も説明していませんね」シボーンが気づいて言った。

「そうよ」コルウェルが同意した。「紹介もしていない」

コルウェルがうなずき、髪を撫でつけた。「新作だと気づいた聴衆がどれほどいたかしらね」

「新作だとどうして断言できるんですか？」

「彼のフラットには原稿らしきものがなかったし、出版された作品ならわたしはかなり詳しいのよ」

シボーンがなるほどとばかりにうなずき、手を差し出した。「見せてもらえますか？」コルウェルは気が進まない様子だったが、しかたなくメモ帳を渡した。

「ざっと訳しただけで……どこで行が改まるのかまったくわからないし……」

シボーンは返事もせずに、読み始めた。


冬の舌がジダーノフの子供たちを舐め……悪魔の舌が母なるロシアを舐め、貴金属で味蕾《みらい》を覆い隠す。無情な食欲よ……貪欲な胃袋は満腹を知らず、静かな時を知らず、愛を知らない。欲望が熟しても、その先は腐るのみ。飢饉《ききん》のさなかでもここには人のための食べ物があり、冬の影が落ちるとき人には罪を償う苦行が待っている……わが国にはなんと多くの悪人がいることか。

シボーンは二度読んでからコルウェルと視線を交えた。「あまりよくないですね」

「まだ細かいところが不完全だから」コルウェルが弁解した。

「あなたの訳を言ってるんじゃありません」シボーンが安心させた。

コルウェルは少ししてうなずいた。「でも怒りがこめられているわ」

シボーンはトドロフの検死解剖の際にゲーツ教授が言った言葉を思い出した――これは怒りのなせる業だ。

「そうですね」と同意した。「それに食べ物のイメージがたくさん……」

コルウェルが気づいた。「そんな記事があったわね？ でもあの記事はアレクサンドルが死んだ後で出たんでしょう？」

「そうですが、ディナー・パーティそのものは数日前におこなわれました――彼はそのことを知っていたのかもしれない」

「ではこの詩は、その実業家についての詩だと思うんですね？」

「アンドロポフをいらだたせるために、その場で作ったんです。アンドロポフはトドロフが言及した〝貴金属〟で財産を築いたんですから」

「彼を悪魔に仕立てたのね？」

「納得なさっていないようですね」

「翻訳が荒っぽいので……詩句の一部は推測で訳してるんですよ。もっともっと時間が必要だわ」

シボーンはゆっくりとうなずきながら、あることを思い出した。「別のCDを聴いてもらえますか？」バッグからそれを見つけだし、オーディオの横に膝をついた。また必要な箇所を見つけるのに少し時間がかかった。〈ワード・パワー〉書店の朗読会でチャールズ・リオダンのマイクが拾ったロシア語の声を出した。

「これなんです」シボーンが言った。

「これはたった二語だけよ。電話を受けている声です。〝もしもし〟と〝はい〟って言ってるだけだわ」

「でもたずねてみてよかった」シボーンがため息をついて言い、CDを取りだして立ち上がった。またメモ帳に手を伸ばす。「とりあえずこれを借りてもいいですか？　もっと正確だとあなたが納得できるような訳になるまで？」

「アレクサンドルとこの実業家の間には長年にわたる憎しみがあったのね？」

「さあ、どうでしょうか」

「でもそれが動機じゃないの？　バーで二人が会ったとき……」

シボーンは片手を挙げて制した。「あのバーで二人が顔を合わせたかどうかすら、証拠はないんです。ですからこのことは口外しないでもらえたら、たいへんありがたいんです、ドクター・コルウェル。でないと捜査の妨げになりかねないので」

「わかりました」コルウェルがうなずいた。シボーンはメモ帳のページを破り取り、四つに畳んだ。

「一つ助言したいことが」とシボーンは畳み終えながら言った。「詩の最後の行なんですが。あれはロバート・バーンズの詩からの引用なので。〝多くの悪人〟、ではなくて……〝大勢の悪党〟です……」

39

リーバスはモリス・ジェラルド・カファティのベッド脇に座っていた。

先ほど日直の看護師に警察手帳を見せて、カファティに見舞客がほかにも来たのかとたずねたのだった。看護師はかぶりを振った。

当然だろう。そのことでリーバスをさんざんいじめたとはいえ、カファティにも友人がいないからだ。妻は亡くなり、息子は何年も前に殺された。長年仕えてきた一の子分は、あるいさかいのあと、〝失踪〟した。自宅にはボディガードが一人いるだけで、そいつの今の関心はたぶん、次の給料がどこから来るかということに尽きる。もちろん会計士や弁護士はいるはずだ。ストーンはそのへんを詳しく知っているにちがいない。だがそんな連中は見舞いに来ない。カファティは今も集中治療室にいるけれど、ベッドが足りなくなってきたと病院スタッフ二人が相談しているのをリーバスは耳にした。カファティは一般病室へ移されるかもしれない。あるいは彼の金が引き出せたら、個室へ。今のところ、カファティはチューブや医療器械、ちかちかと点滅するモニター画面に囲まれて穏やかに過ごしている。頭にはワイヤーが取り付けられて脳の活動が記録されている。片腕には点滴が施されている。カファティはガウンのようなものを着せられているが、背中は裸のままのようだ。両腕は剝き出しで、銀線のような毛が密生している。リーバスは立ち上がり、カファティの顔へ屈み込みながら、医療器械が彼の接近を感知して記録するのではなかろうかと懸念したが、データに変化は出なかった。カファティの体から医療器械へ、さらに壁のコンセントへと目を向けた。カファティに差し迫った死の危険はない。医師がそう打ち明けてくれた。集中治療からはずされるもう一つの理由である。昏睡状態の人間にどれほど集中治療を施すべきなのだろうか？　リーバスはカファティの指の関節や爪、太い手首、肘の乾いた白い皮膚を見た。彼は大柄だが、筋肉質というわけではない。切り倒されたばかりの木のように、首に皺が寄っていた。顎が下がり、チューブの入った口が開いている。唾液のこびりついた白い線が顔の横に残っていた。目を閉じているカファティは無害に見えた。頭頂に残った少ない髪は脂で汚れている。ベッドの端にあるカルテを見ても、リーバスには何もわからない。それは患者の人生を数字やグラフに簡略化してしまうだけだ。上昇線がよい兆候なのか悪い兆候なのか、見当もつかない……

「目を覚ませ、この野郎」リーバスはギャングの耳に囁いた。「お遊びタイムは終わったぞ」まばたき一つしない。「その分厚い頭蓋骨の中に隠れていたって無駄だ。おれはここで待ってるからな」

ゴロゴロと喉を鳴らす音以外に返事はない。カファティはそんな音をほぼ三十秒毎に立てている。リーバスはぐったりと椅子にもたれた。ここへ来たとき、リーバスは看護師に、あなたは患者さんの兄弟なの、とたずねられた。

「どうしてそんなことを訊く？」リーバスはそう聞き返したのだった。

「とても似ているからそう思っただけよ」看護師がそう言って立ち去った。この話を患者に聞かせたらおもしろがるだろうと思ったが、口を開く前にシャツのポケットがぶるぶる震えだした。携帯電話を取りだしながら、咎める人がいないか左右を見て確かめた。

「どうした、シボーン？」

「アンドロポフと彼の運転手は〈スコティッシュ・ポエトリー・ライブラリー〉の聴衆の中にいました。トドロフは即興で詩を作ったのですが、たぶんその詩はアンドロポフへの当てつけだったように思います」

「おもしろいね」

「休憩をもらったんですか？」

シボーンの意味を理解するのに少し時間がかかった。

「おれは尋問を受けてる最中じゃない。オーヴァーシューズには血痕しかついていなかった――それはカファティと同じ血液型だった」

「では今どこにいるんですか？」

「病人を見舞いに来ている」

「やめてよ、ジョン。どう思われることか」

「病人の顔に枕を押しつけるつもりはないよ」

「でもあなたがいる間に彼が死んだらどうするの？」

「言えてるね、クラーク部長刑事」

「だったらすぐ立ち去って」

「どこで会いたい？」

「わたし、ゲイフィールド・スクエア署へ戻らなくては」

「おれたちは運転手を探すんじゃないのか？」

「そんなことはしません」

「ということはデレク・スターに報告するのか？」

「そうよ」

「あいつはおれたちみたいにこの事件に詳しくない」

「ジョン、今の時点で、はっきり言って、わたしたち何も摑んでいないわ」

「そうは思わん。つながりが見えてきた……それを感じ取らないなんて言うなよ」椅子から立ち上がっていたが、それはカファティの顔にもっと顔を近づけるためだった。医療器械の一つがビーと鳴り、それを聞いたシボーンはわざとらしいため息をついた。

「まだベッドのそばにいるのね？」

「まぶたが動いたように見えたんだ。じゃあ、どこできみと会うんだね？」

「スター警部とマクレイ主任警部にまず話をするわ」

「それよりストーンに教えたらどうだ」

シボーンはしばらく黙っていた。「聞き違えたのかしら」

「SCDはおれたちよりも力がある。トドロフとアンドロポフのつながりを教えるんだ」

「なぜ？」

「ストーンがカファティを起訴するのに、役立つかもしれないからだ。アンドロポフはビジネスマンだ……ビジネスマンは取引をしたがる」

「そうならないことは知っているくせに」

「じゃあ、どうしておれは無駄な話をしているんだ？」

「わたしがストーンを味方につけないと具合が悪いと思ってるから。あなたがカファティを襲うとき、その手伝いをわたしがしたと彼は思ってる。そうでないことを示すには、この情報を彼に渡すしかないからよ」

「きみはよけいなことに頭が回りすぎるな」リーバスは一呼吸した。「それでもストーンと話したほうがいい。領事館が外交特権を持ち出してきたら、SCDのほうがおれたちよりも高圧的に出られる」

「どういうこと？」

「ロンドンの公安部やスパイとつながりがある」

「わたしにジェームズ・ボンドをやれって言うの？」

「ジェームズ・ボンドは無理だよ」リーバスは笑いを誘おうと思って言ったが、笑い声は聞こえなかった。

「考えてみます」シボーンが譲歩した。「五分以内に病院から出ると約束するなら」

「もう歩き始めている」リーバスは嘘をついて電話を切った。喉が渇いていた。ベッド脇のキャビネットに置いてある水を少し飲んでも患者は気にしないだろう。透明なプラスチックの水差しとコップがあった。リーバスはお代わりをして水を飲み、キャビネットの中も覗いてみることにした。

カファティの腕時計や財布や鍵がよもや入っているとは思っていなかった。ところがあったので、財布を引き開けてみると、十ポンド紙幣が五枚、クレジットカードが二枚、電話番号を記した紙切れが何枚か入っていた。どれも心当たりのない番号だ。腕時計は当然ながらロレックスで、手のひらに載せて、重さで本物であることを確認した。最後に鍵束を取り上げた。鍵が五、六個。手の中で回すと鍵がカチャカチャと音を立てた。

住宅の鍵だ。

鍵をカチャカチャと鳴らしながらカファティの顔を見つめた。

「何か文句あるか？」静かな声でたずねた。ちょっと間を置いて言い添えた。「ないよな……」

リーバスはだんだん運がついてきた。警報機は切ってあり、カファティのボディガードは不在だった。玄関から入ると、ただちに天井の角を見上げて監視カメラの有無を確認した。何もなかったので、応接間へ入った。ヴィクトリア朝様式建築の家で、高い天井には凝った装飾が施してあった。カファティは絵画の収集を始めており、大きなけばけばしい色彩の油絵が目に突き刺さる。このどれかはロディ・デナムの作品だろうか。カーテンは閉じてあったので、そのままにしておいて電灯を灯した。テレビ、オーディオ装置、ソファが三脚。大理石のコーヒー・テーブルの上に載っているのは、古い新聞が二部ほどと眼鏡だけ——カファティは見栄を張って自宅以外では老眼鏡をかけないのだ。暖炉の右手にドアがあったので、リーバスは開けてみた。そこは酒を収納する戸棚で、ツードアの冷蔵庫にいくつかのワインラックが入るほど広く、一つの棚にはウイスキー瓶が並べてあった。誘惑に耐え、リーバスはドアを閉めて玄関ホールへ戻った。ほかにもドアがある。それぞれが広いキッチン、ビリヤード台のある温室、洗濯室、バスルーム、事務室へ通じている。もう一部屋別に、カジュアルな居間もあった。カファティはこんなだだっ広い家をほんとうに楽しんでいたのだろうか。

「もちろんだ」リーバスは自分の問いに答えた。幅広の階段にはカーペットが敷いてある。上の階はバスルームのついた寝室が二部屋。さらに、壁に四十二インチのプラズマ・スクリーンが設置された、ホームシアター。納戸のような部屋もあり、箱や茶箱が積んであるが、そのほとんどは空《から》のようだった。ある箱の上に婦人帽が一つ載っており、中には写真のアルバムと靴が入っていた。これが故カファティ夫人の持ち物で残っているもののすべてなのだろう。壁にはダーツボードが掛かっていて、へたくそな者が投げた証拠に、その回りに無数の穴が開いていた。部屋の使用目的が変わったときに、このダーツボードも使われなくなったのだ。

残った最後のドアを開けると、曲がりくねった狭い階段が見えた。最上階にはまた部屋があった。シーツをかぶせたフルサイズのビリヤード台が置いてある部屋と、本がぎっしりと並んだ書斎。本棚に見覚えがある——イケアで自分も同じ本棚を買った。書物のほとんどは埃をかぶったペイパーバックばかりで、男性向けのスリラーものと女性向けのロマンス小説。児童書も少しあって、これはカファティの息子の持ち物だったのだろう。この家は住んでいるという気配に乏《とぼ》しく、足下の床板がきしんだ。カファティが最上階まで上がってくることはめったとないにちがいない。

階段を降りてカファティの事務室へ戻った。窓が裏庭に面している、かなり広い部屋だ。ここもカーテンが閉じてあったが、あえて少し開いて元馬車置き場だった家を覗いてみた。家の前に車が二台——ベントレーとアウディ——停まっているが、ボディガードのいる様子はない。リーバスはカーテンを閉じて電灯のスイッチを入れた。部屋の中央に古い書物机があり、書類が積み重ねてある——個人宛の請求書の類のようだ。

リーバスは革張りの椅子に腰を下ろし、引き出しを開けていった。最初に見つけたのは拳銃で、銃身にロシア語の文字らしきものが記されていた。

「友達からのプレゼントだろうな？」リーバスは推測した。弾倉は空で、引き出しの中にも銃弾はない。銃を手にしたのは久しぶりだった。重さとバランスを手のひらで確かめてから、ハンカチを使って元の場所に戻した。その下の引き出しには取引口座の報告書などが入っていた。カファティは普通預金口座に一万六千ポンド持っており、金融市場に回した二十五万ポンドからも利息が入ってくる。各種の株式でも十万ポンドの資産がある。住宅ローンの返済明細書が見当たらないので、おそらくこの家を即金で買ったのだろう。このあたりの地区となれば、百五十万ポンドはくだらないにちがいない。ギャング、カファティの財産はこれだけに留まらない。ストーン警部はさまざまなペーパーカンパニーや海外資産の存在を仄めかしていた。カファティはパブやナイトクラブ、賃貸不動産会社、ビリヤード場を所有している。タクシー会社にも資金を出しているという噂がある。リーバスは突然、部屋の隅に置いてあるものに気づいた。ダイヤル錠のついた古めかしい金庫。緑青色で、ケンタッキー製の文字。近づいてみると、当然ながらロックされていた。数字の組み合わせで考えつけるのは、カファティの誕生日だけである。18‐10‐46。それを試してハンドルを引っ張ってみると、重たいドアが開いた。

　ひとりでに笑みがこぼれた。なぜ憶えていたのかわからないが、役に立った。

　金庫の中に入っていたもの。九ミリ弾の箱が二つ、二十ポンドや五十ポンドの分厚い札束が四束、帳簿類、フロッピーディスク、死亡した妻のネックレスやイヤリングの入った宝石箱。リーバスはカファティのパスポートを取り上げて繰ってみた。ロシアには入国していない。本人の出生証明書と、妻と子供の出生及び死亡証明書。結婚証明書にはカファティが一九七三年にエジンバラの登記事務所で結婚したとある。出したものを一つずつ元に戻し、フロッピーディスクをしげしげと見た。ラベルもないし何の記入もない。事務室にはそもそもコンピュータがない……というか、家のどこにもなかった。金庫の下段に小さな紙箱があった。それを取りだして開けた。そこには銀色に輝くディスクが二十数枚入っていた。CDだと一瞬思った。しかし光にかざしてみると、DVD‐R、4・7Gと記してあった。メカに強くないが、これが何であれ、二階の再生装置にかけられるだろうと考えた。ディスクには何も記されていないが、各ディスクにさまざまな色の点がつけられている。あるものには緑色、あるものには青、あるものには赤、あるものには黄色。

リーバスは金庫を閉じてダイヤルを適当に回し、電灯を消して、ディスクの箱を手に上の階へ戻った。ホームシアターにはシャッターを備えた窓があり、革張りのリクライニング・チェアが並んでいる。その後列にはさらに二人がけのソファが二脚置いてあった。リーバスは複雑な装置の前に屈み込み、DVDを挿入し、画面のスイッチを入れてから椅子の一つへ下がった。再生できるまで、画面、DVDプレーヤー、スピーカーと、三つのリモコンを操作しなければならなかった。黒い革張り椅子の端に腰を下ろし、監視カメラの映像とおぼしきものに目を向けた……

室内だ。居間。乱雑な部屋にねそべった二つの体。絡み合った体が離れ、手をつないで二人はどこかへ出て行った。画面は突然寝室に切り変わり、同じ二人が現れて服を脱ぎながらキスを始めた。十代の若者だ。リーバスはその二人に見覚えがなかった。部屋も見覚えがない。カファティの自宅よりはるかにみすぼらしい部屋である。

そうか、カファティはアマチュアのポルノを楽しんでいたのだ……画面を飛ばしてみたが、その二人のセックスがまだ続いていた。天井と壁面から撮影されている。さらに早送りすると、女の子がバスルームにいて便器に座っており、やがて服をまた脱いでシャワーを浴びた。ほっそりとした体の女で、痩せすぎと言ってもよく、腕に青いしみがあった。また飛ばすと、あとは空白が続いていた。

次のディスク。緑ではなく青い点のついたディスクを選んだ。別の場所だが似たような部屋。異なる人物だが、同じような行為。

「おまえのヘンタイ趣味がばれたな、カファティ」リーバスはそうつぶやきながら、ディスクを取りだした。今度は別の緑印を再生してみた――最初のディスクと同じ人物に戻った。仕分け方法が読めてきたぞ……赤印では、別のフラットとなり、大麻煙草を回し飲みしている。若い女が風呂に入り、男が寝室で自慰に耽っている場面。

次は黄印に替えてみたが、何の期待もしていなかった。ただちにこれまでと似たような部屋が現れた。しかし今回は重要な相違点があった――今回はその部屋も俳優たちもリーバスは知っていた。

ナンシー・シヴライトとエディ・ジェントリー。ブレア・ストリートの部屋。そのフラットはMGC賃貸不動産会社の持ち物だ。

「これは、これは」リーバスはつぶやいた。居間でパーティをしているところが流れている。ダンスと酒、それに大麻の合間にはコカインを吸っているようだ。バスルームでフェラチオをやり、廊下で殴り合っている。次のディスク。ソル・グッドイアがやってきて、ナンシーの寝室でセックスのもてなしを受け、そのあと狭いシャワー室に一緒に入っている。ソルが帰ると、ナンシーは椅子にくつろぎ、彼が残していった大麻を丸めて煙草を作った。居間、バスルーム、寝室、廊下。

「キッチンだけ映らないな」リーバスはしばらくしてもう一度「キッチン」とつぶやいた。「それにエディ・ジェントリーの寝室も……」

箱の最後のディスクに手を伸ばした頃、リーバスはうんざりしてきた。まるでテレビの覗き番組を見ているようだが、単調さを救うコマーシャルがない。だが最後のディスクはこれまでとは違った。色分けの印がない。それに音声がついていた。画面は自分が今座っているまさにその部屋である。椅子とソファには男たちが座っている。葉巻をくゆらす男たち。クリスタル・グラスでワインを飲む男たち。ＤＶＤを見せられて、多弁になっただみ声の楽しそうな男たち。

「食事、うまかったよ」一人が家の主人に言った。同意を示すつぶやきが起こり、煙がたなびいた。カメラは客たちに向けられている。ということは……リーバスは立ち上がってプラズマテレビに近づいた。テレビの角より少し上の壁に小さな穴が開けられていた。誰も気づかないだろうし、気づいたとしても日曜大工でしくじった跡としか思わないだろう。その穴を覗いてみたが、何も見えなかった。部屋を出て隣のドアを開けて入ってみた。そこは部屋に続いたバスルーム。鏡の壁に戸棚が取り付けてある。戸棚を開けてみたが、何もなかった……カメラもワイヤーもない。覗き穴に目をつけると、ホームシアターが見えた。そこへ戻って続きを見るうちに、男たちの会話から、彼らが自分の見たものと同じＤＶＤを見ているのは間違いないと確信した。

「女房もこんなに燃えてくれりゃあいいんだがな」

「奥さんにシャルドネなんかじゃなくて、上質の麻薬でも与えたらどうだ……」

「やってみるか」

「こいつらは見られてることを知らないんだね、モリス？」

部屋の奥からカファティの声。「まったく知らない」低い声で愉快そうに答える。

「チャック・ベリーがこのようなことでトラブったん

じゃなかったかな?」

「奥方のためによいアイディアをいくつか拾ったか、ロジャー?」

「何を言う、もう結婚して二十数年経ってるんだ、スチュアート」

「それはノーという意味だね」

リーバスはいつのまにか画面の前で跪《ひざまず》いていた。ロジャーとスチュアートがカファティにワインと葉巻でもてなされて、ぐでんぐでんに酔っぱらい、おまけにこうやって別の形の接待を受けているのだ。

ロジャー・アンダースン。

スチュアート・ジャニ。

ファースト・オルバナック銀行の幹部……

「マイケルはこれを見逃したと知ったら残念がるだろうな」ジャニが笑いながら言い添えた。それは間違いなく、サー・マイケル・アディスンのことだ。だがジャニの意見は的はずれだとリーバスは思った。ディスクを取りだし、パーティ場面のディスクと入れ替えた。バスルームでのフェラチオ、やっている女はジル・モーガンと酷似している。女優志望の女で、サー・マイケルの、甘やかされた継子の娘。それより少し前、居間で、線状に置いたコカインにその女が顔をくっつけていた。リーバスはホームシアターの場面をもう一度再生し、どのDVDを男たちが観賞しているのか見極めようとした。銀行マンのどちらかが、上司の継子の娘に気づいたそぶりを見せるのではないかと思い、二人に目を凝らした。カファティに復讐をする根拠となるか? もしかしたら。だが、それよりも、二人はなぜここにいたのか? 理由はいくつか考えられる。銀行の明細書を見たので、カファティがファースト・オルバナック銀行にいくつかの口座を持っていたのはわかっている。それに彼は銀行に富豪の新しい顧客を紹介しようとしていた。セルゲイ・アンドロポフである。もう一つ、カファティとアンドロポフはファースト・

オルバナック銀行と取引を結びたかったのではなかろうか。エジンバラの土地を買い占めるために、巨額の融資を引き出そうとしていたのだ。

アンドロポフは財産没収を逃れるためにロシアから国外に居住地を移そうとしている。本国へ送還されずにすむように、スコットランド議会を説得できると考えていたのかもしれない。金の力で、来たるべきスコットランド独立国へ潜り込もうとしていた。小さな国だ。そこで大物になるのはたやすい……

そしてカファティが円滑にことが運ぶように計らっている。

大盤振る舞いのパーティを開き……ひそかに録画していた。自分の楽しみのため？ それとも不利な証拠として当人たちに圧力をかけるため？ ジャニやアンダースンのような下っ端相手ではそれほど有効な手ではないとリーバスは思った。ところがそのとき、ソファからもう一人の人物が立ち上がった。カファティとその男だけが後ろのソファに座っていたようだった。

「トイレは？」その男がたずねた。

「廊下の向かい側」カファティが教えた。そう、カファティは隣のバスルームを教えたくないのだ。カメラが見つかっては困る。

「なぜトイレが必要なのか、たずねないよ、ジム」スチュアート・ジャニが言って、周囲の下品な高笑いを招いた。

「勘ぐるんじゃない、スチュアート」ジムと呼ばれた男が答えて出て行った。

ジム・ベイクウェル、スコットランドの経済発展担当大臣。ということは、あの夜にホテルでカファティと初めて会った、と議事堂の中でシボーンに言ったのは嘘だったのだ。

「本部長に苦情を申し立てられるならやってみろ、この野郎」リーバスはベイクウェルを指さしながらつぶやいた。

ＤＶＤの続きはそれほど長くなかった。三十分後、録画を見ていた男たちは存分に楽しんで終わった。パーティにはほかにリーバスの知らないメンバーが三人いた。赤ら顔、太鼓腹の男たちはビジネスマンのようだった。工務店の社長か建設業者か？　もしかしたら市会議員とすら考えられる……たぶん突き止められるだろうが、それには録画を持ち出さなければならない。誰も紛失に気づかなければ、それでも構わない。しかしリーバスがここにいたことを誰かに知られたら、カファティの弁護チームは勝利を確信するだろう。

「ほう、そうか、ジョン？　じゃあなんの弁護チームなんだ？」

そう、なぜなら犯罪とは何だ？　自分の貸しているフラットを盗撮していたことか？　そんなのは微罪だ。裁判官は大いなる関心を寄せながらＤＶＤを見たあと、カファティに小額の罰金を科するだろう。リーバスは注意深くすべてのスイッチを切り、指紋もすべて拭ってから下の階へ行き、金庫を開けて箱を戻した。ディスクを一つだけ手元に残した。そして白い大理石の玄関へ向かい、甘い匂いに満ちた外気へ出るとドアをしっかりと閉めた。カファティの鍵を戻さなければならないが、その前に考え事があった。門を出ると左へ折れ、坂のてっぺんでもう一度左へ曲がってブランツフィールド・プレイスへ向かいながらタクシーを探した。

相変わらずアイライナーと赤いバンダナを着けたエディ・ジェントリーがドアを開けた。

「ナンシーは出かけてる」エディが言った。

「仲直りをしたのか？」

「率直に意見を交換したんだ」

リーバスは微笑した。「おれを入れてくれないか、エディ？　それはそうと、あんたのＣＤ、気に入ったよ」

ジェントリーは迷っていたが、やがて後ろを向き、居間のドアを開けた。リーバスは中に入った。

「覗き番組の〈ビッグ・ブラザー〉を見たことがあるか、エディ？」リーバスはポケットに手を突っ込んで室内を一周しながらたずねた。

「そんな暇はない」

「そうだな」リーバスは同意する顔になった。「この前ここに来たときにおれが気づかなかったことを教えようか」

「何だ？」

リーバスは天井を見上げた。「天井が低くなっている」

「そうか？」

リーバスがうなずいた。「ここへ越して来る前からこうなってたんだな？」

「そうだね」

「元は違ってたんじゃないかな――角には蛇腹模様、天井にはバラの飾りがあったんじゃないか……家主はなぜそれを覆ってしまったんだと思う？」

「断熱かな？」

「どういうことだ？」

ジェントリーは肩をすくめた。「部屋が狭くなると、暖房が効きやすくなる」

「じゃあ、どの部屋もそうなのか？ 偽の天井？」

「おれは建築屋じゃないんでね」

リーバスは若いジェントリーの視線を捕らえ、口の端がかすかに歪むのを見た。ジェントリーは落ち着きをなくしている。リーバスはひゅーっと低い口笛をもらした。

「知ってたんだろ？」リーバスがたずねた。「最初から知ってたんだろ？」

「何を？」

「カファティがおまえを盗撮していたこと。天井や壁のカメラを……」リーバスは部屋の隅を指さした。

「あの穴が見えるか？ ドリルで穴を開け損なったみ

たいに見えるやつ？」ジェントリーの表情は変わらない。「あそこからカメラがこっちを狙ってる。だがおまえはとうに知っていた。それどころか、カメラのスイッチを入れるのはおまえの仕事だったんじゃないか」ジェントリーは腕組みをした。「CRスタジオでのおまえの演奏だが——あれにはそうとう金がかかったはずだ。カファティが支払ってくれたのか？　それが取引に含まれてたんじゃないのか？　おまえの懐《ふところ》が少々潤い、家賃は安くて、同居人も少ない……それと引き替えにおまえは何回かパーティを主催すればよかった」リーバスは筋道立てて考えていた。「ソル・グッドイアを通して大麻が手に入った——それも安い値段で手に入ったにちがいない。なぜだかわかるか？」

「なぜだ？」

「ソルはカファティの手下だからだ。あいつは売人で、おまえは客だ……」

「くそったれ」

「気を付けろ」リーバスは人差し指を相手の胸へ向けた。「カファティの身に何が起こったか知ってるか？」

「その話は聞いた」

「たぶん、あいつのやってることが誰かの気に障ったんだ。ジル・モーガンが来たパーティを憶えているか？」

「それがどうした？」

「彼女を映した録画はその一つだけか？」

「知らないね」リーバスが信じられない顔をするのに構わず言った。「あんなもの一度も見たことがないから」

「そのまま渡してたんだな？」

「別に悪いことないだろ？」

「おまえはそれを判断できる立場ではないぞ、エディ。ナンシーはこのことを知ってるのか？」

ジェントリーはかぶりを振った。

「おまえだけか？　え？　カファティはほかのフラットでも同じようなことをしてるとおまえに言ったんじゃないかね？」

「さっき、〈ビッグ・ブラザー〉がどうのこうのと言ってたじゃないか——それとどこが違うんだ？」

リーバスはエディにぐっと近づいていた。「違いはな、番組の参加者は撮影されてるのを知ってるんだ。おまえとカファティとどっちがより最低なげす野郎なのか、迷うよ。あいつはまったくの他人を覗き見していたが、おまえのほうは友達を撮影してたんだからな」

「これがいけないっていう法律でもあるのかい？」

「ああ、あるのは間違いないね。何回ぐらい録画したんだ？」

「せいぜい、三回か四回だ」

なぜなら、それぐらいでカファティは飽きてきて、新しいフラット、新しい入居者、新しい顔や肉体へ興味が移ったのだ……リーバスは穴を探して廊下を歩き、穴を見つけた。ナンシーの寝室。ここにも偽の天井。ここにも巧みに開けた穴。バスルームも同様だった。廊下へ戻ると、ジェントリーは相変わらず腕組みをし、挑むように顎を突き出して壁にもたれていた。

「どこに録画装置がある？」

「ミスター・Cが持っていった」

「いつ？」

「数週間前。今言ったように、ほんの三、四回やっただけで……」

「だからと言って下劣さには変わりない。おまえの部屋を見よう」リーバスは返事も聞かずにジェントリーの寝室のドアを開け、どこにケーブルがあるのかとたずねた。

「以前は天井から降りてきていたんだが。DVD録画装置に接続してあってね。何かおもしろいことが始まったら、おれは録画ボタンを押すだけでよかった」

「今はそれがどこかほかのフラットに据え付けられてるんだ。おまえの家主がいかがわしい友達に出来の悪い新作ポルノを見せるためにな」リーバスはゆっくりとかぶりを振った。「ナンシーに知られたときのおまえには、なりたくないね」

ジェントリーはひるまなかった。「もう帰ってくれ。ショーは終わった」

リーバスはそれに応じて顔を相手の顔にぐっと近づけた。「おまえの考えは大間違いだ、エディ。このショーはまだ始まったばかりなんだぞ」エディの横をすり抜け廊下へ出ると、玄関のドアの前で立ち止まった。「そうそう、おれは嘘をついたよ――おまえの曲には望みがない。才能が皆無だね」

外へ出ると、石段の上でたたずみ、ポケットを探って煙草を取りだした。

仕事が終わった。

40

ゲイフィールド・スクエア署の犯罪捜査部はまるでプールのようだった――誰もが水中を歩いているかのごとく、動きが鈍い。デレク・スター警部はそれに気づいていたものの、捜査班の士気を高めるのに苦労していた。仕事が少ししかないのだ。トドロフに関してもリオダンに関しても、心ときめくような新しい手がかりはない。科捜研は洗剤溶液の小瓶から部分的な指紋を検出したが、これまでのところその指紋はリオダンとも、警察のデータベースに載っている誰とも符合しなかった。技師のテリー・グリムの話では、リオダンの家には一週間に一回、清掃業者が訪問して掃除をしているが、居間兼スタジオの部屋には入らないように命じられていたとのことだった。だが掃除人の誰かが指紋を残した可能性はある。その指紋が放火犯のものだと言い切れる者は誰もいない。これについても行き詰まった感があった。立体駐車場の前にいたフード姿の女性のモンタージュ写真についても同じだった。警官たちはコピーを手に戸別訪問をしたが、徒労に終わっていた。

正規の手続きを経たあと、スター警部はようやくポートベロ地区に設置された数台の監視カメラからの映像を手に入れた。しかしどれも役に立ちそうもなかった――早朝に行き交う車列が映っているばかりだった。放火犯がどうやってリオダンの家に行ったかがわからない時点では、干し草の山で針を探すに等しい。そんなスター警部がシボーン・クラークを見る視線は、彼女が何か隠しているのを感づいている目つきだった。三十分間に二度も、彼はどんな捜査をしているのかとシボーンにたずねた。

「リオダンのテープにかかってます」シボーンはそう説明した。それは嘘である。トッド・グッドイアが録音テープの最後の一つの書き起こしをまとめているところで、その作業に心底うんざりした顔をしている。もっとましなポジションにいる自分を思い描くかのように、何回となくぼうっと前を見つめていた。その間、シボーンはストーンの携帯電話にメッセージを入れたあと、返事を待っていた。今でもこれはいい考えだったのだろうか、と疑問に思っている。ストーンとスターは親しそうに見える。どちらかに何か言えば、それはもう片方に筒抜けになるにちがいない。セルゲイ・アンドロポフと運転手が〈スコティッシュ・ポエトリー・ライブラリー〉の聴衆の中にいたことを、まだスターには話していないのだ。

警察署の外に記者たちの姿はもうない。二人の死に関する最新の情報は、《イーヴニング・ニューズ》紙の内側のページに数行載っただけだ。スターは今、マクレイ主任警部と打ち合わせをしている。今日の午後にでも二人は、トドロフの殺害とリオダンの事件を結びつける証拠が見つからない以上、今後は別個に捜査をすると発表するにちがいない。チームは二分される。リオダン事件はリースの犯罪捜査部の担当に戻る。

シボーンが何か手を打たないかぎりは。

決心をつけるのにさらに十分間かかった。スターはまだ会議中なので、コートを摑んでグッドイアのいる机へ歩いていった。

「お出かけですか？」グッドイアは意気消沈したような声で訊いた。

「あなたも行くのよ」シボーンが希望を与えてやった。

領事館までは車で市内を走って十分とかからなかった。壮大なジョージ朝様式建築のテラスハウスに領事館があり、そこからは監督教会の大聖堂が見えた。幅の広い道路の中央に駐車区域があって、折よくその一つから車が出て行くところだった。グッドイアがメーターに硬貨を入れている間に、シボーンは横の車をしげしげと見た。それは市議会でアンドロポフが乗っていた車、死体保管所でニコライ・スタホフが使った車、とよく似ていた——古びた黒いメルセデスで、後部の窓ガラスが黒い。しかし車のナンバーは外交官用のものではなかったので、シボーンは署に電話して番号を調べさせた。車はクラモンドに住むボリス・アクサノフという名前で登録してあった。シボーンはそれを書き留めて電話を切った。

「彼に質問することを許すでしょうかね？」グッドイアが近づいてきてたずねた。

シボーンは肩をすくめた。「試してみるわ」道路を渡って領事館の石段三段を上がり、ブザーを押した。ドアを開けたのは受付係特有の固い笑みを浮かべた女性だった。シボーンはすでに警察手帳を開いていた。

「ミスター・アクサノフにお会いしたいのですが」

「ミスター・アクサノフ？」笑みは固定されたままだ。

「運転手の」シボーンは振り向いた。「彼の車があそこに」

「でもここにはおりません」

シボーンは女性を見つめた。「ほんとうですか？」

「もちろんです」

「ミスター・スタホフは？」

「彼も今ここにはおりません」

「いつお帰りですか？」

「今日は遅くなると思います」

シボーンは女性の肩の向こうを見た。玄関ホールは広かったが、ペンキが剝げ落ちて壁紙も色あせ、殺風景だった。カーブした階段は途中までしか見えない。

「ミスター・アクサノフのほうは？」

「わかりません」

「じゃあ、ミスター・スタホフの運転手を務めているのではないのね？」

笑顔がゆらいだ。「お役に立てなくて申し訳ありません……」

「じゃあアクサノフはセルゲイ・アンドロポフを乗せているってこと？」

若い女性はドアの端を握りしめている。ドアを閉めたがっているのは明らかだった。

「お役に立てなくて」女性はとりあえず繰り返した。

「ミスター・アクサノフは領事館に勤務しているんですか？」だが今やドアがほんとうに閉まりかけていた。ゆっくりとだが、迷いはなかった。「また来ますからね」シボーンが声をかけた。ドアがカチリとしまったが、シボーンはドアをまだ凝視していた。

「怯えた目をしてましたよ」グッドイアが言った。

シボーンはうなずいた。

「時間も無駄にしましたね――メーターに三十分間の金を放り込んだんです」

「捜査本部に請求したら」シボーンは向き直って車のほうへ歩み始めたが、メルセデスのそばで立ち止まり、腕時計を見た。シボーンが運転席に座ると、グッドイアはこれからゲイフィールド・スクエア署へ戻るのかとたずねた。シボーンはかぶりを振った。

「この辺りの駐車違反係は容赦ない連中だわ。あのメルセデスはあときっかり七分で時間切れになって赤が点灯する」

「誰かがメーターに金を入れなきゃならないってことですね？」

　だがシボーンは再びかぶりを振った。「そんなことをするのは違反よ、トッド。違反切符をもらいたくなかったら、車を移動させなきゃならないわ」エンジンキーを回した。

「いずれにしろ領事館は罰金を払わないものだと思ってました」

「たしかに……外交官用のナンバープレートの場合はね」シボーンはギアを入れて駐車区域から出たが、数十メートル先の歩道際で車を停めた。「待ってみるのもいいんじゃない？」

「あの録音の書き起こしから逃れられるんだったら、何でもいいです」

「捜査の仕事の魅力が薄れてきたんじゃないの、トッド？」

「いつでも巡査に戻りますよ」グッドイアは肩を引いて筋肉をほぐした。「リーバス警部に関して何かわかりましたか？」

「またしょっぴかれたわ」

「起訴するつもりなんですかね？」

「しょっぴいた理由は、証拠がなかったと告げるためだった」

「あのオーヴァーシューズと結びつかなかったんですね？」

「そう」

「ほかに誰か容疑者が浮かんでいるんですか？」

「うるさいわね、トッド。わたしが知るわけないでしょ！」しばらく車内に沈黙が続いたあと、シボーンはふうっと息を吐き出した。「ごめんなさい……」

「謝らなくちゃならないのは、ぼくのほうです」グッドイアが慰めた。「つい、でしゃばってしまって」

「いいえ、それはわたしのほうよ……困ったことになってるの」

「どうして？」

「SCDがカファティを監視していて。その人たちをわたし、ジョンに言われて別の場所へ誘導した」

若いグッドイアは目を丸くした。「そりゃ、やばいや」

「言葉に気をつけて」シボーンが注意した。

「SCDがカファティに監視をつけていたとは……リーバス警部にとってはまずいですね」

シボーンは肩をすくめた。

「カファティに監視か……」グッドイアはゆっくりと首を振りながらつぶやいた。シボーンは街路の動きに気を取られていた。領事館から誰かが出てくる。

「希望が持てそうだわ」シボーンが言った。死体保管所でスタホフと一緒にいた男。〈ワード・パワー〉書店の朗読会の写真に写っていた男。そのアクサノフが車の鍵を開け、乗り込んだ。シボーンはエンジンをかけたまま、アクサノフがどうする気なのか待った。別の駐車枠に車を移動させるのか、どこかへ向かうのか。空いている駐車枠を三つ通り越したとき、シボーンは答えを知った。

「つけるんですか？」グッドイアがシートベルトを装着しながらたずねた。

「よくわかったわね」

「それで？」

「何か適当な口実を作って車を停めさせようと思ってるんだけど……」

「そんなことしてだいじょうぶなんですか？」

「わからない。とりあえず様子を見るわ」メルセデスは左のウインカーを出してクイーンズフェリー・ストリートへ向かった。

「市外へ出るようですね？」

「アクサノフはクラモンドに住んでいる。帰宅するのかもね」

車はクイーンズフェリー・ストリートからクイーンズフェリー・ロードに入った。シボーンは自分の速度計で、アクサノフが制限速度を守っているのを確認した。前方の信号が赤になったとき、アクサノフのブレーキ灯を見たが、ちゃんと二つとも点灯している。もしクラモンドへ帰るのなら、おそらくバーントンのロータリーまでこのまま走り、そこで右折するにちがいない。だが自分はそこまで待つか？　クイーンズフェリー・ロードには数百メートル毎に信号があるようだった。メルセデスが次の赤信号に引っかかって停まったとき、シボーンは自分の車をその背後にぴたりとつけた。

「後部座席に手を伸ばしてくれる、トッド？」シボーンが頼んだ。「そこの床に……」グッドイアはシートベルトをはずして体をねじった。

「これが要るんですね？」

「そこのコンセントに差し込んで」シボーンが命じた。

「それから窓を開けて」

「底にマグネットが付いてるんだ」グッドイアが推測した。

「そうよ」

コンセントに差し込んだとたん、青い光が車内に満ちた。グッドイアは窓から手を出して、車の屋根に回転灯を取り付けた。前方の信号はまだ赤である。シボーンはクラクションを鳴らし、前の運転者がバックミラーでこちらを窺っているのを確認した。手を振って道路脇へ寄れと合図を送った。信号が青になると、車は直ちに指示に従った。交差点を通り抜け、助手席側のタイヤを歩道に乗り上げて停まった。シボーンもその車を追い越すと、同じように停まった。ほかの車は徐行してその様子を見ながら通り過ぎていった。運転者がメルセデスから出てきた。サングラスを掛け、背広にネクタイ姿である。歩道で立っている運転者にシボーンは近づいた。警察手帳を開いて示した。

「どうかしたんですか？」その英語は訛りがきつい。

「ミスター・アクサノフですね？ 死体保管所で会いましたね……」

「どうかしたのかとたずねている」

「署へ来ていただきたいのです」

「わたしが何をやったというんだ？」携帯電話をポケットから出した。「領事館に電話をかけよう」

「無駄ですよ」シボーンが教えた。「これは公用車ではない。ということは、あなたは民間人になりますよね。外交特権はないんです、ミスター・アクサノフ」

「わたしは領事館付きの運転手だ」

「領事館だけのために働いているのではないでしょう。さあ、車に乗って」シボーンは厳しい口調で命じた。

アクサノフはまだ携帯電話を手にしていたものの、何もしていなかった。

「もし断ったら？」

「公務執行妨害罪に問われます……わたしの考えつく限りの罪にも」

「わたしは何もやっていない」

「その言葉を聞きたいだけなんです。でも署でその言葉を言ってもらわねば」

「わたしの車はどうなる」アクサノフがこぼした。

「ここに置いときます。あとでここまでお送りしますよ」シボーンは愛想よく笑って見せた。「約束するわ」

「セルゲイ・アンドロポフの運転手をするようになったのはどうして？」

「運転手をして生活してるんでね」

そこはウエスト・エンド警察署の取調室だった。シボーンはロシア人、アクサノフをゲイフィールド・スクエア署へ連れて行きたくなかった。グッドイアにはコーヒーを取りに行かせた。机にはカセットデッキがあるけれど、シボーンは使っていない。ノートも開いていない。アクサノフが煙草を吸いたいと言ったので、許した。

「上手に英語をしゃべるわね。エジンバラ訛りすら混じってるわ」

「エジンバラ生まれの女と結婚しているもんでね。ここに住んでもう五年近くになる」煙を吸い込み、天井へ向けて吐きだした。

「じゃあ、奥さんも詩が好きなのね？」アクサノフがその言葉でシボーンをまじまじと見た。「どうなの？」シボーンが促した。

「家内は読書をする……主に小説を」

「では詩が好きなのはあなただけ？」アクサノフは肩をすくめただけで何も言わなかった。「最近、シェイマス・ヒーニーの作品を何か読みましたか？　もしくはロバート・バーンズは？」

「なぜそんなことをたずねるんだ？」

「数週間のうちに二回、詩の朗読会にあなたが来ているのを目撃されているから。それともあなたはアレクサンドル・トドロフだけがお気に入りなのかしら？」

「彼はロシアの偉大な詩人だと言われている」

「あなたもそう思うんですか？」アクサノフはまた肩をすくめ、煙草の先を見つめた。「彼の新刊を買いましたか？」

「なぜそんなことをたずねなきゃならないのか、さっぱりわからん」

「新刊書のタイトルを憶えていますか？」

「あんたと話をする必要はない」

「わたしは殺人事件二つの捜査をしているんです、ミスター・アクサノフ……」

「それがわたしに何の関係がある？」アクサノフの声に怒りがこもってきた。ちょうどそのとき、ドアが開いてカップを二つ持ったグッドイアが入ってきた。

「ブラック、砂糖二つ」と言いながら、グッドイアはアクサノフの前にカップを置いた。

「ミルク入り、砂糖なし」二つ目のプラスチックカップをシボーンに渡す。シボーンは感謝の印にうなずき、かすかに頭を振った。グッドイアはその合図を受け、奥の壁まで歩いていき、そこにもたれて両手を組んだ。アクサノフは煙草をもみ消し、次の煙草に火を点けようとしていた。

「二回目に朗読会へ行ったとき、あなたはセルゲイ・アンドロポフを連れて行きましたね」

「そうだったかな？」

「目撃者がそう言ってます」またアクサノフは大げさに肩をすくめ、今回は口をへの字に曲げた。「否定するのですか？」シボーンがたずねた。

「わたしは何も言っていない」

「何を隠そうとしておられるんですかねえ。ミスター・トドロフが亡くなった夜、あなたは仕事をしておられたんですか？」

「憶えていないね」

「一週間ほど前のことを思い出してほしいと言ってるだけなんですよ」

「夜働いているときも、そうでないときもある」

「アンドロポフは宿泊中のホテルにいました。バーで人に会っていた……」

「何もあんたに話すことはない」

「なぜ詩の朗読会に行ったんですか、ミスター・アクサノフ？」シボーンは穏やかにたずねた。「アンドロポフが頼んだからですか？　連れて行ってくれ、と？」

「わたしが何か悪いことをしたと言うなら、逮捕すればいいだろ！」

「そうしてほしいのですか？」

「わたしは帰りたい」新しい煙草を摑んだ指がかすかに震えだした。

「〈スコティッシュ・ポエトリー・ライブラリー〉での朗読会を憶えていますか？」シボーンは感情を殺した低い声でたずねた。「その録音をしていた男を？　彼も殺されたのです」

「わたしはその夜はずっとホテルにいた」

シボーンはよく理解できなかった。「カレドニアン・ホテルに？」

「グレンイーグルズ・ホテルだ」アクサノフが正した。

「あの火事の夜は」

「実際は早朝でした」

「夜も……朝も……グレンイーグルズにいた」

「わかりました」なぜ彼は急に慌てだしたのだろうかとシボーンは思った。「誰の運転手を務めたんですか、アンドロポフ、それともスタホフ？」

「二人とも乗せていた。二人は一緒に行ったんで。わたしはずっとそちらにいた」

「さっきからそればかりおっしゃってますね」

「事実だからだ」

「でもミスター・トドロフが亡くなった夜は、働いていたのかどうかすら憶えていないんですね？」

「そうだ」

「とても重要なことなんです、ミスター・アクサノフ。トドロフを殺した人物は車を使ったと考えられるので……」

「わたしは知らない！　こんな質問をされるいわれはない！」

「そうなんですか？」

「これは侮辱であり、ばかげている」

「もうおしまい？」十五秒ほど沈黙が続いたあとで、シボーンがたずねた。アクサノフはけげんな顔をした。

「煙草ですよ」シボーンが言った。「火を点けたばかりなのに」

アクサノフは灰皿を見つめた。もみ消されたばかりの長い煙草がくすぶっていた。

クイーンズフェリー・ロードでアクサノフを降ろしてくれとパトカーに頼んだあと、シボーンは廊下を引き返し、巡査二人と雑談をしているグッドイアのほうへ歩いていった。しかしグッドイアに近づく前に、自分の携帯電話が鳴りだした。相手の番号に心当たりがなかった。

「もしもし？」シボーンは応えながら、グッドイアと巡査に背を向けた。

「クラーク部長刑事ですか？」

「ドクター・コルウェルですね。あなたに電話しようかなと考えていたんですよ」

「そうなの？」

「通訳が必要となるかもしれないと思って。けっきょく、必要なかったんですけど。ところで、何かご用でしょうか？」

「あのCDを聞き終わったんです」

「あの新しい詩にまだ取り組んでおられたんですか？」

「初めはね……でもついつい、最後まで聴いてしまったんです」

「わたしも同じことをしたわ」シボーンは打ち明け、リーバスと車中で過ごしたあの一時間を思い出していた……

「最後までね」コルウェルが話し続けていた。「朗読会と質疑応答が終わったあとまで……」

「はい？」

「マイクが会話の一部を拾っていたんです」

「憶えているわ。たしか、詩人が独り言を言ってましたね？」

「わたしもそう思ったんです。何を言ってるのかわかりにくかった。でもあれはアレクサンドルの声ではなかった」

「じゃあ、誰の声？」

「わからない」

「でもロシア語でしたよね？」

「ええ、ロシア語に間違いありません。何回か再生してみて、その言葉を理解できたように思います」

シボーンはチャールズ・リオダンを思った。高性能のマイクをさまざまな角度で聴衆に向け、その言葉を拾っていた男。「で、何と言ってたんですか？」

「こんなふうな意味のことを――あいつ、死ね」

シボーンは愕然とした。「もう一度言ってもらえますか？」

41

リーバスはコルウェルの研究室でシボーンと落ち合い、二人はCDに耳を傾けた。

「アクサノフの声じゃないわ」シボーンが断言した。そのとき、彼女の携帯電話が鳴り始めたので、うめき声を上げてそれに応じた。電話の主はカラム・ストーン警部だと名乗った。

「おれに話があるそうだが？」

「あとで電話しますので」シボーンは電話を切り、首を横に振って大事な用件ではなかったことをリーバスに示した。リーバスは問題の箇所をもう一度再生してくれるように頼んだ。

「アンドロポフの声にぜったい間違いない」聞き終わ

ったあとでリーバスがつぶやいた。彼は椅子から身を乗り出し、膝に肘をつき両手を組み合わせて録音に聴き入っており、ほんの一メートルほどの近さでCDプレーヤーに屈み込み、髪で顔が隠れているスカーレット・コルウェルをまったく意識していない様子だった。

「言葉の意味は正しいんですね？」シボーンがコルウェルにたずねた。

「間違いありません」コルウェルが言い、ロシア語を繰り返した。その言葉はシボーンが手に取ったメモ帳に書かれていた——この前コルウェルが詩の翻訳を書いたメモ帳。

「あいつ、死ね？」リーバスが確認を取った。「殺せ、とか、命を取るぞ、ではなく？」

「ちょっぴり、過激性に欠けるわね」コルウェルが言った。

「残念だな」リーバスはシボーンのほうを見た。「でも大きな収穫だ」

「大きいわね」シボーンが同意した。「アンドロポフだったとしたら……誰に話していたのかしら？　アクサノフのはずですね？」

「なのに、そいつをさっき解放しちまったな」

シボーンがしぶしぶうなずいた。「またいつでも呼び出せるわ……ここに住みついてる男だから」

「だが領事館がいきなりモスクワ行きの便に乗せちまう可能性はある」リーバスはシボーンを見つめた。「おれの考えがわかるか？　アンドロポフは領事館内に自分の息のかかった者が欲しい。そうなれば母国の情勢がわかるからな。もし自分が裁判にかけられそうになったら、領事館はその情報をいち早く知るだろうからね」

「アクサノフが彼のスパイ？」シボーンが深くうなずいた。「ありえるわ。でもほかにも仕事がある？」

「死刑執行人か？」リーバスは考え込んだが、そのときスカーレット・コルウェルの頬を涙が伝っているのに気づいた。

「すみません」リーバスが謝った。「いやな話を聞かせて」

「誰であれ、アレクサンドルを殺した者を早く捕まえて」コルウェルは手の甲で顔を拭いた。「一刻も早く捕まえてちょうだい、お願い」

「あなたのおかげで、一歩前進しましたよ」リーバスは彼女が翻訳した詩のメモ紙を取り上げた。「アンドロポフはこれを聞いてさぞかし怒ったことだろうな。貪欲な人間、腐った部分、悪人と言われたんだから」

「死ねと毒づくぐらい怒った」シボーンが同意した。

「だからといって、彼がやったのかしら？」

リーバスは再び顔を上げてシボーンを見つめた。

「本人にたずねてみるべきだな」

一時間以上かけてシボーンは、デレク・スター警部に詳しい説明をおこなった。それでもスター警部はさらに十五分間も自分が蚊帳《かや》の外に置かれたことに文句を言い続け、やっとのことでセルゲイ・アンドロポフから事情を訊くことに同意したのだった。まずは取調室から刑事三人を追い払わなければならなかった。彼らはそこを捜査の根拠地にしていたので、資料を持ち出さなければならないわずらわしさに不満をもらした。

「ここはラグビー選手の控え室みたいな臭いがするな」スター警部がこぼした。

「そうですか」シボーンは心の伴わない笑みを浮かべた。先ほど犯罪捜査部室でグッドイアと偶然出会い、彼もまた、ウエスト・エンド署で置き去りにされたことをこぼしたのだった。そう言えば、コルウェルの電話を受けたシボーンは、廊下で同僚と雑談しているグッドイアに声もかけず、まっすぐ車に向かったのだった。それでも若いグッドイアの仏頂面を見つめながら、ゆっくりとした発音で助言を与えた。馴れることよ、と。それに対し、グッドイアはトーフィケン署で巡査の制服に戻ってもいいと本気で思ってると答えたのだった。

カレドニアン・ホテルにパトカーが派遣された。四十分後パトカーが戻ってきて、不機嫌な人間を降ろした。もう八時近くになっており、空は真っ暗で気温が下がっていた。

「弁護士の同席を求める権利がわたしにはあるのか？」それがセルゲイ・アンドロポフの第一声だった。

「必要だと思うんですか？」スター警部が言い返した。彼は借りてきたCDプレーヤーを一本指で叩いていた。

アンドロポフはスターの質問を考えたあと、コートを脱いで椅子の背にかけ、着席した。シボーンはスターの隣に、ノートと携帯電話を前に置いて座っている。署の外の車で待機しているリーバスが音を立てないでくれるよう願っていた。

「始めてくれ、クラーク部長刑事」スターが両手を組んで言った。

「ミスター・アンドロポフ」とシボーンは切りだした。「今日、ボリス・アクサノフと話をしました」

「それで？」

「〈スコティッシュ・ポエトリー・ライブラリー〉での朗読会についてたずねたのですが……あなたも行かれましたね？」

「彼がそう言ったのか？」

「目撃者が多数いますよ」シボーンは少し間を取ってから続けた。「あなたがモスクワでアレクサンドル・トドロフと知り合いだったことはすでにわかっています。そしてお二人は親しいとは言えない関係だったことも……」

「もう一度訊くが、誰がそんなことを言ったんだね？」

シボーンは質問を無視した。「あなたはアクサノフと朗読会へ行き、詩人が新しい詩を即興で語るのを聴かなければならなかった」シボーンは翻訳文の紙を開いた。「無情な食欲……貪欲な胃袋は満腹を知らず……多くの悪人……愛情がこもった表現とは言えませんね？」

「ただの詩だよ」

「でもあなたのことを指した詩です。あなたは〝ジダーノフの子供〟なんでしょう？」

「何千人ものうちの一人だよ」アンドロポフは軽い笑い声を上げた。その目が輝いている。

「それはそうと」とシボーンが言った。「まず、お見舞いを申し上げねば……」

「何にだ？」目の光が消え、険しい目つきとなった。

「お友達が重傷を負われたことに。病院へお見舞いに行かれたんですか？」

「カファティのことか？」彼はシボーンの攻撃を気に留めていない様子だった。「彼は助かるよ」

「じゃあ、お祝いしなくてはなりませんね」

「彼女は何を言いたいんだ？」アンドロポフはスターにたずねたが、シボーンが答えた。

「これを聴いてもらえますか？」その言葉でスターが再生ボタンを押した。トドロフの朗読会が終わったあとの雑音が室内を満たした。座席から立ち上がる音と話し声、今夜の感想、これからの酒と夕食の予定……そしてロシア語が響いた。

「この声がわかりますか、ミスター・アンドロポフ」スターが一時停止ボタンを押す間に、シボーンがたずねた。

「いや」

「ほんとうに？　スター警部にもう一度再生してもらいましょうか？……」

「おい、何を言いたい？」

「エジンバラには科学捜査機関があるんです、ミスター・アンドロポフ。声紋認識に関しては、かなり優秀なんですよ……」

「それがどうした？」

「あなたと大いに関係がありますよ。録音されているのはあなたの声なんです。詩人のアレクサンドル・トドロフが死ねばいいとボリス・アクサノフに言ってるのですから。あなたにその場で恥を掻かせた詩人、あなたにまつわるすべてに反対している詩人です」シボーンは一息置いた。「そして翌日の夜、その詩人が死んだのです」

「わたしが殺したとでも？」アンドロポフの笑い声は先ほどよりも大きく長かった。「いつわたしがやったと言うんだ？　ホテルのバーからいきなり消えたとでも？　わたしの姿が消えたことに気づかないように、おたくの経済発展担当大臣を催眠術にかけたとでも言うのか？」

「誰か別の者があなたに代わってやったのかもしれない」スターが冷ややかに言った。

「まあね、それを立証するのはたいへん困難なんじゃないかね、事実ではないんだから」

「なぜ朗読会へ行ったんですか？」シボーンがたずねた。アンドロポフはシボーンを見つめ、答えても構わないだろうと判断した。

「数週間前、アクサノフがそんな朗読会へ行ったと話してくれた。わたしは大いに興味を抱いた。アレクサンドル・トドロフが聴衆の前で朗読するのを見たことがなかったからだ」

「ミスター・アクサノフが詩のファンだとは思えないんですがね」

「どうして？」

アンドロポフは肩をすくめた。「領事館が行くように命じたのかもしれない」

「アレクサンドルが市内に滞在している間に、どれほどトラブルを起こす気なのかを確認するために」アンドロポフは身じろぎをした。「アレクサンドル・トドロフはプロの反体制派だ——それで生計を立てている。西側諸国の感傷的なリベラルたちから金をくすね取ってね」

　シボーンは待ったが、アンドロポフはそれ以上何も言わなかった。「では、彼の最新の詩を聴いたとき、どう思いました？」沈黙が続く中でたずねた。

　アンドロポフはまた肩をすくめたが、今回は迎合するような動きだった。「おっしゃるとおり、わたしは腹立たしかった。詩人は世の中にどんな貢献をすると言うんだ？　仕事、エネルギー、資源を提供するかね？　いやいや……たんなる言葉だけだ。しかも若くして過分に報われる場合が多い。不当なまでにもてはやされてね。アレクサンドル・トドロフは西側諸国に甘やかされてきた。なぜならロシアが歪んで腐敗した国だと見立てたい西側の欲求に合わせ、媚《こ》びたからだ」アンドロポフは右手を握りしめたが、机を叩くのを思いとどまった。その代わり深く息を吸い込んで、鼻息荒く吐きだした。「たしかに死ねばいいと言ったが、それもまた、たんなる言葉だ」

「それにもかかわらず、ボリス・アクサノフがそれを実行したのでは？」

「ボリスに会ったことがあるかね？　彼は殺し屋じゃない、テディベアだよ」

「クマには爪がある」スターは言わずにいられなかった。アンドロポフが彼を睨んだ。

「教えてくれてありがとう。ロシア人に向かってそう教えるのかね」

　スターの顔が赤くなった。注意をそらすために彼は再生ボタンを押し、再びその声を流した。録音を止め、彼はプレーヤーをこつこつと叩いた。「あんたを逮捕するだけの根拠があるようだな」と言い切る。

「そうかな、評判の高いエジンバラの弁護士《バリスター》が、どういう意見を持つか聞いてみようじゃないか」

「スコットランドにはバリスターなんかいない」スターが言い返した。

「こちらではアドヴォケットと言うんです」シボーン

が説明した。「でも現時点では、あなたは下準備の弁護士、ソリシターのほうが必要ですよ、仮に逮捕という事態になれば」その言葉はスターに向けられており、これ以上深追いするなと訴えていた――少なくとも今のところは。

「なるほど？」アンドロポフはシボーンの言わんとするところを悟り、デレク・スターに向けてたずねた。スターは唇をぴくつかせたが何も言わなかった。「と言うことは、わたしは帰ってもいいんだね？」アンドロポフはシボーンへ視線を移したが、どなるように答えたのはスターだった。

「ただしこの国を出ないように！」

ロシア人がまたしても笑った。「このすばらしい国を出る気なんて毛頭ないよ、警部」

「お国では暖かくて居心地のよい強制収容所が待ってるのでは？」シボーンは一矢報いずにはいられなかった。

「そんな言葉はあんたの品位を落とすよ」アンドロポフは彼女に失望したと言わんばかりだった。

「そのうち病院へ見舞いに行くつもりですか？」シボーンがさらに言った。「変ですね、あなたの周囲にいる人って、死ぬか、昏睡状態に陥るかなんですね」

アンドロポフは立ち上がり、コートを椅子から取った。スターとシボーンは目を見交わしたが、二人とも引き留める口実を思いつかなかった。グッドイアがドアの外で、アンドロポフを出口まで送るべく待っていた。

「またお会いしましょう」スターがアンドロポフに言い渡した。

「楽しみにしてるよ、警部」

「そのときはあなたのパスポートを渡してもらいます」それがシボーンの最後の攻めだった。アンドロポフは軽く会釈をして出て行った。立ち上がっていたスターはドアを閉め、机を回り込んで、シボーンの向かい側に座った。携帯電話のメッセージを確認する振りをしながら、シボーンはリーバスとの接続を切った。

「いちばん怪しいのは運転手だ。とはいえ、のっぴきならない証拠があればなおいいのだが」

シボーンはノートと携帯電話をバッグにしまった。

「アクサノフについてのアンドロポフの考えは正しいですね——彼が実行犯だとは考えられません」

「ではホテル関係をもう少し調べなければならんな。アンドロポフが詩人のあとをつけるチャンスがあったかどうかを」

「カファティもその場にいたんですよ、忘れないでください」

「なら、二人のどちらかだな」

「困るのは」とシボーンはため息をついた。「第三の男がいるんです。ジム・ベイクウェルは十一時過ぎまで三人であのボックス席に座っていたと述べています……その時間にはトドロフはもう死んでいました」

「となると、出発点に戻ったってことか?」スターはいらだちを隠さなかった。

「わたしたちは揺さぶりをかけているんです」シボーンが言い直し、ちょっと考えてから言い添えた。「わたしを支援してくださってありがとうございます」

スターは明らかに機嫌を直した。「もっと早くおれに話してくれればよかったのに。おれだって事件の解決を願う気持ちはきみに負けないぐらい強いんだから」

「わかってます。でも捜査を二つに分けるつもりなんですね?」

「マクレイ主任警部はそのほうがよいと考えている」

シボーンはその考えに賛成するかのようにうなずいた。「明日も仕事をするんですか?」

「週末の残業が認められたんでね」

「ジョン・リーバスの最後の日です」シボーンが静かに告げた。

「それはそうと」スターはその言葉を無視して言った。「アンドロポフを出口まで送った警官だが……チームの新入りなのか？」

「ウエスト・エンドが派遣したんです」シボーンがぬけぬけと嘘をついた。

スターは首を振っていた。「犯罪捜査部の刑事も年々、若くなるいっぽうだな」

「どうでした？」シボーンは助手席に滑り込みながらたずねた。

「十点満点で三点だね」

シボーンはリーバスをまじまじと見た。「へえ、それはありがとう」ドアを力任せに閉めた。リーバスの車は署の真ん前に停めてある。リーバスはまっすぐ前方を見つめ、ハンドルをいらだたしげに叩いていた。

「あそこへ突入しようかと思ったほどだ。なぜ気づかなかったんだ？」

「何をですか？」

ようやくリーバスはシボーンのほうへ視線を向けた。

「あの夜〈スコティッシュ・ポエトリー・ライブラリー〉でアンドロポフは前から二列目に座っていた。だからマイクに気づかなかったはずはない」

「それで？」

「だからきみは質問を間違えた。トドロフの言葉に怒ったアンドロポフは、死ねと思わず口に出した。それは別に問題なかった。ロシア語がわかるのは運転手だけだったから。ところが、トドロフがほんとうに死んでしまったので、アンドロポフは突然困ったことになってしまった……」

「録音ですね？」

リーバスがうなずいた。「もし警察がそれを聞いて、翻訳させたとしたら……」

「ちょっと待って」シボーンは鼻をつまみ、目を固く閉じた。「アスピリン持ってますか？」

「たぶんグローブボックスにある」

シボーンは中を覗き、錠剤包装シートに残った二錠を見つけた。リーバスは飲みさしの水のボトルを渡してやった。「ばい菌を気にしないんだったら、これを」

シボーンは気にしない印に首を振った。錠剤を飲み込み、首をぐりぐりと回した。

「ゴリゴリといってるのがおれにまで聞こえるぞ」リーバスが同情した。

「ほっといて――アンドロポフはトドロフを殺さなかったと言うんですか？」

「殺さなかったとしたら、彼は何をいちばん恐れるだろう？」シボーンの答えを少し待ってから、さらに言葉を続けた。「おれたちに犯人だと思われることを恐れるね」

「わたしたちが彼のあの発言を証拠とみなすから？」

「そこでチャールズ・リオダンが問題となる」

シボーンの頭が働き始めた。「アクサノフはわたしがそのことについて質問すると、狼狽したわ。ずっとグレンイーグルズにいたと主張して」

「容疑者と見なされることを怖がったんだ」

「では、アンドロポフが……？」

リーバスは肩をすくめた。「アンドロポフがあの夜かその早朝にグレンイーグルズを離れたことをわれわれが立証できるかどうかだね」

「それよりカファティに電話して、なんとかしてくれと頼んだだけなのでは？」

「ありえるね」リーバスはハンドルを今も叩きながら、そう認めた。しばらく二人は黙り込み、考え込んだ。

「カレドニアン・ホテルで、宿泊客の情報を吐かせるのに苦労したことを憶えているか？　グレンイーグルズでも簡単にはいかないんじゃなかろうか？」

「でも秘密兵器があるわ」シボーンが言った。「G8サミットのときのことを憶えてるでしょう？　マクレイ主任警部の友達がホテルの保安責任者だったわ。マクレイはホテルの敷地内を見学させてもらったりして」

「ということは、マクレイは支配人にも会ったかもしれないんだな? やってみる価値はあるね」二人はまた黙り込んだ。

「これがどういうことかわかりますか?」しばらくしてシボーンがたずねた。

リーバスがうなずいた。「トドロフを殺した犯人については、まだ不明だってことだ」

「いずれにしろ、アンドロポフは死ねと言ったことだし……」

「言葉と実行は別物だよ。おれが罵るたびに誰かを殺していたら、学生もサイクリストも、と言うか誰かれ構わず、エジンバラから絶滅してしまいかねないぞ」

「わたしは生き残ってるかしら?」

「たぶんね」リーバスが譲歩した。

「三点しか取れなくても?」

「調子に乗るなよ、クラーク部長刑事」

42

「トッド・グッドイアは来ないのか？」リーバスがたずねた。

「彼がお気に入りになったんですか？」

二人は〈ケイズ・バー〉にいる——それは妥協案だ。食事もまあまあなものを出すし、エールもうまい。〈オックスフォード・バー〉よりやや広めでありながら、居心地のよさを出そうとしている。店内は主に赤色でしつらえてあり、テーブル席とカウンターを分ける柱の列も赤い。シボーンはチリを注文し、リーバスは塩味のピーナッツだけでじゅうぶんだと言い張った。

「あいつ、デレク・スターのレーダーに引っかからないようにしてきたのか？」リーバスは答える代わりにたずねた。

「スター警部はトッドを刑事だと思っているんです」

シボーンはリーバスのピーナッツをまたしてもくすねた。

「きみのチリが来たら、それに指を突っ込んでもいいんだね？」

「じゃあ、ピーナッツをもう一袋注文するわ」

リーバスは〈ＩＰＡ〉エールをぐっと飲んだ。シボーンはいかにも有毒そうなライムジュース入りソーダを飲んでいる。

「明日の予定は？」リーバスがたずねた。

「捜査班は一日働くことになっています」

「じゃあ、老兵のためのサプライズ・パーティはないんだね？」

「あなたが望まなかったんです」

「となると、金を出し合って、何かプレゼントを買ってくれただけなんだな？」

「あなたへの貸しがますます増えたってこと……停職処分はいつ終わるんですか？」

「昼休みの時間じゃないかな」リーバスはコービン本部長の執務室での出来事を思い返した……サー・マイケル・アディスンが足音荒く部屋を出て行ったこと。サー・マイケルはジル・モーガンの継父である。ジルはナンシー・シヴライトの友達だ。ナンシーとジルとエディ・ジェントリーは隠しカメラで撮られていて、その録画はロジャー・アンダースン、スチュアート・ジャニ、ジム・ベイクウェルが見ていた。エジンバラではすべてのものがつながっているかのようだ。刑事であるリーバスはそれが真実であることを、たびたび実感してきた。すべてのもの、すべての人がつながっている。トドロフとアンドロポフ、アンドロポフとカファティ、表社会と裏社会。ソル・グッドイアはナンシーとその仲間を知っていた。ソルはトッド・グッドイアの兄であり、トッドはシボーンや自分へとつながる。ダンス・マラソンでパートナーを替えながら踊り続けるイメージ。そんな映画があったっけ？　馬の射殺みたいな題名だった。（シドニー・ポラック監督の映画、They Shoot Horses, Don't They? 一九六九年。邦題《ひとりぼっちの青春》）絶望しかない男女がとにかく踊って踊って踊り続けていた。

ただし、自分は会釈とともにダンスフロアを去ろうとしている。リーバスはシボーンのチリの皿が置かれ、彼女が紙ナプキンを膝に広げるのを見守った。明後日、彼はダンスフロアの端に座っていることだろう。数週間経てば、さらに遠い位置におり、見物人の中に溶け込んでいて、もはやダンスの参加者ではない。ほかの警官たちがそんな道をたどるのを見てきたのだ。彼らは退職したあとも接触を続けると約束するが、古巣の署を訪れるたびに自分らがいかに遠い人間になったかを思い知らされる。一カ月に一回、飲み会をしようと決める場合もある。しかしそれはやがて数カ月に一回となり、ついにはそれもなくなるのだ。

すっぱりと縁を切るのがいちばん望ましい、と誰かに言われたことがある。シボーンがチリを食べるかとたずねていた。「フォークを取って食べて」

「おれはいいよ」リーバスが答えた。

「自分の世界に入り込んでいたわね」

「年のせいだよ」

「じゃあ、明日の昼頃、署に来ますね？」

「パーティはなしだろ？」

シボーンはうなずいた。「そして夕方までにはすべての事件に決着をつけましょう」

「もちろんだとも」リーバスが苦笑した。

「淋しくなるわ」シボーンは目を落としたままチリをすくい上げている。

「しばらくはな」リーバスが認め、空のグラスを振って見せた。「お代わりを頼む」

「車を運転するのよ」

「おれを送ってくれるんじゃないのか」

「あなたの車で？」

「送ってくれたあとタクシーを呼んでやる」

「まあ、気前がいいのね」

「おれが払うとは言ってないぞ」リーバスはそう言い、カウンターへ向かった。


しかし、リーバスは十ポンド紙幣をシボーンの手に押しつけ、また明日、と言ったのだった。シボーンはアーデン・ストリートの坂の上近くに駐車する場所を見つけた。リーバスが家へ寄らないかと誘おうとしたとき、ちょうど屋根にライトを灯した黒いタクシーが近づいてきた。シボーンはタクシーに手を振り、リーバスに車のキーを渡した。

「ラッキーだったわ」シボーンはタクシーのことを言った。リーバスが十ポンド紙幣を差し出し、シボーンはけっきょく受け取った。

「真っ直ぐ帰れよ」リーバスが戒めた。タクシーが走り出すのを見送りながら、自分自身はその助言に従うのだろうかと思った。時間はもうすぐ十時、気温は零度よりかなり高い。坂を下りて自分の住まいへ向かい、居間の張り出し窓を見上げた。そこは真っ暗だ。待っている者はいない。カファティを思い起こし、あいつはどんな夢を見ているのだろうかと思った。意識不明でも夢を見るのだろうか？　何ができるのだろうか？見舞いに行ってそばに座っていたっていいのだ。看護師が紅茶を持ってくるかもしれない。看護師は聞き上手かもしれない。アレクサンドル・トドロフは頭を背後から強打された。カファティも後ろから襲われた——だが彼への襲撃はすばやくなされたのに引き替え、トドロフはまずぼこぼこに殴られたのだ。リーバスはこれまで何とかしてつながりを見つけようとしてきた。いちばん明らかなつながりはアンドロポフである。ミーガン・マクファーレンやジム・ベイクウェルなどの要人と親しいアンドロポフ。パーティを開いては、ベイクウェルや銀行関係者などをまとめてもてなすカファティ……アンドロポフは新しい友人たちが歓迎し保護してくれるスコットランドで事業を始めようとしている。ビジネスは儲かりさえすればよいのだ。アンドロポフがロシアで背任罪に問われようが関係ない。リーバスは暗く冷ややかな自室の窓を今も見上げている自分に気づいた。

「散歩するのによい夜だな」そうつぶやいてポケットに両手を入れたまま、さらに坂を下っていった。マーチモントはしんと静まり、メルヴィル・ドライヴにも車の影はない。メドウズを突っ切る小道、ジョウボーン・ウオークには、夜の外出から戻る学生が数人歩いているだけだ。リーバスは本物の鯨の顎骨《ジョウボーン》でできているアーチをくぐりながら、その目的はなんなのだろう、とまたしても思った。娘がまだ幼いころ、聖書のヨナかピノキオの話のように、ほうら、鯨に飲み込まれるぞ、とふざけたものだった……遠くのベンチから、酔っぱらったホームレスたちの歌声が聞こえてくる。横には彼らの所帯道具を詰めた袋が置いてある。古い王立病院の敷地には新しいアパートメントが建ち、その高い建物が景色を一変させた。リーバスは歩き続け、フォレスト・ロードに出た。そのままザ・マウンドのほうへ前進しないで、グレイフライヤーズ・ボビーのところで脇道へ入り、グラスマーケットへ下っていった。たくさんのパブがまだ営業中で、ホームレスのための簡易宿泊所の前に人がたむろしていた。リーバスがエジンバラへ越してきた当時、グラスマーケットはまだ汚れてみすぼらしい街だった——と言うより、オールド・タウンのほとんどが美容整形を必要としていた。以前がどれほど汚かったかを思い出すのはもう難しい。エジンバラはぜったい変わらないと主張する者もいたが、それは明らかに事実ではない——つねに変わり続けているのだ。〈ビーハイヴ〉や〈ラスト・ドロップ〉などのパブの前に喫煙者が群がって立っている。フィッシュ&チップスの店では行列ができている。その前を通り過ぎるとき、風に乗った揚げ油の匂いが鼻を打ち、リーバスはくんくんと匂いを嗅いで楽しんだ。昔、グラスマーケットには絞首台があり、何十人もの長老教会派の人々がそこで死を迎えたのだった。トドロフの亡霊は彼らに出くわすのではなかろうか。また分かれ道が迫ってきた。右の道を取ることにし、キングズ・ステイブルズ・ロードへ入った。駐車場ビルを通り過ぎるとき、一瞬立ち止まった。一階に車は一台しか停まっていない。駐車場はあと十分かそこらで営業が終わるので、その車はここから出なくてはならない。車はトドロフが襲われた場所の隣の区域に停まっている。フードをかぶった売春婦の姿もない。リーバスは煙草に火を点け、また歩き続けた。自分がどうするつもりなのかわからなかった。キングズ・ステイブルズ・ロードは間もなくロウジアン・ロードに合流し、カレドニアン・ホテルが目の前に見えてくるだろう。セルゲイ・アンドロポフはまだあそこに宿泊しているのだろうか？　自分はもう一度彼と対決する気なのか？

「よい夜だな」リーバスは同じ言葉を繰り返した。

だが彼はグラスマーケットのパブを思い浮かべた。引き返して仕上げの一杯を飲み、タクシーで帰宅するほうが理にかなっている。くるりと向き直って、戻り始めた。再び駐車場ビルを通り過ぎるとき、最後の車が出てくるのを見た。歩道で車が停まり、運転者が車を降りて出口へ戻っていった。彼が金属シャッターのロックを外すと、シャッターが電動音を立てながらゆっくりと下がり始めた。運転者はきっちりと閉まるまで待っていなかった。車に乗り込み、グラスマーケットのほうへ走り去った。

それはハンサムな警備員、ゲイリー・ウォルシュだった。一階に駐車していた……二階の警備員詰所の横にいつも停めると、彼は言っていなかったっけ？　シャッターはすでに閉じてしまったが、胸の高さに覗き窓がついていた。リーバスは少し屈んで覗き込んだ。照明がついたままだ。一晩中ついているのかもしれない。高い片隅に監視カメラが見える。ウォルシュの同僚の言葉を思い出した。〝以前、カメラの一つはあの地点へ向けられていたんだが……でも設置場所がいろいろと変わるもんでね〟……リーバスには納得がいった。駐車場ビルに勤務しているなら、監視カメラが向けられているところに自分の車を置きたい。客の車など知ったことではない、自分の車さえ安全ならば……

マクレイ主任警部の言葉。〝見かけ倒し〟。すべてのつながり……死に神ことキャス・ミルズはリーバスに誘いをかけ、職場での恋についてたずねた……アレクサンドル・トドロフはグラスゴーから戻ってきた。チャールズ・リオダンとカレーを食べ、カファティの奢りで一杯飲み、下着には精液が付いていた。

フードの女。

〝見かけ倒し〟

〝犯罪の蔭に女あり〟

詩人と性的衝動。レナード・コーエンのアルバムに〈ある女たらしの死〉というのがある。その中には《興奮したまま家に帰るな》、《ほんとうの恋は痕跡を残さない（邦題は《真実の愛》）》という曲。痕跡の証拠とは。それは駐車場の床に残る血。死んだ男の衣服に付着したオイル。精液のしみ……

〝犯罪の蔭に女あり〟

その答えはすぐそばまで来ており、舌で舐められるほど近い。

第九日

二〇〇六年十一月二十五日　土曜日

43

快晴の翌朝の早い時間に、リーバスは機械から出てきた駐車券を取り、前方の横棒が揺れながら上がるのを待った。キャッスル・テラス側の最上階から駐車場ビルに入り、標識に従って下の階へ下りていった。警備員詰所の近くには空いている場所が多い。リーバスは詰所のドアへ歩み寄り、ノックしてからドアを開けた。

「何だね？」ブラックの紅茶が入ったマグを両手に包んだジョウ・ウィルズがたずねた。目を据えてリーバスの顔を認識した。

「また来たよ、ミスター・ウィルズ。昨夜はよっぽど飲んだのかね？」ウィルズは無精髭が伸びたままで、目も血走って腫れぼったく、ネクタイをまだ締めていない。

「何杯か飲みましたよ」とウィルズが説明を始めた。「ところが、携帯に死に神から電話がかかってきてね。ビル・プレンティスが病気欠勤だとか言ってきたんで、代わりに朝の勤務に入ってくれないか、と」

「それであんたは万難を排して引き受けた。見上げたもんだ」リーバスは机の新聞を見た。リトビネンコの死因はポロニウム二一〇だったと報道している。リーバスはそんな物質を聞いたこともなかった。

「それはそうと、何の用事なんです？」ジョウ・ウィルズがたずねた。「捜査はもう終わったんだと思ってた」リーバスはウィルズのマグに地元ラジオ局のマークが描いてあるのを見た。〈トーク一〇七〉。「もしかしてミルクを持ってないですかね？」ウィルズが言った。しかしリーバスは監視カメラのモニターに注意を奪われていた。

「あんたは車で出勤してるのかね、ミスター・ウィルズ？」

「ときどきは」

「たしか車が事故ったとか言ってたね」

「それでもまだ走れる」

「今、ここに置いているのか？」

「いや」

「それはどうしてだ？」そう言ったものの、リーバスは指を一本立てた。「アルコールの呼気検査に通らないからだね？」ウィルズがうなずく。「まことにけっこうなことだ。しかし車で出勤してきたときは、車を見えるところに停めておくんだろう？」

「まあね」ウィルズは紅茶を一口飲み、その渋さにたじろいだ。

「ということは、監視カメラのあるところだな？」リーバスはモニター画面の集合を顎で示した。「いつも同じ場所に停めるのか？」

「そのときの状況しだいで」

「あんたの同僚はどうなんだ？　ゲイリー・ウォルシュの好みは一階だと考えていいのかな？」

「どうして知ってるんです？」

リーバスはその質問も無視した。「最初にここへ来たとき」と別の話を持ち出した。「あれは殺人の翌日だった、憶えているかな……」

「それが何か？」

「下の階のカメラは襲われた場所を映していなかった」リーバスはモニター画面の一つを示した。「あんたの話では、以前はそこをカメラが捕らえていたが、設置場所が変わったからということだった。だが今見ると、またカメラの位置が変わっていて、今は映っている……それでたんなる推測にすぎないんだが、そこはウォルシュが車を停める場所なんだね？」

「それがどうかしたんですか？」

リーバスは微笑を浮かべて見せた。「ちょっと思ったんだが、いつそのカメラは動かされたんだろう？」リーバスは警備員にのしかかるようにして身を乗り出した。「殺人が起こる直前にあんたが詰めていたときには、今と同じ場所へ向けられていたにちがいない。いつのまにか誰かがカメラの位置をいじったんだ」

「言ったように、ときどき位置を変えるんです」

リーバスはウィルズにぐっと顔を近づけて、さらに言った。「知っているんだろ？　あんたは頭の回るほうじゃないかもしれんが、それでも誰よりも早く察したんだ。誰かにそのことを話したかね、ミスター・ウィルズ？　それとも口が堅いほうなのか？　あんたは波風を立てるのが嫌いなのかもしれないな。夜に何杯か飲めて、紅茶にミルクさえあれば、それでいいんだろう。あんたは同僚を密告する気はない、そういうことだろ？　だが一つあんたに警告しておこう。そしておれの言葉に従うのがあんたの身のためだ」リーバスは間を置き、相手がこちらに注目しているのを確認した。「同僚に何一つ言うんじゃないぞ。もしも何かしゃべって、それがおれの耳に入ったら、あの男ではなく、あんたを必ずしょっぴくからな。わかったか？」

ぴたりと動きを止めたウィルズの、手にしたマグがかすかに震えていた。

「理解したと考えてよいな？」リーバスが執拗に迫った。警備員はうなずくのみだったが、リーバスはまだ追及の手を緩めなかった。

「住所を書け」机に自分の手帳を載せた。「ここに書くんだ」ジョウ・ウィルズはマグを置いて、要求に従った。ウォルシュのCDの山がいつもの場所にあった。ウィルズがそれを聴くことはもうないだろうとリーバスは思った。「最後にもう一つ」手帳を取り戻しながら言い添えた。「おれのサーブが出口に来たら、すっと通過できるよう、遮断機を上げたままにしておいてくれ。ここでおれに支払いを要求するなら、それはまさしく犯罪行為に当たるぞ」

シャンドンは市の西側地区にあり、運河とスレイトフォード・ロードに挟まれていた。週末でもあり、ほんの十五分ほど車を走らせただけで着いた。車中でリーバスがCDプレーヤーのスイッチを入れると、エディ・ジェントリーの曲が流れてきた。すぐさまディスクを取りだして後部座席に投げ、トム・ウェイツのCDと入れ替えた。しかしウェイツ独特のあのガラガラ声はやはり耳障りだったので、スイッチを切った。ゲイリー・ウォルシュは狭い通りに面したテラスハウスの二十八番地に住んでいた。ウォルシュの車の横が空いていたので、そこにサーブを停め、ロックした。二十八番地の二階の窓はカーテンが閉まっていた。そのはずだ。深夜勤務をする者は朝寝をする。リーバスは呼び鈴を押さないでドアをノックした。するとドアが開き、濃い化粧の女が顔を見せた。髪に一筋の乱れもなく、外出用の靴こそはいていないが、仕事に出かける服装だった。

「ミセズ・ウォルシュ？」

「はい」

「リーバス警部です」女性が身分証を改めている間、リーバスも彼女を観察した。三十代後半か四十代前半、ということは夫より十歳ぐらいも年上だ。ゲイリー・ウォルシュは若い愛人に見えるだろう。それでもジョウ・ウィルズがミセズ・ウォルシュをスコットランド語で〝美人《ストーター》〟と形容したのは、誇張ではなかった。彼女は美貌を保ち、あでやかだった。リーバスは〝熟女〟という表現を思い浮かべた。とはいえ、その美しさは長くは続かない——何であれ、盛りの時期が永遠に続くことはありえない。

「入ってもいいかな？」

「何かご用でも？」

「殺人事件のことで、ミセズ・ウォルシュ」彼女は緑色の目を見開いた。「あなたのご主人の職場で起こった事件」

「ゲイリーは何も言わなかったわ」

「ロシアの詩人の事件なんだがね？　レイバーン・ワインドの坂の下で死んでいた、あの事件だが？」

「新聞に載ってたわね……」

「最初に駐車場で襲われた」彼女の目がうつろになった。「先週の水曜日の夜、あなたのご主人が仕事を終える直前に……」リーバスは少し間を置いてからたずねた。「ほんとに知らないんだね？」

「主人は何も言わなかったわ」彼女の顔から血の気が失せた。リーバスは手帳を広げ、新聞の切り抜きを取りだした。詩集のカバーにあった詩人の顔写真が載っている。

「名前はアレクサンドル・トドロフ」しかし彼女は家の奥へ走り去った。ドアがきちんと閉められていない。

リーバスは一瞬ためらったが、ドアを押し開け、中へ入った。廊下は狭く、階段横のフックにコートが数着掛けてある。ドアが二つあった。キッチンへ通じるドアと居間へ通じるドア。彼女は居間にいた。ソファの端に座り、ハイヒールの靴ひもを足首に結んでいた。

「時間に遅れるので」彼女がつぶやいた。

「どこで働いているんだ？」リーバスは室内を見回した。大型テレビ、大型のオーディオセット、ＣＤやテープであふれかえった棚。

「香水売り場」彼女が答えた。

「五分ぐらいならどうってことないだろう……」

「ゲイリーは眠ってるわ。あとでまた来て。でも彼、車を修理工場へ入れなきゃならないから出かけるけど、ＣＤプレーヤーの修理で……」声が小さくなり、消えてしまった。

「どうしたんだね、ミセズ・ウォルシュ？」

彼女は立ち上がりながら両手をこすり合わせていた。

足下がおぼつかないのは、ハイヒールのせいではなさそうだった。

「それはそうと、すてきなダッフルコートだね」リーバスが言った。彼女はいきなり外国語で話しかけられたかのように、きょとんとしていた。「廊下にあった、フード付きの黒いコートのことだよ……とても暖かそうだ」リーバスは冷たい笑みを浮かべた。「そのコートの話をしてくれないかね、ミセズ・ウォルシュ?」

「話なんてないわ」彼女は脱出口を探すかのように室内をきょろきょろと見た。「車を修理工場へ入れなきゃならないので……」

「さっきからそればかり言ってるね」リーバスは窓の外のフォード・エスコートを窺い見た。「何を憶えている、ミセズ・ウォルシュ? ゲイリーを起こすことにしようか、どうだ?」

「わたし、仕事に行かなきゃならないの」

「それより先に、まず答えてもらわなきゃならん」

〝見かけ倒し〟。その言葉がリーバスの頭の中でぐるぐる回っていた。トドロフからカファティやアンドロポフの線が浮上し、自分はその二人に執着した。なぜならその二人に強い関心があったからであり、ぜひとも有罪に持ち込みたい相手だったからだ。何もないところに陰謀と隠蔽を見ていたのだ。アンドロポフは不用意にもらしたあの一言で狼狽した。でも詩人を殺したことにはならない……

「ゲイリーとキャス・ミルズのことがどうしてわかった?」リーバスは穏やかにたずねた。キャス・ミルズ……あの夜バーで、一夜限りの恋はもう、ほぼ、やめた、とリーバスに言っていた。

ウォルシュの妻は怯えた目になって、ソファにがっくりと座り込み、両手で顔を覆った。濃い化粧が汚れた。「ああ、どうしよう、どうしよう」と何回となくつぶやいている。やがて言った。「彼はあのとき一回こっきりだと何回も言ったわ……一回だけ、過ちを犯したにすぎないって。とんでもない過ちだわ」

「だがそれでは済まないだろうとあんたは思った」リーバスが付け足した。そう、ゲイリー・ウォルシュはまた誘惑に負け、過ちを犯すにちがいない。彼は若くて、彫りの深い顔立ちをし、ロックスターなみにハンサムだ。それに引き替え、妻はしだいに老けていき、化粧で衰えをかろうじて隠しているにすぎない……

「ひどくやけくそなやり口だね」リーバスが落ち着いた声で言った。「夫に思い知らせるためにフードをかぶって、街頭で男に誘いをかけるとは……」

両頬を黒い涙が伝い、肩が震えていた。

アレクサンドル・トドロフ。たまたま折悪しく通りかかった男。官能的な女が後腐れのないセックスを持ちかけ、駐車場へ誘い込んだ。そこはカメラの正面で、ゲイリー・ウォルシュの車が目的の場所だった。トドロフはそれについては何も知らない。彼女は夫に今後浮気をしたときの代償を示すために、出会ったばかりの男と行きずりのセックスをして見せた。

「車にもたれてやったのか？　それともボンネットで？」リーバスはたずねながら、まだウォルシュの車のほうを覗いていた。指紋か、血痕、もしかしたら精液すら残っているのではなかろうか。

「車内で」彼女の声は囁くように小さかった。

「車内？」

「わたしキーを持ってるから」

「そこで二人も……？」最後まで言う必要はなかった。彼女はうなずいていた。夫と死に神はその同じ場所で密会を楽しんだのだ。

「わたしが言いだしたんじゃない」リーバスはその言葉を理解するために耳を澄ました。

「あんたが拾った男のほうか」リーバスは悟った。

「その男が中でやりたいと言ったんだね？」

ミセズ・ウォルシュがまたうなずいた。

「そのほうがちっとは体が楽だからね」リーバスが言

った。そのとき閃《ひらめ》いた。トドロフが持っていたはずのCD……それはチャールズ・リオダンが録音したトドロフの最後の朗読である……車を修理工場へ入れる……CDプレーヤーの修理で……「CDプレーヤーが故障したのかね、ミセズ・ウォルシュ？」リーバスは抑制した声でたずねた。「それはその男のCDなんだね？　それを聴きながら男はやりたがったんだな……？」

ミセズ・ウォルシュはマスカラとアイライナーの溶けた目で見つめた。「プレーヤーから抜けなくなっちゃって。でも知らなかった、知らなかった……」

「相手の男が死んだことを？」

彼女は狂わしくかぶりを振り続け、リーバスはその言葉を信じた。彼女は男だったら誰でもよかったのだ。そして終わったあとはそのことを念頭から消し去った。名前も国籍も訊かなかったし、顔すら見なかったのだろう。気持ちを奮い立たせるために強い酒を何杯か先に飲んでいたのかもしれない。

夫はそのことについてあとで何も言わなかった……一言も言及しなかったのだ。

リーバスは窓辺に立ち、考え込んだ。長年の間に家庭内の事件を数多く見てきた。夫婦間の暴力、嘘と裏切り、爆発する怒りとため込む恨み。〝これは怒りのなせる業だ……〟突然の暴力、連続的な暴力、神経戦、支配権の争奪。年月とともに愛が狂いだし、腐っていく……

そのとき、眠そうな顔をしたゲイリー・ウォルシュが妻の名前を呼びながら、階段を下りてきた。「まだいるのか？」廊下から居間へ入ってくる。裸の上半身に色あせたジーンズ、裸足という姿で、片手は無毛の胸を掻き、もう片方の手は目をこすっている。室内に他人がいるのに気づいて、目をぱちぱちとさせた……説明を求めて妻の顔を見ると……妻の顔は苦悩に歪み、涙が顎を伝って落ちている……再びリーバスに視線を戻し、誰なのかを悟り、逃げ道を求めてドアへ目をやった。

「靴もはかないでか。ゲイリー?」リーバスがたしなめた。

「ダイビング・ブーツをはいてたって逃げおおせるさ、ふとっちょ野郎」ウォルシュが悪態をついた。

「あんのじょう、いきなり怒り出すんだな」リーバスの顔を微笑がかすめた。「アレクサンドル・トドロフを捕まえてどうしたのか、おまえの女房に言ってやれ」

「その人、車の中で眠ってしまったわ」ミセズ・ウォルシュは思い起こしながら、赤くなった目で若い夫を凝視していた。「よく見ると酔っぱらってて、どうしても起きなかった……だからそのままにして立ち去ったわ」ゲイリーはドアの枠にもたれ、後ろに回した両手をドアに押しつけていた。

「この女が何を言ってるんだか、わからねえよ」少して間延びした言い方でゲイリーが言った。「さっぱりわかんねえ」

リーバスは携帯電話を取りだし、番号を押した。ゲイリーから目を離さず、ゲイリーもどうにかして逃げようとまだ考えながら見返していた。リーバスは携帯電話を耳に当てた。

「シボーンか？　今朝のきみの機嫌がよくなりそうな、ちょっとした知らせがあるんだ」リーバスが住所を教え始めたとき、ゲイリー・ウォルシュはさっと向きを変え、すばやく玄関のドアの取っ手を回そうとした。だがほんの少しドアが開いて自由が見えてきたとき、リーバスが背後から全体重をかけてぶち当たったので、ウォルシュは思い切り胸を押しつぶされ、足が萎《な》えた。ばたんと閉まったドアにへばりついたまま彼はずるずると膝をつき、唾を飛ばしながら激しく咳込んだ。つぶれた鼻から血が滴っていた。妻のほうはソファの端に座り、頭を抱え込んだままの姿勢で自分の悲劇に身を委《ゆだ》ね、夫の様子には気づかないようだった。リーバスはカーペットから自分の携帯電話を拾い上げながら、激しい動悸と、興奮しきっている自分を意識していた。仕事にまつわる、この余得の一つがなくなるとはまことに残念至極だ……

「大きな音をさせて悪かったな」リーバスはシボーンに言った。「ちょっと人とぶつかっちまったもんで」

44

鑑識班がウォルシュのフォード・エスコートを調べにやって来て、詰まったCDをほんの数分で取りだした。ゲイフィールド・スクエア署のCDプレーヤーにかけると、完璧に再生された。ラベルには〝リオダン〟とのみ書かれていた――リオダンがシボーン・クラークにコピーして渡したものと同じである。さらに吉報があった。トランク内の道具箱が有力な証拠となりそうだった。ゲイリー・ウォルシュはバールの血痕を洗い落としていたけれど、ほかのところに血痕が付着していた。車のほかの部分は、ハウデンホールの科捜研本部でレイ・ダフとそのスタッフが指紋の有無などを徹底的に調べ上げることだろう。デレク・スターですら認めたように、それは〝成果〟だった。スターは今日の一日に超過勤務手当を期待していただけだったのだ。それが、今や小躍りし、いち早く自宅にいる本部長に報告の電話を入れたのだった。そしてスターに先んじられたマクレイ主任警部の怒りを買った。

ゲイリー・ウォルシュは第一取調室、ルイザ・ウォルシュは第二取調室で、それぞれ異なった供述をしている。ゲイリーの否認は証拠が次々と示されるに従い、崩れつつある。バール、血痕、自分が襲撃の瞬間を目撃できなかったかのように繕うため、犯行後にカメラの位置を変更したこと。逮捕状が出た。刑事たちはアレクサンドル・トドロフから盗んだ物を自宅か仕事場に隠しているのではないか、とゲイリーにたずねた。しかし彼はかぶりを振った。

〝あの男を殺すつもりはなかった、おれの車から引きずり出したかっただけで……女房とやったあと赤ん坊みたいに眠りこけてやがった……酒と汗と女房の香水が混じった臭いをぷんぷんさせやがって……ちょっぴり手荒に扱ってやったら、あの男はふらふらと夜の闇に消えていった……おれは車に乗り込んで発進した。そのとき気づいたんだ、あいつがCDプレーヤーに無茶しやがったことに。プレーヤーが動かなくなってた……それがとどめの一撃となったね……あの小道の下を歩いてるあいつを見つけて、おれはかっと頭に血が上った……そう、キレちまったんだ。何もかも女房が悪いんだよ……持ち物を奪ったら、路上強盗の仕業に見えると思った……それは城の岩山の麓にあるだろう、塀越しに投げ捨てたんだ……〟

「じゃあ、さんざん苦労したけれど、けっきょくは夫婦げんかの末だったってことですね？」シボーン・クラークが言った。途方に暮れ、落胆した口調で、信じたくない様子だった。リーバスは共感の意をこめて肩をすくめた。彼はゲイフィールド・スクエア署に入っていた。デレク・スター警部が「さまざまな異論に関してはおれが責任を取る」と宣言して許可したのだった。

「なんと寛大なことだね」とリーバスはこっそりつぶやいた。

「彼は浮気をした」シボーンが自分に言い聞かせるように続けた。「妻にそれを認め、妻は復讐を実行した。夫は逆上し、妻に誘い込まれてことに及んだ哀れな酔っぱらいが歩道で命を落とした？」シボーンはゆっくりとかぶりを振り始めた。

「冷たい、清められた死」リーバスがつぶやいた。

「それはトドロフの詩の一行ね」シボーンが言った。「でも、清められた、なんて全然そぐわない」

リーバスはゆっくりと肩をすくめた。「アンドロポフは言ったよ、〝犯罪の蔭に女あり〟、と。あいつはおれたちを迷わせようとして言ったんだが、結果的にはそれが正しかったんだな」

「カファティとの酒……朗読会を録音したリオダン……アンドロポフ、スタホフ、マクファーレン、ベイクウェル……？」シボーンは指を折って名前を数えた。「全部関係なかった。言ってみれば、詰まったＣＤとそれに怒り狂った男ってことに尽きる」二人は取調室の前の廊下に立っており、中にいるウォルシュとその妻の耳に入らないように、小声でしゃべっていた。シボーンが自嘲の笑い声を小さく上げたとき、巡査が廊下の角を曲がって現れた。リーバスはトッド・グッドイアだと気づいた。

「ウールの制服に戻ったのか？」リーバスがたずねた。

グッドイアは制服を撫で下ろす仕草をした。「ウエスト・エンド署の週末勤務についているんです――でも話を聞いて、寄り道せずにはいられなかった。ほんとうなんですか？」

「そうらしいわ」シボーンがため息をついた。

「駐車場の警備員？」シボーンがうなずく。「じゃあ、リオダンのテープをえんえんと聴いていたぼくは……？」

「すべて捜査の一環だ」リーバスが若いグッドイアの肩を叩いて言い切った。グッドイアがまじまじとリーバスを見た。

「停職処分が解けたんですね」グッドイアが気づいた。

「何でもお見通しだな」

グッドイアはリーバスに握手を求めた。「カファティを襲った犯人の疑いが晴れてよかったです」

「完全に疑いが晴れたかどうかわからんが、ま、ありがとうよ」

「あなたの車のトランクを修理しなければ」

リーバスが低い笑い声をもらした。「そのとおりだな、トッド。時間ができたらすぐにでも……」

グッドイアはすでにシボーンのほうを向いていた。また握手と感謝の言葉。

「あなた、よくやったわよ」シボーンはアメリカ英語ふうに言った。首筋が紅潮してきたグッドイアは、最後に軽く頭を下げて、廊下を引き返していった。

「あの議会のテープに彼がどれほどの時間を費やしたかと思うと」シボーンがこっそりもらした。「すべて無駄骨だったなんて」

「それが人生ってもんだ」

「あなたの車、早く修理しなければ」

リーバスは腕時計を見る振りをした。「急ぐことはない、そうだろ？　あと数時間経てば、おれは捜査の七つ道具もほかのものも全部ゴミ箱へ捨てるんだから」

「でもその前に……」

リーバスがシボーンを見つめた。「なんだ？」

「あなたが自分の説を披露したんだから、わたしのも見たいんじゃないかと思って」

リーバスは腕組みをし、体を前後に揺らした。「どういうことだ」

「昨夜、今日の夕方までに全部に片を付けたいって言ったわね」

「たしかにね」

「じゃあ、犯罪捜査部室へ行って、賢明なるマクレイ主任警部が何をしたかを見ましょう」

　興味をそそられたリーバスは喜んでシボーンについていった。無人の部屋は爆弾が落ちたかのような惨状だった。トドロフ・リオダン班が出て行った跡である。

「缶ビールで乾杯しようにも、誰一人残っていないとは」リーバスが文句を言った。

「それにはちょっと早いわ」シボーンがたしなめた。

「それに、パーティは嫌だと言ったんじゃなかったっけ」

「でもトドロフ事件のめでたい解決を祝って……」

「あれをめでたいと呼ぶの？」

「結果を出しただろ」

「その結果とやらは、なんらかの役に立ったのかしら？」

　リーバスは指を振って彼女を戒めた。「おれはちょうどいいときに辞めるけど――もう数週間もすれば、きみは救いがたいほどのひねくれ者になりそうだからな」

「でも一応の成果を出したって思うと、心慰められるわね？」シボーンがため息まじりに言った。

「それをこれから見せてくれるんだと思ってたんだが」

　シボーンはようやく頬を緩め、コンピュータの前に座った。「わたしはルールどおりにやったんです――マクレイ主任警部に、主任警部の親しい友人を通してグレンイーグルズ・ホテルのスタッフに頼んでもらえないか、って。で、スタッフが今朝いちばんにメールで返事をくれると約束してくれました」

「何を頼んだんだ？」

「リオダンが殺される直前の、深夜か早朝にホテルを出た宿泊客の名前です。チェックアウトした客、再び戻ってきた客の名前」シボーンはマウスですばやくクリックを繰り返している。リーバスは机を回り込んで背後に立ち、その作業を見守った。

「どっちに賭ける、アンドロポフか、運転手か？」

「そのどちらかね」そのときシボーンはメールを開け、啞然とした顔になった。

「これは、これは」リーバスはそれしか言えなかった。

そのあとの午前中と午後の遅くまで使って、すべての準備が整った。グレンイーグルズ・ホテルから情報を得たあと、さらに、ものは試しとばかりに、その宿泊客の車のナンバーもたずねてみた。その結果、リーバスの依頼によりゴルフのプレー中に呼び出された、モニター集中センターのグレアム・マクラウドが、ジョッパやポートベロに設置された監視カメラの録画テープを巻き戻し、ある特定の車輛を探した。ナンバーが判明しているので作業はぐんと楽になっている。その間に、ゲイリー・ウォルシュは送検され、妻は自由の身となった。リーバスは二人の供述調書を熟読し、シボーンはラジオのラグビー中継のほうにむしろ関心を寄せていた。マリフィールド・スタジアムでスコットランドがオーストラリア・チームに大きく負けている。

第一取調室へ入ったのは午後五時だった。制服警官にご苦労だったと言い、もう行ってよいと告げた。リーバスはそれより三十分前に外へ煙草を吸いに出て、すっかり日が暮れていることに驚いたのだった――いつのまにか、一日が過ぎてしまったのだ。それもまた辞めることで失うものの一つだ……しかし、まだちょっぴり楽しむ時間は残っている。第一取調室のドアが閉まろうとするとき、リーバスはシボーンの耳に、ほんの二分間でいいから容疑者と二人だけにしてもらえないだろうか、と囁いた。さらに言葉を足して、馬鹿な真似はしないから、と請け合った。シボーンはためらったが、最終的に折れた。リーバスはドアをしっかりと閉め、テーブルに近づいて金属製の脚の椅子を引いた。その際に、椅子が最大限の不快なきしみ音を立てるように心がけた。

「ずっと考えていたんですがね」とリーバスは切り出した。「あんたとセルゲイ・アンドロポフはどう結びつくのだろうか、と。それでけっきょくはこうだろうという結論を出したんですよ。つまりあんたは彼の金が欲しい。どうやって得た金なのかは、あんたもあんたの銀行も知ったこっちゃない……」

「わたしどもはいかがわしい人物とは取引いたしません、警部」スチュアート・ジャニが断言した。青いカシミアのポロセーター、綾織りウールの黄緑色のズボン、茶色のモカシンという、まことに週末にふさわしい服装をしているのだが、凝りすぎていて自意識過剰な感がある。

「あんたの手柄だ」リーバスが言った。「億万長者とその資産をすべて囲い込んだんだから。ＦＡＢは絶好調ってことですね、ミスター・ジャニ？　何十億もの収益が出ている。とはいえ、食うか食われるかの非情な世界であることに変わりはない。自分の名前がつねに脚光を浴びていなきゃ危ない……」

「なんの話だか、いまいちわからないんだが」ジャニはいらだたしげに腕を組んだ。

「サー・マイケル・アディスンはあんたを腕利きの部下だと思っていることだろう。だがそれも長くは続かない――なぜだか、知りたいですか？」

ジャニは椅子にもたれ、不安そうな様子もなく、餌に食いつく気配はなかった。

「録画を見たんですよ」リーバスは囁かんばかりに声を低めた。

「録画とは？」ジャニはリーバスと視線を交え、そのまま視線をそらさなかった。

「あんたが録画を見ている録画」カファティは自分の

ホームシアターにカメラを仕掛けたんです、信じられないだろうが。あんたが映ってたんですよ、素人ポルノを見て興奮してるあんたが」リーバスはポケットからDVDを取りだした。

「軽率だった」ジャニが認めた。

「普通はそうなんだろうが、あんたの場合は違う」リーバスは冷ややかな笑みを浮かべ、銀色のディスクをジャニの顔にきらめく光を当て、彼のまばたきを招いた。「あんたのやったことはね、軽率なんてことでは済まない」リーバスはテーブルに肘をつき、さらに身を乗り出した。「あのパーティのね、バスルームでのあの場面なんだがね？　フェラをやってるのは誰だか知ってますか？　ヤクでふらつきながらやってる女を？　あれはジル・モーガンという名前でね――聞き覚えがないかな？　あんたはボスの義理の娘がコカインを吸い、フェラをやってるのを見ていたんです。銀行のパーティか何かで次にサー・マイケルと出会ったとき、そのことがどんな影響を及ぼすだろうね？」

ジャニの顔がみるみる青ざめるさまは、まるで足の裏から血液が流れて出ているかのようだった。リーバスは立ち上がり、CDを上着のポケットにしまうと、ドアのほうへ歩み寄ってシボーン・クラークのためにドアを開けてやった。シボーンはリーバスの顔をまじまじと見たが、何も教えてもらえないことを悟った。そこでリーバスの座っていた椅子に腰を下ろし、机にフォルダーと写真を置いた。リーバスはシボーンが気分を整えるのを見守った。シボーンはもう一度リーバスのほうを見て、微笑を浮かべた。リーバスはうなずいて見せた。

きみの番だ、とリーバスは伝えていた。

「十一月二十日月曜日の夜、あなたはパースシャーのグレンイーグルズ・ホテルに宿泊しておられました」とシボーンが切り出した。「でもあなたはホテルを早々と発つことにした……なぜですか、ミスター・ジャニ？」

「エジンバラに戻りたかったので」

「だからあなたは午前三時に身支度をして、請求書を作ってくれと頼んだのですか？」

「オフィスに仕事がたまっていたものでね」

「それでも、スタホフの作ったロシア人リストを届けてくれるだけの時間は取れたってことだな」リーバスが口を挟んだ。

「そう」ジャニは今もリーバスから知らされた情報を咀嚼《そしゃく》しようとしていた。リーバスが何を言ったのか知らないが、シボーンは彼が動揺しているのを見て取った。よし、この男を突き崩してやれ……

「思うに」とシボーンが言った。「あなたはチャールズ・リオダンの状況を知りたいがために、あのリストを持ってきたんでしょう」

「何だと？」

「犬が自分の反吐《へど》へ戻ってくるって聞いたことありませんか？」

「シェイクスピアの言葉だったっけな？」

「いや、聖書からだ」リーバスが正した。「旧約聖書の『箴言』にある」

「犯罪現場へ戻るというのとは、ちょっと違いますが」とシボーンが言葉を引き取った。「でもどういう状況なのか、たずねるチャンスを作れる……」

「何を言いたいんだか、いまいちよくわからない」

シボーンはもったいをつけてから、フォルダーの内容を確認した。「お住まいはバーントンですね、ミスター・ジャニ？」

「そうだ」

「フォース・ロード・ブリッジに近い」

「まあな」

「グレンイーグルズから戻るときにはそこを通ったんですね？」

「そういうことだね」

「別のルートを取るとすれば、スターリングを経てM9号線を走るわけです」シボーンが言った。

「もしくは」リーバスが付け加えた。「よくよくのときは、キンカーディン・ブリッジを通ることもできる……」

「どのルートをあなたが取ったにせよ、市の西側か北側から市内へ入って自宅へ戻れる」シボーンが言い、そこで間を置いた。「だから、あなたがグレンイーグルズ・ホテルをチェックアウトした一時間半後、なにゆえにあなたの銀色のポルシェ・カレラがポートベロ・ハイ・ストリートを走っていたんだろうかと、わたしたちは頭をひねってるわけなんです」シボーンは監視カメラの録画プリントをジャニのほうへ滑らせた。「そこには時間と日付が入っているでしょう。道路上に見えるのはほぼあなたの車だけなんです。どうしてそこを走っていたのか教えてもらえませんか？」

「何かの間違いだ……」ジャニは目をそらし、目の前にある証拠ではなく、床を見つめていた。

「法廷でもそう言うつもりなんだね？」リーバスがからかった。「あんたの莫大に金のかかる弁護士が立ち上がり、裁判官と陪審に向かってそう主張するのかな？」

「すぐに帰宅したくない気分だったのかもしれん」ジャニが言うと、リーバスはなるほどとばかりに両手を打ち合わせた。

「そのほうが真実味がある！　あんな上等の車を運転していたら、海岸沿いに走り続けたくなるもんだ。イングランドとの国境まで一気に走ったのでは――」

「でも実際にはこうだったんじゃないでしょうか」シボーンが遮った。「セルゲイ・アンドロポフは録音のことを気にしていた……」録音という一言で、ジャニがさっとリーバスに視線を走らせると、リーバスはわざとらしいウインクで報いた。「たぶん、アンドロポフはあなたにその話をしたのでしょう」とシボーンが続けた。「もしくは彼の運転手が。困ったことに、彼はアレクサンドル・トドロフの死を望むような言葉を吐いた——ところが、トドロフはほんとうに死んでしまった。もし録音が表に出たら、アンドロポフは窮地に立つ。この国を出ざるをえないとか、強制送還という場合すらありうる。スコットランドは彼にとって避難所、安全な居場所です。モスクワに帰れば、見せしめの裁判が待っているだけでしょう。もしアンドロポフが国を出たら、あなたたちだって、多大な利益をもたらすはずの取引がおじゃんになります。彼の富に手が届かなくなる。だからあなたはチャールズ・リオダンと話をつけに行った。しかし話合いはうまく行かず、リオダンは意識不明になり——」

「チャールズ・リオダンなんて男は知らない！」

「変だな」リーバスがからかうように言った。「あんたの銀行はリオダンが議会で取りかかっているアート・プロジェクトの主要スポンサーなのに。少し問い合わせをしてみたら、あんたが何かのときに彼と会ったってことが判明するにちがいない……」

「あなたには彼を殺す気はなかったと思いますよ」シボーンは同情するかのような響きをこめて言い添えた。「その録音を破棄したかっただけなんですね。あなたはリオダンを殴り倒し、録音テープを探した。でもそれは干し草の山から針を探すのに等しくて……彼の家にはテープやCDが何千何万とあったのだから。だからあなたは火を放ったんです——建物を全焼させ、中にいる人間を黒こげにするほどの意図的な放火ではなかった。あなたはテープが欲しかっただけなんです——でもテープは運び出せるような数ではなかったし、一つずつ選り分けていくほどの時間的余裕もなかった。そこであなたは洗剤溶液の瓶に紙屑を詰め込み、それに火をつけて立ち去った」

「馬鹿げたことを言うな」ジャニは感情に震える声で

言った。

「残念なことに」シボーンはその言葉を無視して続けた。「録音を破壊しようとした試みは、火事を招いた……リオダンが焼死し、警察は二つの殺人の容疑者を捜し始めました。しかもアンドロポフにはなおも容疑者とみなされる可能性が残った。だからあなたの努力は無駄になったんです。チャールズ・リオダンは死に――それもいわば犬死にだったんです」

「わたしはやっていない」

「ほんとうですか？」

ジャニがうなずき、その目は二人の視線を避けてよそをさまよっていた。

「わかりました」シボーンが言った。「では何も心配はいりません」フォルダーを閉じ、写真をまとめる。

ジャニは信じられない様子だった。シボーンが立ち上がった。「だいたいのところ、これで結構です」シボーンが請け合った。「手続きを終えたら、そのあとお帰りください」

ジャニは立ち上がったが、テーブルに手を突いて体を支えている。「手続き？」とたずねた。

「形式的なものだよ」リーバスが教えた。「あんたの指紋を取らなくてはならない」

ジャニは動く気配がなかった。「何のために？」

シボーンが答えてやった。「洗剤溶液の瓶に指紋が残っていたんです。それは放火した者の指紋なわけで」

「だがあんたの指紋のはずがない。そうだろう？」リーバスが言った。「あんたは肌寒い夜明け前に美しい海岸線をドライブしていたんだからな」

「指紋」思わずジャニの口からもれたその一語は、急いで逃げる小動物のようにすっと消えた。

「おれもドライブをしたいね」リーバスが言った。

「今日は退職の日なんだ。ということは、これからいくらでもドライブのできる身分なんだよ。あんたの取ったルートを教えてくれないかね……どうしてまた座り込んだんだ、スチュアート？」

「何かお持ちしましょうか、ミスター・ジャニ？」シボーンが気遣うようにたずねた。

スチュアート・ジャニはシボーンを見つめ、さらにリーバスを見てから、天井に注意を集中することにした。口を開いたとき、喉がこわばっていたので、二人ともよく聞き取れなかった。

「もう一度言ってもらえますか？」シボーンが丁寧にたずねた。

「弁護士を呼んでくれ」ジャニがその頼みに答えた。

45

「映画だと、誰かが退職したり辞職するときは、必ず箱を手に抱えて建物から出て行くもんだわ」シボーン・クラークが言った。

「たしかにな」リーバスが同意した。彼は机の中を調べたのだが、私物は何一つ見つからなかった。マグすら自分用の物がなく、その場にあったマグを適当に使っていた。けっきょく、安物のボールペンを二本と販売期限をゆうに一年も過ぎた袋入りの風邪薬一つをポケットに入れた。

「そう言えば、去年の十二月、流感にかかってたわね」シボーンが言った。

「でも体がいくらだるかろうが、休まなかったぞ」

「まる一週間、くしゃみをしたり、唸ったりしていたわ」フィリダ・ホズが腰に両手を当てて、言い添えた。

「そしておれに風邪菌を移したんです」コリン・ティベットがきっぱりと言った。

「ああ、すべて楽しい思い出だよな」リーバスが大げさにため息をついた。マクレイ主任警部の姿はなかった。ただし、主任警部の部屋の机に警察手帳を置いて帰れというメモをリーバスに残していた。デレク・スターもいなかった。六時を回っているので、今頃はナイト・クラブかワイン・バーにいて、今日の成果に祝杯を挙げたり、いつものごとく女をくどいたりしているのだろう。リーバスは犯罪捜査部室を見回した。

「おれへのプレゼントを何一つ買わなかったのか？　けちだな、おまえたちは」

「金時計の値段を見ましたか？」シボーンが笑顔で言った。「でもね、今晩は〈オックスフォード・バー〉の奥の部屋を予約してありますよ。そして百ポンド分の飲み代も——今夜中に飲みきれなかった分は、今後自由に使ってください」

リーバスはその申し出を考えた。「長年かかって、そういう結論に達したってことか——おれを酒で殺したいんだな？」

「そして九時に〈カフェ・サントノーレ〉に予約を取っています——〈オックス〉からふらつく足取りでも行ける距離よ」

「ふらつく足取りでまた〈オックス〉へ戻ってこれる距離でもある」ホズが言い添えた。

「四人だけってことか？」リーバスがたずねた。

「もう数人ぐらい顔を見せるかも——マクレイは来るって約束したわ。タム・バンクス、レイ・ダフも……ゲーツ教授、ドクター・カート……トッドとその彼女……」

「おれ、その二人をよく知らないんだが」リーバスが文句を言った。

シボーンが腕組みをした。「かなり彼を説得したのよ。だから来ないでなんて、突然言えやしないわ！」

「おれのパーティだけど、きみのルールに従えってことか？」

「シャグ・デイヴィッドソンも来るわ」ホズがシボーンに思い出させた。

リーバスは目を剥いた。「おれはまだカファティを襲った容疑者のままなんだぞ！」

「シャグはそう考えていないわ」シボーンが言った。

「カラム・ストーンはどうなんだ？」

「来たくないんじゃないかと思って」

「おれの言う意味がよくわかってるくせに」

「そろそろ行きますか？」ホズがたずねた。皆がリーバスを見ると、リーバスはうなずいた。ほんとうは五分間だけ一人になり、この場所にしんみりと別れを告げたかった。だが考えてみればそれはどうでもよい。ゲイフィールド・スクエアはたんなる警察署の一つにすぎない。リーバスの知人だった、数年前に亡くなった司祭の言によると、警官は司祭職と似ており、俗世間で懺悔《ざんげ》を聴くんだそうだ。スチュアート・ジャニはまだ懺悔をしていない。監房で一夜を過ごしながら、自分の取るべき道を考えることだろう。明日か月曜日、弁護士立ち会いのもと、シボーンの対面に座って彼は自分の話を述べなければならない。だがシボーンは自分自身をどんな形であれ、司祭とは思わないだろう。

リーバスはシボーンがコートに手を通し、ショルダーバッグに必要品をすべて入れたかどうか確認しているさまを見つめた。一瞬目が会い、二人は微笑した。彼はマクレイの部屋へ入り、警察手帳を机の端に置いた。自分が勤務した警察署すべてが脳裏をよぎる。グレイト・ロンドン・ロード、セント・レナーズ、クレイグミラー、ゲイフィールド・スクエア。ともに働いた男女の警官たち、その多くはすでに退職しており、死んで久しい者もいる。解決した事件、解決しなかった事件。法廷で過ごした日々、証言の順番を待った長い時間。書類仕事、法的な論争、とんでもないへま。被害者やその家族の涙で汚れた証拠品。被告のせせら笑いと否定の言葉。暴き出された人間の愚行。白日の下にさらされた、聖書の教える大罪や、その他もろもろの罪。

　月曜日の朝、目覚まし時計は不要となる。一日がかりで朝食を取ってもよいし、背広は洋服ダンスにしまっておいてよいのだ。今度背広を出すときは誰かの葬式のときだけである。彼は恐ろしい話をいろいろと聞いて知っている――退職したと思ったら、次の週には木の箱に納まっていたとか。仕事を失うことは生き甲斐を失うことなのだ。その対策はエジンバラを引き払うことしかないのではないか、と以前から思っていた。今のフラットを売れば、ほかの土地でかなり広い家を手に入れられる――ファイフの海岸沿いか、西方の醸造所の点在する島か、あるいは南方のイングランドとの国境地方でもいい。しかしやっぱり、エジンバラから離れる自分は考えられなかった。エジンバラは自分の血管を流れる酸素であり、しかもまだ探検すべき謎を秘めているのだ。警官になって以来ずっとここで暮らしてきたので、仕事と市は一つに絡み合っていた。新しい犯罪の一つ一つがエジンバラに対する知識を深めていき、それを積み重ねて大いなる理解へ近づくのだ。血にまみれた過去が血にまみれた現在と混じり合っている。長老教会派の篤い信仰と繁栄する商業、金融と娼館の市、美徳と毒舌……

　裏社会が表社会と交わるところ……

「何を考えてるんです」戸口に立っているシボーンの声がした。

「きみは金をどぶに捨ててるぞ」リーバスが言った。

「そうは思わないんですけどね。行きますか？」バッグを肩にかけながらシボーンが誘った。

「いつだって準備はできてるよ」

その言葉だけは真実だと思った。

最初、〈オックスフォード・バー〉には四人しかいなかった。奥の部屋はたしかに予約してあった——現場保存用テープで区切ってある。

「いい感じだね」リーバスはそう認め、今夜最初の一パイントを持ち上げた。約一時間後、彼らはレストランへ向かった。そこにはプレゼントの入った袋が用意されていた。シボーンからはiPod。リーバスはそれを使いこなす技術をぜったいマスターできそうもないと文句を言った。

「もうちゃんと曲を入れてあるわ」シボーンが言った。

「ローリング・ストーンズ、ザ・フー、ウィッシュボーン・アッシュ……すべてよ」

「ジョン・マーティンは？　ジャッキー・レヴィンは？」

「ホークウインドだって少し入ってる」

「おれの退場曲だな」リーバスの顔は満足そうにすら見えた。

ホズとティベットからは二十五年物のモルトとエジンバラ歴史散歩の本。リーバスはモルトにキスし、本を撫でてから、食事の前半はヘッドフォンを着けていると言い張った。

「ジャック・ブルースの歌を聴いてたら、きみたちが何を言ったって無駄だからな」と説明した。

食事の際にはワインを二本だけ空け、また〈オックス〉へ引き返した。そこにはゲーツ、カート、マクレイがすでに来ており、パブにはシャンパンが二本ほど用意されていた。トッド・グッドイアと恋人のソニアは最後にやって来た。すでに十一時近くになっており、リーバスは四杯目のエールを飲んでいた。コリン・ティベットは新鮮な空気を吸いに外へ出ていて、フィリダ・ホズが親切に背中をさすってやっている。

「悪酔いしちまったようですね」グッドイアが言った。

「ブランデイのダブルを七杯も飲んだら、誰だってそうなる」

音楽はなかったが、必要なかった。自然に会話がはずみ、何回も笑い声が上がった。思い出話が語られ、二人の法医学者の話がいちばん盛り上がった。マクレイはリーバスと固く握手をして、もう帰らなくてはならないんだと告げた。

「ときどき立ち寄って顔を見せてくれよ」それが別れの言葉だった。

デレク・スターは隅に立ち、うんざりした顔のシャグ・デイヴィッドソンと仕事の話をしていた。彼がここに来たということは、今夜もまたワイン・バーで女を落とせなかったのだ。デイヴィッドソンがこちらに視線を投げるたびに、リーバスは同情のしかめ面をして見せた。またしても飲み物を満載した盆が来たとき、リーバスは自分の横にソニアがいるのに気づいた。

「トッドから聞いたんだが、きみは現場鑑識班で働いているんだってね」

「そうです」

「気づかなくて悪かったね」

「わたし、いつも鑑識班の白いフードをかぶっているので」ソニアが内気そうな笑みを浮かべた。百五十センチそこそこしかない、小柄な女性で、刈り込んだブロンドの髪に、緑色の瞳をしている。着ているワンピースは日本製のようで、ほっそりした体によく似合っていた。

「いつからトッドと付き合ってるんだね？」

「一年と少し前から」

リーバスはグラスを配っているグッドイアへ目を向けた。「いい男を選んだようだな」

「とても頭がいいんです。次は犯罪捜査部を目指さなくては」

「空きができたようだしな」リーバスがうなずいた。

「現場鑑識の仕事はどうなんだ？」

「満足してます」

「きみはレイバーン・ワインドにいたそうだね、トドロフが殺された夜に」

ソニアがうなずいた。「運河のときもいました。呼び出しがかかったんです」

「トッドとのプランが台無しになっちまったんだね」リーバスが同情をこめて言った。

「どういう意味ですか?」ソニアが見つめた。

「何でもない」自分はろれつが回らなくなったのではなかろうか、とリーバスは思った。

「オーヴァーシューズを見つけたのはわたしなんです」ソニアは付け加えたあと、目を見開いて慌てて口を押さえた。

「心配要らないよ」リーバスが言った。「おれは容疑者からはずれたようだから」

ソニアはほっとして軽い笑い声を上げた。「でもそのことはトッドの優秀さを示していると思いませんか?」

「もちろんだ」リーバスが同意した。

「あのあたりの運河で何か浮いていたとしたら、きっと橋桁に引っかかってるんじゃないか、とそうトッドは言ったんです」

「その意見は正しかったな」リーバスがその言葉を認めた。

「だから犯罪捜査部が彼を取らないようなら、それは正気の沙汰じゃないわ」

「犯罪捜査部はときおり正気の沙汰じゃないことをすると思われてるんでね」リーバスが注意を促した。

「でもトドロフの事件で成果を挙げたわ」ソニアが言い切った。

「そうだな」リーバスは疲れた笑みを浮かべた。今、グッドイアはシボーンとしゃべっている。グッドイアが何を言ったのか、シボーンが笑っていた。リーバスは煙草を吸って休憩しようと思い、ソニアの手を取ってその甲にキスした。

「すてきな紳士だこと」ドアへ向かうリーバスにソニアが言った。

「おれのことを知らないから、そう言うんだ……」

ホズとティベットが街路の遠い端にたたずんでおり、ティベットは壁に背中をつけ、ホズがその前に立って彼の額にかぶさった髪をなで上げてやっていた。煙草を吸っている者が二人ほど、その様子を見ていた。

「あんなことがあったのは、ずいぶん昔だなあ」一人が言った。

「どっちのことだ？」横の男がたずねた。「ゲロをしたくなったことか、それとも女に髪を掻き上げてもらったことか？」

リーバスはその笑い声に加わったあと、煙草を吸う作業に専念した。街路の反対側の端から、首席大臣の官邸の明かりが見えている。地方分権の発足以来、あそこは労働党の根城だったが、今やスコットランド民族党に脅かされている。そう言えば、スコットランドが労働党を絶対多数としなかった時期はこれまで一度もなかったのではなかろうか。自分はこれまでたった三回しか投票したことがないし、そのたびに違う政党に票を入れた。地方自治体への権限委譲の是非を問う住民投票が論議されたころ、政治に関心を失ってしまった。それ以来、大勢の政治家と会ってきた——ミーガン・マクファーレンやジム・ベイクウェルは最近のほんの一例である——が、〈オックス〉の常連の半数のほうが、もっとよい法制定者となれると考えている。ベイクウェルやマクファーレンのような政治家はつねに存在し続ける。スチュアート・ジャニは服役するだろうが、それがファースト・オルバナック銀行に大きな影響を及ぼすことはあるまい。銀行はセルゲイ・アンドロポフやモリス・ジェラルド・カファティのような連中と取引を続け、合法的な資金も非合法的な資金も掻き集め続ける。雇用と繁栄。市民はそれらがどうやって得られ、どうやって維持されているかに関心がない。エジンバラは銀行と保険という見えない産業によって成り立っている。ときおり潤滑油としての賄賂が使われたとしても、それがどうしたというのだ？　何人かが集まって隠し撮りされたビデオを鑑賞したとしても、それがなんだというのだ？　アンドロポフは以前、詩人はみずからを非公認の立法者だとみなしている、というような趣旨のことを言っていたが、その名称はむしろピンストライプの背広を着た男たちに当てはまるのではないか？

「彼女、酔いが醒めるまじないのキスをしようとしてるんだろ？」喫煙者の一人が相棒にたずねた。

　ホズとティベットは顔をくっつけ合って、抱擁しているような姿勢になっていた。うまくやれよ、とリーバスは思った。警察官の仕事は自分の結婚生活に溝を作り、夫婦を引き裂いたが、いつもそうなるとは限らない。結婚生活を続けている警察官は大勢いるし、警官同士で結婚した者すらいる。それぞれうまくやっているようだ。

「彼女、上手にやってるさ」もう一人の喫煙者が隣の男に答えている。背後のドアが開いてシボーン・クラークの姿が現れた。

「そこにいたのね」シボーンが言った。

「そうだよ」リーバスが答えた。

「あなたがこっそり消えたんじゃないかと皆心配してたのよ」

「すぐ行く」リーバスは短くなった煙草を見せた。

　シボーンは腕を体に巻き付けて寒さを防いだ。「急がなくてもいいわ。スピーチがあるわけじゃなし」

「きみのはからいは完璧だったよ、シブ」リーバスが褒めた。「ありがとう」

　シボーンは口の端を歪めて、その褒め言葉を受けた。

「コリンの具合はどう？」

「フィリダが人工呼吸を施してるようだ」リーバスは

今は一つに溶け込んだように見える二人の姿を顎でしゃくって示した。

「明日の朝になって後悔しなきゃいいんだけど」シボーンがつぶやいた。

「二つや三つの後悔がないような人生なんて、つまらんよ」喫煙者の一人がシボーンに言い返した。

「おれの墓石にはその言葉を刻んでくれるだろうな」仲間が言った。

リーバスとシボーンは再び無言で視線を交えた。

「暖かいところへ戻りましょう」シボーンが誘った。

リーバスはゆっくりとうなずき、煙草を消すと言われたとおりにした。


深夜十二時を過ぎたころ、リーバスのタクシーがウエスタン・ジェネラル病院に停まった。カファティの病室がある廊下まで来たとき、看護師が呼び止めた。

「お酒を飲んでおられますね」看護師が咎めた。

「いつから看護師が診断を下すようになったのかね？」

「警備員を呼びます」

「なぜ？」

「深夜に患者さんを訪問することはできません。しかもそんな状態で」

「どうしてだ？」

「皆さんが眠っておられますから」

「何も太鼓を叩くつもりはない」リーバスが言い返した。

看護師が天井を指さした。リーバスが見上げると、監視カメラが向けられていた。「あなたの姿が映っています。警備員がすぐにここへ来ますよ」

「よしてくれ……」

看護師の背後のドアが大きく開いた――カファティの病室のドアだ。男が立っていた。

「わたしが引き受ける」男が言った。

「あなた、誰？」看護師が向き直ってたずねた。「誰の許可をもらって……？」しかし男の警察手帳を見て、看護師は口をつぐんだ。

「ストーン警部だ」男が告げた。「この人はわたしの知人なんだ。わたしが責任を持ってこれ以上騒ぎを起こさないようにするから」ストーンは見舞客用の椅子の列へ顎を向けた。座りたい気分だったリーバスは、異論を唱えなかった。リーバスが腰を下ろすと、ストーンはこれでだいじょうぶ、というように看護師へうなずいて見せた。看護師が去ると、一つ席を空けて隣にストーンも座った。ポケットに警察手帳をしまっている。

「そういうの、おれも以前は持っていた」リーバスが言った。

「その袋に何が入ってるんだね？」ストーンがたずねた。

「退職記念のもの」

「それでいろいろとわかった」

リーバスはストーンに何とか目の焦点を合わせようとした。「たとえば？」

「たとえば、なぜそれほど飲んだか」

「エール六パイント、ウイスキー三杯、ワインをボトル半分」

「それでもこの男、まだ立ってる」ストーンは信じられないように首を振った。「で、なぜここへ来たんだ？　いまだやり終えていない仕事が気になるのか？」

リーバスは煙草のパックを開け始めたが、ここがどこだか思い出した。「どういう意味だ？」

「カファティの管やコンセントを抜きに来たんじゃないのか？」

「運河の件はおれじゃない」

「血痕の付着したオーヴァーシューズがそうじゃないと言ってるぞ」

「無機物がしゃべれるとは知らなかったよ」リーバスはソニアとの会話を思い起こしていた。

「無機物にはそれ独特の言語があるんだ、リーバス」ストーンが教えた。「科学捜査班がその翻訳をする」

そうだ、と少し頭がはっきりしてきたリーバスは思った。そして現場鑑識班が最初にそんな証拠品を見つける……ソニアみたいな現場鑑識班が。「察するに、あんたは患者を見舞いに来たんだね？」

「話題を変えるのか？」

「どうかなと思ったまでだ」

ストーンがようやくうなずいた。「カファティの意識が戻るまで、張り込み作業は中止だ。ということで、おれは明朝には自分の部署へ戻る。デイヴィッドソン警部が状況を逐次報告してくれることになっている」

「おれだったら、明日デイヴィッドソンに難しい質問をしないね」リーバスが注意した。「あいつを最後に見たとき、あいつはヤング・ストリートを踊りながら歩いてたからな」

「憶えておこう」ストーンが立ち上がった。「さあ、行こう。車で送ってやる」

「おれのフラットは市の反対側にある。タクシーを呼ぶから」

「じゃあ、タクシーが来るまで一緒に待っていよう」

「おれを信用しないからじゃないよな、ストーン警部」

ストーンは返事もしなかった。リーバスは病室のほうへ数歩歩み寄り、円い窓から中を覗いてみた。どれがカファティのベッドか判別できなかった。いずれにせよ、ついたてで仕切ってあるベッドもあった。

「もしあんたがプラグを引き抜いたとしたら？」リーバスが挑んだ。「あんたは堕落警官の見本となるぞ」

しかしストーンはかぶりを振り、看護師と同じように、監視カメラへ手を向けた。「あの監視カメラが一線を越さなかったことを立証する。諺を知らないのか、カメラは嘘をつかない、っていう？」

「聞いたことはあるが、それを信じるほど愚かじゃない」そう言ってから、袋を取り上げ、先に立って出口のほうへ向かった。

「あんたはカファティと長い付き合いだ」ストーンが言った。

「二十年近くになる」

「あんたが彼の有罪を示す証言を初めてしたのは、グラスゴー最高法院だったね」

「そのとおり。弁護士がおれの前の証人とおれとを間違えて、おれをミスター・ストロマンと呼んだ。それ以来、カファティはおれをストローマンと呼ぶようになったんだ」

「《オズの魔法使い》に出てくる〝わらの男〟みたいにか？」

「あんたのファイルに載っていないことを教えてやったかな？」

「まあね、そのとおりだよ」

「おれがちょっとした情報をまだ隠し持っていたとは、嬉しいことだ」

「あんたは彼をぜったいに手放さないような気がするんだが」

「カファティのことか？」リーバスはうなずくストーンを見守った。

「もしくは、あんたの身代わりとしてクラーク部長刑事にやらせるつもりかな」ストーンは返事を待ったが、リーバスは答える気がないようだった。「あんたが警察を去ったあと、決して埋まることのない穴がぽっかりと開くんじゃないか？」

「おれはそれほどうぬぼれが強くない」

「カファティについても、それは同じかもしれんな。あいつが死んでも、すぐに穴は塞がる。小悪党はいくらでもいるさ、若くて、痩せていて腹の減ったやつらが……」

「おれには関係ない」

「じゃあ、あんたのパーティで興ざましとなったのは、カファティ本人だけなんだな」

二人は病院の正面玄関に来ていた。リーバスはタクシーを呼ぶために携帯電話を出した。

「ほんとうにおれが乗るまで待つ気なのか？」

「ほかにすることがないんでね」ストーンが答えた。「でも送ってやるという誘いはまだ有効だぞ。こんな夜遅くにはタクシーも少ないはずだ」

リーバスは決めるのに三十秒ほどかかった。うなずいて誘いに乗ると、袋の中に手を入れてスペイサイド印のウイスキー・ボトルを取りだした……

二〇〇六年十一月二十七日　月曜日

エピローグ

ヘイマーケット駅の前にはタクシーが並んでいたが、リーバスはサーブをその横のスペースに割り込ませて停めた。クラクションを鳴らして、窓を開けた。駅の改札口には制服巡査が二人いる。今日は月曜日、爽やかな快晴の朝だった。巡査二人は防刃用チョッキの上に中綿入りの黒いジャケットを着ている。二人はリーバスがまたもやクラクションを鳴らしても見向きもしなかった。しかし駐車監視員が黄色い二重線横に停まっているサーブに気づいて、近づいてきた。それが巡査の注意を惹いた。一人が連れの巡査に何か言ってから、こちらへやって来た。

「この件は任せてくれ」巡査が監視員に告げ、窓の高さまで頭を下げた。

「リーバス警部とはもうお呼びできませんね？」トッド・グッドイアが声をかけた。

「そうだな」リーバスが同意した。

「ソニアと二人で大いにパーティを楽しみましたよ、二日酔いは別として」

「きみが飲んでるのを見なかったんだがな、トッド。きみはグラスを手に持っていたけど、一度も口には運ばなかっただろ」

「何一つ見逃しませんね」グッドイアが笑みを浮かべて認めた。

「それどころか、残念に思うことは多々ある」

「退職したことも？」グッドイアが察した。

「そのことを考えていたんじゃないが」リーバスはグッドイア越しに、若い同僚警官を窺い見た。「三十分間ほど、きみを借りるわけにはいかないか？」

グッドイアはけげんな表情になった。「なぜです？」

「きみと話がある」

「仕事中なんで」

「わかってる」しかしリーバスは断りを受け入れる気はなさそうだった。グッドイアは体を起こし、同僚のところへ歩みよって話をつけ、サーブに戻ってくると、帽子を脱いで助手席へ乗り込んだ。

「きみは心残りに感じてるんじゃないか？」リーバスがたずねた。

「犯罪捜査部を離れたこと？　あれは……おもしろい経験でした」

「〈オックス〉でソニアとしゃべったんだが、楽しかったよ」

「彼女はすてきな女性です」

「それはわかる」リーバスはサーブを停めてあった場所から出して、車の流れに入るまで口を開かなかった。

「どこへ行くんですか？」

「アンドロポフのことを聞いたか？」リーバスは問いを無視してたずね返した。「彼は〝好ましからぬ人物〟として母国に送還される。昨日、シボーンからその話を聞いたんだよ――シボーンはスチュアート・ジャニから自白を引き出すために、昨日も働いていたんでね。彼女、片時も仕事のスイッチをオフにしないんだよな……スタホフはシロと判明した。アンドロポフがロシアでやったごとく、スコットランドを毒さないようにと、アンドロポフに目を光らせていたんだ。スタホフはストーンと連絡を取り合っていた……」リーバスは一呼吸置いて続けた。「でもきみはストーン警部を知らないんだろ？」うなずくグッドイアを見る。「カファティを監視していた警部だ」

「そうですか」グッドイアは今も当惑したような表情をしていた。

「アンドロポフは不正取引容疑でモスクワで起訴され

るだろう。彼はここで政治的亡命を申請するつもりだったんだ、そんなことが通るかどうかは知らないが。あらゆるツテを使ってね。もちろんありうる話だよ、ロシアでは命が危ないのかもしれないからな」リーバスは鼻を鳴らした。「だがそれはおれたちの知ったことじゃない」

「どこへ行くんですか？」グッドイアが再びたずねた。

再び、リーバスはその問いを無視した。

「シボーンが働いている間、おれが何をしていたと思う？〈オックスギャングズ〉へ行って、高層アパート二棟が壊されるのを見ていた。以前あそこで何回か容疑者を逮捕したことがあってね。でも詳しい内容は思い出せないんだ。ということは、おれの時代は終わったんだとつくづく思うんだな、トッド。今朝の新聞を読むと、スコットランドが独立すべきだと考えているのは、当のスコットランド人よりもイングランド人のほうが多いんだそうだ」リーバスは助手席のほうを向いた。「不思議に思うだろ？」

「あなたは土曜日からの酔いがまだ醒めていないんじゃないかと、ぼくは思ってるんですが」

「すまないな、トッド、おれ、とりとめもない話をしてるようだ。いろいろと考え事をしてたんでね。その結果、もっと早くに気づかなければならなかったことが少しわかってきた」

「どんなことですか？」

「きみはクリスチャンだと思うが間違いないか？」

「それはご存じでしょう」

「……きみは旧約聖書的考えのほうに近いんじゃないかと思う——目には目を、とか」

「何を言ってるんだか、さっぱりわかりません」

「きみを責めることはできない——おれは旧約聖書のほうがずっと好きだ……善と悪、それが夜と昼のように明らかだから」

「ヘイマーケットへ戻って降ろしてもらいたいんですが」

　リーバスはそんな気は毛頭ない様子だった。「土曜日の朝、取調室前の廊下だ——憶えているか？　きみは巡査の制服に戻って、別れを告げようとしていた」

「憶えてます」

「きみはおれのサーブのトランクを修理しなきゃならんと言った」リーバスは助手席のグッドイアを見つめた。「それが、まだ修理していないんだよな」

「時間がたっぷりあったのに」

　リーバスは笑いだしたが、突然ぴたりと笑い声を止めた。「考えていたことなんだが……どうやって知ったんだ？」

「何をです？」

「おれのトランクの不具合をだ——シボーンにたずねてみたが、きみにその話をした憶えはないと言った。それにおれがきみとときどき雑談した際にも、おれはそんな話を持ち出さなかったと確信を持って言える」

「あの夜、トドロフ殺害現場で」グッドイアが言った。

　リーバスがゆっくりとうなずいた。「おれもその結論に達した。シボーンとおれが現場に到着したとき、きみはすでにレイバーン・ワインドにいた。ということはおれが捜査用の小道具を車から出し、トランクの蓋をきっちりと閉め損なったのを見ていたんだ」

「それで？」

「まあな、そのことは確言できないんだが。だがこれだけは断言できる。きみの祖父さんはおれの捜査の成果により刑務所へ送られた。そして祖父さんが服役中に死亡したとき、きみの家族は崩壊した。そういうことは長年の怨恨《えんこん》を招くんだよ、トッド。きみの兄のソルはビッグ・ジェル・カファティのせいで道を踏み外した。きみはカファティとおれの仲について噂を聞いた……きみがおれたちについてたずねていたとシボーンも証言している。ほんとのところ、シボーンはすまないと思っていてね……」

「なぜですか？」

「おれがカファティを心底忌み嫌っていることをきみに言ったからじゃないか、と思ってな。きみは考えたんだ、だったらおれをカファティ襲撃の犯人に仕立て上げられる、と」リーバスは一呼吸置いた。「ああ、それから、シボーンはきみを捜査チームに加えたこともすまないと思っていてね——騙されたと感じてるよ——なぜなら、きみは秘めた目的を隠していたんだからな」

「どこへ行くんですか？」グッドイアは無線機に手を置いた。肩に装着された無線機が絶え間なく雑音を発している。

「だからな、おれはシボーンとよく話し合ったんだ」とリーバスが話し続けた。「それで合点がいくとシボーンは言っている」

「何が？」

「パーティの夜、おれはソニアと話をして……」

「さっき、そう言ってましたね」

「カファティが襲われた夜、きみは彼女に会いに行くと言っていた」リーバスはまた間を置いた。「ソニアはそのことを憶えていない様子だった。その上、橋桁を探したのは、きみの考えに従ったのだと言っている」

「え？」

「あのオーヴァーシューズを見つけたのは、きみがどこを探せばよいか教えたからだ」

「ちょっと待ってください……」

「しかし実はな、きみは現場にいもしなかったんだ、トッド。おれの考えでは、ソニアは電話でこれから運河の仕事へ向かうときみに告げたんだと思う。そのときに、きみは橋を探せと言ったんじゃないかね——なぜなら、橋があること、その下に何があるかを知っていたからだ」

「車を停めてください」

「おれを誘拐の罪で訴えるのか、トッド？」リーバスは冷たい微笑を浮かべた。「リーバス警部とビッグ・ジェル・カファティ——それはきみの家族にとって最大の敵二人だ、きみの考えではな……そして突然、きみはその一人に復讐をし、もう一人に罪をかぶせる方法を見つけた。オーヴァーシューズにおれの指紋がついている可能性が高いと考えた。オーヴァーシューズをトランクから盗みだすチャンスはいつでもあった。あの夜〈オックス〉の前におれたち三人がいた——きみとおれとシボーンだ。おれがどこへ行くか三人とも知っていた……ほかの者は誰も知らない。きみはおれの跡を追い、カファティが一人になるのを見澄まして、彼の後ろから忍び寄った。シボーンが言うには、カファティには見張りが付いていたと聞いて、きみはショックを受けた様子だったそうだ。もしおれがストーンを現場から誘い出さなかったら、あの男がきみを殴りつけて正気に戻しただろうにな」

「いい加減な話だ」グッドイアが吐き捨てるように言った。

「いずれにしろ、それはどうでもいい。おれは何一つ立証できないんだから」リーバスは再びグッドイアへ向き直った。「おめでとう——きみは罪を免れるんだからな、トッド。つまりは、神様がきみを護っているってことだ」

「ぼくは自分を護っている——ぼくとぼくの家族を」口調ががらっと変わり、それにつれて目も険しくなった。「カファティへの恨みは長い間心の中にあった。そして、ソルが刺されたときに、怒りでどうにも気持ちが収まらなくなった。あんなことがなければ、ぼくの家族は違う人生をたどったにちがいないんだ。あんたがカファティと親しいのを知り、あんたに近づこうと思った」グッドイアは前方の道路を見つめていた。

「そうしたら、裁判で証言したのはあんただった、とあんたの口から聞いた。あんたはぼくの祖父さんを是が非でも刑務所に放り込もうとしたんだ。そのときふいに閃いたんだ。あんたとカファティの両方を抹殺することができる、と」

「さっき言ったように、目には目を、だな」前方の道路が混んできた。リーバスはアクセルから足を離した。「じゃあ、今はさぞかしいい気分だろうな——すっきりした気分だろ、正義と復讐とやらがおこなわれて……」

「ぼくは自分の罪で穢《けが》れていない」

「それも聖書からの引用か？」リーバスは一人で合点した。「それは結構なことだが、それだけではきみは救われないぞ、ちっとも」

「赤信号」グッドイアが言った。次の交差点で停まらなければならないという意味だ。車が停まるとグッドイアはドアを開けた。

「おれはカファティを訪ねるつもりだ」リーバスが言った。「きみもカファティにまた会いたいんじゃないか。医者が回復に向かってると言ってるんでね」

グッドイアは車から降りていたが、リーバスが名前を呼びかけると、体を屈めて車の中を覗いた。

「カファティの意識が戻ったら」とリーバスが告げた。「最初に目にする顔はおれの顔だ……そのとき、おれが何と言うと思う？　後ろに気をつけたほうがいいぞ、グッドイア——それに正面もだね。カファティはいろいろと言われているが、後ろからいきなり殴るような卑怯者ではない」

グッドイアは信号が青になると同時にドアをばたんと閉めた。リーバスはアクセルを踏みながら、帽子をかぶるグッドイアをバックミラーで見守った。グッドイアは遠ざかる車を見つめていた。リーバスは大きく吐息をつくと、窓を少し開けた。修理工場へ行ってステレオに新しいｉＰｏｄを接続してもらわなければならない。再生ボタンを押して音量を上げた。

ロリー・ギャラガーの《シナー・ボーイ》。罪を犯した少年。カファティの病院に着くまでその曲を流していた。

シボーン・クラークがカファティのベッド脇で待っていた。「彼と話をしたんですか？」シボーンがたずねた。リーバスはうなずきながら、動かないカファティの体を見つめた。医療器械の規則正しい電子音や点滅する文字が、呼吸を続けていることを示している。カファティは集中治療室から出されたが、体に付けられた装置のすべてを持ってきている。

「きみのひいきチームは引き分けになったんだとか」リーバスが言った。

「七十分までは二点差で勝ってたのに……わたしはあまり見ていなかったけど」

「まあな、きみはスチュアート・ジャニの相手で忙しかったからな——まだ供述を始めていないんだろ？」

「そのうち落ちるわ」シボーンは少しして言い添えた。「グッドイアは？　彼は自白しそうなの？」

「トッドはそんな馬鹿なことはしない」

「いまだに信じられない、わたしが——」

「やめとけ、シボーン。そんなことときみにわかるわけがないだろ？」リーバスは隣の椅子に座った。「誰が悪いかと言ったら、それはおれだ」

シボーンが彼を見つめた。「その肩にもう一つ重荷を背負うつもり？」

「本気で言ってる——祖父さんが収監されたときから、トッドの家族の不幸が始まったんだ。そして刑務所へ送られたのはおれのせいでもある」

「だからといって——」リーバスが向き直ったので、シボーンは言葉を中断した。

「そのパブでA分類の麻薬を見つけたんだ。しかしトッドの祖父さんはそんな強い麻薬を売っていなかった」

「何を言ってるんですか？」

リーバスは前の壁を見つめた。「当時、カファティは警官を金で買っていた。犯罪捜査部の連中で、カファティの命じるままに何でも証拠をでっちあげるやつらがいた」

「あなたも……？」

リーバスはかぶりを振った。「でもそう思ってくれてありがたいね」

「だけど、そんなことがあるのは知っていたのね？」

リーバスは重くうなずいた。「しかも何も手を打たなかった。当時はそんな風潮だったんだ。麻薬の売買をやっていたカファティは、ハリー・グッドイアのパブでの安値取引をきらったんだな」頬をふくらまし、ほうっと息を吐いてから話を続けた。「この前、おれが犯罪捜査部に入った日のことをたずねたね。おれは嘘をつき、憶えていないと答えた。ほんとうはな、警察学校を出たてのおれは署の食堂へ入っていった――そこでまず教えられたのは、これまでに叩き込まれた教えをすべて忘れろ、ってことだった。『今から本物のゲームが始まるんだよ、新米野郎。そしてチームは二つしかない――おれらと敵だ』とね」リーバスはシボーンを盗み見た。「昼にウイスキーを飲み過ぎた仲間をかばう……あるいは逮捕に際して行き過ぎた行為があったときに……容疑者が階段を転げ落ちたり、壁に激突したりするとき……チームの者だったら誰であれ、かばうんだ。同僚が祖父さんを陥れたのを承知していながら、同僚をかばって証言したんだ」

シボーンはまだリーバスを見つめていた。「なぜそんなこと、わたしに言うんですか？ どうしろって言うんです？」

「何とか考えてくれ」

「なんてあなたらしいやり口なの、ジョン！ ずいぶん昔の話だのに、自分の胸に収めておけなかったんだわ――わたしにぶちまけずにはいられなかった」

「罪の赦《ゆる》しを願ってる」

「お門違いだわ！」シボーンは肩を落とし、しばらく黙り込んだ。深呼吸を一つしてから言った。「看護師の話では、あなたはパーティのあとまっすぐここへ来たようね、酒の臭いをぷんぷんさせて」

「それがどうした？」

「もう一人刑事が来ていて……」

「ストーンだ」リーバスが認めた。「おれが患者の管を引き抜いていないかどうか確認しに来たんだ」

「あなたという人は、デリカシーが皆無《かいむ》なのね？」

「おれがはた迷惑な暴れ牛だと言うのか？」

「どう思います？」

リーバスはその質問について五秒間ほど考えた。

「牛は牛舎から逃げ出そうとしているだけかもしれんぞ」そう言って立ち上がった。シボーンも立ち上がり、考え込みながら、カファティの意識が戻ってくれと願いつつベッドに屈み込むリーバスを見つめていた。

「グッドイアのやったことをほんとにカファティに教えるつもりなんですか？」

「ほかに方法があるか？」

「ほかの選択肢は、わたしに任せること」二人は出口へ向かった。「あの若者には罪を償ってもらいます。時代は変わったのよ、ジョン。警官をかばったり、目をつぶったりはしない……」

「それで思い出した」リーバスが言った。「昨日、アンダースンの家へ行った」

シボーンがまじまじとリーバスの顔を見た。「あなたが非戦闘員になったことをちゃんと教えたの？」

「彼の娘がちょうど大学から帰宅していた。ナンシーとよく似ていたよ」

「何ですって？」

「おれはロジャー・アンダースンを外へ連れ出し、あの夜ナンシーの顔を見て誰だかわかったんだろ、と言った。DVDに映ってた女、という意味だよ。それであの男は自分が彼女の優位に立ったように感じた。彼女の弱みを握ったんだから。だからナンシーにつきまとった。おまけに自分の娘と似ていたからこそ、つきまとったんじゃないか、とおれが言ったら、えらく怒ったね」リーバスは思い出し笑いをした。「で、バスルームの女が誰なのか、あいつに教えてやった……」

　シボーンと目が合ったとたん、リーバスははっとして言葉を切ったが、シボーンの次の言葉の予測がついた。やはりシボーンが言った。

「DVDって？」

　リーバスは咳払いをして見せた。「言うのを忘れてた」シボーンのために開けたドアを抑えてやったが、シボーンは動かなかった。

「この場で話して」シボーンが要求した。

「またお荷物を背負い込むぞ、シボーン。知らないほうが身のためだ」

「いいから話して」

　リーバスが口を開こうとしたそのとき、病室から甲高いアラーム音が聞こえてきた。医療器械に詳しくはないものの、その音が生命活動の停止を告げるものであり、しかもカファティのベッド脇の器械から聞こえてくるのがわかった。彼は病室へ駆け込み、ベッドによじ登って横たわった体の上にまたがった。両手でカファティの胸を押し始める。

「人工呼吸」シボーンに向かって叫ぶ。「三拍毎に！」

「病院スタッフが来るわ」シボーンが言った。「彼らに任せたほうがいい」

「こいつが今息を引き取ったらどうするんだ」リーバスの唾がカファティの額に落ちた。リーバスは両手を重ねて再び胸を押した。数える。一、二、三。一、二、三。一、二、三。心肺機能回復法により生還した人を何人か知っているが、その際に肋骨が一、二本折れることだってある。

強く押せ、リーバスは自分に言い聞かせた。

「勝手な真似はさせないぞ！」歯を食いしばりながらそう呻いた。

最初に駆けつけた看護師が、自分に言われたのかと思ってあとずさりした。

リーバスの耳には激しい鼓動が鳴り響き、何も聞こえない。おまえに冷たい、清められた死など与えるもんか、と思っていた。

一、二、三。一、二、三。

長年の因縁があるのに……トッド・グッドイアに何発か殴られただけで、それが終わってなるものか……

一、二、三。一、二、三。

死闘があり……罵り合いがあり……そして血も流れるべきだ。

一、二、三。

「ジョン？」

一、二、三。

「ジョン？」シボーンの声が遠いところから聞こえてきた。「もういいわ。手を離して」

生命維持装置が軽い音を立てていた。目に汗が入り、耳鳴りがしていて、その言葉が何を意味するのかよくわからない。けっきょく、医師二人と介護士と看護師の四人がかりでリーバスをベッドから引きずり降ろした。

「命に別状ないんだろうね？」リーバスは問いかける自分の声を聞いていた。「だいじょうぶだと言ってくれ……」

訳者あとがき

ついにリーバス警部のシリーズが終わった。一九八七年に出版された第一作の『紐と十字架』から、二十余年の長きにわたって書き継がれてきたが、二〇〇七年に発表された十八作目の本書で、リーバス警部は六十歳の定年退職の日を迎え、警察から離れることとなったのだ。第一作で四十歳の部長刑事だったリーバスは、ほぼリアル・タイムで年を重ねてきた。本書は退職の日までの最後の約十日間を克明に追っている。

リーバス警部は憂鬱である。警察官のバッジを返上したあと、どんな生活が待っているのだろう、と思い悩んでいる。「酒と煙草とちょっとした夜の音楽、それで気力が保てる」ものだろうか。そこへ反体制派のロシア詩人が、ひとけのない路上で撲殺される事件が起こった。それは一つ間違えば国際問題になりかねない事件である。さらに詩人の知り合いの録音技師が自宅で焼死体となって見つかる。リーバス警部はシボーン・クラーク部長刑事と組んで、その事件の解明にのめりこんでいく。

リーバス警部の独断的な捜査が進むにつれ、成金のロシア人実業家、スコットランド議会の有力議員、大銀行の幹部、そして権威に弱い、事なかれ主義の上司たちがリーバスの敵として立ちはだかる。しかもリーバスの宿敵である、ギャングのビッグ・ジェル・カファティとはもちろん、最後の決着をつけねばならない。世の中の実力者たちと、カファティ。彼らはどこかで結びついているようだ……

このシリーズの魅力は何だろう。

それは何よりもまず、リーバス警部というキャラクターである。若い頃は軍隊で過ごした経験がトラウマとなっていて、悪夢に悩まされていたリーバス。その後年齢を重ねるに従い、被害者や友人、同僚、身内など数え切れない死者の存在をつねに意識するようになった。家族関係がうまくいかなかったことにも自責の念がある。それゆえ、リーバスは暗い性格である。だがときには、おどけた言葉を吐いたり、警察官としてのちょっとした役得を楽しんだりするし、つむじ曲がりな表現しかできないものの、シボーン・クラーク部長刑事へ優しさと思いやりを示す。ほんとうは優しい男なのだ。だが警察組織の歯車となりえず、捜査の際に自分なりの正義感から上司の警告を無視して突っ走ってしまう。世渡りが下手で、意固地な男である。だから敵が多い。好きなものは酒と煙草とジャンクフードと一九七〇年代のロック・ミュージック。そして孤独も。

不思議なことに彼の外見の描写は極端に少ないので、肥満気味の大柄な男という以外、何もわからない。それでも、わたしたちはリーバス警部がエジンバラのパブ、〈オックスフォード・バー〉の前にたたずみ、煙草をくゆらせながら考え込んでいる暗い影のような姿を、ありありと思い浮かべることができるのではないだろうか。

次には、スコットランドの首都であるエジンバラが、シリーズのもう一つの主人公になっていることだ。リーバス警部は「新しい犯罪の一つ一つがエジンバラに対する知識を深めていき、それを積み重ねて」いくことで、エジンバラの完璧な理解へ近づけると考えている。イアン・ランキンの描くエジンバラは、そびえ立つ城のある美しい観光都市ではなく、市民が暮らしている生活の場である。貧困、社会的不平等、犯罪、麻薬、売春、小児性愛、移民への対応など、現代都市のさまざまな課題を抱えている。十年ほど前の作品では日本のヤクザが登場したが、本作品ではロシアの新興成金が訪れる。時代とともに進出する勢力も変わる。エジンバラの景観もシリーズが進むにつれ、変化していく。エール醸造所や王立病院などの古い建物が取り壊され、銀行や保険会社やホテルなどの高層ビルが次々と建てられた。街娼が姿を消して、リースの港湾地区にはおしゃれな店が軒を並べるようになった。地方自治制度が住民選挙で支持され、その結果、念願のスコットランド議事堂が多額の税金を投入されて完成し、機能するようになった。

それと同時に、エジンバラの地下都市など、興味深い歴史上のエピソードが数多くストーリーにちりばめられ、エジンバラの成り立ちについての理解を深める。

リーバス警部は一匹狼的な捜査活動を通して、上流社会の金持ちから街の小悪党に至るまで、社会のあらゆる階層の人々と接触する。それはエジンバラを包括的に描写できる巧みな手段であり、エジンバラという社会の表と裏、上と下が対比され、結びつけられた。

さらにリーバス警部を中心とする捜査チームの人間模様も読みどころの一つだ。リーバス警部とシボーン・クラーク部長刑事との軽妙な会話が快いし、犯罪捜査部室を出入りする大勢の警察官たちの個性もそれぞれ際だっている。

そしてもちろん、複雑なプロットもまた、読者の脳を攪乱して楽しませる。このシリーズではすべての作品が大団円を迎えるとは限らない。リーバス警部は、世の中を動かしている社会のトップ層の腐敗に、司直の手が及ばない口惜しさを、たびたび感じることとなる。現実の社会ではありそうなことだ、と読者は深くうなずかざるをえない。そういう意味で、このシリーズは社会派警察小説と呼べるかもしれない。

イアン・ランキンは二〇〇八年八月に、「これでリーバスとは別れることになるのか？　自分はまだ納得できていない。彼がおとなしく退職後の生活に甘んじているとは思われないし、わたしはリーバスとまだ付き合いたい気持ちがある。もしかしたらそのうちに……」と含みのある発言をしている。リーバス警部ファンの多くも、シボーンを主人公に据えた形であれ、退職後にどこかへ籍を置くような形であれ、何とかしてシリーズを続けてほしいと熱望してきた。

とはいえ、本書はこんな冒頭の文章から始まる。「少女は一回、たった一回だけ悲鳴を上げたが……」これは第一作、『紐と十字架』の書き出しとほぼ同一である。『紐と十字架』に登場した、二人前の食事をぺろりと平らげる豪快な大男の情報屋、ビッグ・ボディーンが久しぶりに本書でも姿を見せる。すっかり年老いて口数少なくなった情報屋として。そして原題は *Exit Music*。退場の曲。最後の音楽。ランキンがお気に入りとして挙げているシンガーソングライター、スティーヴン・リンジーの二〇〇五年のアルバムタイトルでもあり、ロックバンド、レディオヘッドの曲名でもある。

イアン・ランキンは二〇〇八年九月に、*Doors Open* という単発の作品を、二〇〇九年九月には *Complaints* という作品を世に出した。さいわい二作とも好評を博している。*Complaints* とは、腐敗警察官など、警察官に関するさまざまな問題を処理する警察内の部署である。こちらはシリーズ化されるという情報も流れている。リーバス警部という個性的な人物像を確立した業績を持つイアン・ランキンは、疑いもなく次のステップでさらにすぐれた作品群を生み出すにちがいない。楽しみにして待とう。

二〇一〇年十月

HAYAKAWA POCKET MYSTERY BOOKS No. 1841

延《のぶ》 原《はら》 泰《やす》 子《こ》

大阪大学大学院英文学修士課程修了
英米文学翻訳家
訳書
『シンプルな豊かさ』サラ・バン・ブラナック
『獣と肉』『死者の名を読み上げよ』イアン・ランキン
（以上早川書房刊）他多数

この本の型は，縦18.4センチ，横10.6センチのポケット・ブック判です．

〔最後《さいご》の音楽《おんがく》〕

2010年11月10日印刷　　2010年11月15日発行

著者	イアン・ランキン
訳者	延原泰子
発行者	早川浩
印刷所	星野精版印刷株式会社
表紙印刷	大平舎美術印刷
製本所	株式会社川島製本所

発行所 株式会社 **早川書房**
東京都千代田区神田多町2-2
電話　03-3252-3111（大代表）
振替　00160-3-47799
http://www.hayakawa-online.co.jp

（乱丁・落丁本は小社制作部宛お送り下さい
送料小社負担にてお取りかえいたします）

ISBN978-4-15-001841-2 C0297
Printed and bound in Japan

ハヤカワ・ミステリ〈話題作〉

1818 **暗黒街の女**
ミーガン・アボット
漆原敦子訳
〈アメリカ探偵作家クラブ賞受賞〉貧しい娘はギャングの女性幹部と知り合い、暗黒街でのし上がる。情感豊かに描くノワールの逸品。

1819 **天外消失**
早川書房編集部・編
〈世界短篇傑作集〉伝説の名アンソロジーの精髄が復活。密室不可能犯罪の極致といわれる表題作をはじめ、多士済々の十四篇を収録

1820 **虎の首**
ポール・アルテ
平岡　敦訳
〈ツイスト博士シリーズ〉休暇帰りの博士の鞄から出てきた物は……。バラバラ死体、密室、インド魔術！　怪奇と論理の華麗な饗宴

1821 **カタコンベの復讐者**
P・J・ランベール
野口雄司訳
〈パリ警視庁賞受賞〉地下墓地で発見された死体には、首と両手がなかった……女性警部と敏腕ジャーナリストは協力して真相を追う

1822 **二壜の調味料**
ロード・ダンセイニ
小林　晋訳
乱歩絶賛の表題作など、探偵リンリーが活躍するシリーズ短篇9篇を含む全26篇収録。ブラックユーモアとツイストにあふれる傑作集

ハヤカワ・ミステリ〈話題作〉

1823 **沙蘭の迷路** R・V・ヒューリック　和爾桃子訳

赴任したディー判事を待つ、怪事件の数々。頭脳と行動力を駆使した判事の活躍を見よ！著者の記念すべきデビュー作を最新訳で贈る。

1824 **新・幻想と怪奇** R・ティンパリー他　仁賀克雄編・訳

ゴースト・ストーリーの名手として知られるティンパリーをはじめ、ボーモント、マティスンらの知られざる名品、十七篇を収録する

1825 **荒野のホームズ、西へ行く** S・ホッケンスミス　日暮雅通訳

鉄路の果てに待つものは、夢か希望か、殺人か？ 鉄道警護に雇われた兄弟が遭遇する、怪事件の顛末やいかに。シリーズ第二弾登場

1826 **ハリウッド警察特務隊** ジョゼフ・ウォンボー　小林宏明訳

ロス市警地域防犯調停局には、騒音被害、迷惑駐車など、ありとあらゆる苦情が……〝カラス〟の異名をとる警官たちを描く警察小説

1827 **暗殺のジャムセッション** ロス・トーマス　真崎義博訳

冷戦の最前線から帰国し〈マックの店〉を再開したものの、元相棒が転げ込んできて、再び裏の世界へ……『冷戦交換ゲーム』の続篇

ハヤカワ・ミステリ〈話題作〉

1828 **黒い山** レックス・スタウト 宇野輝雄訳

親友と養女を殺した犯人を捕らえるべく、美食家探偵ネロ・ウルフが鉄のカーテンの奥へ潜入。シリーズ最大の異色作を最新訳で贈る

1829 **水底の妖** R・V・ヒューリック 和爾桃子訳

新たな任地に赴任したディー判事。だが、船上の歓迎の宴もたけなわ、美しい芸妓が無惨に溺死した。著者初期の傑作が最新訳で登場

1830 **死は万病を癒す薬** レジナルド・ヒル 松下祥子訳

〈ダルジール警視シリーズ〉療養生活に入った警視は退屈な海辺の保養所へ。だが、そこでも殺人が！　巨漢堂々復活の本格推理巨篇

1831 **ポーに捧げる20の物語** スチュアート・M・カミンスキー編 延原泰子・他訳

ミステリの父生誕二百周年を記念して編まれた豪華アンソロジー。ホラーやユーモア・ミステリなどヴァラエティ豊かな二十篇を収録

1832 **螺鈿の四季** R・V・ヒューリック 和爾桃子訳

出張帰りのディー判事が遭遇する怪事件。お忍びの地方都市で判事が見せる名推理とは？　シリーズ全長篇作品の新訳刊行、ここに完成

ハヤカワ・ミステリ〈話題作〉

1833 **秘密**

P・D・ジェイムズ
青木久恵訳

顔の傷跡を消すため私立病院に入院した女性ジャーナリストが、手術後に殺害された。ダルグリッシュ率いる特捜班が現場に急行する

1834 **死者の名を読み上げよ**

イアン・ランキン
延原泰子訳

〈リーバス警部シリーズ〉首脳会議の警備で市内が騒然とする中で、一匹狼の警部は連続殺人事件を追う。故国への想いを込めた大作

1835 **51番目の密室**

早川書房編集部・編

〈世界短篇傑作集〉ミステリ作家が密室で殺された！『天外消失』に続き、伝説の名アンソロジー『37の短篇』から精選する第二弾

1836 **ラスト・チャイルド**

ジョン・ハート
東野さやか訳

〈MWA賞&CWA賞受賞〉少年の家族は完全に崩壊した。だが彼はくじけない。家族の再生を信じ、妹を探し続ける。感動の傑作！

1837 **機械探偵クリク・ロボット**

カミ
高野　優訳

奇想天外、超愉快！　ミステリ史上に例を見ない機械仕掛けのヒーロー現わる。「五つの館の謎」「パンテオンの誘拐事件」二篇を収録